KB099802

임재도 장편소설

코리아타워 / 하

코리아타워 / 하

발행일 2015년 7월 14일

지은이 임 재 도
펴낸이 손 형 국
펴낸곳 (주)북랩
편집인 선일영 편집 서대종, 이소현, 이은지
디자인 이현수, 윤미리내, 임혜수 제작 박기성, 황동현, 구성우, 이탄석
마케팅 김회란, 박진관, 이희정, 김아름
출판등록 2004. 12. 1(제2012-000051호)
주소 서울시 금천구 가산디지털 1로 168, 우림라이온스밸리 B동 B113, 114호
홈페이지 www.book.co.kr
전화번호 (02)2026-5777 팩스 (02)2026-5747

ISBN 979-11-5585-662-8 04810(종이책) 979-11-5585-664-2 04810(세트)
979-11-5585-663-5 05810(전자책)

이 책의 판권은 지은이와 (주)북랩에 있습니다.
내용의 일부와 전부를 무단 전재하거나 복제를 금합니다.

이 도서의 국립중앙도서관 출판예정도서목록(CIP)은 서지정보유통지원시스템 홈페이지(http://seoji.nl.go.kr)와
국가자료공동목록시스템(http://www.nl.go.kr/kolisnet)에서 이용하실 수 있습니다.
(CIP제어번호 : CIP2015019214)

이 책은 경남문화예술진흥원, 경남남도, 한국문화예술위원회의 지원을 받아 출간되었습니다.

코리아타워

임재도 장편소설

북랩 book Lab

작가의 말

한국문학에는 왜 미국의 베스트셀러 작가 존 그리샴의 작품들과 같은 스토리텔링의 힘이 느껴지는 법률소설이 보이지 않는가. 어릴 때부터 작가를 꿈꾸었지만, 법학을 전공한 후 그동안 법조계에서 일을 하면서 항상 느끼는 아쉬운 점이었다. 그래서 우리나라의 현행 민, 형사 소송구조와 법원실무를 그대로 작품 속에 녹인 '한국형 법률소설'을 직접 써보기로 하였고, 그 첫 작품이 현행 형사소송 구조의 구성을 취한 『퍼펙트크라임: 빛은 저울로 달 수 없다』(2007년 출간, 개정판 출간 예정)이었다. 그리고 이 소설 『코리아타워』는 현행 민사소송 구조의 구성을 취한 것으로 법률을 소재로 한 저자의 실질적인 두 번째 작품이라 할 수 있겠다(2014년 출간, 존엄사를 주제로 한 작가의 장편소설 『피터팬, 법정에 서다』는 이 소설의 초고를 탈고한 이후에 집필을 시작하여 먼저 출간하였다). 물론 위 작품들도 나름 큰 의미가 있지만, 그러나 이 소설은 개인적으로는 위의 전작들보다 훨씬 더 애착이 가는 작품이라고 할 수 있다.

이 작품을 탈고하기까지 그만큼 힘들었기 때문일 것이다. 처음 구상을 하고, 나름의 얼개를 머릿속에 그렸을 때까지만 해도 이 소설은 짧은 기간에 쉽게 쓰여질 것 같은 느낌이 들었다. 이 작품 속 '코리아타워'의 이미지도 어느 정도 머릿속에 그려져 있었다. 그러나 '코리아타워'는 이 소설 속에서 그린 유경준 박사의 각고의 설계과정만큼이나 쉽게 그 모습을 드러내지 않았다. 그래서 오직 이 소설에 매진하기 위하여 다니던 직장까지 사직하였고, 그 후 7여 년의 시간이 지나서야 비로소 '코리아타워'는 그 위용을 드러내었다.

그동안 글이 잘 쓰여지지 않을 때마다 '코리아타워'의 기단基壇이 된 무량수전이 있는 영주 부석사를 찾았고, 힘들 때마다 이 타워의 원형이 되는 경주 황룡사지터를 찾았다. 한 달 동안이나 단 한 자도 쓰지 못해 조바심이 나 하루 종일 황룡사지터의 주춧돌 위에 앉아 감포에서 불어오는 차가운 해풍을 맞고 있었던 적도 있었다. '코리아타워'가 탄생하기까지의 전설을 스스로 체험하고, 그 이미지를 보다 선명하게 그리기 위해 작품 속의 소설 「탑의 전설」에서 그린 백두대간과 정맥길을 무작정 걸어본 횟수만도 열 손가락이 모자랄 것 같다.

7여 년에 걸친 집필 기간 동안 무려 스무 번 이상을 다시 고치고 고쳐 쓴 작품이지만, 그래도 여전히 부족한 느낌을 지울 수 없는 것은 내 능력의 한계 때문일 것이다. 이제 부족한 이 작품을 세상에 내보낸다. 어깨 위에 지고 있던 무거운 짐을 내려놓는 홀가분한 기분이지만, 한편으로는 품 안의 자식을 멀리 떠나보내는 것 같은 허전한 느낌을 지울 수 없다.

이 책의 표지에 실은 고규정 변호사님의 추천사처럼, 이 소설이 훗날 '한국형 법률문학의 효시'로 평가받는다면, 개인적으로는 그것만큼 더 영광스러울 것이 없겠지만, 이러한 평가는 온전히 독자들의 몫일 것이다.

그동안 묵묵히 뒷바라지를 해준 아내에게는 항상 미안한 느낌이다. 그나마 올해는 아내의 생일에 이 책을 선물할 수 있게 되어 참 다행이고, 작은 기쁨이다. 이 소설의 법률 감수를 해주신 고규정 변호사님과 근현대사에서 왜곡된 한일 간의 외교적 현안에 대하여 깊이 있는 조언을 해주시고 힘들 때마다 용기를 주신 이태일 총장님께 특히 감사의 말씀을 드리고 싶다. 사랑하는 형제들과 형수님, 제수씨들, 조카들, 그리고 두 아들은 든든한 독자이자 신랄한 비평가이다. 이 책이 나오기까지 애써주신 ㈜북랩의 이소현 님, 이현수 님 이하 직원분들 모두 수고하셨습니다. 이 책의 출간을 후원해주신 경남문화예술진흥원, 경상남도, 한국문화예술위원회에도 감사드립니다.

많은 참고문헌과 자료들 중 특히 조선시대에 작성된 『산경도山經圖』가 큰 도움이 되었음을 밝혀둔다. 혹시 오해가 없기를 바라는 마음에서 이 소설에 나오는 법무법인과 다양한 법조인들의 모습은 오로지 작가의 상상력의 산물임을 밝혀둔다.

장마가 올 것이라고 하는데, 오늘은 하늘이 참 맑다.

2015년 7월, 김해 장유 '천지가' 자택 앞 수변공원 신록을 바라보며

임재도

목 차

제2부

코리아타워

파괴된 영혼들

인간의 혈관에는 같은 종류의 감정과 욕망이 흐르고 있다.
그러나 그 피가 분출되고 다시 모이는 곳,
심장에는 그 감정과 욕망을 정화시키는 본성이 있다.

송규원의 소설 「마라톤맨」에 대한 네티즌들의 논쟁은 한층 더 뜨거워졌다. 네티즌들의 의견은 크게 두 갈래로 갈리고 있었다.

그 하나는 소설 속에 등장한 K회장은 강호건설의 강진호 회장이고, 소송에서 증언한 윤경호는 소설 속에서 주인공 '나'를 몽키스패너로 살해한 운전사이며, 증인 박홍길이 소설 속에 언급된 경찰관이라는 의견이었다. 이러한 의견에 동조하는 네티즌 중에는 유경준 박사의 살해범은 바로 강진호 회장이고, 마산에서 발생한 차형일 총기 살인 사건의 범인은 강진호가 자신의 범죄를 은폐하기 위하여 박홍길을 사주하여 저지른 것이 분명하므로, 이들을 즉각 구속 수사해야 한다는 과격한 댓글을 올린 사람도 있었다.

다른 하나는 소설은 오직 소설로 읽혀야 한다면서, 송규원의 소설은 작가가 독자들의 관심을 유도하기 위하여 최근 전국적인 관심 아래 진행되고 있는 이 소송을 차용한 픽션일 뿐이라는 의견이었다. 이에 동조하는 네티즌 중에는 아무리 창작의 자유가 보장된다고 하지만 대기업의 총수인 특정인이 흉악범으로 오해될 수 있는 소설의 내용은 창작의 자유의 범위 밖이라고 하면서, 타인의 명예는 전혀 고려하지 않고 오직 작품의 홍보와 작가의 지명도만 추구하는 작가의 도덕불감증은 반드시 법의 제재를 받아야 한다고 성토하고 있었다.

그런데 이러한 인터넷상의 대립에 더하여, '사실인가, 허구인가'라는 제목의 광장신문 장선웅 기자의 특집기사가 전국의 네티즌들의 머리에 기름을 끼얹고 말았다. 이 특집기사는 인터넷에 유포된 사실을 인용보도하면서, 소설 속에 등장하는 인물과 이제까지 기자가 직접 취재한 코리아타워 소송에 관련된 인물들의 역할관계를 보다 명확하고 구체적으로 적시하고 있었다. 장선웅 기자가 제시한 역할관계는 다음과 같았다.

K건설, K회장 = 강호건설, 강진호 회장

T건설, G회장 = 태성건설, 김형태 회장

경찰관(유경준 박사와 차형일을 살해) = 증인 박홍길

트럭 운전사 Y(소설 속 주인공 '나'를 몽키스패너로 살해) = 증인 윤경호

레미콘 운전사(유경준 박사의 차를 측면에서 추돌) = 증인 고광준

컨테이너 운전사(유경준 박사의 차 앞에서 급정거) = 증인 김희철

법무법인 J = 법무법인 정(피고들의 소송대리인)

C변호사(인증서 작성) = ?, 법무부장관 최형윤(당시 법무법인 정의 대표변호사)

H실장 = ? (권력기관의 실세로 추정)

장선웅 기자는 이 같은 사실의 근거로, 소설 속에서 이니셜로 쓴 영문이 모두 이들의 성性의 영문 이니셜과 일치하는데, 이것은 곧 작가

가 이니셜이 상징하는 실존 인물을 독자에게 암시하기 위하여 의도적으로 쓴 것으로 추정된다는 점, 그리고 소설이 현재 서울중앙민사지방법원에서 실제로 진행 중인 민사소송의 사건번호를 그대로 적시하고 있다는 점을 들고 있었다. 그러면서 장선웅 기자는 자신이 직접 취재한 다음과 같은 점을 특히 부각시키고 있었다.

먼저 소설 속 주인공 '나'는 당시 유경준 박사의 조교로 근무하던 박진욱이라는 실제 인물이고, 작가 송규원은 소설 속의 주인공 '나'를 사랑하는 그녀일 가능성이 많다. 그 근거는 유 박사의 사고 후 행방불명된 박진욱의 성장과정이 소설 속 이야기와 거의 일치하기 때문이다.

다음으로, 유경준 박사의 교통사고가 있은 다음 날, 유 박사의 사건을 수사한 경찰관 박홍길은 실제로 통영의 M치과에서 치아 탈구로 치과 진료를 받은 사실이 있고, 그 후 같은 치과에서 보철을 한 사실이 있다. 따라서 소설에서처럼 실제 인물인 박진욱이 증인 박홍길의 탈구된 치아를 확보하고 있을 개연성이 많다.

마지막으로, 소설 「마라톤맨」의 끝부분에서 주인공 '나'가 거짓말주머니를 찾겠다고 한 것은 실제 인물인 박진욱이 위증을 한 트럭 운전사 윤경호를 살해하겠다는 살인예고로 봐야한다. 이것은 송규원의 첫 번째 소설의 제목이 '나의 첫 번째 살인'이라는 점을 통하여 유추할 수 있다. 즉 윤경호의 살해가 소설 속 주인공의 '나'의 '두 번째 살인'을 예고하는 것이다. 다만 박진욱이 소설에서 언급된 미지의 중동의 나라에서 실제로 특수훈련을 받았는지의 여부는 확인할 수 없었다.

결국 코리아타워 소송의 승패는 소설 속 주인공 박진욱이 증인으로 법정에 나와 소설에 언급된 거제 해금강비치관광호텔에서 녹음했다는 녹음 CD와 이곳에서 작성되었다고 하는 코리아타워 계약서 원본 및 경찰관 박홍길의 탈구된 치아를 제출하느냐의 여부가 핵심쟁점이 될 것이고, 소송외적으로는 박진욱의 예고살인에 대해서도 미리 대비해야 할 것이다.

이러한 기사에 대하여 무려 천 개가 넘는 댓글이 달렸다. 댓글도 크게 두 갈래로 나뉘고 있었다. 그 한 갈래는 사실을 생명으로 해야 하는 언론보도 기사가 인터넷상에 유포되고 있는 출처 불명의 유언비어를 취합하여 추측성 기사를 내는 것은 언론의 사회적 책임을 벗어난 것으로 광장신문은 이 기사에 대하여 당연히 책임을 져야 하고, 이 기사를 쓴 장선웅 기자도 마땅히 자신의 행위에 대해 응분의 법적, 도덕적 책임을 져야 한다는 주장이었다. 그리고 다른 한 갈래는 소설의 구성과 소송의 전개 방향을 대조해 볼 때, 기사는 단순한 유언비어를 취합한 것이 아니라 사건의 본질을 보다 심층적으로 분석한 것으로 검찰은 이러한 의문에 대하여 즉각 수사에 착수해야 하고, 유경준 박사의 사고도 전면 재조사해야 한다는 주장이었다.

이러한 인터넷상의 논쟁과 장선웅 기자의 기사에 대하여 광장신문과 경쟁관계에 있는 대한일보의 김기용 기자는, 소위 진보성향 언론을 자칭하는 광장신문이 검증되지도 않은 사실을 통하여 이 사건에 현직 법무부장관을 연루시켜 정부의 부도덕성을 부각시키고, 이제 막 국제적 기업으로 도약하는 강호건설의 미래를 가로막고 있다고 하면서, 이러한 자칭 진보주의자들의 보수정권 죽이기와 비우호적 기업 죽이기는 결코 성공하지 못할 것이라고 신랄한 비판을 가하고 있었다.

서울 중구 소재 태성빌딩 5층 태성건설 회장실

그놈이 특수훈련을 받은 킬러가 되었다니? 이것이 만약 사실이라면? 마지막으로 송규원의 소설 「마라톤맨」을 읽고 난 김형태는 갑자기 엄습하는 두려움에 몸을 부르르 떨었다. 상상조차 하지 못했던 무서운 일이 이제 곧 닥칠지도 모른다는 불길한 예감에 오싹 소름이 돋았다. 광장신문과 대한일보를 대조하듯 꼼꼼히 읽었고, 그동안 발표된 송규원의 다른 소설 「나의 첫 번째 살인」, 「나팔 부는 아이」, 「몽파르나스의 연인」도 모두 읽은 뒤였다. 이것이 단순한 우연일까? 우연이 아니고 인연이라면, 인연도 정말 기막히고 질긴 악연이다. 그놈이야. 그놈이 틀림없어. 그는 속으로 중얼거렸다. 어떻게 여기까지 왔는데. 여기서 당할 수는 없어. 그는 엄습하는 두려움을 떨쳐버리고자 주먹을 불끈 쥐고 책상에서 벌떡 일어섰다.

그는 어금니를 악물고 주먹을 쥔 채로 한동안 방안을 서성거렸다. 그래, 위기가 곧 기회라는 말이 있어. 이 위기를 기회로 잘 활용해야 해. 그놈을 이용하여 강진호를 제거하는 거야. 그놈도 없애고, 강진호도 제거하고, 일거양득, 도랑 치고 가재 잡고, 이보다 더 좋은 것은 없어. 강진호를 제거하고 그가 강호건설을 인수하면 태성건설은 일약 국내의 중견그룹으로 부상할 수 있다. 그는 책상 위에 놓인 '회장 김형태'라고 쓰인 명패를 바라보았다. 이제까지 그의 인생은 저 명패 하나를 얻기 위한 치열한 투쟁이었다. 그는 지금의 사회적 위치, 태성건설의 회장이라는 지위를 얻기까지 살아온 지난날들을 회고해 보았다. 의식적으로 억누르고 있던 과거의 기억들이 송곳으로 찌르는 것처럼 하나하나 생생하게 떠올랐다. 그 기억의 파편들은 깨어진 유리조각처럼 살짝 닿기만 해도 여지없이 살점이 베어져 나갈 날카로운 편린이었다.

그의 아버지는 가축도축장의 인부였다. 도축장에서 매일 생간과 생고기를 안주로 술을 마셨다. 하루도 술을 마시지 않는 날이 없었다. 아버지의 몸에서는 항상 술내와 정육점에서 맡을 수 있는 비릿한 생고기 냄새가 풍겼다. 술에 취한 아버지는 만나는 사람마다 이유 없이 시비를 걸고 욕을 해댔다. 그런 아버지에게 이웃 사람들이 눈살을 찌푸릴 것은 당연했다. 단순히 눈살을 찌푸리는 정도가 아니라, 아버지만 나타나면 사람들은 모두 다 쉬쉬하며 도망쳤다.

도축 일을 하는 아버지에 대한 사람들의 경외감은 그와 어머니에 대해서도 마찬가지였다. 사람들은 그와 어머니를 보기만 해도 눈을 힐끔거리면서 멀찌감치 피해갔다. 그의 가슴에는 아버지에 대한 저주와 세상의 멸시에 대한 분노가 차곡차곡 쌓여갔다. 밖에서 시비할 대상을 잃어버린 아버지는 그것을 집안에서 찾았다. 이유 없이 어머니를 폭행했다. 하루도 거르는 날이 없었다. 어머니는 아버지에게 저항하지 않았다. 아니, 저항할 수 없었다. 저항하면 할수록 더욱 심한 매질이 가해진다는 것을 일찌감치 알고 있었다. 어머니는 미인이었다. 늘씬하고 호리호리한 몸매에 눈이 크고 깊은 여자였다. 그런 어머니가 벙어리였다는 사실은 어린 김형태의 영혼에 새겨진 부끄러운 문신이었다. 처음부터 벙어리였는지, 아버지의 폭행으로 인한 정신적 충격으로 벙어리가 된 것인지는 알 수 없었다. 아버지의 폭행이 가해질 때마다 어머니는 한마디 말도 하지 못하고 “버버버버!” 비명만을 지르며 그 크고 깊은 눈으로 눈물만 흘릴 뿐이었다. 그가 중학교 2학년이 되었을 때, 결국 아버지의 폭행을 견디지 못한 어머니는 집을 나가고 말았다. 그것이 어머니의 잘못이 아닌데도, 그는 어린 아들을 혼자 남겨놓고 떠나버린 어머니를 원망했다. 아버지에 대한 저주와 세상에 대한 분노에 더하여 어머니에 대한 증오가 중첩되어 쌓였다. 아버지의 어머니에 대한 폭행이 이제는 그에게 가해졌다. 중학교 3학년이 되었을 때, 결국 그도 가출했다. 서울역전을 전전하며 구걸을 하고 노숙을 했다. 폭력배에게 끌려가 앵벌이를 강요당하기도 했다. 앵벌이를 하면서 만난 아이들과 어울려 절도를 하고 힘없는 학생들을 폭행하고 금품을 갈취하기도 했다. 3년 동안 노숙생활을 하다가 우연히 집에 와 보니 아버지는 생사의 기로에서 신음하고 있었다. 급성간경화증이라고 했다. 하루도 빠지지 않고 마신 술이 원인이었다. 한 달 후에 아버지는 죽었다. 아버지가 살고 있던 집의 얼마 안 되는 월세보증금을 챙긴 그는 다시 노숙생활로 돌아갔다. 다시 시작된 4년간의 노숙생활 중 4개월은 소년원에서 보냈고, 6개월과 1년은 교도소에서 보냈다. 절도와 폭력으로 체포되었기 때문이었다. 교도소에서 출감한 그는 할 일이 아무 것도 없었다. 세상은 그를 등지고 앉아 있었고, 행여 그를 바라보는 시선은 차가운 침을 뱉을 뿐이었다. 돈을 벌어야 했다. 이 저주할 세상을 지배하기 위해서는 돈을 벌어야 했다. 그는 돈을 벌기 위해서는 그 어떠한 일도 하겠다고 결심했다. 교도소의 재활교육을 통하여 딴 운전면허증이 도움이 되었다. 그때까지 남아있던 월세보증금으로 중고승합차 한 대를 사고, 외딴 산 밑에 버려진 폐비닐하우스 한 동을 찾아 그곳에 숙소를 차렸다. 앵벌이를 강요당했던 어릴 적의 경험을 살려 가출을 한 아이들과 버려진 장애인들을 강제로 데려와 폐비닐하우스에 감금하고 앵벌이를 시켰다. 돈을 가로채는 아이들은 가혹하게 징벌했다. 아침에 앵벌이 장소까지 아이들을 수송하고 난 뒤에는 노상에서 과일 장사를 했다. 장사가 여의치 않는 날은 공사장에서 일품을 팔았다. 돈이 조금씩 모였다. 사창가에서 알게 된 여자를 데려와 살림을 차렸다. 그 여자는 의외로 전문대학을 나온 아동복지사 자격증을 가진 여자였다. 여자의 내조가 더해지자 돈은 기하급수적으로 늘어났다. 폐비닐하우스가 있던 땅을 사서 2층집을 지었다. 여자는 그곳에 '애림재활원'이라는 사회복지시설을 차렸다. 정부의 보조금을 받아 가출한 아동들이나 장애인들을 수용하여 숙식을 제공하고 일정기간 교육을 시키는 시설이었다. 사창가로 전락하기 전 전문대학 아동복지학과를 졸업하고 사회복지시설에서 근무한 경험이 있는 여자가 그런 정보를 알고 있었다. 막무가내로 시작한 그의 불법 앵벌이사업이 정부의 보조금까지 받는 어엿한 합법적인 사회복지사업으로 변신한 것이었다. 그렇게 모은 돈으로 운송회사를 차렸다. 개인 소유의 중기와 화물차를 회사 소유로 등록시켜 운송업을 하는 지입회사였다. 그도 누구 못지않게 잔인하고 거친 사람이었지만, 말썽이 끊이지 않는 거친 운전사들을 다룰 사람이 필요했다. 그때 알게 된 사람이 고광준이었다. 그의 회사에 차를 지입 등록한 화물차의 차주였다. 고광준은 거친 운전사들을 상대하고 이제 합법적인 사업으로 변신한 애림재활원의 장애인들이나 가출 소년들을 다루기에 더 없이 적합한 사람이었다. 단순했지만, 그에 걸맞게 잔혹한 근성과 추진력을 가지고 있었다. 그의 사업은 날개를 단 듯이 번창일로였다. 건설업으로 사업을 확장했다. 그때 알게 된 사람이 토건업을 하고 있는 김희철이었다. 고광준과는 달리 약삭빠르고 머리를 잘 굴렸다. 모사꾼이라고 할 만했다. 이권에도 밝았다. 김희철의 머리를 빌려 부도 직전의 회사에 자금을 제공하고, 고광준의 완력을 이용하여 그 회사를 헐값으로 인수했다. 어느 새 태성건설은 중견 건설사로 성장해 있었다. 이즈음 그는 홍정호 실장을 만났다. 어엿한 사회사업가로 변신한 그가 사회복지 사업가들의 연례 모임에 참석한 자리에서였다. 강한 자를 이길 수 있을 때까지는 굴종해야 한다. 약한 자는 잔혹하고 무자비하게 굴복시켜 지배해야 한다. 이제까지 그가 세상을 헤쳐 나오면서 배운 생존법칙이었다. 정치권의 실세 아래서 호가호위하는 홍정호에게 빌붙었다. 홍정호의 말이라면 죽는 시늉까지 했다. 홍정호의 힘을 빌려 애림재활원을 명실상부한 사회복지재단으로 만들었다. '학교법인 애림재활학원'이었다. 홍정호의 소개로 강진호를 알게 되었고, 때로는 강호건설의 하청업체로, 때로는 강호건설과 공동사업을 하며 회사의 규모를 더욱 키웠다. 가출한 어머니와 알코올 중독자인 아버지 아래서 자랐고, 노숙생활을 밥 먹듯이 하면서 교도소를 들락거리던 그가 일약 명예와 재력을 겸비한 사회지도층 인사로 변신한 것이었다. 이때 홍정호가 코리아타워 사업을 가져왔다. 공사금액이 5조 원에 달하는 거대한 프로젝트였다. 홍정호의 지시에 따라 강호건설과 컨소시엄을 구성했고, 그들의 음모에 가담했다. 그의 하수인은 고광준과 김희철이었다.

그는 새로 지은 이층집에서 앵벌이 사업을 할 때 서울역에서 데려왔던 두 남매를 떠올렸다. 송규원의 소설 「나의 첫 번째 살인」은 그 두 남매에게 앵벌이를 시켰던 바로 자신의 얘기였다. 그때 나는 왜 그 어린 계집애에게 그렇게 무지막지한 성폭행을 가했을까? 단순한 성욕 때문이었을까? 그는 생각해 보았다. 아니었다. 그것은 그를 버리고 간 어머니에 대한 복수였다. 그 계집애의 눈이 그를 버리고 떠난 어머니의 눈을 닮았기 때문이었다. 벙어리였던 어머니처럼 그 계집애가 말도 못했기 때문이었다. 크고 우물같이 깊은 눈, 그 눈이 어머니에 대한 원망을 유발시켰고, 말을 못하는 그 계집애의 행동이 어머니에 대한 증오를 촉발시켰기 때문이었다. 그는 그 계집애를 학대함으로써 어머니에 대한 복수를 하고 있었던 것이다. 역시 그때 죽여 버려야 했던 거야. 여편네의 말에 잠시 마음이 흔들렸던 것이 잘못이었어. 그때 죽지 않고 살아남았던 그 오빠라는 놈이 소설에서처럼 정말 특수훈련을 받은 킬러가 되어 나타났다면……? 소설을 읽으면서 떠올랐던 불길한 생각을 하자, 다시 한 번 등줄기에서 식은땀이 흐르는 것 같았다.

그러나 다행히 아직은 소설에서나 신문에서도 그와 그놈과의 관계는 언급되지 않고 있었다. 소설 속의 주인공이 그놈이라면, 그놈은 아직 그의 정체를 모르고 있었다. 소설이나 언론은 모두 유경준 박사의 피살과 그 피살이 강진호의 사주에 의한 것이라는 것에 초점이 맞춰져 있었다. 이제 때가 되었어. 하늘이 이런 절호의 기회를 마련한 거야. 그는 생각했다. 홍정호가 코리아타워 사업을 가져왔을 때부터, 그는 강호건설을 무너뜨리고 혼자서 사업을 독식할 방법을 강구하고 있었다. 이제까지 다른 업체를 먹어치운 것처럼, 이제 강호건설은 단지 그가 잡아먹어야 할 먹잇감일 뿐이었다. 그와 태성건설이 언론이나 소설에 언급되지 않고 있다는 사실이 아직은 그의 운이 팽창일로에 있다는 것을 말해 주고 있었다. 유경준의 살해에 가담한 사람은 강진호가 사주한 윤경호와 박홍길, 그가 사주한 고광준과 김희철이었다. 소설이나 언론의 초점과 같이 모든 범행은 강호건설에 전가시키고, 그는 이 국면에서 빠져나오면 될 일이었다. 그렇게만 된다면 강호건설은 저절로 무너질 것이고, 코리아타워 사업은 기득권을 가진 그가 독점하게 될 것이었다. 무너지는 강호건설을 인수하는 것은 코리아타워 사업의 지분을 선점하고 있는 그가 푼돈을 들이기만 하면 될 일이었다. 이렇게 생각하자, 그는 그때 그놈을 죽이지 않은 것이 오히려 다행이었다는 생각까지 들었다. 정말 하늘의 뜻은 오묘한 거야. 인연도 정말 기막히지. 코리아타워 사업을 독점하고 강호건설을 인수하도록 하늘이 미리 준비해 둔 도구가 바로 그놈인 거야. 이제 언론과 소설을 이용하여 강호건설의 간판을 내리게 하는 일만 남았어. 그는 회심의 미소를 지었다. 그는 곧바로 고광준에게 전화를 걸었다.

—고 실장, 지금 즉시 김희철 사장에게 연락하여 같이 내 방으로 와.

서울 종로구 소재 강호빌딩 24층 강호건설 회장실

—지금 박홍길과 함께 즉시 내 방으로 와.

보고 있던 광장신문을 북북 구겨 손아귀에 움켜쥔 강진호가 전화기에다 소리치면서 신문을 팽개쳤다. 전화를 끊고 응접탁자 위 담배케이스에서 담배 한 개비를 꺼내 불을 붙이는 강진호의 손이 분노로 덜덜 떨리고 있었다. 그때 그의 휴대전화가 다시 울렸다.

—강 회장, 오늘 신문은 보셨겠지요? 은밀하게 진행해야 할 일이 이렇게 만천하에 드러나 버렸는데, 어떻게 수습할 겁니까?

홍 실장의 칼칼하고 건조한 목소리가 고막을 후비면서 들어왔다. 보지 않아도 벌겋게 달아오른 홍 실장의 얼굴을 상상할 수 있었다.

—그렇지 않아도 어젯밤 그 문제로 장관님과 통화를 했습니다.

강진호가 안절부절못하며 대답했다.

—장관은 어떤 대책을 세우고 있던가요?

—고소 사건에 대한 검찰의 조치가 곧 있을 것이라고 합니다. 그 계집의 인증서가 위조문서로 밝혀지면 언론도 잠잠해질 거라고 했습니다. 너무 걱정하지 않아도 된다고 했습니다.

—그렇게 된다면야 더 바랄 게 없겠지요. 그러나 그 조교란 놈이 나

타나면 문제가 커집니다. 언론이나 소설의 내용과 같이 그놈이 실제로 인증서 원본과 녹음 CD를 가지고 있다면 일은 수습하기가 불가능해집니다. 반드시 그놈은 찾아내어 처단해야 합니다. 아직도 그놈의 행방을 알아내지 못했습니까?

—전국에 수배를 명하겠다고 했습니다. 소재가 밝혀지면 우리에게 먼저 알려주기로 했습니다. 저도 나름대로 대책을 강구하고 있습니다.

—정말 소설에서처럼 그놈이 특수훈련을 받고 킬러가 된 것은 아닐까요? 아무리 뒤지고 조사를 해 봐도 그림자조차 얼씬하지 않으니 말입니다.

—그놈이 나타나지 않는 것은 유경준과 함께 죽었기 때문일지도 모릅니다. 그보다도 소설가 성혜주라는 년이 더 큰 문제일 것 같습니다. 이 모든 일이 그년이 발표한 허무맹랑한 소설 때문입니다. 킬러라니요? 그년이 지어낸 소설일 뿐이지, 실제로 그런 킬러가 어디 있겠습니까.

—그래요. 성혜주 그년을 잡아 족쳐야 합니다. 그년이 열쇠를 쥐고 있습니다.

—저희들도 백방으로 찾고 있는 중입니다.

—그리고 박홍길의 치아가 탈구된 것이 사실입니까?

—지금 그것을 알아보기 위해 박 사장을 오라고 했습니다. 박 사장의 말을 들어보면 소설이나 언론의 내용이 사실인지 알게 될 것 같습니다.

—알아보고 즉시 나에게 알려주시오.

—알겠습니다.

통화를 끝낸 강진호가 다시 윤경호의 휴대전화 번호를 눌렀다.

—빨리 오지 않고 뭐해.

—예, 지금 가고 있는 중입니다.

30분 후, 박홍길과 윤경호가 방으로 들어섰다.

—그놈이 박 사장의 이빨을 가지고 있다고 하는데, 이게 도대체 어떻게 된 거야? 입이 있으니 어디 말 좀 해 봐.

강진호가 구겨 던진 신문을 다시 주워 두 사람 앞에 던졌다. 박홍길의 입가에 시니컬하면서도 묘한 웃음이 번져났다.

—고정하십시오, 회장님. 그놈은 그때 죽었습니다. 이것은 그 소설가년이 우리들을 자중지란에 빠뜨리고자 하는 것입니다. 속으시면 안 됩니다.

윤경호가 안절부절못하며 겨우 말했다.

—그놈이 죽었다면 성혜주라는 년이 그때 일을 어떻게 알아. 그놈이 살아있기 때문에 그년이 알게 된 거지. 그리고 박 사장, 그때 그놈의 주먹에 맞아 이빨이 빠진 것이 사실이야?

—이 박홍길을 어떻게 보고 그런 말씀을 하십니까? 신문보도처럼 이빨 치료를 한 것은 맞지만, 그놈 때문에 빠진 것은 아닙니다. 그 다음 날 오토바이 사고로 빠졌습니다. 윤 실장 말이 맞습니다. 그 소설가년이 우리를 자중지란에 빠뜨리려고 수작을 부리고 있는 것입니다.

박홍길이 말했다. 그가 말하는 소설가년이 눈앞에 있다면 당장이라도 죽일 듯한 잔인한 눈빛을 쏘아내고 있었다.

—그렇습니다, 회장님. 녹음 CD가 있다는 말도 거짓말일 가능성이 큽니다. 이빨이나 녹음 CD 모두 소설가년이 지어낸 말일 겁니다.

윤경호가 옆에서 거들었다.

—그렇다면 다행이지만, 일이 번지기 전에 그놈을 찾아야 해. 아직도 그놈의 흔적을 찾지 못했나?

—…….

—성혜주란 그 소설가년은 눈치를 채고 미리 도망을 간 것이 분명해.

강진호가 허리에 손을 얹고 답답한 듯이 말했다.

—이렇게 막무가내로 앉아 있을 수는 없습니다. 내가 아프리카로 가서 그년을 찾아 없애고 돌아오겠습니다.

박홍길이 결연한 표정으로 말했다.

—어떻게 찾아? 그 넓은 아프리카를 다 뒤질 셈이야?

강진호가 가당치도 않다는 표정으로 박홍길을 보고 말했다. 박홍길이 머쓱하며 얼굴을 붉혔다.

—그년은 다른 루트를 통하여 찾고 있으니까 기다려 봐. 그건 그렇고, 태성건설 쪽은 어떻게 돌아가고 있어?

—아직은 잠잠합니다.

윤경호가 말했다.

—김희철이는 여전히 잘하고 있겠지?

—예, 김형태가 단단히 신임하고 있다 합니다. 김형태가 무슨 수작을 부리면 즉시 알려주기로 했습니다.

윤경호가 손을 맞잡고 비비면서 말했다.

—조심하도록 해. 눈치 채지 못하도록. 김형태 그놈이 감히 이 강진호를 넘보고 있어. 이 강진호를 넘보면 어떻게 된다는 것을 보여줘야 해.

그 시각, 법무법인 정

—조만간 원고에 대한 검찰의 소환이 있을 겁니다. 그전에 부차적인 손해배상 문제는 정리해 둘 필요가 있습니다. 그래야 하루라도 빨리 소송을 끝낼 수 있습니다. 곧바로 변론기일지정 신청을 하고 증인을 소환하도록 합시다.

대표변호사실로 들어선 박병우를 흘깃 바라본 양희준 변호사가 먼저 와 소파에 앉아 있는 이수호 변호사에게 다시 시선을 돌리며 말했다. 양 변호사의 말은 방금 들어선 박병우에게 하는 것인지, 이수호 변호사에게 하는 것인지 분명하지 않았다. 양 변호사의 책상 위에는 광장신문이 놓여 있었다. 박병우는 그 말을 자기에게 하는 것이라고 여기고 선 채로 말했다.

—저도 소설은 읽었습니다만, 너무 예민하게 반응할 필요는 없을 것 같습니다. 오히려 고소 결과가 나오면 소송을 진행하는 것이 나을 것 같은데요.

—아, 내가 미리 말하지 않았지요. 박 변호사는 오늘부터 이 사건에서 빠지세요.

갑자기 양 변호사가 냉랭한 음성으로 말했다.

—예? 그게 무슨 말씀입니까?

—그럼 곧바로 변론기일지정 신청을 하고 준비서면과 증인신청서를 제출하도록 하겠습니다.

이수호 변호사가 두 사람 사이의 대화를 중단시키고 일어섰다. 이수호 변호사의 얼굴에는 두 사람 사이에 오갈 다음 대화를 예상하고 있는 표정이었다.

—예, 이 변호사님께서 수고해 주십시오. 말씀드린 것처럼 원고는 고소 결과에 상관없이 끝까지 이 소송을 진행할 것입니다. 소송이 오래 진행될수록 우리가 언론의 표적이 될 것이고, 그러면 이로울 것이 없습니다. 가능하면 소송을 빨리 끝낼 수 있도록 모든 방법을 강구해 주십시오. 이 사건으로 인해 장관님의 정치적 입지가 곤란해질 우려가 있습니다.

양 변호사가 일어서는 이수호 변호사에게 말했다.

—잘 알겠습니다.

이수호 변호사가 박병우에게는 인사조차 하지 않고 방을 나갔다. 양 변호사가 박병우에게 고개를 돌리며 말했다.

—길게 말하지 않겠습니다. 아까 말한 그대로입니다. 박 변호사님은 오늘부터 사건에는 일체 손대지 마세요. 이 사건은 이 변호사님께서 전담하실 겁니다. 이 말을 하려고 박 변호사를 불렀습니다.

박병우는 당황하여 얼굴을 붉혔다. 그의 얼굴에는 무안을 당한 당혹감과 함께 분노가 피어나고 있었다.

—갑자기 왜 그런 결정을 하게 되었습니까?

박병우가 당혹감을 털어내려는 듯 다소 언성을 높이면서 물었다.

—꼭 내가 말을 해야 할 필요는 없겠지요. 그 이유는 박 변호사가 곰곰 생각해 보면 더 잘 알 겁니다.

양 변호사가 박병우를 차갑게 노려보며 말했다.

—제가 무슨 잘못이라도 했는지, 영문을 모르겠습니다.

—길게 말하지 않겠습니다. 강 회장으로부터 이제까지 받은 돈, 돌려드리도록 하세요. 우리 법인의 명예가 걸린 문제입니다. 그리고 그 일에 대한 법인의 인사위원회가 열릴 것입니다. 그전에 박 변호사가 거취를 미리 결정해 주시면 최소한의 명예는 유지할 수 있겠지요.

박병우의 머리가 빠르게 돌아갔다. 그가 강진호로부터 활동비 명목으로 돈을 받은 사실을 대표변호사가 안 것이 틀림없었다. 더러운 인간들, 박병우는 속으로 욕지거리를 해댔다. 그러나 여기에서 쉽게 물러설 수는 없었다.

—그 돈은 회사의 돈이 아니고 강 회장님이 순수한 호의에서 활동비

로 저 개인에게 준 돈입니다. 받지 않겠다는 것을 억지로 주어 받았을 뿐입니다.

–그뿐만이 아니지 않습니까? 강 회장님이 박 변호사와 강 회장 사이에 있었던 일을 지어내서 말하지는 않았을 것 아닙니까? 도대체 무슨 의도로 장관님의 뒤를 캐고 있었습니까?

–무슨 오해가 있을 것입니다.

–이런 불미스러운 일을 가지고 더 이상 얘기하고 싶지 않습니다. 박 변호사가 현명하게 처신하기를 바랍니다.

–정 이러신다면 저도 그냥 물러나지는 않겠습니다.

박병우는 대표변호사실을 나왔다. 불쑥, 그냥 물러나지 않겠다는 얘기를 하고 나왔지만, 엘리베이터 안에서도 막상 어떻게 해야 할지 머릿속이 뒤죽박죽이었다. 그러나 이렇게 속절없이 쫓겨난다는 것은 도저히 참을 수 없다는 생각이 들었다. 제 방으로 돌아온 박병우는 가방에 넣고 다니는 녹음기를 꺼내고 이어폰을 꽂고 재생버튼을 눌렀다. 강진호와의 대화를 녹음한 것이었다. 녹음기에서 흘러나오는 강진호의 얘기를 유추해 보면 최 장관과 강진호가 유경준 박사의 죽음에 개입된 것은 틀림없었다. 그리고 그 자신은 최 장관의 부탁을 받고 3년 전 유경준 박사의 사고를 묻었다. 후후, 나를 내쫓겠다고? 여차하면 함께 물속이야. 아직도 칼자루는 내가 쥐고 있다는 것을 모르는 모양이지. 한 번 두고 보라지. 떠나더라도 그냥 물러나지는 않겠어. 한몫 단단히 챙겨 떠나는 거야. 그는 속으로 중얼거렸다. 박병우의 뇌세포가 빠르게 움직이고 있었다.

일주일 후, 서울 서초동 소재 변호사 유휘진 법률사무소

–변호사님, 강호건설 사건의 준비서면과 고광준과 박홍길에 대한 증인신문사항입니다. 그리고 변론기일이 지정되었습니다.

휘진은 이성호 사무장이 건네는 서류를 받아들었다.

–김희철은요?

–채택된 증인 세 사람 중 고광준과 박홍길에 대한 절차만 취한 것 같은데요. 이 두 사람에 대한 신문사항만 있습니다.

–알았습니다.

변호사실을 나온 이성호가 책상 위에 놓인 휴대전화를 들고 밖으로 나와 전화를 걸었다.

–방금 법무법인 정에서 제출한 준비서면을 받았습니다.

전화기에서 홍 실장의 음성이 흘러나왔다.

–그건 이미 알고 있고, 성혜주는 여전히 아무 소식이 없나?

–예, 그 이후로는 아예 소식이 없습니다. 유 변호사님도 성혜주를 찾고 있는 눈치인데, 일체 연락두절입니다.

–성혜주가 귀국할 낌새가 있다거나 지금 아프리카 어디에 있는지, 그년과 관계되는 일이라면 아주 작은 일이라도 소홀히 넘기는 일이 없도록 해.

–알겠습니다.

이성호가 다시 사무실로 들어왔을 때, 휘진은 이수호 변호사가 법원에 제출한 준비서면을 읽고 있었다.

2○○○가합168○○호 손해배상(자)

준 비 서 면

사 건 2○○○가합168○○호 손해배상(자)

원 고 유휘진

피 고 ㈜강호건설 외 3

위 사건에 대하여 피고들 소송대리인은 다음과 같이 변론합니다.

다 음

1. 원고의 손해배상 청구에 대하여

가. 이 부분에 대한 원고의 청구는 망 유경준이 사망에 이르게 된 교통사고의 원인이 피고 강호건설과 같은 태성건설의 피용자들(소외 윤경호, 김희철, 고광준)의 과실 또는 피고 강진호의 사주를 받은 위 피용자들이 낸 고의의 살인임을 전제로 하고 있습니다.

나. 그러나 원고의 주장에 대한 증거는 없습니다. 오히려 문서송부촉탁 기록 중 원고가 제출한 각 서증에 의하면 피고들의 무과실을 추정할 수 있습니다. 즉 망 유경준의 교통사고 기록 중 참고인 윤경호의 진술(을 제1호증의 1)과 증언, 참고인 고광준,

김희철의 각 진술(을 제1호증의 2, 3)은 망 유경준이 전방주시 의무를 소홀히 한 점을 입증하고 있고, 사고에 대한 경찰의 판단(을 제1호증의 6 수사결과보고서)이나 검찰의 판단(을 제1호증의 7 불기소이유서)도 이에 부합합니다.

다. 한편 을 제1호증의 4 강진호의 진술조서는 망 유경준이 음주상태에서 운전을 한 사실을 입증하고 있습니다. 피고가 제출하는 위 서증과 더불어 원고가 이미 제출한 갑 제9호증(가지번호 포함) 문서송부촉탁 기록은 피고들의 이익으로 원용합니다.

라. 원고는 국립과학수사연구소의 부검 기록에 첨부된 망 유경준의 경추골 X선 필름에 나타난 골절흔이 비틀림 골절의 전형적인 현상이고, 이 골절흔이 유경준이 누군가에 의하여 목이 비틀려 살해되었다는 유력한 증거라고 합니다. 그러나 이에 대한 서울대학교 법의학과의 감정 결과는 '비틀림 골절의 전형적인 현상으로 추정되지만, 다른 원인으로 인하여 발생할 가능성을 전연 배제할 수 없음'이라고 하고 있습니다. 이와 관련하여 당시의 사고 상황을 살펴보면, 망 유경준은 전방주시 소홀로 김희철이 운전하는 컨테이너차량을 먼저 추돌하였고, 이 추돌로 인하여 뒤에서 운행하던 윤경호의 트럭이 유경준의 승용차를 2차 추돌하였습니다. 그리고 3중 추돌을 피하기 위하여 반대차선으로 넘어갔던 고광준의 레미콘차량이 승용차의 측면을 다시 추돌하였습니다. 즉 이 사고과정에는 3차례의 추돌이 있었고, 특히 고광준의 레미콘차량에 의한 3번째의 측면 추돌에 의하여 승용차

는 급격한 회전을 하였습니다. 따라서 이 3번째의 추돌에 의하여 승용차가 회전하는 과정에 유경준의 경추골이 비틀려 골절될 가능성은 충분히 있습니다. 따라서 유경준의 경추골 골절흔이 누군가가 손으로 목을 비틀어 돌려 꺾은 비틀림 골절흔의 전형적인 현상이고, 이것이 곧 살인의 증거라는 원고의 주장은 단순한 억측에 불과합니다.

마. 또한 사고 현장에 나있는 스키드마크가 김희철이 운전한 컨테이너차량에 의해 생긴 것이고, 윤경호가 운전한 트럭의 것이 아니라는 이유로, 측면을 추돌한 고광준과 더불어 이들 세 사람이 공모하여 교통사고를 가장하여 유경준을 살해했다는 원고의 주장도 억측에 불과합니다. 즉 김희철이 운전한 컨테이너차량의 경우에도 유경준이 후미에서 자기의 차를 추돌한 직후 급정거를 했고, 원고가 제출한 스키드마크 사진은 이때 발생한 것으로 추정됩니다.

바. 그리고 윤경호의 트럭에 의한 스키드마크가 현장에 나타나 있지 않는 이유는 알 수 없으나, 원고가 제출한 현장 사진은 사고 후 무려 12시간이나 경과한 후에 촬영된 것이고, 이 동안에 사고현장에는 당시 사고 수습을 위하여 현장에 출동한 견인차 및 구급차뿐만 아니라 일반 차량의 왕래도 빈번했습니다. 따라서 윤경호의 트럭에 의해 발생한 스키드마크는 이 동안에 지워졌을 가능성이 있습니다. 따라서 보험사 직원이 촬영했다는 갑 제10호증의 1 내지 5 각 현장사진도 원고의 주장을 입증하지 못합니다.

사. 한편 국민건강보험공단에 대한 사실조회촉탁 결과에 의하면, 이 사건 교통사고 당시 망 유경준은 말기 폐암으로 항암 치료를 받고 있는 상태였고, 회복가능성은 없었습니다. 따라서 이 사건 교통사고가 위 피용자들의 과실이 일부 개입되어 발생한 사고라고 할지라도 유경준의 생존여명 기간은 말기 폐암으로 인한 생존가능 기간으로 단축되어야 하고, 망 유경준의 일실수입은 이 기간에 맞추어 산정하여야 합니다.

2. 소유권확인 청구에 대하여

가. 갑 제11호증은 위조계약서입니다.

원고는 별지목록 기재의 부동산에 대한 소유권지분 1/3(이하 '코리아타워 지분'이라고 한다)에 대한 소유권확인을 구하면서, 그 근거로 갑 제11호증의1, 2 인증서(표지)와 코리아타워 건축도급계약서(내용)를 제출하였습니다. 그러나 피고 강호건설은 유경준과 이러한 계약을 체결한 사실이 없습니다. 즉 원고가 제출한 계약서는 위조된 것입니다. 이에 피고 강호건설은 원고를 문서위조로 고소하였으며, 이 계약서의 진정 성립 여부는 검찰의 수사결과에 의하여 밝혀질 것입니다.

나. 구석명신청 및 원본제출명령 신청

1) 원고가 제출한 갑 제11호증 인증서는 2○○○. 12. ○

○. 작성된 것이고, 이 날짜는 망 유경준이 교통사고를 낸 날짜와 동일합니다. 그런데 유경준은 바로 이날에 교통사고로 사망하였기 때문에 이 문서를 원고에게 건넬 수가 없습니다. 이에 피고들 소송대리인은 원고가 이 문서를 입수한 경위, 즉 원고는 누구로부터, 언제, 어떤 방법으로 이 문서를 입수하였는지에 대한 석명(이 부분에 대한 원고의 석명은 이 문서의 진정 성립 여부를 판단하기 위한 중요한 사실관계입니다)을 구합니다.

2) 한편 원고가 제출한 인증서는 컴퓨터 프린트를 통하여 출력한 것입니다. 따라서 그 진정 성립 여부가 의심스럽습니다. 이에 피고들 소송대리인은 원고에게 이 인증서의 원본을 제출할 것을 요구합니다.

4. 증인 신청 및 변론기일 지정 신청

가. 이 사건은 망 유경준의 교통사고에 대한 손해배상과 코리아타워의 지분에 대한 소유권확인이라는 성격이 전혀 다른 두 가지 쟁점을 대상으로 하고 있습니다. 전자의 쟁점에 대한 입증을 위하여 피고들 소송대리인은 이미 채택되어 있는 증인 고광준과 김희철, 박홍길 중 고광준과 박홍길은 유지하고, 김희철은 철회합니다(윤경호, 고광준, 김희철은 동일한 사안에 대한 중복 입증입니다). 후자의 쟁점에 대하여는 피고들 대리인의 석명 신청에 대한 원고의 진술과 고소 사건에 대한 검찰의 판단과 결과

를 보고 추후 입증방법을 제시하겠습니다.

나. 이 사건은 주지의 사실과 같이 많은 국민과 언론의 초점이 되어 있고, 피고 회사들은 이 사건 교통사고가 교통사고를 가장한 살인이라는 원고의 주장에 의하여 기업이미지에 심각한 타격을 받고 있습니다. 이에 이 사건의 조속한 종결을 위하여 추후 지정된 변론기일을 지정하여 주시기 바랍니다. 증인 고광준과 박홍길은 피고들 소송대리인이 지정된 변론기일에 대동하여 증언하도록 하겠습니다.

입 증 방 법

1. 을 제1호증의 1, 2, 3, 4 각 진술조서(윤경호, 고광준, 김희철, 강진호)
1. 5 실황조사서 및 사진
1. 6 수사결과보고서
1. 7 불기소이유서
1. 을 제2호증 고소장 사본

2OOO. OO. O.

피고들 소송대리인

법무법인 정 담당변호사 이수호

서울중앙지방법원 귀중

준비서면에는 박병우 대신 이수호 변호사가 담당변호사로 기재되어 있었다. 이수호 변호사는 그녀도 잘 알고 있었다. 지방법원 부장판사 출신으로 소송실무에 출중하여 '소송의 귀재'라고 불리는 사람이었다. 법무법인 정에서 파격적인 보수를 제안하여 영입한 사람으로 별명처럼 그의 승소율은 단연 높았다. 그와 비교하면 검사 출신인 박병우는 아마추어라고 해도 좋았다. 그 명성에 걸맞게 그가 작성한 준비서면에는 빈틈이 보이지 않았다. 먼저 휘진이 살인의 증거라고 주장한 경추골 골절흔에 대하여 그는 서울대 법의학과의 감정 결과와 당시 사고 현장의 재구성을 통한 과학적 상황 논리로 그녀의 공격을 가볍게 비켜나고 있었다. 컨테이너차량의 스키드마크도 마찬가지였다. 그의 주장처럼 앞 선 컨테이너차량이 불시에 후미를 추돌당하는 순간, 운전사가 사고를 직감하고 급브레이크를 밟았을 가능성을 배제할 수 없었다. 그러나 무엇보다 휘진을 당황스럽게 한 것은 그녀에게 인증서의 입수 경위를 밝히라는 구석명신청과 원본제출명령 신청이었다. 이 신청으로 그는 소송의 귀재답게 단박에 수비에서 공격으로 전환하여 전세를 역전시켜 놓고 있었다. 소변경 신청을 하면서 인증서의 원본이 필요하다는 글을 메일에 올렸지만, 지금까지도 메일은 묵묵부답이었다. 무엇보다 인증서 원본의 확보가 시급했다. 휘진은 조바심이 났다. 그러나 피고의 준비서면을 올리기 위해 다시 메일을 열었을 때, 그것은 이미 폐쇄되고 없었다.

갈매기 살인사건

당신의 본성이 항상 행복한 느낌을 유지하도록 하라.
그리고 그 느낌을 다른 사람들에게 전달하기 위하여 노력하라.
심장을 통하여.

속초시에서 떨어진 북쪽 바닷가

박 노인은 두터운 방한복 깃을 추스르며 어슬렁어슬렁 바닷가로 나왔다. 먼 바다가 조금씩 붉어지고 있었다. 일어나기 싫어 이불을 덮어쓴 채 게으름을 피우는 아이처럼 해가 조금씩 꿈틀거리고 있었다. 오늘은 제법 실속이 있어야 할 텐데, 몇 마리나 걸렸을까. 박 노인은 마을 앞 방파제 끄트머리에 매어놓은 목선에 올라 천천히 노를 저어 바다로 나아갔다. 12월 초순, 새벽바람은 차가웠다. 매서운 추위가 두툼한 방한복을 비집고 들어오자 박 노인은 다시 한 번 방한복 위의 허리띠를 질끈 졸라매었다. 박 노인은 새벽에 일어나 연해에 쳐 놓은 그물을 들어 올리는 일로 하루 일과를 시작했다. 예전에는 그래도 잡어 나부랭이가 제법 수월찮게 잡혔는데, 요즘은 낚시꾼들 탓인지 그나마도 영 신통치 않았다. 박 노인은 새벽에 그물을 걷어 올려 잡은 고기를 속초 시내의 자연산 횟집에 대어주는 것으로 연명하고 있었다. 그나마 박 노인이 잡은 고기는 자연산이라고 제법 웃돈을 얹어주는 것으로 만족해야 했다.

박 노인은 마을 오른쪽 바위 절벽을 향하여 배를 저어 나갔다. 높이가 20미터가 넘는 깎아지른 벼랑이었다. 마을 쪽, 그 절벽이 시작되는 지점에서 절벽 위 소나무 숲 쪽으로 차 한 대가 겨우 다닐 만한 경사가 가파른 숲 속 길이 있었다. 마을과 국도를 연결하는 해안도로에서 갈라지는 비포장 도로였다. 사람들의 왕래가 드물어 여름에는 잡초가 무성하게 자라 도로인지 숲인지 잘 분간이 되지 않는 도로였다. 그런데 15, 6년 전쯤 어느 여름날, 그 숲 속 길 절벽 아래에서 임신한 어린 여자 아이의 시체가 발견된 적이 있었다. 그 이후 바람이 불거나 을씨년스러운 날이면 그곳에서 이상한 울음소리가 들린다고 했다. 어떤 사람은 그 소리가 시체로 발견된 또래 계집아이의 울음소리라고 하고, 어떤 사람은 갓난아이의 울음소리라고 했다. 그런 탓인지 그 절벽 아래 바다에는 마을 사람들이나 낚시꾼도 가기를 꺼려했다. 평소 박 노인도 그곳에 잘 가지는 않았다. 그러나 고기가 영 잡히지 않는 날이 계속되면 가끔 그곳에 그물을 치곤 했다. 최근에도 도통 시원치 않은 날이 며칠간 계속되는 바람에 꺼림칙하긴 했지만, 어제 저녁 무렵 그곳에 그물을 쳐두었던 것이다.

박 노인이 노를 저어 그 절벽으로 가는 동안 어느 새 수면 아래에서 얼굴을 내민 해가 온 바다를 붉게 물들이기 시작했다. 무슨 갈매기 떼가 저렇게 몰려 있나? 썰물 때는 바닥과 함께 드러나지만 밀물 때는 대부분 물에 잠기고 윗부분만 수면 위에 드러나는 바위였다. 드러난 윗부분은 10여 명이 함께 올라앉아도 될 만치 넓고 평평했다. 그런데 유독 그 바위 위에서만 갈매기들이 무리를 지어 무언가를 열심히 쪼고 있는 모습이 보였던 것이다. 어차피 그 바위가 있는 곳을 지나야 바위 절벽 아래로 갈 수 있었다. 박 노인은 부지런히 노를 저어 바위를 향해 나아갔다.

아마 낚시꾼들이 불을 피워 삼겹살이라도 구워 먹다 간 모양이군. 박 노인은 속으로 생각하며 바위 쪽으로 바짝 다가갔다. 갈매기들은 박 노인이 다가오는 줄도 모른 채 열심히 무언가를 쪼고 있었다. 그런 갈매기들 사이에서 얼핏 사람의 다리 같은 형체가 보였다. 저것이 도대체 무엇일까?

—훠이, 훠이!

박 노인이 젓고 있던 노를 들어 갈매기들을 쫓았다. 뜻밖의 불청객에 갈매기들이 놀라 후다닥 날개를 털며 날아올랐다.

—이런, 이런, 저걸 어쩌나! 저걸 어째!

갈매기들이 날아 올라간 바위 위를 바라본 박 노인이 기겁을 하고 비명을 질렀다. 바위 위에는 찢어진 아귀 사이로 기다란 혀가 뽑혀져 나온 남자의 시체가 누워 있었다. 갈매기들은 시체의 입에서 뽑혀져 나온 혀와 입언저리, 그리고 이미 쪼아 먹고 없어진 휑한 동공 속 살점을 쪼고 있었던 것이다.

속초경찰서 강력계 강철균姜哲均 반장과 구경찬具敬燦 경장이 먼저 현장에 도착하여 박 노인의 목선을 타고 시체가 발견된 바위 위에 올라섰다. 피살자의 형체는 한눈에 보아도 참혹했다. 시체는 실오라기 하나 걸치지 않은 완전 나신으로 바위 위에 반듯하게 뉘어져 있었다. 분명 입 속에서 억지로 당겨 끄집어낸 창자가 달라붙은 혀는 갈매기가 쪼은 바람에 넝마처럼 너덜너덜 헤져 있었고, 고환이며 성기, 귀도 갈가리 찢겨져 있었다. 동공이 있어야 할 자리는 갈매기가 이미 눈알을 쪼아 먹어 버린 탓인지 시커먼 핏물이 고여 설핏 살얼음이 서려 있었고, 배꼽 부위는 복근이 터져 그곳에서 노출된 창자가 바위 위에 늘어져 있었다. 팔이며 다리 등 전신도 갈매기가 쫀 무수한 생채기 자국으로 뒤덮여 있었다.

—아따, 이 대창 칼집 한 번 야들야들하게 잘 내놓았네. 불판에 구우면 소주 안주로는 딱이겠네.

구 경장이 피살자의 형체를 바라보며 말했다. 키가 190이 넘는 거구에다 웬만한 일에는 눈도 꿈쩍 않아 구심장이라는 별명을 가진 그였다. 구 경장이 뒤돌아서 호주머니에서 손바닥같이 납작한 작은 플라스틱 소주병을 꺼내어 홀짝 들이켰다. 말은 그렇게 했지만, 그런 강심장을 가진 구 경장도 피살자의 참혹한 모습에는 기가 질리는 모양이었다.

—이런 죽일 놈의 새끼, 어떤 새끼가 이런 끔찍한 짓을, 에취.

강 반장이 말하다가 밭은기침을 토해냈다. 두꺼운 점퍼에 얇은 싸구려 오버 코트를 겹쳐 입어 그나마 몸을 단속하고 나왔지만, 12월 새벽의 매서운 추위와 바닷바람에 강 반장은 몸을 덜덜 떨었다. 강 반장이 손을 모아 호 하고 입김을 불고는 오버 코트의 깃을 세워 목을 감쌌다.

—에취! 이런 감기까지 지랄이야.

강 반장이 다시 한 번 기침을 토해내며 말했다. 어제 마신 술은 구 경장이 먼저 발동을 건 탓이었다. 어제 저녁 오랜만에 일찍 퇴근을 하려는 강 반장에게 구 경장이 슬며시 다가와 경찰서 뒤 돼지갈비집에서 딱 한 잔만 하고 가자고 꾀었다. 그것이 화근이었다. 그렇게 시작된 술은 한 잔이 두 잔이 되고, 또 석 잔이 되어 그만 새벽 두시가 넘도록 술추렴을 하고 말았고, 엉망으로 취하여 겨우 몸을 뉜 새벽, 비상 연락 전화가 울렸던 것이다. 그 때문에 어제 겨우 사그라져 가던 목감기가 차가운 새벽 바닷바람을 마시자 기어이 도져버린 모양이었다.

그때 해안가에 119 구조대 응급차와 과학수사대 경찰차가 도착하고 있었다. 강 반장과 구 경장은 시체를 그대로 바위 위에 둔 채로 다시 박 노인의 어선을 타고 뭍으로 나왔다.

—야, 다들 얼쩡대지 말고 근처를 샅샅이 수색해, 에취. 야, 김 순경, 너는 저쪽 소나무 숲으로 가 봐. 피살자의 신원을 확인할 만한 것이나, 단서가 될 만한 것은 지푸라기 하나라도 놓치면 안 돼.

강 반장이 뒤늦게 현장에 도착한 수사대 일행들을 보고 소리쳤다. 현장 감식 요원과 119 구조대가 박 노인의 작은 어선을 타고 시체가 있는 바위로 가고 있었다.

—야, 이리 줘 봐.

강 반장이 구 경장에게 불쑥 말했다.

—뭐요?

—이게 확……, 도무지 떨려서 안 되겠다.

—눈치 하나는…….

구 경장이 덩치답지 않게 순진하게 눈을 흘기면서 호주머니에서 소주병을 꺼냈다. 구 경장이 내미는 소주병을 반이나 넘게 비운 강 반장이 카아, 하고 몸을 부르르 떨었다.

—입이라도 좀 떼고 마실 일이지. 감기 옮겠습니다.

구 경장이 농 섞인 말을 툭 던졌다.

—이게 아직 술이 덜 깼나? 매를 벌어.

강 반장이 일부러 눈을 부라리며 구 경장의 어깨를 주먹으로 툭 쳤다.

—반장님, 이리 와 보세요.

강 반장과 구 경장이 동시에 소리가 들린 쪽으로 고개를 돌렸다. 강 반장의 지시를 받고 소나무 숲으로 간 김 순경이 해안도로에 나와 손짓을 하며 부르고 있었다. 두 사람은 김 순경이 부르는 곳으로 달려갔다.

—뭐 좀 발견했어?

—예, 저 위에 피살자의 것으로 보이는 옷이 있습니다.

—건드리지는 않았겠지?

—예, 있는 그대로 두고 먼저 반장님을 불렀습니다. 이리로 오십시오.

김 순경이 소나무 숲이 있는 경사진 숲 속 길로 두 사람을 인도했다. 마른 잡풀이 수북한 도로를 따라 한참을 올라가자 도로의 폭을 세 배 정도 넓힌 평평한 공터가 나타났다.

—저깁니다.

김 순경이 소나무로 둘러싸인 공터의 한쪽 가장자리를 손으로 가리켰다. 평평하고 둥근 돌 위에 차곡차곡 개켜진 양복과 그 위에 하얀 편지봉투 하나가 얹혀 있고, 그 봉투 위에 다시 작은 돌 하나가 얹혀 있었다. 돌은 봉투와 옷이 바람에 날려가지 않도록 일부러 눌러놓은 것 같았다. 강 반장은 장갑 낀 손으로 편지봉투를 빼내어 편지지를 꺼냈다. 편지지에는 마치 어린아이가 쓴 것처럼 삐뚤삐뚤 크기와 줄도 잘 맞지 않는 깨알 같은 글이 빽빽이 적혀 있었다. 강 반장은 그 글을 읽기 시작했다.

경찰관 아저씨께.

아저씨, 안녕하세요. 아저씨, 거짓말하는 사람은 나쁜 사람이죠? 그렇죠? 그런데 아저씨. 저는 판사님 앞에서 거짓말을 하면 벌을 받겠다고 금방 선서를 해놓고도 뻔뻔하게 거짓말하는 사람을 봤어요. 아저씨, 그런 사람은 정말 나쁜 사람이죠? 아저씨, 거짓말은 혀에서 나오잖아요. 거짓말을 하는 사람은 아마 혓바닥 안쪽에 거짓말주머니가 있겠죠. 침샘에서 침이 나오는 것처럼 거짓말이 솟아나는 거짓말주머니가 있겠죠. 그래서 저는 그 사람의 거짓말주머니를 없애주기로 했어요. 거짓말주머니만 없으면 그 사람이 거짓말을 하지 못할 테니까요. 그런데 이걸 어쩌죠? 거짓말주머니를 찾으려고 혀를 당겼는데, 거짓말주머니는 나오지 않고 혀만 뽑혀 나오고 말았네요. 그래서 그만 고민이 생겼어요. 거짓말주머니 대신 나온 이 기다란 혀를 어떻게 해야 하나? 그때 문득 내 친구들이 생각났어요. 내 친구들은 항상 배가 고파 끼룩끼룩 울기만 했거든요. 참, 제 친구는 갈매기랍니다. 그래서 저는 이 혀를 내 친구 갈매기의 먹이로 주기로 했어요. 오늘 저는 바닷가에 와서 내 친구 갈매기에게 먹이를 주고 갑니다. 아마도 내 친구들은 이 먹이를 먹고 배가 불러 한동안 울지 않을 거예요. 경찰관 아저씨, 오늘은 이만 줄일게요.

참, 아저씨, 한 가지 더 말씀드려야 할 것이 있어요. 앞으로도 저는 거짓말하는 사람이 있으면 그 사람의 혀를 뽑아 거짓말주머니를 찾아볼 거예요. 그리고 내 친구 갈매기에게 먹이를 줄 거예요. 그럼, 아저씨, 진짜로 안녕.

—이런 사이코 같은 새끼!

글을 읽은 강 반장의 입에서 저절로 욕설이 튀어 나왔다. 강 반장은 주먹을 불끈 쥐고 마치 살인자가 숨어있기라도 한 듯 소나무 숲을 쏘아보았다. 소나무 숲에서 진한 송진 냄새가 해풍에 풍겨왔다. 소나무 숲 사이로 보이는 먼 겨울바다가 차가운 해풍에 떨고 있었다. 그 해풍을 타고 낄낄거리는 살인자의 비웃음소리가 들리는 것 같았다. 다시 목이 간질거렸다. 기침이 나려 했다.

—에취.

기어코 기침을 토해내 버린 강 반장은 아까 구 경장에게 돌려주지 않고 그냥 호주머니에 넣어두었던 소주병을 꺼내어 반 정도 남은 소주를 한꺼번에 입 속으로 털어 넣었다.

—어떤 놈인지 반드시 잡고야 말겠어.

강 반장은 목구멍으로 소주를 꿀꺽 삼켜 다시 한 번 솟구치는 기침을 누르며 중얼거렸다.

—반장님, 여기 신분증이 있습니다. 피살자는 윤성오라는 사람입니다.

강 반장이 글을 읽는 동안에 편지지 아래의 양복을 펼쳐 수색하고 있던 구 경장이 양복 안주머니에 들어있는 지갑을 펼쳐들고 말했다.

서울 서초동 소재 변호사 유휘진 법률사무소

휘진은 답답했다. 피고의 준비서면에서 인증서를 입수한 경위에 대해 석명하라고 했지만, 아무리 생각해도 마땅한 대응방법이 떠오르지 않았다. 발신자를 알 수 없는 익명의 메일을 통하여 받았다고 하면 비웃음만 살 것이다. 그렇다고 지금까지 메일을 주고받았던 사실을 일일이 설명할 수도 없고, 그것을 믿을 사람도 없을 것 같았다. 메일을 보낸 사람이 진욱 오빠이거나 혜주 언니일 것이라는 생각은 들었지만, 진욱은 여전히 생사조차 확인되지 않은 상태이고, 혜주는 아프리카로 여행을 떠난 뒤로 연락조차 되지 않았다. 더구나 소변경 신청을 하면서 인증서의 원본이 필요하다는 글을 메일에 올렸지만, 이제는 그 메일마저 폐쇄되고 없었다. 그녀가 소송상의 사실관계를 입증하기 위하여 수집할 수 있는 증거는 모두 차단되어 있었다. 피고의 형사고소 사건도 문제였다. 조만간 검찰의 소환이 있을 것이고, 검찰은 분명히 인증서의 원본과 그 입수 경위를 추궁할 것이다. 그녀가 인증서의 원본을 제출하지 못하고 입수경위조차 제대로 소명하지 못하면 결국 소송에 제출한 인증서는 위조문서로 결론이 나게 될 것이다. 그러면, 정말 생각하기조차 끔찍한 일이지만, 그녀는 소송사기로 피소될 것이고, 최악의 경우에는 구속까지도 감수해야 할 것이다. 그러나 이런 상태에서 그녀가 취할 수 있는 대응수단은 전혀 없었다. 소송의 귀재라고 하는 이수호 변호사는 그녀의 이런 사정을 훤히 꿰뚫어 보고 있는 것 같았다. 왜 마지막 소통수단인 메일조차 폐쇄했을까? 혜주 언니는 왜 하필이면 이때 아프리카로 떠났을까? 휘진은 가슴을 짓누르는 압박감을 느꼈다. 메일을 믿었던 것이 성급했다는 후회도 했다. 앞으로 벌어질지도 모를 불길한 사태를 생각하니 더욱 우울해지고 겁도 났다. 휘진은 자리에서 일어나 창가로 다가갔다. 어두운 하늘에 눈발이 날리고 있었다. 그녀는 이 세상에 홀로 버려진 느낌이 들었다. 피고가 원할 때, 그냥 합의를 하고 말까 하는 나약한 생각이 불쑥 들었다. 그러나 그녀는 세차게 고개를 흔들었다. 아버지의 당부를 잊지 말라는 메일의 글을 생각했다. 끝까지 싸우세요. 포기하거나 좌절하면 안 됩니다. 한맥그룹 한정일 회장의 말을 떠올렸다. 그래, 메일을 폐쇄한 다른 이유가 있을 거야. 혜주 언니가 여행을 핑계로 몸을 피한 이유가 있을 거야. 진욱 오빠와 혜주 언니를 믿어야 해. 흔들리면 안 돼. 어떤 고난이 닥치더라도 이겨내야 해. 휘진은 창밖에서 흩날리는 눈발을 바라보면서 나약해지는 마음을 다시 가다듬었다. 그때 책상 위에 놓아둔 휴대전화가 울렸다.

—예, 유휘진입니다.

—장선웅 기잡니다. 윤경호가 살해되었습니다.

—예? 그게 무슨 말씀이세요?

—소설 「마라톤맨」에서 예고한 살인이 실행되었다는 말입니다. 방금 속초경찰서에서 확인했습니다. 혹시 메일에서 윤경호의 얘기가 없었습니까?

—아뇨. 이제 그 메일은 폐쇄되고 없어요.

—예? 메일이 폐쇄되다니요? 알았습니다. 아마 기자들이 닥칠 것입니다. 제가 갈 때까지는 아무 말도 하지 마십시오. 저도 취재를 끝내는 즉시 가겠습니다.

전화를 끊은 휘진은 머릿속이 하얗게 탈색되는 것 같았다. 장선웅 기자는 소설 「마라톤맨」에서 주인공이 위증을 한 트럭 운전사의 혀뿌리에서 거짓말주머니를 찾아보겠다고 한 것을 살인예고라고 했었다. 트럭 운전사는 윤경호였다. 그렇다면 진욱 오빠가 살인을 저질렀다는 말인가? 믿기지 않았다. 그러나 그녀가 그런 생각에 잠겨 있을 틈도 없었다. 갑자기 사무실에서 소란스런 소리가 들렸다. 무슨 일인가? 그녀가 출입문으로 다가가 막 도어의 손잡이를 잡으려는 순간, 노크 소리와 함께 문이 먼저 열리며 카메라의 플래시가 펑펑 터졌다.

—이러시면 안 됩니다.

이성호 사무장이 방안으로 쇄도하려는 기자들을 가로막고 외쳤다. 그러나 기자들은 막무가내로 그녀의 앞으로 마이크를 들이밀며 외쳤다.

—윤경호가 살해될 것을 미리 알고 계셨습니까?

—윤경호가 위증을 한 것이 맞습니까?

—윤경호를 살해한 범인은 박진욱인가요?

질문들이 한꺼번에 쏟아졌다. 방금 기자들이 들이닥칠지도 모른다고 장선웅 기자가 얘기했지만, 이렇게 빨리 올 줄은 생각지도 못했다. 휘진은 숨이 막힐 것 같았다. 그녀는 주춤주춤 소파가 있는 뒤쪽으로 밀려났다. 이성호 사무장을 제치고 기자들이 방 안을 점령했다. 그녀는 심호흡을 한 번 하고는 또박또박 말했다.

–저는 지금 어떤 일이 벌어졌는지 아무것도 모르고 있습니다. 윤경호가 살해됐다는 것도 지금 여러분을 통해 처음 듣습니다. 돌아가 주십시오. 지금 상황에서 저는 아무 말씀도 드릴 수 없습니다. 죄송합니다.

한바탕 홍역을 치른 휘진은 퇴근시간이 되지 않았는데도 바로 사무실을 나와 오피스텔로 왔다. TV의 뉴스 채널을 틀었다. 윤경호의 살인사건이 긴급뉴스로 반복 보도되고 있었다.

오늘 새벽, 강원도 속초시 인근 바닷가에서 피살자의 혀가 뽑혀져 나간 엽기적인 살인사건이 발생했습니다. 속초경찰서 관계자는 피살자의 신원은 얼마 전 코리아타워 소송의 증인으로 법정에서 증언한 바 있는 윤경호 씨라고 확인해 주었습니다. 특히 살해현장에는 살인자가 현장에 남기고 간 편지가 발견되었는데, 이 편지의 내용이 최근 발표된 송규원의 소설 「마라톤맨」에 묘사된 내용과 같다는 점에서, 경찰은 이 살인이 소설의 주인공으로 추정되는 유경준 박사의 조교 박진욱에 의한 예고살인인지의 여부에 주목하고 있습니다. 한편 이 살인을 예고한 소설 「마라톤맨」의 실제 작가가 소설가 성혜주 씨라는 주장이 제기됨에 따라 경찰은 박진욱과 성혜주 씨의 소재 파악에 수사력을 모으고 있습니다. 이 사건과 관련하여 코리아타워의 소송당사자인 원고, 유휘진 변호사는…….

화면에 낮에 사무실에서 겪었던 인터뷰 장면이 뜨자 휘진은 TV를 끄고 말았다. 그때 놀란 가슴이 아직도 두근거렸다. 피곤하고, 머리가 아프고 어지러웠다. 상비약으로 사 둔 진통제 두 알을 먹고, 그녀는 일찍 자리에 누웠다. 그러나 진통제에 의하여 두통이 가시자, 오히려 정신이 말똥말똥해지면서 끝없는 상념이 꼬리를 물고 일어났다. 휘진은 그만 자리에서 일어나고 말았다. 식탁의자에 앉아 커피를 마시며 생각해 보았다.

진욱 오빠가 정말 살인을 했을까? 소설의 주인공이 첫 번째로 응징하겠다고 한 사람은 트럭 운전사 윤성호였다. 증인으로 채택된 고형준이나 박홍길이 윤경호처럼 위증을 할 것은 분명하다. 그러면 주인공은 이들도 살해할 것인가? 휘진은 자기도 모르게 부르르 몸을 떨었다. 소설의 주인공이 진욱 오빠이고, 오빠가 정말 살인을 했다면, 더 이상의 살인은 막아야 한다. 그들이 비록 아버지와 차형일을 살해했다고 하더라도 보복살인은 안 된다. 이제까지는 메일의 글에 따라 행동했지만, 이제부터는 내 생각대로 해야 한다. 그것이 만일의 경우에 있을지도 모를 진욱 오빠의 추가 살인을 막고, 오빠와 혜주 언니를 나타나게 하는 방법이다. 당장 눈앞에 닥친 일만 해도 그렇다. 진욱 오빠나 혜주 언니가 나타나지 않으면 소송에서 질 것은 자명하고, 최악의 경우 형사고소 사건에서 구속될 수도 있다. 인증서의 원본과 입수 경위를 증명하기 위해서는 두 사람이 반드시 나타나야 한다. 그때 그녀의 휴대전화에 문자메시지가 도착했다는 표시가 들어왔다.

방금 기사 송고 마침, 내일 아침 뵙겠습니다.

장선웅 기자가 보낸 메시지였다. 장선웅 기자는 아직 속초에서 돌아오지 않은 모양이었다. 그녀는 다시 자리에 누워 눈을 감았다. 어릴 적 진욱과 함께 보낸 바닷가가 나타나고, 수면 위 바위 위에 앉아있는 갈매기 떼가 보였다. 그때처럼 갈매기들은 배가 고파 끼룩끼룩 울고 있었다. 분명 꿈인데도, 실제로 보고 있는 것처럼 생생했다.

다음 날, 출근하자마자 휘진은 '갈매기 살인사건—예고살인 실행되다'라는 장선웅 기자의 기사를 세밀하게 읽기 시작했다. 일면 헤드라인을 큼직하게 장식한 기사였다. 장선웅 기자는 살해현장의 사진과 함께 살인자가 남겼다는 편지도 읽을 수 있는 크기의 사진으로 함께 실어놓고 있었다. 그녀는 편지를 읽기 시작했다. '경찰관 아저씨께'로 시작하는 글을 읽는 그녀의 가슴이 어느새 쿵쿵거리고 있었다. 거짓말주머니를 찾기 위해 혀를 뽑았다는 잔인한 내용에 소름이 돋았다. 휘진은 피살자의 시신이 발견되었다는 바닷가의 바위를 촬영한 사진을 유심히 살펴보았다. 갈매기 먹이를 주고 간다는 편지 내용, 아! 휘진은 속으로 비명을 질렀다. 사진에 나타난 바위가 있는 곳은 어릴 적 진욱과 함께 어머니의 산소에서 가져온 음식으로 갈매기 먹이주기를 했던 바로 그 바닷가였다. 아! 오빠가 정말 이런 끔찍한 일을? 그녀는 믿을 수가 없었다. 그러나 갈매기 먹이를 주었다는 편지 내용, 그리고 그 장소, 진욱 오빠가 아니라면 살해 장소를 굳이 이 바닷가로 할 이유가 없다. 아니야, 그럴 리가 없어. 고개를 흔들어 강하게 부정했지만, 믿을 수 없는 일은 분명 현실이 되어 있었다. 그때 책상 위의 사무실 전화기가 울렸다.

—예, 유휘진입니다.

—나야.

—상혁 씨!

—왜 아무 말도 하지 않았어? 그들이 고소를 했다며?

상혁의 음성에는 화가 잔뜩 묻어나 있었다. 최형윤 장관이 개입된 사실을 알고 그동안에 있었던 일을 상혁에게는 일부러 감추고 있었다. 그러나 상혁도 이제 알게 된 모양이었다. 그녀는 대답할 말이 궁색했다.

—걱정하지 마세요. 별일 아니에요. 다 잘 될 거에요.

휘진은 애써 태연하게 말했다.

—정말 괜찮아? 아무 일 없어?

—예, 걱정하지 마세요.

—윤경호가 살해된 것은 또 무슨 일이야? 정말 박진욱이 한 짓이야?

—모르겠어요. 그러나 그 오빠가 그럴 리 없어요.

—소송은 어떻게 되고 있어?

—잘 되고 있어요. 걱정하지 마세요.

—감추지 말고 좀 자세히 알려주면 안 돼? 정말 답답해 미치겠어. 안 되겠어. 정말 사표를 내고 가야겠어.

—그러지 마세요. 그런다고 제게 도움이 되지 않아요.

사표를 내고 돌아오겠다는 상혁을 만류해야 한다는 절박한 마음에 갑자기 울음이 솟아나오려고 했다. 목소리에 울음기가 배어들었다.

—답답해서 그래. 왜 메일조차 안 쓰는 거야. 전화도 하지 않고. 그렇게 바빠?

상혁이 화를 터트리고 있었다. 그때 노크소리가 들리며 여직원이 문을 열고 장선웅 기자가 왔다고 알렸다. 휘진은 음성을 다시 가다듬었다.

—미안해요. 손님이 왔어요. 정말 사표 내면 안 돼요. 상혁 씨가 검찰에 있어야 나중에라도 저를 도울 수 있잖아요. 그만 끊을게요.

휘진은 송수화기를 내려놓고 출입문을 열었다. 장선웅 기자가 사무실 소파에 앉아 커피를 마시며 신문을 뒤적이고 있었다.

—들어오세요.

—정말 성 작가의 소설대로 된 것일까요?

장선웅 기자가 거구의 몸을 소파에 내려놓으면서 말했다.

—그 소설이 혜주 언니의 글이라고 아직 확인된 것은 아니잖아요.

—아닙니다. 소설의 내용이 프랑스 유학 때의 성 작가의 이력과 같습니다. 성 작가가 아니면 이런 글을 쓸 사람이 없습니다.

—저도 그런 생각을 하긴 했습니다만, 그보다도 혜주 언니는 아직도 연락이 없나요?

—이런 일을 예상하고 일부러 피한 것 같습니다. 그때 전화가 왔을 때 눈치를 챘어야 하는데. 이 친구 도대체 어디로 잠적한 것일까요?

—마지막으로 제게 와서 여행을 간다고 했어요. 오래 걸릴 거라고 하며, 남아프리카공화국을 거쳐 아프리카를 종단하겠다고 했어요.

—확실합니다. 일부러 피한 것이 맞습니다. 이 사건의 열쇠는 모두 성 작가와 박진욱이 쥐고 있습니다. 이 사람도 연락이 없습니까?

—예, 저도 답답합니다. 그래서 어젯밤에 생각한 건데…….

—어떤 것을 말입니까?

—기자회견을 하려고 해요. 아버지와 차형일 씨가 살해되었고, 윤경호 씨도 살해되었습니다. 만약 소설의 내용처럼 박진욱이 윤경호를 살해했다면, 박진욱은 앞으로 또 살인을 할지도 몰라요. 우리가 연락할 방법이 없으니 기자회견을 통하여 공개적으로 부탁하고 싶어요.

이제 나타나서 진실을 밝혀 달라고요.

–그렇게 합시다. 어떤 방법으로든 박진욱과 성 작가를 나타나게 해야 합니다. 내일 오후 3시쯤이 어떻습니까? 저희 회사 강당에서 기자회견을 할 수 있도록 주선해 보겠습니다. 나중에 연락드리겠습니다. 각 언론사에 통보하는 것도 제가 하겠습니다.

–고맙습니다.

차형일 총기 살인사건은 점차 미궁으로 빠져들고 있었다. 전국의 총포상을 뒤지다시피 했지만, 차형일의 살해에 이용된 총기의 흔적은 잡히지 않았다. 살해현장인 무인도에 피살자를 실어다 준 낚싯배를 찾아내긴 했으나 수사의 실마리가 될 만한 것은 포착되지 않았다. 낚싯배의 선주는 단지 차형일과 함께 승선한 한 낚시꾼이 있었다는 사실 외에는, 밤낚시를 위하여 두터운 방한 파카에다 선글라스와 마스크를 쓰고 있었다는 그 승선자의 인상착의는 전혀 감도 잡지 못했다. 승선 명부에 기재된 인적사항도 물론 가짜였다. 그것은 차형일이 피살되었다는 확실한 증거가 되었을 뿐이었다. 이제 언론의 화살은 아직 단서조차 잡지 못하고 있는 경찰의 무능 쪽으로 향하고 있었다.

남형우 반장은 경찰서 후문 쪽 돼지국밥집에서 소주 한 병을 반주 삼아 점심을 때우고 막 사무실로 들어왔다. 근무시간인데도 불구하고 그가 반주로 소주를 한 병이나 마신 데는 그만한 이유가 있었다. 오늘같이 추운 날씨에는 돼지국밥에다 소주 한 잔이 딱 제격이라고 하면서 싫다고 하는 김 형사를 반강제로 끌고 국밥집으로 갔지만, 실은 '갈매기 살인사건'이라는 광장신문 기사 때문에 출근하자마자 수사과장에게 불려가 돼먹지 않은 군소리를 들어야 했기 때문이었다. 머리 좋은 수재들만 간다는 경찰대학 출신임을 들먹이며 과학수사라는 말을 주문처럼 입에 달고 다니는 수사과장이었다. 남 반장이 정년이 다 되어갈 나이가 되어서야 겨우 반장으로 승진한 것도 그가 도저히 과학수사를 할 만한 머리가 되지 않기 때문이라고 뒤통수에 대놓고 험담을 해대는 위인이었다. 나이도 아들뻘밖에 되지 않았다. 수사과장은 미궁 속으로 빠져들고 있는 차형일 살인사건이 마치 실무자인 남 반장 혼자만의 책임인 듯이 용의자 중 하나로 지목되던 윤경호가 혀가 뽑혀 뒈질 때까지 도대체 뭘 하고 있었냐고 노골적으로 그에게 핀잔을 주었던 것이다. 사건 발생 직후, 최상혁 검사로부터 전화를 받았다는 사실은 숨긴 채, 최 검사의 말대로 박홍길과 윤경호를 조사해야 한다고 할 때는 소설 읽고 그러냐고, 제발 과학수사 좀 하라고 핀잔을 주더니만, 정작 윤경호가 살해되고, 언론에서 떠들어대자 그 책임을 고스란히 그에게만 뒤집어씌우고자 작정한 모양이었다. 혈기왕성했던 젊은 시절에 그런 소리를 들었다면, 그는 그 대상이 과장이 아니라 서장이라도 물불 가리지 않고 한바탕 야단법석을 피웠을 터였다. 위아래도 모르고 나불대는 수사과장의 혓바닥을 피살된 윤경호의 혀처럼 쭉 뽑아 빨랫줄에 매달아 놓고 싶은 충동이 일어났지만, 정년을 앞둔 나이에 그런 풋내기 과장에게 시비를 걸어봤자 자신만 치졸한 인간이 되겠다 싶어 꾹 눌러 참고 말았다. 그러나 여전히 수사과장의 '뒈질 때까지'라는 험구가 머리에서 떠나지 않아 속에서 터져 나오려는 분기를 삭이지 못하고 씩씩거리고 있던 참이었다. 그런 와중에 점심시간이 되자, 그는 울화통을 꽉 메우고 있는 화를 삭여줄 소주 한 잔 생각이 간절했다.

사무실 의자에 앉자, 추운 날씨에 마신 소주의 취기가 알싸하게 번져나며 졸음이 왔다. 그때 남 반장의 휴대전화가 울렸다. 그는 턱을 괸 왼손을 하늘로 들어 올려 하품을 하면서 오른손으로 바지주머니에 있는 휴대전화를 꺼냈다.

—예, 남형우 반장임더.

—지난번에 전화했던 독일 베를린의 최상혁 검사입니다.

—예? 최 검사님이라고예? 아, 알겠심더. 지난번에 소설을 읽어보라 캤다아입니꺼?

—기억하고 계시네요. 통화할 수 있습니까?

—예, 말씀하이소.

그렇게 말한 남 반장은 심드렁하게 의자에서 일어나 느릿느릿 걸어 화장실로 향했다. 실제로 점심을 먹으면서 마신 소주 탓에 방광이 꽉 차기도 했지만, 자기가 전화를 한 사실을 비밀로 해달라는 최 검사의 말을 기억했기 때문이었다.

—윤경호가 살해된 것은 아시죠?

—예, 오늘 신문에 났데예. 그때 검사님 말씀대로 소설은 읽어 봤심더.

—그 소설 속에 나오는 트럭 운전사가 오늘 살해된 윤경호입니다.

—신문에도 그래 났데예. 그런데 검사님. 검사님은 설마 그 소설이 진짜라고 생각하고 있십니꺼? 아이구야 마, 그 소설에서는 박진욱이라는 아이가 뭐, 아랍인가 중동인가에서 특수훈련을 받고 킬러가 되었다고 하는데, 그기 어데 가당키나 한 소립니꺼? 진짜로 소설 같은 얘기 아입니꺼? 진짜로 그렇다면 신출귀몰한 글마가 어디 찾아 지겠십니꺼? 지난번에 수사과장한테 소설 얘기 얼핏 꺼냈다가 소설 쓰고 있느냐고 쿠사리마 왕창 무따 아입니꺼. 과학수사 좀 하라고예.

—차형일 살인사건과 오늘 윤경호의 피살 사건은 소설과 완전히 같

지는 않다고 하더라도 서로 연관성이 있는 사건입니다. 제가 보장합니다. 제가 그때 박홍길과 윤경호를 주목해야 한다고 인적사항까지 말해 주며 조사해 보라고 하지 않았습니까? 속초경찰서와 연계하여 박진욱과 박홍길의 소재 파악에 주력해야 합니다.

—참, 그런데 박홍길 글마는 참 아리송한 자석이데예.

—그게 무슨 얘깁니까?

—박진욱이는 소설 쓰고 있냐고 캐서 아직 시작도 안 했고예, 그래도 박홍길이는 내가 이곳저곳 좀 쑤시봤다 아입니꺼. 강남유통 사장이라고 하는데, 진짜 사장은 강진호라고 하데예.

—그 얘기는 제가 이미 하지 않았습니까? 새삼스런 얘기는 아닌 것 같은데요?

—근데 이게 말입니더. 강남유통이라고 그럴 듯하게 씨부리싸서 알아본께네, 뭐신 줄 압니꺼? 문디 자석이 룸살롱을 하고 있는 거라예. 서울 강남에서 으리으리한 룸살롱을 대여섯 군데나 하고 있는 거라예.

—그런 얘기도 이미 제가 하지 않았습니까?

—아, 내 얘기 끝까지 좀 듣고 얘기하이소.

—아, 예, 미안합니다.

—미안할 거까지는 없고예. 그라고 강진호 말인데예. 강호건설이 지금처럼 크게 된 것이 다 일본 깡패들의 돈이 건너왔기 때문이라고 캅디더. 일본 깡패를 뭐라 캅니꺼? 야꾸자, 예, 야꾸자라 카지예? 강호건설 자금은 다 야꾸자들 돈이라 카는 기라예.

—그런 얘기는 처음 듣는군요. 그러나 그것과 차형일 사건과는 직접 연계시킬 필요는 아직 이른 것 같고, 어쨌든 반장님은 속초서와 공조하여 박진욱과 박홍길의 소재 파악에 주력해야 합니다. 속초서에도

제가 전화를 하겠습니다. 그리고 차형일이 살해된 당일 박홍길과 윤경호의 행적을 조사해 보라고 했는데, 좀 진척이 있습니까?

—소설 읽고 그러냐고 쿠사리만 왕창 무따 안 캅니꺼. 최 검사님 말은 높은 사람에게 하지 말라고 캐서 내가 생각한 거 맨쿠로 소설 얘기를 꺼냈더니만, 아이구야, 마, 과장이 뭐라 캔 줄 압니꺼. 머리 좋은 우리 수사과장님이 과학수사 좀 하라고, 지이발 정신 좀 차리세요, 이카데예.

—반장님, 제 말을 좀 진지하게 들어줄 수 없습니까?

—그럼 지는 뭐 지금 장난하는 줄 압니꺼?

—알겠습니다. 전화로 자세하게 말씀드리기가 곤란해서 그러는데요. 반장님, 강남경찰서 정보과의 김영준 경위와 유휘진 변호사를 한번 만나보십시오. 그러면 제가 왜 이러는지 알게 될 겁니다.

—강남경찰서라면, 서울 말입니꺼?

—예.

—유 뭐라 캤심니꺼?

—유휘진 변호사요. 서울 서초동 법원 앞에 사무실이 있습니다.

—지보고 서울까지 가라고예?

—살인자를 잡으려면 서울이 아니라 그 어딘들 못 가겠습니까? 꼭 만나보세요. 차형일 살인사건을 해결하는 지름길이 될 겁니다.

최상혁 검사의 목소리가 일순 짜증으로 높아졌다가 이내 달래는 어조로 바뀌었다.

—알겠심더. 사건을 해결할 수 있다는데 낼이라도 당장 가보겠심더. 근데 과학수사 잘 하는 수사과장이 출장 허가를 내줄지는 모리겠심더.

다음 날 오후 3시, 휘진은 광장신문 대강당에 마련된 기자회견장으로 들어섰다. 미리 대기하고 있던 보도진들의 카메라가 일제히 그녀에게 초점을 맞추었다. 그녀는 강당 중앙 연단에 마련된 마이크 앞에 섰다.

–이렇게 와 주셔서 감사합니다. 코리아타워 소송의 원고 유휘진입니다. 아시다시피 제가 제기한 코리아타워 소송과 관련하여 SH화재해상보험의 차형일 씨가 살해되었고, 어제는 이 소송에서 증언을 한 윤경호 씨가 살해되었습니다. 돌아가신 분들과 유족들에게 진심 어린 위로의 말씀을 드립니다. 이제 더 이상 이런 불행한 일은 일어나지 않아야 합니다. 그래서 저는 이 자리를 빌려 부탁드리고자 합니다. 이 소송의 원고인 저를 위한 목적이든, 아니면 피고들을 위한 목적이든 간에 고귀한 인명을 해치는 것은 어떤 이유로도 합리화될 수 없습니다. 이러한 방법은 원고인 저에게는 물론이고, 피고들에게도 결코 도움이 되지 않을 것입니다. 이제 이 사건의 진실을 알고 있는 사람이 나타나 진실을 밝힐 때입니다. 진실을 밝힐 법정이 열려 있습니다. 특히 박진욱 씨와 성혜주 작가님께 간곡하게 부탁드립니다. 이제 두 분께서 나오셔서 진실을 밝혀주십시오. 저는 아버지 유경준 박사님의 죽음에 대한 복수를 원하지 않습니다. 돌아가신 아버님도 그것을 원하지 않을 것입니다. 저는 물론이고 많은 분들이 두 분을 기다리고 있습니다. 더 이상의 불행이 생기지 않도록 이제 두 분이 나오셔야 합니다. 두 분께 연락할 방법이 없어 할 수 없이 이렇게 공개적인 자리를 마련했습니다. 부디 나오셔서 진실을 밝혀 주십시오. 이상입니다.

말을 마친 휘진은 단상에서 내려가려 했다. 그러나 기자들이 놓아주지 않았다.

–KBN 방송의 송인욱 기잡니다. 원고는 소송에서 유경준 박사님이

살해되었다고 주장하고 있는데요. 원고는 유 박사님께서 살해되었다는 증거를 확보하고 있습니까?

–결정적인 증거는 지금 가지고 있지 않습니다. 그러나 증거는 반드시 나타날 것이라고 믿고 있습니다.

–DBC 방송의 박규태 기잡니다. 지금 원고는 박진욱과 성혜주 작가를 지목하면서 이 두 사람이 진실을 밝혀야 한다고 하였습니다. 원고는 어떤 근거로 이 두 사람이 진실을 알고 있다고 판단하는 겁니까? 송규원의 소설이 성혜주 작가의 소설인지도 아직 확인되지 않았고, 이 소설은 말 그대로 소설에 불과할 수도 있지 않습니까?

–저는 그 소설이 성혜주 작가의 글이고, 그것이 단순한 픽션이 아니라는 확신을 가지고 있습니다. 그 소설은 박진욱과 저의 얘기인 동시에 성혜주 작가 본인의 얘기입니다. 자세한 내용은 지금 이 자리에서 밝힐 수 없음을 양해해 주시기 바랍니다.

–그럼 소설의 내용처럼 윤경호의 살해범이 박진욱이라는 말씀입니까?

–믿고 싶지 않지만, 저는 그럴 가능성을 배제하지 않습니다.

–한국신문의 김동환 기잡니다. 소설 「마라톤맨」에서는 주인공이 인증서를 작성한 장소에서 있었던 대화를 녹음한 녹음 CD와 유 박사를 살해한 경찰관의 탈구된 치아를 확보하고 있는 것으로 나오는데, 원고는 현재 그 증거들을 확보하고 있습니까?

–저는 아직 그 증거들을 받지 못했습니다. 그러나 박진욱이 그 증거들을 가지고 있을 것으로 믿고 있습니다.

–대한일보의 김기용 기잡니다. 원고는 현재 피고들로부터 문서위조로 고소를 당하여 조만간 검찰의 소환을 앞두고 있는 것으로 아는

데요. 원고는 지금 문제가 되는 인증서의 원본을 가지고 있습니까? 가지고 있다면, 언제 그것을 공개하실 생각인가요?

—그 문제에 대해서는 검찰에서 밝히겠습니다.

—그것도 박진욱이 가지고 있다는 말씀입니까?

—저는 그렇게 믿고 있습니다.

—그럼 원고는 현재로서는 아무 증거도 가지고 있지 않다는 말씀인데, 혹시 오늘 이 기자회견을 하는 목적이 검찰의 소환을 앞둔 원고가 형사책임을 면하려고 박진욱과 성혜주 작가 그리고 여기 모인 기자들을 이용하고 있는 것이 아닙니까?

기자회견장이 술렁거렸다. 휘진은 모욕감에 얼굴이 달아올랐다. 그녀는 정색을 하고 또박또박 힘주어 말했다.

—저의 책임을 회피하기 위하여 박진욱과 성혜주 작가를 이용하는 것은 절대 아닙니다. 언론을 이용하는 것은 더더욱 아닙니다. 제가 그렇게 판단하는 것은 나름대로의 이유가 있기 때문입니다. 저는 제가 행한 행위에 대해 책임을 회피하거나 이를 전가할 생각이 전혀 없습니다. 오늘 기자회견은 이미 밝힌 바와 같이 더 이상 불행한 일이 발생하면 안 되겠다는 순수한 마음에서 한 것입니다. 죄송합니다. 질문은 여기까지만 받겠습니다.

—잠깐만요. 한 가지만 더 묻겠습니다.

김기용 기자는 집요했다.

—만약 소설에 언급된 인증서 원본과 녹음 CD, 경찰관의 탈구된 치아를 가진 주인공 박진욱이 나타나지 않는다면 원고는 어떻게 하실 건가요? 성혜주 작가의 소설이 그야말로 소설에 불과한 것으로 밝혀진다면 그때는 어떻게 하실 건가 하는 말씀입니다.

—그러한 경우를 가정하긴 싫지만, 만약 그렇게 되어 제가 책임질 부분이 있다면, 저는 당연히 그에 상응하는 처벌을 감수하겠습니다. 그러나 두 사람은 반드시 나타날 것입니다. 저는 그렇게 믿고 있습니다. 오늘 이 자리도 두 사람이 증거를 가지고 나타나 진실을 밝혀달라는 청을 드리기 위해 마련한 것입니다. 그분들은 저의 이런 부탁을 거절하지 않으리라 확신합니다. 죄송합니다. 더 이상의 질문은 받지 않겠습니다.

그녀는 서둘러 단상을 내려왔다. 카메라의 불빛에 멀미가 나며 어지러웠다. 구토가 나려고 했다. 서둘러 화장실로 간 그녀는 수돗물로 입을 헹구고 속을 가라앉혔다. 그녀와 마찬가지로 태아도 심한 스트레스를 받은 모양이었다. 발길질이 예사롭지 않았다. 이제는 더 이상 숨길 수도 없을 것 같았다. 그녀는 크게 심호흡을 하면서 아랫배를 가만히 쓰다듬었다.

벌써 세 잔째의 커피를 마신 남형우 반장은 은근히 부아가 끓어 올랐다. 변호사 사무실의 응접 소파에 궁둥이를 처박고 있은 지 벌써 두 시간이 넘어가고 있었다. 그는 뒤적거리고 있던 신문을 덮고 일어나 마시고 남은 바짝 마른 커피가 달라붙은 컵을 들고 사무실 한쪽에 있는 정수기에서 물을 받았다. 마른 커피가 물에 희석되면서 거무튀튀하게 변한 물을 소주 마시듯 입 속으로 털어 넣고 있을 때, 출입문이 열리며 유휘진 변호사가 들어섰다.

—변호사님이십니다.

사무실에 처음 들어왔을 때, 마치 피의자 신문하듯 몇 마디를 물어보고는 이내 컴퓨터에 얼굴을 처박고 있던 사무장이란 남자가 고개를 들고 그에게 말했다. 하, 요것 참, 이름이 유휘진이라 해서 여자 변호사일 거라고 짐작은 했지만, 나이 서른둘에 떼를 쓰다시피 하여 겨우 시집을 보낸 큰딸보다도 더 젊은 여자일 줄은 생각지 못했다. 제길, 이런 여자는 공부를 잘해서 떡하니 변호사가 되어 지 애미, 지 애비한테 요렇게 효도하고 있는데, 그놈의 가시나는 지지리도 못나서 얼마 전 시집보낼 때까지도 매일 용돈 좀 주라고 칭얼대고 있었다니. 얼굴이나 몸매로 보아도 시집도 가기 전에 앞배에 뛰룩뛰룩 비곗살이 올랐던 딸보다도 이건 뭐 비교가 안 된다. 너무 말랐다 싶을 정도로 깡마른 몸매지만 그래도 튀어나올 곳은 다 튀어 나와 있고, 키는 또 미스코리아 대회에 나가도 될 만치 쭉 빠졌다. 어떻게 얼굴조차 요렇게 반반하게 생겼을까. 그는 몇 달 전 시집보낸 큰딸과 여변호사의 모습을 비교해 보면서 괜스레 속으로 부아가 끓어 올랐다.

–안으로 들어가시죠. 차 좀 주세요.

딸 같은 여변호사가 '변호사실'이라고 쓰인 사각형 명패가 붙은 방으로 들어서며 여직원에게 말했다.

–아, 나는 됐소 마, 금붕어 새끼멘쿠로 연달아 석 잔을 마셨더니만 속이 다 아플라카네.

남 반장이 여직원을 돌아보며 툭 쏘듯 말했다.

–창원 마산중부서 강력계 남형우 반장입더.

변호사실로 들어선 남 반장이 말했다. 이제는 좀 나아졌네. 일부러 '반장'이라는 말에 힘을 주어 말한 그는 스스로에게 속으로 말했다.

–예, 아까 전화로 말씀은 들었습니다. 유휘진 변호사입니다. 멀리서 일부러 오셨네요.

명함을 건네고 소파에 앉은 유 변호사가 말했다.

—차형일 살인사건 땜에 왔심더.

아, 딸내미 같은 여자 앞이라서 그라나, 조심한다고 하는데도 사투리가 막 튀어나오네.

—예, 짐작은 했습니다.

—어제 최상혁 검사님이 전화를 했데예. 최 검사님이 변호사님을 한번 만나보라고 해서 왔심더. 차형일이 변호사님 사건에서 증인이라 카던데, 맞십니꺼?

—예. 그렇습니다.

—우째 된 긴지 좀 자세하게 알아볼라고 왔심더.

—그보다도 차형일 사건의 수사는 어떻게 되어 가고 있습니까?

—아직 아무 것도 몬 건지고 있심더. 그래서 답답해서 이래 찾아왔다 아입니꺼.

—제가 어떻게 도와야 합니까?

한 시간 후.

—그래 된 기네요. 최 검사님이 특별히 박홍길과 윤경호의 행적을 조사하라고 한 이유를 인자 알겠네예. 그런데 윤경호는 이미 죽어뻿고, 지금부터 박홍길의 행적을 샅샅이 찾아보겠심더. 그라고 변호사님, 그 소송기록 복사 좀 해 주이소. 수사과장한테 갖다주야 과학수사했다고 할 거 같심더.

휘진으로부터 사건의 내막과 소송 진행 경과를 들은 남 반장이 흥분한 목소리로 말했다. 진한 경상도 사투리가 섞인 남 반장의 음성이 너무 커서 칸막이를 한 변호사실의 밖에까지 그 소리가 들릴 것 같았다.

—소송기록이 살인범을 체포하는 데 도움이 된다면 물론 드려야겠

지만, 제 생각으로는 별 도움이 될 것 같지는 않은데요.

–그기야 우리가 판단할기고, 변호사님은 협조만 좀 해 주이소.

–수사상 꼭 필요하다면 소송기록은 법원에도 있으니까, 법원 쪽에 정식으로 요청하시면 될 것 같은데요.

–아참, 그걸 누가 몰라서 그랍니꺼. 빨리 좀 보고 후다닥 일할라고 그라지.

–죄송합니다. 소송기록은 당사자 외에는 함부로 외부로 유출할 수 없습니다.

–아, 그 당사자가 바로 변호사님 아입니꺼?

–저도 당사자지만, 상대방도 당사잡니다.

–하, 이거 참, 최상혁 검사님이 엔간한 부탁은 다 들어줄기라고 하던데예?

–죄송합니다.

–안 된다면 할 수 없지예. 그럼 지는 그만 가보겠심더.

–예, 안녕히 가십시오.

이런 니이미, 잘 나가다가 삼천포네. 그 살인자 새끼, 빨리 자블라 카는 긴데, 좀 협조해 주면 어디 덧나나? 이거 압수영장을 땡길 수도 없고……, 니이미, 과장 자석이 믿어 줄긴지 모리겠네. 변호사실을 나와 사무실 출입문으로 걸어가던 남 반장이 속으로 욕지기를 하며 휴대전화를 꺼내어 번호를 눌렀다.

–아, 김영준 경윕니꺼? 아침에 전화했던 남 반장인데요. 오데로 가면 됩니꺼?

남 반장이 사무실을 나가자, 책상에 앉아 컴퓨터를 들여다보고 있던 이성호 사무장이 두 손을 깍지 껴 천장으로 길게 뻗어 기지개를 한 번 켠 후 휴대전화를 들고 화장실로 들어갔다. 화장실에 아무도 없는 것을 확인한 이성호 사무장이 휴대전화의 번호를 눌렀다.

—창원 마산중부서의 남형우 반장이라는 사람이 찾아 왔습니다. 박홍길의 행적을 조사해 보겠다는 얘기를 들었습니다.

—뭐라고? 자세하게 얘기해 봐.

—차형일 살인사건으로 최상혁 검사가 가보라고 해서 왔다는 얘기를 들었습니다. 그리고…….

통화를 하는 도중에도 이성호 사무장은 혹시나 누가 화장실에 들어오지나 않을까 연신 출입문 주위를 두리번거리고 있었다.

무너지는 타워

모든 생명과 물상의 관계는 인연의 법칙에 의해 움직인다.
인연이란 서로의 서로에 대한 영혼의 이끌림 현상이다.
서로의 영혼이 이끌어주고 끌어당기는 것이다.

서울 종로구 소재 대아빌딩 24층 2401호 국가미래 전략연구소

이성호와 통화를 마친 홍정호 실장이 최형윤 장관의 휴대전화 번호를 눌렀다.

—서둘러야겠습니다. 마산중부서에서 박홍길의 행적을 수사하고 있다고 합니다.

—그러기에 내가 뭐라 했습니까? 자중해야 한다고 그렇게 말했건만…….

—신중하게 했기 때문에 경찰이 조사한다고 해서 밝혀내지는 못할 것입니다. 그리고 또 문제가 생겼습니다. 심각합니다. 최상혁 검사가 독일에서도 여전히 이 사건을 캐고 있습니다. 특단의 조치가 필요합니다.

—그애가 말입니까? 그게 정말입니까?

—마산중부서의 남형우 반장에게 뒤에서 은밀하게 수사를 지시하고 있습니다. 더 이상 미룰 수는 없습니다. 그 계집을 구속시켜 놓으면

최상혁 검사도 생각이 달라지지 않겠습니까? 시급합니다.

—알았습니다.

홍정호의 귀에 최형윤 장관의 목소리는 신음처럼 들렸다.

서울 서초동 소재 변호사 유휘진 법률사무소

출근한 휘진은 오전에 있는 의뢰인의 민사소송에 출석하기 위하여 소송기록을 가방에 넣고 있었다. 노크소리가 들리고 파랗게 질린 여직원이 들어와 겁먹은 목소리로 말했다.

—변호사님, 검찰청에서 사람이 나왔습니다.

드디어 올 것이 왔구나. 휘진은 짐작했다. 이 사무장이나 여직원에게 당혹스런 모습을 보여서는 안 된다. 그녀는 태연하게 말했다.

—그래요. 들어오시라고 하세요.

검은 양복을 입은 수사관이 방으로 들어섰다.

—서울중앙지검의 이군현 수사관입니다. 압수수색 영장입니다.

—수고하십니다. 강호건설의 고소건 때문인가요?

—그렇습니다.

—집행하세요. 저는 재판 때문에 나가봐야 합니다. 이 기록도 압수대상에 포함되지는 않겠지요?

그녀는 가방에 넣고 있던 민사소송 기록을 내보이며 말했다.

—가방을 잠깐 볼 수 있겠습니까?

—예, 보세요.

가방의 내용물을 살펴본 수사관이 말했다.

—예, 가져가셔도 좋습니다. 그리고 변호사님의 오피스텔에도 압수

수색이 있을 겁니다. 혹시 집에 가셔서 놀라실까 봐 미리 말씀드리는 겁니다.

—예, 알겠습니다.

그녀가 가방을 들고 사무실로 나오자, 방에 들어온 수사관외에도 세 사람이 더 와 있었다. 그녀는 수사관들에게 가볍게 목례를 하며 말했다.

—유휘진 변호삽니다. 수고하십시오. 이 사무장님, 걱정하지 마시고 수색에 협조해 드리세요. 저는 재판을 마치고 오겠습니다.

계단을 걸어 내려온 휘진은 입술을 꼭 깨물고 법원으로 걸음을 옮겼다.

열흘 후, 휘진은 검찰의 소환통보를 받았다.

—서울중앙지검 김주환 검사입니다.

—소환통보인가요?

—그렇습니다.

—언제 출석해야 합니까?

—빠르면 빠를수록 좋습니다.

—소환에 응하지 않으면 어떻게 되는가요?

—오래 걸리지 않을 겁니다. 몇 가지만 확인해 주시면 됩니다. 소명하고 반증할 시간은 충분히 드리겠습니다.

—알겠습니다. 내일 오후에 들어가겠습니다.

다음 날, 오후 1시.

매우 추운 날씨였다. 검찰청 정문 출입문 앞에는 이미 많은 기자들이 진을 치고 있었다. 두터운 오버코트로 몸을 감싼 그녀는 미리 마련된 포토라인 앞에 섰다.

—입증자료는 준비하셨나요?

—소감 한마디만 해 주시죠!

—문서위조는 인정하시나요?

—박진욱과 성혜주 작가와는 연락이 됐습니까?

—…….

잠시 호흡을 고른 그녀는 고개를 꼿꼿하게 들고 말했다.

—지금 저는 아무 말도 하지 않겠습니다. 때가 되면 진실은 모두 밝혀질 것입니다.

수사관들이 보도진들 사이를 열어주었다. 그녀는 안내하는 수사관을 따라 김주환 검사의 방으로 갔다.

—날씨가 매우 춥지요. 김주환 검사입니다. 차 한 잔 하시겠습니까? 우선 여기 앉으시죠.

책상에 앉아있던 김주환 검사가 출입문 쪽으로 나와 그녀를 맞이하며 책상 앞에 놓인 단출한 네 개짜리 등받이 없는 응접 소파를 가리켰다.

—고맙습니다. 녹차가 있으면 한 잔 주십시오.

휘진은 소파에 앉아 김주환 검사가 직접 타주는 녹차를 받아들고 찻잔에서 전해지는 따뜻한 기운을 손바닥으로 느꼈다. 소환에 응하긴 했지만, 정작 그녀가 진술할 말은 없었다. 비록 메일이 폐쇄되기는 했으나 진욱과 혜주는 분명 인터넷이나 다른 보도 매체를 통하여 그녀의 기자회견을 알았을 것이다. 그러나 그 이후 두 사람으로부터 어떤 메시지도 없었다. 메시지가 없다면 그녀가 검찰에서 진술할 것도 없었다. 그녀는 찻잔의 차를 한 모금 마신 후 다시 한 모금을 입에 머금은 채로 가만히 눈을 감았다.

소송을 제기한 것이 지금까지 주고받았던 익명의 발신자의 메일과 송규원의 소설에 근거했다고 사실대로 말한다면, 어쩌면 검사는 어이가 없어 웃을지도 모른다. 그것은 조롱거리밖에 되지 않을 것이다. 판사 출신이고, 현직 변호사인 그녀가 확인되지도 않은 그런 불확실한 증거를 가지고 소송을 제기하다니, 어쩌면 검사는 그녀의 자질조차 의심할 것이다. 심할 경우, 검사는 그녀를 아예 정신병자로 취급하여 정신감정부터 하자고 할지도 모른다. 설사 호의적으로 그녀의 진술을 믿는다고 하더라도, 확인되지도 않고 출처도 불분명한 증거로 평가하여, 그녀의 진술의 신빙성을 인정하지 않을 것은 분명하다. 인정되지도 않을 진술을 장황하게 하는 것보다는 차라리 침묵하는 것이 더 나을 것이다. 대응할 수단이 없는 그녀가 며칠 동안이나 고민한 끝에 내린 결론이었다. 그러면서도 그녀는 진욱과 혜주에 대한 신뢰의 끈을 단 한순간도 놓지 않았다. 메시지를 보내지 않는 다른 이유가 분명 있을 것이다. 두 사람이 다음 메시지나 증거를 보내올 때까지 기다려야 한다. 설사 이 일로 구속이 되는 일이 있더라도 끝까지 기다려야 한다. 세상의 조롱거리로 전락하더라도, 인터넷 소설을 현실로 착각하여 소가 1조 원대의 소송을 제기한 돈에 눈이 먼 정신병자로 취급받더라도, 이보다 더한 그 어떤 비난이 닥치더라도 흔들림 없이 기다려야 한다. 휘진은 눈을 감은 채 그동안 다짐하고 또 다짐했던 결심을 다시 한 번 가슴에 새겨 넣었다.

—이제 조사실로 가실까요?

찻잔을 들고 눈을 감고 있는 그녀에게 김주환 검사가 다 마신 커피

잔을 내려놓으면서 말했다. 그녀는 미지근하게 식은 차를 두 번으로 나눠 마시고는 일어섰다.

—검찰의 명예를 걸고 공정하게 수사를 했고, 앞으로도 그럴 것입니다. 믿으셔도 좋습니다. 압수수색 자료를 통하여 사건의 윤곽은 이미 파악했습니다. 정식 신문을 하기 전에 먼저 몇 가지만 짚고 넘어가겠습니다. 유 변호사님께서는 송규원, 아니 소설가 성혜주라고 합시다. 성혜주 작가의 소설이 사실이라고 생각하십니까?

조사실에 들어서자마자 김수환 검사가 작심하고 있었다는 듯이 말했다.

—제가 박진욱과 아버지에 대해 알고 있는 것 그리고 과거의 제 경험에 비추어보면 그것은 사실이라고 판단할 수밖에 없습니다.

—소설의 내용이 사실이라면 성혜주 작가와 박진욱은 왜 정식으로 고소를 하지 않았을까요? 유 변호사님을 통해서 할 수도 있지 않습니까?

—글쎄요. 아마 제가 모르는 다른 이유가 있겠지요.

—성혜주 작가 말인데요. 혹시 연락이 됩니까?

—아뇨. 그것 때문에 저도 답답합니다.

—조사해 보니 성혜주 작가는 남아프리카 공화국으로 출국했더군요. 그런데 하필이면 유 변호사님의 소환을 앞둔 이 중요한 시기에 출국한 이유가 무엇이겠습니까? 박진욱으로부터 들은 얘기에 소설가의 상상력을 발휘하여 쓴 소설이 일파만파 사회문제로 번지자 도저히 감당할 수 없어 도피한 것이 아니겠습니까? 저는 그런 생각이 드는데요.

—그렇지는 않을 것입니다.

—그리고 유 변호사님이 소송에 제출한 인증서 말입니다. 이 고소

사건의 핵심입니다. 그 인증서는 물론 유 변호사님이 직접 만든 것은 아닐 테고, 그렇다면 박진욱이나 성혜주 작가가 만들었다고 봐야 하는데, 누가 만든 것입니까?

—검사님은 지금 제가 문서위조를 했거나 박진욱이나 성혜주가 위조한 문서를 제가 행사한 것처럼 단정하고 계시는데, 그런 예단은 공정한 수사가 아니라고 생각됩니다.

—과연 그럴까요? 그러나 내가 이렇게 하는 데에는 그만한 이유가 있습니다. 자, 이것을 한 번 보시고 말씀하실까요?

김주환 검사가 파일에서 인증서라는 제목이 붙은 서류 두 개를 꺼냈다. 그중 하나는 그녀가 컴퓨터에서 출력하여 법원에 제출한 것이고, 또 하나는 같은 양식의 표지에 인증서라고 표시된 원본의 복사본이었다. 김주환 검사가 말했다.

—이 인증서는 잘 아실 테고요. 그리고 이 인증서는 고소인이 제출한 인증서의 원본입니다. 계약의 내용은 나중에 보기로 하고 먼저 이것을 한 번 보십시오.

김주환 검사가 두 개의 인증서의 마지막장을 펼쳤다. 그곳에는 계약자 서명란에 서명과 인장이 날인되어 있었다.

—유경준 박사님의 서명과 날인은 이 두개의 인증서 모두 동일합니다. 그런데 공증을 한 법무법인 정의 인감이 다릅니다. 육안으로 보아도 알 수 있겠죠?

—예, 다르네요.

—이것을 어떻게 생각하십니까? 제가 위조문서라고 단정한 이유가 여기에 있습니다. 즉 유 변호사님이 제출한 이 인증서에 날인된 인감은 법무법인 정이 과거에 사용하던 인감입니다. 이 인증서가 작성된

시기에 법무법인에서 사용하던 인감은 원본에 있는 이 인감입니다. 여기 법인인감증명서를 보시면 아실 겁니다.

그녀는 김주환 검사가 파일에서 펼쳐 보이는 법인인감증명서와 고소인이 제출했다는 인증서의 원본에 찍힌 인감을 대조해 보았다. 과연 그랬다. 인증서 원본의 인감은 인증서를 작성한 날짜에 사용하는 인감과 동일했고, 그녀가 제출한 인증서에 찍힌 인감은 인증서가 작성된 날짜 이전에 등록되어 있는 인감이었다. 김주환 검사가 다시 말했다.

—유 변호사님께서 직접 이 인증서를 만들었다고는 생각하지 않습니다. 아마 박진욱이나 성혜주가 만들었겠지요. 그러나 이 사람들은 참 어설픈 실수를 했습니다. 법무법인 정에서 사용인감을 변경한 줄도 모르고 그 이전에 사용하던 인감을 위조하여 찍은 것입니다. 위조를 하려면 좀 치밀하게 하지 않고, 어설프고 치명적인 실수를 했습니다. 아마 유 변호사님께서는 이 사람들의 장난에 놀아난 것 같습니다. 그렇지 않습니까?

김주환 검사의 말은 옳았다. '회향'에서 위조된 것이라는 최 장관의 말을 믿지 않았는데, 인증서에 찍힌 인감이 그 이전에 사용하던 인감이라면 위조된 것이 분명하다. 그녀는 얼이 나간 것처럼 일순 할 말을 잃고 말았다. 그런 그녀를 보고 김주환 검사가 말했다.

—더 변명할 여지가 없지 않습니까? 고소인은 회사의 이미지를 고려하여 이 일을 불문에 붙이고 합의를 하겠다고 했습니다. 돌아가신 유경준 박사님의 뜻을 고려하여 지난번에 200억 원을 제시했다고 하더군요. 돌아가신 유 박사님은 물론이고 유 변호사님 본인의 명예도 고려해야 하지 않겠습니까? 합의를 하지 않으면 저는 구속영장을 신청

할 수밖에 없습니다. 최상혁 검사와의 관계도 잘 알고 있습니다. 최 검사님의 입장을 고려하더라도 이렇게 명백한 증거가 있는 이상 저로서도 어쩔 수 없습니다.

그녀는 어지러웠다. 김주환 검사의 말마따나 증거는 명백했다. 그녀가 제출한 인증서에 날인된 인감은 법부법인 정이 인감을 변경하기 한 달 전까지 사용하고 있던 인감이었다. 이것이 어떻게 된 일일까? 정말 김주환 검사의 말대로 두 사람이 인감을 위조하여 계약서를 위조하였고, 그녀는 자기도 모르는 사이에 이들의 어설픈 범죄행위에 끌려들어가 하수인 노릇을 한 것일까? 아버지가 돌아가셨는데도 한 번도 나타나지 않았던 그 사람, 그 녀석의 이름조차 입에 담지 말라던 강 원장, 어쩌면 진욱이 성혜주와 공모하여 이런 범행을 계획한 것일지도 모른다는 생각이 순간적으로 스쳐지나갔다. 조금 전까지만 해도 다짐하고 또 다짐했던 결심이 일순간에 스르르 무너져 내리고 있었다. 그녀의 이러한 심리상태를 간파한 것일까? 김주환 검사는 틈을 주지 않았다.

—계약의 내용에도 수긍되지 않는 점이 있습니다. 유 변호사님께서 제출한 인증서에는 코리아타워 지분 3분의 1을 유 박사님에게 주는 것으로 되어 있고, 고소인이 제출한 인증서 원본에는 공시지가로 산정한 토지가격 3천억 원과 사업이 끝난 후 정산한 이익금의 20퍼센트를 주는 것으로 되어 있습니다. 그리고 고소인의 말에 의하면 코리아타워가 완공되었을 때 토지와 건물대금을 포함한 총자산은 5조 원 정도로 추산된다고 합니다. 그런데 토지의 공시지가는 약 3천억 원 정도로 총자산 대비 10분의 1에도 미치지 못합니다. 그런데도 지분 3분의 1을 주기로 했다면 이는 너무 과도한 것이 아닙니까? 상식으로 이

해가 되지 않는 부분입니다.

–그것은 토지의 가격을 단순한 공시지가로 계산할 때만 그런 것이지, 토지의 실제 가치는 1조 원이 넘습니다.

–그렇다고 하더라도 강호건설과 태성건설 그리고 유 박사님께서 공동으로 균분하여 부담하기로 한 상인들에 대한 영업보상비를 공제하고 나면 유 박사님에게 3분의 1이 간다는 것은 무리라고 봅니다. 고소인은 상인들의 영업보상비로 약 3천억 원을 지출했다고 합니다.

김주환 검사가 파일에서 영수증이 편철되어 부분을 보여주고는 다시 말했다.

–제가 판단하기에 코리아타워 공사를 어떤 시공업체가 한다고 하더라도 유 박사님께 지분 3분의 1을 줄 이유는 없을 것 같습니다. 제가 위조라고 확신한 것은 인감도장뿐만 아니라 이런 내용을 모두 검토하고 내린 결론입니다. 유 변호사님께서는 상인들에 대한 영업보상비 천억 원을 공제한 토지대금 2천억 원과 얼마가 될지는 알 수 없지만 공사 완료 후 정산한 이익금의 20퍼센트를 가지게 됩니다. 우리로서는 셀 수도 없는 천문학적인 액수입니다. 이런 마당에 굳이 싸울 이유가 어디 있습니까? 돌아가신 유 박사님의 명예를 위해서라도 합의를 하는 게 좋지 않겠습니까? 제가 안타까워서 드리는 말씀입니다. 싸우게 되면 서로에게 상처만 입히는 결과가 됩니다. 합의만 되면 고소인도 고소를 취하하겠다고 했고, 그러면 저도 기소유예 정도로 끝낼 생각입니다.

–저는 지금까지도 이 인증서 원본이 있는 줄도 모르고 있었습니다. 그런데 고소인은 왜 그동안 이런 계약이 있었던 사실을 제게 숨겼을까요? 저는 그것이 더 궁금합니다. 고소인이 아버지와 이런 계약을 체

결했고, 아버지가 돌아가셨다면 고소인은 당연히 상속자인 내게 알려야 하지 않습니까?

—아, 저도 고소인에게 그 부분을 집중 추궁했습니다. 그러나 거기에는 이유가 있었습니다. 아마 오해는 여기에서 비롯된 것 같습니다. 그것은 유 박사님의 뜻이었다고 했습니다. 유 박사님께서 사업이 완료될 때까지는 유 변호사님은 물론이고 다른 어느 누구에게도 절대 알리지 말라고 특별히 당부했다고 하더군요. 돈 때문에 부모형제도 죽이는 무서운 세상이지 않습니까? 생전에 유 박사님께서는 친일재산을 사회에 환원하겠다는 자신의 뜻이 유 변호사님의 반대로 무산되지 않기를 바랐습니다. 사실 부모가 이런 천문학적인 재산을 모두 사회에 기부하겠다고 하면 어느 자식인들 가만있겠습니까? 저 같아도 목숨 걸고 반대할 것 같습니다. 그렇지 않습니까? 고소인은 유 박사님의 뜻에 따라 사업을 완료한 후에 유 변호사님께 그동안의 경위를 말씀드리고 양해를 구할 생각이었다고 누누이 강조했습니다.

—저는 그 말을 믿을 수가 없어요. 그 인증서 원본을 한 부 복사해 주시겠습니까? 저도 검토해 보겠습니다.

—그러시죠. 나중에 가실 때 드리겠습니다. 어차피 민사소송의 입증 자료로 피고로부터 받게 될 자료이니까 오늘 드려도 상관없겠죠.

—잠시 화장실에 좀 다녀오겠습니다. 너무 혼란스러워 바람이라도 좀 쐬고 와야겠습니다.

—예, 다녀오십시오.

그녀는 화장실로 갔다. 추운 날씨인데도 흥분한 때문인지 낯이 화끈거렸다. 그녀는 차가운 수돗물을 손바닥으로 받아 얼굴을 적셨다. 김주환 검사의 말이 옳을지도 모른다. 토지대금 2천억 원에다 정산이

익금 20퍼센트, 그것에 보태어 소를 취하하는 조건으로 받게 될 200억 원, 천문학적인 돈이 이제 그녀의 것이 된다. 굳이 위험을 감수하면서 싸울 이유가 어디 있는가? 순간적이나마 그녀의 마음이 흔들리고 있었다. 그녀가 다시 조사실로 들어서자 김주환 검사가 말했다.

–어떻게 하시겠습니까? 아까도 말씀드렸다시피 합의를 하지 않겠다면 구속영장을 신청할 수밖에 없습니다.

–시간을 좀 주십시오. 고소인이 제출한 인증서 원본을 검토해 보고 결정하겠습니다.

–그럼, 오늘이 수요일이니까 다음 월요일까지 연락을 주십시오. 그때까지 시간을 드리겠습니다.

–일주일만 시간을 더 주십시오. 다음 주 금요일이 민사소송의 변론기일입니다. 변론준비도 해야 하고, 저도 몇 가지 확인해 봐야 할 일이 있어서 그럽니다.

–알겠습니다. 그렇게 합시다. 그동안 시간을 드릴 테니 충분히 검토해 보십시오. 합의 문제는 그렇게 하기로 하고……, 그럼 지금부터 정식으로 피의자조사를 하겠습니다. 합의가 되더라도 일단 고소가 된 이상 사건은 처리해야 하니까요. 협조해 주십시오.

김주환 검사가 컴퓨터 앞으로 의자를 당겨 앉으며 말했다.

그녀가 얼굴을 정색하고 말했다.

–제가 제출한 인증서와 관련하여 저는 어떠한 진술도 거부하겠습니다. 묵비권을 행사하겠습니다.

–예? 그러지 마시고 협조해 주십시오. 합의가 되어 나중에 고소가 취하되더라도 인지가 된 이상 사건은 처리해야 하지 않습니까? 잘 아시지 않습니까?

—예, 그것은 압니다. 그러나 저는 확신이 설 때까지는 그 어떠한 진술도 거부하겠습니다.

—혹시 박진욱과 성혜주 씨를 기다리고 있습니까? 그 사람들이 증거를 가지고 오기를 기대하는 겁니까? 소설을 사실로 착각하면 곤란하지 않습니까?

—저는 진술을 거부하겠다고 분명히 말씀드렸습니다.

—협조하지 않겠습니까?

김주환 검사가 그녀를 뚫어지게 쏘아보며 말했다. 그녀는 그 눈길을 피하지 않았다. 김주환 검사가 말했다.

—좋습니다. 묵비권은 피의자의 권리니까 막을 수가 없겠지요. 그렇게 하십시오. 저는 검사의 권리를 행사하겠습니다. 그럼 시작하겠습니다. 피의자의 성명, 주민등록번호, 기준등록지, 주거지, 직업을 말해 주십시오.

—이름은 유휘진, 주민등록번호는 ○○○○○○-2○○○○○○, 기준등록지는 서울 ○○구…… , 주거지는 서울 서초구……, 직업은 변호사입니다. 지금 말씀드린 인적사항 이외의 다른 질문에 대해서는 묵비권을 행사하겠습니다.

—피의자는 서울중앙지법 2○○○가합○○○○○ 손배배상(자) 사건의 원고인가요?

—…….

—(이때 고소장에 첨부된 인증서 사본을 피의자에게 보이면서) 이 인증서는 피의자가 원고인 위 민사소송에서 법원에 증거로 제출한 것인가요?

—…….

—피의자는 이 인증서를 어떻게 입수하였습니까?

—…….

—이 인증서는 피의자가 작성한 것입니까?

—…….

—피의자와 박진욱은 어떤 관계인가요?

—…….

김주환 검사의 일방적 질문과 그녀의 침묵이 계속되었다.

—수고하셨습니다. 이제 돌아가셔도 좋습니다.

드디어 김주환 검사가 일어서며 말했다.

—수고하셨습니다.

그녀도 일어서며 말했다.

—합의할 시간은 다음 월요일까지입니다. 명심해 주십시오.

조사실을 나서는 그녀의 등에 대고 김주환 검사가 힘주어 말했다.

퇴근시간이 넘었는데도 여전히 자기 방에 남아있던 양희준 변호사의 휴대전화가 울렸다.

—예, 양 변호삽니다.

—김주환 검사입니다. 크게 걱정하지 않아도 될 것 같습니다. 합의를 하지 않으면 구속영장을 신청하겠다고 하니까 많이 흔들리는 것 같았습니다. 아마 합의를 할 것입니다.

—그렇게 되기만 한다면 서로에게 최선인데, 계속 고집을 피울까 봐 걱정입니다. 합의를 하는 것이 유 변호사 본인에게도 최선의 선택이라는 것을 알아주면 좋겠는데……. 피의자조사는 마쳤습니까?

—예, 그러나 무슨 생각인지 묵비권을 행사하면서 한마디도 하지 않았습니다. 그렇더라도 증거가 명확하니까 기소하는 데에는 문제가 없

을 것입니다. 영장 발부도 어렵지 않을 것입니다.

–늦어지면 곤란합니다. 서둘러 주시면 고맙겠습니다.

–다음 주 금요일이 변론기일이라고 해서 그 다음 주 월요일까지 시간을 주겠다고 했습니다. 열흘만 지나면 모든 일이 마무리될 것입니다. 그때까지 합의의사가 없으면 바로 구속영장을 신청하겠습니다.

–알겠습니다. 그럼 계속 수고해 주십시오.

전화를 끊는 양희준 변호사의 얼굴에 잠시 만족한 웃음이 피어났다. 양 변호사가 휴대전화를 꺼내 최 장관의 전화번호를 눌렀다. 그러나 그의 얼굴에는 조금 전의 웃음 대신 어두운 구름이 잔뜩 피어나고 있었다.

월요일, 사무실로 출근하는 대신 곧바로 서울시청 건축과로 간 휘진은 코리아타워의 설계가 당초 건축허가를 받은 이후 세 번이나 변경된 사실을 확인했다. 처음 건축허가를 받은 설계는 아버지의 설계도에 의한 것이었으나, 이후 설계가 세 번이나 변경되었던 것이다. 특히 황룡사9층목탑을 본 뜬 웅장하면서도 섬세한 예술적 조형미를 자랑하던 태극문양의 평면 외관은 새로운 형태라 할 정도로 현저하게 변경되어 있었다. 심지어 '코리아타워 건축설계도'라는 설계도의 제목마저도 '대공영타워 건축설계도'라고 변경되어 있었다.

설계자인 동시에 공동시행자의 한 사람인 아버지가 배제된 채 설계가 변경되다니, 이것이 어떻게 가능하단 말인가? 그러나 설마 했던 일은 엄연한 사실로 나타나 있었다. 그동안 내내 생각했던 그녀의 예상과 우려가 그대로 적중했던 것이다. 휘진은 주말 동안 휴대전화의 전원조차 꺼버리고 메일로 받은 그녀의 인증서와 김주환 검사로부터 복사해 온 고소인의 인증서 원본에 매달려 있었다. 고소인이 제출한 원본인증서는 그녀가 메일로 받은 인증서보다 20일 전에 작성된 것이었다. 이 시점에서의 법무법인 정의 사용인감이 그 원본에 날인되었던 것은 김주환 검사의 조사실에서 확인했었다. 날인된 인감과 관련하여 김주환 검사가 조사실에서 언급한 내용은 의문의 여지가 없었다. 그 외에도 상인들의 영업보상비는 강호건설과 태성건설과 균분하여 부담하기로 한 내용은 그녀의 인증서에도 있는 조항이었다.

그러나 아버지는 왜 살해되었는가? 인증서 원본과 같은 계약이 실제로 체결되었다면, 계약대로 이행만 하면 될 일이지, 아버지를 살해할 이유가 없지 않은가? 그들의 말대로 아버지의 죽음은 정말 사고였단 말인가? 그러나 차형일의 죽음은? 휘진은 생각했다. 아버지는 물론이고, 그들이 차형일을 살해하면서까지 은폐해야 할 다른 이유가 있었을 것이다. 그리고 김주환 검사의 말대로 만약 이 모든 것이 진욱 오빠와 혜주 언니의 계획된 범행이라고 가정한다면, 두 사람은 왜 이런 범죄를 계획했을까? 그 동기는? 이 소송이 두 사람에게 어떤 경제적 이득이 있는가? 이들에게는 아무 이득도 생기지 않는다. 따라서 정말 두 사람이 지금까지의 일을 계획했다면, 거기에는 분명 다른 이유가 있을 것이다. 그것이 무엇일까? 아버지가 살해된 이유는 단순히 코리아타워 지분 3분의 1을 주느냐, 토지대금과 정산이익금 20퍼센트를 주느냐 하는 계약상의 차이점에서 비롯되는 경제적 이권 때문이 아닐지도 모른다. 아버지가 살해될 수밖에 없었던 보다 필연적인 이유가 있었을 것이다. 휘진은 마지막 메일과 관련지어 생각해 보았다.

코리아타워가 세워지는 곳은 한반도 지기地氣의 근혈점根穴點이라고 했다. 조선총독부는 이곳에 한반도의 지기를 끊는 108개의 단지맥봉

斷地脈棒을 박았다고 했다. 코리아타워는 이 단지맥봉을 제거하고 이곳에 세워져야 한다고 했다. 코리아타워의 형태와 구조는 한반도 지기地氣가 가장 융성하게 발현되도록 특별히 설계한 것이라고 했다. 그래서 코리아타워는 반드시 아버지가 설계한 대로 건축되어야 하고, 건축물이 들어서게 될 부지의 위치와 방위, 건물의 재질, 형태, 구조 등 어느 하나 사소한 것이라도 절대로 설계가 변경되어서는 안 된다고 했다. 코리아타워의 중심 51층에서 60층까지 10개 층은 한국혼을 구현하는 '코리아 스피릿 아트홀'로 사용되어야 한다고 했다. 그리고 인증서의 계약조항 중에도 코리아타워의 설계의 권한은 전적으로 아버지가 행사하고, 강호건설과 태성건설은 코리아타워를 시공하는 과정에 어떠한 경우에도 아버지의 동의 없이는 설계를 변경할 수 없다고 하고 있었다. 그러나 고소인이 제출한 원본 인증서에는 이 조항이 없었다. 바로 이것이었다. 아버지가 살해될 수밖에 없었던 필연적 이유는 바로 여기에 있었다. 그녀가 택배로 받은 코리아타워의 목각모형을 위에서 바라보았을 때 그 평면 외형은 황룡사9층목탑의 탑신에 태극의 문양을 조형화한 것이었다. 그것은 우리나라의 국기인 태극기의 문양을 예술적으로 조형화한 것이었다. 이것이 태극문양이라는 것은 설계에 따라 완성된 목각모형을 위에서 보았듯이 전체적인 평면 외관을 위에서 한눈에 바라보아야 알 수 있는 것이고, 여의도의 코리아타워 현장에 걸린 현수막과 같은 정면조감도로서는 알 수 없는 것이었다. 그런데 오늘 서울시청 건축과에서 본 대공영타워의 평면 설계도에 그려진 외관은 어떠했는가. 그것은 자세히 살펴보지 않으면 원설계도의 외관과 얼추 비슷하게 보였다. 그러나 그것은 분명 태극문양이 아니었다. 그것은 한국의 상징인 태극문양이 아니라 전범국가인 일본의 군국주의를 상징하는, 그들이 욱일승천기라고 숭배하는 전범기의 문양이었던 것이다. 무력침략을 통해 아시아 전체를 지배하고자 했던 일본 군국주의의 상징인 전범기의 문양, 그것을 보는 순간 그녀의 가슴은 분노로 활활 타오르고 있었다. 그들은 애초부터 원설계자인 아버지의 설계대로 한국의 상징이 될 코리아타워를 세울 의사가 추호도 없었다. 아니 그들은 처음부터 평화를 상징하는 아버지의 코리아타워 대신 침략전쟁의 구실이었던 대동아공영 이론에 따른 군국주의 일본의 상징 전범기의 문양을 본뜬 건물을 세우고자 했다. 그것도 다름 아닌 한반도의 지기地氣가 응축되는 서울 한복판, 그 지기가 응축되는 바로 그 근혈점에. 그 증거가 설계를 변경하면서 새로 이름을 붙인 '대공영타워'였고, 이 명칭이 당시 일본 군국주의를 합리화하는 사상적 이론체계인 대동아공영 이론에서 차용한 것임은 너무도 분명했다. 그동안 어느 누구도 설계변경을 통한 그들의 이런 음모를 간파하지 못했고, 그 사이에 그들은 설계도의 명칭조차 '대공영타워'라고 변경하여 그 검은 속셈을 노골화하고 있었던 것이다. 결국 코리아타워의 설계자인 아버지가 존재하는 한 일본 군국주의의 상징인 대공영타워를 건설하겠다는 그들의 의도는 실현될 수 없었고, 이것이 아버지가 살해될 수밖에 없었던 필연적인 이유였다. 진욱 오빠와 혜주 언니는 이런 사실을 알았다. 그녀의 소송이 코리아타워를 되찾는 작업이라고 한 것은 이것을 의미한다. 그렇다면 그녀가 메일로 받은 인증서가 위조된 것이 아니라, 오히려 고소인이 제출한 원본 인증서가 위조된 것이다. 휘진은 확신했다.

그런데 어째서 그녀가 제출한 인증서에 이미 변경된 법무법인의 과거사용 인감이 날인되었을까? 소설에서는 코리아타워 계약서는 거제의 한 호텔에서 체결되었고, 이 장소에는 당시 법무법인 정의 대표변호사였던 최형윤 장관이 입회하고 있었다고 했다. 그러나 그들은 애초부터 아버지의 요구대로 계약을 할 의사가 없었고 오히려 아버지를 살해할 계획을 세워놓고 있었다. 그전에 그들은 아버지의 서명과 인감이 필요했다. 어떻게 하면 아버지의 서명과 인감을 확보할 수 있는가? 그들은 아버지의 서명과 인감을 확보하기 위하여 아버지가 요구한 최초의 계약서에 서명날인을 하도록 했다. 이것은 소설 「마라톤맨」에 나온다. 그러나 그들이 아버지에게 교부한 계약서에 날인된 '법무법인 정'이라는 법인의 인감은 이미 변경한 법인의 과거사용 인감이었다. 아버지는 그 계약서에 날인된 법인의 인감이 과거의 것인 줄은 꿈에도 생각하지 못했을 것이다. 최형윤 변호사를 신뢰하고 있었던 아버지가 그들의 음모를 간파하지 못한 것은 당연하다. 그 후 그들은 그들이 임의로 작성한 계약서, 즉 「마라톤맨」에서 아버지가 날인하기를 거부한 처음의 계약서에 아버지의 서명과 인감을 위조하여 날인하고, 현재 사용하는 법무법인의 인감을 날인하여 그들이 애초에 원하는 내용의 계약서를 만들었을 것이다. 따라서 그들이 고소장에 첨부한 이 원본 인증서가 오히려 아버지의 서명과 인감을 위조하여 작성한 위조계약서이다. 그리고 이렇게 계약서를 위조하기 위해서는 당시 법무법인의 대표변호사였던 최형윤 장관의 동의가 있어야 한다. 이것이 계약 체결 장소인 거제의 호텔에 최형윤 장관이 입회하고 있어야만 했던 이유이다. 그렇다면? 최형윤 장관도 그들과 공모자다. 이럴 수가? 법무법인의 대표자가 범죄자들의 문서위조에 공모를 하다니?
휘진은 상혁의 권유에 못 이겨 처음 상견례를 할 때 보았던 최형윤 장관의 곤혹스런 표정을 상기했다. 수수께끼 같았던 그때의 당황하고 흔들리던 표정, 그때는 비록 몰랐지만, 이제는 그 이유를 알 것 같았다. 그 표정의 의미도, 이제까지 상혁과의 결혼을 그토록 반대하는 이유도, 최형윤 장관이 장관의 신분으로 인사동의 한정식당 '회향'에 나타났던 이유도, 이제는 모든 의문점이 명확해졌다.

서울시청을 나온 휘진은 곧바로 코리아타워 공사현장으로 차를 몰았다. 상혁과 함께 여의도에서 바라본 그 공사현장이었다. 공사현장 근처에 이른 그녀는 근처 유료주차장에 차를 주차해 놓고 먼 거리에서 공사현장을 눈여겨 바라보았다. 그때 여의도에서 보았던 건물조감도가 그려진 현수막은 보이지 않았다. 대신 웅장한 고공 타워크레인이 줄지어 늘어서 있는 현장에는 여러 대의 화물 트럭이 개미처럼 분주하게 오가고 있었다. 한눈에 보아도 기초공사를 위한 터파기 공사가 진행 중이라는 것을 알 수 있었다. 그녀는 집에서 가지고 갔던 디지털카메라로 공사현장을 원거리 촬영했다. 아버지의 탑, 코리아타워가 무너질지도 모른다. 아니 아버지의 코리아타워는 영원히 소멸해 버릴지도 모른다. 아버지의 필생의 작품이었던 그 설계도도 함께. 다시 주차장으로 돌아와 사무실로 가기 위해 운전을 하는 그녀는 갑자기 가슴이 울컥하며 눈물이 솟구쳤다. 눈물을 참기 위해 운전대를 꽉 부여잡고 아래 입술을 깨물었다.

사무실로 가는 도중에 눈에 띄는 포토샵에 들러 카메라를 맡기고 공사현장을 촬영한 사진을 현상해 달라고 부탁했다. 이미 점심시간이 다가와 있었다. 아침으로 우유 한 잔과 빵 한 조각만 먹고 나왔던 탓에 공복감이 느껴졌다. 사진을 현상할 동안 사진관 옆에 있는 식당에 들어가 된장찌개로 점심을 먹었다. 사무실에 들어서자 이 사무장과 여직원이 깜짝 놀라며 의자에서 벌떡 일어섰다. 평소에도 겁 많은 여직원의 얼굴이 사색이 되어 있었다. 검찰에 소환되어 간 이후 연락도 되지 않고 제시간에 출근도 하지 않아 걱정하고 있었던 모양이었다.

—무슨 일 있었어요?

휘진은 대수롭지 않다는 듯이 변호사실로 걸음을 옮기며 여직원에게 물었다.

—방송국 기자들이 몰려와 기다리다가 방금 전에 갔습니다. 광장신문 장 기자님께서도 계속 전화를 했습니다.

여직원이 굳은 표정으로 말했다. 김주환 검사의 방을 나와 귀가한 이후 기자들을 피해 일부러 휴대전화의 전원을 꺼버리고 지금까지도 켜지 않고 있었다. 주말 이틀 동안 한 번도 밖으로 나가지 않고 집에서 두 개의 인증서를 검토했다. 신문도, TV도 의식적으로 보지 않았고, 인터넷 뉴스도 검색하지 않았다. 통화조차 되지 않는 그녀를 취재하기 위해 기자들이 아침부터 사무실에서 기다리고 있었던 모양이었다.

—다시 오겠다고 했어요?

—그런 말은 하지 않았습니다.

—기자들의 전화는 돌리지 마세요. 전화가 오면 아직 사무실에 오지 않았다고 하세요.

휘진은 여직원에게 말하고는 변호사실로 들어갔다. 응접탁자 위에 광장신문과 대한일보가 놓여 있었다. 두 신문 모두 1면 우측 상단에 그녀의 소환조사 내용을 다루고 있었다. '코리아타워 소송의 원고 유휘진, 구속영장 청구 예정', 대한일보 김기용 기자가 쓴 기사 제목이었다. '검찰, 피의자에게 합의를 강요하나', 장선웅 기자가 쓴 광장신문의 기사 제목이었다. 이틀 동안 의식적으로 뉴스와 접촉하지 않았지만, 정작 신문을 보자, 그녀는 자기도 모르게 기사를 읽어가고 있었다.

먼저 김기용 기자는 코리아타워 계약을 통하여 상인들의 영업보상비를 공제하고도 남는 2천억 원에 달하는 토지대금과 정산이익금 20퍼센트라는 천문학적인 돈을 받게 될 그녀가 인증서를 위조하면서까지 맹목적인 소송을 감행하고 있다고 하면서, 검찰은 이미 그녀의 문서위조에 대한 증거를 확보하였고, 만약 그녀가 검찰이 제시한 합의시한까지 고소인과 합의를 하지 않으면 구속영장을 청구할 것이라고 하고 있었다. 그러면서 그녀가 받게 되는 천문학적인 돈은 친일파였던 조상들이 당시 민중을 수탈하여 번 친일재산이고, 이러한 조상들의 전력과 문서를 위조하면서까지 소송을 감행하는 그녀의 맹목성에 비추어 볼 때, 비록 공개적으로 코리아타워를 사회에 기증하겠다고 약속했지만, 그녀가 실제로 이 약속을 지킬지는 의심스럽다고 하고 있었다. 나아가 코리아타워를 사회에 기증하겠다고 한 그녀의 이 약속도 단지 여론의 관심과 동정심을 유발하여 소송을 유리하게 이끌 목적으로 한 것으로 추정된다고 하면서, 그녀가 검찰과 고소인들의 합의 권유를 뿌리치고 끝내 무리한 소송을 감행한다면, 이것은 바로 그녀가 이 약속을 지키지 않을 명분을 쌓기 위한 것이라고 하고 있었다.

반면 장선웅 기자는 검찰이 피의자에게 합의시한을 정하여 합의를 하지 않으면 구속영장을 신청하겠다고 한 것은 재판이 확정되기까지는 무죄로 추정된다는 형사소송법의 원칙을 무시한 것이라고 검찰과 대립각을 세우고 있었다. 코리아타워 소송에는 아직 규명되어야 할 의문점이 많이 남아있고, 그럼에도 불구하고 고소인들은 합의로서 이러한 의문점을 덮어버리고자 시도하고 있다면서, 검찰이 마치 고소인의 입장을 대변하는 것처럼 구속영장을 무기로 그녀에게 강요에 가까운 합의를 종용하는 것은 공정한 수사가 아니라고 비판하고 있었다. 그러면서 그녀가 코리아타워 지분을 사회에 기증하겠다고 한 약속은 모든 국민을 대상으로 한 공개 약속이었고, 일부 언론과 여론이 이러한 그녀의 선의를 왜곡하는 것은 이제 겨우 사회적으로 정착되기 시작하는 새로운 기부문화의 싹을 자르는 일이 될 것이라고 일침을 가하고 있었다. 장선웅 기자는 그녀의 재산이 비록 친일재산이지만 이 재산은 엄연한 사유재산이고, 그녀가 무려 1조 원에 달하는 천문학적인 액수의 사유재산을 사회에 기부하기로 한 약속은 친일청산의 방법에 대한 또 하나의 전형으로서 역사적인 의미를 가진다고 하고 있었다.

휘진은 신문을 덮고 창가로 가서 창문을 열었다. 12월의 차가운 한기에 몸을 움츠린 햇살이 맞은편 건물의 옥상에서 게으른 하품을 하고 있었다. 그녀는 깊게 심호흡을 하며 이제까지 다짐하고 또 다짐했던 결심을 다시 한 번 가슴에 새겼다. 코리아타워! 아버지가 생명을 바쳐 설계한 마지막 작품이다. 코리아 스피릿, 한국의 혼과 얼이 그 탑 속에 녹아있다. 5천 년 전통의 향기가 그 탑을 통하여 피어날 것이다. 호국의 상징, 평화의 탑이다. 그 탑이 무너지고 있다. 무너진 그 자리에 '대공영타워'라는 일본 군국주의의 상징이 솟아나고 있다. 막아야 한다. 다시 일으켜 세워야 한다. 합의만 하면 천문학적인 돈이 생기는 마당에 굳이 위험을 감수하면서 싸울 이유가 어디 있습니까? 유 박사님의 명예를 위해서라도 합의를 하는 것이 어떻습니까? 검찰의 명예를 걸고 공정한 수사를 한다고 했지만, 그 말은 고소인의 주장을 대변하고 있는 것이나 다름없다. 김주환 검사의 얄팍한 회유에 귀가 솔깃하여 순간적이나마 아버지의 뜻을 배반한 일이 부끄러웠다. 아버지, 죄송합니다. 아버지의 당부를 잠시나마 잊었습니다. 용서해 주세요. 결코 저 혼자만의 안일을 추구하지 않겠습니다. 어떤 대가와 희생을 치르더라도 싸우겠습니다. 다시는 흔들리지 않을 것이고, 물러서지도 않겠습니다. 창밖을 바라보는 휘진의 눈에서 강물 같은 눈물이 흐르고 있었다.

화요일, 출근한 그녀는 곧바로 가처분신청서를 작성하기 시작했다. 코리아타워가 아닌 설계가 변경된 대공영타워의 지분 3분의 1에 대한 소유권확인은 아무 의미가 없다. 아버지의 염원과 코리아 스피릿이 깃들지 않은 단순한 마천루, 아니 결코 이 땅에 존재해서는 안 될 일본 군국주의의 상징이 될 건물에 대한 지분 3분의 1이 무슨 의미가 있는가? 서울 한복판, 그것도 한반도의 지기가 응축되는 곳에 세워지는 일본 군국주의의 상징인 전범기의 문양을 한 대공영타워, 이 공사를 막고 아버지의 코리아타워를 세워야 한다. 그 방법은 피고들과 체결한 건축도급계약을 해지하고, 현재 진행되고 있는 대공영타워의 공사를 중단시키는 방법밖에 없다. 다행히 공사의 진행 정도는 아직 타파기 단계에 있었다. 골조공사가 시작되기 전에 막아야 할 일이다. 그녀가 어제 서울시청을 나와 공사현장에 간 이유였다.

부동산처분금지 및 건축금지가처분신청

채권자 유휘진

서울 ○○구 ○○동 754 ○○오피스텔 B-1009호

채무자 1. 주식회사 강호건설

서울 종로구 ○○동 456 강산빌딩 24층

대표이사 강진호

2. 태성건설 주식회사

서울 중구 ○○동 298 태성빌딩 5층

대표이사 김형태

1. 목적물가격금 ***,***,000원
1. 가처분목적물 별지목록 부동산표시와 같음
1. 피보전권리의 요지 계약해지에 의한 원상회복청구권

신 청 취 지

1. 채무자들은 그 소유 명의의 별지목록 기재(1) 각 부동산에 대하여 양도, 전세권, 저당권, 임차권의 설정 및 기타 일체의 처분행위를 하여서는 아니 된다.

1. 채무자들은 위 부동산에 대한 점유를 풀고 채권자가 위임하는 본원소속 집행관에게 보관을 명한다.

1. 집행관은 그 보관하에 있음을 적당한 방법으로 공시하여야 한다.

1. 채무자들은 위 부동산에 건축 중인 건물의 축조공사를 중지하고 속행하여서는 아니 된다.

1. 채무자들은 위 건축공사를 위하여 설치된 별지목록 기재(2) 물건들을 이 명령송달일로부터 30일 내에 수거하라.

라는 결정을 구합니다.

신 청 원 인

1. 코리아타워 건축도급계약서(소 갑 제1호증)

망 유경준과 채무자 (주)강호건설, 태성건설(주)는 2○○○. 12. ○○. 다음과 같은 내용의 건축도급계약(소 갑 제1호증의1, 2 인증서 표지, 코리아타워 건축도급계약서, 이하 '코리아타워 계약서'라 한다)을 체결하였습니다.

(1) 계약의 당사자, 체결일

당사자; 갑 유경준, 을 1. (주)강호건설 2. 태성건설(주)

병 (주)한얼

체결일; 2○○○. 12. ○○.

(2) 계약 내용(이 사건과 관계있는 부분만 발췌; 전체 계약은 소 갑 제1호증 코리아타워 건축도급계약서 참조)

가) 갑, 을, 병은 현재 병 소유 명의의 별지목록 기재(1) 부동산이 갑이 전액 출자(出資)한 갑의 실소유 재산임을 상호 인정한다.

나) 갑은 별지목록 부동산(1)을 2○○○. ○○. ○○. 까지

을의 명의로 소유권이전을 함에 동의하고, 소유권이전을 위한 모든 절차에 협조한다.

다) ……. 코리아타워의 설계의 권한은 전적으로 갑이 행사한다. 을은 코리아타워를 시공하는 과정에 어떠한 경우에도 갑의 동의 없이는 설계를 변경할 수 없다. 건물의 일부분에 대한 설계의 변경도 갑의 동의를 받아야 한다. 을이 이를 위반하는 경우 갑은 계약을 해지할 수 있다. 계약이 해지되는 경우, 을은 나)항에 따라 이전받은 별지목록 기재(1) 부동산의 소유권을 갑에게 이전해야 한다.

라) …….

2. 채권자의 지위

채권자는 망 유경준의 유일한 상속인입니다(소 갑 제2호증 기본증명서). 따라서 채권자는 유경준의 위 계약상의 권리를 상속하였습니다.

3. 채무자들의 계약위반

채무자들은 위 계약 조항 다)항의 규정에 따라 설계를 변경하지 않아야 합니다. 즉 채무자들은 망 유경준이 생전에 설계한 건물의 설계도에 맞추어 건물을 축조해야 합니다. 그러나 채무자들은 유경준이 사망하자 임의로 설계를 변경하여 서울시의 건축허가를 받았고, 현재 이 변경된 설계에 따라 공사를 진행하고 있습니다.

4. 계약해지와 원상회복의무

이 계약조항 다)항의 규정에 의하면, 코리아타워의 설계의 권한은 전적으로 망 유경준이 행사하고 채무자들이 이를 위반하는 경우 망 유경준의 권리를 상속받은 채권자는 이 계약을 해지할 권리를 가집니다. 그리고 계약이 해지되는 경우, 채무자들은 계약해지에 따른 원상회복의무에 따라 이전받은 별지목록 기재 (1) 부동산의 소유권을 채권자에게 이전해야 하고, 건물을 축조하기 위하여 현상이 변경된 위 부동산을 원상으로 복구해야 합니다.

5. 보전의 필요성

가. 채권자는 이와 같이 채무자들이 설계를 변경하여 건물을 축조하고 있는 사실을 모르고 소 갑 제1호증 인증서의 계약 조항(제○항)에 근거하여 별지목록 기재(1) 부동산에 대한 소유권 지분 1/3의 확인을 구하는 소송(서울중앙지법 2○○○가합○○○○○호)을 제기하였습니다. 그런데 이 소송이 진행 중인 현재 채무자들은 변경한 설계에 따라 건물을 축조하기 위하여 터파기 공사를 진행하고 있습니다(소 갑 제3호증의1 내지 10 각 사진). 이에 채권자는 소유권 지분 1/3의 확인을 구하는 위 소송의 청구취지를 계약해지에 따른 소유권이전등기절차 이행 청구와 채무

자들이 공사현장에 설치한 타워크레인 등 건물 축조를 위하여 설치한 각종 장비의 철거와 물건의 수거를 구하는 취지로 변경할 예정입니다.

나. 그런데 본안 소송이 진행 중인 상태에서 채무자들이 이 부동산을 타에 처분하거나, 또는 공사를 계속 진행하여 부동산의 현상이 복구하기 힘들 정도로 변형되어 버린다면 채권자는 본안 소송에서 승소하더라도 소송의 실익이 없게 됩니다. 따라서 이를 방지하기 위하여 미리 보전할 필요성이 있으므로 이 사건 가처분 신청을 합니다.

소명방법

1. 소 갑 제1호증의1 인증서(표지),
2 코리아타워 건축도급계약서(내용)
1. 소 갑 제2호증 기본증명서
1. 소 갑 제3호증의1 내지 52 각 토지등기부등본
1. 소 갑 제4호증의1 내지 52 각 토지대장
1. 소 갑 제5호증의1 내지 10 각 공사현장 사진

2000. 00. 00.
채권자 유휘진

서울중앙지방법원 귀중

오후 4시. 신청서의 작성을 마친 그녀는 이제까지 꺼놓고 있던 휴대전화의 전원을 켜고 장선웅 기자에게 전화를 걸었다. 그녀의 목소리를 들은 장선웅 기자의 목소리는 천둥소리 같았다.

–그곳이 어딥니까?

–사무실입니다.

–거기 꼼짝 말고 계세요. 지금 당장 달려가겠습니다.

오후 5시. 장선웅 기자가 노크도 하지 않고 방으로 뛰어 들어왔다. 장선웅 기자는 그녀에 대한 검찰의 조사 내용에 대하여 몸이 달아 있었다. 사흘 동안이나 전화조차 받지 않은 그녀에 대하여 잔뜩 화가 나 있었다. 휘진은 검찰에서 받은 조사내용에 대하여 차분하게 설명했다. 그리고 고소인이 제출한 원본 인증서가 오히려 위조된 것이라고 설명했다. 그 사실을 확인하기 위해 어제 서울시청에 갔던 일과 그곳에서 코리아타워가 대공영타워로 설계가 변경되어 있다는 사실을 알렸다. 한반도의 지기가 응축된다는 코리아타워의 터에 일본 군국주의의 상징인 전범기, 그들이 말하는 욱일승천기의 문양을 한 대공영타워가 들어서고 있다고 말했다. 그것을 막기 위해 혼자서라도 싸울 것이라고 했다. 구속이 그녀의 의지를 꺾을 수 없다고 단호하게 말했다. 장선웅 기자는 그 큰 덩치에 입을 굳게 다문 채 놀란 토끼눈을 하고 그녀의 말을 취재수첩에 받아 적기에 여념이 없었다. 얘기를 마친 휘진은 마지막으로 방금 작성한 가처분신청서를 컴퓨터에서 한 부 출력하여 장선웅 기자에게 주었다.

수요일, 오전 9시.

—이 사무장님, 경임 씨, 함께 차 한 잔 하시겠어요.

출근한 그녀는 이성호 사무장과 여직원을 함께 불렀다. 여직원이 차를 준비하는 동안 그녀는 소파에 앉아 광장신문을 보았다. 신문 1면에 '코리아타워 부지에 대한 가처분신청, 코리아타워의 설계는 변경되었다'는 큼지막한 활자의 주제목과 그 아래에 '한반도의 지기의 근혈점에 전범기 문양의 대공영타워가 들어선다'는 작은 활자의 부제목이 달린 기사가 실려 있었다. 그것은 물론 어제 사무실에서 단독취재를 하고 간 장선웅 기자의 독점기사였다. 그 기사의 우측에 어제 장선웅 기자에게 준 가처분신청서의 표지 사진과 시청에서 열람해 보았던 대공영타워의 평면도 사진이 큼지막하게 실려 있었다. 설계도의 평면도 사진에는 전범기의 문양, 즉 붉은 태양빛이 퍼져나가는 욱일승천기의 형태를 한눈에 알아볼 수 있도록 그 문양을 나타내는 붉은 실선이 두꺼운 복선으로 그어져 있었다. 기사의 내용은 보지 않아도 될 것 같았다. 가처분신청서는 오늘 법원에 접수될 것이다. 진욱과 혜주로부터는 여전히 아무 소식도 없었다. 그녀의 기자회견과 검찰의 소환 사실을 진욱과 혜주가 모를 리가 없었다. 두 사람이 나타날 생각이었다면 어떤 방식으로든 그녀에게 메시지가 와야 했다. 그런데도 아무 소식이 없는 것은 필시 다른 이유가 있을 것이라고 스스로를 달랬다. 합의를 하지 않으면 구속영장이 발부될 것은 분명했다. 구속은 이미 각오하고 있었다. 그 전에 진행하고 있는 사건과 사무실을 정리해 두어야했다. 찻잔을 받쳐 든 여직원과 이성호 사무장이 함께 들어와 소파에 앉았다. 뜨거운 녹차를 한 모금 마신 휘진은 결심하고 있던 말을 꺼냈다.

—먼저 이 사무장님, 오전 중으로 이 신청서 법원에 접수해 주세요.

그녀는 어제 작성하여 프린트해 두었던 가처분신청서를 이성호 사무장에게 건넸다.

–예, 준비하여 바로 접수하겠습니다.

–그리고 이 사무장님, 지금 진행 중인 사건이 모두 몇 건이나 됩니까?

–그리 많지 않습니다. 약 스무 건 정도 됩니다.

–그동안 사건 준비하느라 고생하셨습니다. 오늘 중으로 사건의뢰인 모두에게 연락하여 사임하겠다고 하세요. 그리고 법원에 사임계를 제출해 주시고요. 의뢰인들에게는 마무리하지 못해서 죄송하다고 잘 말씀드려주세요.

–예? 그게 무슨 말씀입니까? 정말 구속이 되는 겁니까?

이성호 사무장이 화들짝 놀라며 물었다.

–…….

그녀는 대답 대신 담담하게 차를 마셨다.

–변호사님! 홑몸도 아니신데…….

순식간에 울상이 되어 말하는 여직원의 눈에 금방이라도 주르르 흘러내릴 것 같은 눈물이 그렁거렸다.

–경임 씨는 사임하는 사건의 수임료를 얼마 받았는지 확인하고 전액 되돌려 드리세요. 내일까지는 모두 처리되어야 합니다. 돈은 이 계좌에서 이체시켜 주세요. 그동안 제 문제로 마음고생이 많았을 겁니다. 그리고 이것은 받아주세요. 많이 드리지 못해 미안합니다. 새 직장을 구하기까지 생활에 어려움은 없어야 할 테니까 여섯 달 동안의 보수를 넣었습니다.

그녀는 준비했던 여섯 달 치의 월급에 해당하는 수표가 든 봉투를 두 사람에게 주었다.

—사무실은 당분간 그대로 둘 겁니다. 한 달 정도면 잔무가 모두 정리되겠죠. 제가 없더라도 두 사람은 한 달 동안만 출근하여 잔무를 좀 정리해 주세요. 그 전에라도 잔무가 모두 정리되면 출근하지 않아도 됩니다. 그때 사무실 보안열쇠를 경비실에 맡겨놓으면 됩니다. 이 사무장님은 저를 믿고 대전에서 일부러 직장까지 옮겼는데, 오래 같이 하지 못해 정말 미안합니다. 빨리 새 직장을 찾았으면 좋겠어요. 집안의 가장인데, 저 때문에 가정이 흔들릴까 봐 걱정입니다.

이성호 사무장이 한숨을 푹 쉬며 고개를 숙였다.

—변호사님, 사무실을 그대로 두실 거면, 변호사님께서 다시 돌아오실 때까지 제가 매일 출근하겠습니다. 다른 사람은 어떻게 생각할지 모르지만 저는 변호사님을 믿어요.

그녀가 말하는 동안에 훌쩍이고 있던 여직원이 눈물을 닦으면서 목이 잠긴 목소리로 말했다.

—경임 씨가 믿어준다는 것만으로도 내겐 큰 힘이 되요. 정말 그래도 괜찮겠어요?

—예, 여섯 달 월급을 미리 주셨는데요.

—그럼 수고스럽더라도 좀 부탁드릴게요. 그러나 매일 출근할 필요는 없고 가끔 나와 우편물 정리나 해 주면 됩니다.

—걱정하지 마세요. 급한 일이 생기면 제가 면회를 갈게요. 변호사님이 돌아오셔서 사무실 다시 열 때까지 사무실은 제가 지키겠습니다.

—고마워요. 그러나 잔무만 정리되면 상황을 봐서 사무실도 정리할 겁니다. 그때까지만 좀 수고해 주세요. 사무실을 다시 열게 되면 그때는 꼭 경임 씨를 부를게요. 약속할게요.

그녀가 일어서며 여직원의 손을 잡고 말했다. 고개를 푹 숙이고 방을 나가는 이성호 사무장에게 그녀가 말했다.

–참, 이 사무장님, 모레 금요일, 강호건설의 증인은 출석한다고 하던가요?

–예, 어제 퇴근 무렵에 출석한다고 연락이 왔었습니다. 시간을 꼭 지켜달라고 했습니다.

–알겠습니다.

휘진은 말했다. 구속영장이 발부되는 것과는 별개로 민사소송의 증인신문은 철저하게 순비해야 할 것이었다.

같은 날, 오후 2시, 책상의 전화벨이 울렸다.

–예, 유휘진 변호삽니다.

–김주환 검사입니다. 아침에 신문보도를 보니 가처분신청서를 접수한다고요?

–예, 오전에 이미 접수했습니다.

–합의할 생각이 아니었습니까?

–예, 합의하지 않을 겁니다.

–제 얘기를 농담으로 들으신 건 아니겠죠?

–그럴 리가 있겠습니까. 깊이 생각하고 내린 결정입니다.

–하, 이거 참, 지금 당장 긴급체포영장을 발부할 수도 있습니다. 정말 왜 그렇게 고집을 부리는지 이해할 수 없습니다.

–이 사건으로 세 사람이 살해되었습니다. 그중의 한 사람은 저의 아버지입니다. 이들의 죽음을 그대로 덮을 수는 없습니다. 그리고 오늘 신문을 보셨겠지만 무엇보다도 코리아타워 대신 대공영타워가 들어서는 것을 막아야 합니다.

—그것이 이유입니까? 좀 황당하네요. 밑도 끝도 없이 대공영타워라니? 어쨌든 합의시한은 월요일까지입니다. 월요일 오전에 다시 한 번 전화 드리겠습니다. 그동안에 생각이 바뀌면 연락을 주십시오.

—바뀌지 않을 겁니다. 피하지도 않겠습니다. 영장이 발부되면 연락 주십시오. 사람을 보내실 필요는 없습니다. 제 스스로 가겠습니다.

목요일, 휘진은 일부러 사무실로 출근하지 않고 오피스텔에서 피고가 제출한 고광준과 박홍길의 증인신문사항을 검토하며 반대신문 준비를 했다. 그녀가 신청한 증인 박홍길은 철회하고 이 반대신문으로 대체할 생각이었다. 어차피 진실을 말하지는 않을 사람들이었다. 그러나 이들의 위증은 철저하게 추궁해야 할 것이었다.

금요일, 오전 9시.

—어제 별일은 없었나요?

—의뢰인 몇 분이 찾아와 항의를 했지만, 잘 설득시켜 보냈습니다.

—경임 씨, 수임료는 모두 돌려드렸나요?

—예, 의뢰인들의 계좌로 모두 이체시켜 드렸습니다.

—수고했어요.

같은 날, 오후 1시 30분, 휘진은 사무실을 나와 코리아타워 소송의 변론이 열리는 서울중앙지법 민사합의법정 제○○호실로 향했다.

용기는 믿음에서 자란다

몸에 맞는 옷을 입고 있을 때 몸이 편안하듯이,
영혼이 이끄는 삶을 살아갈 때,
당신은 자유롭고 조화로운 느낌을 갖게 된다.

휘진은 법정으로 들어섰다. 방청석은 기자들을 비롯한 방청객들로 입추의 여지없이 꽉 차 있었다. 기자들 대부분은 노트북을 펼쳐 무릎에 올려놓고 있었다. 그중에는 장선웅 기자도 있었다. 화요일에 만난 이후로 그동안 한 번도 면도를 하지 않았는지 텁수룩한 수염으로 덮인 얼굴은 마치 고릴라 같았다. 그는 취재노트 대신 대학노트 한 권을 펼쳐들고 있었다. 그녀는 변호인 대기석에 앉지 않고 소송당사자가 앉는 일반 방청석에 앉았다. 변호사지만, 그녀는 소송당사자인 원고였다. 오후 2시, 최호중 부장판사와 배석판사들이 입정하여 착석했다.

최호중 판사: 2○○○가합16○○○ 손해배상(자) 원고 유휘진, 피고 강호건설 외 3

휘진은 방청석에서 일어나 원고석에 가서 앉았다. 피고들 대리인석에는 이수호 변호사가 앉아 있었다. 지켜보는 언론을 의식한 탓인지 최호중 부장판사는 지난 변론기일에서와 같은 노골적인 적대감은 보이지 않았다.

유휘진: 2○○○. ○○. ○○. 제출한 청구취지정정서 진술합니다.

이수호 변호사: 2○○○. ○○. ○○. 제출한 준비서면 진술하고, 을 제1, 2호증 제출합니다.

최호중 판사: 피고측 증인 고광준, 박홍길 출석하였습니까?

이수호 변호사: 예.

최호중 판사: 증인 박홍길은 쌍방 신청 증인인데, 원고는 증인절차를 취하지 않았습니까?

유휘진: 증인 박홍길은 철회합니다. 반대신문으로 대체하겠습니다.

최호중 판사: 증인 고광준, 박홍길 나오십시오.

방청석에서 두 사람이 나왔다.

최호중 판사: 증인들은 선서해 주십시오.

고광준, 박홍길: 양심에 따라 숨기거나 보태지 아니하고 …….

휘진은 선서를 하는 두 사람을 똑바로 쳐다보았다. 고광준, 아버지의 차를 들이받아 바다에 빠뜨린 레미콘 운전사. 큰 키에 딱 벌어진 어깨, 칼에 베인 얼굴 흉터, 보기만 해도 험상 굳고 잔혹한 인상이었다. 박홍길, 아버지의 목을 비틀어 살해한 경찰관. 의외로 중키에 곱상한 얼굴이었다. 피부도 깨끗했다. 여자들이 호감을 가질 만한 미남형의 얼굴이었다. 저런 사람이 잔혹한 살인자라니……. 휘진의 가슴에서 파르르 불꽃이 일었다.

최호중 판사: 누구부터 먼저 하시겠습니까?

이수호 변호사: 고광준부터 하겠습니다.

최호중 판사: 증인 박홍길은 고광준이 증언을 마칠 때까지 퇴정해 주세요.

이수호 변호사의 증인 고광준에 대한 주신문.

문1: 2○○○. 12. ○○. 당시 증인은 피고 태성건설 주식회사(이하 '피고 회사'라고 합니다) 건설사업부에 근무하고 있었지요?

답: 예.

문2: 위 같은 날 자정 경, 증인은 피고 회사 소유의 ○○로○○○○호 레미콘 차량을 운전하여 경남 거제에서 마산으로 오고 있는 중이었지요?

답: 예.

문3: 증인의 차량이 신거제대교 앞 약 4킬로미터 지점쯤에 이르렀을 때, 증인의 차량 앞에는 윤경호가 운전하는 25톤 트럭, 그 트럭 앞에는 망 유경준이 운전하는 소나타 승용차(이하 '사고승용차'라고 합니다)가 운행하고 있었고, 그 승용차 앞에는 컨테이너차량 한 대가 운행하고 있었지요?

답: 예.

문4: 위 지점에서부터 사고승용차는 몇 번이나 중앙선을 침범하여 앞서가는 컨테이너차량을 추월하고자 시도하였지요?

답: 예.

문5: 그러나 사고승용차는 반대차선에서 오는 차량들 때문에 추월하지 못했지요?

답: 예.

문6: 그때 사고승용차가 심하게 흔들리곤 했는데, 당시 증인은 사고승용차 운전자가 술을 마셨거나 졸음운전을 하고 있다고 판단했지요?

답: 예.

문7: 그래서 증인은 사고승용차와 트럭에게 주의를 주기 위해 비상등을 넣기도 했지요?

답: 예.

문8: 이러한 상태에서 증인의 차를 포함한 네 대의 차가 나란히 신거제대교에 이르렀지요?

답: 예.

문9: 당시 증인의 차의 속도는 어느 정도였나요?

답: 제한속도인 시속 70킬로미터 정도를 유지하고 있었습니다.

문10: 당시 트럭과 증인의 차와의 차간거리는 어느 정도였습니까?

답: 약 50미터 정도는 되었을 것입니다.

문11: 그런데 갑자기 쿵쿵하는 소리가 연이어 들리면서 사고승용차가 앞선 컨테이너차량을 들이 받았고, 뒤이어 트럭이 사고승용차를 이중으로 들이받았지요?

답: 예.

문12: 사고승용차가 무엇 때문에 앞선 컨테이너차량을 들이받은 것 같았나요?

답: 술을 마셨거나 졸았던 것 같습니다.

문13: 그래서 증인은 어떻게 했나요?

답: 순간적으로 급브레이크를 밟았습니다. 그러나 제 차가 밀리면서 트럭을 받을 것 같았습니다. 그래서 급하게 핸들을 왼쪽으로 꺾어 중앙선을 침범하면서 피했습니다. 그런데 그 순간에 또 반대차선에서 차가 마주 달려오는 바람에 무의식적으로 다시 핸들을 오른쪽으로 급하게 꺾었는데, 쿵 하는 소리가 났습니다.

문14: 그때 증인의 차가 트럭과 컨테이너차량의 중간에 있는 사고승용차를 들이받았던 것인가요?

답: 예, 본능적으로 있는 힘껏 브레이크를 밟기는 밟았는데, 어쩔 수가 없었습니다. 그때는 정신이 하나도 없었습니다. 정신을 차리기도 전에 사고승용차가 휘어진 난간 지지대를 넘어 바다로 기우뚱 기울어지고 있었습니다. 제 차도 난간 지지대 앞에서 겨우 멈추었습니다. 어떻게 손 쓸 방법이 없었습니다.

문15: 결국 당시의 사고는 제일 먼저 사고승용차가 앞서가는 컨테이너차량을 추돌하는 바람에 생긴 불가항력적인 사고였지요?

답: 예.

문16: (이때 을 제1호증의2 진술조서를 증인에게 제시하고) 이 진술조서는 증인이 경찰조사 과정에서 사실 그대로 진술한 것이지요?

답: 예.

이수호 변호사: 이상입니다.

최호중 판사: 원고는 반대신문 하십시오.

유휘진의 증인 고광준에 대한 반대신문.

(주신문 제1항과 관련하여)

문: 2○○○. 12. ○○. 사고가 난 날 당시 증인은 피고 태성건설 주식회사의 건설사업부에 근무하고 있었던 것이 아니라 학교법인 애림재활학원의 행정실장으로 재직하고 있었던 것이 아닌가요?

답: 아닙니다. 당시에는 태성건설에 근무하고 있었습니다.

문: 그런데 왜 그 당시 증인이 가입한 국민건강보험공단의 의료보험은 애림재활학원에 근무하는 것으로 되어 있나요?

답: 예? 그 이유는 나도 잘 모르겠습니다. 그 당시를 전후하여 근무지를 태성건설로 옮긴 것 같은데, 애림재활학원에서 사직처리가 늦어졌거나 아마 무슨 착오가 있었던 것 같습니다.

문: 당시 태성건설 건설사업부에 근무한 증인의 직위는 무엇이었나요?

답: 건설본부장이었습니다.

문: 태성건설 건설사업부는 사무실이 서울에 있지요?

답: 예.

문: 그럼 당시 증인은 서울에서 근무하고 있었겠네요?

답: 예.

(주신문 제2항과 관련하여)

문: 서울에서 근무하는 건설본부장이 직접 레미콘차량을 운전하여 거제까지 가야 할 특별한 이유가 있었나요? 그것도 자정에 가까운 밤에 말입니다.

답: 오래되어 기억나지 않는데, 반드시 갈 일이 있었기 때문에 갔겠지요. 놀러가지는 않았을 겁니다.

문: 당시 거제에 태성건설에서 시공하는 공사가 있었나요?

답: 예. 아마 공사 일로 갔을 겁니다.

문: 어떤 공사였나요?

답: 너무 오래 되어 잘 기억나지 않습니다.

문: 그때 증인은 레미콘차량으로 시멘트를 공사 현장에 운반했나요?

답: 예. 아마 그랬을 겁니다.

문: 레미콘을 자정이 임박한 시간에 운반해 주었다는 말인가요? 어떤 공사였고, 그 공사현장이 어디였습니까?

답: 기억이 나지 않습니다.

문: 건설본부장이었던 증인이 현장직원에게 시키지 않고 직접 차량을 운전하여 레미콘을 운반해야 할 정도였다면 상당히 중요한 공사였던 것 같은데, 그 공사현장이 어디인지 기억나지 않는다는 말인가요?

답: 예, 기억나지 않습니다.

문: 그 공사는 거제시의 허가를 받아 태성건설이 시공하는 공사였나요?

답: 모르겠습니다. 기억나지 않습니다.

문: 당시 태성건설의 건설본부장이었다는 증인이 공사에 대해서는 전혀 아는 것이 없다는 말인가요?

답: 너무 오래되어 기억나지 않습니다.

문: 오래된 것이 아닙니다. 겨우 3년 전의 일입니다. 그때 증인이 운전한 레미콘차량과 추돌한 승용차가 거제대교 위에서 추락했습니다. 그 사고로 한 사람이 사망했고, 한 사람은 아직도 실종상태입니다. 그런 사고를 낸 증인이 그날 어떤 공사현장에 갔고, 그 공사가 무슨 공사였는지 전혀 모른다는 것이 말이 됩니까?

답: …….

문: 증인, 증인은 그때 태성건설의 건설본부장이 아니라 애림재활학원의 행정실장이었죠. 증인이 그때 애림재활학원의 행정실장으로 재직하고 있었던 사실은 국민건강보험공단이나 근로복지공단의 피용자명부, 세무서에 있는 증인의 근로소득원천징수 사실 중 어느 하나만 확인해도 당장 드러납니다. 왜 계속 거짓말을 합니까? 증인은 행정실장이었습니까? 건설본부장이었습니까?

답: (당황하여 고개를 숙이고 있다가) 행정실장이었습니다. 그러나…….

문: (증인의 말을 차단하면서) 학교의 행정실장이었던 증인이 무엇 때문에 레미콘차량을 운전하여 그 먼 거제까지 갔습니까? 이유가 있었을 것 아닙니까?

답: (당황하여 답을 못한다.) …….

문: 그때 증인에게 레미콘차량을 가지고 거제에 가라고 지시한 사람은 누구였습니까? 강호건설의 강진호 회장이었습니까? 태성건설의 김형태 회장이었습니까?

순간 방청석이 술렁거렸다. 이수호 변호사가 나섰다.

이수호 변호사: 지금 원고의 신문은 주신문의 내용과는 관계없는 신문입니다.

유휘진: 관계있습니다. 망 유경준은 증인이 운전한 레미콘차량에 추돌되어 바다로 추락하여 사망했습니다. 원고는 소장을 제출할 때부터 지금까지 일관되게 윤경호, 김희철, 고광준, 이 세 사람이 피고 강진호와 김형태의 사주를 받아 교통사고를 가장하여 유경준을 살해했

다고 주장했습니다. 지금 원고의 신문은 이 부분에 관한 것입니다. 이 사건 쟁점 중에서도 핵심 쟁점입니다.

휘진이 목에 힘을 주고 또박또박 큰소리로 소리쳤다.

이수호 변호사: 그런 주장은 아무 증거도 없는 원고의 억측이 아닙니까? 원고는 지금 억측으로 증인을 몰아세우고 있습니다.
최호중 판사: 피고측 대리인의 말에 공감합니다. 원고는 억측이 아닌 증거에 의한 신문을 해 주시기 바랍니다.

그녀는 형형한 눈빛으로 최호중 부장판사를 쏘아보며 말했다.

유휘진: 학교의 행정실장이었던 사람이 건설본부장이라고 뻔히 드러날 위증을 하고 있는데도 억측입니까? 자정이 가까운 시간에 서울에 있어야 할 학교의 행정실장이라는 사람이 전혀 어울리지 않는 레미콘차량을 운전하여 먼 거제에 가서 교통사고를 냈습니다. 이것을 상식으로 이해할 수 있습니까? 이런 상식에 어긋나는 증언의 허위성을 논리적으로 추궁하는 것이 억측이란 말입니까?
최호중 판사: 증언의 허위성이나 신빙성 여부는 재판부가 판단합니다. 원고가 판단할 문제가 아닙니다. 증인신문은 사실관계에 관한 것에 한정되어야 합니다. 원고의 추측이나 판단을 증인에게 강요하는 신문은 허용되지 않습니다.
유휘진: 판단은 재판부의 소관이지만, 증언의 허위성을 밝히는 것은 소송당사자가 하는 일입니다. 지금 저는 증인이 거짓말을 하고 있

다는 것을 밝히고 있는 중입니다.

다시 한 번 방청석이 술렁거렸다.

이수호 변호사: 반대신문은 주신문의 범위 내의 사실에 국한해야 합니다. 지금 원고의 신문은 주신문에서 언급되지 않은 사실에 대한 신문이 아닙니까?

휘진: 주신문 제2항은 증인이 레미콘차량을 운전하여 경남 거제에서 마산으로 오고 있는 중이었다고 했습니다. 제가 하는 반대신문은 거제에 간 증인이 누구의 지시를 받고 갔느냐는 것입니다. 이것이 어째서 주신문의 범위 밖의 신문입니까?

최호중 판사: 원고, 이 법정은 감정을 토로하는 장소가 아닙니다. 계속 감정적인 대응을 하는 경우 반대신문 기회를 제한하겠습니다. 그리고 피고들 대리인도 진정해 주시기 바랍니다. 20분 동안 휴정하겠습니다. 그동안에 모두 흥분을 가라앉히고 법정 질서를 지켜주시기 바랍니다.

말을 마친 최호중 판사와 배석판사들이 서둘러 퇴정했다. 법정 안이 물결치듯 술렁거렸다. 그중에는 재판부를 야유하는 목소리도 있었고, 그녀의 당돌함을 비난하는 목소리도 있었다. 이수호 변호사가 증인석에 앉아있는 고광준을 데리고 법정 밖으로 나갔다. 휴정을 한 것은 증인에게 대응할 시간을 주고자 하는 것이 역력했다. 최호중 부장판사는 교묘하게 편파진행을 하고 있었다. 휘진은 원고석에 그대로 앉은 채로 입술을 깨물었다. 그녀는 고개를 돌려 방청석을 찬찬히 살펴보았다. 혹시? 진욱 오빠나 혜주 언니가 아니더라도 이 두 사람과 관계되는 사람이 나와 있을지도 모른다. 그러나 그녀가 짐작할 만한 사람은 보이지 않았다. 대신 고릴라 형상의 장선웅 기자가 눈을 찡긋하며 엄지손가락을 치켜들어 보였다. 30분 후, 재판부가 다시 입정하고 고광준이 다시 증인석에 앉았다. 20분간 휴정하겠다고 한 재판부는 30분이나 지나서야 다시 입정했다.

속개된 유휘진의 고광준에 대한 반대신문.

문: 증인, 다시 묻겠습니다. 그때 증인에게 레미콘차량을 가지고 거제에 가라고 지시한 사람은 누구였습니까? 강호건설의 강진호 회장이었습니까? 태성건설의 김형태 회장이었습니까?

답: 아까는 미처 생각하지 못했는데, 이제야 기억이 났습니다. 태성건설 김형태 회장님의 지시로 갔습니다. 그날 오후에 회장님이 전화를 하여 거제에 가서 레미콘차량을 가지고 오라고 지시했습니다. 그날 오전 거제 공사현장에 갔던 태성건설 레미콘 기사가 갑자기 복막염을 일으켜 병원으로 후송되었다고 하면서 차를 가지고 올 사람이 없으니 내가 가서 차를 가져 오라고 했습니다.

문: 애림재활학원의 행정실장인 증인에게 말입니까?

답: 예. 애림재활학원은 회장님이 이사장으로 있는 학교법인입니다. 행정실장으로 근무하기 전에 나는 태성건설의 건설사업부에 있었습니다. 대형 중기 면허증도 가지고 있습니다. 그날, 태성건설 인력이 모두 현장에 투입되고 사람이 없다면서 중기면허증이 있는 내가 가서 차를 가지고 오라고 했습니다. 그 레미콘차량은 다음날 서울 건설현장에 투입될 차량이었습니다. 그래서 그날 저녁 늦게 태성건설 사무

실 직원과 함께 승용차로 거제에 가서 레미콘차량을 운전하여 서울로 오던 중이었습니다.

문: 함께 갔던 그 직원은 누구인가요?

답: 그때 물어보지 않아 모르겠습니다. 회장님의 지시를 받고 나를 거제까지 태워주라고 해서 왔다고 했습니다.

(주신문 제3항과 관련하여)

문: 증인은 트럭 운전사인 윤경호를 아는 가요?

답: 예.

문: 어떻게 아는 사이인가요?

답: 그때 그 사고 때문에 알게 되었습니다. 그전에는 알지 못했습니다.

문: 그 사고가 있기 전에는 증인은 윤경호를 한 번도 만난 적이 없다는 말인가요?

답: 예, 그 사고를 내고 조사를 받는 과정에 알게 되었을 뿐, 그전에는 모르는 사람이었습니다.

문: 김희철이 운전한 컨테이너차량도 태성건설 소유의 차량인데, 증인은 김희철도 모르나요?

답: 예, 김희철도 사고가 난 이후에 알게 되었습니다. 그 사람이 무슨 이유로 태성건설 소유의 컨테이너차량을 운전하고 있었는지 나는 모릅니다.

(주신문 제4, 5, 6, 7항과 관련하여)

문: 사고승용차가 심하게 흔들리곤 했다고 했는데, 증인의 차 앞에는 윤경호가 운전하는 트럭이 있었기 때문에 증인은 트럭에 시야가

가려 트럭 앞의 승용차를 볼 수 없지 않나요?

답: 사고승용차가 추월을 시도하면서 옆으로 고개를 내밀 때 몇 번이나 보았습니다. 아무래도 위험하다 싶어 내가 비상등을 켜기도 하고 경적을 울리기도 했습니다.

(주신문 제11항과 관련하여)

문: 갑자기 쿵쿵 하는 소리가 들리면서 사고승용차가 앞선 컨테이너차량을 추돌했고, 그 다음에 윤경호의 트럭이 사고승용차를 추돌했다고 했는데, 트럭에 시야가 가려있던 증인이 사고승용차가 먼저 컨테이너차량을 추돌하는 것을 어떻게 볼 수 있나요?

답: 사실 사고가 났을 당시에는 정신이 없어서 정확한 사고 경위를 알지 못했습니다. 그러나 사고 이후에 조사를 받는 과정에 윤경호와 김희철의 말을 듣고 그런 줄을 알게 되었습니다.

문: 그럼 사고승용차가 먼저 컨테이너차량을 추돌하는 것을 증인이 직접 본 것은 아니네요?

답: 예, 윤경호의 말을 듣고 그렇게 된 것으로 알게 되었습니다.

문: 그럼 윤경호의 트럭이 사고승용차를 먼저 추돌했을 가능성도 있지 않습니까?

답: 그것은 잘 모르겠습니다.

문: 당시 제일 앞서 가던 김희철의 컨테이너차량이 갑자기 급제동을 하지 않았나요? 컨테이너차량은 차체가 높기 때문에 증인도 볼 수 있었을 텐데요?

답: 그것은 모르겠습니다. 사고가 워낙 순식간에 일어났기 때문에 경황이 없었습니다.

(주신문 제13항과 관련하여)

문: 급브레이크를 밟았으나 차가 밀렸고, 이 때문에 트럭을 추돌할 것 같아 급하게 핸들을 좌측으로 꺾어 중앙선을 넘어 피했다고 했는데, 증인이 핸들을 좌측으로 돌린 것은 트럭과 충돌할 수 있을 정도로 근접한 상태에 있을 때였습니까?

답: 예.

문: 지금 증언한 것이 분명합니까? 증인이 잘못 알고 하는 얘기는 아닙니까?

답: 아닙니다. 그때 급하게 핸들을 꺾지 않았다면 분명히 트럭과 충돌했을 겁니다.

문: 증인이 좌측으로 핸들을 꺾어 중앙선을 넘고, 마주 오는 차를 발견하고 다시 핸들을 우측으로 꺾어 원래 차선으로 복귀하는 과정에 증인이 차를 완전히 멈추고 후진을 한 적은 없지요?

답: 예.

문: 다시 한 번 묻겠습니다. 사고가 난 순간에, 증인이 핸들을 좌측으로 꺾고, 다시 우측으로 핸들을 꺾는 동작은 연속되는 일련의 동작이었고, 그 중간에 차가 한 번이라도 완전히 정지되었거나 후진을 한 적은 분명히 없었지요?

답: 예. 없었습니다.

문: 그런 연속되는 일련의 동작으로 증인은 마주 오는 차를 피하기 위하여 오른쪽으로 핸들을 꺾었는데, 그만 사고승용차를 추돌하고 말았던 것인가요?

답: 예. 그때 마주 오는 차와 충돌을 피하기 위해서는 사고승용차를 추돌할 수밖에 없는 상황이었습니다.

문: 증인이 사고승용차를 추돌할 때, 사고승용차는 트럭 앞에 정차해 있었나요?

답: 예, 트럭과 충돌한 후 트럭과 승용차 모두 정차된 상태로 있었습니다.

문: 트럭과 승용차는 충돌한 자리에서 거의 맞물려 있었겠네요?

답: 예. 트럭과 승용차는 나란히 있었습니다.

문: 증인이 운전한 레미콘차량과 트럭의 길이는 어느 정도인가요? 약 10미터 정도 되지요?

답: 예. 아마 그 정도 될 것입니다.

문: 증인이 트럭과 충돌하기 직전에 핸들을 좌측으로 꺾어 피했다면, 증인의 차는 최소한 대각선 각도보다는 더 큰 각도로 진행방향을 바꿔 중앙선을 넘어갔겠네요? 만약 그 정도의 각도로 진행방향이 바뀌지 않았다면 트럭과 충돌할 수밖에 없으니까요.

답: (증인의 얼굴 표정이 굳어지며) ……?

문: 증인, 길이가 10미터나 되는 증인의 레미콘차량이 멈춘 상태에서 직각으로 회전하려고 해도 최소한 그 길이만큼의 회전반경이 필요합니다. 차량이 빠르게 진행하고 있다면 이보다 훨씬 더 큰 회전반경이 필요할 것은 당연합니다. 사고승용차는 길이 10미터 정도의 트럭 앞에 정차해 있었습니다. 그런데 시속 70킬로미터 속도로 운행하던 길이 10미터의 레미콘차량이 트럭 뒤에서 왼쪽 대각선방향으로 방향을 전환했다가 일단 멈추거나 후진하지도 않은 채 어떻게 길이 10미터의 트럭 앞에 있는 사고승용차를 추돌할 수 있습니까? 차를 멈추지도 않았는데 어떻게 회전반경을 확보했다는 말입니까? 증인의 자동차는 자동차의 구조와 물리법칙을 벗어나 움직였다는 말입니까?

답: 무슨 말인지 모르겠습니다.

문: 그럼 쉽게 설명드리겠습니다. 증인은 앞으로 빠르게 뛰어가다가 멈추지도 않고 갑자기 오른쪽이나 왼쪽 직각으로 방향을 전환할 수 있습니까? 그렇게 방향을 전환하기 위해서는 일단 멈추거나 달려가는 가속도에 의해 원을 그려 회전하면서 방향을 바꿀 수밖에 없겠죠? 야구경기에서 3루 베이스를 향해 전속력으로 뛰는 주자가 2루 베이스를 밟고 직각으로 돌지 못하고 타원형을 그리면서 빙 둘러 달리는 것과 같은 이치입니다. 이해하시겠습니까? 트럭과 충돌하기 직전에 시속 70킬로미터의 속도로 왼쪽 대각선 방향으로 방향을 바꾼 증인의 레미콘 차가 10미터 앞 오른쪽에 있는 사고승용차의 측면을 충돌한다는 것은 가속도에 의한 회전반경이 확보되지 않기 때문에 물리적으로 불가능하다는 말입니다.

답: …….

문: 지금까지의 증인의 말처럼 사고가 났다는 것은 물리적으로 불가능합니다. 이것이 바로 증인이 고의로 사고승용차를 추돌했다는 증거입니다. 즉 증인은 미리 중앙선을 침범하여 회전반경을 확보하여 운행하고 있다가 사고승용차를 고의로 추돌하였던 것입니다. 그렇지 않습니까?

답: 터무니없는 말입니다. 나는 그때 마주 오는 차를 피해 핸들을 꺾었고, 뒤이어 정신을 차려보니 승용차가 바다로 추락하고 있었습니다. 전후 사정이 어떻게 된 것인지는 지금도 정신이 없습니다.

문: 그럼 지금까지 말한 것은 모두 거짓말입니까?

답: …….

문: 이것 말고도 증인이 고의로 사고를 냈다는 증거는 또 있습니다.

증인은 사고승용차가 컨테이너차량을 추돌하고, 뒤이어 트럭이 사고승용차를 추돌하는 것을 보고 급브레이크를 밟았다고 했지요?

답: 예.

문: 다시 묻겠습니다. 분명히 그때 급브레이크를 밟았습니까?

답: 예.

문: 급브레이크를 밟았는데도 차가 미끄러져 트럭을 추돌할 것 같아서 왼쪽으로 핸들을 꺾은 것도 맞습니까?

답: 그렇게 했던 것 같습니다.

문: 조금 전에는 그렇게 했다고 하지 않았습니까?

답: 그랬습니다.

문: 주신문 제9항에서 그때 증인의 차의 속도는 약 70킬로미터였다고 했는데, 그것도 맞습니까?

답: 예. 나는 그때 제한속도를 지켰습니다.

문: 시속 70킬로미터 속도로 달리다가 사고가 나는 것을 보고 급브레이크를 밟았기 때문에 증인의 차가 중앙선을 넘어갔을 때는 속도가 현저히 줄어들었겠죠?

답: 예, 그랬습니다.

문: 그렇게 속도가 줄어든 상태에서 마주 오는 차를 피하기 위하여 오른쪽으로 방향 전환을 하면서 증인은 다시 브레이크를 밟았겠지요. 앞에 사고승용차가 있기 때문에 정상적인 운전자라면 본능적으로 브레이크를 밟게 되는 그런 상황입니다.

답: 아마 그랬을 것입니다.

문: 그렇다면 증인의 차가 사고승용차를 추돌하는 순간에 증인의 차는 거의 멈추기 직전의 상태에 있었겠지요? 두 번이나 브레이크를

밟았고, 두 번이나 방향 전환이 있었는데, 속도가 그대로 유지될 수는 없지 않습니까?

답: …….

문: (이때 증인에게 갑 제16호증 신거제대교의 다리 난간을 촬영한 사진을 제시하고) 증인, 이 사진을 보십시오. 이 사진에서 보는 것처럼 사고가 난 신거제대교는 자동차의 추락을 방지하기 위하여 높이 약 1미터 50, 직경 20센티미터가 넘는 철제파이프 난간 지지대가 설치되어 있습니다. 그런데 사고승용차는 이렇게 견고한 지지대를 거의 수평으로 휘고 바다로 추락했습니다. 멈추기 직전의 증인의 자동차에 추돌당한 사고승용차가 어떻게 이렇게 견고한 지지대를 넘어 추락할 수 있습니까?

답: (증인이 얼굴을 붉히며) 그것을 내가 어떻게 압니까? 그러나 레미콘 차량은 차체가 무거워서 일반승용차와는 다릅니다.

문: 아무리 그래도 멈추기 직전의 차였습니다. 무게가 아무리 나가더라도 속도가 없다면 충격력은 없습니다.

답: ……. 이유는 모르지만, 내가 정신을 차렸을 때, 승용차가 난간을 넘어 바다로 추락하고 있었던 것은 분명합니다.

문: 증인의 차에 추돌당한 사고승용차는 처음에는 곧바로 추락하지 않고 휘어진 난간 지지대 앞에 멈춰서 있었지요?

답: (증인이 당황하여) 아닙니다. 그렇지 않습니다.

문: 지지대 앞에 멈추어 서 있는 사고승용차를 증인이 두 번째로 고의로 추돌하여 다리 아래로 떨어뜨린 것이 아닙니까? 그렇지 않습니까?

답: (증인이 갑자기 흥분하여 소리를 지른다) 아니라고 하잖아!

문: 증인, 증인과 윤경호, 김희철이 고의로 사고를 낸 것이 맞지요?

사고를 가장하여 유경준을 살해하라고 지시한 사람이 강호건설 강진호 회장이었습니까? 태성건설 김형태 회장이었습니까?

답: (흥분하여 벌떡 일어나 원고에게 손가락으로 삿대질을 하면서) 미친 수작 부리지마. 윤경호가 강 회장의 지시를 받았는지는 모르지만, 김희철과 나는 아니야. 절대로 아니야.

갑자기 방청석이 웅성대기 시작했다.

그러나 고광순의 삿대질에도 휘진은 침착했다. 휘진이 여유를 주지 않고 큰소리로 또박또박 추궁했다.

문: 증인, 증인은 지금 '윤경호가 강 회장의 지시를 받았는지는 모르지만'이라고 했습니다. 그 말이 무슨 뜻입니까? 증인은 윤경호로부터 무슨 얘기를 들었습니까?

이때 이수호 변호사가 나섰다.

이수호 변호사: 증인…….

유휘진: (이수호 변호사의 말을 차단하며 큰소리로) 피고들 대리인은 나서지 마십시오. 지금은 제 반대신문 시간입니다.

최호중 판사: 증인, 증인은 신중하게 대답하세요.

답: (숨을 몰아쉬고 흥분을 가라앉힌 후 당황하여 말을 더듬으며) 무슨 얘기를 들었다는 것이 아니라……, 그냥 그런 생각이 들어 말했을 뿐입니다.

문: 그런 생각이 들게 된 이유가 있을 것 아닙니까? 그 이유가 무엇

입니까? 증인, 대답하세요.

이수호 변호사가 다시 나섰다.

이수호 변호사: 증인신문은 사실관계를 묻는 자리이지, 이유나 생각을 묻는 자리가 아닙니다. 증인은 그 질문에는 대답하지 않아도 됩니다.

그러나 휘진은 이수호 변호사의 말을 무시하고 계속 증인을 추궁했다.

문: 증인, 증인은 윤경호가 살해되기 전에 그를 만난 일이 있지요?
답: (당황하여 말을 못한다.)
문: 언제, 어디에서 만났습니까?
답: (더욱 당황하여 머뭇거리며 말을 못한다.)
문: 증인, 윤경호가 증인에게 어떤 말을 했습니까? 대답하세요.
답: (한참을 머뭇거리다가) 윤경호가 살해되기 일주일쯤 전에 만났습니다.
문: 어디에서 만났습니까?
답: 윤경호가 지배인으로 있는 강남의 술집에서 만났습니다.
문: 무슨 이유로 만났습니까?
답: 전화가 와서 만나자고 하여 나갔습니다.
문: 그때 윤경호가 어떤 말을 했습니까?
답: 증언할 때 자기가 한 말과 다르게 하면 안 된다고 했습니다. 그러다가 술을 마시는 도중에 윤경호가 취하여 갑자기 "그때 당신이 왜 끼어들어 일을 망쳐 놓았느냐?"고 했습니다. 그때는 나도 취한 상태라

그 말의 뜻을 잘 몰랐는데, 윤경호가 죽었다는 보도를 보고 생각하니 그 말에 무슨 뜻이 있었던 것 같아서 아까 불쑥 그런 말이 나왔던 것입니다.

문: 그때 윤경호가 한 말을 구체적으로 말해 주세요.

답: 특별히 다른 말은 없었습니다. 자기가 법정에서 했던 말을 상기시켜주면서 자기가 한 말과 다르게 말하면 안 된다고 했습니다. 그때 윤경호가 하는 말이 틀리지 않아, 나는 그러겠다고 했고, 그 이후는 노래하고 술을 마셨을 뿐입니다.

유휘진: 이상입니다.

최호중 판사: 피고들 대리인은 증인에게 신문할 사항이 있습니까?

이수호 변호사의 증인 고광준에 대한 재주신문.

문: 증인, 아직 흥분한 것 같은데, 흥분을 가라앉히고 차분하게 당시 상황을 기억해 보세요. 앞에서 트럭이 사고승용차를 추돌하는 것을 보고 증인은 이중추돌을 피하기 위하여 미리 중앙선을 넘어갔던 것이 아닙니까? 속도를 그대로 유지한 채로 말입니다.

답: 그랬는지도 모르겠습니다. 사실 그때 순간적으로 충돌을 피해야 한다는 생각밖에 없었습니다.

문: 중앙선을 넘어갔다가 마주 오는 차 때문에 다시 오른쪽으로 방향을 바꿀 때, 증인은 당황하여 가속 페달을 밟은 것을 브레이크를 밟은 것으로 착각하고 있는 것은 아닙니까? 앞에서 발생한 사고를 피하려고 핸들을 꺾자마자 갑자기 앞에서 차가 불쑥 나타난다면 누구라도 당황했을 것 같은데요.

답: 지금도 그때를 생각하면 아찔합니다. 어떻게 됐는지 생각할 겨를도 없이 마주 오는 차를 피해 핸들을 오른쪽으로 틀었는데 순식간에 사고승용차를 추돌했고, 바다로 떨어지는 승용차를 보고 내 차도 바다로 떨어지겠다 싶어 있는 힘껏 브레이크를 밟았던 기억밖에 없습니다.

문: 강남의 주점에서 윤경호가 "그때 당신이 왜 끼어들어 일을 망쳐 놓았느냐?"고 했다는데, 이 말을 그때의 교통사고와 결부된 말이라고는 단정할 수 없지 않나요? 윤경호가 이 말을 한 이유가 다른 데 있었을 수도 있지 않습니까?

답: 그것은 모르겠습니다.

문: 그때 주점에서의 상황이 어떠했습니까? 윤경호가 술에 취해 있었다고 했는데, 술을 마시며 노래를 부르는 그런 상황이었습니까?

답: 예.

문: 주점에는 증인과 윤경호 두 사람밖에 없었습니까?

답: 예, 우리 두 사람과 여성도우미 두 사람이 있었습니다.

문: 윤경호가 노래를 부르고 있었는데, 증인이나 여성도우미가 끼어들었던 것은 아닙니까?

답: 그런 것 같기도 하고……, 잘 기억이 나지 않습니다.

문: 그럼 윤경호가 '끼어들어'라고 한 말은 자기가 노래를 부르고 있는데, 다른 사람이 끼어들어 노래를 망쳐 놓는다는 그런 의미로 했을 수도 있겠네요?

답: 모르겠습니다. 그때는 그 말을 대수롭지 않게 생각했는데, 윤경호가 죽고 나서 여러 가지 생각을 하면서 문득 그런 생각이 들었던 것 같습니다.

이수호 변호사: 이상입니다.

유휘진의 증인 고광준에 대한 재반대신문.

문: 증인은 아까 윤경호가 '그때'라고 했다는데, '그때'라는 말은 과거에 있었던 일을 말할 때 사용하는 단어입니다. 그 당시, 현재의 상태에서 노래를 부르고 있는데 끼어들어 노래를 망쳐놓는다는 의미로 윤경호가 그런 말을 했다면 '그때'라는 과거시제의 말을 사용할 이유가 없지 않습니까? 당시 윤경호가 한 말은 교통사고를 염두에 두고 한 말이었죠?

답: 모르겠습니다. 그 당시 나도 술이 많이 취해 있었습니다.

이수호 변호사: 증인도 많이 취해 있었다면, 윤경호가 실제로 그런 말을 했는지도 분명하지 않네요. 증인이 착각하고 있는 것이 아닙니까?

고광준: 뭐가 뭔지 잘 모르겠습니다. 지금 저는 솔직히 정신이 하나도 없습니다.

유휘진: 이상입니다.

최호중 판사: 이상으로 증인 고광준에 대한 증인신문을 마치겠습니다. 증인은 수고하셨습니다. 다음 증인 박홍길 나오십시오.

그동안 법정 밖에 있던 박홍길이 들어와 증인석에 앉았다.

최호중 판사: 피고들 대리인 신문해 주십시오.

이수호 변호사의 증인 박홍길에 대한 주신문.

문1: 2○○○. 12. ○○. 자정경, 증인은 개인적인 용무로 마산에 갔다가 돌아오는 길에 신거제대교 검문소에 잠깐 들렀지요?

답: 예.

문2: 그때 거제대교 위에서 경적소리와 함께 차량이 충돌하는 소리가 연이어 들렸지요?

답: 예.

문3: 그 소리를 들은 증인은 다리 위에서 차 사고가 났다고 생각하고 교통을 통제하기 위하여 의경에게 검문소의 차단기를 내리고 하고 즉시 순찰 오토바이를 타고 사고현장으로 갔지요?

답: 예.

문4: 사고현장에 도착하니 컨테이너차량과 트럭, 레미콘차량이 정차해 있고, 교량의 난간 지지대가 밖으로 휘어져 있었지요?

답: 예.

문5: 레미콘차량은 뒷부분이 반대차선으로 돌출되어 가로로 정차되어 차량의 통행을 방해하고 있었지요?

답: 예.

문6: 사고운전자 중 레미콘차량의 운전사 고광준이 승용차가 바다로 추락했다는 말을 했으나, 증인은 그 당시에 즉시 승용차를 수색하는 것은 불가능하다고 판단했지요?

답: 예.

문7: 증인은 우선 사고현장을 수습하기 위하여 검문소의 의경에게 무전으로 연락하여 즉시 통영 쪽 반대차선에서 진입하는 차량도 통제하도록 조치를 하였지요?

답: 예.

문8: 증인은 사고현장의 상태를 보존하기 위하여 레미콘차량과 나머지 두 대의 차량이 정차해 있는 위치와 현장을 촬영하고 119 응급 구조 차량과 견인차를 불러 사고현장을 수습하였지요?

답: 예.

문9: 당시 사고현장에는 비가 많이 내리고 있었지요?

답: 처음에는 간간히 내리다가 사고를 수습하고 있을 때부터 많은 비가 내렸습니다. 마치 소나기처럼 내렸습니다.

문10: 그렇다면 비에 의해 당시 현장에 생긴 스키드마크가 지워졌을 수도 있겠네요?

답: 예, 소나기뿐만 아니라 사고를 수습하기 위해 그 뒤에 온 견인차 등의 바퀴에 의해서도 지워질 가능성은 충분합니다.

문11: (이때 문서송부촉탁 기록 중 을 제1호증의 5 실황조사서 및 각 사진을 증인에게 제시하고) 이 실황조사서는 당시 사고현장 상태 그대로 증인이 작성한 것이고, 이들 각 사진들도 당시 증인이 촬영한 것이지요?

답: 예.

문12: (이때 문서송부촉탁 기록 중 을 제1호증의 1, 2, 3, 4 각 진술조서를 증인에게 제시하고) 이 진술조서는 이 사건 교통사고를 조사하면서 증인이 각 진술자로부터 들은 내용을 그대로 정리한 것이지요?

답: 예.

문13: 당시 교통사고의 원인을 조사하면서 증인은 누구의 편을 들지 않고 공정하게 수사를 하였지요?

답: 예. 그러나 승용차의 운전사는 바다로 떨어져 사망했고, 다른 목격자도 없었기 때문에 사고에 관련된 나머지 운전사들의 진술을 토대

로 조사를 할 수밖에 없었습니다.

이수호 변호사: 이상입니다.

최호중 판사: 원고는 반대신문 하십시오.

유휘진의 증인 박홍길에 대한 반대신문.

(주신문 제1항과 관련하여)

문: 증인은 거제경찰서로 전근을 오기 전에 어디에서 근무하고 있었나요?

답: 서울시경에서 근무하고 있었습니다.

문: 서울시경 어느 부서에서 근무했습니까?

답: 강력계입니다.

문: 서울시경 강력계에서 근무하던 증인이 낯선 거제경찰서 교통사고 조사계로 전근했다는 것은 이해되지 않는데, 무슨 특별한 이유가 있었습니까?

답: 예, 개인적인 사정이 있었습니다. 그 이유는 내 프라이버시에 관한 문제라 말하기가 곤란합니다.

문: 퇴근시간이 지나 개인적인 용무로 마산에 가면서 정복 차림에다 경찰 순찰오토바이를 타고 갔습니까?

답: 예, 마산에서 8시에 약속이 있었는데, 업무를 보느라 시간이 늦어져 집으로 가 옷을 갈아입을 시간적 여유가 없었고, 더구나 그날 제 승용차가 고장이 나 사용할 수 없었습니다. 마산에서 일을 보고 오다가 의경들에게 수고한다는 말이라도 해 주려고 검문소에 잠깐 들렀는데 공교롭게도 그때 사고가 났던 것입니다.

(주신문 제3항 내지 제7항과 관련하여)

문: 차량이 충돌하는 소리를 듣고 증인이 사고현장에 도착했을 때, 유경준이 탄 승용차는 이미 바다로 떨어졌던 것이 아니라 교량의 휘어진 난간 지지대 앞에 멈춰 서 있지 않았나요?

답: 아닙니다. 승용차는 없었고, 고광준이 다가와서 승용차가 떨어졌다고 말했습니다.

문: 승용차 안에는 망 유경준이 조수석 뒷좌석에 있었고, 운전석에는 젊은 남자가 있었지요? 증인, 운전석에 앉아 있던 그 젊은 남자는 유경준의 연구실 조교 박진욱이었습니다. 승용차 안에는 유경준과 박진욱이 있었던 것이 맞죠?

답: 무슨 말을 하는 겁니까? 승용차는 이미 바다로 떨어지고 없었다고 하지 않았습니까?

문: 증인은 먼저 승용차의 뒷문을 열고 구조를 요청하는 유경준의 목을 비틀어 살해하였죠?

답: 살인이라니, 무슨 얼토당토않은 얘기를 하는 겁니까? 이런 신문이라면 저는 증언하지 않겠습니다.

문: 유경준을 살해한 증인이 다시 운전석에 있던 박진욱을 살해하기 위하여 앞좌석의 문손잡이를 잡는 순간, 안에 있던 박진욱이 문을 박차는 바람에 증인은 문에 부딪혀 충격을 받아 뒤로 물러났지요?

답: 하, 이거 참, 변호사님, 신문에 난 그 소설은 나도 읽었습니다. 변호사님이 그 소설을 읽고 소설을 쓰는 것은 좋지만 생사람은 잡지 마세요.

문: 그때를 틈타 도망치는 박진욱의 어깨를 증인이 잡았지요?

답: 소설에는 그렇게 나와 있더군요.

문: 그때 박진욱이 돌아서면서 증인의 턱을 후려쳤고, 증인은 박진욱의 주먹에 맞아 이빨 하나가 탈구되었지요?

답: 계속 소설을 쓰겠다면 얼마든지 쓰세요.

최호중 판사: 원고, 지금 신문 내용은 증인의 말처럼 소설의 내용이 아닙니까? 재판부도 그 소설은 읽었습니다. 법정은 소설 얘기를 하는 곳이 아닙니다. 사실과 증거에 입각한 신문을 해 주시길 바랍니다.

유휘진: 소설이 아닙니다. 신문에 보도된 그 소설은 당시 상황을 그대로 묘사한 것입니다.

문: 이빨이 탈구된 증인이 화가 나서 다시 박진욱에게 달려들었고, 박진욱이 증인을 피하다가 발을 헛디뎌 휘어진 난간 지지대 사이에 빠졌지요? 그러나 박진욱은 떨어지지 않고 지지대의 철봉을 붙잡고 매달려 있었지요?

답: 아예 변호사 그만두고 소설가로 나가세요.

문: 그때 트럭 운전사 윤경호가 몽키스패너를 가지고 달려와 박진욱의 머리를 내려쳤지요?

답: 그것은 죽은 윤경호에게 물어보세요.

문: 그렇지 않습니까? 윤경호가 박진욱의 머리를 몽키스패너로 내려친 것이 아닙니까?

답: 자꾸 소설 얘기를 하시는데, 그럼 소설에서처럼 윤경호를 죽인 사람이 박진욱이겠네요? 소설에서는 박진욱이 특수훈련을 받고 킬러가 되었다고 하던데, 그럼 앞으로 박진욱은 윤경호를 살해한 것처럼 나는 물론이고 방금 증언한 고광준 씨도 살해하겠군요. 앞으로 나는

킬러가 된 박진욱을 피해 꼭꼭 숨어살아야 하겠습니다.

최호중 판사가 나섰다.

최호중 판사: 증인은 다른 말을 하지 말고 알면 안다, 모르면 모른다고 간단명료하게 대답하세요. 부연하여 설명할 것이 있으면 명확하고 조리 있게 핵심을 말하면 됩니다. 이 법정은 증인이 유희를 하는 곳이 아닙니다.

박홍길: 죄송합니다. 원고가 너무 터무니없는 얘기를 하고 있어 제가 실수를 했습니다. 조심하겠습니다.

최호중 판사: 원고는 계속 신문하세요.

(주신문 제9항 내지 제12항과 관련하여)

문: 증인은 SH화재보험 경남지사의 직원 차형일을 알지요?

답: 나는 모르는 사람입니다.

문: 증인이 수사한 이 교통사고와 관련하여 몇 개월 전에 살해된 사람입니다. 신문과 방송에 크게 보도된 사건입니다.

답: 나는 그런 보도를 본 적이 없습니다.

문: (이때 증인에게 갑 제10호증 SH화재보험의 현장 사진을 증인에게 제시하고) 증인, 이 사진은 살해된 차형일이 증인이 수사한 교통사고 현장의 노면상태를 촬영한 사진입니다. 이 사진의 여기를 보세요. 여기에는 노면에 스키드마크가 나타나있지요?

답: 예.

문: (이때 을 제1호증의 5 실황조사서 및 각 사진을 증인에게 제시하고) 이 사진은

증인이 촬영한 것인가요?

답: 예.

문: 그런데 증인이 촬영한 같은 노면의 이 사진에는 스키드마크가 나타나지 않는 이유는 무엇입니까?

답: 모르겠습니다. 아까 말한 것처럼 사고를 수습하고 있을 때 많은 비가 내렸는데, 빗물이나 그 후에 도착한 견인차 등의 바퀴에 스키드마크가 지워졌을 수도 있을 것입니다.

문: 차형일이 촬영한 이 사진이 증인이 촬영한 이 사진보다 더 늦게 촬영된 것입니다. 빗물에 지워졌다면 차형일의 이 사진에도 스키드마크는 나타날 수 없습니다.

답: 그것은 나도 모르겠습니다.

문: (이때 을 제1호증의 1, 2, 3 각 진술조서를 증인에게 제시하고) 이 진술조서는 진술인들이 말한 내용을 그대로 기술한 것인가요?

답: 그렇습니다.

문: 증인이 진술조서의 내용을 변경하거나 조작한 사실이 없다는 말인가요?

답: 아까는 살인을 했다고 하더니 이제는 진술조서를 조작했다고 합니까? 그런 사실이 전혀 없습니다.

문: 그런데 어떻게 세 사람의 진술조서가 모두 동일합니까?

답: 같은 사고를 본 세 사람의 진술이 같을 수밖에 없지 않습니까?

문: (이때 증인에게 갑 제10호증의 7 유경준의 인양 차체를 제시하고) 증인, 이 사진에는 사망한 유경준이 조수석 뒷자리에 앉아 있고, 운전석에는 아무도 없지요?

답: 예, 그렇습니다.

문: 사고를 당한 후 바다로 그대로 떨어진 유경준이 운전석에서 조수석으로 옮겨 앉을 수는 없겠지요? 당시에 이 차를 운전한 사람은 따로 있었겠지요?

답: 나는 보지 않아 알 수 없습니다.

문: 차체를 인양하고 유경준이 조수석에 있었는데도 운전사를 수색하지 않은 이유는 무엇인가요?

답: 수색했습니다. 그러나 찾을 수가 없었습니다. 차에 있었는데, 차에서 발견되지 않았다면 분명 바닷물에 휩쓸려 어디론가 떠내려갔을 텐데, 그 넓은 바다 어디에서 찾습니까? 경찰은 그리 한가하지 않습니다. 다른 사건도 산더미같이 쌓여 있습니다.

문: 증인은 이 교통사고가 있은 다음 날, 통영시에 소재한 M치과에서 치아 탈구로 치과 진료를 받은 사실이 있고, 그 후 같은 치과에서 보철을 한 사실이 있지요?

답: 예, 있습니다.

문: 증인이 치과 치료를 받은 것은 당시 사고현장에서 박진욱으로부터 턱을 맞아 치아가 탈구되었기 때문이 아닌가요?

답: 소설에서는 그렇지요. 그러나 그것은 사실이 아닙니다. 그 다음 날 순찰 오토바이를 타고 가다가 부주의로 넘어져 이빨이 부러졌던 것입니다.

문: 증인, 증인이 살해하려고 한 그 박진욱이 생존해 있습니다. 그때 윤경호가 내려친 몽키스패너를 맞고 바다로 떨어졌지만 다행히도 살아났습니다. 그리고 그 박진욱이 그때 탈구된 증인의 치아를 가지고 있습니다. 박진욱이 살아있고, 증인의 치아를 가지고 있는데도 계속 거짓말을 하시겠습니까?

방청석이 다시 한 번 술렁거렸다. 휘진은 박홍길의 표정을 유심히 살펴보았다. 그러나 박홍길은 전혀 당황하지 않았다. 오히려 무슨 말도 안 되는 소리를 하느냐고 빈정대는 표정을 짓고 있었다.

답: 소설에 박진욱이 바다로 떨어지기 직전에 치아를 손에 거머쥐는 장면이 있더군요. 정말 소설처럼 그 박진욱이 살아있는데도 왜 나를 고소하지 않습니까? 박진욱이 가지고 있는 증거를 왜 제출하지 않습니까? 왜 증인으로 불러내지 않습니까?

문: 제출할 것이고, 출석할 것입니다. 만약 박진욱이 가지고 있는 치아를 법정에 제출한다면, 증인은 그 치아가 증인의 탈구된 치아라는 점을 입증하기 위한 유전자감식에 동의하시겠습니까?

답: 예. 정말 그렇다면 내가 무관함을 증명하기 위해서라도 당연히 응해야지요. 그러나 치과에서 뽑아버린 치아를 박진욱이 가지고 있다고 하다니, 그 소설가 참 기발한 상상을 했습니다. 그런 소설을 현실처럼 믿고 이런 소송을 하다니, 변호사님 정신이 좀 어떻게 된 것이 아닙니까? 이제 그 소설 얘기는 제발 좀 하지 말아주십시오. 내가 정신이 오락가락할 지경입니다. 너무 황당해서 하는 말입니다.

문: 박진욱이 나타나도 그런 말을 할지 지켜보겠습니다. 증인은 차형일이 살해된 것과 무관합니까?

답: 무슨 말인지 모르겠습니다.

문: 보험회사 직원이었던 차형일 씨는 유경준이 살해된 이 교통사고의 진실을 알고 있는 사람 중의 한 사람이었습니다. 차형일 씨가 나에게 제보를 해 주었습니다. 그런 차형일 씨가 살해되었습니다. 살인자는 누구일까요? 유경준의 교통사고 사건을 은폐하려는 사람들입니

다. 증인도 그중의 한 사람입니다.

답: 아예 나를 살인마라고 부르세요. 유경준을 죽이고, 차형일을 죽이고, 다음에는 또 누구를 죽였다고 할 겁니까?

문: 증인은 이제 박진욱과 소설가 성혜주 씨를 해치려고 하겠죠. 진실을 알고 있는 사람들이고, 증거를 가지고 있는 사람들이니까요. 물론 나도 증인의 표적에 해당하겠지요. 어쩌면 박진욱이나 성혜주보다도 내가 먼저 표적이 될 가능성도 있겠네요. 내가 이 소송을 제기하는 것을 막기 위해 내 오피스텔 안방 천상에 배를 갈라 죽인 고양이의 시체를 걸어놓지 않았습니까? 내 컴퓨터를 가져갔고요. 그렇지 않습니까?

답: 하하, 참, 변호사님, 혹시 게임중독자가 아닙니까? 게임중독자는 현실과 상상의 세계를 구분하지 못한다고 하던데……, 변호사님, 게임을 너무 많이 했거나 소설을 읽고 상상하는 것은 자유지만, 제발 생사람 좀 잡지 마세요.

문: 내가 지금 말하는 것이 상상이 아니라는 것은 증인이 더 잘 알고 있을 것입니다. 박진욱과 성혜주 작가를 추적하지 마세요. 그 사람들은 증인의 마수에 걸려들 정도로 어리석은 사람들이 아닙니다. 증인은 현재 강남유통의 대표로 있지요?

답: 그것이 이 사건과 무슨 상관입니까? 그러나 물으니 대답하겠습니다. 예, 강남유통의 대표가 맞습니다.

문: 그 강남유통은 강남에서 룸살롱 주점영업을 하는 것이지요?

답: 룸살롱도 하지만 실제 유통업도 합니다.

문: 증인이 강남유통의 대표가 된 것은 거제의 교통사고가 있고 난 후 약 1년쯤 지난 후였지요?

답: 예, 경찰을 사직하고 그때쯤 사업을 하게 되었습니다.

문: 현재 강남유통이 운영하는 룸살롱은 모두 다섯 개이고, 그것은 강호건설의 강진호 회장이 실소유자라는데, 아닙니까?

답: 과거에는 그랬지만, 지금은 나의 소유입니다.

문: 그럼 증인이 강진호 회장으로부터 인수한 것인가요?

답: 예.

문: 강남의 호화 룸살롱 다섯 개를 인수하려면 상당한 자금이 들었을 텐데, 경찰을 하던 증인이 무슨 돈으로 인수한 것인가요?

답: 그런 것까지 내가 대답해야 합니까? 내가 룸살롱을 인수한 것과 이 사건이 무슨 상관이 있습니까?

문: 증인은 묻는 사람이 아니라 대답하는 사람입니다. 무슨 돈으로 인수하였나요?

답: 모아 놓은 돈과 퇴직금, 은행에서 돈을 빌리고, 이곳저곳에서 투자자를 모아 마련하였습니다.

문: 지금 증인이 운영하는 강남의 룸살롱은 증인이 돈을 주고 인수한 것이 아니라 유경준을 살해하고 교통사고 사건을 조작해 주는 대가로 강진호 회장으로부터 받은 것이 아닙니까?

답: 제발 소설은 좀 그만 쓰셨으면 합니다. 살인이 나오고, 킬러가 나오더니, 이제는 살인청부업자까지 등장하네요. 이런 것은 소설로서는 재미있겠지만 현실과 혼동하면 곤란하지 않습니까?

문: 아닙니까?

답: 아닙니다. 내가 돈 주고 샀습니다.

유휘진: 이상입니다.

최호중 판사: 피고들 대리인은 물어볼 말이 있나요?
이수호 변호사: 없습니다.
최호중 판사: 증인은 수고하셨습니다. 돌아가셔도 좋습니다.

박홍길이 증인석에서 일어나 정리의 인도를 받으며 출입문 쪽으로 걸어갔다. 그때 출입문 앞에 선 박홍길이 뒤돌아섰다. 그리고는 오른팔을 들어 집게손가락으로 휘진을 가리키며 화난 목소리로 크게 외쳤다.

—저년 저거 미친 년 아냐.

돌발적인 사태에 화들짝 놀란 정리가 팔을 끌었다. 박홍길은 재판부와 방청석에 있던 모든 사람들의 시선을 등에 지고 법정 밖으로 나갔다. 방청석이 다시 한 번 술렁거렸다. 최호중 부장판사가 말했다.

—모두 조용히 해 주십시오.

이윽고 방청석의 술렁임이 가라앉자 최호중 부장판사가 말했다.

최호중 판사: 원고는 다른 입증방법이 있습니까? 소설의 내용을 차용하여 주장만 할뿐 입증이 없지 않습니까?
유휘진: 소설의 내용을 차용한 것이 아닙니다. 원고는 그저께 가처분신청서를 접수했습니다. 가처분신청 사건의 원인은 계약해지에 의한 원상회복입니다. 이 사건의 청구취지도 계약해지에 의한 소유권이전등기절차이행 청구의 소로 변경하겠습니다. 이 사건과 가처분신청 사건을 동시에 심리하여 주시기 바랍니다.
최호중 판사: 가처분사건은 물론이고 청구취지를 변경하더라도 입증책임은 원고에게 있습니다. 원고는 지금까지 유경준이 살해되었다고 주장하면서도 어떤 구체적인 증거나 입증방법을 제시하지 못하고

있습니다. 그리고 갑 제11호증 인증서에 대하여 피고들 대리인은 위조항변을 했는데, 원고는 이 인증서의 진정 성립 여부에 대하여도 입증을 하지 못하고 있습니다. 인증서 원본을 제출하라는 피고의 요구에도 응하지 않고 있고, 인증서를 입수한 경위를 밝히라는 피고의 석명 요구에 대하여도 아무런 입장 표명이 없습니다. 입증책임이 있는 당사자가 입증을 하지 못하고 있는데, 심리를 계속할 수는 없습니다. 원고가 가처분신청을 하고 청구취지를 변경하겠다는 것은 소송지연을 위한 악의적인 목적이 아닙니까? 도대체 박진욱이라는 사람이 존재하기는 합니까? 그야말로 소설이 아닙니까?

지난번 변론기일에 알박기 소송이라는 말로 공개적인 모욕을 주었던 최호중 부장판사였다. 오늘은 방청석을 가득 채운 기자들을 의식했던지 자제하는 모습을 보이고 있었지만, 결국 더 이상 인내하지 못했다. 최호중 판사는 이제까지 진행된 그녀의 반대신문을 그야말로 소설이 아니냐는 빈정대는 말로 일축하며 노골적으로 이수호 변호사의 주장을 대변하고 나섰다. 기회를 포착했다는 듯 이수호 변호사가 그녀보다 먼저 나섰다.

이수호 변호사: 소설을 인용하는 원고의 주장 때문에 피고 회사의 이미지가 심각한 타격을 입고 있고, 이로 인한 피고 회사의 경제적 피해는 날이 갈수록 늘어나고 있습니다. 그리고 피고 회사들의 대표인 강진호 회장과 김형태 회장에 대한 유언비어가 인터넷을 타고 양산되어 두 사람은 심각한 정신적 피해까지 입고 있는 실정입니다. 허구의 소설에 불과한 현실성 없는 원고의 주장으로 인하여 피고들이 더 이상 피해를 보지 않도록 결심하여 주시기 바랍니다.

유휘진: 이 사건과 관련하여 유경준과 보험회사 직원 차형일, 이 사

건 법정에서 증언한 윤경호가 살해됐습니다. 이 사람들의 죽음도 소설이라는 말씀인가요?

이수호 변호사: 세 사람의 죽음이 이 사건과 관련된 것이라는 증거가 어디에 있습니까? 이 사람들의 죽음을 이 사건과 관련지어 놓은 것이 바로 그 소설 아닙니까? 소송은 증거로 하는 것이지, 소설로 하는 것이 아닙니다.

이수호 변호사가 큰소리로 타이르듯이 말했다.

최호중 판사: 원고는 피고가 준비서면에서 석명을 구한 사실, 즉 인증서의 작성경위와 입수경위에 대하여 소명을 해 주시고, 유경준이 살해되었다는 원고의 주장과 인증서의 진정 성립을 구체적으로 입증할 수 있는 증거방법을 제시해 주시기 바랍니다. 소설이 아닌 구체적인 증거와 입증방법을 제시해야 합니다. 이에 대한 석명처분명령을 내겠습니다. 만약 재판부의 석명처분명령에 대한 납득할 만한 증거방법을 제시하지 못하면 다음 기일에는 결심을 하겠습니다.

어느 정도 피고의 편에서 재판을 진행할 것이라고 예상은 했지만, 이렇게까지 노골적으로 피고를 편들고 나올 줄이야. 휘진은 두 주먹을 꼭 말아 쥐고 입술을 깨물었다. 그녀는 최호중 판사를 똑바로 쳐다보면서 미리 작정하고 왔던 말을 또박또박 하기 시작했다.

유휘진: 석명처분명령은 내리지 않으셔도 됩니다. 지금 재판부가 입증을 명한 사안에 대하여 원고는 입증하겠습니다. 원고의 증인으로 박진욱을 신청합니다. 박진욱은 사고 당시 유경준이 탄 승용차를 운전하고 있었습니다. 증인 박홍길이 구조를 요청하는 유경준의 목을

비틀어 살해하는 것을 직접 목격한 사람입니다. 차에서 빠져나와 도망하는 과정에 증인 박홍길의 턱을 가격하였고, 그 과정에서 탈구된 박홍길의 치아를 현재까지도 보관하고 있습니다. 그리고 박진욱은 갑 제11호증 인증서가 작성된 장소인 거제 해금강비치관광호텔 VIP룸에서 유경준과 동석하고 있었습니다. 이때 박진욱은 그 방에 있었던 사람들의 대화를 모두 녹음했습니다. 박진욱은 인증서를 작성할 당시에 오고 갔던 대화가 녹음된 녹음 CD와 갑 제11호증 인증서 원본을 보관하고 있습니다. 원고는 또 박진욱과 대질신문을 할 증인으로 최형윤을 신청합니다.

최호중 판사: 최형윤? 그는 어떤 사람입니까?

유휘진: 현직 법무부장관입니다.

휘진이 목에 힘을 주고 또박또박 말했다. 방청객들이 모두 놀라 웅성거리기 시작했다.

최호중 판사: 뭐라고요? 원고는 지금 무엇이라고 했습니까?

유휘진: 현직 법무부장관이라고 했습니다. 최형윤은 갑 제11호증 인증서의 공증을 했던 당시 법무법인 정의 대표변호사였습니다. 유경준과 피고 강진호가 체결하는 코리아타워 건축도급계약서를 인증하기 위하여 거제 해금강비치관광호텔에 피고 강진호와 이름을 알 수 없는 H실장이라는 사람과 함께 동석하고 있었습니다. 원고는 또 현재 박진욱이 보관하고 있는 치아가 증인 박홍길의 치아라는 것을 입증하기 위하여 증인 박홍길에 대하여 유전자감식을 해 줄 것을 신청합니다. 원고는 또 박진욱이 보관하고 있는 녹음 CD에 수록된 음성이

피고 강진호와 증인 최형윤의 음성이라는 것을 입증하기 위하여 피고 강진호와 최형윤의 음성분석 감정신청을 합니다.

이수호 변호사가 흥분하여 얼굴이 시뻘겋게 상기되어 큰소리로 말했다.

이수호 변호사: 지금 원고가 말하는 것도 모두 소설의 내용입니다. 원고는 소송을 지연하기 위하여 터무니없는 소설을 이용하고 있습니다. 인증서는 저희 법무법인 정의 공증사무실에서 작성된 것이지 거제의 호텔에서 작성된 것이 아닙니다. 인증서에 당시 대표변호사였던 장관님의 명의가 기재된 것일 뿐이고, 장관님은 실제로 인증서의 작성에 관여하지 않았습니다. 소설에 불과한 원고의 증인신청이 채택되어서는 안 됩니다.

최호중 판사도 얼굴이 상기되어 큰소리로 말했다.

최호중 판사: 원고, 재판부의 인내에도 한계가 있습니다. 허구에 불과한 소설을 근거로 아무 관련 없는 현직 법무부장관을 증인으로 신청하다니, 원고는 지금 재판부를 우롱하는 겁니까?

유휘진: 저는 지금 누구보다 더 진지하게 재판에 임하고 있습니다. 원고는 방금 박진욱이 증인 박홍길의 치아를 보관하고 있고, 인증서 원본과 그 인증서를 작성할 당시 거제 해금강비치관광호텔에 있었던 사람들의 대화를 녹음한 녹음 CD를 가지고 있다고 했습니다. 그 녹음 CD에는 유경준과 피고 강진호 그리고 최형윤이 나눈 대화가 모두 녹

음되어 있습니다. 이보다 더 명확한 증거가 어디에 있습니까? 이 사건의 핵심쟁점인 인증서의 진정 성립을 입증하기 위해서는 박진욱과 최형윤의 대질신문이 반드시 필요합니다. 법 앞에는 모두 평등합니다. 현직 법무부장관은 물론이고 현직 대통령이라고 하여도 반드시 필요한 증인은 채택되어야 합니다. 그것이 법치주의 국가의 소송의 원칙입니다. 재판부가 계속 피고의 편을 들어 공정하게 재판을 진행하지 않는다면 원고는 이 재판부에 대한 기피신청을 하겠습니다.

최호중 판사의 얼굴이 분노로 일그러졌다. 이수호 변호사가 나섰다.

이수호 변호사: 피고들은 인증서의 작성과 관련하여 원고를 문서위조로 고소한 상태입니다. 증인 채택 여부는 이 고소 사건에 대한 검찰의 수사 결과를 지켜본 후에 해도 늦지 않습니다.

최호중 판사: 박진욱이 정말 치아와 녹음 CD를 가지고 있습니까? 소송을 지연시키기 위하여 원고가 지어낸 말이 아닙니까?

유휘진: 아닙니다. 박진욱은 분명히 그 증거들을 가지고 있습니다.

최호중 판사: 그것을 원고가 어떻게 압니까? 원고가 사고 이후 박진욱을 만나거나 다른 방법으로 접촉한 사실이 있습니까? 그런 증거를 가지고 있는 박진욱이 현재까지도 나타나지 않는 이유가 무엇입니까?

유휘진: 만나지는 못했지만, 저에게 메시지를 보내왔습니다. 왜 나타나지 않는지 그 이유는 이 법정에 나와서 밝힐 것입니다.

최호중 판사: 그럼 원고는 박진욱과 최형윤에 대한 증인신청서와 녹음 CD의 녹취록을 작성하여 미리 제출해 주시기 바랍니다. 증인 채

택여부는 증인신문사항과 녹취록을 검토한 후 재판부가 결정하겠습니다. 원고는 가능한 한 빠른 시일 내에 절차를 취해 주시기 바랍니다. 절차가 지연되면 소송지연 목적으로 간주하여 기일을 정하고 결심할 것입니다. 다음 기일은 추후 지정하여 통지하겠습니다. 오늘 심리는 이것으로 마치겠습니다.

유휘진: 한 가지만 더 말씀드리겠습니다. 원고는 서울시에 대한 사실조회촉탁과 문서송부촉탁을 신청합니다.

최호중 판사: 어떤 사실에 대한 촉탁입니까?

유휘진: 갑 제11호증의 2 코리아타워 건축도급계약서에는 피고들이 어떠한 경우에도 유경준의 동의 없이 설계를 변경할 수 없다고 되어 있습니다. 그러나 피고들은 임의로 코리아타워의 설계를 변경하였습니다. 원고는 이 사실을 서울시 건축과에서 건축허가서의 열람을 통해 알았습니다. 피고들이 정말 설계를 변경했다면 이것은 계약해지 사유가 됩니다. 그러므로 코리아타워의 허가관청인 서울시에 대한 사실조회촉탁과 건축설계도에 대한 문서송부촉탁을 통하여 코리아타워의 어떤 부분에 대하여 설계변경이 있었는지 확인이 필요합니다. 원고는 이를 통하여 태극문양의 코리아타워가 일본의 군국주의의 상징인 전범기, 즉 욱일승천기의 문양으로 바뀌었다는 것을 입증하겠습니다. 원고는 이를 확인한 후 청구취지를 변경하겠습니다.

최호중 판사: 욱일승천기? 원고, 이곳은 법정이지 선거 유세장소가 아닙니다. 신청서를 서면으로 제출해 주시기 바랍니다. 검토한 후 채택여부를 결정하겠습니다. 오늘 심리는 이것으로 마칩니다.

최호중 부장판사가 화난 음성으로 빠르게 말하고는 곧바로 일어나 퇴정했다. 휘진은 손목시계를 보았다. 증인신문에 시간이 많이 소요되어 이미 퇴근시간이 지나 있었다. 휘진은 법정을 나왔다. 그러나 그녀는 법정 복도에서 기자들에게 둘러싸이고 말았다. 기자들 중 한 사람이 외쳤다.

—박진욱이 탈구 치아와 녹음 CD를 가지고 있는 것이 사실입니까?

—예, 사실입니다.

휘진은 기자들의 틈을 비집고 앞으로 나아가며 말했다. 다른 기자가 외쳤다.

—현직 법무부장관이 인증서의 작성에 관여한 것도 사실입니까?

—예, 사실입니다.

또 다른 기자가 외쳤다.

—박진욱이 어떤 메시지를 보내왔습니까?

휘진은 멈추지 않고 계속 걸어가며 말했다.

—인증서를 스캔하여 메일로 보낸 사람이 바로 박진욱입니다.

또 다른 기자.

—소설의 내용이 모두 사실입니까?

그녀는 잠시 걸음을 멈췄다.

—예, 저는 사실이라고 믿고 있습니다. 그 믿음이 저에게 용기를 주었습니다. 용기는 믿음을 먹고 자랍니다.

또 다른 기자.

—박진욱이 증인으로 출석합니까?

그녀는 다시 걸음을 내디디며 말했다.

—예, 출석할 것입니다.

—현재 박진욱은 어디에 있습니까?

—그것은 아직 저도 알지 못합니다.

—소재를 알지 못하면 증인소환을 할 수 없지 않습니까?

—박진욱은 출석할 것입니다. 반드시 출석할 것입니다.

—고양이의 시체를 걸어놓았다는 것도 사실입니까?

—예, 사실입니다. 질문은 여기까지만 받겠습니다. 좀 비켜주시면 고맙겠습니다.

그녀는 기자들 사이를 헤집고 걸어 나갔다.

—검찰의 소환이 임박한 것으로 알고 있는데요?

그녀는 대답하지 않고 계속 걸어갔다.

—검찰에서는 어떻게 대응할 생각입니까?

그녀는 대답하지 않았다. 법정 밖으로 나오기까지 기자들이 따라오며 많은 질문을 했지만, 그녀는 일체 대답하지 않았다. 그때서야 기자들은 그녀를 놓아주었다. 사무실로 들어서자, 의외의 사람이 그녀를 기다리고 있었다. 박병우 변호사였다.

—합의를 권유하기 위해 오셨다면 돌아가 주십시오.

그녀를 따라 변호사실로 들어선 박병우에게 휘진은 냉정하게 말했다.

—합의 때문에 온 것이 아닙니다. 우선 내 말을 들어보고 결정하십시오.

그녀의 냉담한 반응에 소파에 앉지도 못하고 엉거주춤 서 있던 박병우가 말했다.

—예, 알겠습니다. 앉으십시오.

그녀가 책상 위에 소송기록이 든 가방을 내려놓으며 말했다. 그때 여직원이 녹차를 가져왔다. 맞은편 소파에 앉아 찻물이 우러나기를 기다리고 있는 그녀에게 박병우가 말했다.

―오늘 심리는 저도 방청석에서 지켜봤습니다.

―그랬습니까? 그런데 피고들 대리인의 명단에 박 변호사님의 이름이 없던데, 무슨 일이 있었습니까?

―나는 그 법인에서 나왔습니다.

―사직했다는 말씀입니까? 그래서 피고들 대리인 명단에서 제외된 것이군요.

―예, 뭐 사직했다기보다는 쫓겨났다고 하는 편이 나을 것 같네요.

두 사람 밖에 없는 방 안인데도 박병우는 혹시 방안에 다른 사람이 있지나 않는가하는 표정으로 실내를 한 번 둘러보았다. 그리고는 한껏 목소리를 낮춰 말했다.

―그보다 이 소송 이겨야 하지 않습니까? 내가 가진 증거와 자료를 드리겠습니다.

―예? 그게 무슨 말씀이세요?

―오늘 최형윤 장관을 증인으로 신청하지 않았습니까. 이수호 변호사님은 인증서는 법무법인 정의 공증사무실에서 작성된 것이고, 원고의 인증서는 위조된 것이라고 했습니다. 그러나 유 변호사님의 주장과 같이 인증서가 거제 해금강비치호텔에서 작성되었고, 그곳에 최형윤 장관이 있었다는 결정적인 증거가 내게 있습니다.

―왜 제게 그런 말씀을 하시는지 이해가 되지 않습니다.

―솔직히 말씀드리겠습니다. 흥정을 하자는 것입니다.

―흥정이라면? 그 증거를 제게 넘겨주고 대가를 요구하는 것입니까?

―예, 그렇습니다.

―어떤 증거입니까?

—나와 강진호 회장의 대화를 녹음한 녹취록을 주겠습니다. 그 녹취록에 인증서가 해금강비치관광호텔에서 만들어졌고, 그곳에 최형윤 장관이 입회하고 있었다는 내용이 들어있습니다.

—박 변호사님과 강진호 회장과의 대화라면 그 녹취록은 박 변호사님이 소송을 수행하면서 지득한 업무상 비밀에 속하겠군요. 물론 녹음도 그 사람들 모르게 박 변호사님이 은밀하게 한 것일 테고요.

—그 사람들은 살인자들입니다. 당연히 법의 심판을 받아야 합니다. 내가 도와드리겠습니다.

—제가 어떤 대가를 지불해야 하죠?

—1조 원이 걸린 소송입니다. 그중의 100분의 1만 주십시오. 100억만 주시면 녹취록과 녹음테이프 모두 유 변호사님께 드리겠습니다. 물론 지금 당장 달라는 것은 아닙니다. 지금은 유 변호사님도 돈이 없을 테니까요. 소송에서 승소하고 난 후 주겠다는 각서를 써주시면 됩니다.

—박 변호사님, 제가 한마디 드리겠습니다. 박 변호사님 같은 분이 한때나마 이 나라 사법의 한 축을 담당하고 있었다는 것을 어떻게 이해해야 할까요. 같은 법조인으로서 제가 부끄럽습니다. 검사로 계실 때 제 아버지의 사건을 조작한 것도 물론 돈을 받고 했겠군요.

이런 조롱 섞인 말을 듣는 경우 통상적인 사람이라면 화를 내거나 최소한 얼굴을 붉히는 정도의 반응을 보일 것이다. 그러나 박병우는 오히려 즐기는 표정으로 능글능글하게 웃으면서 말했다.

—하하, 물론 그런 짐작은 하셨겠지요. 제가 보아도 그 기록은 허점투성이였으니까요. 그러나 조작하지는 않았습니다. 단지 한쪽 눈을 감았을 뿐입니다. 어떤 비난을 해도 좋습니다. 잡아먹지 않으면 먹히

는 세상이 아닙니까. 물론 화가 나시겠지만, 유 변호사님께서는 내가 가진 이 증거가 꼭 필요할 텐데요. 그렇지 않습니까? 기껏해야 1퍼센트입니다.

휘진은 한심하다는 표정으로 박병우의 눈을 똑바로 쳐다보았다. 얼굴에 침이라도 뱉어주고 싶은 충동을 꾹 눌렀다. 그러나 이런 경우 먼저 화를 내면 지게 되는 것이다. 그녀도 웃으면서 말했다.

—그러네요. 기껏해야 1퍼센트밖에 되지 않네요. 박 변호사님?

—예, 흥정에 응하시겠습니까?

박병우가 기대가 잔뜩 묻어난 표정으로 고개를 앞으로 내밀며 말했다. 그런 박병우의 얼굴이 다가오는 것이 마치 차가운 파충류의 꼬리가 스멀거리며 다가오는 것 같아 그녀는 소파에서 일어서며 차갑게 말했다.

—죄송하지만 먼저 좀 일어서겠습니다. 그대로 앉아있으면 박 변호사님 얼굴에 먹은 것을 토할 것 같아서요. 지금까지 있었던 얘기를 강진호 회장이 알게 되면 박 변호사님은 어떻게 될까요? 살인을 아무렇지도 않게 생각하는 사람입니다. 그러나 걱정하지 마세요. 지금 있었던 일은 저 혼자 간직하겠습니다. 누구에게도 말하지 않겠습니다. 박 변호사님의 신변안전을 위해서 비밀은 꼭 지켜드리겠습니다.

박병우가 당혹감으로 얼굴을 일그러뜨렸다. 그러나 그는 다시 능글능글 웃으며 말했다.

—하하, 생각해 보니 100억은 너무 많은 것 같습니다. 제가 양보하겠습니다. 200분의 1, 50억이라면 응하시겠습니까?

—박 변호사님, 제가 토할 것 같다고 하셨죠? 이젠 정말 토할 것 같습니다. 오십억이 아니라 단돈 1원으로도 그런 흥정할 생각은 없으니

그만 가 주시겠습니까?

그녀가 출입문으로 걸어가 문을 열어주면서 말했다. 그때서야 박병우는 웃음기를 거두고 얼굴을 붉히더니 이내 적의가 담긴 눈빛을 쏟아내며 소파에서 일어섰다.

—후회하지 않길 바랍니다.

박병우가 출입문을 나서며 가시 돋친 말을 툭 던졌다.

—안녕히 가십시오.

그녀는 박병우를 더 이상 상대하지 않았다. 박병우가 나간 후 그녀도 퇴근준비를 했다. 월요일, 그녀의 구속영장이 신청될 것이었다. 직원들과 마지막 저녁식사라도 할까 했지만, 그런 자리는 세 사람 모두에게 심적 고통만 주게 될 것이었다. 사무실 일은 정리했지만, 그 전에 해야 할 일이 아직 남아 있었다. 얼마 전에 다녀왔지만, 내일은 다시 한 번 부모님의 산소를 다녀올 생각이었다. 새해는 분명 구치소에서 보낼 것이고, 혹시 실형이라도 받게 되면 한동안은 가지 못하게 될 것이었다. 어쩌면 몇 년이 걸릴지도 모를 일이었다. 성모 마리아의 집에도 다녀와야 한다는 생각을 하고 있었다.

—많이 늦었네요. 모두 퇴근하도록 하세요. 먼저 나가 볼게요.

휘진은 사무실을 나섰다. 그러나 그녀도 박병우도 모르고 있었다. 박병우가 강진호 회장 모르게 그들의 대화를 녹음한 것처럼, 그녀의 방에 설치된 CCTV에 박병우의 행동이 그대로 촬영되고 있다는 것을. 그녀와 박병우가 나눈 대화가 고스란히 녹음되고 있다는 것을.

침묵하는 별

끝과 시작이 만나는 곳, 밝음과 어둠이 공존하는 곳,
그곳이 우리의 영혼이 머물러야 할 자리이다.

유 변호사와 여직원이 퇴근을 한 뒤에도 이성호는 그대로 사무실에 남아있었다. 그는 자기도 모르게 한숨을 내쉬었다. 유 변호사는 다를 것이라는 영준의 말은 틀리지 않았다. 유 변호사는 그가 스파이 노릇을 하고 있는 줄도 모르고 근무하지도 않을 여섯 달 동안의 월급을 챙겨주면서 그의 생계를 걱정하고 있었다. 그가 이제까지 변호사나 법조계의 사람들에게서 느낀 불신감과 비도덕성은 적어도 유 변호사에게는 적용시킬 수 없을 것 같았다. 그것이 그에게 더 큰 죄책감을 불러왔다. 그는 컴퓨터 프린트기에 있는 A4 용지 한 장을 꺼내어 직접 자필로 편지를 쓰기 시작했다. 유 변호사에게 최소한도의 성의와 진심이라도 보여주고 떠나고 싶었다.

유 변호사님께 드립니다.

오늘이 제가 이 사무실에 출근하는 마지막 날입니다. 직접 말씀드리고 못하고, 이렇게 글로 쓸 수밖에 없는 점에 대하여 먼저 죄송한 말씀을 드립니다.

변호사님께서 이렇게 된 것이 모두 제가 부족했기 때문인 것 같아 사실 그동안 많이 괴로워했습니다. 한 달 동안 남아 잔무를 정리해 달라는 부탁을 하셨지만, 잔무는 거의 정리가 되었습니다. 나머지 사소한 일들은 경임 씨가 혼자 남아 정리해도 문제가 없을 것입니다. 월요일부터 출근하지 않는 것을 용서해 주십시오. 변호사님께서 사무실에서 체포되어 가는 모습을 차마 제 눈으로 볼 수 없다는 생각을 했습니다. 저희 가족의 생활을 염려하여 주신 여섯 달치의 보수는 그대로 두고 갑니다. 출근도 하지 않으면서 보수를 받을 수는 없고, 돌려드리는 것이 제가 지켜야 할 마지막 양심이라고 생각했습니다. 제가 할 수 있는 일이 이것밖에 없다는 것이 너무 안타깝습니다. 그동안 베풀어주신 배려와 은혜는 잊지 않겠습니다. 부디 건강하시길 항상 기도하겠습니다.

이성호 드림.

막상 적은 글을 읽어보자 이성호는 가슴이 울컥했다. 마음 같아서는 유 변호사에게 그동안의 스파이 노릇을 자백하고 용서를 구하고 싶었지만, 감히 용기가 나지 않았다. 그것 때문에 행여 그들이 가할 보복도 두려웠다. 유 변호사가 구속되어 직장을 그만둔다는 이유로 이제 그들의 마수에서 빠져나와야 했다. 유 변호사의 불행을 지켜보면서 더 이상 양심을 속이고 그녀를 배반할 수는 없었다. 그는 편지와 함께 유 변호사에게서 받은 수표를 편지봉투에 넣었다. 그리고는 월요일 출근하자마자 유 변호사님께 전해 주라는 간단한 메모를 적은 띠지를 붙여 봉투의 귀퉁이가 보이도록 여직원의 컴퓨터 마우스 패드 아래에 넣었다. 아까 박병우가 가고 난 후 광대뼈에게 전화를 했었고, 이때 유 변호사가 구속을 예감하고 사무실을 닫기 때문에 월요일부터 사직한다는 것을 이미 알린 뒤였다. 그는 책상 위의 휴대전화를 들어

광대뼈에게 두 번째의 전화를 했다.

-오늘 자네가 큰일을 했어. 지금 곧 '회향'으로 와주게. 기다리고 있겠네.

-예, 알겠습니다.

대답은 했지만, 광대뼈가 왜 또다시 '회향'으로 오라고 하는 걸까? 그가 사무실에 출근하지 않으면 이제 그가 할 일은 없었다. 그들이 원하는 것은 인증서 원본과 성혜주 작가의 소재였다. 그러나 둘 중 어느 하나도 그는 알아내지 못했다. 이 때문에 그를 해치거나 혹시 다른 일을 시키려는 것은 아닐까? 이제 겨우 그들의 마수에서 빠져나왔다고 생각하고 있던 이성호는 덜컥 두려움이 앞섰다. 그러나 잠시 생각해 보니, 그런 나쁜 일로 부르는 것은 아닐 것 같았다. 조금 전에 광대뼈는 "오늘 자네가 큰일을 했어."라고 했다. 어쩌면 그동안 그가 한 일에 대한 수고비를 주기 위해서인지도 모른다. 비록 그들이 목표로 하는 것은 얻어내지 못했지만, 이성호는 광대뼈의 그 말에 은연중 기대를 품었다. 이성호는 걱정 반 기대 반의 심정으로 마지막으로 사무실을 빙 둘러 보았다. 비록 6개월 정도밖에 되지 않았지만, 나름 정이 든 사무실이었다. 이제 드디어 그들의 마수에서 빠져나오게 되었다는 홀가분함과 유 변호사에 대한 죄책감이 뒤엉켜 혼란스러웠다. 이성호는 낮에 챙겨두었던 그의 사물이 든 가방을 들었다. 출입문 앞에서 사무실의 마지막 전등을 소등하는 순간, 갑자기 울컥하며 눈물이 솟아났다.

이때 인사동 '회향'의 밀실에는 강진호와 김형태, 홍정호가 술상을 마주하고 앉아있었다. 홍정호가 말했다.

-최 장관님은 월요일, 유경준의 딸이 구속된다고 했습니다. 그 계

집이 구속되어 있는 동안에 박진욱과 성혜주를 찾아내기만 하면 모든 일은 끝납니다. 문제는 박병우 그놈입니다. 오늘 정말 큰일 날 뻔했지 않았습니까? 그 계집이 그놈의 제의에 응하여 녹취록과 녹음 CD를 받았다면 어떻게 되었겠습니까?

–내 눈치를 채긴 했지만, 그 쥐새끼 같은 놈이 감히 그런 짓을 했을 줄이야. 최 장관님이 승냥이 새끼를 키우고 있었습니다. 이 강진호를 가지고 놀다니, 그 자식 뼈를 추려놓아야 하겠습니다.

말을 마친 강진호가 술잔을 들어 단숨에 마시고는 탁 소리와 함께 산을 내려놓았다. 김형태가 두 사람의 눈치를 보며 조심스럽게 말했다.

–그놈은 처음부터 소송은 안중에도 없었고 오직 제 잇속을 차리려고 강 회장님을 이용했던 것입니다. 간이 배 밖으로 나온 놈입니다. 그 계집에게서 거절당한 그놈은 그것을 우리에게 팔려고 할 것입니다. 그 계집에게 100억을 요구한 놈입니다. 그놈이 한두 푼을 요구할 것도 아니고, 요구하는 돈을 준다고 해도 그놈은 믿을 수 없습니다. 분명히 다른 장난을 칠 놈입니다. 없애 버려야 합니다.

두 사람의 말을 잠자코 듣고 있던 홍정호가 신중하게 말했다.

–그렇긴 합니다만, 최 장관은 그런 점을 가장 우려하고 있습니다. 차형일을 죽인 것은 우리 실수였습니다. 차형일과 윤경호만 죽지 않았더라도 언론과 인터넷이 이렇게까지 요란하게 들고 일어나지는 않았을 것입니다. 이 와중에 우리 소송을 담당했던 박병우까지 불거진다면 걷잡을 수 없게 됩니다. 단순하게 생각하면 안 됩니다.

–그 쥐새끼 문제는 제게 맡겨주십시오. 이 강진호를 건드리면 어떻게 된다는 것을 뼈저리게 느끼도록 해 주겠습니다. 앞으로는 입도 벙긋하지 못하게 만들 테니 저를 믿고 맡겨주십시오.

강진호가 흥분을 가라앉히고 뭔가 생각이라도 한 듯 의미심장하게 말했다.

—신중해야 합니다. 차형일처럼 극단적인 방법으로는 안 됩니다.

—염려하지 마십시오. 이 강진호를 믿으시면 됩니다. 그보다 박진욱과 성혜주가 더 큰 문제입니다. 아프리카로 사람을 보내야겠습니다. 그년이 귀국하기만을 마냥 기다리고 있을 수는 없지 않습니까?

—그 문제는 내가 이미 조치를 했습니다. 우리 직원들뿐만 아니라 일본 본사의 해외 직원들을 총동원하여 찾고 있으니 성혜주는 조만간 찾아낼 것입니다. 그때까지 자중하고 있으면 됩니다.

—그럼 이제 일이 마무리된 것이나 다름없네요. 저는 오직 실장님과 강 회장님만 믿겠습니다. 자, 한 잔 받으십시오,

김형태가 무릎을 꿇는 자세로 바꿔 앉아 술병을 들면서 말했다. 그때 인터폰이 울렸다. 술병을 들고 있던 김형태가 재빨리 술병을 놓고 인터폰의 수화기를 들었다.

—들여보내.

김형태가 인터폰에 대고 말했다.

이성호는 한복을 입은 여자의 안내를 받으며 미로 같은 복도를 지나 여닫이문 앞에 섰다.

—손님을 모셔왔습니다.

한복을 입은 여자가 조심스럽게 여닫이문을 열었다. 이성호는 방안에 있는 사람을 보았다. 처음 이곳에 왔을 때 보았던 세 사람이 앉아 있었다.

—어서 오게.

광대뼈가 웃음을 띠고 말했다. 여자가 소리 없이 방을 나갔다. 이성호는 사물을 넣은 가방을 든 채로 다리를 후들거리며 엉거주춤 서 있었다. 그나마 광대뼈의 웃음 띤 모습에 그는 다소나마 불안한 마음을 가라앉혔다.

—자, 그렇게 서 있지 말고 이리 와 앉으세요.

강진호가 이성호에게 손짓을 하며 말했다. 이성호가 술상의 세로 모서리에 무릎을 꿇고 앉았다. 편안하게 앉을 자리가 아니었다. 이성호는 여전히 긴장하고 있었다.

—그동안 수고하셨소. 비록 우리가 원하는 것을 얻지는 못했지만……. 자, 받으세요. 그동안의 수고비요.

강진호가 말하며 곁에 놓인 쇼핑백을 이성호에게 건넸다. 그때서야 이성호는 쿵덕거리는 가슴을 쓸어내렸다. 쇼핑백은 묵직했다.

—고맙습니다.

이성호가 쇼핑백을 받아 무릎 위에 올려놓고 말했다.

—그 돈의 조건을 잘 알겠지? 영원히 입을 다물어야 한다는 것.

홍 실장이 웃음을 거두고 목소리를 낮게 깔고 말했다. 금속성의 가느다란 목소리가 문풍지처럼 떨렸다.

—잘 알고 있습니다. 이제 고향에 가서 농사나 지을 생각입니다.

이 말은 진심이었다. 비록 자기의 의사에 의한 것은 아니었지만, 그동안 스파이 노릇과 유 변호사에 대한 죄책감 사이에서 얼마나 괴로워하고 있었던가. 그것이 세상과 사람에 대한 염증을 가져왔고, 사법시험에 대한 미련 때문에 이제까지 법조계 언저리에서 기생하며 보낸 자신의 시간을 되돌아보는 계기가 되었다. 그는 정말 귀향할 결심을 하고 있었다.

—월요일, 곧바로 사무실 문을 닫게 되나?

홍 실장이 물었다.

—유 변호사님께서는 한 달 정도 남아서 잔무를 정리해 달라고 했습니다. 그러나 제가 해야 할 잔무는 거의 다했고, 저는 월요일부터 출근하지 않을 생각입니다.

—그럼 잔무를 핑계로 한 달만 더 있어주게. 유 변호사에게 접근할 수 없는 그들이 사무실로 연락을 할 수도 있으니까. 사무실 문을 닫는 날까지는 좀 더 수고해 주게. 돈 값은 해 주고 가야지. 그 이후에는 자네를 볼 일이 없을 걸세. 자네가 입을 다물고 있는 한 말일세. 그만 가 보게.

홍 실장이 말했다.

—예, 알겠습니다. 안녕히 계십시오.

인사를 마친 이성호는 가방의 지퍼를 열고 쇼핑백을 넣고 일어섰다. 다리가 후들거렸다. 여닫이문을 열고 방을 나올 때 뒤통수가 따가웠다. 방 안에 있는 세 사람이 그의 비굴한 모습을 보고 킬킬거리며 웃는 것 같았다. 순간적이나마 가방에 든 쇼핑백의 돈을 풀어 헤쳐 그 자들에게 던져버리고 싶은 충동이 일었다. 그러나 비참했지만, 돈은 그에게 필요한 것이었다. 회향을 나와 택시를 타고나서야 이성호는 비로소 제대로 된 깊은 숨을 쉴 수 있었다. 이제야 비로소 악마의 소굴에서 벗어나게 되는구나 하는 생각에 긴장이 풀리며 피곤이 엄습했다. 한 달만 견디면 그는 자유가 될 것이다.

—서초동으로 갑시다.

그는 택시기사에게 말하고는 눈을 감았다. 그동안 서울에 와서 보낸 시간이 꿈결처럼 느껴졌다. 아내와 아이들의 얼굴이 눈앞에 어른거렸다. 다시 사무실로 돌아온 이성호는 여직원의 컴퓨터 마우스 패드 아래 넣어두었던 편지봉투를 꺼내어 양복 안주머니에 넣었다. 사무실을 나와 서울역에서 택시를 내린 그는 매표창구로 가서 대전행 열차표를 끊고는 대합실의 의자에 가서 앉았다. 대합실 전면에 비치된 TV에서는 심야뉴스가 진행되고 있었다.

아프리카에 대한 경제원조와 농업 및 광물자원 개발 사업을 위하여 대통령 특사 자격으로 출국했던 한맥그룹 한청일 회장과 그 수행원들이 남아프리카 공화국 등 아프리카 7개국 순방을 무사히 마치고 오늘 인천공항을 통하여 귀국했습니다. 한 회장은 …….

이성호는 일어났다. 그와는 전혀 상관없는 사람들이었다. 그들은 인생이라는 무대의 주인공이었지만, 그는 단지 한 사람의 관객에 불과했다. 그들은 이 사회의 중심축이었지만, 그는 주변인이었고, 있어도 그만, 없어도 그만인 일회성 소모품에 불과했다. 그는 가방을 들고 화장실로 갔다. 묵직하여 적은 액수는 아닐 것이라는 짐작은 했지만, 쇼핑백에 든 돈의 액수가 궁금했다. 그는 양변기에 앉아 가방을 열고, 그 안에 든 쇼핑백을 열어보았다. 5만 원 권 다발 40개, 2억 원. 그는 쩍 벌어진 입을 다물지 못했다. 생각지도 못한 거액이었다. 당연히 기뻐해야 할 일이었다. 춤이라도 추어야 할 일이었다. 그러나 어찌된 일인지 꽉 막힌 하수구처럼 심장으로 통하는 혈관이 막혀버린 것 같았다. 점점 배가 불러오고 있는 유 변호사의 얼굴이 눈앞에 어른거렸다. 가슴이 메어지며 호흡이 가빠왔다. 넥타이를 느슨하게 풀었지만, 가슴은 여전히 답답했다. 그는 양변기에 앉은 채로 두 팔로 가방을 끌어

안고 돈다발 위에 얼굴을 묻었다. 어-어-엉-엉, 앙다문 이빨 사이로 울음소리가 새어 나왔다. 그 소리는 상처 입은 짐승의 신음 같았다.

* * *

월요일에는 구속영장이 발부될 것이다. 이제 곧 다가올 새해도, 구정 설날도, 구치소에서 맞을 것이다. 어쩌면 실형이 선고되어 오래 동안 아버지와 어머니를 찾지 못하게 될지도 모른다. 구치소에 들어가기 전에 부모님의 산소라도 돌아보고 싶었다.

토요일, 오전 8시, 휘진은 강원도로 향했다. 휴대전화는 들고 나왔지만, 전원을 꺼버렸다. 기자들이 전화를 걸어올지도 몰랐고, 법무부장관을 증인으로 신청한 그녀의 태도를 본 김주환 검사가 긴급체포를 할 수도 있다는 생각이 들었다. 며칠 전에 강원지역에 눈이 내렸지만, 국도는 제설작업을 하여 차량 운행은 그다지 어렵지 않았다. 그녀는 산소가 보이는 국도 갓길에 차를 세워놓고 눈 덮인 산길을 걸어 올라갔다. 어릴 적 아버지와 함께 올 때는 잡풀이 무성한 좁은 농로였던 것이 왼편으로 펼쳐진 밭과 오른편 산을 경계로 차량 두 대가 마주 보고 다닐 수 있을 정도의 농로 겸 임도로 확장되어 있었다. 종아리가 덮이는 목이 긴 부츠의 발목이 잠길 만치 눈이 쌓여 있었다. 산소는 그 길에서 오른쪽 숲으로 난 좁은 오솔길을 따라 50미터 정도 가면 있었다. 평소에는 그다지 어렵지 않게 갈 수 있는 곳이었지만, 눈이 내린 경사진 오솔길은 미끄러웠다. 휘진은 한 손에 과일봉지를 들고 미끄러지지 않도록 조심조심 오솔길을 걸어 올라갔다. 산소에 다다른 휘진은 산 아래에 펼쳐진 겨울바다를 굽어보았다. 바다는 차가운 해풍에 밀려 하얀 포말을 쏟아내고 있었다. 장갑을 끼고 털실 목도리로 목을 칭칭 동여맸지만, 차가운 해풍은 내의 안에까지 밀려들어왔다. 봉분도 그 앞에 놓인 비석도 눈에 덮여 있었다. 봉분에서 자란 마른 잡풀의 끄트머리가 바늘 같은 고슴도치 털처럼 눈 위로 삐죽삐죽 돋아나 있었다. 그녀는 비석 위에 쌓인 눈을 손으로 걷어내고 가져간 과일을 놓았다. 술 대신 코트 호주머니에 넣어왔던 캔 음료수의 마개를 따서 올려놓았다. 두 번 절을 한 그녀는 눈 위에 무릎을 꿇고 앉았다. 아버지에게 속으로 말했다.

아빠, 아빠가 코리아타워를 꿈꾸었던 것은 단지 할아버지의 친일행위에 대한 속죄의식 때문만은 아니었겠지요. 그 탑을 통하여 코리아 스피릿을 구현하겠다는 이상만도 아니었겠지요. 아빠, 이제 저는 조금은 알 것 같습니다. 아빠는 보다 근원적인 것, 우리 인간의 내면에 있는 보이지 않는 자유롭고 영원한 것, 아버지는 이 자유와 영원을 추구하셨던 것이죠. 그 어느 것에도 속박되지 않는 영혼의 자유, 아버지가 꿈꾸었던 것은 정녕 이것이었죠. 자유롭고 영원한 것이 육체는 아닐 테지요. 마음도 아닐 것입니다. 육체는 언젠가는 소멸하는 것이고, 마음은 항상 변하니까요. 하물며 돈이나 물질로 얻을 수는 더욱 없겠죠. 몸은 내가 아니고, 마음도 내가 아닐 테죠. 몸과 마음을 초월해 있는 것, 몸과 마음의 길을 인도해 주는 것, 자유롭고 영원한 것, 그것은 바로 우리의 영혼이겠죠. 그 영혼이 자유로울 때 두꺼운 의식의 껍질에 가려진 참된 나를 비로소 만날 수 있겠죠. 아빠, 이제 저는 참된 나의 자리에 굳건하게 서려고 합니다. 그들은 아빠의 염원을 빼앗아가기 위해 제 몸을 속박하려 합니다. 그러나 그들은 성공하지 못할 것입니다. 제 몸은 속박되지만, 제 영혼은 구속되지 않을 것입니다. 아빠, 하늘은 제가 극복하지 못할 시련은 주지 않는다고 했죠. 그들의 속박은 단지 제 육체가 극복해야할 시련일 뿐이라는 것을 잘 압니다. 그 속박이 아버지와 저의 영혼을 구속할 수는 없을 것입니다. 이제 두려워하지 않겠습니다. 아빠의 말씀처럼 제 의지는 강하고 부드럽습니다. 두려워하는 나는 참된 내가 아닙니다. 자유로운 영혼은 두려움을 초월해 있습니다. 이제 참된 나의 자리에 굳건히 서서 내 마음에 일어나는 이 두려움뿐만 아니라 단 한순간도 쉬지 않고 무수하게 일어나는 내 느낌과 생각의 본질이 무엇인지, 또 이제까지 제가 추구하고 갈망했던 것이 과연 무엇이었는지, 아빠의 영혼이 무엇을 바라고 있었는지를 제 영혼의 눈물 어린 시선으로 바라보겠습니다.

차가운 해풍이 몰아쳤다. 무덤가 소나무 잎에 쌓인 눈이 흩날렸다. 휘진은 다시 어머니에게 말했다.

엄마, 저를 위하여 엄마의 생명을 희생하셨다죠. 지금 제 안에 또 하나의 생명이 자라고 있습니다. 제가 엄마의 다른 모습인 것처럼, 이 아이는 저의 다른 모습입니다. 엄마의 또 다른 모습이기도 하고요. 그들이 나의 육체를 구속하여 이 아이가 고통을 받지 않을까 염려되시죠? 걱정하지 마세요. 이 아이는 견뎌낼 것입니다. 엄마인 내가 견뎌내는 것처럼 이 아이도 잘 견뎌낼 것입니다. 엄마, 엄마가 저를 지켜 생명을 주셨던 것처럼, 저도 이 아이를 지켜 온전한 생명으로 자라게 하겠습니다. 제가 지킬 것입니다. 걱정하지 마세요.

휘진은 울음이 터져 나오려는 것을 가까스로 참았다. 쌓인 눈에 닿은 무릎이 시렸다. 휘진은 일어섰다. 오후 1시, 한낮인데도 흐린 날씨 때문에 어둑어둑했다. 눈이 내릴 것만 같았다. 갈매기 먹이주기를 했던 바닷가로 내려가 보고 싶은 생각이 들었지만, 혹시 눈이 내려 길이 통제될 수도 있었다. 휘진은 곧바로 차에 올랐다.

수원에 도착했을 때는 어둠이 밀려들고 있었다. 휘진은 시내의 한 대형마트에 들러 성모 마리아의 집 아이들에게 줄 학용품과 간식거리를 트렁크에 가득 실었다. 그동안에도 자주 오지 못했지만, 이제 더 오래 동안 찾지 못하게 될지도 몰랐다.

—많이 늦었구나. 해가 지도록 오지 않아 걱정했었나.

차가 멈추기도 전에 방범등이 밝혀진 공터 주차장까지 나온 강 원장이 차에서 내리는 그녀를 맞았다. 지난번에 본 안나 수녀가 함께 나와 있었다. 산소에서 내려와 수원으로 출발하면서 전화를 했었지만, 이렇게 늦게 도착할 줄은 예상하지 못한 것 같았다.

—어서 들어가자. 날씨가 춥다.

강 원장이 말했다.

—트렁크에 짐이 있어요.

—안나 수녀가 내릴 거다. 어서 들어가자.

강 원장이 무언가에 쫓기는 것처럼 그녀를 재촉했다. 강 원장도 신문을 보았을 것이고, TV 뉴스를 보았을 것이다. 자세히는 모르겠지만, 그녀가 지금 처한 상황을 짐작할 수는 있을 것이다. 강 원장이 평소보다 더욱 살갑게 그녀를 대하는 이유를 알 것 같았다. 휘진은 트렁크의 잠금장치를 열어주고 손가방만을 들고 강 원장의 사무실로 들어갔다. 사무실에 들어선 그녀는 목에 두르고 있던 목도리를 풀고 코트를 벗었다. 강 원장의 눈이 휘둥그레졌다. 차에서 내릴 때는 눈여겨보지 않아 헐렁한 코트 자락에 감춰진 그녀의 부른 배를 알아채지 못한 것 같았다. 그녀는 강 원장이 놀라는 이유를 알았다. 배는 이제 감출 수 없을 만치 불러 있었다. 이제 더 이상 감출 수도 없었고, 감추고 싶지도 않았다.

–저 엄마가 됐어요.

놀라는 강 원장이 말을 하기 전에 휘진이 먼저 웃으면서 말했다. 결혼도 하지 않은 그녀가 엄마가 됐다고 하는 말을 강 원장은 어떻게 받아들일까? 그러나 휘진은 부끄럽지 않았다. 오히려 당당하고 싶었다. 자신이 선택한 일이었고, 그 선택을 후회해 본 적은 한 번도 없었다. 생각지도 못했던 의외의 상황에 놀라 잠시 심각한 표정에 잠겼던 강 원장이 그녀의 어깨를 껴안고 다독이면서 말했다.

–그래, 정말 대견하구나. 엄마가 된다는 것은 하느님의 가장 큰 축복이란다. 아버지가 누구인지는 묻지 않으마. 이제 너도 어른이니, 네 스스로 판단하고 선택한 일을 내가 뭐라 할 일도 아닌 것 같다. 몸은 괜찮니? 아이는 잘 자라고?

–예, 가만 누워 귀를 기울이면 아이의 숨소리가 들리는 것 같아요.

–그래, 엄마는 아기의 숨소리를 듣고, 아기는 엄마의 숨소리를 듣지. 하지만 그 숨은 하나란다. 아버지 산소에 간다고 미리 말했으면, 나도 같이 갈 걸 그랬구나.

–혼자 다녀오고 싶었어요.

–아직 저녁을 먹지 않았겠구나.

–예, 배고파요.

그녀가 웃으면서 말했다. 아이들의 저녁식사 시간은 이미 지나 있었고, 식당 주방에서 일하는 사람들과 자원봉사자들도 퇴근하고 없었다. 강 원장이 직접 식당 주방에 들어가 남은 음식으로 저녁상을 차렸다. 미역국에 몇 가지 채소반찬이었지만, 밥상은 평생을 독신으로 살면서 봉사의 삶을 살아온 강 원장의 마음처럼 정갈했다. 안나 수녀는 보이지 않았다.

–수녀님은요?

휘진이 미역국 한 숟갈을 떠 입으로 가져가면서 물었다.

–아마 아이들 방을 돌아보고 있을 거다. 바로 서울로 갈 거니?

–아뇨. 저, 오늘과 내일은 여기에서 잘래요. 어릴 때처럼 원장 선생님 품에 안겨 자고 싶어요. 그래도 괜찮죠?

그녀가 명랑한 목소리로 아이처럼 천진하게 웃으며 말했다. 강 원장의 마음을 조금이라도 편안하게 해 주고 싶었다.

–그럼 괜찮고말고. 내 방에서 함께 자자.

–어릴 때 여기서 먹던 밥이 참 맛있었어요. 지금도 맛있어요.

휘진은 미역국과 밥 한 공기를 깨끗이 비웠다.

–하루 종일 운전하여 피곤할 텐데, 그만 방으로 가자. 아까 보일러를 넣어 두었는데, 이제 따듯해졌을 거다.

식당에서 나오는데, 안나 수녀가 2층에서 내려와 인사를 했다.

–아이들은 모두 재웠어요. 저도 자러 갈게요. 편히 주무세요.

–그래요. 오늘도 수고가 많았어요.

안나 수녀가 다시 2층으로 올라갔다. 안나 수녀의 방은 2층에 있는 것 같았다. 강 원장의 방은 사무실 왼쪽에 붙어있었다. 사무실 용도의 바닥에 온돌을 넣은 작은방이었다. 두 칸짜리 장롱과 거울이 달린 경대 하나, 경대 앞의 다기 세트 하나, 그 다기 세트도 어릴 때 보았던 바로 그 다기였다. 너무 소박하고 단출하여 살펴볼 것도 없었다. 그러나 그녀는 경대 위 거울 앞에 놓인 두 개의 액자를 보았다. 아버지의 초상화가 든 액자와 대학 학사모를 쓴 진욱의 사진이 든 액자였다. 그놈 얘기는 입 밖에도 꺼내지 말라던 강 원장이었다. 그런 강 원장이 진욱 오빠의 사진이 든 액자를 세워놓고 있다니?

—아빠와 오빠 사진이 있네요.

그녀가 말했다.

—응?

강 원장의 표정이 잠시 흔들렸다가 되돌아왔다.

—그래, 박사님의 사진을 보면서 항상 기도하고 있다. 저 아이도 그래, 어디 있는지 소식도 없지만, 한편으로 생각하니 불쌍한 생각이 들더구나. 소행은 괘씸하지만, 저 아이가 그런 배은망덕한 짓을 한 것도 다 내 잘못이라는 생각을 하니, 미워할 수가 없더라. 이제 용서하기로 했다. 누굴 탓하겠니. 다 내 잘못인데.

그렇게 말하는 강 원장의 눈가가 젖어들고 있었다.

—좀 씻고 올게요.

휘진은 손가방에 넣어온 임산부용 잠옷을 꺼냈다. 강 원장과 자려고 생각하고 미리 준비해 온 것이었다. 그녀는 방 맞은편에 있는 화장실 겸 샤워장으로 가 세수를 하고 잠옷으로 갈아입었다. 다시 방으로 돌아오자, 강 원장은 요 위에 이불을 펴놓고 다기 앞에 앉아 있었다. 작은 전기난로를 피워놓고 있었다. 그녀는 강 원장 앞에 앉았다. 강 원장이 차를 따랐다. 그녀는 찻잔을 두 손바닥으로 모아 쥐었다. 찻잔에서 전해지는 따듯한 온기는 강 원장의 마음처럼 손바닥을 타고 가슴으로 스며들었다.

—저, 아이를 낳게 되면요.

불을 끄고 강 원장과 나란히 누운 그녀는 드디어 심중에 있던 말을 꺼냈다.

—그래, 신문도 보고 뉴스도 다 봤다. 네가 무슨 일을 하는지, 무슨 말을 하려는지도 다 알고 있다. 이리 오너라. 내 딸 한 번 안아 보자.

천장을 보고 누운 강 원장이 몸을 옆으로 세워 누우며 팔을 뻗어 그녀의 팔을 이끌었다. 그녀도 모로 몸을 세워 강 원장을 마주보고 누웠다. 강 원장이 그녀의 머리 아래로 팔을 넣어 머리와 등을 꼭 끌어안고 말했다.

—그래 출산일이 언제냐?

—이제 세 달밖에 남지 않았어요. 아이에게 너무 미안해요. 태어나자마자 엄마와 헤어져야 할지도 몰라요.

—아이 걱정은 말아라. 이제까지 내가 키운 아이가 5백 명도 넘을 게다. 네 몸만 상하지 않으면 된다. 하느님이 지켜 주실 거다. 그래, 아이 이름은 지었느냐?

—예, 순우리말로 '얼'이라고 할 거에요. 아버지의 뜻을 이어 받으라고요.

—얼, 그래 박사님의 고귀한 뜻을 이어받는다면 오죽 장한 일이냐. 장한 일에는 항상 시험이 따르는 법이다. 오늘은 아무 생각 말고 그냥 푹 쉬어라. 하느님은 모두 알고 계신다.

강 원장이 어깨를 들썩이는 그녀의 등을 가만가만 토닥였다. 들썩이는 그녀의 어깨가 천천히 잦아들었다. 아주 편안한 잠을 잘 수 있을 것 같았다.

일요일 아침, 창문 유리를 여과하여 들어온 햇살이 수줍게 웃음을 짓고 있었다. 겨울 날씨답지 않게 화창한 날씨였다. 강 원장은 먼저 일어나 밖으로 나가고 없었다. 일부러 그녀를 깨우지 않은 것 같았다. 세수를 하고 가벼운 기초화장을 한 다음 옷을 입고 식당으로 갔다. 아이들의 아침을 준비하는 식당은 분주했다. 강 원장과 안나 수녀가 식탁을 마련하고 있었다. 경주까지 갔다 오려면 서둘러야 할 것 같았다. 아이들과 함께 아침 식사를 하자마자 서둘러 성모 마리아의 집을 나서 경주로 향했다.

황룡사지터는 경주 IC를 지나 시내로 접어드는 아스팔트 국도변에 있었다. 6세기말에 창건되어 1238년 몽고의 침략전쟁 때 소실되었다는 황룡사, 동양 최대의 9층목탑이 있던 곳, 그때로부터 8백여 년 가까운 시간이 지난 그곳에는 목탑의 잔재 하나 남아있지 않았다. 마른 잡풀 사이에 놓여있는 절터의 주춧돌조차 없다면 그곳은 단지 황량한 들판일 뿐이었다. 8만여 평방미터에 달했다는 절터, 그 들판에는 문무대왕릉, 대왕암이 있는 감포에서 달려온 매서운 바닷바람이 말을 달리며 질타하는 대왕의 호령소리처럼 맹위를 떨치고 있었다. 그녀는 코트 자락을 단단하게 여미고 주춧돌 위에 세워졌을 황룡사를 그려보았다. 목탑을 중심으로 중문, 금당, 강당이 남북으로 길게 배치된 그 사이에 웅장한 모습으로 서 있는 9층목탑, 황룡사를 창건하고 9층목탑을 세웠던 당시 신라인의 염원은 오직 하나였을 것이다. 끝없는 삼국 간의 전쟁과 왜적의 침략, 피가 강물을 이루던 시대, 고난에 지친 신라인들은 오직 전쟁이 없는 평화의 세상을 꿈꾸었을 것이다. 황룡사는 그들의 염원을 현실로 구현한 이상향이었고, 그곳에 세워진 9층목탑은 그 이상향의 상징이었을 것이다. 그러나 영원한 평화의 세상을 꿈꾸었던 신라인들의 염원은 이루어지지 않았다. 그 후 500여 년이 지나 황룡사는 몽고군의 침략에 의한 병화兵火로 소실되고 말았다. 그 상징이었던 9층목탑과 함께. 천재화가 솔거가 금당에 그린 벽화도, 철 5만 7,000근과 황금 3만 근의 삼존불상도, 성덕대종신종보다 네 배나 더 큰 범종과 함께 사라지고 말았다. 아버지가 황룡사9층탑을 원형으로 삼아 코리아타워를 설계한 것은 이 때문이었을 것이다. 침략전쟁의 하수인이 되어 선조들이 모은 재산, 이 재산은 이제 전쟁이 없는 평화의 세계를 구현하는 목적에 봉사해야 한다. 이것이 아버지의 염원이었다. 그리고 아버지의 그 염원을 이제 그녀가 이어받은 것이다. 그녀가 구속을 감수하면서까지 합의할 수 없는 이유가 여기에 있었다.

석굴암과 보문단지, 박물관을 돌아보고 다시 성모 마리아의 집으로 돌아왔을 때는 이미 밤 9시가 넘어있었다. 강 원장과 함께 누웠으나 그녀는 쉽게 잠들지 못했다. 경대 위 거울 앞에 놓인 액자 안에서 아버지와 진욱이 그녀를 바라보고 있었다. 그녀는 강 원장이 깨지 않도록 조심스럽게 일어나 옷을 입었다. 그녀는 집 뒤에 있는 야트막한 동산으로 오르기 시작했다. 추웠다. 대충 목에 걸고 온 털목도리로 목을 감아 여미고 코트 주머니에 있는 장갑을 꼈다. 동산에는 그날처럼 별이 내려와 무리지어 앉아 있었다. 멀리 시내에서 반사되는 불빛이 가까운 별빛을 가리고 있었지만, 먼 별빛은 비처럼 내려 얼어붙은 동산을 적시고 있었다. 진욱 오빠가 주먹 나팔을 불고 트럼펫을 연주하던 곳, 그 추운 겨울 밤, 언 땅에 이마를 박고 기도하던 진욱의 모습이 그곳에 있었다. 그 기도가 하늘에 닿아 그녀의 이름을 목 놓아 부르던 진욱의 모습이 되살아났다. 함께 눈물을 흘리며 서로 끌어안았던 그날의 감동이 영화의 한 장면처럼 생생하게 떠올랐다. 그녀는 진욱이 엎드려 기도하던 땅에 무릎을 꿇고 앉았다. 그날의 진욱처럼 언 땅에 이마를 대고 깍지 낀 손을 뒷머리 위로 올렸다.

—만물의 창조자이신 하느님, 당신의 거룩한 이름을 찬양합니다. 저의 기도를 들어주셨던 당신의 은총에 감사드립니다. 다시 한 번 간절하게 당신의 이름을 부릅니다. 이제 진욱 오빠를 보내주세요. 당신께서 진욱 오빠를 저희들에게 보내신 것은 아버지의 꿈을 이루기 위한 당신의 숨은 뜻이 있었기 때문입니다. 은혜와 자비로 가득한 창조주이신 하느님, 당신의 높으신 뜻을 이 땅에 구현하시고자 한다면, 저를 통하여 당신의 숨은 뜻을 나타내시고자 한다면, 이제 오빠를 보내주세요. 아버지의 꿈, 당신의 숨은 뜻을 오빠를 통하여 이루어지게 해주십시오. 오빠가 내 이름을 부를 수 있게 해달라는 그때의 기도를 들어주셨던 것처럼 오늘 이 기도를 당신에게 드리오니 부디 은총이 가득한 당신의 손길을 보내주십시오. 자비로우신 당신의 목소리로 저를 이끌어주십시오.

눈물이 흘렀다. 어깨가 들썩거렸다. 시린 이마의 아픔도, 무릎을 파고드는 언 땅의 찬기운도 느끼지 못했다. 시간이 얼마나 흘렀는지도 몰랐다. 감각이 없어진 듯했다. 다만 눈물만이 계속하여 그녀의 뺨을 타고 흘러내렸다. 그때 꽁꽁 언 그녀의 몸을 따뜻한 담요가 감싸 안았다.

—하느님은 네 기도를 반드시 들어주실 거다.

강 원장이었다. 강 원장이 그녀를 안아 일으켰다. 슬픔이 해일처럼 밀려와 그녀의 가슴을 흔들었다. 휘진은 몸부림치듯 강 원장의 가슴으로 파고들며 외쳤다.

—두려워요. 겁나요. 오빠는 왜 나타나지 않는 걸까요. 내가 이렇게 힘든데, 외로운데, 의지하고 싶은데, 왜 나타나지 않아요.

—홀몸이 아니다. 아기를 생각해야지. 하느님은 이곳에만 계신 것이

아니다. 네 몸과 생각과 의지가 모두 거룩한 신성의 발현이란다. 그만 내려가자.

–무서워요. 이제 저는 어떻게 될까요.

–하느님의 뜻을 의심하면 안 된다. 너는 다만 느끼고 믿기만 하면 된다.

강 원장이 그녀를 부축하며 이끌었다. 별빛은 여전히 두 사람이 내려간 동산을 비처럼 적시고 있었다. 그러나 그 어떤 별도 말이 없었다. 별은 거대한 침묵의 바다에 빠져 있었다. 그 바다는 깊고 넓고 멀었다.

월요일 새벽, 휘진은 강 원장이 직접 차려주는 이른 아침을 먹고 성모 마리아의 집을 나섰다. 그녀를 배웅하는 강 원장의 눈자위가 붉게 물들어 있었다. 오피스텔에 도착하자마자 휘진은 컴퓨터를 켰다. 아버지의 편지가 올라오던 메일은 여전히 폐쇄되어 있었다. 송규원의 소설도 더 이상 연재되어 있지 않았다. 대신 상혁이 보낸 메일이 여섯 개나 있었다. 그녀는 메일을 열지 않았다. 최형윤 장관을 증인으로 신청할 때 이미 마음을 굳힌 상태였다. 상혁에게 의지할 수 없었고, 의지해서도 안 될 일이었다. 여전히 전원을 꺼둔 휴대전화를 책상 서랍에 넣었다. 이제는 필요가 없어질 휴대전화였다.

욕조에 따뜻한 물을 채우고 이틀 동안 제대로 씻지 못한 몸을 담갔다. 밤을 꼬박 새우다시피 하고 새벽녘에서야 강 원장의 품에서 잠깐 눈을 붙인 뒤였다. 갑자기 피곤이 물밀듯이 몸을 덮쳤다. 오후에 사무실에 나가 김주환 검사에게 전화를 하고 스스로 검찰청으로 들어갈 참이었다. 잠깐 눈을 붙일 시간은 있었다. 그녀는 욕탕에서 나와 벗은 몸으로 침대로 들어갔다. 그녀는 잠의 동굴로 들어갔다. 그 동굴은 깊고 까마득했다.

눈을 떴을 때는 오전 10시가 넘어 있었다. 그녀는 다시 욕탕으로 가 샤워기로 머리부터 발끝까지 정성들여 몸을 씻었다. 전신 거울에 비친 나신을 바라보았다. 발톱, 발가락, 발등, 발목, 종아리, 무릎, 허벅지, 그 사이의 음모, 아기 때문에 앞으로 쑥 내민 배의 중간에 있는 배꼽, 유방, 임신한 이후 점차 검게 변해가는 유두, 목, 입, 코, 귀, 눈, 이마, 머리카락, 그녀는 거울 속에 비친 몸의 부분 하나하나를 찬찬히 들여다보았다.

거울에 비친 저 몸이 나일까? 이런 생각을 하는 내가 나일까? 아니었다. 몸도 내가 아니고, 생각을 하는 나도 내가 아니었다. 그럼 몸도 생각도 내가 아니라고 여기는 내 마음이 나일까? 그것도 아닌 것 같았다. 나는 다른 곳에 있었다. 신은 자신의 분신을 창조했다. 신이 창조한 것은 내 몸도, 생각도, 마음도 아니다. 신의 창조물인 참된 나는 몸이라는 껍질의 안쪽에 있다. 내 생각과 의지, 마음을 초월한 곳에 있다. 구속되는 것은 단지 내 몸과 생각과 의지일 뿐이다. 신의 분신인 참된 나는 자유로운 영혼이고 신성과 일체다. 강 원장의 말과 같이 그것을 느끼고 믿기만 하면 된다. 어느 누구도, 그 무엇으로도 자유로운 영혼인 참된 나를 구속할 수 없다. 그들은 단지 나의 껍질만을 가둘 수 있을 뿐이다. 거울 속의 나신을 바라보는 동안에 머리에 떠오른 생각이었다.

휘진은 욕탕에서 나왔다. 로션만을 바르고 화장은 하지 않았다. 루주도 칠하지 않았다. 옷을 입은 휘진은 컴퓨터와 냉장고, 오디오, TV 수상기 등 가전제품의 전기 플러그를 모두 뽑았다. 냉장고에 남은 몇 가지 반찬과 음식재료를 모두 비닐봉지에 담았다. 오피스텔을 나와 비닐봉지를 음식쓰레기통에 버린 그녀는 택시를 탔다. 오늘 점심이 그녀가 자유롭게 할 수 있는 마지막 식사가 될 것이었다. 이제까지 곁에 있어준 직원과 함께 하고 싶었다.

점심시간에 맞추어 사무실에 들어서자 이성호 사무장이 벌떡 일어섰다. 늦게까지 출근하지 않고 있는 그녀를 걱정하고 있었던 것 같았다.

–이 사무장님, 경임 씨, 주말 잘 보냈어요?

지금 처한 상황 때문에 흐트러진 모습을 보일 수는 없었다. 그녀는 평소와 다름없이 밝은 얼굴로 인사를 했다. 여직원이 당황한 얼굴로 말했다.

–변호사님, 손님이 와 계십니다. 안 된다고 했는데도 막무가내로 변호사님 방에 들어가셨어요.

–그래요.

침착하게 말했지만, 그녀는 벌써 검찰수사관이 체포영장을 가지고 왔다고 생각했다. 이미 각오한 일이었다. 그녀는 변호사실의 출입문을 열었다. 문이 열리는 소리를 듣고 소파에서 일어나는 사람을 본 순간, 휘진은 그 자리에 그대로 얼어붙고 말았다.

–상혁 씨?

그녀가 겨우 한마디 하고는 벌어진 입을 다물지 못하고 있는 사이에 상혁이 다가와 그녀의 어깨와 머리를 가슴에 꼭 껴안았다.

–김주환 검사에게 모두 들었어. 혼자서 많이 힘들었지.

상혁이 그녀의 귀에 속삭이듯 말했다. 휘진은 가슴이 울컥하며 눈물부터 핑 돌았다. 최형윤 장관이 아버지의 죽음에 개입된 이상 상혁과의 관계는 더 이상 지속될 수 없다고 결심한 그녀였다. 그녀와 아버지와의 중간에서 갈등하는 상혁의 모습을 지켜볼 자신이 없었다. 그것은 상혁에게도 불행한 일이 될 것이었다. 상혁의 행복을 위해서라도 그녀가 떠나야 했다. 그것이 상혁의 사랑에 대한 최소한의 보답이라고 생각했다. 아이도 생각하지 않은 것은 아니었다. 어머니가 없이 자란 그녀였다. 그런 그녀였는데, 아이를 아버지가 없는 아이로 만들 수는 없다는 생각도 했었다. 그러나 아이를 볼모로 상혁을 구속하고 싶지는 않았다. 그것은 최 장관이나 상혁의 어머니에게 더 큰 반감만 불러일으킬 것이다. 그들은 그녀와 아이를 결코 받아들이지 않을 것이다. 아이가 할아버지와 할머니의 질시와 아버지의 고통을 바라보며 자라야 한다면, 그것은 아이에게도 불행일 것이다. 원수 같은 그녀와 아이를 바라봐야 하는 최 장관과 상혁의 어머니에게도 그것은 더 없는 고통일 것이다. 상황을 개선시키고 바꿀 수만 있다면, 그것이 최선이겠지만, 최 장관이 아버지의 살인에 개입된 이상 그것은 불가능할 것이다. 자신과 아이가 떠나는 것이 모두의 행복을 위한 차선의 선택이다. 가슴에 멍울이 지고 고름이 생기도록 수없이 생각하고, 자문해 보고, 고민한 끝에 내린 결론이었다. 이제까지 상혁에게서 온 그 많은 전화와 메일을 의식적으로 거부한 이유였다. 임신한 사실조차 숨겨야 했던 이유였다. 전화조차 받지 않고 답장 없는 메일을 계속 보내야만 했던 상혁의 가슴에는 분노가 강물처럼 흘렀을 것이다. 그 분노가 온갖 상상과 추측을 불러일으켜 이제 그 가슴에도 멍울이 지고 고름이 생겼을 것이다. 그런데도 상혁이 화를 내기는커녕 따뜻하게 안아주자, 휘진의 마음은 크게 요동쳤다. 그러나……, 여기에서 흔들리면 안 된다. 휘진은 입술을 깨물었다.

—미안해요.

그녀는 복받쳐오는 울음을 삼키며 상혁의 가슴을 밀쳐내었다.

—아직 늦지 않았어.

상혁이 말했다.

—무슨 말씀을 하고 싶은 거예요? 합의를 하라고요? 이 말을 하고 싶은 거예요?

휘진은 고개를 돌려 눈물을 훔친 후에 상혁을 똑바로 쳐다보며 냉랭하게 말했다. 그녀의 표변한 태도에 상혁이 당황했다.

—우선 앉아 봐.

상혁이 그녀의 팔을 끌고 소파로 가서 앉으며 말했다.

—김주환 검사가 가진 증거를 모두 보고 왔어. 승산 없는 게임이야.

—그래서 아버지의 죽음을 여기에서 덮자고요. 아무 죄 없이 죽은 차형일 씨의 죽음을 모른 체하자고요?

—그 문제와 인증서 문제는 달라. 김주환 검사는 인증서의 위조를 문제 삼고 있어. 설사 아버지가 살해되었다고 해도 인증서가 위조된 것은 분명하잖아. 그 사람들의 살인과 문서위조는 별개의 문제야. 사용하지도 않는 법인인감이 찍힌 인증서야. 너도 봤잖아. 아버지의 살인은 다른 방법이 있을 거야. 우선 합의를 하고 구속만은 피해야 해.

—아버지는 그 인증서 때문에 살해되었어요. 별개의 문제가 아니에요.

—증거가 없잖아. 소설처럼 박진욱이 녹음 CD를 가지고 있다는 보장이 어디 있어? 그런 것이 있다면 왜 그 사람이 여태껏 나타나지 않았겠어? 현실을 똑바로 직시해.

—진실을 증명하기 위해 다른 증거는 필요하지 않아요. 진실은 그 자체의 힘이 있어요. 지금은 없지만 증거는 반드시 나타날 거예요.

—그런 말은 철학자나 종교인들이나 하는 말이야. 그런 말이 법정에

서 통할 거라고 생각해? 나보다 더 잘 알면서 왜 그래?
상혁이 애원하는 눈빛으로 말했다.
–합의를 하면 아버지의 소망도 사라져요. 코리아타워도 사라져요.
–구속이 되면 소송도 이길 수 없어.
–그 사람들은 그것을 노리고 있어요. 굴복할 수 없어요. 살인자들에게 어떻게 굴복을 해요.
–굴복하라는 게 아냐. 다음에 기회를 보자는 거지. 그리고……, 임신했다는 얘기는 왜 하지 않았어? 그 말을 김 검사한테서 들었을 때 내가 얼마나 당황했고 화가 났는지 알아? 아버지 때문에 그랬어? 아버지가 살인에 개입되었다고 그랬어? 만약에 말이야. 정말 아버지가 살인에 개입됐었다면 내 손으로 아버지를 체포할 거야. 대의멸친이라고 했어. 살인자들은 내가 반드시 잡겠어. 약속해. 그러니 이 소송은 합의를 해. 지금은 이 방법밖에 없어. 구속이 되면 다음 기회도 없어져.
–그때는 이미 늦어요. 설계가 변경되었어요. 건물이 들어서고 나면 코리아타워는 다시 세울 수가 없어요. 그때에는 이미 그곳에 일제 전범기가 나부끼고 있을 거예요.
–그러기 전에 내가 살인자들을 잡을 거야. 오래 걸리지 않을 거야. 제발 내 입장도 좀 생각해 줘. 아내가 될 사람을 교도소로 보내는 무능력한 사람이 될 순 없어. 아이를 교도소에서 낳게 하는 무책임한 아버지가 될 순 없잖아. 날 그렇게 만들 참이야? 꼭 그래야만 속이 시원하겠어?
–아내가 될 사람이 아니에요, 상혁 씨의 아이가 아니에요.
–뭐라고!
상혁이 벌떡 일어나 휘진의 뺨을 후려칠 듯 오른손을 치켜들었다.

상혁의 얼굴이 일그러졌다. 그러나 상혁은 자제력을 잃지 않았다. 침을 꿀꺽 삼킨 상혁이 치켜들었던 손을 내려 두 손으로 그녀의 두 손을 모아 쥐고 애원하듯 말했다.

―진심이 아니라는 것 알아. 그러나 이건 아니야. 혼자 몸이 아니잖아. 교도소에서 아이가 잘못되기라도 하면 어떻게 할 거야? 내 눈을 똑바로 보고 다시 말해 봐. 그렇게 할 수 있어? 내 아내가 될 사람이 아니라고, 내 아이가 아니라고. 그럼 누구의 아이야?

그러나 휘진은 망설이지 않았다.

―그래요. 백 번이고 천 번이고 말할 수 있어요. 상혁 씨 아내가 될 사람이 아니에요. 상혁 씨 아이가 아니에요. 누구의 아이냐고요? 오빠의 아이에요. 진욱 오빠의 아이에요. 아시겠어요? 우리 아이는 우리가 지켜요. 잘못되지 않아요. 그러니 상혁 씨는 상관하지 마세요.

완전이 얼이 나가버린 듯 멍한 표정을 짓고 있던 상혁이 기어코 폭발하고 말았다. 상혁이 벌떡 일어서고 그녀의 왼쪽 뺨에서 둔탁한 파열음이 났다. 그녀가 비명을 지르며 두 손으로 얼굴을 감싸며 울음을 터트렸다.

―내가 잘못 보았구나. 이게 너의 본모습이었어? 내가 사랑한 여자가 창녀였단 말이야. 그래, 상관하지 않을게. 그 자식의 아이라고 하니까 너희들 마음대로 해.

큰소리로 마치 고함을 치듯이 빠르게 말한 상혁이 소파 팔걸이에 벗어두었던 코트를 집어 들고 문을 꽝 하고 박차며 나갔다. 휘진은 두 손으로 감싼 얼굴을 무릎 사이에 묻고 어깨를 들썩이며 울었다.

상혁 씨, 미안해요. 용서해 주세요. 하지만 이 방법밖에 없어요. 상혁 씨를 떠나보내기 위해서는 이 방법밖에 없어요. 내게 아버지가 중요하듯이 상혁 씨에게도 아버지는 중요해요. 상혁 씨가 아버지를 체포하게 할 수 없어요. 아버지와 아들이에요. 제가 갈라놓을 수 없잖아요. 제발 용서해 주세요.

한참을 울고 난 그녀가 소파에서 일어나 책상의 전화기를 들었다.

—예, 김주환 검사입니다.

—유휘진 변호삽니다.

그녀의 뺨에는 아직도 눈물이 흐르고 있었다.

—최상혁 검사가 오지 않았나요?

—오셨어요. 만났습니다.

—합의하시겠죠?

—아뇨. 하지 않을 겁니다.

—정말 유감입니다. 할 수 없군요. 체포영장을 발부하겠습니다.

—사람을 보내실 필요는 없습니다. 두 시간 후에 제가 들어가겠습니다. 그때까지만 기다려 주세요. 직원들과 함께 마지막 점심이라도 먹고 가게요.

오후 3시, 휘진은 김주환 검사의 방으로 갔다.

오후 6시, 휘진에 대한 체포영장이 발부되었다.

오후 9시, 상혁은 아파트 거실에서 어머니 홍희숙 여사와 마주 앉아 있었다. 아버지 최형윤 장관과 단둘이서 서재에서 한 시간 넘게 얘기를 하고 난 이후였다.

—그래, 암 그래, 정말 잘 생각했다. 그거 봐라. 부모 없이 자란 애가

다 그렇지, 별수 있겠어? 그것도 그렇지만 이 나라 법무부장관이 친일 매국노의 딸을 며느리로 삼는다는 것이 말이 되는 소리야. 아버지 입장이 어떻게 되겠어? 너도 마찬가지지. 앞으로 네 공직생활에 그런 오점이 어디 있겠어? 이제라도 미련을 끊겠다고 하니, 얼마나 다행이야. 아이고, 이제 한시름 놓았다. 이제 집안이 제자리를 잡겠구나. 다 사필귀정인거지. 아, 그리고…….

홍 여사가 호들갑스럽게 말을 이어 나갔다.

—새해 정기인사에 발령을 낼 테니까 돌아가서 귀국할 준비를 하고 있어라.

홍 여사의 말을 중간에서 가로 채며, 최형윤 장관이 서재에서 나오며 말했다.

—알겠습니다. 그동안 걱정을 끼쳐드려서 죄송합니다.

상혁이 고개를 숙이고 말하고는 일어섰다.

—아니, 어디 가려고?

홍 여사가 눈을 크게 뜨고 말했다.

—예, 누굴 좀 만나기로 해서요.

—집에 꼭 들어와야 한다. 너무 늦지 않도록 해라.

홍 여사가 일어나 상혁의 손을 잡으며 말했다.

오후 11시, 상혁은 '누나집'에서 장선웅 기자와 영준을 만나고 있었다. 상혁이 장선웅 기자에게 말했다.

—내일 구속적부심이 열리고 영장이 발부되면 송규원의 소설 「탑의 전설」이 발표될 것입니다.

—알겠습니다. 특집기사를 준비하도록 하겠습니다.

평소답지 않게 굳은 얼굴을 한 장선웅 기자가 말했다.

화요일, 오전 10시, 휘진에 대한 법원의 영장실질심사가 있었다. 검찰에서와 마찬가지로 휘진은 인정신문 이외에 판사의 어떤 물음에 대해서도 대답하지 않았다.

오후 4시, 영장은 발부되었다.

오후 7시, 휘진은 의왕구치소에 수감되었다.

오후 9시, 송규원의 소설「탑의 전설」이 인터넷에 올랐다.

탑의 전설

어둠이다.

어둠 속에 큰 울음이 있다.

울음은 어둠을 벗어나고 싶다.

또 다른 어둠이 울음을 감싼다.

울음이 작아진다.

그 울음을 또 다른 어둠이 둘러싼다.

더 작아지는 울음

그 울음을 또 다른 어둠이 덮는다.

더 작아지고 또 감싸고

더 작아지고 또 둘러싸고

더욱 작아지고 또 덮고

어둠의 거죽을 뚫고 울음이 샐 때마다

감싸고, 둘러싸고, 덮어버리는 어둠의 겹들.

이제 울음은 어둠의 심연에 잠겨있다.

전설이란 시간과 공간, 그리고 그 공간속에 존재하는 헤아릴 수 없이 많은 생명체를 포함한 물상物象들의 관계에 관한 이야기입니다. 이런 관계는 시작이 없는 시공간과 동시에 형성되어 지속되고 있고, 끝도 없는 시공간과 더불어 단절되지 않고 계속 이어질 것입니다. 따라서 전설 또한 시작도 없고, 끝도 없습니다. 시공간과 하나입니다. 이 이야기도 그렇습니다. 그러나 굳이 그 시작을 말하자면, 이 이야기는 지금으로부터 백여 년 전의 시간과 공간으로 거슬러 올라갑니다.

강원도 어느 산골마을에 아들 하나를 둔 한 부부가 있었습니다. 남의 집 머슴살이와 화전을 일구며 가난하게 살았습니다. 그들은 가난이 싫었습니다. 헐벗고 굶주리는 일상의 생활도 힘들었지만, 그 때문에 받아야 하는 수모와 업신여김은 더 견딜 수 없었습니다. 아들에게만은 가난을 물려주고 싶지 않았습니다. 아들만은 출세시켜야겠다는 오직 하나의 일념으로 새벽부터 밤까지 살이 닿아 뼈가 부서지도록 일했습니다. 아들을 경성으로 유학을 보냈습니다. 아들은 외모도 준수하고 머리도 똑똑했습니다. 고등교육을 마친 아들은 을사늑약으로 나라를 판 오적五賊의 앞잡이 노릇을 하여 재산을 모은 어느 친일지주親日地主의 마름으로 취직을 했습니다. 그는 머리도 똑똑했지만, 이재에도 밝았습니다. 이재에 밝은 그의 수완과 노력으로 주인의 재산과 땅이 더욱 불어났습니다. 그럼에도 그는 오직 주인에게 충성을 다했습니다. 주인은 그를 눈여겨보았고, 결국 무남독녀 외동딸을 그에게 주어 데릴사위로 삼았습니다. 그는 그 주인보다 더 악독한 친일지주가 되었습니다. 동족들을 핍박하고 땅을 빼앗아 더 많은 재산을 불렸습니다.

그에게 아들이 하나 태어났습니다. 풍족한 재산을 가진 그는 아들이 학자가 되기를 원했습니다. 그 많은 재산에다 학자로서의 명예와 사회적 지위를 함께 갖고 싶었던 것입니다. 그 아들은 조선총독부의 어용 민속학자가 되었습니다. 한반도의 지맥地脈과 강과 하천의 흐름을 답사하고 연구했습니다. 그 아들에게서 다시 아들 하나가 태어났습니다. 일본의 지배는 영속될 것 같았고, 그 아들은 일제에 기생하는 아버지 덕분에 유복했고, 최상의 교육을 받으며 자랐습니다.

이즈음 일본은 대동아공영을 주창하고 있었는데, 그것을 이루기 위해서는 한반도를 발판으로 삼아 대륙으로 진출하여야 했고, 내륙진출의 교두보로서 한반도를 항구적으로 지배할 필요가 있었습니다. 그런 일환으로 일본은 조선의 국운상승과 민족부흥을 가져올 한반도의 지기地氣를 영원히 단절시키고자 했습니다. 이를 위하여 조선총독부는 당시 일본과 조선의 저명한 풍수지리학자를 총동원하여 한반도의 지맥을 샅샅이 조사하였고, 이 지맥의 혈점穴點마다 지기의 흐름을 끊는 단지맥봉斷地脈棒을 박는 일을 시작했습니다. 한반도의 지맥을 연구했던 아들의 아버지가 이 일에 앞장섰습니다. 그 아버지가 전국의 산천을 직접 찾아다니며 단지맥봉을 박을 위치를 일일이 표시하였고, 총독부 산하 일인日人과 인부들이 그곳에 단지맥봉을 박았습니다. 이렇게 함으로써 일본의 한반도 지배는 영속될 것이었고, 그 아버지와 아들과 후손들은 자자손손 부귀영화를 누리게 될 것이었습니다. 실제로 그 아버지는 이 공로를 인정받아 일본의 귀족 반열에 들게 되었고, 더불어 엄청난 재산도 하사받았습니다. 그 아들이 청년이 되었을 때, 선대 조상과 아버지가 한 일을 알게 되었습니다. 나라를 판 사람들의 앞잡이 노릇을 했고, 동족을 핍박하여 재산을 모았고, 이 땅의 혈맥까지 끊어버리고자 했던 삼대에 걸친 매국의 가족사를 알게 되었던 것입니다.

청년은 부끄러웠습니다. 청년은 아버지가 한반도의 혈맥에 박은 단지맥봉을 표시한 지도첩을 훔쳐 집을 나왔습니다. 가문의 재산과 영화를 거부하고 집을 나와 가난한 목수의 길을 택했습니다. 평생을 가난하게 살고자 결심했습니다. 그것이 선대 조상들이 동족과 이 땅에 가한 박해에 대한 속죄의 길이라고 여겼습니다. 목수연장이 든 나무 공구함 하나만을 울러 매고 정처 없이 떠돌면서 나무를 베고, 자르고, 켜고, 깎고, 잇고, 세웠습니다. 큰 나무를 베어 넘길 때 톱과 도끼와 하나가 되었고, 작은 가지를 칠 때 낫과 하나가 되었고, 껍질을 벗길 때 손도끼와 하나가 되었습니다. 먹줄을 튕길 때 먹과 하나가 되었고, 줄을 그을 때 자와 연필과 하나가 되었고, 자르고 켤 때 톱과 하나가 되었고, 자른 나무를 깎을 때 대패와 하나가 되었고, 잇는 나무못을 박을 때 나무망치와 하나가 되었습니다. 나무를 아프게 하는 쇠못은 쓰지 않았습니다. 기둥을 세울 때 땅이 되었고, 세운 기둥의 하늘이 되었습니다. 길을 걸을 때는 흙과 하나가 되었고, 강을 건널 때는 물과 하나가 되었고, 산을 넘을 때는 숲과 하나가 되었고, 앉아 쉴 때는 돌과 하나가 되었습니다. 비가 내리는 날은 비가 되었고, 눈이 내리는 날은 눈이 되었습니다. 바람이 부는 날은 바람이 되었습니다. 바람 같은 청년의 유랑생활은 계속되었습니다.

이곳저곳 정처 없이 떠돌다 설악산 자락의 어느 작은 암자에 잠시 머물고 있을 때였습니다. 법당에 결가부좌를 하고 있던 청년의 귀에 이상한 울음소리가 들렸습니다. 청년은 그 울음소리를 따라갔습니다. 울음소리는 청년이 매고 다니는 공구함에서 나고 있었습니다. 그 공구함에는 청년이 집을 나올 때 아버지 몰래 가지고 나온 단지맥봉 지도첩이 들어있었습니다. 공구함에 든 지도첩이 울고 있었습니다. 아니, 그 지도첩에 그려진 땅이 울고 있었습니다. 청년은 땅의 울음소리를 따라 다시 유랑의 길을 떠났습니다. 울음소리는 백두의 대간을 따라 북으로 흐르고 있었습니다. 진부령을 넘고 향로봉을 지나 금강산을 지나고 철령, 추가령, 백암산을 올랐습니다. 지도첩에 표시된 단지맥봉이 박힌 봉우리와 영嶺에 이르면 울음소리는 신음소리가 되었습니다. 청년은 신음소리가 들리는 곳에 박힌 단지맥봉들을 하나하나 뽑아가기 시작했습니다. 마식령을 지나 거치령을 넘어 철옹산, 병풍산, 백산, 차일봉, 마대산에 올랐습니다. 울음소리는 대간의 북쪽으로 계속 이어지고 있었습니다. 황초령, 부전령, 후치령을 넘어 두류산을 올랐습니다. 백사봉을 넘어 북포태산을 지나 소백산에 이르고, 드디어 백두산, 아! 백두산의 천지는 신음소리로 가득 채워져 있었습니다. 두 눈에서 흐르는 눈물처럼, 천지에서 솟아난 이 땅의 눈물이 압록강과 두만강으로 흘러들고 있었습니다. 울음소리가 두만강의 모래톱으로 스며들었습니다. 청년은 두만강의 뱃길을 타고 내려 강 하구에 있는 한반도 바다 국경의 최북단, 서수라에 도착했습니다. 이제 울음소리는 서수라에서 장백정간을 따라 흐르고 있었습니다. 청년은 장백정간의 송진산에 올라 관모봉을 넘고 궤상봉에 올랐습니다. 장백정간과 백두대간이 합류하는 대간의 경추, 목등뼈, 두류산을 옆에 끼고 돌아 대간의 백회, 숨골, 백두산에 다시 올랐습니다. 압록의 뱃길을 통하여 신의주를 거쳐 용암포에 이른 청년은 법흥산, 천마산, 비래봉, 대암산, 적유령, 낭림산을 연결하는 청북정맥의 능선에 올라 지도첩 위에 눈물을 뿌렸습니다. 낭림산에서 소백산에 오른 뒤 다시 발길을 뒤로 돌려 이제는 서남쪽으로 향하는 울음소리를 따라 묘향산, 용문산, 사래봉, 만덕산, 광동산에 이르는 청남정맥을 타고 내려 남포항에서 서

한만 바다뱃길로 장산곶에 닿았습니다. 그곳에서 다시 동쪽으로 향하는 울음소리를 따라 불타산에 오르고 달마산, 멸악산, 황룡산, 천자산, 언진산, 화개산, 가사산을 지나 다시 대간의 목등뼈 두류산에 이르는 해서정맥을 타고 올라 발길을 서남쪽으로 돌려 입암산, 화개산, 송학산을 지나 강화섬의 해안 맞은편 진봉산에 이르는 임진북예성남정맥을 타고 내렸습니다. 뱃길로 임진강을 잠시 거슬러 올라 장명산에 오르고 북한산과 도봉산을 거쳐 대성산을 거쳐 다시 대간의 척추에 해당하는 추가령으로 이어지는 한북정맥을 타고 올랐습니다. 추가령에서 대간의 허리를 타고 남으로 내려와 다시 설악산에 이르렀습니다.

이때 영속할 것 같았던 일본이 패망하고 해방이 되었다는 소식을 들었습니다. 비록 친일매국노였지만, 청년에게는 아버지였고, 어머니였으며, 할아버지, 할머니였습니다. 아들로서, 손자로서 걱정이 되었습니다. 분노한 민중이 그들의 가족을 그대로 두지 않을 것이란 생각이 들었습니다. 청년은 산을 내려왔습니다. 7년 만의 귀가였습니다. 그러나 청년의 걱정은 기우였습니다. 아버지는 오히려 민족사학자로 칭송을 받고 있었습니다. 일본의 패망을 예감하고 미리 가면을 만들어 쓰고 있었던 것입니다. 민족사학자 행세를 하기 위하여 일부러 옛날의 호화로운 집을 버리고 작은 집으로 이사를 했지만, 여전히 하인을 부리며 위세를 떨치고 있었고, 대학에 나가 한국 역사를 가르치면서 새 한국정부 구성에도 참여하고 있었습니다. 공구함에서 울음소리가 더욱 크게 들렸습니다. 가면을 쓴 아버지의 모습에 이 땅이 통곡하는 소리였습니다.

청년은 다시 공구함을 울러 매고 유랑의 길을 떠났습니다. 해방 소식을 듣고 집에 가기 위해 내려왔던 설악산에 다시 오르니, 울음소리는 이제 남쪽으로 향하고 있었습니다. 대간의 허리를 남쪽으로 타고 내려 노인봉을 넘어 대관령, 청옥산, 두타산을 지났습니다. 태백산에 올라 소백산을 넘고 죽령을 지나 대미산에 들었습니다. 이화령을 뛰어넘어 속리산 깊은 계곡에 부르터 진물이 흐르는 발을 담갔습니다. 울음소리가 서쪽으로 흘렀습니다. 증평과 괴산 사이를 흐르는 한남금북정맥의 능선을 타고 칠현산에 이르고, 이곳에서 다시 서북쪽으로 우는 울음소리를 따라 용인을 스치고 광교산을 넘어 인천을 바라보며 문수산에 이르는 한남정맥을 타고 내려 뱃길로 강화섬에 닿았습니다. 마니산에 올라 단군창제에게 엎드려 절하고 경기만 바다뱃길로 남쪽으로 내려와 태안반도 안흥진에 닿았습니다. 금북정맥의 손가락 팔봉산을 타고 올라 수덕산, 오서산, 일월산을 넘고 차령을 지나 국사봉, 성거산을 지나 세 정맥의 줄기가 합치는 칠현산에 다시 올랐습니다. 칠현산에서 내려와 육로로 청주, 보은을 거쳐 다시 대간의 요추 마디 속리산에 오르니 울음소리는 다시 남쪽으로 흘렀습니다. 국수봉을 넘고 추풍령을 지나 삼도봉을 오르고 덕유산을 내려와 육십령을 지나고 대간의 요추 끝마디 영취산에 오르니 울음소리는 다시 서북쪽으로 흘렀습니다. 금남호남정맥의 작은 봉우리들을 성큼성큼 뛰어넘어 주화산을 지나고 대둔산, 계룡산을 넘어 조룡대에 이르는 금남정맥을 타고 내렸습니다. 부여 낙화암 아래 물길을 타고 금강에 배를 띄워 내려와 군산에서 서해바다 뱃길로 목포를 지나고 해남 땅끝을 돌아 완도, 여수를 거쳐 광양만에 닿았습니다. 다시 서쪽으로 향하는 울음소리를 따라 백운산에 올라 조계산을 지나고 보성, 장흥을 바라보며 서쪽으로 걷다 다시 북쪽으로 향하여 무등산을 넘어 내장산을 지나 모악산까지 호남정맥의 줄기를 훑고는 대간의 요추 끝마디 영취산에 다시 올랐습니다. 그곳에서 남으로 내려가 대간의 단전, 아랫배, 지리산 천왕봉에 올라 그 봉우리에 박힌 단지맥봉들을 뽑았습니다. 이제 대간의 봉우리와 영에 박힌 단지맥봉은 모두 뽑혔습니다. 그러나 울음소리는 여전히 그치지 않았습니다. 지리산에서 남쪽으로 내려와 무선산을 지나고 동쪽으로 방향을 틀어 여항산을 지나 신어산에 이르는 낙남정맥의 능선에 가쁜 숨결을 토해놓고, 다시 부산 다대포 몰운대에서 북으로 올라 영축산을 지나고 가지산을 오른 뒤 사룡산, 주왕산, 백암산, 일월산, 백병산에 이르는 한반도의 동쪽 꼬리뼈 능선 낙동정맥을 타고 올라가 다시 대간의 척추 태백산에 올랐습니다.

이로서 이 땅의 대간과 정간, 정맥의 모든 줄기에는 청년의 짓무른 발에서 흘러내린 핏자국이 모두 찍혔습니다. 아버지의 단지맥봉은 이 땅의 등줄기인 백두대간의 척추 마디마디마다, 그 척추에서 뻗은 정간, 정맥의 가지가지마다, 그 가지에서 내린 분가지분가지마다 빠짐없이 박혀 있었습니다. 아버지가 박은 단지맥봉에 모든 지맥이 막혀버린 이 땅은 숨을 쉬지 못해 끙끙 앓으며 신음하고 있었고, 그 눈물이 계곡을 타고 내려 내를 이뤄 강으로 흐르고 있었습니다. 해방 전 7년, 해방 후 5년, 12년 동안 청년은 땅의 울음소리를 따라 짐승처럼 산을 헤매며 아버지의 지도첩에 표시된 단지맥봉을 찾아 그것을 제거하였던 것입니다. 청년이 다시 한 번 대간의 줄기를 남쪽으로 타고 내려와 낙남정맥의 끝자락에 왔을 때, 온몸의 기력을 완전히 소진한 청년은 지치고 병들어 가냘픈 명맥만 겨우 붙들고 있었습니다. 이때 이 땅은 다시 한 번 전쟁의 불길에 휩싸였습니다. 이번에는 동족간의 상잔이었습니다.

낙남정맥이 분가지 하나를 내려 바다에 이른 곳, 그곳에 바다를 닮은 한 처녀가 있었습니다. 처녀는 바다의 빛깔을 듣고, 바다의 소리를 보고, 바다의 질감을 맡고, 바다 속 생명체의 숨소리를 읽고, 바다 속 해초들의 언어를 그렸습니다. 오감을 해체한 공감각으로 바다와 하나가 되었습니다. 바다는 처녀가 태어난 자궁이었습니다. 그 처녀가 낙남정맥의 가지 끝 계곡에 쓰러져 있는 지치고 병든 청년을 집으로 데려왔습니다. 처녀가 청년을 안고 바다의 품으로 들어갔습니다. 바다가 지치고 병든 청년을 치유하기 시작했습니다. 처녀는 청년의 산이 되었고, 청년은 처녀의 바다가 되었습니다.

다시 3년이 지났습니다. 청년과 처녀 사이에서 아들이 하나 태어났습니다. 이제 아버지가 된 청년이 어머니가 된 처녀와 아들을 데리고 서울로 왔습니다. 그러나 그 아버지가 살던 서울의 집은 전쟁의 와중에 폐허가 되어 있었고, 가족들의 소식도 알 수 없었습니다. 그 아버지가 식솔들을 데리고 월북했다는 소문을 들었지만, 확인할 길은 없었습니다. 아버지가 된 청년과 어머니가 된 처녀와 어린 아들의 서울 생활이 시작되었습니다. 가난했지만, 행복했습니다. 그러나 공구함에서는 여전히 울음소리가 들렸습니다. 아들의 아버지, 어머니의 지아비는 그 울음소리를 따라 다시 집을 나갔습니다.

아들이 여섯 살이 되었을 때, 아버지가 돌아왔습니다. 아버지는 병들어 있었습니다. 어느 날, 아버지가 쇠약한 몸을 일으켜 어린 아들의 손을 잡고 어느 산사山寺로 갔습니다. 영주 부석사였습니다. 그 절 초입에 우뚝 솟아있는 당간지주幢竿支柱, 그 두 개의 돌기둥 사이로 무량의 세계가 펼쳐져 있었습니다. 무량수전이었습니다. 아버지가 아들의 손을 꼭 잡았습니다. 두 개의 돌기둥이 어린 아들의 가슴에 우뚝 섰습니다. 당간지주를 어린 아들의 가슴에 세우고 돌아온 그날 밤, 차가운 바람이 불고, 바람 속에서 울음소리가 들렸습니다. 아버지는 울음소리와 하나가 되었습니다. 아버지가 묻힌 땅에서 더 큰 울음소리가 들렸습니다. 아버지가 남기고 간 공구함에서도 여전히 울음소리가 들렸습니다.

아버지가 땅으로 돌아간 후, 바다의 자궁에서 태어나 바다의 품에서 자란 어머니는 한강변에 위치한 어느 재래시장의 점포 하나를 사서 건어물 가게를 차렸습니다. 그 재래시장은 일제 때부터 노점상들이 하나둘 모여들어 자연발생적인 상가거리가 생겨났던 곳인데, 그 거리를 따라 건물이 하나둘 들어서면서 밀집된 큰 시장 규모의 상가지역으로 자리를 잡게 된 곳이었습니다. 어머니는 그 가게에서 홀로 아들을 키웠습니다. 아들은 어머니의 가게에서 먹고, 자고, 웃고, 울고, 읽고, 쓰고, 그리고, 생각하며 자랐습니다. 미역, 파래, 김, 조기, 대구, 명태 등등 각종 건어물에서 나는 바다냄새는 어머니의 가슴에서 나는 풋풋한 젖내보다도 더 짙었습니다.

어느 해 사월초파일, 어머니는 어린 아들을 데리고 경주 불국사로 갔습니다. 그곳에 있는 석가탑과 다보탑, 어머니는 그 탑을 둘러친 연등을 따라 밤새도록 탑을 돌았습니다. 아들은 그때 왜 어머니가 그 힘든 탑돌이를 하는지 알지 못했습니다. 탑돌이를 마친 어머니가 아들의 손을 잡고 다시 어디론가 갔습니다. 그곳은 황량한 들판이었습니다. 웃자란 풀숲에서 막 알에서 깨어난 새끼메뚜기들이 폴짝 거리고, 풀꽃 사이로 노란나비가 하늘거리고, 벌들이 윙윙거리고 있었습니다. 그 들판에 가로 세로 일정한 배열로 놓인 커다란 받침돌들이 동쪽 감포에서 불어온 바닷바람에 육중한 몸을 뒤척이고 있었습니다. 황룡사지터의 주춧돌이었습니다. 전쟁이 없는 평화의 세계를 갈망했던 신라인들의 이상향이 그 주춧돌 위에 펼쳐져 있었습니다. 그 돌들을 바라보면서, 어머니는 아버지가 그랬던 것처럼 단지 아들의 손을 꼭 잡아주었을 뿐이었습니다. 그 주춧돌이 아들의 가슴 밑바닥에 깔리고, 그 가슴에서 자라고 있던 두 개의 돌기둥이 그 주춧돌 위에 세워졌습니다. 그때부터 어머니는 그 건어물 가게 옆의 점포를 사들이고, 그 땅을 사들이고, 또 그 점포 옆의 점포를 사들이고, 그 땅을 사들이고, 또 그 점포 옆의 점포를 사들이고, 그 땅을 사들이고, 또 사들이고, 또 사들이고, 결국 그 시장거리의 끝자락에 남은 점포와 땅을 사들인 후에, 마지막으로 전체 시장거리를 둘러싼 주변의 땅과 건물까지 모두 사들였습니다. 그러는 동안에 어머니는 늙어갔고, 아들은 자랐습니다. 아들이 대학을 나오고 이 나라에서 으뜸가는 건축공학자가 되었습니다. 아들이 아내를 얻었습니다. 아내가 임신을 한 날, 어머니가 아들의 손을 잡았습니다. 그리고 이승에서의 마지막 숨으로 말했습니다.

–여기에 네 선대의 부끄러운 유산이 있다. 이 유산으로 아버지가 이루지 못한 호국의 탑, 평화의 탑을 쌓아라. 아버지의 공구함을 열어보아라. 그 안에 지도첩 하나가 들어있다. 그 지도첩에 탑을 쌓을 장소가 표시되어 있다. 그곳은 이 땅의 지기地氣가 근혈점根穴點으로 모여드는 대동맥이다. 네 할아버지는 일신과 가문의 영달을 위해 이 땅의 모든 지혈점地穴點마다 단지맥봉을 박고, 그 대동맥에는 108개나 되는 단지맥봉을 박았다. 네 아버지는 그 지혈점에 박힌 단지맥봉을 뽑아내었다. 그러나 그 대동맥에 박힌 108개의 단지맥봉은 찾지 못했다. 이제 네가 그것을 찾아 뽑아내고, 그곳에 아버지가 염원하였던 무량한 평화의 세계, 그 세계를 구현한 호국의 탑, 평화의 탑을 쌓아야한다. 그 탑을 쌓아 이 나라 백성들에게 돌려주어라. 남김없이 돌려주어

야 한다. 이 유산은 조상의 것도, 네 것도 아니다. 원래부터 이 나라 백성들의 것이었다. 이 유산으로 탑을 쌓아 원래의 주인이었던 이 나라 백성들이 모두 함께 그 탑 속에서 웃고 춤추며 어울려 살게 하라. 그래야만 아버지의 공구함은 울음을 그칠 것이고, 이 땅도 울음을 그칠 것이다.

어머니가 아들에게 남긴 것은 당신이 사들였던 땅문서와 아버지가 남기고 간 공구함이었습니다. 그 아버지가 전국의 지혈점에 박은 단지맥봉을 뽑은 후에도, 아버지가 다시 아내와 어린 아들을 남겨두고 유랑을 한 것은 그때까지 찾지 못한 108개의 단지맥봉이 박힌 장소와 이 땅 곳곳에 흩어져있던 조상의 땅을 찾기 위해서였고, 어머니는 아버지가 찾아놓은 그 땅을 팔아 그 재래시장거리의 모든 점포와 땅을 사두었던 것입니다. 그러나 아들은 아버지의 공구함을 열어보지 않았습니다. 공구함에서 나는 울음소리도 듣지 못했습니다.

열 달이 지났습니다. 아내의 산통이 시작되는 순간, 아들의 귀에 울음소리가 들리기 시작했습니다. 울음소리는 아버지의 공구함에서 나고 있었습니다. 아내가 딸을 낳았습니다. 아버지가 된 아들의 귀에 여전히 울음소리가 들리고, 며칠 후 어머니가 된 아내는 그 울음소리를 따라갔습니다. 아내를 땅에 묻고 돌아온 날, 공구함은 유난히도 더 크게 울었습니다. 그때서야 비로소 아버지가 된 아들은 공구함을 열어보았습니다. 그 안에는 아버지의 피와 땀과 손때가 밴 대패와 기역철자, 먹통, 톱, 나무망치, 손도끼, 연필 등 목수연장과 누렇게 변색되어 너덜너덜해진 지도첩 하나가 들어 있었습니다. 울음소리는 그 지도첩에서 나고 있었습니다. 그 지도첩은 이 땅의 대간과 정간, 정맥을 표시한 것이었고, 그 봉우리와 줄기에 할아버지가 박은 단지맥봉의 위치가 표시되어 있었습니다. 뽑아낸 단지맥봉에는 ×자가 표시되어 있었습니다. 그러나 108개의 단지맥봉이 박힌 위치는 표시되어 있지 않았습니다. 지도첩 제일 앞장 서울의 한강변쯤에 해당하는 곳에 지도를 그리다가 잘못하여 떨어뜨린 것 같은 먹물방울 하나가 유난히 눈에 띄었을 뿐이었습니다. 108개의 단지맥봉이 박힌 이 땅의 대동맥이 흐르는 곳은 어디인가? 무량한 평화의 세계를 구현한 호국의 탑은 어떤 탑일까? 그때부터 이것은 아버지가 된 아들의 화두가 되었습니다. 그러나 아들은 이 화두를 풀 수 없었습니다.

아버지가 홀로 딸을 키웠습니다. 딸이 자라는 것처럼, 공구함에서 나는 울음소리도 더욱 커지고 있었습니다. 울음소리는 아직도 화두를 풀지 못하는 딸의 아버지를 원망하는 소리 같았습니다. 딸의 아버지는 가슴이 아파오기 시작했습니다. 그는 화두를 풀기 위해 매일 공구함을 안고 잠들었습니다. 어느 날 그는 잠 속에서 공구함 안으로 들어갔습니다. 그 안은 칠흑같이 어두웠습니다. 그 어둠 속에서 울음소리가 들렸습니다. 그는 울음소리를 따라 어둠 속을 헤쳐 나갔습니다. 어디선가 희미한 빛이 비쳐들고 있었습니다. 그는 그 빛을 따라가기 시작했습니다. 회색 하늘 아래 우뚝 솟은 두 개의 돌기둥이 나타났습니다. 그 돌기둥 아래 누렇게 변색되고 너덜너덜해진 도포를 입은 한 사내가 서 있었습니다. 아버지였습니다. 지도첩이 든 공구함을 매고 이 땅의 대간과 정간, 정맥을 짐승처럼 헤매고 다니던 아버지의 모습이었습니다. 그는 아버지의 발아래 엎드려 공구함에 든 지도첩을 꺼냈습니다. 아버지의 눈에서 눈물이 흘렀습니다. 눈물방울 하나가 지도첩의 제일 앞장 먹물자국 위에 떨어졌습니다. 그는 엎드린 채 아버지의 눈물에 번지는 먹물자국을 바라보았습니다. 아! 그때서야 그는 비로소 알았습니다. 그것은 먹물자국이 아니었습니다. 108개의 단지맥봉을 표시한 여러 개의 점이 한 지점에 모여 먹물자국으로 보였던 것입니다. 그곳은 바로 어머니가 사두었던 한강변 재래시장과 그 주변의 터였습니다. 그때 갑자기 찬란한 빛이 쏟아지기 시작했습니다. 맑고 산뜻한 바람이 불어왔습니다. 그 바람 속에서 하얀 모시치마저고리를 입은 어머니가 눈부신 빛살을 타고 아지랑이같이 너울거리며 내려오고 있었습니다. 어머니의 웃음이 햇살처럼 퍼지고 있었습니다. 어머니의 손에 두루마리 하나가 들려있었습니다. 어머니가 그 두루마리를 그에게 주었습니다. 그는 두루마리를 펼쳤습니다. 아아! 가슴이 벅차올랐습니다. 눈물이 흘렀습니다. 그 두루마리에 무량한 평화의 세계가 펼쳐져 있었습니다. 그 세계를 구현한 호국의 탑, 평화의 탑이 우뚝 솟아있었습니다. 어릴 적 아버지의 손을 잡고 당간지주 사이로 바라보았던 부석사의 무량수전, 어머니의 손을 잡고 바라보았던 황룡사지터의 주춧돌, 두루마리에는 황룡사의 주춧돌 위에 세운 무량수전을 기단으로 하여 다시 그 위에 몽고의 병화兵火로 소실된 황룡사9층탑을 복원하여 세운 웅장한 마천루 하나가 당당한 모습으로 서 있었습니다. 어머니의 두루마리는 그 마천루의 위용을 그린 조감도였습니다.

딸의 아버지는 합장合葬한 두 분의 무덤 앞 비석 밑에 아버지의 공구함을 묻었습니다. 어머니의 조감도는 그의 가슴에 각인되어 있었습니다. 울음소리가 무덤을 내려오는 그를 따라왔습니다. 이 땅의 지기의 근혈점으로 흐르는 대동맥에 박혀있는 그 단지맥봉을 뽑아내지 않은 한 땅의 울음소리는 계속될 것이었습니다. 그는 조감도에 따라 탑의 설계를 하기 시작했습니다. 백여덟 개의 단지맥봉을 제거하고 그 위에 전쟁이 없는 영원한 평화의 세계를 구현할 주춧돌을 놓아야 했습니다. 땅은 여전히 울고 있었습니다. 그는 혼신의 힘을 다해 탑의 설계에 매달렸습니다. 설계에 매달리면 매달릴수록 할아버지의 단지맥봉이 그의 가슴을 찌르고, 땅의 울음소리는 그의 영혼을 헤집고 울렸습니다. 가슴에 멍울이 지기 시작했습니다. 딸도 자라고 탑도 자랐지만, 그는 지치고 병들어가기 시작했습니다. 울음소리는 계속 들렸습니다.

20년이 지났습니다. 마지막 남은 혼신의 힘을 짜내어 드디어 그는 탑의 설계를 마쳤습니다. 할아버지가 박은 108개의 단지맥봉을 뽑은 바로 그 자리에 황룡사지터의 주춧돌 108개를 옮겨 놓고, 창공의 푸른 물이 뚝뚝 흘러내릴 듯 치솟은 부석사의 당간지주와 미끄러질 듯 유려한 곡선미를 뽐내는 팔작지붕 꼬리 날개를 활짝 편 무량수전의 지붕 위에 소실되고 없는 황룡사9층탑을 복원한 108층의 마천루를 사뿐하게 올려놓았습니다. 호국의 정신을 구현했던 9층탑은 이제 백여덟 가지의 인간번뇌까지도 소멸시키는 108층 마천루로 다시 솟아나 전 세계의 평화를 염원하는 평화의 탑이 될 것이었습니다. 그는 이 탑에 '코리아타워'라는 이름을 붙였습니다. 이제 이 탑이 세워지면 아버지의 공구함을 통하여 떨려나오는 이 땅의 울음소리도 그칠 것이었습니다.

그는 지치고 병든 몸으로 코리아타워를 세워줄 시공업자를 찾기 시작했습니다. 황룡사 금당의 벽화를 그린 솔거와 같은 예술가와 9층탑을 축조한 명공 아비지阿非知와 같은 장인匠人을 찾기 시작했습니다. 그 일을 주관한 용춘龍春과 200명의 소장小匠들을 찾기 시작했습니다. 그의 아버지가 지도첩을 들고 단지맥봉을 찾아 전국의 산하를 헤매고 다닌 것처럼, 그는 설계도를 들고 코리아타워를 건축할 시공업자를 찾아다녔습니다. 땅의 울음소리는 계속되고 있었습니다. 그러나 그가 찾는 장인은 쉽게 나타나지 않았습니다. 멍울이 진 그의 가슴에는 이제 고름이 흐르고 있었습니다.

다시 3년이 흘렀습니다. 드디어 그가 찾는 장인이 나타났습니다. 그 장인과 코리아타워의 시공계약을 체결했습니다. 대를 이어 내려온 염원이 결실을 맺는 순간이었습니다. 이제 남은 일은 코리아타워의 설계도와 시공계약서, 그리고 미리 써둔 그의 유서를 딸에게 전해 주는 일이었습니다. 그 유서에는 친일 조상들의 내력과 그 속죄의 방법으로 코리아타워를 세워 사회에 환원하기 위한 공익재단의 설립방법이 적혀있었습니다. 어머니의 마지막 말씀과 같이 조상의 것도, 자신의 것도, 딸의 것도 아닌 부끄러운 친일유산을 남김없이 백성들에게 돌려주기 위한 방안이 적혀 있었습니다. 이 일만 끝내면, 아버지처럼, 그는 감사하는 마음으로 웃으면서 땅으로 돌아갈 것이었습니다. 그가 돌아가더라도, 그가 이어받은 것처럼, 그의 정신과 영혼을 이어받은 딸이 코리아타워에서 피어날 호국의 얼과 평화의 향기를 이 땅과 전 세계에 퍼뜨릴 것이었습니다. 그 얼과 향기가 이 땅과 전 세계를 전쟁이 없는 유토피아로 만들어갈 것이었습니다. 그러면 땅의 울음소리도 그칠 것이었습니다. 아! 그러나 어찌 알았겠습니까? 그때까지도 대동아공영을 꿈꾸는 사람들이 있었다는 것을. 그와 계약을 체결한 그 시공업자가 실은 장인의 가면을 쓴 그들의 하수인이었다는 것을. 코리아타워가 세워지면 그들의 대동아공영의 꿈은 영원히 사라질 것이었습니다. 대일본제국의 부흥의 꿈도, 그런 부흥을 염원하는 일본정신도 소멸할 것이었습니다. 그가 살아있는 한, 그의 설계도가 존재하는 한, 그의 정신과 설계도를 이어받은 누군가가 코리아타워를 다시 세울 것이었습니다. 그들에게 있어 그와 설계도는 반드시 제거해야 할 대동아공영의 장애물이었습니다. 그들은 코리아타워의 설계도를 없애고, 종내에는 그를 살해하기로 모의하고 있었던 것입니다. 그를 살해하기 위하여, 시공업자는 먼 남도의 땅 거제도에서 시공계약을 체결하자고 꾀었습니다. 한반도 지기의 대동맥에 세우는 코리아타워의 시공계약은 백두대간의 아랫배, 단전丹田, 지리산에서 단련된 지기가 바다로 뻗어내려 제주도까지 이르게 하는 연혈점連穴點인 거제도에서 체결되어야 한다고 핑계를 대었습니다. 그래야 이 타워의 얼과 향기가 바다를 넘어 전 세계로 퍼져나갈 것이라고 소리를 높였습니다. 그의 꾐에 빠져 거제도에 내려온 그가 해금강에 있는 한 비치호텔에서 계약을 체결하고 있을 때, 시공업자의 지시를 받은 수하들은 섬과 육지를 연결하는 신거제대교의 초입에서 그를 기다리고 있었습니다. 그날 밤, 서울로 돌아가는 그의 차가 다리 중간에 이르렀을 때, 시공업자의 수하들 중 하나가 육중한 레미콘차량으로 그의 승용차를 들이받았습니다. 교통사고를 위장하여 그가 탄 차를 다리에서 떨어뜨려 그를 수장水葬시키고 만 것입니다. 그가 혼신의 힘을 다하여, 아니 그의 아버지와 어머니와 자신의 영혼을 바쳐 설계한 코리아타워의 설계도는 딸에게 전해지지 못했습니다. 그의 죽음이 그들의 음모에 의한 것이라는 것도 딸은 알지 못했습니다. 그의 주검이 바다에 떨어지던 그날 밤, 하늘에서는 큰비가 내렸습니다. 그의 어머니가 태어나고 자란 바다의 자궁에서 피가 흘렀습니다. 바다는 거세게 소용돌이쳤습니다. 아버지가 묻힌 땅이 통곡을 했습니다. 딸이 아버지의 주검을 바다에서 건져 올려 먼저 땅으로 돌아간 어머니의 묘소 옆에 안장하였습니다. 딸이 묘소에서 내려올 때, 울음소리가 딸을 따라왔습니다. 딸이 그 울음소리를 들었습니다. 오늘도 땅은 여전히 울고 있고, 이 탑의 전설도 계속 이어지고 있습니다.

어둠이 땅이 된다.
땅의 속살까지 배어든 울음
땅은 눈물로 젖어있다.
젖은 땅 아래로 식물이 뿌리를 내리고
마른 땅 위에서 사람이 태어나 자라고 묻혔다.
그러나 산 자는 묻히고서야 비로소 알게 되지.
땅의 심연, 그 안에 잠긴 울음을
땅의 혈관, 그 속에 흐르는 핏물을
오늘도
땅은 울고 있다.

여러분, 이 이야기가 지금도 계속되고 있는 코리아타워의 전설입니다. 이미 아셨겠지만, 이 이야기는 코리아타워를 설계한 유 박사님의 매국의 가족사와 매국의 원죄에서 벗어나고자 했던 부모님과 그 뜻을 이어받아 설계를 완성하기까지의 박사님 자신의 이야기입니다. 박사님이 살해된 이면에는 이와 같이 아직도 대동아공영을 꿈꾸는 사람들의 음모가 있었습니다. 박사님의 아버지는 평생을 유랑생활로 보냈습니다. 이 유랑생활은 선대의 과오에 대한 속죄의 방편이기도 했지만, 거기에는 보다 큰 이유가 있었습니다. 박사님의 아버지는 전국을 샅샅이 찾아다니며 박사님께서 미래에 설계하실 코리아타워를 세울 터를 찾고 있었고, 그 터가 바로 박사님의 어머니가 사 두신 그 재래시장터였던 것입니다. 그 터가 바로 백두대간에서 발원한 한반도의 지기가 가지를 뻗어 응축되는 곳, 한반도 지기의 근혈점에 이르는 대동맥이었던 것입니다. 어머니께서 유독 그 재래시장터를 사놓은 데는 이와 같은 특별한 이유가 있었습니다. 조선총독부는 훨씬 이전에 이 사실을 알고 이 터에 한반도의 지기를 끊는 108개의 단지맥봉을 박아두었습니다. 그러므로 박사님의 코리아타워는 조선총독부가 박아놓은 이 단지맥봉을 제거하고 반드시 이곳에 세워져야 했습니다. 한반도 지기의 근혈점에 세워지는 코리아타워, 이 때문에 코리아타워의 형태와 구조도 이 지기地氣가 가장 융성하게 발현되도록 특별히 설계해야 했습니다. 조선총독부가 이 터에 108개의 단지맥봉을 박은 이유처럼, 박사님이 타워의 층수를 108층으로 한 이유이고, 그 외관을 부석사 무량수전과 황룡사구층탑을 원형으로 삼은 이유도 여기에 있었습니다. 이 때문에 그렇게 오랜 시간과 혼신을 다한 노력이 필요했던 것입니다. 그러므로 코리아타워는 반드시 박사님의 설계도대로 건축되어야 했습니다. 타워가 들어서게 될 부지의 위치와 방위, 건물의 재질, 형태, 구조 등 어느 하나 사소한 것이라도 절대로 변경될 수 없는 이유가 바로 여기에 있었고, 계약서에 설계를 변경하는 경우 반드시 박사님의 동의를 구하도록 한 이유가 여기에 있었습니다. 또한 박사님은 이 타워의 중심 51층에서 60층까지의 10개 층은 반드시 '코리아 스피릿 아트홀', 즉 한국정신을 구현하는 전통예술관으로 사용되어야 한다는 신념을 굽히지 않았습니다. 계약서에 이 10개 층의 분양대금을 박사님의 지분 3분의 1에서 공제했던 이유입니다. 한반도 지기의 근혈점에 세우는 이 탑의 중심에는 반드시 한국혼이 굳건히 자리 잡고 있어야 했기 때문입니다.

박사님이 살해된 이후, 중동의 왕자님의 도움을 받아 K회장과 그 일행들에 대한 조사를 했다는 것은 이미 말씀드린 바 있습니다. 그런데 이 과정에서 상상조차 하지 못한 놀랄 만한 사실을 알게 되었습니다. 일본의 일부 극우파 인사들이 지금도 정서적으로 대동아공영을 꿈꾸고 있는 것은 알지만, 이 대동아공영을 실현할 목적으로 조직된 결사체와 그 하부조직이 실제로 존재하고 있다는 것입니다. 이 조직은 표면에 드러나지 않게 암암리에 활동하면서 일본의 사회 각층에 광범위하게 형성되어 있는 우익인사들의 도움을 받아 현재 일본에 등록되어 있는 수많은 공식적인 우익단체의 의사결정을 조종하고 있었고, 일본 국내의 여론형성과 정부의 정책결정에 지대한 영향력을 끼치고 있었습니다. 또한 막대한 자금력을 바탕으로 전 세계 주요국에 그 지부가 설치되어 세계 여론을 일본에 유리하게 이끄는 활동과 공작을 하고 있었습니다. 물론 우리 국내에도 이 조직의 지부가 있었습니다. K건설은 이 조직의 자금이 국내로 유입되어 설립된 회사였고, K회장은 바로 이 조직의 한국지부의 회원이었습니다. K건설이 단기간 내에 국내 굴지의 건설 회사로 성장하게 된 배경에는 이 조직의 막대한 자금이 유입되었던 것입니다. 박사님이 살해될 수밖에 없었던 이유가 바로 여기에 있었습니다. 코리아타워는 한국의 국운상승을 가져오는 미래의 정신적 상징이 될 것이고, 반면 그들이 추구하는 대동아공영의 몰락을 초래할 것이기 때문이었습니다. 그들이 한국을 항구적으로 지배하기 위하여 단지맥봉을 박은 과거의 만행이 백일하에 드러날 것이기 때문이었습니다. 그들은 이곳에 세워질 코리아타워의 건설을 막고 이곳에 대동아공영을 표상하는 대공영타워를 건설하고자 했습니다. 이 목적을 위하여 그들이 합법적으로 세운 꼭두각시 회사가 바로 K건설이었습니다.

중동의 왕자님은 세계 각국의 역사와 전통, 민속에 대하여 해박한 지식을 가지고 있었습니다. 또한 이슬람의 전통과 문화의 자주성, 독자성이 보호되어야 하는 것과 마찬가지로 타민족의 그것도 똑같이 보호되고 존중하여야 한다는 생각을 가지고 있었습니다. 이런 왕자님께서 과거 일제가 행한 한민족 말살정책과 현재 진행되고 있는 음모에 대하여 극도의 반감을 가졌을 것은 당연합니다. 더구나 박사님은 왕자님과 절친한 친구 사이였습니다. 그래서 중동의 왕자님께서는 그들의 음모를 저지시키고 박사님의 복수를 하는 것은 신이 내게 부여한 신성한 의무라고 하였던 것입니다.

이제 나는 왕자님의 말씀과 같이 신이 내게 부여한 신성한 의무에 착수하였습니다. 그 첫 번째가 나를 살해하려고 몽키스패너를 휘두른 트럭 운전사 Y였습니다. 그래서 저는 예고한 것처럼 위증을 한 Y의 몸에서 거짓말주머니를 찾아보았습니다. 이에 대하여 말씀드리겠습니다.

Y는 서울 강남에서도 최고급 유흥업소라고 소문난 K룸살롱의 총괄관리실장으로 근무하는 자였습니다. 그곳의 실소유자는 K건설의 K회장이었습니다. 이 사실 하나만으로도 Y가 K회장의 지시를 추종하는 상명하복 관계에 있다는 것을 알 수 있었습니다. Y가 위증을 한 날로부터 정확하게 일주일이 지난 날 자정, 나는 Y의 오피스텔 거실 중앙에 식탁의자를 옮겨 놓고 앉아 그를 기다리고 있었습니다. Y는 가족과 함께 거주하는 아파트 외에 별도로 이 오피스텔을 소유하고 있

었는데, 그는 이곳에서 K룸살롱에 상근하는 여성도우미들을 번갈아 가며 난잡한 성의 유희를 즐기고 있었습니다. 물론 이러한 사실은 그 전에 미리 파악해 두고 있었던 일입니다.

그날 밤, 붉은 커튼이 드리워진 실내는 어둠 속에 잠겨 있었습니다. 커튼은 그 오피스텔 건물과 인접한 다른 건물에서 들어오는 빛을 철저하게 차단하고 있었습니다. 커튼은 두텁고, 질기고, 어둠과 욕망의 음과 색에 젖어 있었습니다. 거실 바닥에는 욕망을 잉태한 만삭의 어둠이 깔리고, 그 어둠 속에 정액 냄새를 품은 비릿한 남자의 체취와 나프탈렌 냄새 같은 여자의 체취가 실안개처럼 스멀거리고 있었습니다. 나는 코와 피부를 적시는 그 냄새에서 어릴 적 그 지하창고 숙소에서 맡았던 그 남자와 여자의 체취를 기억해냈습니다. 그 냄새는 비릿하면서도, 적막했고, 스산했습니다. 그 적막과 스산함 속에 내 동생에 대한 연민이 몽유병자처럼 부유하고 있었습니다. 새벽 두시 경, 딸깍, 현관문의 잠금장치가 열리는 소리에, 나는 실내에 깔려있던 어둠과 적막을 동공 속으로 집어넣었습니다. 문이 열리면서, 복도의 형광등 불빛이 발정한 고양이의 목소리처럼 파고들고, 술내를 품은 역한 냄새가 열린 현관문을 통해 들어오는 바람을 타고 훅 풍겼습니다. 다시 현관문이 닫히고, 한 여성도우미의 어깨를 끌어안은 술에 취한 Y의 모습이 실루엣처럼 동공에 포착되었습니다. Y가 막 출입문 벽에 붙은 전등스위치를 켜려는 순간, 나는 의자에 앉은 채로 연발 소음 마취총의 방아쇠를 당겼습니다. 쉭, 첫 번째로 Y, 쉭, 두 번째로 함께 온 여성도우미. Y는 총을 맞고도 곧바로 쓰러지지 않고 스위치를 켰습니다. 그러나 불은 들어오지 않았습니다. 내가 미리 전구를 빼놓았기 때문입니다. Y는 어둠 속에 앉아있는 나를 향해 몇 걸음을 휘청거리며 걸어오다가 마취약이 체내에 퍼지기도 전에 술에 취한 듯 제 풀에 털썩 쓰러지고 말았습니다. 어둠 속에 앉아있는 나의 형체를 발견한 여성도우미는 놀란 나머지 입만 크게 벌리고는 비명조차 지르지 못한 채 현관 벽에 오른손을 기대어 주춤거리다가 스르르 주저앉고 말았습니다. 나는 그대로 의자에 앉아 마취약의 약효가 두 사람의 체내에 완전히 퍼지기를 기다렸습니다. 그 이후는 간단했습니다. 나는 Y의 코만 열어놓고 무릎과 팔을 최대한 오므리어 앉은 자세로 포장용 테이프로 Y의 몸을 똘똘 말다시피 감았습니다. 그리고는 미리 준비한 바퀴가 달린 화물용 하드케이스 캐리어에 그를 넣었습니다. 거짓말주머니를 꺼낼 장소까지 갈 동안 질식하지 않도록 가방 밑창에는 작은 환기 구멍을 뚫었습니다. 함께 온 여성도우미는 가만히 안아다가 침대 위에 눕혔습니다. 아마 그 여성도우미는 마취에서 깨어나도 Y에게 어떤 일이 발생했는지조차 알지 못할 것입니다. 그 이후에 그 바닷가에서 일어난 일에 대하여는 여러분의 상상에 맡기겠습니다. 참, 내가 Y가 이용하는 오피스텔에 어떻게 침입했고, 그 오피스텔의 엘리베이터나 다른 CCTV에 포착되지도 않은 채 어떻게 그곳을 벗어날 수 있었는지에 대해서는 말하지 않겠습니다. 그것은 제가 받은 특수훈련 중에서도 아주 초보적인 과정이니까요.

신성한 법정에서 위증을 한 Y, 그는 거짓말만 하지 않았다면 갈매기 먹이가 되지는 않았을 것입니다. 그것도 거짓말을 하면 처벌을 받겠다고 선서까지 한 바로 그 법정에서.

인간의 신체 어디에 거짓말주머니가 있을까? 나는 지난번에 예고했던 것처럼 Y의 몸에서 거짓말주머니를 찾아보기위해 그의 혀를 뽑아보았습니다. 그 바닷가 바위 위에 Y를 반듯하게 눕히고 집게로 혀를 잡아당겼는데, 그만 너무 세게 당겼는지, 혀뿌리와 함께 창자까지 뽑혀져 나오더군요. 그런데 참 이상한 것은 그 혀뿌리에도 거짓말주머니는 달려 있지 않았다는 것입니다. 여러분, 혹시 거짓말주머니가 어디에 있는지 아시는 분이 있으면 저에게 가르쳐 주십시오. 그때 거짓말주머니만 쉽게 찾았더라면, 나는 굳이 Y를 해치고 싶지는 않았습니다. 나는 단지 Y의 몸 안 어딘가에 있을 것 같은 거짓말주머니만 제거하고 싶었을 뿐입니다.

그날 밤, 그 바닷가, 그 바위 위에서, Y는 혀뿌리와 창자를 토해낸 채 여전히 숨을 몰아쉬고 있었습니다. 나는 Y의 머리맡, 바위 위에 서서 어릴 적 소망기도원에서 불었던 그 트럼펫을 불었습니다. 그런 내 모습을 바라보는 Y의 동공에 별빛이 내려앉고, 별빛은 Y의 망막 위에서 투명 유리 상자 안에서 회전하는 금속구슬처럼 은빛으로 빛나고 있었습니다. 다행스럽게도 마지막 호흡이 끊기기 전, Y는 팔다리와 입술을 떨며 웃고 있었습니다. 이제까지 한 번도 발현되지 못했던 그의 영혼이 밤하늘에 빛나는 무수한 별을 바라보며 재잘거리는 별들의 얘기를 듣고 있었습니다. 별을 바라보는 Y의 눈빛과 함께, 내가 부는 트럼펫 장송곡은 어두운 바다를 횡단하여 하늘 저 멀리 새까만 허공으로 물결처럼 퍼져나갔습니다. 내일 아침, 동이 트면, 꿈결에서 나의 트럼펫 소리를 들은 내 친구 갈매기들이 날아와 그의 혀와 창자를 쪼아 밤새 허기진 배를 채울 것입니다.

지금까지의 이야기가 내가 Y의 혀뿌리에서 거짓말주머니를 찾아보았던 사건의 전말입니다. 나는 이렇게 함으로써 신이 부여한 신성한 의무 하나를 마쳤습니다. 나는 이 첫 번째 의무가 이행되는 것을 본 그들이 스스로 잘못을 뉘우치고 진실을 밝히기를 창조주께 간절하게 기도했습니다. 그러나 그들은 잘못을 뉘우치기는커녕 오히려 진실을 밝히려는 내 사랑, 그 소녀를 구속시키고 말았습니다. 그 소녀는 내가 생명을 바쳐 지키겠다고 창조주와 약속한 사람입니다. 그래서 나는 그 약속을 지키기 위하여 이제 두 번째 의무를 이행하려고 합니다. 창조주와의 약속을 지키기 위한 것이므로 뭇 생명의 주재자이신 창조주도 저를 이해하고 용서하실 것입니다. 이 두 번째 의무의 대상은 Y와 마찬가지로 위증을 한 레미콘 운전사 K와 T건설의 G회장이 될 것입니다.

레미콘 운전사 K는 박사님이 탄 차를 들이받아 바다에 떨어뜨린 장본인입니다. 그들의 음모와 자신의 행위를 은폐하기 위하여 Y처럼 위증을 했습니다. 이 사람의 혀뿌리에도 아마 거짓말주머니가 달려 있을 것입니다. 그래서 나는 Y의 혀뿌리에서 찾지 못한 거짓말주머니를 이 사람에게서 다시 한 번 찾아볼 생각입니다. Y의 혀를 너무 세게 끌어당겼기 때문에 거짓말주머니가 목구멍에 걸려 떨어져 나갔을 수도 있기 때문입니다. 나는 이번에는 거짓말주머니가 떨어져나가지 않도록 아주 천천히 조심해서 당겨볼 생각입니다. 그래도 여의치 않으면 불가피하게 목구멍 아래를 해부해야 할 것 같은 생각이 듭니다.

이제까지 언급하지 않았던 T건설의 G회장이 왜 그 대상이 되는지 궁금하다고요? T건설은 K건설과 컨소시엄을 구성하여 코리아타워를 시공하기로 한 공동계약자입니다. 그러나 사실상의 계약주체는 K건설이었고, 이 때문에 T건설의 G회장은 계약을 체결하는 해금강비치 호텔에 참석하지도 않았습니다. 그래서 처음에는 T건설의 G회장을 크게 염두에 두지 않았습니다. 레미콘 운전사 K도 당연히 K건설의 K회장의 하수인으로 생각했습니다. 그런데 레미콘 운전사 K를 조사하는 과정에 생각지도 못한 사실을 알게 되었습니다. 그는 장애아나 무의탁 아동들을 수용하여 교육시키는 어느 학교법인의 행정실장이었는데, 그 학교법인의 이사장이 T건설의 G회장이었던 것입니다. 그래서 저는 G회장을 좀 더 자세히 조사해 보기로 하였습니다. 여러분, 원수는 외나무다리에서 만난다고 하지요. 이 경우가 그에 딱 맞는 말이라고 생각됩니다. 이것도 인연이라고 한다면, 인연도 이렇게 기막힌 인연이 있을까요? 놀랍게도 G회장은 나와 내 동생을 서울역에서 데려가 앵벌이를 시켰던 그 남자였던 것입니다. 어린 내 동생을 성폭행하고, 결국에는 우리들을 죽이고자 동해안의 바닷가로 데려갔던 그 사람, 그 때문에 동생이 빛의 근원으로 갈 수밖에 없었던 바로 그 남자였던 것입니다. 그런 잔인한 살인자가 어엿하게 정부의 보조금까지 받는 학교법인의 이사장이 되어 있었던 것입니다.

여러분은 영혼이 있다고 믿으시나요? 여러분 중에는 동의하지 않는 분도 계시겠지만, 말을 잃어버린 내 혀를 되살리기 위해 그 추운 겨울밤 소망기도원의 동산에서 느꼈던 창조주의 존재를 통하여, 저는 영혼이 실재한다는 것을 분명히 알게 되었습니다. 분명히 느끼고, 굳어진 혀를 통하여 경험까지 했지만, 그러나 아직까지 영혼의 모습을 눈으로 보지는 못했습니다. 분명히 존재하는 영혼이 있다면 어디에 있을까요? 손과 발은 분명 아닐 것 같고, 눈은 마음의 창이라고 하는데, 그러면 눈에 있을까요? 눈의 초점이 흔들리는 것처럼 시도 때도 없이 변하는 것이 마음이고, 이런 변덕스러운 마음이야 눈에 있을지 모르겠습니다. 그러나 영혼은 마음처럼 변덕스럽지 않습니다. 맑고 깨끗하면서도, 결코 흔들리지 않는 것이 영혼입니다. 그런 영혼이 눈에 있을 것 같지는 않습니다. 그러면 어디에 있을까요? 심장은 일생 동안

규칙적인 박동으로 인체 구석구석까지 피를 돌게 합니다. 피곤하다고 하여 쉬거나 잠들지 않습니다. 변덕스럽지 않습니다. 심장이 변덕스러워 쉬거나 멈추면 우리의 생명도 멈춥니다. 심장이 이처럼 흔들리지 않고 꾸준하게 활동할 수 있는 이유는 그 안에 생명을 관장하는 영혼이 있기 때문이 아닐까요? 영혼이 없는 생명은 존재하지 않고, 생명의 가장 중추적 기관은 심장이니까, 영혼은 아마 심장에 있을 것 같다는 생각이 듭니다. 어린 내 동생을 성폭행하고 종내에는 생명까지 앗아갔던 그 사람, 레미콘 운전사 K를 사수하여 박사님을 살해하도록 한 그 사람, T건설의 G회장, 이 사람의 영혼은 어떤 모습일까요? 그래서 Y의 혀뿌리에서 거짓말주머니를 찾아보았던 것과 같이 G회장의 심장에서 영혼을 한 번 찾아볼 참입니다. 그의 영혼을 심장에서 끄집어내어 한 번 관찰해 볼 생각입니다. 그 영혼이 어떻게 생겼을지 벌써부터 궁금해집니다.

여러분, 우리가 이해할 수 없는 이 세상의 온갖 부조리도 우리를 위해 베푸신 위대한 창조주의 배려일 것입니다. T건설의 G회장을 이렇게 다시 만나게 해 준 것은 그의 심장에서 영혼을 찾아보라는 거룩한 창조주의 배려가 아니겠습니까? 나는 이 의무를 '영혼 바라보기'라고 명명하겠습니다. 저는 이와 같은 자비로우신 창조주의 배려에 무한한 감사를 드립니다.

쥐, 우물에 빠지다

영혼은 육체 속에 있는 것이 아니다.
영혼이 육체라는 옷을 입고 있는 것이다.

서울 중구 소재 태성빌딩 5층 태성건설 회장실

광장신문에 장선웅 기자의 '끝나지 않은 전설'이라는 제목의 특집기사가 실렸다. 이 기사는 먼저 송규원의 소설 「탑의 전설」과 코리아타워 소송을 비교 분석한 후, 이 소설에 언급된 '레미콘 운전사 K'는 '애림재활학원의 행정실장 고광준'이고, 'T건설의 G회장'은 '태성건설의 김형태 회장'을 지칭한다고 했다. 그러면서 마지막으로, 윤경호에 대한 살인예고처럼, 이 소설에 예고된 'K에 대한 거짓말주머니 찾기'와 'G회장에 대한 영혼 바라보기'는 소설 속 주인공 '나(박진욱?)'의 고광준과 김형태에 대한 두 번째 살인예고라고 단언하고 있었다.

소파에 앉아 기사를 읽고 있던 김형태는 일순간 머리끝이 쭈뼛 일어서며 전신에 소름을 돋았다. 비록 소설이지만, 특수훈련을 받고 킬러가 되었다고 하는 놈이 자신의 정체를 알게 되었고, 지금 이 순간에도 복수를 위하여 어디에선가 그를 노리고 있다는 생각이 들자, 그는 자기도 모르게 등줄기를 타고 식은땀이 흐르는 것 같았다. 신문을 탁자 위에 놓은 김형태는 책상 위의 컴퓨터를 켜고 인터넷 창을 열었다. 검색어를 두드리는 손가락이 떨리고 있었다. 그는 송규원의 소설 「탑의 전설」을 검색하여 프린트로 출력한 후 다시 소파로 돌아와 읽기 시작했다. 꽤 긴 분량이었다. 굳은 얼굴로 소설을 읽어가는 김형태의 얼굴에 차츰 은근한 웃음이 피어나고 있었다.

—하하하, 이게 뭐야. 감쪽같이 속을 뻔 했잖아.

소설을 다 읽고 난 김형태는 옆에 누가 있기라도 하는 듯 혼잣말을 하며 이내 실소를 터트리고 말았다. 신문기사에 난 것처럼, 그 소설이 김형태 자신을 염두에 둔 살인예고라면, 그것은 그를 속이기 위한 가공의 글임이 분명했다. 그놈이 과거 제 여동생을 성폭행하고 제 놈과 여동생을 죽이려 했던 그의 정체를 알게 된 것은 맞지만, 소설에 묘사된 잔혹한 살인 수법처럼 그놈이 실제로 윤경호의 혀를 뽑아 죽였다는 것은 얼토당토 않는 거짓말이었다. 그렇다면 그놈이 특수훈련을 받고 킬러가 되었다는 것도 그야말로 소설임이 분명했다. 이런 놈을 걱정할 필요는 전혀 없어. 김형태는 긴장을 풀고 소파의 등받이에 느긋하게 기대앉아 생각에 잠겼다.

지금은 비록 강진호에게 굽실거리고 있지만, 강호건설은 그가 호시탐탐 노리고 있는 먹잇감이었다. 이 먹이를 제대로 삼키기 위해서는 강진호를 유경준을 죽인 살인범으로 몰아가는 것이 가장 현실적이고 효과적인 방법이었다. 유경준을 살해하라는 지시를 한 사람은 강진호이고, 그 하수인은 윤경호와 박홍길이다. 강진호의 지시를 받은 윤경호가 트럭으로 유경준의 차를 들이받았고, 박홍길이 차 안에 갇혀있는 유경준의 목을 비틀어 살해했으며, 그 후 윤경호가 다시 유경준의 차를 들이받아 바다로 추락시켰다. 이것이 그가 머리를 빌리고 있는 김희철이 짠 유경준 사건의 시나리오였다.

이 시나리오에서 그가 보낸 고광준과 김희철은 우연히 사고에 연루된 목격자일 뿐이었다. 유경준의 교통사고는 강진호가 윤경호와 박홍길에게 지시하여 저지른 명백한 살인이다. 우리가 그것을 분명히 목격했다. 소송이 진행되는 추이를 봐서 고광준이 법정에서 다시 한 번 증언하거나 김희철, 고광준이 공동으로 양심선언 형식으로 언론에 터트릴 참이었다. 거짓 양심선언의 진정성을 미리 담보하기 위하여 유 변호사의 반대신문에서 고광준은 엉겁결에 말실수를 하는 것처럼 '윤경호가 강 회장의 지시를 받았는지는 모르지만, 김희철과 나는 아니야. 절대로 아니야.'라는 거짓 연기까지 해두었다. '그때 당신이 왜 끼어들어 일을 망쳐 놓았느냐?'는 증언도 마찬가지였다. 이 말은 윤경호와 박홍길의 범행을 고광준과 김희철이 사건 현장에서 우연히 목격하고 끼어드는 바람에 박진욱까지 살해하려던 윤경호와 박홍길의 계획이 실패했다는 것을 미리 암시해놓은 것이었다. 고광준의 이런 계획된 거짓 증언은 강진호를 단독 살인교사범으로 만들기 위하여 김희철이 고안한 고도의 복선이었다.

그런데 윤경호는 김희철과 고광준의 역할과 행동을 목격한 유일한 목격자였다. 박홍길은 뒤늦게 사고현장에 왔기 때문에 사고 당시 상황을 알지 못했다. 따라서 이런 시나리오가 성공하기 위해서는 반드시 윤경호를 제거해야만 했다. 그래서 고광준이 소설 속 장면을 흉내내어 윤경호를 살해한 후 그의 혀뿌리를 뽑아 소설에서 언급된 동해안의 바위 위에 유기했던 것이었다. 물론 이런 잔혹한 수법을 택한 이유는 윤경호의 살인범을 '그놈'으로 만들기 위해서였다. 소설 속 '그놈'의 흉내를 내기 위하여 고광준은 이제까지 한 번도 입에 대어보지도 않았던 트럼펫 연주까지 배웠다고 자랑삼아 얘기했다. 윤경호의 살해 현장에 일부러 남겨놓은 편지글도 김희철이 미리 작성하여 고광준에게 준 것이었다. 이로써 윤경호를 살해한 사람은 소설 속의 '그놈'이 되었고, 더구나 소설에서 제 놈 스스로 윤경호를 살해했다고 자백하고 있으니, 이 얼마나 고마운 일인가. 이런 마당에 그놈이 킬러가 되었고, 제 놈이 윤경호를 죽였다는 소설의 줄거리는 지나가는 소가 웃을 일이었다. 처음 신문 기사를 읽으면서 덜컥 했던 김형태가 소설을 읽고는 겁을 내기는커녕 오히려 웃을 수밖에 없었던 이유였다.

일거양득, 김형태 자신과 그의 하수인 김희철, 고광준은 유경준의 살해 혐의에서 깨끗이 벗어나는 동시에 강진호와 그의 하수인 윤경호, 박홍길을 꼼짝없이 살인자로 몰아 강호건설을 무너뜨린다. 김희철의 이런 시나리오는 척척 맞아떨어지고 있었다. 지금까지는 강호건설과 한 배를 타고 있어 미루어왔지만, 이제는 김희철이 고안한 이 기발한 시나리오를 완성할 단계가 점점 무르익어가고 있었다.

소설 속의 '그놈'이나 성혜주라는 그 소설가년이 윤경호를 살해한 범인이 설마 고광준이라는 사실을 짐작이나 했을까? 장선웅이라는 기자 역시 상상조차 못했을 것이다. 김형태는 소설의 프린트 출력물을 돌돌 말아 오른손에 쥐고 왼손바닥을 탁탁 두드리며 빙그레 웃었다. 오랜 시간 동안 함께 사업을 해오면서 김희철의 머리를 빌려왔지만, 그는 다시 한 번 김희철의 정교하고 약삭빠른 두뇌에 혀를 내둘렀다. 소설에서 그놈의 굳어버린 혀를 되살려준 거룩한 창조주는 여전히 그의 편이었다. 김형태가 이런 생각을 하고 있는데, 노크소리가 들렸다.

—들어와.

김형태가 큰소리로 말했다. 고광준과 김희철이 들어섰다.

-보십시오. 저의 예상대로 맞아떨어지지 않았습니까?

김희철이 문을 열고 들어오면서 의기양양하게 말했다.

-정말 고 실장이 윤경호를 처리한 것이 맞아? 소설에서는 제 놈이 죽였다고 하잖아?

김형태가 일부러 얼굴에 웃음기를 띠고 말했다.

-이 고광준을 어떻게 보고 하시는 말씀입니까? 윤경호 그놈은 수면제와 마취약이 든 술을 마시고 죽는 줄도 모르고 뒈졌습니다. 절대 드러나지 않도록 쥐도 새도 모르게 처치했으니 안심하셔도 됩니다.

고광준이 다가와 어깨를 으쓱하고는 그의 왼쪽 소파에 앉으며 말했다.

-제가 뭐라고 했습니까? 소설은 소설일 뿐이라고요. 이제 강호건설을 무너뜨리는 일만 남았습니다.

김희철이 그의 오른쪽 소파에 앉으며 말했다.

-하하하, 그놈이 고 실장 혀뿌리를 뽑아내고 이 김형태의 심장을 도려내겠다고 하는데, 오늘부터 고 실장이나 나나 발 뻗고 자긴 글렀어.

김형태가 통쾌하게 웃으면서 말했다.

-하하하, 제발 좀 나타나 주었으면 좋겠습니다. 윤경호가 심심하지 않게 저승길 동무 하나 만들어주게요.

고광준이 뺨의 흉터를 실룩거리며 덩달아 웃으며 말했다.

-그건 그렇고, 이 신문이 문제야. 무슨 수를 써야 하지 않겠나?

김형태가 탁자 위에 놓여있던 신문을 가리키며 정색을 하고 말했다.

-지금은 그냥 조용히 있는 것이 상책입니다. 떠들면 떠들수록 신문은 얼씨구 좋다하고 달려들 것입니다. 일체 대응하지 마시고 그냥 대

범하게 계십시오. 강호만 무너지면 이런 문제는 저절로 해결됩니다.

김희철이 아는 체를 하며 말했다.

–그래야겠지. 그런데 강호의 숨통을 언제 조일까?

김형태가 김희철을 은근하게 바라보며 말했다.

–앞으로 얼마 남지 않았습니다. 최형윤 장관과 그놈이 증인으로 신청되었으니, 강호와 그놈, 둘 중의 하나는 반드시 죽게 됩니다. 그때 우리가 나서는 겁니다. 둘이 다 죽어버리면 더 좋고요. 저희들만 믿고 계십시오. 회장님은 곧 이 나라 재계의 거물이 될 것입니다. 고 실장과 저의 공을 잊지 말아주십시오.

김희철이 눈을 깜박이며 말했다.

–그럼, 그럼, 도원결의, 우리는 피를 나눈 형제보다 더 가까운 사이가 아닌가. 하하하.

김형태가 소파에서 일어나 김희철의 등을 두드리며 호탕하게 웃었다.

다음날 오후 2시, 서울 종로구 소재 강호빌딩 24층 강호건설 회장실

–주객이 전도되어도 유분수지, 독립유공자의 자손인 이 강진호를 쪽발이 새끼들의 앞잡이로 만들어. 매국노의 자손은 애국자가 되고 말이야. 이제는 도저히 그냥 있을 수가 없어.

강진호가 대한일보의 김기용 기자 앞에서 분통을 터트리고 있었다.

–회장님, 어제 제가 말씀드렸던 자료는 찾았습니까?

강진호의 맞은편 소파에 앉은 김기용 기자가 아첨과 비굴이 뚝뚝 떨어지는 어투로 은근하게 말했다.

–그 소설가년이 나를 살인자로 몰더니, 이제는 내 조상까지 욕을

보이고 있어. 이 사진을 한 번 봐.

강진호가 씩씩거리며 서류봉투 하나를 꺼내어 누렇게 변색된 흑백 사진 몇 장을 꺼내어 소파의 탁자 위에 펼쳐놓고는 이어 말했다.

–이분이 백범 김구 선생이야. 한눈에 알아볼 수 있지 않아? 이쪽에서 계시는 이분이 돌아가신 내 조부 강길용 어른이고. 김구 선생과 함께 상해임시정부에서 독립운동을 하신 분이야. 이 사진은 그때 찍은 것이야. 해방되기 1년 전에 왜경에게 체포되어 끌려가다 탈출하던 도중에 총에 맞아 돌아가셨다고 했어. 그리고 또 이 사진은 6·25가 터져 학도병으로 자원입대하였을 때 자원병들과 함께 찍은 기념사진이야. 여기 있는 이 사람이 내 부친이야. 부친은 낙동강 전투에서 오른쪽 다리를 잃고 상이군경이 되었어. 이 강진호는 독립유공자이신 할아버지와 국가유공자이신 아버지의 하나 남은 혈육이란 말이야. 이런 애국자의 유일한 혈육인 나를 쪽발이 새끼의 앞잡이로 만들어 놓다니, 내가 참을 수가 있겠어?

말을 마친 강진호가 화를 삭이려는 듯 컵의 물을 벌컥벌컥 소리 내어 마셨다.

–정말 그렇군요. 내일 기사에 이 사진들도 함께 싣겠습니다.

김기용이 사진을 봉투에 넣어 취재수첩과 함께 서류가방에 넣으며 말했다.

–이 강진호의 억울함을 풀어 줄 사람은 김 기자밖에 없어. 소설로 발표한 것이라 고소를 해도 소용없다고 해. 이런 황당한 일이 또 어디 있어? 자, 이거는 용돈으로 쓰고 기사 좀 잘 써 줘. 이 강진호의 억울함을 좀 풀어주란 말이야.

강진호가 봉투 하나를 슬그머니 김기용 기자의 양복주머니에 넣었다.

–회장님 뜻은 충분히 알겠습니다. 그런데 코리아타워를 대공영타워로 바꾼 것에 대한 자료는 준비하셨습니까?

–그럼. 자, 이걸 한 번 봐.

강진호가 다른 서류봉투를 꺼내어 안에 든 자료 중 하나를 탁자 위에 펼쳐 보이며 이어 말했다. 그것은 영문으로 작성되어 있었다.

–먼저 이 자료는 코리아타워의 설계 변경을 한 독일의 세계적인 건축학자 웨버 박사의 확인서와 설계 변경을 할 수밖에 없었던 이유를 적은 평가서야. 웨버 박사는 유경준이 설계한 코리아타워가 비록 예술적 가치에서는 다소나마 평가받을 수 있을지는 몰라도 건물 본래의 기능인 실용성 면에서는 도저히 경제성이 없다고 했어. 그리고 무엇보다도 나는 사업가야. 아무리 예술적 가치가 높다 하더라도 사업가는 실용성과 경제적 가치가 없는 사업은 하지 않아. 뻔히 손해가 날 짓을 왜 해? 그래서 나는 경제성과 실용성을 확보하면서도 유경준의 예술적 가치를 최대한 존중하여 가능한 한 원본 설계의 원형을 해치지 않는 범위에서 설계를 변경해달라고 웨버 박사에게 특별히 주문했어. 그렇게 변경한 설계야. 변경한 설계의 평면 모습이 보기에 따라서는 욱일승천기처럼 보이기도 하지만 독일 사람인 웨버 박사가 이것을 의식이나 했겠어? 욱일승천기나 태극기의 문양이 보기에 따라서는 비슷하지 않아? 태극기를 약간만 변형해도 시비를 걸기 좋아하는 사람의 눈에는 욱일승천기처럼 보이지 않겠어? 아까도 말했다시피 독립유공자의 후손인 내가 조상을 죽인 철천지원수인 일본 놈들의 욱일승천기를 본떠서 건물을 짓는다는 것이 말이나 돼? 오직 한평생 독립운동을 하다 유명을 달리한 할아버지를 모독해도 유분수지, 독립유공자의 후손을 대우해 주기는커녕 이렇게 치욕스럽게 깎아 뭉개도 되는 일이야?

웅변조의 열변을 토해 놓던 강진호가 다시 냉수 한 잔을 유리컵에 따라 벌컥벌컥 마시고 침을 튀기며 이어 말했다.

—그리고 이 강진호의 대공영타워가 왜놈의 대동아공영인가 뭔가에서 따온 것이라고 하는데, 내 참, 광장신문 그 기자 새끼, 손목대기를 싹둑 잘라 버려야지. 그 따위 터무니없는 기사를 써대. 이거 한 번 봐. 이게 뭐냐면…… 음, 우리나라 최고의 풍수지리학자이자 작명가이신 풍암 선생의 작명서야. 풍암 선생은 그 터의 풍수지리학적인 모든 면을 고려하여 코리아타워라는 이름보다는, 귀하거나 천하거나, 가졌거나 못 가졌거나, 우리나라 국민이라면 그 누구를 막론하고 크게, 모두가 함께 번영하고 상생한다는 의미로 '대공영'이라는 이름을 지어주셨던 거야. 또 우리 강호건설이 '코리아'라는, 즉 이 좁은 한국이라는 나라에 머물 것이 아니라 세계로 크게 웅비하는 기업이 되어야 한다는 의미에서 '대공영'이라는 이름이 적합하다고 했어. '大共榮'이라는 이 한자만 봐도 그렇지 않아? 이것은 바로 영어의 '글로벌'이란 말과 같다고 했어. 우리나라 최고의 작명가이신 풍암 선생이 직접 지어주신 이 이름이 왜놈들의 대동아공영에서 따왔다고? 이거야말로 고명한 풍암 선생을 모독하는 일이 아니고 무엇이겠어? 죽은 유경준이 이름깨나 난 건축가일지는 모르나 풍수지리학이나 작명법에 대하여 제가 무엇을 알았겠어? 이런 사정도 모르고 감히 어디서 이 강진호를 쪽발이 새끼들의 앞잡이로 만들어. 내가 정말 너무 분해서 피를 토하고 죽을 일이지.

자기 말에 도취한 강진호가 다시 목이 타는 듯 유리컵에 냉수를 따라 연거푸 두 잔을 벌컥벌컥 들이키고는 목을 가다듬고 은근하게 다시 말했다.

—김 기자, 자, 이 자료도 참고해서 이 강진호의 분을 좀 풀어 줘. 내

비록 배운 건 별로 없지만, 그래도 내 몸에는 독립유공자의 피가 도도히 흐르고 있어. 이런 내가 일제 때의 대동아공영인지 뭔지를 추종하겠어? 이 강진호를 감히 어떻게 보고 그런 소리를 하느냐 말이야.

–잘 알겠습니다. 회장님의 큰 뜻과 충정에 제가 저절로 고개가 숙여집니다. 회장님께서 이렇게 흥분하는 이유를 잘 알 것 같습니다.

–내 다시 한 번 말하지만, 김 기자가 아니면 누가 이런 억울함을 달래주기나 하겠어? 김 기자가 광장신문 그 기자 새끼 코를 납작하게 해줘야 해. 그러면 내 김 기자의 은혜를 잊지 않겠어. 김 기자 평생 논 걱정 안 하고 살 수 있게 해 준다니까.

–잘 알겠습니다. 회장님의 지금 말씀을 하나도 빠뜨리지 않고 기사화하겠습니다. 이 자료들은 제가 가지고 갔다가 돌려드리겠습니다. 그럼 저는 바빠서 이만 가보겠습니다.

김기용 기자가 손목시계를 보고는 일어섰다.

–그럼 수고 좀 해 주세요.

강진호가 이제까지의 반말투를 버리고 일어서는 김기용 기자의 손을 잡아 흔들며 말했다. 김기용 기자가 나가고 난 후 스스로의 도취에서 깨어난 강진호는 한동안 생각에 잠겼다. 할아버지가 상해임시정부에서 김구 선생을 수반으로 하는 무장독립운동을 하고 아버지가 한국전쟁 때 자원입대하여 낙동강 전투에서 다리를 잃은 것은 사실이었다. 그러나 세상의 어느 누구도 그런 할아버지와 아버지를 알아주지 않았다. 오히려 그런 아버지의 외아들인 그는 귀와 말문이 트이면서부터 마을 사람들이나 또래의 아이들로부터 '병신애비 자식'이라는 조롱을 받으면서 자랐다. 한쪽 다리가 없는 아버지가 시골의 힘든 농사일을 제대로 할 수 없는 것은 당연한 일이었다. 할아버지의 독립운동으로 기울대로 기울어져 있던 가세는 그것 때문에 기둥뿌리마저 뽑혀 버렸고, 목발을 절뚝거리며 멸시와 수모만 받던 아버지는 술에 의지하다 결국 화병으로 죽고 말았다. 강진호의 나이 열한 살 때였다. 그나마 남의 땅을 빌려 근근이 입에 풀칠을 하며 혼자 아들을 키우던 어머니도 그의 나이 열다섯에 죽고 말았다. 핏줄이라고는 아버지의 여동생인 고모가 한 명 있을 뿐이었다. 아까 김기용 기자에게 보여준 사진은 그 고모가 보관하고 있던 사진이었다. 그는 잠시 동안 고모네 집에 얹혀살았다. 고모네 집도 곤궁하기는 마찬가지였다. 눈칫밥을 견뎌낼 수 없었다. 그는 무작정 가출을 하고 말았다. 그 후의 생활은 생각만 해도 끔찍한 일이었다. 주린 배를 채우기 위해 도둑질과 강도짓도 서슴지 않았다. 이리저리 전전하다 열일곱 나이에 서울에 왔다. 도둑질을 하더라도 서울이 나을 것 같아서였다. 서울역을 중심으로 활동하던 폭력배들과 어울렸다. 그들 사이에서 살아남기 위해서는 잔인하고 포악해지지 않으면 안 되었다. 병신애비 자식이라는 수모와 멸시, 눈칫밥을 먹으면서 가슴에 차곡차곡 쌓여있던 세상에 대한 반감이 이미 그를 누구도 건드릴 수 없는 악다구니로 만들어 놓은 뒤였다. 더구나 그의 핏속에는 무장독립운동을 했던 할아버지의 무인기질까지 흐르고 있었다. 보스 기질까지 겸비하고 있었다. 그는 얼마 가지 않아 또래 폭력배들의 우두머리가 되었다. 협박하고, 싸우고, 심지어 죽이면서까지 빼앗아 그의 지배영역을 넓혀 나갔다. 돈이 되는 일이라면 어떤 일이라도 가리지 않았다. 매춘업소를 운영한 것이 그 시초였다. 그곳에서 일본과 중국에서 들여온 마약을 팔았다. 마약은 가장 손쉽게 돈을 버는 한 방법이었다. 그 일로 일본의 야쿠자와 협업체계를 이루었다. 서울의 유명 유흥업소를 하나하나 그의 지배 아래 두기 시작했다. 장사가 잘되는 요지의 업소는 그가 직접 운영했다. 협업체계를 이루고 있던 일본의 야쿠자로부터 일본의 최신 유흥업 기법을 도입했다. 돈이 굴러들어왔다. 그 돈으로 사채업을 시작했다. 돈을 갚지 않는 채무자에게는 가혹한 폭력이 동원되었다. 채무자들에게 그는 공포의 대상이었다.

이제는 음지에서 벗어나 양지로 나가야 했다. 사채업을 확장하여 합법적인 대부업체 허가를 받고, 건설업으로 사업을 확장했다. 건축 인허가 등 사업상 필요에 의하여 정관계 인사들과 교분을 쌓았다. 이때 만난 사람이 홍정호였다. 홍정호가 사업 확장을 위하여 일본의 합법적인 자금을 활용할 수 있는 방안을 제시했다. 홍정호의 권유에 따라 뉴재팬클럽 서울지부의 준회원이 되었다. 정회원이 되려면 일정 기간과 실적이 있어야 한다고 했다. 일본까지 건너가 대동아공영과 대일본제국의 부흥을 위하여 충성을 다하고, 조직의 비밀은 무덤까지 가져간다는 혈서를 썼다. 그러나 그런 따위 혈서는 그에게 아무 의미가 없었다. 국기에 대한 맹세를 한다고 하여 애국자가 되는 것이 아닌 것과 마찬가지였다. 그것은 혈서를 쓰는 사람을 심리적으로 위축시켜 다른 생각을 하지 못하도록 하는 허접스런 방편일 뿐이었다. 그가 폭력조직을 관리하기 위해 수하들에게 종종 써먹던 수법이었다. 그가 수하들에게 그랬던 것처럼, 그 조직도 그러려니 생각했다. 조직에 대한 충성만 맹세하면 필요한 사업자금을 대주겠다는 데 망설일 이유가 어디에 있는가. 그런 맹세야 백 번이라도 할 수 있었다. 단지 음지에서의 룰만 지켜주면 된다고 생각했다. 조직은 철저한 점조직이었다. 그 말고 누가 서울지부의 회원인지는 몰랐고, 알려고도 하지 않았다. 홍정호가 서울지부의 구심점에 있다는 사실만 대충 짐작할 수 있었다. 그들이 표방하는 대동아공영이니 대일본제국의 부흥이라는 것에는 아예 관심도 없었다. 다만 독립유공자의 후손이었기 때문에 집안이 몰락하여 그가 받은 수모와 업신여김을 생각하면, 그도 일본에 기생했던 매국노들처럼 그 조직을 이용하여 더 큰 돈을 벌어야겠다는 생각을 했을 뿐이었다. 국가도, 사회도, 이웃도, 어느 누구 하나 독립유공자의 후손인 그를 거들떠보지도 않았다. 그러나 매국노의 후손들은 어떠한가? 지금도 좋은 학벌에, 지위에, 그 많은 재력에 더하여 심지어 정치권력까지 주무르고 있지 않은가? 애국하겠다고 독립운동 하다가 제 몸을 희생한 조상은 물론이고, 집안까지 몰락한 그와 같은 후손들만 천치바보가 된 세상이 바로 이 나라였다. 반면 일본이라는 나라는 어떠한가? 지금도 전범戰犯의 위패를 신사神社에 모셔놓고 국가적인 예우를 다하고 있지 않은가! 단지 한 나라의 독립유공자의 후손이라는 입장에서 보면 오히려 일본이라는 나라에 경외심마저 생겨났다. 제대로 된 나라였다면, 해방이 되었을 때 제일 먼저 친일매국노들을 처단하고 자신과 같은 독립운동 애국지사의 후손들이 영광을 누려야 했다. 그러나 그가 자라면서 겪은 것처럼 현실은 정반대였다. 이런 얼빠진 나라에 대를 이어 더 이상 충성을 할 바보가 어디에 있는가. 그가 비록 학교를 가지 않아 제대로 공부를 하지는 못했지만, 생각까지 부족한 것은 아니었다. 지금도 떵떵거리고 사는 친일매국노의 후손처럼, 이제 그도 일본에 붙어 자자손손 누릴 영광의 터전을 닦을 참이었다. 대동아공영과 대일본제국의 부흥을 위하여 충성을 다하겠다는 맹세를 할 때 그가 생각한 것은 바로 이 한가지였다. 그런데 혈서를 쓰면서도 반신반의했던 그 조직의 자금력은 생각한 것보다 훨씬 막대했다. 그가 상상하지도 못한 막대한 자금이 합법적으로, 또는 교묘하게 세탁되어 유입되고, 더 불어난 그의 자금이 다시 합법적으로, 또는 같은 방법으로 세탁되어 일본으로 건너갔다. 그의 사채업과 건설업은 번창일로를 달리기 시작했다. 이제 유흥업소의 운영권은 최고 요지의 몇 개만을 남기고 조직의 수하들에게 모두 넘겼다. 박홍길을 만난 것은 순전히 우연이었다. 그가 수하 하나에게 맡긴 강남의 한 유흥업소를 둘러보고 있을 때, 박홍길이 수사를 빌미로 난입하여 행패를 부렸다. 객기에 가까운 박홍길의 행동이 과거의 그 자신을 생각나게 했다. 그때 박홍길이 권총 두 자루를 들고 설쳤지만, 그런 것에 움츠러들 그가 아니었다. 그러나 경찰관인 박홍길은 언젠가 요긴할 때 활용할 가치가 있을 것 같았다. 그렇게 된 것이었다.

이즈음 홍정호 실장이 코리아타워 계약을 가져왔다. 시가 5조 원에 달하는 큰 공사였다. 그동안 사업규모를 확장하긴 했지만, 혼자 감당하기에는 벅찼다. 홍정호의 지시에 따라 태성건설을 끌어들이기로 했다. 일본에서 먼저 천문학적인 자금이 건너왔다. 공사 규모도 규모지만, 그가 코리아타워 계약에 집착한 것은 개인적인 이유도 있었다. 그는 실제로 독립유공자의 후손이었다. 양지로 나와 사업을 하면서 그가 관계 요로에 밥 먹듯이 써먹는 말이기도 했다. 그런데 코리아타워를 세우겠다는 그 작자는 그가 저주하는 친일매국노의 후손이었고, 그 땅도 친일재산이었다. 그 작자가 코리아타워를 세워 사회에 환원한다는 말을 했지만, 그것은 사탕발림에 불과할 것이 뻔했다. 이제까지 보아왔던 것처럼, 그것은 친일매국노들의 상투적인 수법이었다. 드러나지 않게 꼭꼭 숨겨둔 친일재산이 발각되어 사회문제가 될 때마다 무슨 큰 선심이라도 쓰는 것처럼 꼬랑지 하나를 잘라 내놓고 생색을 내었던 것이 어디 한두 번이었던가. 친일매국노의 재산은 애국독립지사의 후손인 그가 차지하는 것이 마땅했다. 홍정호를 통하여 일본의 지시가 계속 내려왔다. 일본의 지시대로 하자니, 지주인 동시에 설계를 한 유경준이 말을 듣지 않았다.

유경준이 말하는 황룡사9층탑이니, 호국의 탑이니 하는 말은 더 우스웠다. 서울에서 마지막 남은 재개발지구인 알토란같은 요지의 땅인 그곳에 유경준이 설계한 건물을 세우다가는 수지타산은 물론이고 쪽박을 찰 것이 분명했다. 유경준이 설계한 건물은 겉만 번지르르할 뿐 실속이 없었다. 쓸데없는 치장으로 건축비만 날릴 것이 분명했다. 반면 일본에서 변경하여 가지고 온 설계는 실속과 효용성을 모두 갖추고 있었다. 건물의 이름을 '대공영타워'라고 해야 한다는 것이 꺼림칙했지만, 이름이야 어떻게 붙이던 아무래도 상관이 없다고 쉽게 생각했다. 일본 놈들의 돈을 끌어들여 공사를 하는 마당에 그들의 요구를 외면할 수도 없었지만, 그로서는 잇속만 챙기면 그만이었다. 계약 체결을 위해 몇 번 만나는 과정에서 유경준도 말한 적이 있지만, 어제 그 소설가년이 소설에서 말한 한반도 지기의 대동맥이니 하는 것은 그에게는 게으른 중이 하품하다 내뱉는 허황된 소리였다. 그 소설가년이 말한 백두대간은 고속도로로 끊기고, 터널로 뚫리고, 골프장으로 찢어져 이미 만신창이가 된 지 오래였다. 그 소설가년이나 유경준의 말대로라면 이미 지맥이 흐르는 허리가 동강 나버린 이 나라는 이미 망하고 없어져야 했다. 단지맥봉이니 하는 말은 더 허황했다. 쇠말뚝 몇 개 박아놓았다고 지맥이 끊겨버린다면, 서울에 빽빽하게 들어선 수많은 고층빌딩의 기초공사는 지기地氣가 무서워 엄두도 못 낼 노릇이었다. 도대체 지맥이라는 것이 있기는 하단 말인가?

홍정호를 통하여 전달되는 일본 놈들의 지시도 허황되기는 마찬가지였다. 일본 놈들이 막대한 자금을 들여 이 사업에 개입한 이유가 경제적인 이권보다도 그곳에 반드시 변경된 설계에 의한 대공영타워를 세워 한반도의 지기를 억누르기 위해서라니? 만약 그렇다면 유경준과 마찬가지로 일본 놈들도 더 웃기는 놈들이라는 생각이 들었다. 유경준이나 일본 놈들의 생각은 그가 알 바가 아니었다. 그는 중간에서 잇속만 챙기면 되는 것이다. 일본 놈들의 설계에 맞추어 건물을 지으면 분명 이익이 되었다. 그런데 유경준은 끝내 고집을 꺾지 않았다. 그렇다고 공사를 포기할 수는 없었다. 포기하려고 해도 일본 놈들이 절대 허락하지 않을 것이다.

고심 끝에 홍정호와 의논하여 법무법인의 대표변호사를 끌어들여 계약서를 바꿔치기하고, 유경준을 없애버리기로 작정했다. 홍정호가 세부계획을 짰다. 유경준을 살해하기 위하여 그가 보낸 사람은 윤경호와 박홍길. 이 두 사람만 해도 충분했다. 그러나 태성건설의 김형태를 일부러 끌어들였다. 공범의 올가미를 씌워 김형태를 꼼짝 못하게 만들어 홍정호가 수립한 그들의 계획대로 따라오게 만들 심산이었다. 김형태가 고광준과 김희철을 보냈다. 신거제대교의 교통사고는 그렇게 발생한 것이었다. 이 일을 아는 법무부장관은 제 발이 저려 그에게 협조하지 않을 수가 없을 것이다. 그런데 김형태가 먼저 선수를 치고 있다는 정보가 들어왔다. 오늘 아침, 그와 강호건설을 쓰러뜨리기 위하여 김형태가 벌이고 있는 공작의 내용을 알게 된 것이다. 김형태의 지시를 받은 고광준이 윤경호를 죽여 혀를 뽑아 소설 속의 그놈의 행위로 가장했다는 것을 오늘 알게 된 것이다. 그는 김형태를 감시하도록 김희철을 미리 포섭해 두고 있었다. 이로써 소설에서 그 조교라는 놈이 윤경호를 죽여 거짓말주머니를 찾아보았다는 것은 새빨간 거짓말이었다. 그놈이 특수훈련을 받은 킬러가 되었다는 것도, 녹음 CD와 인증서, 박홍길의 이빨을 소지하고 있다는 것도 물론 거짓말일 것이다. 김희철의 말대로 그 소설가년이 지어낸 소설일 뿐 그놈은 걱정할 필요가 없다. 더구나 그동안 골치를 썩이고 있었던 유경준의 딸도 구속시켜 놓았으니 모든 일은 그들의 계획대로 진행될 것이다. 최 장관을 압박하여 독일로 보내버린 후에도 여전히 꺼림칙했던 최상혁 검사가 유경준의 딸에게서 완전히 등을 돌렸다는 것도 고무적인 일이다. 그 딸의 변호사실에 설치해 두었던 CCTV와 도청장치를 통하여 알게 된 것이다. 조만간 김기용 기자가 독립유공자이며 국가유공자의 후손인 그의 프로필을 대서특필해 줄 것이고, 그러면 여론도 분명 그에게 우호적인 태도로 바뀔 것이다. 모든 상황은 그에게 유리한 방향으로 전개되고 있다. 이제 미루고 있던 일을 시작할 때가 되었다. 김형태와 고광준을 제거하고 태성건설을 호주머니에 넣는 일, 김희철의 말대로 이 두 놈은 살려두었다가는 큰일을 낼 놈들이다. 아니 그 전에 할 일이 있었다. 그 쥐새끼 같은 놈, 박병우를 꼼짝달싹 못하게 만들어 놓아야 했다. 강진호는 휴대전화를 꺼내어 천천히 번호를 눌러가기 시작했다.

강진호를 직접 찾아가 담판을 지을까? 아니면 법무부장관에게 넌지시 알려 그들이 찾아오게 만들까? 회심의 카드라고 생각하고 찾아갔던 유 변호사로부터 톡톡히 망신만 당한 박병우는 다음 카드를 만지작거리고 있었다. 출근할 일도 없어 여의도의 룸살롱에서 알게 된 송윤미에게 오피스텔을 하나 얻어주고 그곳으로 출근을 하다시피하고 있었다. 늦은 점심을 먹고 한바탕 그 짓을 치르고 난 뒤 벌거벗은 그녀의 허벅지 사이에 얼굴을 묻고 생각에 잠겨있던 박병우의 휴대전화가 울렸다. 강진호 회장이었다.

–예, 박병우 변호삽니다.

–나 강진호 회장이오. 이거 정말 오랜만입니다.

–아, 예, 강 회장님, 그동안 안녕하셨습니까?

–물론이지요. 내 박 변호사 덕분에 이렇게 두 다리 쭉 뻗고 잘 지내고 있습니다. 그 계집이 결국 무리를 하다 구속되었으니 이제는 내가 다리를 쑥 뻗게 되었지요. 이게 다 박 변호사가 공들여 쓴 고소장 덕분이 아니겠습니까? 단독개업을 한다고 사무실을 나갔다는 얘기는 들었습니다.

–예, 회장님 일을 마무리하지 못하고 떠나게 되어 죄송합니다.

–아닙니다, 아닙니다. 박 변호사가 그동안 애써 준 것만으로도 내가 은혜를 갚아야지요. 그 계집을 잡아넣고 나니 앓던 이가 빠진 것 같아 속이 다 후련합니다. 내 박 변호사의 그간 노고에 대해 사례도 해야 하고……, 어떻습니까? 쇠뿔도 단김에 빼버리라고, 오늘 저녁 시간이 나면 넥타이 풀어 놓고 술 한 잔 하는 것이?

–그렇게 배려해 주시니 감사합니다.

–내 저녁에 사람을 보내겠소.

–아닙니다. 저녁식사는 선약이 있고, 8시쯤에는 마칠 것 같은데, 늦지 않다면 그때라도 나가겠습니다. 장소를 말씀해 주시면 제가 그쪽으로 가겠습니다.

밤 8시, 박병우는 송윤미의 벗은 몸에서 일어나 샤워를 하고 옷을 입었다. 그리고는 가방을 들고 오피스텔을 나섰다. 가방 안에는 복사한 두 개의 녹음 CD 중 하나가 들어있었다. 유 변호사에게 팔기 위해 하나를 가지고 갔었지만, 보기 좋게 망신만 당하고 그대로 넣어둔 것이었다. 나머지 복사 CD 하나는 송윤미의 오피스텔 책상 서랍에 들어 있었고, 원본 CD는 녹음기에 꽂힌 채로 집의 책상 서랍에 보관하고 있었다. 강 회장에게 선약이 있다고 한 것은 물론 거짓말이었다. 시키는 대로 쪼르르 달려 나가 반길 수는 없었다. 출근을 한다고 집을 나와 오전 10시에 송윤미의 오피스텔에 온 이래 먼저 그 짓을 하고, 배가 고파 점심을 먹고 또 그 짓을 하다가, 또 배가 고파 저녁을 먹고 또 그 짓을 하고, 송윤미의 몸은 남자를 끌어들이는 마력이 있었다. 이제까지 수많은 여자의 몸을 탐닉해왔지만, 송윤미는 그가 겪어본 여자 중 단연 으뜸이었다. 명기가 있다는 얘기를 듣긴 했지만, 송윤미의 몸이 그런 것 같았다. 늘씬하게 빠진 글래머 스타일은 눈에 보기는 그럴듯하지만, 정작 품어보면 실망하기 마련이었다. 송윤미는 크지 않는 적당한 키에 적당한 볼륨을 가지고 있었다. 품에 안으면 마치 연체동물의 몸처럼 착착 감기는 몸이었다. 그녀는 자연스럽게 우러나는 교태와 능수능란한 테크닉을 가지고 있었다. 코가 푹 파묻힐 정도로 무성한 아랫도리의 숲은 깊고 편안하면서도 매혹적인 탐험의 대상이었다. 송윤미에게 푹 빠진 그는 오피스텔을 한 채 사주면서 아예 업소에는 나가지 못하게 했다. 송윤미를 붙들어 두기 위해서는 돈이 필요했다. 사무실을 나온 이래 벌이가 없어져버린 그는 이제 수중에 있는 돈도 점점 궁해지고 있었다. 강 회장의 전화는 그런 그의 고민을 해결해주고 있었다. 박병우는 테헤란로에 있는 D빌딩으로 차를 몰아가면서 생각했다. 뭐, 사례를 하겠다고? 그래, 내 입을 막을 속셈이겠지. 녹음 CD 얘기를 하면, 치졸한 능구렁이 같은 강 회장의 표정이 어떨까? 아무리 못해도 50장은 뜯어내야겠지. 그는 회심의 미소를 지었다. D빌딩에 도착한 박병우는 지하주차장에 차를 주차한 후 녹음 CD가 든 가방을 차에 그대로 둔 채 엘리베이터 앞으로 가서 30층의 버튼을 눌렀다. 홍정이 되면 다시 내려와 가방을 가지고 올라갈 참이었다. KB룸, '강남비지니스 룸살롱'의 이니셜인 이곳은 술값이 비싸기로 소문난 곳이었다. 엔간한 고급 술집은 발바닥이 닳도록 섭렵한 그였지만, 이런 곳은 그도 처음이었다. 강진호가 직영하는 접대용 업소라고 알려져 있었다. 이런 곳에 있는 여자들은 어떨까? 그러고 보니 하루 종일 송윤미와 뒹구느라 에너지가 많이 소진되어 버린 것 같았다. 그렇다고 새로운 여자 맛을 못 볼 정도는 아니었다. 송윤미와 비교하면 어떨까? 더 나은 여자면 강진호로부터 받을 돈으로 한 살림 더 차려도 될 것 같았다. 엘리베이터 안에서 박병우는 속으로 헤헤거리며 즐거운 상상에 잠겨 있었다. 그러나 이런 것을 두고 한 치 앞을 모른다고 할 것이다. 박병우는 불과 5분 후에 그에게 벌어질 일을 상상도 하지 못하고 있었다. 엘리베이터가 30층에 닿았다.

–어서 오십시오.

나비넥타이를 한 젊은 종업원 둘이 엘리베이터 문 앞에서 기다리고 있다가 90도로 허리를 구부리며 박병우를 맞았다.

–박 변호사님이시죠? 이리로 오십시오. 회장님께서 기다라고 계십니다.

종업원 중 하나가 싹싹하게 말하며 그를 안내했다. 미로 같은 복도를 따라 한참 안으로 들어간 종업원이 호화롭게 장식된 문 앞에 섰다. 벽면이 모두 대리석으로 꾸며져 커다란 성채 앞에 선 기분이었다. 종업원이 벽면에 있는 인터폰을 들고 말했다.

—손님을 모셔왔습니다.

종업원이 오른쪽 옆으로 비켜서서 문을 열며 깍듯하게 허리를 굽히고 손짓으로 박병우를 안으로 안내했다. 박병우는 열려진 문으로 들어섰다. 그를 데려온 종업원이 밖에서 출입문을 닫았다. 복도의 어두침침한 조명과는 달리 환하게 밝혀진 조명에 눈이 부셨다. 20명은 넉넉하게 앉을 수 있는 호화롭게 꾸며진 실내였다. 디귿자로 배치된 호화로운 응접소파의 중간에 강진호가 무릎을 꼰 자세로 앉아있고, 그 앞 좌우 소파에 두 사내가 마주보고 앉아 있었다. 중간에 놓인 탁자 위에는 아무것도 놓여있지 않았다. 박병우는 출입문 앞에 서서 허리를 굽혀 강진호에게 인사했다. 그러나 강진호는 아무 말이 없었다. 무언가 이상했다. 숨소리조차 들리지 않을 긴장감이 방안을 가득 채우고 있었다. 박병우는 문득 뒤통수가 따가운 느낌이 들었다. 고개를 돌려 뒤를 돌아본 순간, 박병우는 소스라치게 놀랐다. 뒤에는 검은 양복을 입은 두 명의 덩치 큰 사내가 오른손에 일본도를 들고 서 있었다. 키가 2미터는 될 것 같은 거구였다. 박병우가 너무 놀라 입을 벌리면서 흰자위가 드러날 만치 눈을 크게 떴다. 박병우가 다시 고개를 앞으로 돌려 강진호를 바라보았다. 강진호가 천천히 무릎을 풀면서 허리를 세우고 박병우를 쏘아보았다. 그 눈빛은 강호건설 회장실에서 본 평소 때의 눈빛이 아니었다. 눈에서 불이라고 튀어나올 것 같은 형형한 눈빛이었다. 강진호가 목소리를 깔고 말했다.

—이리 끌고 와 꿇어 앉혀.

말이 끝나기가 무섭게 뒤에서 두 사내가 걸어 나와 박병우의 겨드랑이 팔을 양쪽에서 하나씩 잡았다. 일본도를 들지 않은 한 손으로만 잡았는데도 박병우는 꼼짝도 할 수 없었다. 두 사람이 어깨를 치켜들자 박병우는 마치 평행봉에 매달린 것 같은 자세가 되었다. 두 사람이 박병우를 달랑 들고 앞으로 와 구두를 벗기고는 강진호의 자리에서 세 걸음 정도 떨어진 탁자 위에 박병우를 올려 세웠다.

—회장님, 왜 이러십니까?

박병우가 혼비백산하여 두 손을 마주 잡고 더듬거리며 말했다.

—입 닥쳐, 이 새끼야.

사내 중 하나가 소리치며 박병우의 무릎 뒤를 일본도의 칼집으로 후려쳤다. 박병우가 무릎을 앞으로 꺾으며 털썩 탁자 위에 엉덩방아를 찧었다.

—똑바로 꿇어 앉아, 이 새끼야.

다른 사내가 역시 일본도의 칼집으로 박병우의 등을 후려쳤다. 박병우는 자기도 모르게 훈련소에 갓 입소한 신병처럼 화들짝 놀라 자세를 고쳐 무릎을 꿇고 앉았다.

—회장님, 왜…….

—입 닥치라고 했잖아.

꿇어앉은 박병우가 사색이 된 얼굴로 겨우 고개를 들고 입을 열자마자 처음 사내가 외치면서 박병우의 등짝을 다시 내려 갈겼다. 박병우가 엉겁결에 손을 짚었는데도 이마가 탁자에 부딪혔다. 그때까지도 강진호는 아무 말이 없었다. 박병우는 불길이 치솟는 것 같은 등짝의 고통을 참으면서 강진호의 좌우 양쪽에 앉아있는 두 남자를 번갈아 바라보았다. 언젠가 회장실에서 증인신청 문제로 본 적이 있는 김 사장이란 자와 박 사장이란 자였다. 이름이 김희철과 박홍길이었다는 생각이 어렴풋이 떠올랐다. 오른쪽에 앉은 박홍길이 나지막하게 말했다.

—녹음 CD 어디에 있어?

—무슨 말씀을 하시는지…….

다시 한 번 등짝에서 불길이 치솟았다.

—긴 말 하지 않는다. 녹음 CD 어디에 있어?

박홍길이 다시 말했다. 박병우는 재빠르게 머리를 굴렸다. 강진호가 이미 알아챘구나. 그러나 그냥 넘겨줄 수야 없지. 호기를 부려보기로 했다.

—내게 이러고도 무사할 줄 알아? 나 검사 출신이야. 너희들 같은 깡패 새끼들은 백 명도 넘게 잡아넣었어.

그러나 강진호도 박홍길도 아무 말이 없었다. 아무런 표정의 변화도 없었다. 박홍길이 말없이 서 있는 두 사내 중 하나에게 손을 내밀었다. 사내가 호주머니에서 무엇인가를 꺼내어 박홍길에게 건넸다. 전지가위였다. 두 사내가 들고 있던 일본도를 벽에 세워두고 박병우의 어깨를 양쪽에서 잡았다. 오른쪽 어깨를 잡은 사내는 박병우의 오른팔을 뒤로 돌려 반항을 억제하고, 왼쪽 어깨를 잡은 사내는 박병우의 왼팔을 앞으로 뻗게 하여 반항을 억제했다. 앞으로 내민 박병우의 왼손 새끼손가락을 박홍길이 잡았다. 그리고는 말없이 손톱의 반쯤 길이쯤을 전지가위의 칼날 사이에 끼웠다.

—이러지 마! 왜 이러는 거야!

박병우가 사색이 되어 소리쳤다.

—악!

박병우의 비명소리가 터져 나왔다. 손톱이 반쯤 잘려나간 박병우의 새끼손가락에서 피가 샘솟듯 뭉클뭉클 솟구쳤다. 박홍길이 무표정한 얼굴로 나지막하게 말했다.

—녹음 CD 어디 있어?

박병우의 호기는 그야말로 객기에 불과했다.

—예, 예, 차에 있습니다. 가방 안에 있습니다.

공포에 질린 박병우가 벌벌 떨면서 말했다. 묻지도 않았는데 눈물을 질질 짜며 스스로 말했다.

—지하주차장에 있습니다. 7057번입니다. 차키는 양복호주머니에 있습니다.

팔을 뒤로 돌려 반항을 억제한 사내가 박병우의 양복주머니에서 차키를 꺼내어 다른 사내에게 주었다. 강진호가 고개를 끄덕였다. 사내가 밖으로 나갔다. 얼마 지나지 않아 밖으로 나갔던 사내가 박병우의 가방을 들고 들어왔다. 그동안 박병우는 탁자 위에 꿇어앉은 채 손수건으로 잘린 손가락을 동여매고 있었다. 사내로부터 가방을 받아든 박홍길이 가방을 박병우의 앞에 던지며 말했다.

—네 손으로 꺼내.

박병우가 손을 떨면서 가방을 열고 녹음 CD를 꺼냈다.

—여기 있습니다.

박병우가 녹음 CD가 든 봉투를 꺼냈지만 누구에게 건넬지를 몰라 그냥 허공에 든 채로 우물쭈물하며 말했다. 박홍길이 봉투를 받아 강진호에게 건넸다. 그러나 강진호는 봉투를 열어보지도 않고 탁자 위에 그대로 던졌다. 강진호가 낮게 깔린 목소리로 말했다.

—일으켜 세워.

박병우를 탁자 위에 올려 세웠던 두 사내가 좌우 양옆에서 어깨를 잡아 일으켜 세우고는 양팔을 뒤로 꺾어 반항을 억제했다. 탁자 아래서서 일으켜 세웠는데도 탁자 위에 서 있는 박병우의 어깨와 그들의 키는 얼추 비슷했다. 얼마나 아귀힘이 강한지 반항은 고사하고 어깨와 팔이 부서지는 것 같았다. 강진호가 다시 말했다.

—바지를 벗겨.

박홍길이 박병우의 바지 벨트를 풀고 팬티와 함께 아래로 벗겨 내렸다. 겁에 질려 축 늘어진 성기가 그대로 드러났다. 박홍길이 귀두를 손끝으로 잡고 성기를 앞으로 쭉 잡아당기고는 전지가위의 칼날 사이에 끼웠다.

—왜 이러십니까. 회장님! 회장님! 살려주십시오! 잘못했습니다. 용서해 주십시오.

공포로 얼굴을 일그러뜨린 박병우가 우는 소리로 다급하게 외쳤다. 이마에서는 땀이 비 오듯 흘렀다. 귀두 끝에서 오줌이 찔끔찔끔 새어나왔다. 박홍길이 말했다.

—녹음 CD 어디 있어?

—방금 드렸지 않습니까? 살려주십시오.

박병우가 울면서 말했다. 박홍길이 전지가위의 손잡이를 살짝 오므렸다. 칼날이 성기의 바깥 피부를 살짝 베고 들면서 그 자리에서 금방 피가 뚝뚝 흘렀다. 박병우가 감전된 것처럼 몸을 부르르 떨면서 소리쳤다.

—살려주십시오. 드리겠습니다. 드리겠습니다. 오피스텔에 하나 더 있습니다. 제가 가지고 오도록 전화를 하겠습니다.

—놓아줘.

강진호가 말했다. 어깨를 잡고 있던 두 사내의 손에서 풀려난 박병우가 양복윗도리 호주머니에 든 휴대전화를 꺼내어 번호를 눌렀다.

—자기야. 잘 되었어?

상황이 어떻게 전개되고 있는지도 모르는 송윤미가 까르르 웃는 소리로 말했다.

—오피스텔 경비실에 맡겨두라고 해. 사람을 보낸다고.

박홍길이 무덤덤하게 말했다.

한 시간이 흘렀다. 그동안 어느 누구도 말을 하지 않았다. 박병우는 아랫도리가 벗겨진 채로 탁자 위에 꿇어 앉아 있었다. 오른손으로는 피가 흐르지 않도록 손수건으로 성기를 움켜쥐고 있었다. 다시 30분이 흘렀다. 이윽고 문이 열리며 한 사내가 들어섰다. 호주머니에서 녹음 CD 하나를 꺼내어 강진호에게 건넸다. 그러나 강진호는 거들떠보지도 않고 탁자 위에 놓인 봉투 옆에 그 CD를 던졌다. 강진호가 말했다.

—끌고 나가 차에 태워.

—회장님! 회장님! 살려주십시오! 녹음 CD를 모두 드렸지 않습니까? 제발 살려주십시오!

상황을 금방 눈치 챈 박병우가 두 손을 싹싹 비비면서 울면서 말했다. 그러나 강진호는 눈 하나 깜짝하지 않고 그대로 일어섰다. 김희철이 탁자 위에 놓인 녹음 CD를 호주머니에 넣어 강진호를 따라 나가고 박홍길이 그 뒤를 따랐다. 사내 중 하나가 박병우의 허리춤을 싸잡아 쥐고 질질 끌고 나갔다.

필시 나를 죽일 장소로 가고 있는 것이 분명해. 차 트렁크에 갇혀 공포에 사로잡힌 박병우는 시간이 얼마나 흘렀는지, 어디로 가는지는 물론 방향 감각조차 상실해 버리고 말았다. 트렁크 바닥 아래 배기구에서 나는 소리에 귀가 멍멍했다. 이제까지 들리던 시끄러운 다른 차들의 소음이 들리지 않는 것으로 보아 시내를 벗어난 것 같은 느낌이 들었다. 이윽고 차가 멈추었다. 트렁크의 문이 열렸다. 사내 둘이 웅크리고 있는 박병우의 어깨를 잡고 트렁크에서 꺼냈다. 타고 온 차의 전조등 외에 다른 불빛은 보이지 않았다. 어둠 속에 괴물 같은 타워크레인과 멈춰 서 있는 포클레인의 형체들이 보였다. 사내 중 하나가 축 늘어지다시피 한 박병우를 질질 끌고 가더니 미리 파놓은 구덩이 속에 던져 넣었다. 구덩이의 깊이는 박병우의 어깨까지 묻힐 정도로 깊었다.

―살려주십시오!

공포에 질린 박병우가 애원하며 구덩이에서 나오려고 팔을 올려 땅을 할퀴며 발버둥 쳤다. 사내 중 하나가 그런 박병우의 턱을 걷어찼다. 박병우는 비명을 지르며 턱을 움켜잡고 바닥에 주저앉았다. 입안이 터져 피가 흘렀다. 멀리서 자동차 헤드라이트의 불빛 줄기가 비치더니 점차 구덩이 쪽으로 다가왔다. 불빛은 마치 경사진 산길을 내려오는 것처럼 지그재그로 방향을 바꾸면서 천천히 다가왔다. 이윽고 박병우가 빠져있는 구덩이 위에서 불빛이 멈추고 차에서 강진호와 박홍길, 김희철이 내렸다. 김희철이 구덩이 근처에 세워져 있는 포클레인 하나에 올라가 시동을 걸었다. 포클레인의 작업등이 켜지고 로봇의 팔처럼 생긴 삽으로 모래를 가득 뜬 김희철이 구덩이 위에 삽을 고정시켰다. 삽을 기울이기만 하면 박병우가 있는 구덩이 위로 속절없이 모래가 쏟아질 태세였다. 강진호와 박홍길이 구덩이 쪽으로 걸어가 아래를 내려다보았다. 주저앉아 있던 박병우가 화들짝 놀라 일어나 손을 비비면서 애원했다.

―회장님, 살려만 주십시오. 용서해 주십시오. 잘못했습니다.

그러나 강진호는 한마디도 하지 않았다. 박홍길이 쪼그려 앉아 구덩이 속의 박병우에게 조용히 말했다.

—녹음 CD 어디 있어?

—드렸지 않았습니까? 제발 용서해 주십시오.

박홍길이 포클레인에 앉아있는 김희철에게 손짓을 했다. 포클레인의 삽이 앞으로 고개를 숙이더니 박병우의 머리 위로 모래가 쏟아졌다. 박병우가 놀라 머리를 흔들며 바닥에 쌓이는 모래를 딛고 올라서려고 발버둥을 쳤으나 역부족이었다. 순식간에 쏟아진 모래는 어느새 박병우의 허리까지 차올랐다.

—녹음 CD 어디 있어?

박홍길이 건조한 목소리로 박병우의 얼굴을 내려다보며 다시 말했다.

—드렸지 않았습니까? 제발 살려주십시오.

박홍길이 일어나 다시 김희철에게 손짓을 하며 소리쳤다.

—묻어버려.

그 사이에 포클레인 삽에 다시 모래를 가득 뜬 김희철이 박병우의 머리 위로 또다시 모래를 쏟아 부었다. 모래는 금방 박병우의 겨드랑이 밑에까지 차올랐다.

—아악, 말하겠습니다. 말하겠습니다. 살려만 주십시오. 제발, 제발, 살려만 주십시오!

턱밑에까지 모래가 차오르자 박병우가 공포로 얼굴을 일그러뜨리고 울음 반 비명 반의 목소리로 다급하게 소리쳤다. 두 팔은 모래에 묻히지 않도록 만세를 부르듯이 머리 위로 치켜들고 있었다. 쏟아지는 모래가 멈추었다.

—집에 있는 녹음기에 원본이 한 개 더 있습니다. 가져오도록 하겠습니다.

박병우가 치켜든 팔을 겨우 구부려 박홍길이 내미는 제 휴대전화로 전화를 하여 아내에게 서재에 있는 녹음기를 아파트 야간경비실에 맡겨두라고 하였고, 박홍길이 어디론가 전화를 한 지 벌써 한 시간이 지나고 있었다. 어두운 하늘에 눈발이 날리기 시작했다. 살을 도려낼 것 같은 얼어붙는 날씨였다. 강진호와 박홍길은 시동이 걸린 차안에 있었다. 김희철은 여전히 포클레인의 운전석에 있었다. 포클레인의 작업등과 강진호가 타고 있는 차의 전조등이 박병우의 머리 위를 이중으로 비추고 있었다. 전조등에 비친 눈발은 점점 굵어지고 있었다. 그러나 박병우는 추위를 느끼지 못했다. 살려달라는 말을 수없이 외치다가 이제는 지쳐 코를 훌쩍거리며 울고 있었다. 공포로 인하여 배어난 이마의 땀과 눈물이 식으면서 따갑게 느껴지던 코끝과 귓불은 이제 감각조차 없었다. 다시 30분이 지났다. 이윽고 먼 위쪽에서 자동차의 헤드라이트 불빛이 나타나더니 지그재그로 방향을 바꾸면서 내려왔다. 헤드라이트의 불빛이 꺼지고 한 사내가 내렸다. 땅에 묻힌 박병우의 시야 전면에 멈춘 그 자동차는 의외로 박병우의 차였다. 강진호와 박홍길이 다시 차에서 내려 박병우의 코앞으로 걸어왔다. 사내 중 하나가 녹음기를 강진호에게 건넸다. 박홍길이 다시 쪼그려 앉아 말했다.

—녹음 CD 어디 있어?

—이제는 정말 없습니다. 마지막 남은 것입니다. 정말입니다. 살려주십시오.

박병우는 얼어붙은 입술을 달싹거리며 애원했다. 박홍길이 김희철에게 다시 손짓을 했다. 포클레인의 삽이 기울어지며 다시 모래가 쏟아졌다. 박병우는 허공에 드러나 있는 두 팔을 휘저으며 머리 위에 쏟아지는 모래를 급하게 걷어내었다. 그러나 역부족이었다. 순식간에 박병우의 머리가 모래에 묻혔다. 마지막으로 숨을 쉬기 위해 빨아들인 코와 입속으로도 모래가 들어왔다. 박병우는 의식이 가물가물해지고 있었다. 이렇게 죽는구나. 이것이 죽음이구나. 아내와 중학교 2학년인 딸과 초등학교 5학년인 아들의 모습이 영화의 한 장면처럼 떠올랐다. 그 와중에서도 송윤미의 야들야들한 허리와 탱글탱글한 가슴도 생각났다. 죽음을 앞둔 마당에 송윤미의 몸이 떠오른다는 것이 참으로 야릇했다. 가슴에서 뜨거운 감자덩어리 하나가 솟구치면서 눈물이 쏟아졌다. 이제까지 무엇을 위해 살아왔는지 알 수가 없었다. 박병우는 끝없는 죽음의 나락으로 떨어져 내리고 있었다.

–하악!

박병우는 잠겨있던 숨을 토해 내었다. 숨이 끊어지기 직전에 박홍길이 그의 코와 입 앞의 모래를 걷어냈던 것이다. 박홍길이 다시 말했다.

–녹음 CD 어디 있어?

–이제는 없습니다. 정말입니다. 살려주십시오.

박병우는 숨을 다급하게 몰아쉬며 말했다. 모래에 파묻힌 아랫도리에 축축한 느낌이 들었다. 박홍길이 손바닥을 붙여 모래를 두 손 가득 떠서 박병우의 입 앞에 천천히 흘려 내리기 시작했다. 모래가 턱밑에서 차츰차츰 쌓이면서 박병우의 입을 막고 콧구멍을 막아가기 시작했다. 박병우는 다시 한 번 죽음의 나락으로 떨어져 내리고 있었다.

–하악!

박병우는 다시 한 번 모래로 막힌 기도를 열고 숨을 토해내었다. 박홍길이 말했다.

–녹음 CD 어디 있어?

–없습니다. 정말입니다. 세 개가 모두입니다. 정말입니다. 살려주십시오.

그때서야 박홍길이 일어섰다. 그때까지 한마디도 하지 않고 있던 강진호가 앞으로 나왔다. 그리고는 바지를 내리고 박병우의 머리 위에 오줌을 누기 시작했다. 오줌줄기가 박병우의 머리 위에 쌓여있던 모래를 씻어 내렸다. 다시 바지를 올린 강진호가 박병우의 코앞에 쪼그려 앉았다.

–회장님, 살려주십시오. 잘못했습니다. 한번만, 한번만, 아아, 한번만 용서해 주십시오.

박병우가 곧 숨이 넘어가는 목소리로 울면서 애원했다. 강진호가 천천히 말했다.

–전직 검사 양반나리, 우리야 당신 말대로 쓰레기통에서 자란 깡패새끼들이야. 남을 속이고, 협박하고, 때려 족치고, 심지어 죽이기까지 하는 것이 우리 직업이야. 깡패들이 하는 일이 무엇이겠어? 그렇지 않아? 그런데 자식아. 너는 검사였고, 지금은 변호사잖아. 누구나 다 우러러보는 고매한 직업이잖아. 그런 네가 남에게 사기를 치면 안 되지. 남을 속이고 협박하여 돈을 뜯어내려고 하면 안 되지. 그런 짓은 우리 깡패들이 하는 일이야. 네가 왜 우리 깡패들의 고유한 직업 영역을 침범해. 너희들은 국가와 이 사회의 안정을 위하여 우리 같은 깡패를 잡아넣고, 열심히 변호하여 돈 벌고, 탕탕 망치 두드려 벌주는 게 본업이잖아. 제가 맡은 일만 열심히 하면 되지, 왜 남의 일에 나서서 설치는 거야.

–회장님, 잘못했습니다. 다시는 하지 않겠습니다. 용서해 주십시오.

–야, 이 쥐새끼 같은 새끼야. 이 강진호의 돈을 받고, 이 강진호의 일을 해 주면서, 이 강진호의 말을 녹음하여 팔아넘기려고 했어? 검사였고, 변호사라는 네놈이 우리 같은 깡패와 다른 게 뭐 있어?

—잘못했습니다. 잘못했습니다. 다시는 하지 않겠습니다. 용서해 주십시오. 회장님께서 주신 돈도 돌려드리겠습니다. 한번만 용서해 주십시오.

—이 배알도 없는 새끼야. 이러고도 네가 검사였어? 우리 깡패들은 말이야. 이런 일 당하면 아예 혀 깨물고 죽든가, 모래 뒤집어쓰고 죽고 말아. 네놈같이 눈물 콧물 질질 흘리며 빌지 않아. 네놈 뱃속에는 창자도 없어?

—잘못했습니다. 회장님, 제발 살려만 주십시오.

—네놈들은 법으로 먹고 살지? 그렇지? 그러나 우리 깡패들은 주먹으로 먹고 살아. 폭력으로 먹고 살아. 그런데……, 봐, 법은 멀리 있고, 주먹은 이렇게 가까운 곳에 있잖아. 어느 쪽이 강해? 말해 봐?

—예, 예, 주먹이 강합니다.

—하하 참, 이런 배알도 없는 새끼가 대한민국의 검사였다니, 대한민국의 앞날이 참 캄캄하다. 이런 새끼는 살려둘 가치도 없을 것 같지? 그렇지 않아, 박 사장?

—쓰레기보다 더 못한 새낍니다. 아예 파묻어 버립시다.

옆에 있던 박홍길이 박병우의 드러난 머리를 발끝으로 가볍게 툭툭 차며 말했다.

—아아! 회장님, 살려주십시오! 잘못했습니다! 용서해 주십시오!

박병우가 곧 숨이 넘어가는 소리로 절박하게 부르짖었다.

—야, 이 새끼야. 여기가 어딘지 알아? 108층 대공영타워가 들어설 자리야. 지하 5층이 들어설 자리지. 네놈 하나 여기에 파묻어 버린다 해도 아무도 네놈 시체를 찾지 못해. 네놈 참 출세했다. 진시황 무덤보다 더 큰 108층 무덤을 가지게 되었으니 말이야.

—아아아! 회장님, 살려주십시오! 살려주십시오!

듣는 둥 마는 둥, 강진호가 호주머니에서 룸에서 받은 녹음 CD 두 개를 꺼냈다. 그리고는 손에 들고 있는 녹음기와 함께 그것을 박병우의 코앞에 던졌다.

—이 따위 CD 몇 개로 이 강진호를 협박하려 했어? 이것을 그 계집에게 넘겨 돈을 뜯어내겠다는 생각은 도대체 어떻게 했어? 너 참, 머리 하나는 비상하다. 그래서 그 어려운 사법고시 통과했나 보네. 네놈이 애지중지하는 이 CD 모두 여기 두고 갈 테니까, 그 계집에게 팔아먹든, 신문사에 넘기든, 법원에 갖다 주든 네 맘대로 해. 그 대신에……, 만일 그 CD에서 이 강진호의 목소리가 어디에서라도 단 한 번만이라도 흘러나온다면 네놈뿐만 아니라 네 마누라, 네 새끼까지도 각오해. 죽은 윤경호처럼 혀를 뽑아내 토막토막 회를 쳐줄 테니까. 어이, 이 새끼 죽일 가치도 없는 놈이야. 한 삽 떠 줘.

강진호가 포클레인에 앉아있는 김희철에게 손짓을 했다. 김희철이 포클레인 삽을 움직여 박병우가 묻힌 옆의 모래를 한 삽 퍼내었다. 퍼낸 구덩이로 모래가 흘러내리자 박병우의 몸이 어깨까지 드러났다.

—됐어. 나머지는 제 손으로 퍼내도록 해. 그만 가지.

강진호가 등을 돌려 차로 걸어가자, 박홍길이 다가와 그의 휴대전화를 녹음기 옆에 놓으면서 속삭이듯이 말했다.

—여기 네놈 휴대폰도 두고 갈게. 우리가 떠나는 즉시 네놈이 좋아하는 검찰이나 경찰에 전화해서 우리를 잡아가도록 해. 알겠지? 그러나 그 전에 네놈과 네 마누라 네 새끼 모두 저승에 가 있을 거야.

말을 마친 박홍길이 그동안에 포클레인에서 내려온 김희철과 함께 강진호의 뒤를 따랐다. 이윽고 강진호의 차가 출발하자, 박병우의 차를 몰고 뒤늦게 왔던 사내가 호주머니에서 차키를 꺼내어 박병우의 코앞에 던지며 말했다.

—불쌍해서 차키는 여기 두고 간다. 손은 움직일 수 있을 테니까 네 손으로 모래를 파내고 빠져나와. 그럼 수고하셔.

박병우를 트렁크에 태우고 온 두 사내와 그 사내가 함께 차를 타고 떠나고, 박병우 혼자 캄캄한 어둠 속에 남겨졌다. 박병우는 손으로 어깨 아래의 모래를 짚고 빠져나오려고 했으나 모래 무게 때문에 몸이 빠지지 않았다. 차가운 밤바람 속에서 이따금씩 날리던 눈발이 더욱 굵어지고 있었다. 빨리 모래를 퍼내어 몸을 빼내지 못하면 눈에 파묻혀 죽을 수도 있다는 생각이 퍼뜩 들었다. 박병우는 미친 듯이 손으로 모래를 떠서 먼 곳으로 던지기 시작했다. 퍼내면 흘러내리고 또 흘러내리고, 손수건으로 싸맨 잘린 손가락에서 다시 피가 흐르기 시작했다. 그러나 박병우는 그것조차 의식하지 못하고 사력을 다해 모래를 퍼서 밖으로 던지기 시작했다. 10분가량을 한 번도 쉬지 않고 손과 팔을 움직이자 겨우 허리가 드러났다. 손은 얼어버렸는지 아무 감각이 없었다. 손으로 모래를 짚고 몸을 뽑아내려고 했으나 여전히 무리였다. 구덩이가 깊어질수록 퍼내는 모래의 양도 적어졌다. 박병우는 다시 10분가량을 모래를 퍼 밖으로 던졌다. 겨우 무릎이 드러나고 발을 빼냈다. 드디어 구덩이에서 빠져나온 박병우는 그때서야 가쁜 숨을 토해내었다. 박병우는 모래 위에 엎드려 짐승처럼 울었다. 한참을 울고 난 박병우는 그때서야 아랫도리가 시리다는 느낌이 들었다. 구린내도 진동하고 있었다. 바지는 공포로 말미암아 자기도 모르게 싸지른 오줌과 대변으로 범벅이 되어 있었다. 어둠 속에 사내들이 두고 간 그의 차가 유령처럼 엎드려 그의 비참한 모습을 바라보고 있었다. 박병우는 그때서야 사내가 그의 차키를 던져주고 갔다는 생각을 했다. 그가 구덩이에서 파내어 던진 모래에 파묻혀 버렸는지 차키는 보이지 않았다. 박병우의 입에서 다시 짐승 같은 울음소리가 떨려나왔다. 박병우는 어둠 속을 엉금엉금 기어 다니며 그가 던진 모래를 손바닥으로 뒤적거리며 차키를 찾기 시작했다. 강진호가 던지고 간 녹음기와 두 개의 녹음 CD가 먼저 손에 닿았다. 박홍길이 두고 간 휴대전화도 함께 있었다. 그러나 그는 그것을 제쳐두고 차키를 찾는 데 온 신경을 모았다. 5분여 동안 모래 위를 기어 다닌 끝에 드디어 차키를 찾았다. 그는 차로 가서 시동을 걸고 히터부터 틀었다. 눈은 이제 함박눈이 되어 펑펑 쏟아지고 있었다. 얼어붙은 손을 놀려 바지와 팬티를 벗었다. 대변이 엉켜 붙어 있는 팬티는 차창을 내려 던져버리고 바지만 다시 껴입었다. 얼마 지나지 않아 히터에서 온기가 쏟아지자 그때서야 겨우 숨을 돌렸다. 출발하기 위해 전조등을 켰다. 전조등의 불빛에 눈에 묻혀가는 녹음기와 휴대전화가 보였다. 두 개의 녹음 CD는 벌써 눈에 묻혔는지 보이지 않았다. 그러나 녹음기 옆에 CD가 있을 것이었다. 다시 가져갈까? 그는 잠시 망설였다. 그러나 그는 고개를 흔들었다. 강진호와 박홍길의 말은 결코 단순한 협박이 아니다. 유경준 박사의 교통사고, 총에 맞아 살해되었다는 보험회사 직원, 혀가 뽑혀 죽었다는 윤경호도 생각났다. 이제까지 당한 일만 해도 그는 몇 번이나 죽음의 문턱까지 다녀온 셈이었다. 그는 그것들을 그대로 두고 액셀러레이터를 밟았다. 이 선택이 박병우에게는 그날의 불행 중에서 가장 큰 행운이었다. 이 순간의 결정으로 그는 목숨을 부지할 수 있었던 것이다. 그가 막 떠나자마자 공사현장의 외진 모퉁이에 주차해 있던 승용차의 전조등이 켜졌다. 그 차가 다시 박병우가 묻혀있던 구덩이로 왔다. 차에서 김희철이 내렸다. 김희철이 박병우가 그대로 버리고 간 녹음기와 녹음 CD, 그리고 휴대전화를 호주머니에 넣고는 자신의 휴대전화를 꺼내어 전화를 했다.

–회장님, 버리고 갔습니다. 그냥 보내주셔도 괜찮을 것 같습니다.

피의 사육제

자유롭고 조화로운 느낌은
당신이 가치 있는 삶을 살고 있다는 것을 증명해 주는 것이다.
이 느낌을 항상 유지하라. 그러면 당신은 행복할 것이다.

금요일 오전 9시, 강진호에 관한 대한일보 김기용 기자의 기사는 마치 전면광고 같았다. 사회면 한 페이지를 전격적으로 할애한 특집기사였다.

기사는 먼저 강진호의 조부의 독립운동 일대기와 부친의 한국전쟁 참전 일화를 관련 사진과 함께 상세하게 소개하면서, 낙동강 전투에서 오른쪽 다리를 잃고 상이군경으로 불우한 삶을 살다 간 부친의 생애와 그 때문에 너무 가난하여 학교조차 다니지 못했던 강진호의 어린 시절, 10대의 어린 나이에 부모마저 여의고 고아로 전락한 그가 역경을 딛고 오늘에 이르기까지의 입지전적인 성공스토리를 다큐멘터리 형식으로 다루고 있었다.

두 번째는 코리아타워의 설계 변경과 관련한 내용이었다. 기사는 설계를 변경한 독일 ○○대학의 건축학과 교수이자 건축설계가인 웨버 박사의 약력 및 수상 경력을 화려하게 소개하면서 그를 세계적인 건축설계학자로 치켜세운 후에, 그가 직접 작성한 확인서와 설계 변경을 하게 된 이유서의 내용을 번역하여 소개하고 하고 있었다. 여기에서 웨버 박사는 자신이 변경한 설계는 예술성과 실용성 및 경제적 가치를 모두 고려한 것이고, 반면 유경준 박사의 코리아타워는 실용성과 경제성에서 많은 결함을 갖고 있다고 조목조목 비판하고 있었다. 나아가 웨버 박사는 그가 변경한 설계는 유경준 박사의 원래 설계의 예술적 가치를 최대한 존중하는 범위 내에서 실용성과 경제성을 보강한 약간의 변형일 뿐이라고 하면서, 그것이 전범기 또는 욱일승천기라고 하는 것은 악의에 찬 험담이거나 관점의 차이일 뿐이라고 일축하고 있었다.

마지막으로 '대공영'이라고 이름을 변경한 이유였다. 이에 대하여, 기사는 웨버 박사처럼 풍암 선생의 사진, 약력 및 수상 경력을 화려하게 소개하면서 선생이 직접 작성한 작명서의 원본을 사진으로 게제하고 있었다. 기사는 풍암 선생이야말로 주역과 풍수지리학 및 작명법에서 우리나라 최고의 권위를 가진 사람이라고 치켜세운 후에, 기자가 직접 풍암 선생을 인터뷰한 내용을 싣고 있었다. 이 인터뷰에서 풍암 선생은 먼저 백두산에서 발현되는 한반도의 지맥과 이 건축 터에 대한 풍수지리학적인 의미를 상세하게 해설하면서 주역에 근거한 우리나라의 국운까지도 고려한 작명법의 난해한 이론을 언급하고 있었다. 그러면서 '대공영大共榮'이라는 새 이름은 이러한 주역과 풍수지리학 및 작명법의 이론에 근거한 것으로서 우리 국민 모두가 함께, 번영하고, 상생한다는 의미라고 누누이 강조하고 있었다. 그런데도 이 이름을 일본의 대동아공영 이론에서 따왔다고 하는 것은 풍수지리학이나 작명법에 대하여 전혀 무지한 사람들이 일본에 대한 피해의식에 사로잡혀 항일독립지사의 후손인 강진호와 일생에 걸친 자신의 학문

적 성과를 모독하는 것이라고 분개하고 있었다.

기사는 마지막으로 송규원의 인터넷 소설 「탑의 전설」이 항일독립지사의 후손인 강진호와 그가 일으켜 세운 강호건설을 대동아공영을 꿈꾸는 일본의 하수인으로 설정한 것은, 그것이 아무리 소설이라는 형식을 취했다고는 하지만, 명백하게 강호건설과 강진호 회장의 명예를 훼손하기 위한 악의적 의도에서 비롯된 글이라고 성토하고 있었다.

김기용 기자의 이 기사에 대한 인터넷의 댓글과 자유토론방에 올라온 네티즌의 의견도 급속하게 강호건설을 지지하는 쪽으로 기울었다. 아무런 증거도 없이 오직 소설에 의존하여 소송을 감행하고 있는 유휘진 변호사를 지지하는 극소수의 글은 올라오자마자 네티즌의 몰매를 맞았다. 심층적 취재도 하지 않고 유휘진을 지지하는 기사를 쓴 장선웅 기자도 마찬가지였다. 코리아타워를 세워 사회에 기증하겠다는 유휘진의 기자회견은 친일재산을 다른 방법으로 은닉하기 위하여 주도면밀하게 계획된 시나리오의 하나일 뿐이라는 검증되지 않은 음모론이 급속하게 확산되었다. 이런 유휘진 변호사를 구속한 검찰의 조치에 대하여도 언론과 여론은 찬양일색이었다. 유휘진 변호사를 구속한 것처럼, 이 기회에 송규원이라는 필명으로 소설을 연재하고 있는 소설가 성혜주를 명예훼손으로 즉각 구속하여 올바른 친일청산을 함과 동시에 민족정기를 바로 세워야 한다는 어느 네티즌의 글은 인터넷 매체뿐만 아니라 일반여론의 공분까지 이끌어내었다. 유휘진 변호사와 장선웅 기자는 사면초가에 둘러싸이고 말았다. 광장신문도 비명을 질렀다. 광장신문의 중앙과 지방의 각 신문보급소에는 신문구독을 끊겠다는 독자들의 전화가 빗발쳤다.

—이거 어떻게 할 거야?

김호근 편집장이 책상에 앉아있는 장선웅 기자에게 대한일보를 팽개치듯 던지며 핏대를 세우고 몰아세웠다. 그러나 장선웅 기자는 마치 김호근 편집장을 약 올리는 것처럼 싱글거리기만 할 뿐이었다.

—조만간 역전 안타를 칠 테니까, 걱정하지 마십시오. 다녀오겠습니다.

싱글거리던 장선웅 기자가 휘파람을 불면서 책상에서 일어나 사무실을 나갔다.

—저 자식 저거 뭘 믿고 저렇게 기고만장이야?

김호근 편집장의 목소리가 복도를 쩡쩡 울리며 장선웅의 뒤를 따라왔다.

이 시간, 강호건설의 회장실에는 강진호와 박홍길, 김희철이 소파에 앉아 있었다. 강진호가 손으로 말아 쥔 대한일보로 손바닥을 탁탁 두드리고는 대견하다는 듯이 김희철의 어깨를 다정하게 두드리며 말했다.

—역시 김 사장의 아이디어가 기발했어. 박병우 그 쥐새끼도 처리했고, 걱정하던 최상혁 검사도 그 계집에게서 등을 돌렸으니……, 하하하, 이제는 걱정거리가 모두 없어졌어.

—여론이 우리에게 돌아선 지금이 태성을 처리해야 할 적기입니다. 오늘 바로 작업에 착수하는 것이 어떻습니까?

김희철이 짧은 고개를 뽑아 강진호를 바라보며 의미심장하게 웃으면서 말했다.

—그렇지. 김형태 이놈은 씹어 먹어도 분이 풀리지 않을 것 같아. 윤실장이 당한 것처럼 그대로 갚아줘야 해.

강진호가 힘을 주어 말했다.

–김 회장은 의심이 많아 박병우처럼 쉽게 오려고 하지 않을 겁니다. 제가 4시쯤에 김 회장과 함께 있겠습니다. 그때 회장님께서 전화를 하십시오. 오늘같이 좋은 날 송년회를 겸하여 술 한 잔 사겠다고요. 그러면 제가 김 회장을 부추겨 그곳으로 가겠습니다. 고광준과 저도 같이 오라고 하십시오. 이제 일도 거의 마무리되었으니 그동안 수고한 저희들에게도 치하를 해 주고 싶다고요. 김 회장과 고광준이 그곳으로 오기만 하면 계획대로 처리하면 됩니다.

김희철이 강진호에게 바짝 다가앉아 속삭이듯이 말했다.

–알았어. 이번 일만 잘 되어 태성을 인수하게 되면 태성의 지분 반은 김 사장과 박 사장에게 나눠주겠어. 나중에 회사 구조를 봐서 아예 분할을 할 수도 있을 것이고. 오늘 일은 차질 없도록 만반의 준비를 해.

–알겠습니다. 회장님의 은혜는 결코 잊지 않겠습니다.

김희철이 감동한 듯 벌떡 일어나 허리를 굽혀 말했다. 박홍길은 앉은 채로 싱긋 웃었다.

오후 4시, 강진호는 책상 위의 전화기를 들어 태성건설 회장실로 전화를 했다. 여비서가 전화를 받았다.

–김 회장님 부탁드립니다.

–예, 누구시라고 말씀드릴까요?

–아, 나 강호건설 강진호 회장이야.

–예, 회장님, 곧 돌려드리겠습니다.

곧이어 김형태 회장의 목소리가 들렸다.

–강 회장님, 김형태입니다.

—김 회장, 오랜만입니다.

—예, 그동안 제가 문안 인사를 드리지 못해 죄송합니다. 아침에 신문은 상세하게 몇 번이나 읽었습니다. 정말 몰랐습니다. 회장님께서 그렇게 뼈대 있는 가문의 후손이라는 것을……. 오늘 하루 종일 역시 기품 있는 가문의 후손은 뭔가 다르구나 하는 생각을 하고 있었습니다.

—무슨 그런 공치사의 말을……. 내 미리 연락을 하지 못했지만, 오늘 저녁 시간 어떻습니까? 오늘 내 진하게 술 한 잔 사고 싶은데? 송년회를 겸해서 말입니다.

—회장님께서 그런 자리를 마련하신다면 당연히 제가 가야지요. 그런데 가만 있자, 오늘은……? 아이고, 이거 참 너무 죄송합니다. 연말이라 미리 선약이 있습니다.

실제로 선약이 있는지는 모르지만, 김희철의 말대로 의심 많은 김형태는 미끼를 덥석 물지는 않았다.

—그래요? 그럼 할 수 없지요. 내가 미리 연락을 못했으니……, 오늘 이런 기사가 날 줄은 나도 몰랐습니다. 홍 실장님도 축하를 한다고 오시기로 했는데, 할 수 없지요. 오늘은 우리끼리 하고 김 회장은 새해에 한 번 보도록 합시다.

홍 실장이 참석한다는 것은 김형태를 불러내기 위한 미끼였다. 홍 실장이 나온다고 하는데 김형태가 빠지지는 못할 것이다. 강진호의 예상대로 김형태가 미끼를 물었다.

—피를 나눈 형님 같은 두 분이 부르시는데, 제가 빠지면 예의에 어긋날 것 같고, 선약을 취소할 수 있는지 알아보고 곧 연락드리겠습니다.

—너무 무리하지는 마세요, 사업이 우선이지 우리끼리의 술자리야 다음에 마련해도 됩니다. 아, 참, 혹시 고광준 실장과 김희철 사장의

연락처를 좀 가르쳐 주세요. 그때 거제도에서 함께 일을 한 박홍길 사장도 오늘 오기로 했습니다. 그 계집도 구속되었고, 이제 모든 일이 잘 마무리되었는데, 내 오늘 박 사장뿐만 아니라 그 사람들에게도 크게 치하를 하고 싶습니다. 윤 실장이 없어 아쉽기는 하지만, 뭐 죽은 사람을 불러내 올 수는 없는 일이고…….

—그 두 사람에게는 제가 연락을 취하겠습니다.

—그렇게 해 주시겠습니까? 그럼 오늘 저녁 7시, K룸이라고 전해 주세요. 그 사람들도 선약이 있으면 무리해서 올 필요는 없다고 하세요.

—알겠습니다. 저도 알아보고 곧 연락드리겠습니다.

—홍 실장님께서 앞으로의 일에 대해 당부할 말이 있는 것 같았습니다. 김 회장도 가능하면 참석하는 것이 좋겠지만, 무리하지는 마세요. 우리야 언제든지 만날 수 있으니까.

강진호는 다시 한 번 미끼를 던지고는 전화를 끊었다.

이때, 김형태의 방에는 김희철과 고광준이 함께 있었다. 전화를 끊은 김형태가 두 사람을 보고 말했다.

—강진호가 오늘 저녁 송년회를 겸하여 술 한 잔 사겠다고 K룸으로 오라고 하는데, 무슨 다른 꿍꿍이속이 있는 것 아닐까?

—조폭 두목이 일약 항일독립지사의 후손으로 추앙을 받게 되었는데, 그럴 만도 하겠습니다.

고광준이 빈정대는 투로 말했다.

—강진호가 눈치 챈 것은 아닐 테지?

김형태가 여전히 의심을 거두지 못하는 표정으로 김희철을 바라보며 말했다.

—그럴 리가 없습니다. 오늘 강 회장님 기사가 신문을 온통 도배하다시피 했는데, 제 자랑이 하고 싶어 입이 근질거리는 모양입니다.

김희철이 시니컬하게 웃으면서 말했다.

—K룸으로 오라고 하는 것이 찜찜해. 그곳은 강진호의 아지트가 아닌가?

—회장님 혼자 오시라고 했습니까?

김희철이 물었다.

—아니, 고 실장과 김 사장도 함께 오라는군. 거제도에서 함께 일한 박 사장도 온다고 하면서……, 세 사람에게 크게 치하해 주고 싶다고 하는데, 계집 하나씩을 붙여줄 모양인가? 하하하.

김형태가 웃으면서 말했다.

—K룸 계집들은 모두 영화배우 뺨친다고 하던데, 이거 벌써부터 몸이 달아오르네요.

고광준도 웃으면서 말했다.

—저희들도 함께 오라고 했다면 다른 뜻이 없는 것 같습니다. 오히려 이 기회에 강 회장이 어떤 생각을 갖고 있는지 역으로 한 번 떠보는 것도 좋을 것 같습니다.

김희철이 정색하여 말했다.

—그래, 그것도 좋을 것 같군. 홍 실장님도 온다고 하니까, 안 갈 수도 없고…….

말을 하면서도 여전히 미심쩍은 표정을 짓고 있는 김형태에게 김희철이 쇄기를 박았다.

—홍 실장님께서 오신다고 하면 걱정 없습니다. 고양이가 앉아 있는데, 쥐가 어떻게 하겠습니까? 회장님 혼자 오시라고 했다면 꺼림칙하

지만, 고 실장과 저도 함께 부르고, 특히 홍 실장님도 오신다면 안심해도 좋을 것 같습니다. 그래도 혹시 모르니 제가 먼저 가서 분위기를 살펴보고 연락하겠습니다. 회장님과 고 실장님은 제가 연락을 하면 한 시간쯤 뒤에 오십시오. 조금이라도 이상하다 싶으면 연락하지 않겠습니다. 제 연락이 없으면 오지 마십시오.

김희철이 계산된 말로 김형태를 안심시켰다.

—그렇게 하지. 선약이 있다고 했으니까, 시간이 조금 지체되었다고 핑계를 대지.

김형태가 고개를 끄덕이며 말했다.

오후 7시 20분, 김희철의 전화가 왔다.

오후 8시, D빌딩의 엘리베이터가 30층에서 멈췄다. 김형태와 고광준이 엘리베이터에서 내렸다.

—어서 오십시오.

나비넥타이를 맨 남자종업원 둘이 허리를 90도로 굽히며 인사했다. 종업원 중 하나가 데스크의 인터폰으로 그들의 도착 사실을 알렸다.

—회장님께서 기다리고 계십니다. 저를 따라오십시오.

미로 같은 복도를 지나 이윽고 두 사람은 호화로운 대리석 벽면 앞에 섰다. 원형의 출입문 위에 'VVIP 海底阿房宮(해저아방궁)'이란 한자 표시가 돌출된 검은 대리석 평판에 상감象嵌 기법으로 새겨져 있었다. 이름 그대로 해저에 만든 진시황의 아방궁을 의미하는 것 같았다. 안내해 온 종업원이 출입문 옆에 설치된 방범시스템(Security Systems)의 화면에 손바닥을 댔다. 지문 인식을 통하여 열리도록 설계된 것임을 알 수 있었다. 원형의 출입문이 천천히 좌우로 갈라지면서 자동으로 열렸다.

—들어오십시오.

종업원이 먼저 들어가서 허리를 숙이고 손짓으로 두 사람을 이끌었다. 두 사람은 들어섰다. 그러나 그곳은 룸 안이 아니었다. 대기실이었다. 벽이며 바닥장식이 모두 투명유리로 되어 있고, 유리벽 넘어 바다 속 해초 숲에는 갖가지 어류들이 헤엄치고 있었다. 원근감은 물론이고 입체효과까지 나도록 만들어진 그곳에서 바다 속 풍경을 바라보고 있노라니 수많은 종류의 물고기들과 함께 물속을 유영하고 있는 느낌이 들었다. 마치 해저풍경을 촬영한 4D 입체영화의 한 장면 속으로 들어간 것 같았다. 고광준은 눈을 휘둥그레 뜨고 연신 고개를 돌려가며 감탄사를 연발했다.

—저기에 잠시만 앉아 기다려 주십시오.

바다 속에 난파선처럼 꾸며진 배 한 척이 가라앉아 있고, 그 배의 갑판에 놓여있는 원목 의자를 손짓으로 가리키며 종업원이 말했다. 종업원이 바다 속을 헤엄치듯 걸어가 물속에 웅크려 있는 바다거북의 등을 부드럽게 어루만졌다. 순간 바다가 천천히 갈라지며 해저길이 드러나기 시작했다. 마치 모세의 바닷길이 열리는 것 같았다.

—들어가시면 됩니다. 회장님께서 기다리고 계십니다.

바닷길 입구에 서서 종업원이 다시 한 번 허리를 굽히며 손짓으로 안내했다. 두 사람은 갈라지는 바닷길을 따라 들어갔다. 마치 영화 '십계'의 바닷길이 열리는 장면 속에 들어온 느낌이었다. 그들이 들어서자 바닷길은 뒤에서부터 서서히 닫히기 시작했다. 종업원은 따라오지 않았다. 그들은 갈라지는 바닷길을 따라 천천히 들어갔다. 바닷길을 완전히 건너왔다고 느낀 순간, 모든 조명이 꺼지며 두 사람은 암흑 속에 갇히고 말았다.

—어! 어엇!

두 사람 모두 당황하여 어둠 속에서 두리번거렸다. 그때 멀리서 조그만 은빛 점 하나가 나타나더니 점차 커지며 두 사람에게 다가왔다. 그 빛이 다가와 그들의 몸을 완전히 감싼다고 느낀 순간, 그들은 눈앞에 펼쳐진 비경에 그만 넋을 잃고 말았다. 끝없는 바다 속 해저계곡이었다. 무성한 해조류의 숲으로 능선을 이룬 해저산맥과 골짜기 군데군데에 가라앉아 있는 크고 작은 침몰선들, 그 사이를 헤엄치는 크고 작은 갖가지 종류의 어류들은 그들의 몸을 덮칠 듯이 몰려왔다가 순식간에 사라지곤 했다. 한동안 넋을 잃고 서 있는 사이에 좌우의 바다 밑에서 화산이 분출하듯 공기방울이 솟아오르기 시작하고, 그 공기방울 사이 바다물결에 머리카락을 휘날리며 두 여자가 천천히 올라와 두 사람에게로 다가왔다. 인어 형상의 잠자리 날개 같은 반투명의 살색 옷은 몸에 찰싹 달라붙어 있었다. 두 여자 모두 도드라지게 솟아오른 유방과 자주색 유두, 반투명의 옷감 안에 보일 듯 말 듯 비치는 늘씬한 허벅지 사이의 음모가 신비롭고 뇌쇄적이었다. 두 여자의 뒤를 이어 역시 반투명의 자주색과 주황색의 그물코가 넓은 노끈 옷으로 가슴과 국부만을 보일 듯 말 듯 아슬아슬하게 가린 두 여자가 솟구치는 물줄기 사이에서 나타나고, 그 뒤를 이어 다시 하늘에서 선녀가 내려오듯 오색무지개를 타고 반투명의 연푸른색 한복 차림의 여자 하나가 허공에서 내려왔다. 가슴 아래 부분에 살짝 동여맨 끈 때문에 유독 도드라지게 보이는 유방과 유두, 반투명의 하늘거리는 옷자락에 감기듯 얼핏얼핏 비치는 탄력 있는 엉덩이와 허벅지 사이의 음모는 남자들의 혼을 빨아들일 것 같이 고혹적이었다. 중앙과 좌우 각 두 명씩

다섯 명의 여자들이 나란히 도열하자, 조명이 자주색으로 바뀌더니 바다의 중앙이 무대를 여는 것처럼 천천히 열리기 시작했다. 해저의 비경을 후광삼아 모서리각을 지운 세 평 정도의 직사각형 원목 평상 위에 민속화가 그려진 병풍과 음식상이 놓여있고, 병풍 앞 중앙에 강진호, 그 오른쪽에 박홍길과 김희철이 나란히 앉아있었다. 세 사람 모두 양복 상의를 벗은 와이셔츠 차림이었다. 상 위에는 금방이라도 풀쩍 튀어오를 것처럼 눈을 껌벅이고 있는 싱싱한 생선회와 각종 해산물 요리가 풍성하게 차려져 있었다.

—하하하, 김 회장 어서 오세요.

강진호가 호탕하게 웃으며 손을 들어 김형태에게 인사를 했다. 별천지 같은 바다의 비경과 여자들의 모습에 반쯤 얼이 나가있던 두 사람은 그때서야 비로소 정신을 차렸다.

—이리로 오십시오.

한복 차림의 여자가 두 사람을 평상 아래 놓인 작은 디딤돌 앞으로 인도했다. 평상의 높이는 한 자 정도로 그리 높지 않았다. 두 사람은 구두를 벗고 평상 위로 올라섰다. 여자가 두 사람의 양복상의를 받아들어 병풍 뒤 벽에 설치된 옷장에 넣고, 구두를 옷장 아래 서랍에 넣었다. 김형태가 강진호의 왼쪽에서 박홍길을 마주 보고 앉았고, 김형태의 옆에서 고광준이 김희철을 마주보고 앉았다. 강진호의 왼쪽에 연푸른색 한복 차림의 여자가, 박홍길과 김희철의 각 오른쪽에 인어옷을 입은 두 여자, 김형태와 고광준의 각 왼쪽에 노끈 옷을 입은 두 여자가 앉아 시중을 들었다.

—홍 실장님께서 보이지 않습니다.

자리에 앉자마자 김형태가 강진호에게 물었다.

—아, 어른을 미리 와서 기다리게 할 수는 없지요. 김 회장이 조금 늦는다고 하여 일부러 늦게 오시도록 했습니다.

—이런, 제가 큰 실수를 했습니다.

—아닙니다. 홍 실장님께서도 이해를 하셨습니다. 곧 오실 겁니다. 자, 먼저 식사부터 합시다. 오늘 술은 우리나라 전통 소주로 했습니다. 내 이 자리를 위해서 특별히 우리나라 전통소주의 최고권위자인 배유선 명인이 직접 빚은 귀한 소주 몇 병을 준비했습니다. 독립유공자의 후손이 양놈들이 만든 양주를 마실 수는 없지 않겠습니까, 하하하.

강진호가 유독 독립유공자의 후손이라는 말에 힘을 주면서 말했다. 강진호 옆에 앉은 한복 여자가 상 위에 놓인 백자 주전자를 들어 먼저 강진호의 백자 술잔에 술을 따르고 이어 돌아가며 김형태와 나머지 사람들의 잔에도 술을 따랐다.

—강 회장님께서 먼저 건배 제의로 한 말씀해 주십시오.

김희철이 약삭빠르게 무릎을 꿇고 앉으며 말했다.

—아, 오늘은 그런 격식은 따지지 말고 마음껏 즐기도록 합시다. 오늘의 주인공은 내가 아니라 박 사장과 고 실장, 김 사장 세 사람입니다. 오늘 내가 이 자리를 특별히 마련한 것은 독립유공자의 후손인 이 강진호를 위하여 그 친일파 후손을 처리해 준 세 사람의 노고를 치하하기 위해서입니다. 여러분이 그 일을 해 주지 않았다면 이 강진호가 독립유공자의 후손이라는 사실도 세상에 알려지지 않았을 것입니다. 자, 세 사람의 무궁한 건승을……, 위하여!

강진호가 잔을 높이 들었다.

—위하여!

네 사람이 모두 잔을 들고 외치고는 잔을 비웠다.

—와, 과연 명인이 빚은 술은 다르군요. 향이 정말 독특하고 맛도 깨끗합니다.

김형태가 아는 체를 하며 술에 대한 치사를 먼저 하고 다시 말을 이었다.

—회장님께서는 단순한 독립유공자의 후손이 아니라 일제에 온몸을 던져 맞서 싸운 항일독립지사의 후손입니다. 이런 회장님을 알게 된 것만으로도 저에게는 큰 행운이고 영광입니다. 이제 회장님께서는 정치계로 나가서 이 나라를 위하여 보다 큰일을 해야 할 것입니다. 제가 한 잔 올리겠습니다.

김형태가 무릎을 꿇고 앉은 자세로 직접 주전자를 들어 술을 따랐다. 이때 김형태는 혼자 속으로 주억거리고 있었다. 강진호, 지금은 이렇게 꿇어앉아 네 비위를 맞춰주고 있지만, 네 놈의 시대도 이제 얼마 남지 않았어. 강호건설이 무너진 뒤에도 지금처럼 으스댈 수 있을까? 그래, 마음껏 폼 잡고 떠들어라. 그런데 홍 실장이 여태껏 나타나지 않는 것이 영 찜찜한데……?

—어허, 그런 공치사의 말을 하면 이 강진호가 괜히 무안해집니다. 자, 김 회장 한 잔 받으세요.

기분 좋게 술을 단숨에 마신 강진호가 싫지 않은 손사래를 치면서 말하고는 술잔을 김형태에게 건넸다. 이때 강진호는 혼자 속으로 주억거리고 있었다. 김형태, 네놈이 감히 이 강진호를 넘봐. 하룻강아지 범 무서운 모른다는 말이 네놈에게 딱 어울려. 그래, 저승에 가서 억울하지 않게 오늘만은 마음껏 먹고 마셔라. 지금 이 음식이 네놈이 이승에서 먹는 마지막 음식이 될 테니 말이야. 오늘이 네놈의 제삿날이 될 거야.

—저도 한 잔 올리겠습니다. 저를 잊지 않고 이렇게 자리를 마련해 주시니 몸 둘 바를 모르겠습니다.

김형태가 잔을 비우자, 고광준이 일어나며 말했다. 그리고는 강진호에게 다가가 꿇어앉은 자세로 주전자를 들고 술을 따랐다. 이때 고광준은 혼자 속으로 주억거리고 있었다. 독립유공자의 후손? 웃기고 자빠졌네. 네놈이 망나니 같은 놈이라는 것은 세상이 다 알아. 오늘은 실컷 떠들어라. 네놈도 조만간 윤경호처럼 만들어 줄 테니까. 그건 그렇고, 이렇게 거창한 술자리에다 계집까지 붙여주니 고맙기는 하군. 오랜만에 계집 같은 계집 하나 품고 몸 한 번 풀게 됐으니 말이야.

—고 실장이 그때 마무리를 지었다고 들었어. 자, 한 잔 받게.

역시 단숨에 술을 마신 강진호가 고광준에게 잔을 건넸다. 이때 강진호는 속으로 이를 갈며 말하고 있었다. 네놈이 윤 실장의 혀를 뽑았다고? 네놈의 혀를 뽑는 것만으로는 성에 차지 않을 것 같아. 창자까지 꺼내어 도륙을 내주마. 네놈은 죽어서도 창자가 없어 제삿밥도 먹지 못하는 신세가 될 거야. 이 강진호를 건드린 대가가 어떻다는 것을 죽은 원혼이 되어서도 잊지 않게 해 주마.

—김 사장, 박 사장도 모두 수고했어요. 자, 음식부터 좀 들면서 술은 천천히 마시도록 합시다.

강진호가 기분 좋은 목소리로 말했다. 김희철과 박홍길이 권하는 술도 기분 좋게 마셨다. 서로서로 잔을 주고받으면서 몇 순배씩의 술이 오가고 뒤쪽의 사잇문을 통하여 여종업원들이 나와 음식상의 요리를 몇 번이나 바꾸는 동안에 술자리는 무르익고 있었다. 이제는 모두 거나하게 취해 있었다.

—자, 이제는 이 아이들 솜씨를 한 번 봐야지요. 김 회장, 이 아이들

은 우리 K룸에서도 최고 중의 최고입니다. 티브이에 나오는 연예인들 못지않은 실력이지요. 자, 지금부터는 체면이고 뭐고 모두 다 내려놓고 신나게 한 번 즐겨봅시다.

강진호가 옆에 앉은 한복 여자의 등을 다독이며 말했다.

–그런데 홍 실장님께서 아직도 오시지 않습니다.

그때서야 다시 생각난 듯 김형태가 말했다.

–아, 조금 늦어질지도 모른다고 했습니다. 걱정하지 마세요. 곧 오실 겁니다.

강진호가 대수롭지 않게 받아넘겼다.

–그럼 준비하겠습니다.

강진호의 옆에 앉은 한복 여자가 다소곳이 머리를 숙이고 말하고서 일어서자 나머지 네 여자도 함께 일어섰다. 일순 벽과 천장의 모든 조명이 꺼졌다. 바닥의 출입로를 표시한 작은 비상등만 밝혀져 있었다. 여자들이 바닥의 비상등을 인도삼아 앞으로 걸어 나갔다. 그 순간, 전면의 바다길이 천천히 갈라지면서 천장과 바닥에서 신비로운 물방울 빛이 현란하게 움직이기 시작했다. 그 난무하는 황홀한 빛 속에서 무대 하나가 천천히 솟아올랐다. 여자들이 빛 속으로 들어가 무대 뒤로 사라졌다. 다시 잠시 동안의 암전, 곧이어 요란한 오프닝 드럼소리와 함께 무대에 조명이 들어오고, 그 사이에 반라의 짧은 은색 무대의상으로 갈아입은 다섯 여자의 밴드연주가 시작되었다. 드럼과 두 대의 전자기타, 그리고 각 한 대의 전자오르간, 전자바이올린이었다. 다섯 개의 악기가 쏟아내는 현란한 전자음악의 선율이 점차 고조되면서 바다 속 갖가지 해초와 작은 물고기들이 손에 집힐 듯 눈앞에서 어른거렸다. 갑자기 해일처럼 밀려오는 거대한 파도 속에서 집채만 한 고래와 상어가 날카로운 이빨을 드러내고 삼킬 듯이 덮쳐오기도 했다. 벽과 천장에서 쏟아지는 4D 입체화면의 영상이 음악의 선율을 타고 출렁거렸다. 기타를 치며 노래하는 강진호 옆에 앉았던 여자의 맑은 음색과 풍부한 성량의 목소리가 한동안 다섯 사람의 혼을 빼놓고 있었다. 다시 암전. 무대의 조명이 전자바이올린을 든 한 여자에게만 집중되었다. 김형태의 옆에 앉았던 여자였다. 여자의 현란한 손놀림과 몸짓에 따라 바이올린 소리는 끊어질 듯 이어지다가 비수처럼 찔러오기도 하고, 빗방울이 듣는 것처럼 토닥거리기도 했다. 바이올린 소리가 기타와 오르간, 드럼과 어울려 웅장한 소리로 증폭되면서 무대의 천장과 벽에서 거대한 빛의 폭포가 쏟아지기 시작했다. 그 빛의 폭포를 타고 전라의 다섯 여자가 공중에서 천천히 내려와 음악에 맞춰 춤을 추기 시작했다. 여자들의 몸은 후광처럼 비추는 바다 속 비경과 하나가 되어 물고기 꼬리처럼 살랑거리기도 하고, 빛의 분수와 함께 솟구치기도 하고, 해변에 누운 인어처럼 흐느적거리기도 했다. 점점 고조되는 밴드소리에 맞추어 여자들의 몸도 더욱 현란하게 꿈틀거리기 시작했다. 기타와 바이올린이 어우러진 관능적인 선율에 따라 물결에 흔들리는 해초 사이에서 여자들이 긴 머리카락을 흩날리며 일순 흩어졌다가, 부풀어 오른 팽팽한 풍선 같은 전자오르간의 소리와 함께 거대한 상어의 이빨 사이에서 요염한 표정으로 비명을 지르며 뒹굴기도 하고, 숨조차 멎을 것 같은 빠른 드럼소리가 어우러지면서 분출하는 해저화산과 함께 여자들의 몸도 함께 하늘로 솟구쳤다. 그 순간, 음악소리가 딱 멎으면서 동시에 암전. 잠시 후, 어둠 속에서 다섯 개의 은빛 조명이 천장에서 내려와 일정한 간격으로 늘어서 각자 독특한 정지포즈를 취하고 있는 무희들을 비추었다. 제일 중간에 서 있는 여자는 정면을 향하고 서서 고개를 뒤로 젖히고 하늘로 치켜든 원형의 팔을 안쪽으로 뒤집어 꺾은 손등을 바라보고 있는 포즈였고, 그 옆 좌우의 두 여자는 안쪽 다리의 무릎을 약간 굽힌 자세로 각자 바깥쪽의 좌우의 한 팔을 하늘로 치켜들고 뻗어 중간의 여인을 가리키고 있었으며, 제일 바깥의 두 여자는 옆으로 누워 상체만을 45도 각도로 일으켜 역시 좌우 한 팔로 중간의 여자를 가리켜 전체적으로 삼각형의 형태를 이루고 있었다. 은빛 조명에 비친 여자들의 치렁치렁한 머리카락과 국부의 음모, 가슴의 유두가 관능적이고 열정적인 정념을 불러 일으켰다. 김형태와 고광준은 그런 무희들의 모습에 박수치는 것도 잊어버리고 반쯤 얼이 나간 듯 멍하게 바라보고만 있었다. 여자들이 정지된 동작을 풀고 각자 머리카락을 뒤로 쓸어 넘기며 정면을 향하여 섰다. 무대의 조명이 은빛에서 붉은색으로 바뀌고, 옅은 분홍빛의 실내등이 들어왔다. 강진호가 박수를 멈추고 손짓으로 여자들을 불렀다. 여자들이 무대를 내려와 움직이자 다섯 개의 조명이 여자들을 따라오고, 무대가 아래로 내려가면서 갈라졌던 벽이 다시 닫혔다. 다섯 여자가 음식상 앞으로 와 일렬횡대로 나란히 섰다.

—훌륭해. 정말 환상적인 무대였어.

강진호가 박수를 치며 말하자, 나머지 사람들이 덩달아 박수를 쳤다.

—오늘 각자 함께 밤을 샐 아이들입니다. 자, 누구부터 할까요? 역시 제일 큰 수고를 한 고 실장이 먼저 해야겠지요. 고 실장, 애들 중 제일 마음에 드는 아이가 누굽니까?

강진호가 기분 좋게 말했다.

—아닙니다. 두 분 회장님이 계신데, 어찌 제가…….

—하하하, 제가 말하지 않았습니까? 오늘 이 자리는 고 실장과 김 사

장, 박 사장을 위한 자리라고, 자자, 사양하지 말고 초이스하세요.

강진호가 말하자, 눈을 휘둥그레 뜨고 있던 고광준이 중간의 여자를 지목했다. 이어 김희철, 박홍길, 김형태가 각자 여자를 지목하고 마지막 남은 여자가 강진호의 곁에 앉았다.

—자, 이제 술상을 바꾸고 다음 순서를 진행합시다.

강진호가 제 옆에 앉은 나신의 여자를 답삭 안아 무릎에 앉히며 말했다. 강진호의 말이 끝나기가 무섭게 뒤쪽 사잇문에서 유니폼을 입은 여종업원들이 나와 음식상을 말끔히 치우고 정리했다.

다시 실내등이 꺼졌다. 4D 화면이 펼쳐지면서 그 사이에 닫혔던 무대가 다시 나타났다. 화면에 끝없이 펼쳐진 바다 속 해저계곡이 나타났다. 전자바이올린을 켜던 여자와 기타를 치던 여자가 이제는 엷은 비취색의 한복을 입고 무대의 좌우 끝 양쪽에 각자 앉아 은은하면서도 구성진 가야금 선율을 뜯어내기 시작했다. 바다 속 해저계곡에 하얀 한복을 입은 여인이 나타났다. 여인은 하늘거리는 각종 해초들 사이를 사뿐사뿐 우아한 걸음으로 헤쳐 나오고 있었다. 쪽진 머리를 가로질러 꽂은 비취색의 기다란 비녀, 넓은 미간과 달걀 모양의 윤곽이 뚜렷한 얼굴, 다소곳하게 매듭지은 옷고름이 신비로웠다. 여인이 무대의 중앙에 섰다. 순간 화면이 사라지고 천장에서 비춘 원형의 붉은 조명이 여인을 비췄다. 무대의 좌우 양쪽에 가야금을 앞에 두고 앉은 두 여인을 작은 원형의 은빛 조명이 비췄다. 두 여자가 뜯는 가야금 선율이 한복을 입은 여인의 발끝에서 떨려나왔다. 중앙의 여인이 가야금 선율에 따라 우아하고 느린 몸짓으로 춤을 추기 시작했다. 승무 같은, 또는 고전무용 같기도 한 여인의 춤이 점차 고조되면서, 여인의 희고 가느다란 손가락 끝이 춤을 추는 사이사이 일정한 시간 간격을 두고 저고리 옷고름 끝을 살짝 살짝 잡아당기기 시작했다. 이윽고 겉 저고리가 벗겨지고 하얀 속옷 저고리에 싸인 가느다란 어깨의 선이 드러났다. 여인의 춤이 계속되면서 겉치마의 끈이 풀어져 흘러내리고 눈보다 더 하얀 반투명의 속옷 치마가 너울거리기 시작했다. 여인의 춤은 흐르는 물처럼, 가벼운 산들바람처럼 이어지고 있었다. 속옷 저고리의 옷고름이 다시 열리고 여인이 수줍은 듯 저고리에서 살며시 팔을 빼내었다. 잠자리 날개 같은 마지막 반투명의 속옷 저고리 속에서 복선을 타고 내린 살색 어깨선이 물결처럼 파문 지며 치맛자락을 일렁이더니, 마침내 그 속옷 치마가 흘러내렸다. 반투명의 마지막 짧은 속옷 치마에 쌓인 여인의 둔부와 긴 다리의 선이 자진모리로 넘어가는 섬세하고 상쾌한 가야금 선율과 함께 흔들리는 조명을 받아 관능적인 신비감을 더해 주고 있었다. 여인이 마지막 치마끈을 흘러내렸다. 봉긋 치솟은 유방과 튀어나온 갈색 유두가 반투명의 저고리 속에서 수줍은 듯 모습을 드러내고, 무릎 사이 비밀의 문을 끈이 달린 작은 헝겊조각으로 겨우 감춘 여인의 몸매가 은빛으로 바뀐 조명에 투명하게 빛을 발했다. 가야금 선율이 휘모리장단으로 빠르게 바뀌고 여인의 춤동작도 격렬하게 빨라졌다. 관능적으로 꿈틀거리는 여인의 빠른 춤동작이 한동안 이어졌다. 이윽고 가야금의 선율이 다시 느려지며 여인이 돌아서서 허리와 둔부를 비틀듯 흔드는 유려한 곡선동작과 함께 어깨에 걸린 반투명의 저고리를 벗어 허공으로 던졌다. 여인이 허리에 묶인 끈을 살며시 풀어 마지막 델타지대를 감춘 헝겊조각을 리본처럼 팔랑팔랑 흔들다가 공중으로 던졌다. 이제 여인은 발에 신긴 하얀 버선을 제외하고는 완전한 나신이 되었다. 여인이 다시 정면을 향하고 서자 이슬방울 같은 물방울 조명이 무성한 여인의 숲에 쏟아졌다. 여인이 둔부와 허리를 부드럽게 비틀자 여인의 숲에 맺힌 이슬방울이 물방울이 되어 미끈한 허벅지와 종아리를 타고 흘러내렸다. 이윽고 여인을 비춘 조명이 점차 사라지면서 다시 4D 화면이 펼쳐지며 해저계곡이 나타났다. 여인이 무대를 내려와 해저계곡에서 일렁대는 해초 사이를 버선발로 사뿐사뿐 걸어왔다. 남자들이 앉은 음식상 앞에 선 여인이 쪽진 머리에 꽂고 있던 비녀를 뽑았다. 삼단 같은 여인의 머리카락이 주르르 흘러내려 어깨를 덮었다. 여인이 오른발을 살며시 들어 올렸다. 음식상의 오른쪽 끝, 김희철의 곁에 앉아있던 나신의 여자가 여인의 오른발에서 버선을 벗겨내었다. 여인이 벗겨진 오른발을 그대로 올려 음식상 위에 올라서서 왼발을 뒤쪽으로 살며시 늘어뜨렸다. 음식상의 왼쪽 끝, 고광준의 옆에 앉은 나신의 여자가 여인의 왼발에서 버선을 벗겨내었다. 여인이 조용히 음식상 위에서 오른쪽 무릎을 꿇고 앉으면서 마주보고 있는 강진호에게 큰절을 하고는 뒤로 몸을 눕혀 다리를 모으고 천장을 보고 반듯하게 누웠다. 김희철의 옆에 앉아있던 여자가 음식상 끝에서 아래로 흘러내린 여인의 머리카락을 추슬러 여인의 눈과 얼굴을 살짝 가렸다. 뒤쪽 사잇문이 열리고 커다란 쟁반을 든 여종업원 둘이 나타나 쟁반에 있는 각종 안주를 누워 있는 여인의 나신 위에 진열하기 시작했다. 강진호의 눈앞에 정면으로 펼쳐진 여자의 샅과 음모 위에 얇게 썬 무채가 깔리고 그 위에 생선회 조각이 진열되었다. 여자의 배꼽 위에는 철갑상어 알이 얹혔다. 유두 위에는 중간에 구멍을 내어 꽃모양으로 만든 과일안주가 놓여 유두가 고리 역할을 하여 흘러내리지 않았다. 여자의 배위, 허벅지 위, 유방의 굴곡 사이에도 음식이 놓였다. 강진호가 여종업원이 새로 가져온 와인 술병을 들고 말했다.

—자, 이제 새 술을 한 잔 합시다. 이 와인, 세계 최고의 명품이지. 1,200만 원을 주고 프랑스에서 직접 들여온 것이야.

강진호가 으스대며 직접 각자의 잔에 술을 따랐다. 이미 마신 전통소주에 미각을 잃어버린 혀가 그 술의 고유한 맛을 분별하기나 할까? 그러나 모두는 마치 와인감정가라도 된 것처럼 홀짝거리며 술을 마셨다. 어느새 와인 한 병이 바닥이 났다.

—이거 비싸기만 했지, 취하지도 않고 영 아니잖아. 우리 같은 독립유공자의 후손에게는 역시 우리 전통술이 어울려.

강진호가 세계 최고의 와인도 별것 아니라는 투로 독립유공자라는 말에 한껏 힘을 주며 말했다.

—그래도 회장님이 아니면 저희들이 평생 이런 술을 구경이나 하겠습니까?

김희철이 여자의 사타구니를 만지고 있던 손을 비비며 말했다.

—세계 최고의 명품 와인도 맛보았으니 내 이제 세계 최고의 명도를 한 번 보여주겠네.

강진호가 말했다.

—명도라니요?

김형태가 의아한 얼굴로 물었다.

—칼 말이요, 칼. 사람의 목을 자르는 칼, 칼 몰라요? 김 회장?

강진호가 실실대고 웃으면서 말했다. 순간 김형태의 낯빛이 해쓱해졌다.

—하하하, 우리 김 회장님 얼굴색 변하는 것 좀 보게나. 설마 내가 김 회장 목을 자르기라도 할까 봐서 그래요? 하하하!

강진호가 호탕하게 웃고는 말을 이어 나갔다.

—일본의 전국시대를 통일한 도쿠가와 이에야스가 당시 일본에서 칼을 제작하는 최고의 명공 열 사람을 뽑아 각자 당대 최고의 일본도를 만들게 했다고 합니다. 그 명공들이 삼년에 걸쳐 각자 길고 짧은 일본도 한 벌씩을 만들어 바쳤는데, 도쿠가와 이에야스는 그 칼을 통일에 가장 큰 공을 세운 열 명의 부하들에게 한 벌씩 하사했다고 합니다. 내가 얼마 전에 구입한 칼은 그 일본도들 중 하나인데, '탈혼비취은설도脫魂翡翠銀雪刀'라고 합니다. 줄여서 그냥 '탈혼도脫魂刀'라고 하지요. 사람의 목숨뿐만 아니라 그 혼까지도 빼앗아버리는 칼이라고 하여 붙여진 이름이라고 합니다. 이 칼을 가진 집안에는 장차 반드시 장군이 나온다고 하고, 이 칼이 걸린 곳에는 어떤 잡귀도 근접하지 못한다고 합니다. 심지어 이 칼을 한 번 구경만 한 사람에게도 몇 년간은 잡귀가 근접하지 못하고 사업이 번성한다고 하니 얼마나 대단한 칼입니까? 그래서 내 큰 맘 먹고 거금 100억을 주고 이번에 구입했습니다. 김 회장, 한 번 구경하시겠습니까?

강진호가 장황하게 칼의 내력에 대하여 설명했다.

—정말 그런 명품 중의 명품이 있다면 꼭 한 번 보고 싶습니다. 회장님의 은혜는 결코 잊지 않겠습니다.

그동안 술과 여자에 취해 이미 분별력을 잃어버리고, 잡귀가 근접하지 못하고 사업이 번성한다는 강진호의 말에 귀가 솔깃해진 김형태가 손을 맞잡고 말했다.

—탈혼도를 가지고 와. 뒷문으로 오지 말고 앞으로 와야 해. 그런 명품이 쥐새끼처럼 뒷문으로 드나드는 것은 불경이야.

강진호가 휴대전화를 꺼내어 번호를 누르고 누군가에게 지시했다.

—자자, 칼을 가지고 올 때까지 우리 한 잔씩 더 합시다.

강진호가 다시 말하자, 나신의 여자들이 백자 주전자의 술을 각자의 잔에 따랐다. 몇 순배의 술이 더 돌았다. 이윽고 여자들이 공연을 하던 무대가 다시 열리며 검은 양복을 입은 사내 둘이 나타났다. 사내 중 앞 선 하나가 호화로운 금박으로 장식된 직사각형의 상자 하나를 두 손으로 공손하게 받쳐 들고 있었다. 두 사내 모두 떡 벌어진 어깨에 엄청난 거구였다. 상자를 받쳐 든 사내가 강진호 옆으로 다가와 무릎을 꿇고 두 손을 머리 위로 들고 상자를 내밀었다. 강진호가 조심스럽게 상자를 받아 음식상 위에 놓고 상자를 열었다. 상자 안에는 전체 길이 1미터, 손잡이 길이 30센티미터 가량의 화려한 금박 장식 칼집에 든 일본도 한 자루와 그보다 길이가 약간 짧은 전체 길이 70센티미터, 손잡이 길이 20센티미터 정도 되는 은박 장식 칼집에 든 또 한 자루의 일본도가 들어 있었다. 강진호가 그중 큰칼을 꺼내들고 천천히 칼을 뽑았다. 조명등에 비친 칼날은 차가운 비취색을 토해내고 있었다. 그 빛에 술좌석의 공기가 서늘해지는 것 같았다. 강진호가 오른손으로 칼을 들고 말했다.

—이 칼이 바로 탈혼비취도일세. 이 칼이 얼마나 명품인지 한 번 보게.

그렇게 말한 강진호가 왼손으로 그때까지도 꼼짝 않고 반듯이 누워 있는 음식상 위 여자의 유방 사이 굴곡진 부분에 칼등을 대고 칼날이 위로 향하게끔 모로 세웠다. 그리고는 왼손으로 여자의 음모 위에 놓인 얇게 썬 생선회 한 조각을 젓가락으로 집어 칼날 위에 떨어뜨렸다. 칼날에 닿은 생선회가 소리 없이 두 조각으로 잘려 여자의 배 위에 떨어졌다. 남자들뿐만 아니라 나신의 여자들도 놀라 탄성을 지었다. 강진호가 비취도를 칼집에 넣고 옆에 앉은 박홍길에게 건네고는 이번에는 은박 장식의 칼을 들었다. 강진호가 칼을 빼들자 칼날에서 반사된 은빛 광채에 눈이 부셨다. 칼날은 은빛이라기보다는 투명한 유리처럼 맑았다.

—이 칼은 탈혼은설도라고 하지. 빛나는 은빛 설원의 눈처럼 빛난다고 하여 붙여진 이름이라고 해. 이 칼이 얼마나 명품인지 한 번 보게.

그렇게 말한 강진호가 칼을 허공에 빼어든 채로 음식상에 누운 여자의 음모 두 가닥을 잡아당겨 뽑았다. 여자는 보일 듯 말 듯 잠깐 움찔했으나 여전히 꼼짝하지 않고 누워있었다. 강진호가 방금 한 것처럼 여자의 유방 사이에 칼등을 대고 칼날이 위로 향하도록 세웠다. 그리고는 뽑은 여자의 음모를 칼날 위에 살짝 떨어뜨렸다. 칼끝에 닿은 여자의 음모 두 가닥이 소리 없이 잘려 동강나 여자의 배 위에 내려앉았다. 모두가 탄성을 지르며 놀라워했다. 은설도를 칼집에 꽂은 강진호가 남자들의 사이에 앉아있는 나신의 여자들을 돌아보며 말했다.

—이제 너희들은 나가서 오늘 이분들을 모실 준비를 하고 있어.

그렇게 말한 강진호가 다시 음식상 위에 누운 여자의 발등을 손바닥으로 쓰다듬으며 말했다.

—이제 그만 됐어. 너도 일어나 그만 나가봐.

나신의 여자들이 그때까지 여자의 몸 위에 남아있는 음식을 정리했다. 여자가 조용히 일어나 강진호에게 큰절을 하고는 다섯 무희들과 함께 무대 뒤로 사라졌다. 다시 자리에 앉은 강진호가 다시 한 번 은설도를 뽑아들고 말했다.

—김 회장, 이 칼 어때요? 정말 명품 중의 명품이 아니요?

—정말 놀랍습니다. 이제 회장님의 집안에서 장군이 나올 일만 남은 것 같습니다.

—허허, 그래요? 그런데 내 이 칼로 반드시 목을 베야 할 사람이 있

지요. 그 하나는 아직까지 나타나지 않고 있는 그 조교 놈이고, 다음으로는 그 친일파의 딸입니다. 그년이 비록 교도소에 있다고는 하나 언젠가는 다시 말썽을 부릴 것이니 싹이 나지 않게 미리 잘라버려야지요. 그렇지 않습니까? 김 회장?

–그렇습니다. 그놈과 그년이 살아있는 한 편안하게 발 뻗고 잘 수가 없습니다.

–하하, 그렇지요. 그 전에 말이요. 내 이 칼로 정말 사람의 목을 자를 수 있는지 없는지 미리 한 번 시험을 해 볼까 합니다. 바로 김 회장의 목으로요.

순간 강진호가 안광을 뿜어내며 옆에 앉은 김형태의 목에 칼날을 겨누었다.

–이 비취도도 한 번 시험해 봐야 되지 않겠습니까?

어느새 칼을 뽑았는지 박홍길이 일어나 비취도를 두 손으로 모아잡고 맞은편에 앉은 고광준의 목에 칼끝을 겨누었다. 옆에 앉은 김희철이 앉은 채로 방석을 뒤로 물리면서 일어나 멀찌감치 물러섰다.

–강 회장님. 노, 농담이 너무 지나치십니다. 왜 이러십니까?

그때까지도 술과 여자들에 취해 있다 퍼뜩 정신을 차린 김형태가 얼굴이 사색이 되어 떠듬떠듬 말했다.

–김형태, 내가 지금 농담하고 있는 것 같아?

강진호가 목소리를 깔고 단호하게 말했다. 그때서야 상황을 파악한 김형태와 고광준이 칼끝을 피하면서 자리를 박차고 일어나려 했다. 그러나 칼을 들고 왔던 거구의 두 사내가 그들의 뒤에 서 있었다. 두 사내가 각자 일어서는 김형태와 고광준의 목덜미를 수도로 내려치고는 어깨를 잡아 꾹 눌러 앉혔다. 힘깨나 쓴다고 자부하던 김형태와 고광준이었지만, 두 사내의 완력 앞에는 무력하기만 했다. 강진호의 은설도과 박홍길의 비취도가 다시 주저앉은 김형태와 고광준의 목젖 앞에서 투명하고 푸른 두 줄기 광선을 차갑게 뿜었다. 칼의 예리함은 이미 목격한 뒤였다. 여차하면 목젖을 파고들 것 같은 차가운 칼끝 앞에서 두 사람은 그만 저항할 의사를 상실해버리고 말았다. 뒤에 선 두 사내가 호주머니에서 가느다란 노끈을 꺼내어 순식간에 둘의 상체를 꽁꽁 결박하고 말았다. 김형태를 결박한 사내가 노끈을 허리춤에서 잡아들자 김형태는 새우처럼 등을 구부린 자세로 사내의 손에 달랑 들려졌다. 김형태보다 덩치가 컸지만, 고광준도 역시 마찬가지였다. 두 사내가 결박된 두 사람을 각자 한 사람씩 달랑 들고 상 앞으로 나가 바닥에 세운 후 무릎을 뒤에서 걷어차 바닥에 꿇어 앉혔다. 강진호가 은설도를 흔들며 먼저 김형태의 앞으로 다가가 말했다.

—김형태, 야, 이 양아치 같은 새끼야. 네가 감히 이 강진호를 잡아먹을 수작을 부리고 있었어?

—강 회장님, 뭔가 오, 오해를 하신 모양입니다.

완전히 죽는 상이 된 김형태가 와들와들 떨며 말했다.

—오해? 오해라고? 김 사장, 내가 오해를 했나? 이 새끼에게 알아듣게 말해 줘.

강진호가 은설도의 칼등으로 김형태의 목을 뒤에서 톡톡 두드리며 김희철을 바라보며 말했다.

—김형태 회장님, 당신은 참 머리가 나빠. 머리뿐만 아니라 눈치도 없어. 이제까지 내가 강 회장님의 지시를 받고 있었다는 것을 까맣게 모르고 있었으니 말이요.

강진호를 따라 앞으로 나온 김희철이 이죽거리며 말했다.

–김희철, 이 배신자 새끼.

고광준이 꿇어앉아 이빨을 갈며 소리쳤다. 순간 김희철이 일어나 냅다 고광준의 가슴팍을 걷어찼다. 상체가 묶여있는 고광준이 뒤로 벌렁 나자빠졌다. 쓰러진 고광준의 배를 양말신은 발로 짓이기며 김희철이 소리쳤다.

–이 새끼야. 누구 보고 배신자라는 거야. 강 회장님을 배신한 것은 바로 너희 두 놈이야. 나는 처음부터 강 회장님의 사람이었어.

–더러운 새끼, 네놈 간이 쓸개에 붙어 있다는 것을 진작 알았어야 했는데. 내 눈에 명태 껍데기가 씌워져 있었어.

고광준이 다시 몸을 일으켜 김희철을 쏘아보면서 씩씩대며 말했다.

–고광준, 네가 우리 윤 실장의 혀를 뽑아 죽였다고? 억울하게 죽은 윤 실장의 원혼을 위하여 네놈의 창자까지 끄집어내어 도륙을 내주마.

강진호가 칼끝을 고광준에게로 돌리며 말했다.

–강 회장, 이런 일을 홍 실장님이 알게 되면 강 회장도 무사하지 못할 텐데?

김형태가 눈을 부라리고 강진호를 쏘아보며 말했다.

–뭐? 홍 실장님? 하하하! 김형태, 나 강진호, 독립유공자의 후손이야, 네놈 말대로 항일독립지사의 후손이라고! 이런 강진호가 그딴 쪽발이놈 앞잡이 하나를 겁낼 것 같아. 홍정호 그놈의 목도 조만간 이 칼에 의해 날아갈 거야. 쪽발이놈 앞잡이의 목은 쪽발이놈이 만든 이 칼로 잘라야 항일독립지사의 체면이 서지 않겠어? 홍정호 그놈도 일본 놈들의 돈을 끌어내기 위해 내가 잠시 이용하고 있었을 뿐이야. 이제 알겠어?

강진호가 칼날의 옆면을 손바닥 삼아 김형태의 뺨을 찰싹찰싹 때리면서 말했다. 홍 실장을 거론한 것은 김형태의 마지막 카드였다. 마지막 희망으로 걸었던 홍 실장 카드가 무용지물이 되자 김형태는 몸을 사시나무 떨듯 와들와들 떨었다. 이번에는 생각을 바꾼 모양이었다.

–강 회장님, 잘못했습니다. 용서해 주십시오. 목숨만 살려주십시오.

김형태가 눈물을 흘리며 이마를 바닥에 쥐어박으며 울부짖었다. 그러나 강진호는 눈빛 하나 변하지 않았다.

–강 회장님, 한번만 용서해 주십시오. 항장降將은 불살不殺이라 하지 않았습니까? 목숨만은 살려 주십시오.

바닥을 이마로 박으면서 절박하게 부르짖는 김형태의 이마가 찢어져 피가 흘렀다. 강진호의 옆에 서서 그런 김형태의 모습을 보고 있는 박홍길이 눈살을 찌푸렸다.

–뭐? 항장불살이라고? 병신새끼, 육두문자 쓰고 자빠졌네. 이런 쓸개 빠진 새끼 밑에 있은 내가 잘못이지. 야, 강진호, 구차하게 목숨 구걸하고 싶지 않으니까 깨끗하게 죽여라. 뭘 질질 끌고 있냐?

고광준이 김형태가 하는 꼴을 사납게 흘겨보면서 호기롭게 소리쳤다.

–호오! 네놈 기상이 가상하여 살려주고 싶다만 미안하게 됐어. 네놈이 소설에 따라 윤 실장의 혀를 뽑은 것처럼, 이번 소설에도 네놈의 혀에서 거짓말주머니를 찾기로 되어 있어서 말이야. 김형태, 네놈의 심장에서는 영혼을 찾아보기로 했다고 되어 있더군. 네놈들이 윤 실장에게 한 것처럼 그놈의 짓으로 만들기 위해서는 혓바닥 하나와 심장 하나가 필요해. 나를 원망 말고 그 소설가년을 원망해. 그래도 오늘 내가 이런 푸짐한 대접을 한 것은 죽기 전에 마지막으로 이승에서 누릴 수 있는 최고

의 향락을 한 번이라도 누려보고 가라는 이 강진호의 자비였어. 자, 마무리는 박 사장이 잘 알아서 하게. 그럼 나는 가겠네.

강진호가 음식상으로 돌아와 은설도를 칼집에 넣고 상자에 넣었다. 박홍길이 빼들었던 비취도는 이미 상자에 담겨 있었다. 사내 중 하나가 옷장에서 강진호의 양복을 꺼내어 입혔다. 두 사내가 좌우 양편에서 앞장서서 강진호를 인도하여 무대 쪽으로 걸어갔다. 그 뒤를 김희철이 두 자루의 칼이 든 상자를 들고 강아지처럼 졸졸 따라갔다. 그 때, 김형태는 체념한 채로 눈을 감고 속으로 주억거리고 있었다. 강진호, 한 번 주인을 문 개는 언젠가는 다시 물게 된다는 것을 알아야지. 너도 똑같이 김희철 그놈에게 당하고 말걸, 허허허.

강진호와 김희철이 무대 뒤로 돌아 나올 때 안에서 두 개의 외마디 비명소리가 들렸다.

* * *

쾅쾅, 출입문에서 요란한 소리가 울렸다. 강철균 반장은 숙취에 찌든 몸을 일으켰다. 머리가 깨질 듯이 아팠다. 어제 연말 송년회를 한다고 동료들과 마신 술 때문이었다. 초인종 실로폰이 연속으로 울어대는 가운데 누군가가 아파트 출입문을 걷어차고 있었다.

―새해 첫날 꼭두새벽부터 어떤 놈이야.

강철균 반장은 중얼거리며 내의바람으로 출입문을 열었다.

―귀가 먹었습니까? 그렇게 전화를 해도 받지 않고……. 집전화, 휴

대전화 몇 번이나 했는지 아세요?

구경찬 경장이 씩씩대며 분통부터 터트렸다.

―새해라고 세배하러 왔냐?

들은 체 만 체, 강 반장이 부스스한 머리를 긁적이며 시큰둥하게 말했다.

―세배요? 내 참, 형수님과 아이들은 어디 갔어요?

―새해라고 어제 친정에 갔다. 좀 들어와.

조바심을 내는 구 경장과는 달리 강 반장이 여전히 느긋하게 말했다.

―들어갈 시간 없어요. 또 터졌습니다. 빨리 옷이나 입으세요.

―터졌다니? 뭐가?

―살인사건이요. 그 사이코 새끼가 또 사람을 죽여 놨다고요.

서둘러 옷을 입은 강 반장이 구 경장이 몰고 온 백차를 탔다. 구 경장이 새벽어둠을 찢으며 경찰 백차를 거칠게 몰아가기 시작했다.

―야, 좀 천천히 가자. 너 지금 음주운전하고 있지?

―경찰 백차 세워 음주단속 할 놈 있으면 나와 보라고 하세요.

―그래도 좀 천천히 가자. 속도 울렁거리고 머리도 아프고 죽을 맛이다.

―이거나 드세요. 흰 거 두 알, 빨간 거 두 알 먹으면 됩니다.

구 경장이 점퍼 호주머니에서 약봉지 하나를 꺼내어 내밀었다. 드링크제 한 병과 진통제와 위장약으로 보이는 포장 캡슐에 각 여섯 알씩 남아 있었다.

―그래도 내 생각해 주는 사람은 너밖에 없구나.

강 반장이 캡슐의 뒤쪽을 눌러 알약을 꺼내면서 말했다.

―욕먹기 싫어서 억지로 하는 일입니다.

—이게 또 매를 벌라 하네.

강 반장과 구 경장이 현장에 도착했을 때 동해 먼 바다 아래에서 붉은 해가 꿈틀거리고 있었다. 몇 대의 경찰 백차와 취재 차량, 119 구급차가 먼저 도착해 있었다.

—하, 새해 일출 본 지가 도대체 몇 년 만인고?

바닷가 살인현장을 향하여 뛰다시피 빠른 걸음으로 앞서 가는 구 경장을 따라 잰걸음을 옮기며 강 반장이 말했다.

—일출 좋아하시네. 그 사이코 새끼가 이번에는 혓바닥뿐만 아니라 염통까지 도려내 놨다고 합니다. 그것도 두 사람이나요.

구 경장이 고개를 돌리고 씩씩대며 말했다.

피살자들의 시신은 한 달 전 윤경호의 시신이 발견된 바로 그 바위 위에 있었다. 시신은 윤경호의 그것보다 더 참혹했다. 두 개의 시신 중에서 키가 큰 사체는 혀뿐만 아니라 창자까지 뽑혀 나와 동아줄처럼 바위 위에 너부러져 있고, 키가 작은 사체는 잘린 갈비뼈 사이에서 끄집어낸 심장이 대동맥에 붙은 채 겨드랑이 아래에 떨어져 나와 있었다. 부지런한 갈매기들이 쪼아놓은 시신들의 동공은 수채 구멍처럼 움푹 파여 엉킨 선지피처럼 설핏 살얼음이 얼어있었고, 바위 위에 너부러진 창자와 혀, 심장은 넝마조각처럼 너덜너덜해져 있었다.

—보나마나 같은 놈의 짓이지? 거기 한 번 가보자.

강 반장이 구 경장에게 말했다.

—거기라니, 어디요?

—어디라니? 몰라서 물어? 그 새끼 편지가 발견된 곳이지.

—그럼 피살자는 태성건설 김형태 회장과 애림재활학원의 행정실장 고광준이겠네요.

—소설의 예고살인이라면 그렇겠지.

—예고까지 된 살인을 막지 못했다고 방방 뛸 서장의 모습이 훤히 보입니다.

—소설 얘기 꺼내니까 소설 같이 수사할 거냐고 방방 뛰더라.

—그 양반이 언제 제 탓 한 번 합디까? 모두 우리 잘못이지.

두 사람은 해안가로 다시 나와 소나무 숲이 있는 경사진 숲 속 길을 따라 올라갔다. 소나무로 둘러싸인 공터의 한쪽 가장자리, 평평하고 둥근 두 개의 큰 돌 위에 차곡차곡 개켜진 양복 두 벌이 나란히 작은 돌에 눌려 있고, 그 돌 아래에 하얀 편지봉투 하나씩이 얹혀있었다. 강 반장은 장갑 낀 손으로 첫 번째 편지봉투에서 편지지를 꺼냈다. 윤경호 때와 마찬가지로 삐뚤삐뚤 크기와 줄도 맞지 않은 연필로 쓴 글이었지만, 이번에는 훨씬 짧았다.

경찰관 아저씨, 안녕하세요.

저는 지금 내 친구 갈매기가 사는 바닷가에 왔습니다. 아저씨, 지난번에 제가 거짓말하는 사람이 있으면 혀를 뽑아 거짓말주머니를 찾아볼 거라고 했었죠? 이 사람도 거짓말을 했어요. 지난번처럼 거짓말주머니가 떨어지지 않게 살살 잡아당겼는데, 이번에도 혀만 뽑혀 나오고 말았네요. 혹시 혀에 거짓말주머니가 없는 것이 아닐까요? 오늘도 저는 내 친구 갈매기에게 먹이를 주고 갑니다. 아저씨, 안녕히 계세요.

두 번째 봉투를 열었다. 첫 번째와 마찬가지로 연필로 삐뚤삐뚤 쓴 글이지만, 꽤 긴 장문이었다.

경찰관 아저씨, 아저씨는 영혼이 존재한다고 믿으세요?

어떤 물체가 존재하기 때문에 그 물체에 대한 이름이 붙여진 것처럼, 영혼도 존재하기 때문에 영혼이란 말이 생겼겠지요. 그러면 영혼은 어디에 있을까요? 어떤 책을 보았는데, 영혼은 가슴 속 심장에 있다고 하더군요. 그래서 저는 지금 확인해 보고자 합니다. 내 동생의 생명을 앗아간 이 사람의 심장에서요.

지금 막 갈비뼈를 자르고 심장을 꺼냈습니다. 심장이 방금 물 밖에 나온 물고기처럼 팔딱팔딱 뛰고 있어요. 가만히 만져보니 참 따뜻하네요. 아마 영혼의 숨결 때문이겠죠. 어? 그런데 영혼은 보이지 않네요. 어디에 있을까요? 심장 안에 있겠죠? 이런! 방금 심장을 터트렸는데, 안에도 없어요. 온통 빨간 피 밖에 없어요. 이게 어찌된 일일까요? 영혼이 다른 곳에 있기 때문일까요? 설마? 아니겠죠? 아, 알 것 같습니다. 이 사람은 영혼이 없는 사람이기 때문입니다. 그런데 영혼 없는 심장이 이렇게 따뜻한 이유는 알 수 없네요.

경찰관 아저씨, 영혼 없는 심장은 아무런 소용이 없겠죠? 그래서 저는 이 사람의 심장을 내 친구 갈매기의 먹이로 주고 갑니다. 동이 트면 내 친구 갈매기는 이 심장으로 아침식사를 할 것입니다. 오랜만에 푸짐하게 차려진 아침상으로 배를 채운 내 친구 갈매기가 새벽바다를 멋지게 비상하는 모습을 그려보면서 이제 저는 돌아갑니다. 아저씨, 안녕히 계세요.

참, 아저씨, 거짓말한 사람이 한 사람 더 있다는 것을 아시죠? 그리고 심장에 영혼이 있는지 꼭 확인해 봐야 할 사람도 한 사람 더 있다는 것을 아시죠? 저는 마지막으로 이 두 사람에게서 거짓말주머니와 영혼을 찾아볼 생각입니다.

—역시 김형태와 고광준입니다.

구 경장이 각 양복에 들어있는 두 개의 지갑을 들고 말했다.

–뭐라고? 그럼 정말 그 소설 속의 예고살인이란 말이야? 최 검사님 말이 정말이네.

강 반장이 낭패한 얼굴로 구 경장을 바라보았다.

동해 먼 바다에서 새해 첫날의 아침 해가 선혈을 뚝뚝 흘리며 장엄하게 솟아오르고 있었다. 바다는 피살자들의 피로 빨갛게 물들어 있었다.

악마의 씨

지혜가 여기 있으니 총명한 자는 그 짐승의 수를 세어보라.
그것은 사람의 수니 그의 수는 육백육십육이니라.

–요한계시록 제13장–

휘진은 구치소 독방을 서성거리다 높은 창턱에 매달려 있는 환기통 같은 작은 창문을 바라보았다. 작은 창 너머에는 눈이 내리고 있었다. 하늘에서 날리는 눈은 보이는데, 땅에 쌓인 눈은 볼 수가 없었다. 그녀는 문득 반쪽의 세상만 바라보고 있다는 생각이 들었다. 구속된 지 어느 듯 두 달이 지나고 있었다.

그녀가 구속된 이후, 새해 벽두부터 계속하여 언론을 장식한 것은 단연 김형태 회장의 피살과 태성건설의 부도였다. 광장신문 장선웅 기자의 기사가 태성건설의 부도와 애림재활학원의 학내 비리에 대한 수사의 도화선이 되었다. 장선웅 기자는 심층 취재를 통하여 태성건설과 애림재활학원의 설립 배경을 추적하면서, 송규원의 소설 「나의 첫 번째 살인」에서 아이들을 불법 감금하여 앵벌이를 시킨 남자와 여자가 곧 김형태와 그의 처 박혜림이었음을 밝혔다. 이 과정에서 애림재활학원에 수용되었던 장애아들의 인권침해 사례에 대한 제보가 잇따랐고, 김형태와 함께 살해된 행정실장 고광준의 전횡과 학내 비리에 대한 검찰의 수사망이 좁혀들자 박혜림은 결국 양심선언을 하는 유서를 남기고 자살하고 말았다. 김형태의 피살 후 구심점을 잃고 표류하고 있던 태성건설은 박혜림의 자살과 더불어 최종부도를 맞았다. 태성건설의 하청업체와 아파트 분양권자 등 이해관계자들이 아우성을 치는 것은 당연했다. 결국 코리아타워의 공동시행사인 강호건설이 태성건설의 모든 채권채무를 인수하는 조건으로 태성건설은 강호건설에 흡수 합병되었다.

한편 송규원의 소설 「탑의 전설」로 인하여 유경준 박사의 교통사고를 재조사해야 한다는 여론이 고개를 들려고 하는 찰나에, 강진호가 항일독립지사의 후손임을 부각시킨 김기용 기자의 맞불 기사로 다시 수그러들고 말았던 이 문제가, 김형태의 피살과 박혜림의 자살로 다시 수면 위로 부상하였다. 싸움은 이제 광장신문과 대한일보의 양대 언론의 싸움으로 비화되고 있었고, 인터넷과 여론도 양분되어 연일 요란했다.

이런 와중에서 구속된 지 한 달여가 지난 후, 휘진의 첫 번째 형사공판이 열렸다. 그러나 그녀는 검찰에서와 마찬가지로 법정에서도 묵비권을 행사했다. 변호사를 선임하지도 않았고, 그 때문에 법원이 지정한 국선변호인에게조차 굳게 입을 다물었다. 사건에 대한 어떠한 진술도 거부했다. 제출할 수 있는 증거도 없었다. 그나마 국선변호인이 민사소송과의 형평을 고려하여 박진욱을 증인으로 신청했지만, 과연 결심공판 법정에 박진욱이 출석할지는 누구도 알 수 없었다.

이제 형사재판의 결심 공판이 일주일 앞으로 다가와 있었다. 박진욱이 출석하지 않는 이상 결심 공판 후 법원이 그녀에게 유죄를 선고할 것은 분명했다. 그러나 휘진은 담담했다. 설사 유죄를 선고받더라도 언젠가는 진실이 밝혀질 것이라고 확신했다. 구속된 후 일주일이 지나서야 교도관에게 특별히 부탁하여 읽은 송규원의 소설 「탑의 전설」은 그녀의 확신을 한층 강화시켜 주었다.

소설 「탑의 전설」을 읽은 그날, 휘진은 하루 종일 독방에서 울었다. 밀폐된 좁은 독방이 눈물로 흘러넘치는 것 같았다. 그날 밤, 그녀는 눈물로 정화된 영혼의 심연에 잠겨있었다. 그 심연에서 또 다른 울음소리가 떨려나왔다. 전국의 산천을 헤매며 단지맥봉을 뽑은 할아버지의 나무공구함에서 나는 울음소리였다. 코리아타워를 세울 터를 마련해 둔 할머니와 코리아타워를 설계한 아버지의 울음소리였다. 휘진은 그 울음소리를 통하여 가슴 밑바닥에서 영혼의 날개가 파르르 떨며 비상하는 것을 느꼈다. 좁은 독방은 비록 그녀의 육체를 가두고 있지만, 영혼의 날갯짓까지 가둬 둘 수는 없었다. 이제 더 이상 두렵지 않았다. 진실은, 그녀가 말하지 않더라도 언젠가는 반드시 밝혀질 것이다.

그러나 이 싸움은 언제 끝날 것인가? 진실은 밝혀질 것이라고 확신하고 있었지만, 휘진은 출구가 보이지 않는 터널 속에 갇혀 있는 것 같았다. 아버지, 차형일, 윤경호, 김형태, 고광준, 벌써 다섯 사람이나 희생되었다. 박혜림의 자살도 별개의 문제라고 할 수 없었다. 진실은 밝혀져야 하지만, 그 진실 때문에 이렇게 많은 생명이 희생되어도 좋은가? 그녀의 배 속에도 생명이 자라고 있다. 이제 한 달만 있으면 세상 밖으로 나올 생명이다. 그 무엇보다 더 소중한 생명이다. 이 생명을 지키기 위해서라면 코리아타워를 포기할 수도 있을 것이다. 그녀의 배 속에 있는 이 생명이 소중한 것처럼, 희생자들의 생명도, 그들의 행위와는 별개로 생명 그 자체로 소중한 것이 아닌가. 차형일을 제외한 그들이 비록 아버지의 살인에 가담하였고, 더구나 그중 김형태는 진욱의 어린 날을 처참하게 만든 장본인이지만, 그녀가 원하는 것은 이런 식의 복수가 아니다. 복수는 자비로운 신성의 원리와 인간의 영성에 반하는 것이다. 더구나 법조인의 직업적 양심에 비추어보아도 이런 식의 사적 복수는 용납될 수 없다. 그런데 송규원의 소설 「탑의 전설」과 김형태와 고광준의 살인자가 남긴 쪽지에는 또다시 추가살인을 예고하고 있다. 민사소송도 이겨야 하고, 형사재판에서의 무죄도 중요하지만, 이제 더 이상의 살인은 막아야 한다. 살인자가 누구이던 간에 이 잔인한 피의 향연은 반드시 막아야 한다. 휘진은 좁은 독방을 다람쥐 쳇바퀴 돌듯 서성거리며 생각을 정리했다. 그녀는 그동안 미루고 있던 민사소송 절차를 밟는 서류를 작성하기 시작했다. 컴퓨터를 사용할 수 없어 직접 수기로 작성해야 했다.

2○○○가합168○○호 손해배상(자)

청구취지 및 청구원인정정신청

사 건 2○○○가합168○○호 손해배상(자)

원 고 유휘진

피 고 (주)강호건설 외 3

위 당사자 사이의 위 사건에 대하여 원고는 다음과 같이 청구취지 및 청구원인을 정정합니다.

정정한 청구취지

1. 피고들은 각자 원고에게 금 605,738,293원 및 이에 대한 2○○○ 12. ○○.부터 이 사건 소변경신청서 부본 송달일까지는 연 5%, 그 다음날부터 다 갚는 날까지는 연 20%의 각 비율에 의한 돈을 지급하라.

2. 피고 (주)강호건설은 원고에게 별지목록 기재 부동산에 관하여 이 사건 청구취지 및 청구원인 정정서 부본 송달일 매매계약해지를 원인으로 한 소유권이전등기 절차를 이행하라.

3. 소송비용은 피고들이 부담한다.

4. 제1항은 가집행 할 수 있다.

라는 판결을 구합니다.

정정한 청구원인

1. 청구취지 제1항 손해배상 청구 부분에 대한 청구취지 및 청구원인에 대하여는 소변경신청서의 청구 및 주장을 그대로 유지합니다. 다만 종전 피고 태성건설(주)의 채권채무 및 소송상의 지위는 피고 (주)강호건설이 전부 인수, 수계하였기 때문에 피고 태성건설에 대한 소는 취하합니다. 한편 종전 피고 김형태는 2○○○. ○○. ○○. 피살되었다는 보도가 있었습니다. 원고는 피고 김형태의 상속인들이 파악되는 대로 추후 당사자표시 정정신청과 각 상속인들의 상속지분에 따른 청구금액을 특정하도록 하겠습니다.

2. 피고의 계약위반과 원고의 계약해지

가. 코리아타워 건축도급계약서(갑 제1호증)

망 유경준과 피고 (주)강호건설, 종전 피고 태성건설(주)는 2○○○. 12. ○○. 다음과 같은 내용의 건축도급계약(갑 제1호증의1, 2 인증서 표지, 코리아타워 건축도급계약서, 이하 '코리아타워 계약서'라 한다.)을 체결하였습니다.

(1) 계약의 당사자, 체결일

당사자; 갑 유경준, 을 1. (주)강호건설 2. 태성건설(주)

병 (주)한얼

체결일; 2○○○. ○○. ○○.

(2) 계약 내용(이 사건과 관계있는 부분만 발췌; 전체 계약은 갑 제1호증 코리아타워 건축도급계약서 참조)

가) 갑, 을, 병은 현재 병 소유 명의의 별지목록 기재(1) 부동산이 갑이 전액 출자(出資)한 갑의 실소유 재산임을 상호 인정한다.

나) 갑은 별지목록 부동산(1)을 2○○○. ○○. ○○. 까지 을의 명의로 소유권이전을 함에 동의하고, 소유권이전을 위한 모든 절차에 협조한다.

다) ……코리아타워의 설계의 권한은 전적으로 갑이 행사한다. 을은 코리아타워를 시공하는 과정에 어떠한 경우에도 갑

의 동의 없이는 설계를 변경할 수 없다. 건물의 일부분에 대한 설계의 변경도 갑의 동의를 받아야 한다. 을이 이를 위반하는 경우 갑은 계약을 해지할 수 있다. 계약이 해지되는 경우, 을은 나)항에 따라 이전받은 별지목록 기재(1) 부동산의 소유권을 갑에게 이전해야 한다.

라) …….

(3) 한편 제1항에서 언급한 것처럼 종전 피고 태성건설(주)는 부도를 내었고, 이에 따라 그 채권채무는 피고 강호건설이 모두 인수하고 위 계약상의 권리와 의무를 모두 승계하였습니다(이에 따라 피고 태성건설에 대한 소는 취하하고, 소취하서는 별도로 제출합니다).

나. 원고의 지위

원고는 망 유경준의 유일한 상속인입니다(갑 제2호증 기본증명서). 따라서 채권자는 유경준의 위 계약상의 권리를 상속하였습니다.

다. 피고들의 계약위반

(1) 피고들은 위 계약 조항 다)항의 규정에 따라 설계를 변경하지 않아야 하고, 망 유경준이 생전에 설계한 건물의 설계도에 맞추어 건물을 축조해야 합니다. 그러나 피고들은 유경준이

사망하자 임의로 설계를 변경하여 서울시의 건축허가를 받았습니다.

(2) 그러나 원고는 이와 같이 피고들이 설계를 변경하여 건물을 축조하고 있는 사실을 모르고 갑 제1호증 인증서의 계약 조항{* 제2항 가. (2) 가), 나)항}에 근거하여 별지목록 기재(1) 부동산에 대한 소유권 지분 1/3의 확인을 구하는 이 사건 소송을 제기하였습니다. 그런데 이 소송이 진행 중인 현재 원고는 위와 같이 피고들이 임의로 설계를 변경하였고, 이 변경한 설계에 따라 건물을 축조하기 위하여 터파기 공사를 진행하고 있는 사실을 확인하였습니다(서울시에 대한 사실조회촉탁 결과 참조).

라. 계약해지와 원상회복의무

(1) 위 계약 조항{* 제2항 가. (2) 다)항}에 의하면, 코리아타워의 설계의 권한은 전적으로 유경준이 행사하고 피고들이 이를 위반하는 경우 유경준의 권리를 상속받은 원고는 이 계약을 해지할 권리를 가집니다. 그리고 계약이 해지되는 경우, 피고들은 계약해지에 따른 원상회복의무에 따라 이전받은 별지목록 기재(1) 부동산의 소유권을 원고에게 이전해야 하고, 건물을 축조하기 위하여 현상이 변경된 위 부동산을 원상으로 복구해야 합니다.

(2) 계약해지의 통지

원고는 이 사건 청구취지 및 청구원인정정서로 계약해지 의사를 표시하고, 이 정정서의 송달로 해약해지 통지에 갈음합니다.

5. 결어

이에 원고는 소유권 지분 1/3의 확인을 구하는 이 소송의 청구취지 제2항을 계약해지에 따른 소유권이전등기 절차이행 청구의 소로 변경합니다.

입 증 방 법

1. 갑 제16호증의 1 내지 10 각 공사현장 사진

2○○○. ○. ○○.
원고 유 휘 진

서울중앙지방법원 귀중

다음으로 그녀는 증인 최형윤과 박진욱에 대한 증인신청서와 증인신문사항을 작성하기 시작했다.

증인 최형윤에 대한 신문사항

1. 증인은 현재 대한민국의 법무부장관으로 재직하고 있지요?

2. 증인은 법무부장관으로 입각하기 이전에는 서울 서초동 소재 법무법인 정(이하 '법무법인'이라고 한다)의 대표변호사로 재직하고 있었지요?

3. 증인은 코리아타워의 설계자인 소외 망 유경준과는 고등학교 동창이지요?

4. 유경준은 사망하기 전, 법무법인의 대표변호사실로 증인을 찾아온 사실이 있지요?

5. 당시 유경준은 증인에게 자신이 설계한 코리아타워를 건축하는 일과 코리아타워를 사회에 환원하기 위한 공익재단의 설립 방안에 대하여 법률적인 조언을 구하였지요?

6. 당시 증인은 유경준에게 어떤 조언을 하였나요?

7. 특히 코리아타워를 건축하는 일과 관련하여, 증인은 피고 강호건설의 대표이사 강진호를 유경준에게 추천하였지요?

8. 증인은 망 유경준과 피고 강호건설(이하 '피고 회사'라고 한다) 사이에 코리아타워 건축도급계약(이하 '코리아타워 계약'이라 한다)이 체결된 사실을 알지요?

9. 코리아타워 계약은 2○○○. ○○. ○○. 자정경, 경남 거제시에 소재하는 해금강비치관광호텔에서 체결하였지요?

10. 코리아타워 계약을 체결하는 위 호텔에는 망 유경준과 피고 회사의 대표이사 강진호, 유경준과 함께 온 광운대학의 조교 박진욱, 그리고 피고 강진호와 함께 온 성명불상의 실장이라는 사람이 있었고, 증인은 이 계약을 공증하기 위하여 법무법인의 공증담당변호사 자격으로 입회하고 있었지요?

11. 피고 강진호와 함께 온 성명불상의 실장이라는 사람은 누구였나요? 증인과 함께 온 사람이었나요?

12. (이때 갑 제10호증 코리아타워 건축도급계약서를 증인에게 제시하고) 이 계약서가 당시 위 호텔에서 유경준과 강진호 사이에 체결되고, 증인이 인증한 계약서이지요?

13. 계약을 체결하는 과정에서 유경준과 강진호, 그리고 증인, 성명불상의 실장이라는 사람은 각자 어떤 말을 했나요?

14. (이때 갑 제17호증 녹취록을 증인에게 제시하고) 이 녹취록은 당시 그 장소에 함께 있던 박진욱이 당시의 대화를 녹음한 것인데, 당시 그 장소에 있던 사람들 사이에 이 녹취록에 수록된 대화가 오고 간 것은 사실이지요?

15. 기타신문사항

최형윤 장관이 진실을 말하지는 않을 것이다. 아니, 법원은 현직 법무부장관을 증인으로 채택하지 않을 가능성이 더 많았다. 하더라도, 형식적인 서면질의로 대체하고자 할 것이다. 증인신문사항에서 증거로 언급한 녹취록은 물론 그녀에게 없었다. 소설에서 박진욱이 당시의 상황을 녹음했다고 하는 것을 믿을 수밖에 없었다. 박진욱이 녹취록을 가지고 증인으로 출석하는 것을 기대할 수밖에 없었고, 그것이 유일한 방법이었다. 휘진은 박진욱에 대한 신문사항을 작성하기 시작했다.

증인 박진욱에 대한 신문사항

1. 증인은 2○○○. 12. ○○. 당시 광운대학 건축공학과에 재직 중인 유경준 박사의 조교로 근무하고 있었지요?

2. 증인은 유경준과 피고 강호건설 사이에 체결된 코리아타워 건축도급계약(이하 '코리아타워 계약'이라고 한다)의 체결과정에 대하여 아는가요?

3. 코리아타워 계약은 어디에서 체결되었나요?

4. 계약을 체결하는 장소에는 누가 있었나요?

5. (이때 갑 제10호증 코리아타워 건축도급계약서를 증인에게

제시하고)

가. 이 계약서가 당시 유경준과 강진호 사이에 체결된 계약서이지요?

나. 증인은 이 계약서의 원본을 소지하고 있지요?

다. 지금 제출할 수 있는가요?

6. 당시 계약을 체결하는 장소에 있었던 사람들이 각자 어떤 말을 했나요?

7. 증인은 유경준 박사가 교통사고를 당한 전후 사정에 대해 아는가요?

8. 사고 당시 상황과 경위에 대하여 상세하게 말해 주세요.

9. 결국 유경준 박사는 교통사고를 가장한 살인행위에 의하여 살해된 것인가요?

10. 살인에 개입된 사람은 누구였고, 당시에 개입된 사람들은 각자 어떤 역할을 하였나요?

11. (이때 갑 제17호증 녹취록을 증인에게 제시하고)

가. 이 녹취록은 코리아타워 계약을 체결한 장소에 있었던 증인이 당시 그곳에 입회했던 사람들의 대화를 녹음한 것이지요?

나. 증인은 이 녹취록을 작성한 녹음 CD 원본을 소지하고 있지요?

다. 지금 제출할 수 있는가요?

12. (이때 갑 제18호증 탈구된 치아 사진을 증인에게 제시하고)

가. 이 사진에 나타난 치아는 누구의 것인가요?

나. 증인이 이 사진 속의 탈구된 치아를 습득하게 된 상황에 대하여 상세하게 말해 주세요.

다. 증인은 이 사진 속에 나타난 탈구된 치아를 지금도 소지하고 있지요?

라. 지금 제시할 수 있는가요?

13. 기타신문사항

서류의 작성을 마친 휘진은 다시 창밖을 바라보았다. 눈발이 굵어져 함박눈이 내리고 있었다. 저 눈은 아버지와 어머니의 무덤에도 쌓이고 있을 것이다. 아버지의 얼굴이 눈앞에 어른거리는 것 같았다.

아버지, 어머니, 이제 한 달만 지나면 또 하나의 새로운 생명이 이 세상에 나옵니다. 두 분의 생명의 이음줄이에요. 이름은 제가 지었어요. '얼'이라고 지었어요. 할아버지와 할머니, 아버지와 어머니, 저의 얼을 이어받으라고요. 어쩌면 제가 이루지 못할지도 모르는 코리아타워의 소망, 아버지의 소망을 이어받으라고요. 저 눈이 이 아이에게 축복이 될 수 있도록 해 주세요.

휘진은 다시 상혁을 생각했다. 아이의 아버지, 보고 싶었다. 할 수만 있다면, 저 눈 속을 달려가 상혁의 가슴에 얼굴을 묻고 눈물샘이 마르도록 펑펑 울고 싶었다. 그녀는 지독한 그리움으로 몸을 부르르 떨었다. 그러나 이제 상혁은 다시 돌아오지 않을 것이다. 상혁이 그녀로부터 받았을 상처를 생각하면 심장이 쪼개질 것 같았다. 너무 괴롭고, 또 아이에게 미안했다. 아버지 없이 자랄 아이를 생각하면 머릿속이 하얗게 비는 것 같았다. 미안해. 이 엄마를 용서해 줘.

휘진은 눈물을 흘리며 만삭이 된 아랫배를 부드럽게 쓰다듬었다.

다음 날, 오전 10시. 휘진은 면회실로 들어섰다.

—몸은 괜찮으냐? 출산일이 다가오는데 보석이라도 신청하자. 아무리 법원이라도 설마 교도소에서 아이를 낳게 하겠니?

면회를 온 강 원장이 유리벽 너머에서 말했다. 그녀가 구속된 이후 면회를 오는 사람은 강 원장과 사무실의 여직원 경임뿐이었다. 다른 사람은 그녀가 면회를 거부했다. 강 원장은 산모가 건강을 해치지 않도록 거의 매일이다시피 면회를 와 사식을 넣는 등 그녀의 옥바라지에 정성을 기울였다.

—괜찮아요. 저는 건강해요. 그 문제는 제가 알아서 할 테니까 걱정 마세요.

휘진이 애써 웃음을 지어보이며 말했다. 그리고는 강 원장 곁에 선 경임에게 말했다.

—경임 씨, 민원실에 가면 내가 맡겨둔 청구취지정정서와 증인신청서가 있을 거예요. 찾아가서 경임 씨가 컴퓨터로 그대로 다시 작성하여 내 도장을 찍어 법원에 제출해 주세요. 그리고 한 부는 광장신문의

장선웅 기자에게 전해 주세요.

—전부 다 전해 드릴까요?

—예, 청구취지정정서와 증인신문사항 모두 다요. 사무실에 다른 일은 없죠?

—예, 변호사님, 이 사무장님께서는 지난주에 고향으로 내려 가셨어요. 변호사님을 뵐 면목이 없다고 하면서 꼭 안부 전해 달라고 하셨어요.

—그래요. 경임 씨도 이제 사무실에 나가지 않아도 되요.

—아니에요. 변호사님 나오실 때까지 사무실은 제가 지키고 있을 게요.

그때 면회시간이 끝났다는 벨소리가 울렸다.

—고마워요. 눈길에 조심해서 가세요.

—다른 생각은 하지 말고 오직 배 속 아이만 생각해야 한다.

강 원장이 면회실을 나가며 큰소리로 말했다.

이틀 후, 광장신문에 휘진이 작성한 청구취지정정서와 법무부장관 최형윤과 박진욱에 대한 증인신문사항이 보도되었다. 장선웅 기자는 이 기사에서 그녀의 구속으로 말미암아 추후 지정하기로 한 민사소송의 새로운 변론기일에 최형윤 장관과 박진욱의 대질신문이 과연 이루어질 것인지, 이 대질신문이 그녀의 형사재판에 어떤 영향을 미칠 것인지에 대하여 법률전문가의 견해를 인용하면서 심층보도하고 있었다.

다음 날, 장선웅 기자의 이 기사와는 다른 방향에서, 대한일보는 김형태와 박혜림 여사의 죽음으로 존폐의 기로에 있는 애림재활학원의 장애인 원생들의 농성 사실을 보도하고 있었다. 김기용 기자가 쓴 이

기사는, 애림재활학원의 교사와 원생들은 박혜림 여사의 자살 이후부터 현재까지 학교 강당에서 철야 농성을 하고 있는데, 이들은 김형태의 피살과 박혜림 여사의 자살에는 음모가 있고, 그 음모의 배후자는 바로 유휘진이라고 보도하면서, 농성장에 걸린 '살인 원흉, 유휘진을 처단하라!'는 대형 현수막 사진을 그대로 싣고 있었다. 이 기사에서 김기용 기자는 이제까지 발표된 송규원의 소설에서 박진욱이 살인자라는 사실은 이미 드러나 있고, 어제 광장신문이 보도한 박진욱에 대한 승인신문사항을 유추 분석해 보면, 유휘진은 박진욱이 가진 증거를 이미 소지하고 있거나 그렇지 않더라도 최소한 박진욱과 유휘진이 서로 접촉, 교류하고 있다는 사실은 알 수 있다고 단정하고 있었다. 그러면서 결국 유휘진은 박진욱과 공범이거나 살인자인 박진욱의 소재를 알면서도 범인을 은닉하고 있을 가능성이 농후하므로, 그녀의 문서위조 사건과는 별개로 이 부분에 대한 검찰의 수사도 촉구하고 있었다.

휘진은 구치소에서 광장신문과 대한일보를 사비로 구독하고 있었다. 두 개의 신문은 그녀가 바깥세상과 통하는 유일한 통로였다. 대한일보 기사를 읽은 그녀는 엄청난 충격에 휩싸이고 말았다. 그 농성이 존폐의 기로에 서 있는 애림재활학원의 존속을 위한 누군가의 사주일 것이라는 생각이 들었지만, 현수막에 적힌 '살인 원흉'이라는 단어는 저주와도 같이 그녀의 심장을 헤집고 들어왔다. 그녀가 신문사항을 장선웅 기자에게 전한 것은 박진욱이나 성혜주가 보도를 보고 법정에 출석하기를 바랐기 때문이었다. 살인자가 박진욱이던 다른 누구이든 간에 더 이상의 살인은 막아야 한다는 생각에서였다. 최형윤 장관과 박진욱의 대질신문만 이루어지면 진실은 밝혀지므로 더 이상의 살인은 막을 수 있겠다는 생각을 했던 것이다. 그런데 그것이 오히려 그녀가 살인원흉으로 내몰리는 부메랑이 되고 말았으니, 휘진은 극심한 정신교란 상태에 빠지고 말았다. 호흡이 가빠지면서 가슴이 꽉 조여들고 있었다. 갑자기 배 속의 아기가 요동치고 있었다. 머릿속이 하얗게 마비되어 가고 있었다. 그녀는 웅크린 채 본능적으로 아랫배를 끌어안고 꿈결처럼 중얼거렸다.

–안 돼. 내 아기, 아가야. 그러지마. 안 돼. 그러지 마, 아가야, 아가야.

사흘 후, 오후 2시, 서울중앙지방법원 제○○호 형사대법정

법정은 방청객들로 입추의 여지없이 꽉 차 있었다. 휘진은 일부러 방청석으로 고개를 돌리지 않았다. 분명 장선웅 기자와 강 원장, 경임 씨도 와 있을 것이다. 그들에게 수척하고 초췌해진 모습을 보이고 싶지 않았다. 대한일보 기사를 보고 난 뒤부터 계속해서 숨이 가빠지고 악몽까지 꾸었다. 배 속에서 굼틀거리는 아기의 동작이 평소와 달랐다. 심하게 발길질을 하다가 한동안 죽은 듯 꼼짝도 하지 않을 때가 있었다. 규칙적인 태동과는 달랐다. 아기가 걱정되었다. 이제까지는 생각하지 못했던 두려운 생각이 문득 문득 솟아났다. 아기를 지켜야 해. 그 어떤 일이 있어도 아기를 지켜야 해. 엄마는 나를 낳기 위해 당신의 생명까지 희생했어. 엄마처럼 내 생명을 버리는 한이 있더라도 아기는 지켜야 한다. 대한일보를 보고 난 뒤부터 악몽 속에서도 놓지 않은 그녀의 정신력이었다. 불과 사흘 동안에 휘진의 얼굴은 몰라보게 초췌해져 있었다.

–피고인 유휘진.

재판장의 목소리가 꿈결처럼 들렸다. 눈앞이 부옇게 흐려지고 있었다. 다리가 휘청거렸다.

아기가 보고 있어. 내가 보고 있어. 품위를 잃으면 안 돼. 네 아기에게 당당한 엄마의 모습을 보여 줘.

누군가가 그녀에게 소리치고 있었다. 아버지의 목소리 같았다. 어쩌면 상혁의 목소리 같기도 했다. 그녀는 발끝에 힘을 주고 허리를 쭉 펴면서 피고인석에 섰다.

—예.

휘진은 의식적으로 목에 힘을 주고 또렷하게 말했다.

—증인 박진욱 출석하였으면 앞으로 나오세요.

법정이 웅성거렸다. 그러나 앞으로 나오는 사람은 아무도 없었다.

—증인이 출석하지 않으면 예고한 대로 결심하겠습니다. 검사는 다른 증거를 제출할 것이 있는가요?

재판장이 말했다.

—없습니다.

공판 검사가 말했다.

—변호인은 최후 변론을 해 주십시오.

재판장이 국선변호인에게 말했다.

—하실 필요 없습니다.

휘진이 국선변호인을 바라보면서 목소리에 힘을 주어 말했다. 법정이 웅성거렸다.

—그럼 피고인은 최후 진술을 해 주십시오.

재판장이 말했다.

—저는 저에 대한 변론은 하지 않겠습니다. 그러나 코리아타워에 대

한 제 소송으로 인하여 지금까지 희생된 차형일 씨, 윤경호 씨, 김형태 회장님, 고광준 씨 그리고 박혜림 여사님, 이분들의 명복을 진심으로 빕니다. 그리고 이분들을 살해한 살인자에게 고합니다. 이제 더 이상 이런 잔혹한 살인은 거두어 주십시오. 이런 살인은 코리아타워를 설계하신 유경준 박사님이나 제가 원하는 것이 결코 아닙니다. 저는 복수를 원하지 않습니다. 다만 진실을 원할 뿐입니다. 제발, 숨어있지 말고 당당하게 법정으로 나와 진실을 밝혀 주십시오. 저는 모두 용서할 것입니다. 아니, 이미 용서했습니다. 저의 눈물로, 저의 영혼으로 이렇게 간곡하게 호소합니다.

마치 기도하는 자세로 손을 앞으로 모우고 선 그녀의 눈에서 눈물이 흘렀다.

–쇼하지 마. 이년아!

갑자기 법정에서 누군가가 소리쳤다. 굵은 남자의 목소리였다.

–그래 맞아. 저년, 저년이 바로 살인 원흉이야.

앙칼진 여자의 목소리였다.

–정숙해 주세요. 정리廷吏는 저 사람들을 퇴정시키세요.

재판장이 크게 소리쳤다.

–저년의 배를 봐. 시집도 안 간 년의 배가 저렇게 부를 수 있어? 악마의 씨야. 저년이 바로 악마의 씨를 배고 있어.

재판장의 소리에도 불구하고 다른 여자가 소리쳤다. 고막을 찢는 것 같은 날카로운 목소리였다. 저주가 따로 없었다.

–맞아, 악마의 씨야.

다른 사람들이 중창을 하듯 덩달아 소리쳤다. 적의를 넘어선 저주가 수천만 개의 화살이 되어 그녀를 향해 날아들고 있었다. 악마의 씨? 내가 악마의 씨를 배었다고? 내 아이가 악마의 씨라고? 악마의 씨, 귓속을 후비면서 파고드는 이 말이 날카로운 비수가 되어 휘진의 심장을 찔러대고 있었다. 눈앞이 간유리처럼 부옇게 흐려져 왔다. 아이도 이 말을 들었을까? 배 속의 아기가 심하게 용트림을 시작했다. 안 돼, 아가야, 아가야, 안 돼. 그녀는 울음을 터트리며 배를 안고 쪼그려 앉았다. 아기의 격렬한 발길질이 무거운 해머가 되어 하복부를 때렸다. 쩍, 하고 하복부가 갈라지는 소리가 천둥처럼 그녀의 귀에 울렸다. 뜨거운 액체가 황색 수의 바지를 적시며 허벅지를 타고 내렸다. 모든 사물이 암흑 속으로 잠겨들고 있었다. 방청석에서 내지르는 누군가의 외마디 비명소리가 들린 것 같았다. 그러나 휘진의 의식은 칠흑 같은 어둠의 바다로 떨어져 내리고 있었다.

그날 늦은 밤, 송규원의 소설 『탑의 전설』중 마지막 단락 「언어 살인」이 인터넷에 올랐다.

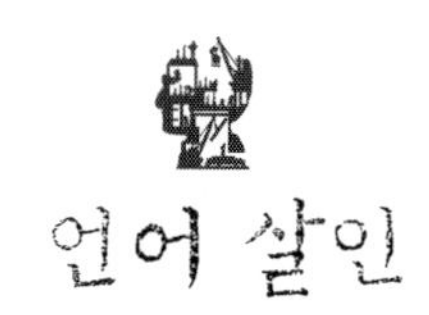

언어 살인

내 사랑은

여린 풀잎이다

젖은 바람에 스러지는 풀잎 하나

비명도 없고,

눈물도 없다.

오직 다시 일어서려는 의지만 있을 뿐……

칼날 같은

풀잎의 눈빛,

그 눈빛에 내 영혼 베이다.

소망기도원에서의 그 겨울 밤, 내 사랑, 그 작은 소녀는 꽁꽁 언 손을 모으고 나를 위해 기도했습니다. 그때 소녀는 오직 자신의 소망과 의지를 거룩한 신성에 맡겼고, 신성이 베푸는 전능한 능력을 그대로 믿었습니다. 소녀의 그 절대적 믿음이 기적 같은 신성의 은총을 이끌어내었습니다. 그 믿음은 이 세상의 모든 생명과 이 세상에서 일어나는 모든 현상 하나하나가 거룩한 신성이 베푸는 자비로운 은총이라는 것을 보여주었습니다. 무수한 별빛이 스며들었던 그때 소녀의 눈빛, 그것은 곧 신성의 빛이었고, 나는 그 소녀의 눈빛과 기도로 다시 태어났던 것입니다. 그날 밤, 무수하게 쏟아져 내리던 별빛의 축복, 그 축복으로 내 안의 신성神性도 새롭게 깨어났던 것입니다.

그러나 박사님이 살해된 이후 지금까지, 나는 내 사랑이 일깨워준 그때의 신성을 잃어버리고 자책과 증오의 바다에서 해파리처럼 떠다니고 있었습니다. 그런데 오늘, 내 사랑은 신성으로 충만해 있던 그날의 그 눈빛으로 진실만을 원하고, 이미 용서했다고 했습니다.

오늘 내 사랑의 눈물이 억눌려 있던 내 안의 신성을 다시 일깨웠습니다. 내 사랑의 간절한 호소와 생명의 혈류가 얼음처럼 단단하게 굳은 내 심장을 다시 따뜻하게 품었습니다. 그 온유함이 내 영혼을 흔들었습니다. 이제까지 자책으로 괴로워하고, 그 자책에서 벗어나기 위해 복수의 의지로 가득 차 있던 어두운 내 영혼이 눈물을 흘렸습니다. 그 눈물이 내 가슴의 증오를 씻어 내렸습니다. 내 심장에 다시 따뜻한 피가 흐르기 시작했습니다.

이제야 비로소 알았습니다. 신성을 잃어버린 내 의지가 잘못된 길을 가고 있었다는 것을. 그래서 나는 고백합니다. 아울러 이제 그들에 대한 복수의 칼날을 거두고자 합니다. 내 사랑처럼, 내 사랑이 간절히 원하는 것처럼, 나도 이제 내 영혼을 인도하는 신성한 빛에 내 의지와 소망을 맡기려 합니다. 용서와 자비심으로, 복수가 아닌 연민의 눈으로, 이제 법정에 나가 그들의 범죄를 증언하고, 나의 잘못을 고백하고, 오로지 내 운명을 거룩한 신성의 뜻에 맡기려 합니다.

나는 광운대학교 건축공학과 교수였던 유경준 박사님의 조교로 근무했던 박진욱입니다. 먼저 이제까지 송규원이라는 필명으로 발표된 일련의 소설은 내가 그동안 치밀하게 계획한 '언어 살인'이라는 목적을 위하여 소설의 형식으로 발표한 나의 글임을 밝힙니다. 소설의 형식을 취하다 보니 일부 픽션이 가미된 부분도 있지만, 이 소설의 거의 대부분은 나의 과거와 그동안 내가 확인한 사실에 기반을 두고 있습니다. 이제 내가 왜 이러한 소설을 발표했는지, 즉 내가 어떤 의도와 목적으로 이 소설을 발표했는지에 대하여 고백합니다.

첫 번째 소설 「나의 첫 번째 살인」은 모두 실화입니다. 나와 내 동생의 비참했던 어린 시절 이야기입니다. 어머니에게 버림받고, 실어증에 걸린 나와 내 동생을 서울역에서 납치하여 앵벌이를 시키고, 내 동생을 성폭행하여 종내에는 빛의 근원으로 가게 만든 소설 속의 그 남자, 그 사람은 바로 애림재활학원의 이사장이자 T건설의 설립자인 G회장입니다. 이제 그 실명을 밝힙니다. 이 소설 속의 G회장은 바로 태성건설의 김형태 회장입니다.

이 소설은 김형태 회장에게 나의 존재를 알릴 목적으로 쓴 것입니다. 김형태 회장에게 과거 자신의 범행을 알고 있는 내가 살아있고, 이제 나의 복수가 임박했다는 것을 알려 그에게 두려움을 심어줄 필요가 있었기 때문입니다. 내 동생을 죽였고, 나를 죽이고자 했던 김형태 회장이 유 박사님의 살인에도 개입하였고, 이 때문에 내가 김형태 회장을 다시 만나게 된 것은 결코 우연이 아닐 것입니다.

두 번째 소설 「나팔 부는 아이」도 모두 실화입니다. 동생과 함께 빛의 근원으로 가고자 했던 나를 바닷가에서 데려왔던 사람이 바로 유경준 박사님이었습니다. 그 추운 겨울 밤, 소망기도원 뒷동산에서 나를 위해 기도하던 그 소녀가 어린 날의 유휘진 변호사입니다. 새로 얻은 내 누이이자 내 영혼에 각인된 첫사랑입니다. 박사님과 더불어 내가 생명을 바쳐 사랑하고 지켜야 할 사람, 내 생명과 존재의 의미입니다. 어린 날의 유휘진 변호사의 순수한 영혼이 그때까지 검고 차가운 피로 가득 차 있던 내 심장에 따뜻한 온기를 불어넣어 주었습니다. 내게 사랑을 알게 해 주었고, 내 눈이 온전하게 세상을 바라볼 수 있도록 해 주었습니다. 나는 그때 다시 태어남과 동시에 거룩한 신성의 은총을 받았던 것입니다. 이 소설은 유 박사님과 유휘진 변호사 그리고 나의 관계를 살인자들에게 알리고, 내가 그들의 범행을 알고 있으며, 나의 복수가 임박했다는 메시지를 전달하기 위한 것이었습니다.

세 번째 소설 「몽파르나스의 연인」도 실화입니다. 몽파르나스의 묘지에서 영혼을 나눈 이 소설 속 연인은 나를 세상으로 인도한 사람입니다. 소중한 벗이자 반려자이고, 또 하나의 내 사랑입니다. 너무 아파, 너무 부끄러워, 너무 비참하여, 소녀에게도 열지 못했던 어린 날의 내 아픔까지도 공유하는 사람입니다. 자유로운 그녀의 영혼이 그때까지도 단단한 자폐의 벽 속에 갇혀있던 내 영혼을 해방시켜주었습니다. 그러나 이 소설 속 연인이 누구인지는 밝히지 않겠습니다. 소녀와 마찬가지로 내가 지키고 보호해야 할 사람이기 때문입니다.

이 소설의 후반부에서 나는 살인자들에게 나의 메시지를 분명하게 전달했습니다. 살인자들의 음모를 공개하여 그들에게 경각심을 주고자 하였고, 결코 그들에게 코리아타워를 빼앗기지 않겠다는 내 의지의 표현이 이 소설입니다.

네 번째 소설 「마라톤맨」에는 내가 법정에서 증언할 핵심적인 부분이 있습니다. 이 소설의 전체적인 윤곽은 대부분 사실이나 의도적으로 픽션을 가미한 부분이 있습니다. 사실과 픽션을 구분하여 밝히고, 이 소설을 발표한 내 의도와 목적을 여기에서 밝힙니다.

2○○○. 12. ○○. 밤, 코리아타워 건축도급 계약을 체결하기 위해 유 박사님과 나는 거제 해금강비치관광호텔 20층 VIP룸에 갔습니다. 우리가 도착했을 때, 그곳에는 소설 속 K건설의 K회장과 H실장이라는 사람, C변호사가 먼저 와 있었고, T건설의 G회장, 즉 이미 밝힌 김형태 회장은 계약 체결 권한을 K회장에게 위임하고 참석하지 않았다고 했습니다.

먼저 이 소설 속의 K회장은 강호건설의 강진호 회장임을 밝힙니다. 그러나 H실장이라는 사람은 홍 실장이라고만 알고 있을 뿐 그 사람의 정확한 신분은 아직 밝혀내지 못했습니다. 그리고 소설 속의 C변호사는 '법무법인 정'의 대표변호사로 있다가 최근 입각한 최형윤 법무부 장관입니다.

이곳에서 박사님과 강진호 회장 사이에 코리아타워 건축도급 계약이 체결되었고, 최형윤 장관이 입회인으로 공증을 했습니다. 이때 작성된 계약서의 원본과 당시 상황을 녹음한 녹음 CD를 지금도 소지하고 있습니다. 나는 이것을 가지고 법정에 나가 당시의 상황에 대하여 증언하겠습니다.

계약을 체결하고 돌아오는 길에 신거제대교에서 박사님이 살해당하기까지의 상황은 소설에서 묘사한 것과 같습니다. 이 살인에서 내가 운전하는 승용차의 진로를 막은 컨테이너차량의 운전사는 김희철이고, 최초로 내 차의 후미를 들이받은 트럭의 운전사는 살해된 윤경호입니다. 그리고 내 차의 측면을 들이받은 레미콘차량의 운전사는 고광준입니다. 애림재활학원의 행정실장이었고, 이번에 김형태 회장과 함께 살해되었습니다. 레미콘차량에 충격을 받아 파손된 차에 갇혀있던 박사님의 목을 비틀어 살해한 사람은 당시 사고현장에 왔던 경찰관 박홍길입니다. 소설에서 묘사한 것처럼 탈출하는 과정에 내가 그의 턱을 가격하여 이빨이 탈구되었다는 것도 사실입니다. 나는 그때 습득한 박홍길의 치아를 지금도 보존하고 있습니다. 이 또한 법정에 직접 제출하겠습니다.

그때 고광준이 내려치는 몽키스패너를 피하여 바다로 떨어진 나는 조류에 휩쓸려 표류했지만 구사일생으로 목숨을 구했습니다. 그러나 통영을 벗어나기 위해 마라톤맨을 가장하였다는 것은 픽션입니다. 그 후 내가 중동의 왕자님의 도움을 받았고, 특수훈련을 받고 킬러가 되었다는 것은 그야말로 완전한 픽션입니다. 이런 얘기를 만들어 낸 이유는 살인자들에게 위협을 주기 위해서였고, 내가 계획한 대로 그들의 행동을 이끌어내기 위해서였습니다.

박사님의 살인에는 무자비한 폭력을 동반한 거대한 자본력(강진호)과 사건의 실체를 조작할 수 있는 공권력(박홍길), 나아가 이를 비호할 수 있는 법조권력(최형윤) 및 이 모든 권력을 조종하는 정치권력(홍 실장)이 개입되어 있었습니다. 그러나 이런 거대한 권력에 맞서야 하는 나는 너무도 무력했습니다. 내가 계약서 원본과 박홍길의 탈구된 이빨을 가지고 있다 하더라도 이들은 이 증거조차 조작해 버릴 충분한 힘을 가지고 있다고 판단했습니다. 이들은 목적을 위해서라면 아무렇지도 않게 살인을 하는 잔혹한 사람들이었습니다. 이런 거대 세력에 맞서기 위해서는 만반의 준비를 해야 했습니다. 은밀한 조사에 의한 완벽한 증거와 치밀한 계획이 필요했습니다. 3년에 걸친 은밀한 조사를 통하여 박사님의 코리아타워를 빼앗기 위한 이들의 거대한 음모를 알게 되었습니다. 그리고 드디어 이들에 대한 복수에 착수했습니다. 이들의 범행과 음모를 세상에 밝히는 그 첫 번째 작업이 유휘진 변호사를 통하여 민사소송을 제기하게 하는 것이었습니다.

여기에서 유 박사님을 직접 살해한 박홍길에 대하여 특히 언급을 하고 넘어가야 할 것 같습니다. 김형태 회장과 내가 외나무다리에서 다시 만난 것처럼, 박홍길이 나의 몽파르나스의 연인과 연루되어 있다는 점에서 조물주가 만들어 놓은 또 하나의 피할 수 없는 악연을 생각해 봅니다. 몽파르나스의 묘지에서 그녀는 히말라야의 빙벽에서 자유를 찾아간 한 영혼과 사고로 떠나보내야 했던 언니의 죽음에 대하여 얘기한 적이 있습니다. 10여 년 전, 그녀의 언니는 동해안의 어느 바닷가 절벽에서 실족사고로 추락사하였는데, 박홍길을 조사하는 과정에서 그것이 사고가 아니라 그가 그녀의 언니를 그 절벽에서 던져 살해한 것임을 알게 되었던 것입니다. 박사님께서 생전에 강조했던 인연의 법칙은 이렇게도 무서운 것이었습니다. 또한 박홍길은 아직도 미제 사건으로 남아있는 8년 전 목포에서 발생한 여고생 실종 사건의 범인이기도 했습니다. 결국 박홍길은 박사님을 살해하기 이전에 이미 두 건의 살인을 저지른 살인자였고, 유 박사님은 그의 세 번째 희생자였던 것입니다. 그러나 박홍길의 살인 행각은 여기에서 끝나지 않았습니다. 박홍길은 박사님의 살인을 은폐하기 위해 보험사 직원 차형일도 살해했습니다. 안타깝게도 차형일에 대한 박홍길의 범행을 막지 못한 것은 나의 실수이고, 불찰입니다. 차형일 씨와 그 유족에 대하여 진심 어린 사죄와 용서를 구합니다.

물론 나는 박홍길이 저지른 이들 살인의 증거도 가지고 있습니다. 이 증거도 법정에서 제출하겠습니다. 이런 살인마에 맞서 자칫 사소한 실수라도 한다면 내 자신은 물론이고, 내가 지키고 보호해야 할 그 소녀와 몽파르나스의 내 연인도 위험했습니다. 이것이 이제까지 나를 숨기고 있었던 이유입니다. 또 지금까지 그들이 찾을 수 없는 곳에서 소설의 형식을 빌려 나의 존재를 드러낼 수밖에 없었던 이유입니다.

소설 「마라톤맨」에서, 나는 윤경호의 혀를 뽑아 거짓말주머니를 찾아보겠다는 살인예고를 했습니다. 그리고 이 예고와 같이 윤경호는 실제로 혀가 뽑힌 잔혹한 형체로 살해되었고, 윤경호가 살해된 장소에는 김형태 회장과 고광준을 살해하겠다는 살인자의 편지가 있었습니다. 또한 소설 「탑의 전설」에서, 나는 김형태 회장의 영혼을 찾아보기 위하여 그의 심장을 꺼내고, 윤경호처럼 거짓말을 한 고광준의 혀를 뽑아보겠다는 두 번째의 살인예고를 하였습니다. 그리고 김형태 회장과 고광준은 실제로 내가 예고한 것처럼 참혹하게 살해되었습니다. 이 때문에 여러분은 내가 이들을 살해한 범인이라고 믿을 것입니다. 여러분이 그렇게 생각하는 것은 오히려 당연합니다. 충분히 이해합니다.

그러나 단언하건대, 나는 이들을 살해하지 않았습니다. 소설에서와 같이 특수훈련을 받은 킬러라면 또 몰라도, 그렇지 않은 다음에야 평생 주먹질 한 번 해 보지 못한 내가 어떻게 이런 사람들을 대항할 수 있겠습니까?

결론을 먼저 말하면 윤경호를 살해한 사람은 김형태 회장의 지시를 받은 고광준이었고, 김형태 회장과 고광준을 살해한 사람은 강진호 회장의 지시를 받은 박홍길입니다. 나는 이들의 범죄에 대한 증거를 가지고 있습니다. 그리고 이 증거도 법정에 나가 제출하겠습니다.

그러나 비록 이들을 직접 살해한 것은 아니지만, 나는 이들에 대한 복수심과 살인에 대한 내면의 고의가 있었고, 따라서 나는 간접적인 책임이 있습니다. 나는 이 책임을 회피할 생각은 없습니다. 이로 말미암아 나에게 초래될 모든 도덕적, 법적 책임은 온전히 신의 의지에 맡기면서 이제 이 살인의 경위를 밝히고자 합니다.

자본과 권력을 가진 이 거대한 악에 내가 정면으로 대항하는 것은 자멸을 초래할 뿐이었습니다. 그래서 나는 악에는 악을 이용해야 한다는 생각을 했습니다. 즉 코리아타워 공사를 위하여 컨소시엄을 구성하고 있는 강호건설과 태성건설을 서로 반목하게 하여 싸우게 하는 것이었습니다. 김형태 회장과 강진호 회장의 탐욕과 이기심을 이용하고자 했습니다. 김형태 회장은 사실 컨소시엄을 구성할 때부터 강호건설을 무너뜨리고 코리아타워 공사를 독차지할 야심을 갖고 있었습니다. 이 목적을 위하여 김형태 회장이 획책한 것은 박사님의 살인의 배후가 강진호 회장이라는 것을 민사소송에서 드러나게 하여 강진호 회장을 파멸시키는 것이었습니다. 김희철과 고광준이 이 음모에 가담하고 있었습니다. 박사님의 살해에 직접 가담한 사람 중 김희철과 고광준은 김형태 회장의 수족이었고, 윤경호는 강진호 회장의 수족이었으며, 박홍길은 강진호 회장이 별도로 고용한 살인청부업자였습니다. 김형태 회장이 자신은 빠져나오고 강진호 회장을 살인의 단독 배후로 몰아가기 위해서는 공범 중에서 자기의 수족이 아니었던 윤경호를 제거할 필요가 있었습니다.

소설 「마라톤맨」은 김형태 회장이 윤경호를 살해하도록 이끌어 내기 위하여 의도적으로 픽션을 가미하여 구성한 것입니다. 즉 이 소설에서 나는 거짓말주머니를 찾는다는 사이코 살인마처럼 윤경호를 살해하겠다는 살인예고를 하였고, 김형태 회장은 내가 의도한 대로 고광준을 시켜 소설에서 묘사된 방법으로 윤경호를 살해한 후 그 살해 장소에 일부러 내가 남긴 것으로 보이는 편지를 남겼습니다. 이렇게 함으로써 그들은 이 범행을 나의 범행으로 몰고 갔던 것입니다. 이것이 갈매기 살인사건으로 보도된 윤경호 살인사건의 전말입니다.

윤경호를 김형태 회장의 손으로 제거한 나의 다음 목표는 김형태 회장과 고광준이었습니다. 나는 이 목적을 위하여 소설 「탑의 전설」을 발표하였습니다. 이 소설에서 윤경호를 살해한 내가 김형태 회장과 고광준을 살해하겠다는 의도된 살인예고를 하였던 것입니다. 사실 김형태 회장의 수족이었던 김희철은 강진호 회장의 끄나풀이기도 했습니다. 쉽게 말해 김희철은 이중첩자였습니다. 김형태 회장의 음모를 모두 알고 있었던 김희철은 윤경호를 살해한 사람이 내가 아니라 고광준이라는 사실을 알았고, 이 사실을 강진호 회장에게 알렸습니다. 그 다음은 강진호 회장이 이들을 살해하는 것이었습니다. 강진호 회장의 지시를 받은 박홍길 역시 이 살인이 나의 범행으로 보이도록 소설 「탑의 전설」에서 묘사한 그대로 김형태 회장과 고광준을 잔혹하게 살해했습니다. 그리고 고광준처럼 살해 현장에 편지를 남겨 이 살인을 나의 범행으로 위장했습니다. 소설 「마라톤맨」에서 내가 특수훈련을 받은 킬러가 되었다는 픽션을 가미한 이유가 바로 여기에 있습니다. 나를 가장한 이들의 잔혹한 살인을 유도하기 위해서였던 것입니다. 이것이 김형태 회장과 고광준 살인사건의 전말입니다.

소설 「탑의 전설」은 코리아타워를 세워 사회에 환원하고자 했던 박사님의 매국의 가족사를 소설로 구성한 것이고, 이것은 소설적 미학과 흥미를 유도하기 위해 가공한 일부분을 제외하고는 모두 사실입니다. 다만, 아직도 대동아공영을 꿈꾸는 사람들과 그들의 국내외 조직이 있다는 것은 시인도 부인도 하지 않겠습니다. 이 부분은 온전히 이 글을 읽는 독자 여러분들의 상상에 맡기겠습니다.

결국 지금까지 나는 악을 악으로 응징하는 이이제이以夷制夷의 전략으로 내가 의도한 목적의 일부분을 달성했습니다. 물론 나의 최종 목표는 근원적 악인 강진호 회장과 살인마 박홍길을 응징하는 것입니다. 김형태 회장과 고광준을 강진호 회장의 손으로 제거한 지금, 내가 짜놓은 최종 시나리오는 박홍길과 강진호 회장이 서로를 의심하게끔 만들어 서로를 죽이게 하는 것입니다. 이로써 나의 '언어 살인' 계획은 완결되는 것이고, 그들은 내가 파놓은 이 함정에 빠져 스스로 죽음의 길로 갈 수밖에 없는 운명 앞에 서 있었습니다.

그러나 여기에서 나는 이 계획을 포기합니다. 오늘 내가 지켜야 할 내 사랑이 쓰러졌기 때문입니다. 나의 계획이 탑의 전설을 이어나가야 할 새로운 생명까지 위태롭게 했기 때문입니다. 나는 내게 새 생명을 준 소녀를 지키겠다고 창조주에게 맹세했습니다. 내 생명을 바쳐서라도 지키겠다고 맹세했습니다. 그런데 이제까지의 내 계획으로 말미암아 내가 지키고자 했던 그 소녀, 내 영혼의 사랑을 잃을 뻔했습니다.

내 계획대로, 내가 이들에 대하여 복수를 한다고 하더라도, 내 사랑을 잃어버리면 아무런 의미가 없음은 자명합니다. 그래서 나는, 오늘 법정에서 내 사랑이 눈물로 호소한 것처럼, 이제 복수의 칼날을 거두고자 합니다. 이것이 진정으로 내 사랑을 위하는 길이라는 것을 오늘에야 비로소 알게 되었습니다. 내 사랑과 나의 영혼이 진정으로 무엇을 원하는지 이제야 알았습니다. 그래서 나는 앞으로의 계획을 포기하고, 지금 가지고 있는 계약서 원본과 녹음 CD, 박홍길의 탈구된 치아, 그리고 이제까지 수집한 다른 모든 증거를 가지고 법정에 출두하겠습니다. 내 사랑을 지키기 위하여 당당하게 법정에 출두하겠습니다. 그리고 그 이후의 결과는 오로지 거룩한 신성의 뜻에 맡기겠습니다.

내가 윤경호, 김형태 회장, 고광준을 직접 살해한 것은 아니지만, 이들은 소설을 통한 나의 의도대로 살해되었습니다. 즉 이들은 나의 '언어 살인'에 의하여 유도살해된 것입니다. 이러한 나의 행위에 대해 나는 어떤 책임도 회피하지 않겠습니다. 이에 대한 모든 책임과 처벌을 달게 감수하겠습니다.

나는 지금 거대한 침묵의 은빛 설산을 바라보고 있습니다. 그동안 나는 오직 복수의 의지에 사로잡혀 어두운 영혼의 터널에 갇혀 있었습니다. 그러나 이제 나는 저 설산을 비추는 환한 빛의 세계로 나가고자 합니다. 내가 가진 이 증거들이 그들의 살인을 입증할 수 있는 증거가 될지는 나는 알 수 없습니다. 그들이 자본과 권력의 힘으로 오히려 이 증거들을 반대증거로 조작할 수도 있을 것입니다. 그리고 소설의 형식을 통한 '언어 살인'의 고의가 있었던 나에게 어떤 도덕적, 법적 책임이 부과될지도 알 수 없습니다. 그러나 나는 이에 대한 책임을 회피하거나 변명하지 않겠습니다. 이미 말한 것처럼 앞으로 전개될 모든 일을 거룩한 신성의 의지에 맡기고 여러분의 상식과 법의 심판을 겸허히 받아들이겠습니다.

이 글이 나를 주인공으로 한 마지막 소설입니다. 이제는 소설이 아닌 열린 내 심장의 소리로, 내 영혼의 소리로 당당하게 법정에서 증언하겠습니다. 이제까지 송규원이라는 필명으로 발표한 일련의 제 소설을 읽고 지지해 주신 독자 여러분들의 성원에 감사드립니다.

메마른 사막으로 흐르는

방황의 강물

까만 사막 하늘에

푸른 전갈의 독이 퍼진다.

별이 떨어진다.

고통도 없고,

비명도 없다.

별을 바라보는 슬픈 눈빛 하나,

타락한 언어의 영혼에 스며들다.

진실은 단지 체념일 뿐…….

아버지의 초상

이 땅이 생성될 때 당신은 어디에 있었나요?
당신이 이 땅에 새벽을 가져오고, 밤을 가져 올 수 있나요?

엄마, 어디 있어? 무서워.

환청인가? 분명 아이의 울부짖는 소리가 들리는데, 아무 것도 보이지 않았다. 캄캄했다. 끝이 보이지 않는 동굴 같기도 하고, 깊은 물속 같기도 했다. 아무리 눈을 뜨려고 해도 눈꺼풀 위에 무거운 바위를 올려놓은 듯 눈을 뜰 수가 없었다. 안 돼. 눈을 떠야 해. 아이를 찾아야 해.

–아가야! 어디 있어? 내 아기, 내 아기!

휘진은 어둠 속에서 손을 휘저으며 소리쳤다.

–그래, 이제 깨어났구나. 하느님, 감사합니다.

누군가의 손이 그녀의 손을 잡았다. 따뜻한 기운이 전류처럼 손끝에서 흘렀다. 숨을 죽이고 있던 의식이 점차 깨어나며 하얀 광선에 눈이 어지러웠다. 메마른 동공에 하얀 형광등의 불빛이 여과 없이 쏟아졌다. 갑작스런 빛에 적응하지 못한 눈이 따가웠다. 몇 번이나 눈을 깜박거리고서야, 서서히 동공이 젖어들면서 겨우 눈앞의 물체를 인식할 수 있었다. 그녀의 손을 잡은 사람은 강혜인 원장이었다. 왼쪽 손목에 링거바늘이 꽂혀 있었다. 아기, 내 아기, 깨어난 의식이 비수가 되어 심장을 파고들었다. 그녀는 거의 반사적으로 오른손을 아랫배로 가져갔다. 없었다. 텅 비어 있었다. 그녀의 몸의 일부분이 사라지고 없었다. 두려움이 전신을 덮쳐눌렀다.

—아기, 내 아기는요?

휘진은 울음 섞인 목소리로 바싹 마른 입술을 달싹거리며 물었다.

—걱정 마라. 건강하다. 하느님께서 은총을 내리셨다.

강 원장이 한 손으로는 그녀의 손을 잡고, 또 한 손으로는 그녀의 이마와 뺨을 부드럽게 쓰다듬으며 말했다.

—정말이죠?

휘진이 눈물에 젖은 눈으로 강 원장을 올려다보며 말했다.

—그럼, 아들이다. 씩씩하고 영특한 녀석이더라. 정말 장하다.

강 원장이 다시 한 번 손에 힘을 주며 말했다. 강 원장의 눈 역시 촉촉하게 젖어 있었다.

—내 아기, 우리 아기, 보고 싶어요.

—밤이 늦은 시간이다. 아직 움직이면 안 된다. 간호사에게 알아보고 오마.

잠시 후 강 원장과 간호사가 들어섰다.

—깨어나셨네요. 축하드립니다.

간호사가 밝게 웃으며 말했다.

—감사합니다.

휘진이 나지막하게 말했다.

—유도분만을 통한 정상 출산이었어요. 출산예정일보다 한 달 빨랐지만, 아이는 건강해요. 체중도 정상이고요. 너무 잘생겼어요. 신생아

실에 있는데, 지금은 너무 늦었고, 아침에 볼 수 있어요. 산모가 병원에 오기 전 출혈이 심했지만, 걱정할 정도는 아니고요. 아침에는 가볍게 죽을 먹고 점심부터는 정상식사를 해도 될 거에요. 미역국 많이 드시고 빨리 회복하세요.

간호사는 친절했다. 묻지도 않은 말을 자상하게 설명해 주었다.

–지금 새벽 2시다. 곧 날이 밝을 텐데, 이제 아무 걱정 말고 푹 쉬어라.

–예, 원장 선생님도 좀 주무세요.

휘진은 눈을 감고 속으로 가만히 중얼거렸다.

하느님, 감사합니다. 아빠, 저 엄마가 되었어요. 한 번도 본 적이 없는 어머니, 엄마, 엄마가 그랬던 것처럼 제 생명보다 더 소중한 아이에요. 잘 키울게요. 훌륭하게 키울게요.

눈물이 저절로 삐져나왔다. 모든 긴장이 한꺼번에 풀어지면서 편안했다. 아이의 모습을 상상하면서 아주 편안하게 잠들 수 있을 것 같았다. 휘진의 숨소리가 잦아들었다.

휘진이 잠든 모습을 본 강 원장이 일어나 밖으로 나와 휴대전화를 꺼냈다. 그리고는 어디론가 전화를 걸었다. 수화기 너머에서 목소리가 들렸다.

–예, 최상혁 검삽니다.

–조금 전에 깨어났다가 다시 잠들었어요. 아기와 산모, 모두 건강합니다. 이제 걱정하지 마세요.

–고맙습니다. 수고하셨습니다. 박진욱, 그 친구가 방금 인터넷에 글을 올렸습니다.

—예? 박진욱? 지금 박진욱이라고 했나요?

—예, 법정에 나와 증언하겠다고 했습니다. 모든 증거를 가지고요.

—그 아이가……, 직접 법정에 나오겠다고 했나요?

—예, 글의 내용으로 보면 그렇습니다. 날이 밝으면 바로 보석신청을 하도록 하겠습니다. 교도소로 다시 돌아가지 않도록 하겠습니다. 이제 얼마 남지 않았습니다.

당연히 기뻐해야 할 강 원장의 얼굴이 강한 충격을 받은 듯 갑자기 해쓱해졌다. 그러나 이내 목소리를 가다듬고 침착하게 말했다.

—알았어요. 믿어요. 아이와 산모는 나한테 맡기고……, 아무 걱정 마세요.

—당분간 제 얘기는 하지 말아주십시오.

—예, 그럼요.

전화를 끊은 강 원장이 휴대전화를 두 손으로 모아 쥐고 기도하는 자세로 중얼거렸다.

아아, 성모 마리아님, 하느님, 어찌 일을 이렇게 처리하시나요? 그 아이들이 불쌍하지도 않으십니까? 그러나 이것이 정녕 주님의 뜻이라면, 뜻대로 하소서. 주님의 깊은 뜻을 제가 어찌 알겠습니까? 주님의 은총에 감사드립니다.

강 원장의 눈에서 눈물이 흐르고 있었다.

이때 휘진이 입원해 있는 병동 8층 엘리베이터와 비상구 계단 입구에는 속초경찰서의 구경찬 경장과 사복 경관 세 사람이 각 두 사람으로 조를 나눠어 병실을 감시하고 있었다. 엘리베이터 입구가 보이는 병실 복도에 보호자 대기실에 있던 소파 하나를 옮겨놓고 앉아 있던 구 경장의 휴대전화가 울렸다.

—예, 구 경장입니다.

—최상혁 검삽니다. 소설이 올라왔습니다. 그들이 움직일지도 모르니, 지금부터 철저히 차단해야 합니다. 어느 누구도 산모에게 접근하게 해서는 안 됩니다. 기자들도 마찬가집니다.

—예, 알겠습니다.

오전 7시 30분.

소설 「언어 살인」은 인터넷뿐만 아니라 전국을 발칵 뒤집어 놓고 말았다. 공영방송과 모든 뉴스 채널은 새벽 방송 개시와 더불어 밤새 인터넷을 달구어 놓은 송규원의 소설을 긴급뉴스로 전했다.

최형윤 장관은 출근하기 위해 아파트 현관을 나서는 순간, 기자들에게 둘러싸이고 말았다. 카메라 플래시가 쉴 새 없이 번쩍였다.

—해금강비치관광호텔에 있었던 것이 사실입니까?

—소설 「언어 살인」의 내용이 사실입니까?

—홍 실장이라는 사람은 누구입니까?

—강진호 회장이 살인을 지시한 것이 맞습니까?

—소설이 실명을 밝혔습니다. 한 말씀 해 주시죠!

무수한 질문이 쏟아졌지만, 최 장관은 한마디도 하지 않았다. 관용차의 운전기사가 고함을 지르고 몸싸움을 하면서 필사적으로 열어주는 길을 따라 겨우 차에 올랐다. 비록 얼굴은 딱딱하게 굳어 있었지만, 최 장관은 당황하거나 허둥대지 않았다. 이미 예상하고 있었다는 듯 침착하고 냉정했다.

오전 8시.

강호빌딩 회장실로 출근하는 자가용 리무진 안에서 강진호의 휴대전화가 울렸다. 비서실장의 다급한 목소리가 흘러나왔다.

—회장님, 기자들이 진을 치고 있습니다. 오늘은 잠시 피하시는 게 좋을 것 같습니다.

—아니야. 어차피 한번은 겪어야 할 일이야.

등받이에 깊숙하게 기대앉은 강진호가 퉁명스럽게 말했다. 강호빌딩 로비에서 도로까지 직원들이 나와 두 줄로 바리케이드를 치고 기자들의 접근을 차단하며 통로를 열어두고 있었다. 강진호가 탄 리무진이 빌딩 앞에 멈추고, 기다리고 있던 비서실장이 문을 열었다. 강진호가 차에서 내렸다. 직원들이 몸으로 바리케이드를 친 뒤에서 연신 카메라 플래시가 터지며 질문이 쏟아졌다.

—소설 「언어 살인」의 내용에 대해서 어떻게 생각하는가요?

—법무부장관이 개입된 것이 사실입니까?

—김형태 회장과 고광준 실장의 살인에 대하여 한 말씀 해 주십시오.

—박홍길에게 살인을 지시한 것이 사실입니까?

질문이 빗발처럼 쏟아지고 있었지만, 강진호는 대답하지 않고 허리를 꼿꼿하게 편 채 걸어갔다. 기자들이 강진호를 따라 우르르 움직였다. 건물 로비 입구까지 걸어간 강진호가 뒤돌아섰다.

—자. 이쯤이 좋겠군요. 사진을 찍으세요.

강진호가 우뚝 서서 포토라인에 선 것처럼 기자들에게 말했다. 카메라의 플래시가 다시 요란하게 번쩍이기 시작했다. 강진호가 가슴을 앞으로 쑥 내밀고 웅변을 하듯이 큰소리로 거만하게 말했다.

—거두절미하고 한 말씀만 드리겠습니다. 오늘 소설가를 칭하는 어떤 정신병자가 인터넷에 올린 글 하나 때문에 이 나라의 법무부장관과 항일독립지사의 후손인 이 강진호가 천인공노할 살인마가 되었습니다. 그 정신병자가 증거를 가지고 법정에 나오겠다고 하니, 진실은 곧 밝혀지겠지요. 기다려봅시다. 나는 지금 제발 그 정신병자가 하루빨리 법정에 나오기를 바랄 뿐입니다. 정신병자의 헛소리는 더 이상 언급하지 않겠습니다. 나는 이 정신병자가 반드시 법적 대가를 치르도록 하겠습니다. 이 강진호의 모든 것을 쏟아 붓는 한이 있더라도 이 누명만은 반드시 밝혀 그들을 처벌하겠습니다. 이상입니다.

오전 10시.

집무실에 있는 최형윤 장관의 비밀휴대전화가 울렸다. 발신자 번호를 본 최 장관이 고개를 갸웃하고는 전화를 받았다.

—최 장관님, 예고도 없이 불쑥 전화를 드리게 되어 먼저 양해 말씀을 드립니다.

—누구시죠?

최 장관이 얼굴에 경계의 빛을 띠며 물었다.

—저는 한맥그룹 회장 한정일이라고 합니다.

—한맥그룹? 아, 예. 존함은 익히 들었습니다. 그런데 이 전화번호는 어떻게 아셨습니까?

—아드님이신 최상혁 검사가 가르쳐주었습니다.

—그 아이가요?

—이렇게 전화를 드린 것은 코리아타워 소송과 관련하여 제가 개인적으로 긴히 장관님께 직접 드릴 말씀이 있기 때문입니다. 오늘 오후

에 꼭 좀 시간을 내어주십시오. 한 시간 정도면 됩니다. 장관님의 거취와도 관련되는 아주 중요한 문제입니다. 꼭 부탁드립니다.

오전 11시.

코리아타워 소송의 다음 변론기일과 유휘진 변호사가 낸 가처분 사건의 심문기일이 다음 달 ○○일 오후 2시로 정해졌다는 민사재판부의 보도 자료가 법원 기자실에 배포되었다. 피고인 유휘진에 대한 형사재판의 선고기일은 이 재판 이후에 새로 정할 것이라는 보도 자료도 함께 있었다.

오후 2시.

휘진의 보석신청이 허가되었다는 형사재판부의 보도 자료가 법원 기자실에 배포되었다. 보석의 조건은 '피의자 유휘진의 주거를 현재 입원해 있는 ○○병원과 유휘진의 서초동 오피스텔 주소지로 제한한다.'는 내용이었다.

오후 3시.

법원의 송달업무를 맡은 집달리가 형사재판부의 보석허가 결정문과 민사재판부가 새로 정한 변론기일과 가처분 사건의 기일소환장을 송달하기 위해 휘진의 병실로 왔다. 이때까지도 병실은 구 경장과 사복 경찰들에 의하여 철저하게 차단되고 있었다.

오후 5시.

집무실에 들어온 최형윤 장관이 굳은 얼굴로 휴대전화를 꺼내 홍정호 실장의 전화번호를 누르기 시작했다.

–최 장관입니다. 문제가 발생했습니다.

–그 소설 말입니까?

–새로운 문제입니다.

최 장관과 홍 실장의 대화는 거의 20분 넘게 계속되었다.

오후 11시.

두터운 방한용 등산복 재킷과 목도리에 검은 선글라스를 낀 운동화 차림의 최형윤 장관이 아파트 현관을 나섰다. 다른 사람의 눈에 띄지 않게 아파트 경비실의 뒤를 돌아 도로로 나온 최 장관은 인도를 따라 한참을 걸어가다 지나가는 빈 택시를 세웠다. 그가 탄 택시는 테헤란로 소재 D빌딩 앞에 멈췄다. 건물 로비로 들어서면서 다시 한 번 주위를 눈여겨 본 그는 엘리베이터에 올라 30층의 버턴을 눌렀다.

–따라 오십시오.

엘리베이터 문이 열리자마자 나비넥타이를 맨 종업원이 그를 안내했다. 미로 같은 복도를 지나 작은 문 앞에 선 종업원이 출입문 옆에 있는 인터폰을 눌렀다. 잠시 후, 출입문이 자동으로 열렸다.

–기다리고 계십니다. 들어가십시오.

종업원이 손짓을 하며 말했다. 그가 들어서자 출입문은 자동으로 닫혔다. 붉은 조명 아래 폭 2미터 정도의 또 다른 복도가 이어지고 있었다. 복도 끝에 다른 출입문이 보였다. 그 문 앞에 다다르자 문이 자동으로 열렸다. 최 장관은 안으로 들어섰다. 바닥과 벽이 모두 연회색 무늬의 대리석으로 치장되어 있는 50평방미터 정도의 고급스럽게 장식된 방이었다. 책상 앞에 가죽소파 의자 네 개가 자주색 원목 원형탁자를 둘러싸듯 놓여있고, 홍정호와 강진호가 대각선으로 서로 마주보고 앉아 있었다. 손님을 맞는 룸이 아니라 집무실처럼 보였다. 책상 뒤의 벽에는 열 개가 넘는 일본도가 벽걸이에 진열되어 있었다. 탁자 위에는 따지 않은 생수병 세 개가 놓여있을 뿐 아무것도 없었다. 최 장관이 들어섰는데도 두 사람은 일어나지 않았다. 최 장관이 말없이 뚜벅뚜벅 걸어가 두 사람 사이에 있는 소파에 앉았다. 홍정호가 오른손으로 턱을 괴고 소파에 파묻고 있던 허리를 일으켜 세우며 경색된 얼굴로 최 장관을 바라보며 말했다.

–오시느라 수고하셨습니다. 거두절미하고 먼저 동경본부로부터 받은 A의 지시사항을 알려드리겠습니다. 본부가 관리하고 있는 코리아타워 주식 지분을 모두 한맥그룹에 양도하기로 결정했습니다. 이에 대한 명의이전 등 법률적인 문제는 최 장관님께서 처리해 주십시오.

–예? 그것이 무슨 말씀입니까? 코리아타워 주식을 양도하다니요?

깜작 놀란 강진호가 대들 듯이 홍정호를 바라보며 말했다.

–본부의 지시라고 했습니다. 강 회장은 가만있어요.

홍정호가 냉랭한 음성으로 강진호를 눌렀다. 강진호가 상황을 이해할 수 없어 곤혹스런 표정으로 탁자를 주먹으로 쿵 하고 내리쳤다. 홍정호가 계속 말했다.

–아시다시피 주식은 많은 사람들의 차명으로 되어 있습니다. 명의이전 서류를 모두 갖추기 위해서는 시간이 다소 걸립니다. 그러나 그리 오래 걸리지는 않을 것입니다. 그런데 만약 박진욱이 증거를 넘겨주지 않고 법정에 나온다면 그때는 어떻게 하실 생각입니까?

–그 문제는 걱정하지 않아도 됩니다. 주식만 양도된다면 박진욱은 출석하지 않습니다. 물론 그가 가진 증거도 명의이전과 동시에 폐기될 것입니다. 그것은 한 회장이 내게 직접 한 약속입니다. 한 회장은

더 이상의 인명 희생과 확전은 원하지 않습니다.

―도대체 지금 무슨 얘기를 하는 겁니까?

강진호가 다시 흥분하여 소리쳤다. 그러나 홍정호는 강진호의 말을 무시하고 계속 말했다.

―본부의 지시사항이라고 하니 어쩔 수 없이 따르긴 하지만, 이해할 수 없는 결정입니다. 본부가 이렇게 쉽게 굴복하진 않을 텐데……, 그런데 도대체 한맥그룹이 이 일에 어떻게 개입하게 된 겁니까?

죄 장관이 탁자 위에 놓인 생수병을 따서 목을 축이고는 이어 말했다.

―전화로 말씀드린 것처럼 지금까지 일어난 모든 일은 한맥그룹이 뒤에서 조종한 것이었습니다.

―이거 원 갑갑해서……, 아, 좀 자세하게 말해 보세요.

그때서야 강진호가 무언가 감을 잡은 듯 재촉하고 나왔다. 강진호가 생수병을 들어 거칠게 마개를 따고 벌컥벌컥 물을 들이켰다.

―지금까지의 모든 일이 박진욱 그 아이로부터 비롯된 것입니다. 박진욱은 우리가 우려하는 것처럼 살아있습니다. 박진욱이 교제하는 소설가 성혜주에게 유 박사 사건을 알렸고, 성혜주가 한 회장과 접촉을 했습니다. 성혜주가 한 회장의 자서전을 써 준 인연으로 서로 알게 되었다고 하더군요. 그동안 국내는 물론이고 전 세계에 깔린 한맥그룹의 정보망이 거제에서 일어난 유 박사 살인사건과 동경의 조직을 철저하게 조사했더군요. 아시다시피 한맥그룹의 정보망은 국가정보망을 능가한다고 하지 않습니까? 물론 박홍길이 저지른 살인사건을 포함하여 강 회장과 김 회장이 개입된 사건에 대해서도 모두 조사를 마친 상태였습니다. 당연히 나도 포함해서요.

―그게 정말입니까?

홍정호가 믿을 수 없다는 표정으로 말했다.

—예, 나도 놀랐습니다. 처음에는 도저히 믿을 수 없어 반신반의했습니다. 이제까지 나도 모르고 있었던 동경의 조직에 대해서는 더 그렇고요. 홍 실장님을 원망하지는 않습니다. 조직의 비밀을 내게도 숨겨야만 했겠지요. 문제는 오늘 발표된 「언어 살인」이라는 소설을 보면 한 회장의 말이 단순한 엄포가 아니라는 것입니다. 그리고 이 나라의 법무부장관인 내가 나도 모르는 사이에 동경 조직의 하수인이 되었다는데 더 큰 문제가 있습니다. 무엇보다 조직의 비밀이 중요하지 않습니까? 조직을 노출시키지 않고 우리가 살기 위해서는 억울하지만 이 방법밖에 없습니다. 여기에서 타협하지 않으면 법무부장관인 나는 물론이고 강 회장이나 홍 실장님, 심지어 A의 신변도 보장하지 못합니다. 조직이 노출되면 당연히 언론과 여론이 들고 일어날 것이고, 그렇게 되면 청와대도 국회도 이 문제를 그냥 덮지는 못하게 됩니다. 심지어 한일 두 나라 간의 외교문제로 비화될 수 있습니다.

—하하하.

강진호가 느닷없이 너털웃음을 터뜨리며 일어섰다. 그러고는 등 뒤 벽에 진열된 일본도 하나를 집어 들고 칼을 빼어들었다. 칼날에 반사된 은빛 광선이 최 장관의 각막을 도려낼 것처럼 날카롭게 튀었다.

—그 말을 믿으라고……? 하하하, 이제야 감히 잡히는군. 한맥그룹의 정보망 같은 씨알도 안 먹힐 소리는 최 장관 당신이 지어낸 말이고, 결국 최 장관 당신이 배신하여 이 강진호만 물 먹이겠다는 것이겠지. 이 강진호에게 배신의 대가가 어떻다는 것은 잘 아실 텐데……? 이 칼이 어제부터 피맛을 보고 싶어 계속하여 징징 울고 있더라니까?

칼끝을 최 장관의 목에 겨눈 강진호가 형형한 눈빛으로 최 장관을 쏘아보며 말했다. 그러나 최 장관은 눈빛 하나 흔들리지 않았다.

–쯧쯧, 아직도 이 버릇은 여전하구만. 강 회장, 내가 왜 배신을 하겠소? 내 무덤을 스스로 파려고? 그리고, 내 목숨이 아까웠다면 여기 오지도 않았을 것이오. 또, 내 목숨 값 하나 하지 못할 정도로 그렇게 어리석지는 않소.

최 장관이 얼음장같이 차가운 눈빛으로 강진호를 쏘아보면서 근엄한 목소리로 말했다.

–A의 지시사항이라고 하지 않았나!

홍정호가 강진호를 노려보며 단호하게 말했다.

–하, 이거 참…….

강진호가 여전히 오른손에 칼을 든 채로 탄식을 하고는 마지못해 칼끝을 내렸다. 칼을 든 강진호의 오른손이 부들부들 떨리고 있었다.

–오늘 「언어 살인」이라는 소설을 읽어보지 않았소? 그것이 박진욱과 성혜주 두 사람만의 힘으로 가능할 것 같소? 이 모든 일이 강 회장 당신의 무모한 살인 때문이라는 걸 아직도 모르겠소? 내가 그렇게 말렸는데도……, 일이 이 지경이 된 것이 모두 강 회장 당신 때문이라는 걸 아직도 모른단 말이요?

갑자기 최 장관이 흥분하여 손바닥으로 탁자를 연거푸 내려치면서 큰소리로 강진호를 힐난했다.

–그 칼 치우세요. 동경 본부에서 이렇게 결정한 것은 그만한 이유가 있을 겁니다. 강 회장과 조직을 보호하여 훗날을 도모하기 위한 고육지책일 겁니다.

홍정호가 가라앉은 목소리로 강진호에게 말했다. 그때서야 강진호가 칼을 칼집에 넣었다. 그러나 여전히 선 채로 칼집에 든 칼을 들고 서서 여차하면 다시 빼들 기세였다. 홍정호가 말했다.

—그런데 박진욱과 성혜주는 만나 보았습니까? 그동안 어디에 숨어 있었기에 여태 꼬리가 잡히지 않았던 겁니까?

—박진욱은 만나지 못했지만, 성혜주는 한 회장과 함께 만났습니다. 왜 얼마 전에 한 회장이 대통령 특사자격으로 아프리카 7개국을 순방하고 귀국하지 않았습니까? 한 회장이 남아공을 순방 중일 때, 성혜주는 그곳에서 한 회장의 수행원으로 위장했습니다. 이번에 한 회장이 귀국할 때 비밀리에 국내로 들어와 지금까지 한 회장이 마련해 준 안가에서 은신하고 있습니다. 그런 줄도 모르고 우리는 아프리카와 유럽까지 온통 뒤지고 있었던 것이지요. 박진욱도 한 회장이 모처에서 보호하고 있다고 했습니다.

최 장관이 흥분을 가라앉히고 미리 준비한 듯 차분하게 말했다. 홍정호가 고개를 숙이고 잠시 생각에 잠겨 있다가 다시 말했다.

—이런 모든 사실을 유 변호사도 알고 있었던 것입니까?

—아니, 유 변호사는 몰랐습니다. 유 변호사가 이런 사실을 알게 되면 유 변호사를 통제할 수 없었을 테니까. 지금도 유 변호사는 이런 사실을 모르고 있습니다.

—결국 유 변호사도 한 회장의 꼭두각시놀음을 한 거라 이런 말인가요?

—그렇지는 않지요. 유 변호사는 자기 나름으로 제 아버지의 원한을 풀려고 했을 테니까. 하지만 결과적으로 그렇게 되어 버린 셈이지요.

—그건 그렇고, 오늘 소설에서는 강 회장이나 최 장관님의 실명까지 거론되고 말았습니다. 앞으로 이 일은 어떻게 처리하실 작정입니까? 언론도 언론이지만, 당장 정치권에서도 걸고넘어질 태세인데요.

—이 문제도 한 회장과 의논이 되었습니다. 지금까지 소설은 모두 박진욱이 쓴 것이라고 했습니다. 박진욱만 나타나지 않으면 됩니다. 박진욱은 실종자로 처리될 것입니다. 성혜주도 이미 외국 국적을 취득해 놓고 있다고 했습니다. 앞으로 영원히 입을 다물 것입니다. 이후의 법률적, 정치적 문제는 내가 모두 처리하겠습니다. 내 목숨이 걸린 문제이기도 합니다. 그러나 지금부터는 어떤 사건도 발생하면 안 됩니다. 또다시 불미스런 사태가 나면 한 회장도 나도 통제할 수가 없습니다. 한 회장의 말로는 우리의 신변도 보장받지 못하게 된다고 했습니다. 한 회장은 이 문제로 청와대와도 모종의 교감을 하고 있는 것 같았습니다. 자중하고 또 자중해야 합니다. 명심해야 합니다.

—결국 이 강진호만…….

강진호가 칼집의 끝으로 바닥을 내려치며 말했다. 그러나 강진호는 더 이상 말을 이어가지 못했다. 곁에 앉은 홍정호가 신경질적으로 탁, 하고 탁자를 내려쳤기 때문이다. 강진호를 쏘아보는 홍정호의 눈빛이 매섭고 사나웠다. 홍정호가 말했다.

—알았습니다. 주식의 명의이전에 필요한 서류와 주식 양도대금은 같은 날 주고받습니다. 물론 박진욱이 가지고 있다는 증거도 반드시 가져와야 합니다. 준비가 되면 다시 연락하겠습니다. 자, 이 이행확약서에 서명하고 사인해 주십시오. A의 지시사항입니다.

홍정호가 양복 안주머니에서 A4 용지에 인쇄된 문건 하나를 최 장관에게 내밀었다. 내용을 확인한 최 장관이 말했다.

—굳이 이런 문건이 필요합니까?

—A가 받아두라고 했습니다. 이것 때문에 이 자리에 나오시라고 했습니다.

—결국 이 문건으로 나를 볼모로 삼겠다는 얘기군요. 원하신다면 그렇게 하지요.

최 장관이 안주머니에서 필기구를 꺼내 문건 아래 여백에 직접 서명과 사인을 하여 홍정호에게 건네고는 강진호를 쏘아보며 말했다.

—강 회장님, 다시 한 번 말씀드리지만, 자중해야 합니다. 자칫 사소한 문제라도 발생하면 일은 돌이킬 수 없게 됩니다. 명심하셔야 합니다. 그럼 나는 돌아갑니다.

최 장관이 생수병의 물을 한 모금 마시고는 일어나 출입문을 향해 걸어갔다. 홍정호도, 강진호도 일어나지 않았다. 인사도 하지 않았다.

—도대체 이게 어떻게 된 일입니까? 배후에 한맥그룹이 있었다니, 이게 정말입니까?

최 장관이 나가자마자 그때까지 칼을 든 채로 서성거리고 있던 강진호가 칼집 끝으로 바닥을 찍으면서 대들 듯이 홍정호에게 물었다. 그러나 홍정호는 차분했다.

—최 장관의 말대로입니다. 민족기업을 자처하는 한맥그룹이 코리아타워를 지키고 싶었겠지요. 오늘 한 회장이 우리가 가진 코리아타워의 지분을 모두 양도하는 조건으로 전쟁을 끝내자는 제안을 해왔습니다. 일종의 항복 권유라고 해야겠지요.

—그래서 동경에서 정말 주식을 넘겨주라고 했습니까? 그럴 수는 없습니다. 나는 죽어도 그렇게는 못합니다.

강진호가 분기탱천하여 소리쳤다.

—강 회장은 항상 너무 단순해서 탈입니다. 이 홍정호가 그렇게 호락호락 넘어갈 것 같습니까?

—그럼 무슨 다른 복안이 있습니까?

강진호가 솔깃하여 다시 소파에 앉으면서 말했다. 홍정호가 생수병의 물을 한 모금 마시고는 차가운 눈빛을 빛내며 말했다.

—그동안 우리가 한맥그룹에 농락당하고 있었다는 것을 동경에서 알게 되면 어떻게 되겠나?

홍정호가 지금까지와는 달리 반말로 말했다. 홍정호가 이어 말했다.

—동경에서 강 회장이나 나를 그냥 둘 것 같은가? 어른도, 이 홍정호도, 강 회장도 속절없이 일본 놈늘의 희생양이 될 것이 뻔한데, 동경에서는 분명 대공영타워 프로젝트의 실패에 대한 책임을 물어 할복을 요구할 걸세. 아직 이 일은 어른과 나만 알고 동경에서는 모르고 있어.

—그럼 다른 복안이라도 있습니까?

강진호가 귀를 곧추세우고 바짝 긴장하며 다가앉았다.

—이제 박진욱과 성혜주, 이 둘이 모두 국내에 있다는 것은 알았으니, 이 두 연놈을 찾아내어 증거를 빼앗고 요절을 내버리면 되지 않겠나. 그동안 시간을 벌기 위해서는 주식을 넘겨주겠다고 안심시켜 놓아야지. 최 장관을 이용하는 거야.

—그러나 한맥그룹이 보호하고 있는 이 두 연놈이 제 발로 걸어 나올 리도 없고, 무슨 좋은 방법이라도 있습니까?

강진호가 홍정호 앞으로 고개를 쑥 빼며 말했다.

—제 발로 걸어 나오게 만들어야지. 오늘 신문을 보지 않았나. 이걸 보게.

홍정호가 뒷주머니에서 접힌 신문 한 부를 꺼내어 펼쳐보였다. 대한일보였다. 일면 좌측 상단에 '코리아타워 소송의 원고 유휘진, 사생아 출산—아버지는 누구인가'라는 큼지막한 제목의 박스 기사가 있었다. 김기용 기자가 쓴 기사였다. 홍정호가 기사 제목의 '사생아'라는 글자 위에 손가락을 얹으며 말했다.

—CCTV를 보지 않았나. 그 계집이 최상혁 검사에게 제 입으로 이 아이가 박진욱의 아이라고 말하는 걸 듣지 않았나. 지금 계집이 입원해 있는 병원은 경찰의 경비가 삼엄하여 접근할 수가 없어. 그러나 이 아이는……. 이 아이를 이용해야지. 그 두 연놈이 아이를 살리기 위해서는 나타날 수밖에 없지 않겠나. 이미 아이들을 시켜 감시하고 있으니 곧 기회가 올 거야.

홍정호가 음험한 웃음을 띠며 강진호를 바라보았다.

—아, 예, 그렇겠군요. 역시 실장님의 두뇌는 그 누구도 따라갈 수 없습니다.

강진호가 그때서야 깨달은 듯 무릎을 치며 말했다. 그리고는 물병을 들어 물을 한 모금 마시고는 홍정호의 얼굴을 진지하게 바라보며 물었다.

—그런데 오늘 박진욱 그놈의 소설을 읽으면서도 생각한 것이지만, 아무도 모르게 처리한 김형태와 고광준 그리고 윤경호의 일이 어떻게 노출되었을까요? 한맥에서 그냥 넘겨짚고 하는 소리일지도 모릅니다.

—아니야, 한맥의 정보는 정확해. 그러니까 수하들 관리를 잘 했어야지. 우리 내부에 배신자가 있다는 뜻이지. 그게 누구일 것 같은가?

—이제까지의 일을 모두 알고 있는 사람은 박홍길과 김희철뿐입니다. 아, 그러고 보니 김희철 이놈이……, 나와 김형태 사이에서 양다리를 걸친 것처럼…….

강진호가 말을 잇지 못하고 얼굴을 벌겋게 붉히고는 씩씩거렸다.

—그 둘 모두 반드시 없애야 해.

홍정호가 단호하게 말했다.

—아니, 박홍길은 왜요? 제 놈이 제 죽을 짓을 왜 하겠습니까?

강진호가 물었다.

—그 둘이 배신자이든 아니든 간에 만약 우리 일이 실패를 하여 박진욱이란 놈이 법원에 나온다고 가정해 보세. 그놈의 증언을 입증할 사람은 이 둘뿐이야. 그러나 이 둘만 없다면 박진욱의 증언은 증명이 불가능하지. 무슨 뜻인지 아직도 모르겠나?

—아, 이제 알겠습니다. 만약을 대비하여 후환거리는 우리 편이라도 아예 남기지 말자는 말씀이죠. 특히 박홍길은 그 이빨 때문이라도 말입니다.

—두 연놈이 제 발로 걸어 나오게 한 후 함께 없애 버려야 해. 시체조차 발견되지 않아야 해. 원수들끼리 황천길 동무를 만들어주자고.

—두 마리 토끼를 한꺼번에 잡자는 말씀이군요.

—그동안에 김희철이나 박홍길이 눈치를 챌 만한 티를 내어선 안 돼.

홍정호와 강진호의 음모는 오래 동안 계속되고 있었다.

—다녀오셨습니까?

최 장관이 아파트로 들어서자 상혁이 현관문까지 나와 그를 맞았다.

—늦은 시간인데, 기다리고 있었구나. 좀 들어오너라.

최 장관이 목에 두른 목도리와 등산복 재킷을 벗어 손에 들고 서재로 들어가며 말했다. 상혁이 최 장관의 뒤를 따랐다. 최 장관이 손에 든 목도리와 재킷을 서재 책상 위에 올려놓고 뒷짐을 진 채로 창밖을 바라보고 섰다. 상혁이 최 장관의 뒤에서 바닥에 무릎을 꿇고 앉았다. 잠시 동안의 침묵이 흘렀다. 여전히 창밖을 응시한 채 최 장관이 무겁게 입을 열었다.

—무릎을 꿇을 사람은 네가 아니라 오히려 나다. 바로 앉아라.

그러나 상혁은 무릎을 꿇은 채로 그대로 앉아 있었다. 최 장관이 고개를 돌리지도 않고 여전히 창밖을 응시한 채 이어 말했다.

—낮에 한 회장으로부터 그동안의 일은 자세하게 들었다. 충격이었고, 부끄러웠다. 긴 얘기는 하지 않으마. 다행히 그들이 조만간에 주식을 양도하기로 했다.

—수고하셨습니다. 아버지께서 자초하신 일, 아버지께서 제자리로 돌려놓아야 한다고 생각했습니다. 그것이 돌아가신 유 박사님에 대한 유일한 속죄의 길이라고 판단했습니다.

상혁이 무릎을 꿇은 채로 고개를 숙이고 낮게 말했다.

—그래야겠지. 변명 같지만, 그 아이를 구속까지 시킨 것은 그 아이를 보호하기 위해서였다. 그렇지 않았다면 살인을 밥 먹듯이 하는 무지막지한 그들이 그 아이를 벌써 해쳤을 것이다. 믿지 않겠지만, 이 말은 진심이다.

—믿습니다. 그동안 혼자 감추고 계셨던 갈등과 고통, 충분히 이해하고 있습니다.

—고맙구나. 이 일은 네 어머니에게는 비밀로 하여라. 고통은 우리 둘만으로도 충분하다.

—예. 저도 그렇게 생각하고 있었습니다.

—네게 다시 한 번 부끄럽구나. 그만 나가 보아라. 차후의 일은 한 회장과 의논하여 처리하겠다. 이 일이 끝나면 내 거취도 결정할 것이고. 그만 쉬어야겠다.

—너무 자책하지 마십시오. 모두 잘 될 것입니다. 가보겠습니다.

상혁이 일어나 돌아서서 몇 걸음을 걸어 서재의 출입문 손잡이를 잡았다. 그때 최 장관의 무거운 음성이 뒤를 따라왔다.

—산모는 건강하다고 하더냐?

상혁이 손잡이를 잡은 채로 고개를 돌려 최 장관의 뒷모습을 바라보았다. 여전히 창밖을 응시하고 서 있는 최 장관의 어깨가 축 처져 있었다. 창문 유리에 그림자처럼 비친 최 장관의 얼굴에 걸린 안경 아래에서 굵은 눈물이 흘러내리고 있었다. 울컥 목이 멘 상혁이 잠긴 목소리로 말했다.

—예, 산모도 아이도 모두 건강하다고 합니다.

—그래, 다행이구나. 그만 나가 보아라.

—부끄럽지 않는 아버지, 부끄럽지 않는 할아버지로 돌아와 주셔서 정말 감사합니다.

상혁이 말하고 서재를 나섰다.

곧바로 아파트를 나온 상혁은 노량진수산시장 쪽으로 차를 몰았다. 이미 자정을 넘은 시간인데도 서울의 밤은 여전히 붐볐다. 창문 유리에 비친 아버지의 얼굴, 그 얼굴에 흘러내리는 굵은 눈물, 아들에게 자신의 치부를 고스란히 들켜버린 아버지의 초라한 모습, 다른 사람도 아닌 바로 자신의 아들 앞에서 아버지로서의 권위도, 법무부장관이라는 지위도, 인간으로서의 연민에 기댄 그 어떤 변명의 기회도 박탈되어 버린 나약하고 초라한 한 사내의 초상이 거기에 있었다. 베를린에서 거의 매일이다시피 보낸 메일의 답장도 없고, 심지어 전화를 해도 받지 않는 휘진에게 화가 나고, 한편으로는 너무 걱정이 되어 이미 귀국 일정을 받아두고 있던 어느 날이었다. 베를린지청의 그의 방으로 미모의 한 여자가 찾아왔다. 그 여자는 자신을 한맥그룹 전략기획실의 한지혜라고 소개했다. 그때 상혁은 한지혜로부터 휘진이 제기한 코리아타워 소송의 내막을 알게 되었다. 이 소송의 피고 강호건설과 강진호 회장의 배후에 일본의 군국주의를 추종하는 급진 우익세력이 있고, 정작 본인은 모르고 있지만, 휘진의 배후에는 이 우익세력에 맞선 한맥그룹이 있다는 것을 알게 되었다. 그때 한지혜를 통하여, 한정일 회장이 당부한 말처럼, 이 소송은 단순한 소송이 아니라 일본 군국주의 추종자들과의 총성 없는 전쟁이었다. 이 나라의 자존이 걸려 있는 문제라고 했다. 처음에는 반신반의 했지만, 그때 한지혜가 바꿔주는 성혜주와의 전화를 통하여 박진욱의 존재와 살인자들과 공모한 아버지의 범죄행위도 알게 되었다.

무릎을 꿇을 사람은 네가 아니라 오히려 나다, 네게 다시 한 번 부끄럽구나. 이 말을 할 수 밖에 없었을 아버지의 심정은 얼마나 비참했을까. 창문에 비친 아버지의 처진 어깨와 눈물이 상혁의 가슴에서 바람부는 호수에 드리워진 낚싯대의 찌처럼 흔들리고 있었다. 흔들리는 그 찌의 꼭대기에 가냘픈 잠자리 한 마리가 내려앉았다. 커다란 잠자리의 눈은 맑고 투명했다. 그 투명한 눈에서 새벽이슬 같은 눈물이 흐르고 있었다. 내가 사랑했던 여자가 창녀였단 말이지? 비록 그들의 감시의 눈을 다른 곳으로 돌리기 위해서 고심 끝에 작정하고서 한 연극이었지만, 결코 해서는 안 될 말이었다. 휘진의 사무실 모서리 천장에 설치되어 있는 CCTV를 통하여 그들의 관계가 파탄됐다고 속이기 위해 일부러 한 연극이었다. 그래야 그들이 방심할 것이다. 그래야 이제까지의 은밀한 수사가 결실을 맺을 것이다. 그러나 이 말로 휘진이 받았을 상처를 생각할 때마다 상혁의 가슴은 찢어지고 있었다.

그러나 이제 얼마 남지 않았어, 곧 끝나게 돼. 상혁은 운전대를 잡은 채로 자신도 모르게 흐르는 눈물을 손등으로 찍어 냈다.

상혁이 영준의 누나가 운영하는 식육 식당에 도착했을 때, 시간은 이미 새벽 1시가 넘어있었다. 가게의 아크릴 간판불은 켜져 있었지만, 홀은 이미 소등되어 있었다. 상혁이 불이 꺼진 가게의 문을 열고 들어서자, 홀 안쪽에 딸린 별실의 문이 열리며 영준이 나왔다.

—모두 다 모여 있어.

영준이 말했다.

—늦은 시간에 모두 고생이 많습니다.

상혁이 영준을 따라 별실로 들어가며 말했다. 그곳에는 삼겹살구이 불판을 가운데에 두고 마산중부서의 남형우 반장과 속초경찰서의 강철균 반장, 상혁이 처음 보는 한 남자가 있었다.

—왜 지난번에 말했던 이성호 선배님이셔.

영준이 말했다.

—아, 예, 반갑습니다. 최상혁 검삽니다.

상혁이 일어서서 손을 내미는 이성호의 손을 잡으며 말했다.

—면목이 없지만, 후배가 하도 간곡하게 부탁해서 이렇게 나왔습니다.

이성호가 풀 죽은 목소리로 말했다.

—무슨 말씀을요! 선배님의 제보가 결정적인 역할을 했습니다.

상혁이 이성호의 손을 잡고 흔들면서 말했다.

—하모요.

일행 중에서 제일 연장자인 남형우 반장이 방금 마신 소주잔을 탁, 소리가 나도록 내려놓으면서 큰소리로 말했다. 남 반장의 사투리를 잘 알아듣지 못한 다른 사람들이 서로를 바라보았다.

—뭐라캐도 이 사무장님이 젤 큰일을 했제. 인자 그 새끼들을 잡아 넣는 일만 남은기라.

잎이 넓은 상추와 깻잎에 삼겹살을 가득 싼 안주를 볼이 터지도록 입에 넣으며 남 반장이 말했다.

—앉아. 한 잔 하지?

영준이 상혁을 보고 말했다.

—하모요. 자, 내 술 한 잔 받으이소.

남 반장이 일행들 틈에 끼어 앉은 상혁에게 잔을 건네며 말했다.

—예, 이제 마무리만 남았습니다. 남 반장님, 강 반장님, 그동안 수고하셨습니다. 무엇보다도 저를 믿고 따라와 준 두 분께 감사드립니다.

상혁이 남 반장이 건네는 소주잔을 받아들며 말했다.

—디데이는 언제로 잡았습니까? 내일이라도 당장 잡아들이면 되지 않습니까?

강 반장이 말했다.

—아닙니다. 증거를 좀 더 보강해야 합니다. 그 일은 제가 하겠습니다. 그 전에 코리아타워 주식을 모두 인수해야 합니다. 지금 주식을 인수하지 못하면 나중에 아주 복잡한 법적 문제가 발생합니다. 그들이 주식을 넘겨주기로 했다고 하니, 조금만 더 기다리면 됩니다. 오래 걸리지 않을 겁니다.

상혁이 비운 잔을 남 반장에게 다시 건네며 말했다.

—장관님이 걱정이군.

영준이 곤혹스런 표정으로 말했다.

—아버지는 마음을 비우셨어. 유 변호사를 보호하기 위한 고육지책이었다고 하더군. 자책하고 계셔. 주식을 양도받기 위해서는 아버지

의 역할이 아직 필요해. 모든 일이 끝나면 그때는 스스로 결단을 내리실 거야. 여러분들은 이 문제에 대해서는 마음 쓰지 마시고, 마지막까지 최선을 다해 주십시오. 지금부터가 더 중요합니다. 이제 막다른 골목에 이른 그들이 무슨 짓을 할지 모릅니다. 유 변호사를 철저하게 보호해야 합니다. 지금부터 두 분은 유 변호사를 보호하는 일에만 전념해 주십시오.

상혁이 남형우 반장과 강철균 반장을 번갈아 바라보며 말했다.

–염려하지 마십시오. 지금도 병원은 두 경장이 철통같이 지키고 있습니다.

강철균 반장이 씩씩하게 말했다.

–근데, 이때까지는 내 눈 안에 있었지만, 지금 잠시 이라고 있는 새에 박홍길 그 살인마 새끼가 토끼뿌거나 또 뭔 짓을 저지르지나 않을까 그기 걱정입니더. 경찰까지 지낸 그 새끼가 워낙 눈치가 빠른 놈이라서요.

남 반장이 불판 위의 고기를 젓가락으로 뒤집으며 상혁을 보고 말했다.

–박홍길은 도망가지 않을 겁니다. 오히려 유 변호사를 노릴 겁니다. 강진호와 박홍길, 그 일당을 한꺼번에 잡기 위해서는 스스로 걸어 나오게 해야 합니다. 이것이 오늘 「언어 살인」이라는 소설을 발표한 이유입니다. 도망갈 수 없도록 만반의 조치를 취해놓았습니다. 절대 빠져나가지 못합니다. 걱정하지 마시고 지금부터는 유 변호사만 지켜 주십시오.

상혁이 피곤에 지쳐 핏발 선 눈을 문지르며 말했다.

위험한 승부

나무와 풀, 꽃, 길가의 돌 하나에도 창조주의 의지가 깃들어 있다.
하물며 인간이라는 존재의 생명에서야.

소설 「언어 살인」에서 박진욱이 출석하기로 한 소송의 변론기일이 이제 불과 열흘 앞으로 다가와 있었다. 휘진은 여전히 병원에 있었다. 그동안 영준이 수시로 병실에 다녀갔다. 영준은 경찰의 경호팀이 그녀를 지키고 있고, 경찰에게 알리지 않고 퇴원을 하거나 외출을 해서는 절대 안 된다고 신신당부했다. 영준을 볼 때마다 상혁의 소식을 물어보고 싶은 충동이 일었지만, 일부러 내색하지 않았다. 그의 아이가 아니라는 말에 상혁이 받았을 충격을 생각하면 가슴이 찢어질 것 같았다. 더구나 소설 「언어 살인」에서 최형윤 장관의 실명이 거론된 마당에 이제 상혁과의 관계는 돌이킬 수 없게 되고 말았다. 마음이 혼란스러울 때마다 휘진은 신생아실로 갔다. 그곳에 생명이, 아버지의 생명의 이음줄을 이어받은 또 하나의 생명이 있었다. 아직 너무 어려 누구를 닮았는지 잘 분간이 가지 않았지만, 전체적인 얼굴의 윤곽은 상혁의 얼굴을 닮은 것 같았다. 웃는 모습이나 잠든 아이의 모습에서 돌아가신 아버지의 온화한 미소도 보였다. 유도분만을 통한 한 달이나 앞선 출산이었지만, 아이는 정상아처럼 건강하다고 했다. 아이는 이제 언제라도 퇴원을 할 수 있다고 했다. 휘진은 상혁의 생각에서 벗어나기 위하여 의식적으로 박진욱에 대한 생각에 골몰했다. 소설 「언어살인」에서 말한 것처럼 과연 법정에 출석할까? 그동안 어디에 있었을까? 어떤 모습으로 변해 있을까? 그와 혜주 언니와의 관계는? 마음 같아서는 바로 퇴원을 하여 무작정 찾아 나서고 싶은 충동이 일기도 했다. 강 원장은 거의 매일이다시피 수원과 서울의 병원을 오가며 그녀를 간호했다. 강 원장이 직접 끓여 나르는 미역국이며 음식에 휘진의 건강도 빠르게 회복되었다. 그런데 오늘은 다른 때와는 달리 강 원장은 점심시간이 지나도록 오지 않고 있었다. 휘진은 병원에서 제공하는 점심을 먹고 창문을 열고 밖을 내다보았다. 어제 비가 내린 탓인지, 공기가 상쾌했다. 빽빽한 고층 건물들 사이로 말갛게 씻긴 파란 겨울 하늘이 신선했다. 그때 강 원장이 병실로 들어섰다.

–점심시간에 맞추어 온다고 왔는데, 조금 늦었구나.

강 원장이 반찬거리가 든 보자기를 풀면서 말했다.

–병원 음식도 괜찮아요. 바쁘실 텐데, 이제 매일 오시지 않아도 되요.

–그런 소리 말아라. 내가 좋아서 하는 일이다. 그것보다 어제 병원에서 아이를 퇴원시켰으면 하더구나. 신생아실이 모자란다고. 아이는 내일 퇴원시키자.

–함께 퇴원하면 안 될까요? 저도 이제 괜찮아요. 재판준비도 해야 하고.

–그놈들이 무슨 짓을 할지 모르는데?

강 원장이 걱정스런 표정으로 말했다.

–설마 이제 와서 그들이 무슨 짓을 하겠어요. 걱정하지 마세요.

—그래도 너는 이대로 병원에 있는 게 좋겠다. 퇴원하면 널 지키고 있는 경찰들이 더 힘들지 않겠니. 내 말대로 하자. 아이는 내가 데려가마. 어차피 당분간은 네가 아이를 키우지도 못할 테고. 몸도 성치 않은데, 아이 뒤치다꺼리를 하면서 어떻게 재판 준비를 하겠니. 그래도 아이가 건강하고 씩씩하니 얼마나 다행이냐. 내가 아이를 직접 낳아 보지는 못했지만, 아이 키우는 데는 선수 중의 선수다. 평생 동안 아이들만을 키웠다.

강 원장이 휘진의 손을 다정하게 잡고 말했다.

같은 시간, 서울 종로구 소재 강호빌딩 24층, 강호건설 회장실

강진호는 의자 깊숙이 등을 기대고 앉아 주먹을 불끈 쥐고 또다시 끓어오르는 화를 삭이고 있었다. 그날, 최 장관을 통하여 비로소 알게 된 사실, 김형태가 윤경호를 죽이고, 그가 김형태, 고광준을 죽인 일이 모두 한맥그룹의 계획된 시나리오에 의해 놀아난 것이었다니? 강진호는 한맥그룹이 이제까지 그의 행동은 물론이고 생각까지 훤히 들여다보고 있었다는 생각에 화가 치미는 한편으로 등줄기를 타고 내리는 두려움을 느꼈다. 한맥그룹은 이미 그의 목에 단단히 올가미를 씌우고 있었다. 그런 줄도 모르고 꼭두각시처럼 놀아난 꼴이라니, 이 모든 것이 김희철 그놈의 머리에서 나온 것이었어. 그놈의 나풀대는 입을 내가 너무 쉽게 믿었던 거야. 그러나……? 정말 그럴까? 김희철 이놈이 정말 나를 배신하고 한맥의 앞잡이가 되었을까? 그동안 몇 번이나 곱씹어 생각해 봤던 것이지만, 이 비밀을 아는 사람은 최측근의 보디가드 셋, 김희철, 박홍길 그리고 죽은 김형태와 고광준뿐이었다. 그런데 김형태와 고광준은 이미 죽었고, 결국 비밀이 새어나갈 곳은 보디가드 셋과 박홍길, 김희철뿐인데, 직접 살인을 한 박홍길이 제가 죽을 짓을 할 리는 만무하고, 매일 얼굴을 대하는 보디가드는 믿을 수 있다. 그렇다면 결국 김희철 이놈뿐, 이놈은 피 한 방울 내지 않고 남의 간을 빼먹을 정도로 약삭빠른 머리를 가진 놈이다. 실제로 그와 김형태 사이에서 이중첩자 노릇을 하고 있었다. 역시 이놈이었어. 박진욱의 배후에 있는 세력, 한맥그룹, 바로 이놈이 한맥그룹이 심어 놓았던 스파이였어. 이놈이 김형태를 배신한 것처럼 다시 나를 배신한 거야. 이제까지 이놈의 혀에 의해 농락당하고 있었던 거야.

강진호는 치솟아 오르는 화를 참지 못하고 자리에서 벌떡 일어나 방안을 서성거리기 시작했다. 이제는 다른 선택의 여지가 전혀 없다는 생각이 들었다. 비록 일본 놈들의 자금을 이용하여 일으켜 세운 기업이지만, 강호건설은 그의 생명과도 같았다. 한맥그룹의 요구에 백기투항하여 주식을 양도하느니 차라리 죽음을 택할 것이다. 더구나 한맥그룹의 요구대로 주식을 양도한다고 하여도 살아날 수 있다는 보장도 없었다. 홍정호의 말대로, 분명 동경 본부는 이번 일의 실패에 대한 책임을 물을 것이고, 홍정호와 그가 응분의 대가를 치러야 한다는 것은 너무도 명확했다. 홍정호가 단언한 것처럼, 동경 본부는 그와 홍정호에게 할복을 강요할 것이다. 독립지사의 후손이 왜놈들 앞에서 할복을 한다? 이런 치욕이 어디 있다는 말인가. 있을 수 없는 일이다.

홍정호의 말대로, 이제는 반대로 내가 김희철을 이용해야 한다. 김희철 이놈이 씌운 올가미를 벗고 역습을 해야 했다. 한맥그룹의 스파이인 김희철은 반드시 죽여야 할 놈이고, 박홍길도 살려두면 분명 화근이 될 터였다. 회사도 지키고, 일본 놈들의 마수에서 벗어나는 방법, 홍정호의 계략대로 할 수밖에 없고, 그것이 가장 성공 가능성이 높았다.

그러나 한맥그룹이 은밀하게 보호하고 있는 박진욱이 쉽사리 제 발로 나타나지 않을 것은 뻔했다. 박진욱과 유휘진, 이 두 연놈을 제 발로 걸어 나오게 할 가장 확실한 방법은 홍정호의 계략대로 그녀의 아이를 데려오는 것이다. 강진호는 조바심에 몸이 달아 있었다. 이제 박진욱이 법원에 출석한다고 하는 날은 불과 열흘 앞으로 바짝 다가와 있는데, 20여 일이 지난 지금까지 도무지 기회가 포착되지 않았다. 하루하루가 지날 때마다 강진호는 심장의 피가 바짝바짝 마르는 것 같았다. 그때 강진호의 휴대전화가 울렸다. 홍정호였다.

—내일 그녀의 아이가 퇴원한다고 해. 수원에 '성모 마리아의 집'이라는 장애인 보육시설이 있어. 소설에서 '소망기도원'이라고 했던 곳이야. 박진욱, 그놈이 있었던 곳이고. 혈혈단신인 그녀가 아이를 어디에 보내겠어? 그러니까 내일 퇴원을 할 때 실행에 착수하도록 해.

대뜸 명령 투로 나오는 것으로 봐서 홍정호 또한 그동안 어지간히 마음을 졸이고 있었던 것이 틀림없었다.

—알겠습니다.

드디어 박진욱과 유휘진을 끌어낼 기회가 왔다. 이 기회를 이용하여 김희철과 박홍길도 함께 없앤다. 두 마리 토끼를 한꺼번에 잡는다. 강진호는 그동안 끙끙 앓고 체중이 한꺼번에 아래로 쑥 내려가는 것 같았다.

다음 날 오후 1시, 강진호의 휴대전화가 울렸다.

—방금 강 원장이 수녀 한 사람과 함께 차를 타고 기도원을 나갔습

니다. 아마 병원으로 가는 것 같습니다.

수원의 성모 마리아의 집을 감시하도록 배치한 수하 하나의 전화였다.

—알았어.

강진호는 곧바로 전화를 끊었다가 다시 켜고는 김희철의 휴대전화 번호를 눌렀다.

이 시간, 김희철은 남서울의 'C골프컨트리'에 있었다. 막 라운딩을 마치고 탈의실로 가고 있는데, 휴대전화가 울렸다. 발신자 화면에 강진호의 이름이 떠 있었다. 드디어 올 것이 왔구나. 김희철은 속으로 중얼거렸다.

—김희철입니다.

—지금 즉시 내 방으로 와. 긴급사항이야.

—지금 남서울에 있습니다. 시간이 좀 걸릴 것 같습니다.

김희철은 일부러 느릿하게 말했다.

—긴급사항이라고 하지 않나. 최대한 빨리 와.

강진호가 버럭 고함을 지르듯 말하고는 전화를 끊었다.

골프장을 나와 서울을 향해 차를 몰아가는 김희철은 이제 마지막 승부를 해야 할 때가 왔다고 생각했다. 위험한 게임이었다. 그러나 피할 수 없는 승부였다. 그는 지난 시간들을 회고해 보았다. 십여 년 전, 희건토건이라는 토목업체를 차린 후 김형태를 만났던 일, 김형태에게 기생하면서 사업상의 이권을 위하여, 때로는 치열한 생존경쟁에서 살아남기 위해 저지른 불법과 범죄, 쓰러뜨리지 않으면 살아남지 못하는 냉혹한 현실 앞에서 배신과 음모는 결코 부도덕이 아니었다. 그러나 그 때문에 살인까지 한다는 생각은 한 번도 해 보지 않았다. 그런데 4년여 전 김형태의 지시를 받고 거제로 갔던 일, 신거제대교에서의 살인사건, 정말 꿈에서조차 상상하지 못한 일이었다. 더구나 그때 그들이 살해한 사람이 국내 최고의 건축공학자인 유경준 박사라는 사실에 그는 더 큰 충격을 받았다. 그러나 이미 엎질러진 물이었다. 그는 이미 그 살인사건의 공범이 되어 있었다. 그 후, 고광준으로부터 유경준 살인사건의 전말을 듣고 알게 되었을 때, 그는 김형태와 강진호에게서 벗어날 수 없다는 것을 깨달았다. 벗어날 수 없다면 더 강한 자의 편에 서야 했다. 김형태는 언젠가는 그가 넘어야 할 산일뿐이었다. 김형태를 넘기 위해서는 강진호를 이용해야 했다. 김형태와 강진호 사이에서 줄다리기와 같은 그의 곡예생활이 시작되었다. 그러던 어느 날 한 남자가 그를 찾아왔다. 한맥그룹 전략기획실에 근무한다고 했다. 그 사람이 제안을 했다. 그것은 그에게는 한 줄기 서광이었다. 김형태와 강진호에게서 벗어날 수 있는 길이었고, 동시에 거부할 수 없는 이권을 보장했다. 한맥그룹의 치밀한 시나리오에 따라 김형태와 강진호 사이에서 이중첩자 노릇을 하면서 둘의 사이를 벌어지게 하는 공작이 진행되었다. 김형태를 부추겨 강진호에게 맞서게 하였고, 그 와중에 윤경호가 제거되었다. 그 다음은 김형태와 고광준 차례였고, 이제 마지막으로 박홍길과 강진호의 차례였다. 소설 「언어 살인」은 한맥그룹의 기획에 의하여 그가 이중첩자 노릇을 하여 얻은 정보를 바탕으로 한 것이었다. 이제 강호건설이 쓰러지면 강호건설의 일정 지분은 그가 인수하게 될 것이다. 그동안 강진호와 김형태에 대한 정보를 제공해 준 대가와 열흘 후에 있을 그의 법정 증언에 대한 대가로 그가 받게 될 한맥그룹과의 물밑 약속이었다. 사실 김형태의 지시에 의해 자신도 모르는 사이에 살인사건에 가담하고 말았지만, 사건 당시 그는 단지 유 박사가 탄 차의 진로를 차단하는 역할을 맡았을 뿐이었다. 잠시 후에 일어날 살인사건은 꿈에도 생각하지 못했다. 그 점에서 그는 살인의 공범이라고 할 수 없었다. 공범으로 기소된다 하여도 당시 살인현장에서 그가 한 역할과 이제 곧 있게 될 양심선언 또는 법정 증언을 고려하면, 그가 중벌로 처벌받지는 않을 것이다. 그를 회유하면서 한맥그룹 관계자가 한 말이었고, 그가 생각해도 이 말은 일리가 있었다. 이제 박신욱이 법정에 출석하여 증언하고, 다음으로 그가 증언하면 강진호의 운명은 결정될 것이었다.

그러나 강진호가 그대로 주저앉을 리가 없었다. 이제 막다른 골목에 다다른 강진호가 결국 마지막 카드를 꺼내들 것은 분명했다. 어쩌면 지금쯤은 강진호가 그의 배신을 알아차렸을 수도 있었다. 소설 「언어 살인」이 발표되었는데도 불구하고 지금까지 그에게 아무 연락도 없다는 것이 그것을 암시했다. 어쩌면 오늘 그는 김형태나 고광준의 전철을 밟을 수도 있다는 생각에 움칠했다. 이 시점에서 발을 빼고 아무도 모르는 곳으로 잠적해야 하지 않을까? 김희철은 잠시 망설였다. 그러나 아직 강진호가 그의 배신을 모를 수도 있다. 그런데 그가 강진호의 호출명령을 거부한다면, 오히려 그의 배신을 드러내는 일 밖에 되지 않는다. 설사 잠적한다고 해도 강진호가 그를 찾아내는 일은 어렵지 않을 것이다. 피한다고 될 일이 아니다. 다행히 강진호가 아직 그의 배신을 알지 못하고 있다면, 박진욱과 그가 법정에 나가 증언하기까지는 여전히 그의 신임을 확보해 둘 필요가 있었다. 지금 강진호가 어떤 일을 꾸미고 있는지 알아볼 필요도 있다. 설사 강진호가 그의 배신을 알아챘더라도 오늘은 그를 처단하기 위하여 부르는 것은 아닐 것이다. 그랬다면, 김형태나 고광준처럼 그 장소는 강호건설 회장실이 아닌 테헤란로의 은밀한 룸이나 다른 장소일 것이다.

강진호의 입장에서 보면, 김형태와 고광준이 제거됨으로써 이제 그의 이용가치는 없어진 것이나 다름없었다. 하물며 유 박사 사건뿐만 아니라 김형태와 고광준의 살인사건에 대한 전말도 모두 알고 있는 그를 그대로 둘 리 만무했다. 그가 배신을 했건 안 했건 강진호는 결국에는 그를 없애고자 할 것이다. 소설이 발표된 이후, 만약 강진호가 그의 배신을 추궁하고 나왔을 때 어떻게 설득하고 대처할 것인가는 이미 생각해 두었다. 그러나 좀 더 치밀한 준비를 해야 했다.

서울을 향하여 운전을 하던 김희철은 휴게소에 차를 세우고 차의 트렁크를 열었다. 그는 트렁크 안쪽의 깊숙한 비밀공간에 보관하고 있던 소형 권총을 꺼내어 골프웨어 상의 위에 입고 있던 두툼한 방한용 점퍼 안주머니에 넣었다. 그 권총은 김형태가 불법으로 구입한 세 자루의 권총 중 하나였다. 어떻게 구한 것인지는 모르지만, 김형태는 권총 세 자루를 구입하여 한 자루는 자신이 갖고 나머지 두 자루 중 하나씩을 각각 그와 고광준에게 주었다. 비록 김형태와 고광준은 그 권총을 사용해 보지도 못하고 불귀의 객이 되고 말았지만, 그는 강진호나 박홍길이 그를 해칠 낌새가 보이는 마지막 순간에는 이 권총을 사용할 참이었다. 두툼한 방한용 점퍼라 그 안에 권총이 들어있다는 표시가 나지 않았다.

이제 강진호가 어떤 카드를 쓸까? 차를 몰아가면서 김희철은 생각해 보았다. 첫 번째는 박진욱을 찾아내어 증거를 없애고 제거하는 일, 그러나 여전히 박진욱의 행방을 모르는 상태에서 그것은 불가능하다. 두 번째는 곧바로 유휘진 변호사를 살해하는 극단적인 행동을 할지도 모른다. 만약에 유경준 박사처럼 유휘진 변호사를 살해하라는 명령을 내린다면 어떻게 해야 할까? 이런 생각을 하는 동안에 어느 듯 김희철은 강호빌딩의 지하 주차장에 도착했다. 그는 권총이 든 안주머니를 다시 한 번 확인하고 엘리베이터에 올라 회장실이 있는 24층의 버튼을 눌렀다.

24층에 내린 김희철은 강진호의 비밀 집무실로 향하는 출입문 앞에서 크게 심호흡을 했다. 이 집무실은 공식적인 회장 집무실 뒤편에 있는 비밀 공간이었다. 강진호와 극히 가까운 몇몇 사람만이 출입할 수 있었다. 김희철이 CCTV가 설치된 출입문의 인터폰을 누르자 문이 자동으로 열렸다. 안으로 들어서자 문이 저절로 닫혔다. 폭 2미터 정도의 좁은 복도가 5미터 가량 이어져 있고, 그 복도의 끝에 또 하나의 출입문이 있었다. 문 앞으로 다가가자 문이 자동으로 열렸다. 김희철은 안으로 들어섰다. 출입문의 좌측 정면에 강진호의 책상이 있고, 그 앞에 놓인 디귿자 소파의 중앙에 강진호가, 그 오른쪽에 박홍길이 앉아 있었다.

—부르셨습니까?

김희철이 허리를 굽히고 절을 했다. 순간 그는 흠칫 놀랐다. 등 뒤에 강진호의 그림자 같은 보디가드 셋 중 둘이 다가와 있었다. 우람한 두 사내가 순식간에 그의 어깨를 거머쥐고 두 팔을 하나씩 잡아 등 뒤로 꺾어 올리면서 무릎을 뒤에서 걷어차 주저앉혔다. 권총을 꺼내들 틈이 없었다. 두 사내의 어깨에도 닿지 않는 왜소한 체구의 김희철이 저항하기에는 이미 늦은 뒤였다.

—회장님, 왜 이러십니까?

김희철이 당황한 표정으로, 그러나 침착하게 말했다. 정면 소파에 앉은 강진호가 형형한 눈빛으로 김희철을 바라보며 말했다.

—언제부터 한맥의 앞잡이 노릇을 한 거야?

—한맥이라니요? 무슨 말씀을 하시는 겁니까?

꿇어앉은 김희철이 보디가드에게 여전히 팔을 억제당한 채, 정말 영문을 모르겠다는 어리둥절한 표정으로 말했다. 그때 나머지 보디가드 하나가 말없이 다가와 검은 양복 윗도리 호주머니에서 뭔가를 꺼내 들었다. 그 사내는 김희철의 반항을 억제한 두 보디가드보다도 덩치가 더 컸다. 얼마나 거구인지 그 사내가 팔을 들어 수평으로 벌리면 김희철이 고개를 숙이지 않고도 팔 아래로 지나갈 수 있을 것 같았다. 손등에 불거진 힘줄만 보아도 격투기로 단련된 단단한 신체임을 알 수 있었다. 그 사내의 손에는 양끝에 둥근 금속손잡이가 달린 가느다란 실 같은 은빛 노끈이 들려 있었다. 그 노끈은 강철로 된 철사 같기도 하고 투명한 낚싯줄 같기도 했다. 거구가 김희철의 목에 노끈을 감고 서서히 힘을 주기 시작했다. 목을 파고드는 날카롭고 시린 감촉에 김희철은 전신에 소름이 돋았다. 호흡이 막힘에 따라 동공이 불거지고 가슴이 풍선처럼 부풀어 터질 것 같았다. 두려움이 일을 망치게 돼. 침착해야 해. 김희철은 몽롱해지는 의식을 가까스로 지탱하며 속으로 되뇌었다. 호흡이 곧 멎기 직전, 거구가 힘을 풀었다. 겨우 기도가 뚫린 김희철은 몇 번이나 캑캑거리며 숨을 골랐다. 박홍길이 소파에 앉은 채로 잔인하게 눈을 번쩍이며 그 모습을 바라보았다.

—후후후, 내 이럴 줄 알고 오지 않으려 하다가 그래도 박 사장 당신이나 강 회장은 그렇게 어리석지는 않을 거라는 생각을 하고 왔는데, 내가 잘못 생각했군. 강 회장, 박 사장, 당신들 모두 한치 앞도 못 보는 바보멍청이야. 쯧쯧, 스스로 무덤을 파고 있어.

김희철은 체념한 듯 먼저 허허롭게 웃고는 일부러 존칭을 쓰지 않고 미리 생각해 두고 있던 말을 호기롭게 내뱉었다.

–뭐? 한 치 앞도 못 보는 바보멍청이라고? 스스로 무덤을 판다고? 하, 저 새끼가 죽게 될 만하니까 미리 정신이 살짝 가네. 아이고, 김 사장님, 죽기 전에 그 이유나 좀 들어봅시다.

강진호가 가당치도 않은 듯 비스듬하게 등을 소파에 기대고 고개를 갸웃거리며 빈정댔다.

–×팔, 이렇게 된 마당에 누구 좋으라고, 내가 죽으면 니들도 내 뒤를 따라 같이 죽어야지. 강 회장, 나를 죽인 다음에는 거기 앉은 박 사장이겠지? 그런데 그 다음에 죽을 사람은 또 누굴까? 하하하, 박진욱 그놈의 소설대로 바로 존경하는 항일지사의 후손이신 강 회장 당신 차례겠지. 하하하, 참, 꼴좋다. 어리석게도 박진욱 그놈의 소설에 놀아나 같은 편끼리 서로 죽이고 자빠졌으니. 박 사장, 당신도 꿈 깨. 당신도 곧 황천객이 될 테니까. 내 먼저 지옥에 가서 기다리고 있겠어.

김희철은 얼음 같이 싸늘하게 굳은 박홍길의 얼굴을 바라보며 체념과 저주가 뒤섞인 목소리를 뱉어냈다. 강진호의 얼굴이 벌겋게 달아올랐다. 거구가 다시 노끈을 쥔 손에 힘을 주었다. 김희철의 동공이 다시 불거지며 튀어 오르기 시작했다. 허파와 심장이 고무풍선처럼 부풀어 올랐다. 튀어나오는 동공의 실핏줄 사이에서 아지랑이가 너울거리기 시작했다. 뇌세포가 일제히 분해되면서 정수리를 뚫고 나온 빛의 조각이 펑펑 소리를 내면서 축포처럼 터지기 시작했다. 아, 죽음의 순간이란 바로 이런 것이구나. 숨을 쉬지 못하는데도 오히려 가슴이 시원하게 느껴지는 것은 무슨 이유일까? 웃음이 터질 것 같았다. 두렵지 않았다. 오히려 황홀했다.

—멈춰.

강진호가 말했다. 거구가 줄을 놓았다. 김희철이 다시 캑캑거리며 깨어났다.

—박진욱 그놈의 소설대로라고?

강진호가 소파에서 일어나 김희철에게 다가와 말했다. 드디어 걸려들었구나. 김희철은 생각했다. 지금까지는 이때를 대비한 연기였다.

—회장님, 정말 모르시겠습니까?

김희철이 숨을 가쁘게 몰아쉬며 정색을 하고 말했다.

—팔을 풀어 줘.

강진호가 무슨 생각이 들었는지 머리를 끄덕이며 말했다. 보디가드 두 명이 뒤로 꺾고 있던 팔을 놓고 거구가 목에 감은 줄을 풀었다.

—김 사장, 이리 와서 앉아봐.

강진호가 느긋하게 다시 소파로 돌아가며 말했다. 김희철이 목을 쓰다듬으며 소파의 끝자리 앞에 서서 허리를 공손하게 접으며 말했다.

—본의 아니게 심한 말씀을 드려 죄송합니다. 용서해 주십시오. 박 사장님께도 사과드립니다.

그러나 김희철은 소파에 앉지는 않았다.

—내 김 사장을 한 번 시험해 봤어. 미안하네.

강진호가 겸연쩍은 표정으로 오른쪽 손바닥으로 목 뒤를 문지르며 말했다. 그때 김희철이 품에 손을 넣어 권총을 꺼냈다. 강진호와 박홍길의 낯빛이 확 변했다. 뒤에 서 있던 보디가드 세 명이 곧바로 덮쳐들 듯 하다가 강진호의 손짓에 주춤했다. 그러나 김희철은 누구에게도 총을 겨누지 않고 곧바로 총을 탁자 위에 놓고는 바닥에 무릎을 꿇고 앉았다. 김희철이 무릎을 꿇은 채로 손끝을 내밀어 내려놓은 권총을 강진호 앞으로 밀면서 말했다.

—불충하게도 회장님께서 잘못 판단하시어 오늘 제가 죽게 될 경우가 생긴다면 이판사판으로 이 권총을 사용하려고 했습니다. 그러나 이제 회장님의 오해가 풀린 것 같아 제 충정을 알아주십사하는 심정에서 이렇게 총을 꺼내 놓는 것입니다. 이제 저를 믿으시겠습니까?

—내 김 사장을 한 번 시험해 봤다고 하지 않나? 이제 마음 풀게나.

강진호가 한결 너그러워진 음성으로 손을 뻗어 권총을 들고 총구를 들여다보며 말했다.

—이제 아셨겠지만, 박진욱 그놈이 「언어 살인」이라는 소설을 왜 띄웠겠습니까? 그놈은 이제까지의 소설은 모두 우리끼리 싸움을 붙여 서로 죽게 하자는 의도라고 했습니다. 그리고 실제로 윤경호와 김형태 회장, 고광준이 그놈의 의도대로 죽었습니다. 이번 소설에서 그놈은 앞으로 회장님이 저를 의심하여 먼저 나를 죽이고, 마지막으로 박 사장님과 회장님이 서로 의심하여 서로를 죽이게 하는 것이라고 했습니다. 그러면서 그놈은 이제 복수를 포기했다고 합니다. 회장님, 한 번 생각해 보십시오. 그놈이 과연 복수를 포기했겠습니까? 그놈이 복수를 포기했다고 연막을 치면서 마지막 시나리오를 공개한 진짜 목적이 무엇이겠습니까? 결국 원래 제 놈의 목적대로 회장님의 의심을 촉발시켜 회장님 손으로 저희들을 죽이고자 하는 것이 아니겠습니까? 그리고 실제로 회장님은 지금 막 저를 죽일 뻔했습니다. 아까 제가 한 치 앞도 못 보고 스스로 무덤을 판다고 한 것은 이를 두고 한 말입니다. 그놈이 이번에 발표한 소설의 진짜 목적을 알지 못하고 그놈이 파 놓은 함정에 빠질 뻔했지 않았습니까?

—그래? 아하, 그렇군! 김 사장의 지금 말이 아니었으면 내가 정말

그놈의 꾐에 넘어갈 뻔했어.

강진호가 오른손으로 무릎을 치고는 그때서야 비로소 깨달은 것처럼 고개를 끄떡이며 말했다.

-회장님께서 지금이라도 아셨다니 정말 다행입니다. 덕분에 제가 살았습니다.

김희철이 무릎을 꿇은 채로 구사일생으로 살아난 것에 눈물이라도 흘릴 것처럼 더듬더듬 말했다.

-아, 정말 미안하게 되었어. 내 김 사장을 한 번 시험해 봤다고 하지 않았나. 그나저나 이제 열흘 후면 박진욱이란 놈이 법정에 나타나게 될 텐데, 그놈이 정말 나타나면 큰일이야. 그래서 내가 생각한 건데…….

강진호가 말을 이어가다 한동안 뜸을 들였다.

-이제는 더 망설일 시간이 없습니다. 그 변호사년을 죽이는 길밖에 없겠습니다.

이때까지 한마디도 하지 않고 있던 박홍길이 눈을 희번덕거리며 말했다. 그런데 평소답지 않게 그의 말투는 어눌하고 마약에 취한 것처럼 눈의 초점도 흐렸다.

-그년을 죽인다고 해도 박진욱 이놈이 살아있는 한 문제는 해결되지 않아. 그리고 그년을 죽이는 일도 쉽지 않아. 홍 실장 말에 의하면, 그년이 입원한 병실을 경찰이 철통같이 지키고 있어. 접근이 불가능하다고 해. 그래서 내가 생각한 건데, 그년이 이번에 아이를 낳았다고 하니, 그 아이를 데려오자고. 경찰의 허를 찌르는 거야. 경찰도 설마 우리가 아이에게 접근하리라고는 생각하지 못하고 있을 거야. 이번 소설을 보면 그년과 박진욱은 분명히 서로 연락을 주고받고 있어. 아

이를 살리기 위해서는 그년이 박진욱을 데려와 증거를 내놓을 수밖에 없지 않겠어. 아이를 볼모로 증거를 빼앗은 후 대공영타워 지하공사장에 두 연놈을 레미콘으로 감쪽같이 묻어버리는 거야. 제 자식과 함께. 제 아비와 스승이 설계한 타워가 그 두 연놈의 무덤이 되는 거지. 자, 김 사장, 이 권총이 필요하게 될지도 모르겠군. 이것은 다시 넣어 둬. 오늘 그년의 아이가 병원에서 퇴원을 한다고 해. 아이를 데려오는 일은 김 사장이 직접 나서주게. 이렇게 중요한 일을 다른 사람에게 시길 수 없으니, 김 사장이 직접 나서 아이를 데려와. 강호건설의 사활이 걸린 일이야. 절대 실수하면 안 돼. 김 사장의 그 충정을 확실하게 한 번 보여주란 말이야. 유경준이 때처럼 실수해서는 안 돼. 자, 박 사장은 나와 함께 가세. 박 사장은 따로 할 일이 있어.

말을 마친 강진호가 박홍길과 함께 출입문으로 걸어갔다.

—알겠습니다.

김희철이 권총을 다시 품에 넣고 문까지 따라 나가 강진호와 박홍길의 뒤에서 허리를 굽혀 절을 했다. 순간 뒤에 서 있던 보디가드 둘이 순식간에 김희철의 두 팔을 다시 잡아채 반항을 억제했다.

—무슨 짓이야?

김희철이 소리쳤다.

—만일을 대비하여 휴대폰과 이 권총은 제가 보관하겠습니다. 지금부터 김 사장님은 반드시 저희들과 행동을 같이 해야 합니다. 그렇지 않으면 바로 처단하라고 회장님께서 명령하셨습니다.

김희철의 목을 졸랐던 거구가 김희철의 점퍼 호주머니에 든 휴대전화와 권총을 꺼내가며 말했다.

한바탕 홍역을 치른 후 강진호가 붙인 수하들과 함께 강호빌딩을 나와 병원으로 향하는 차 안에서 김희철은 아직도 목에 살얼음이 끼어있는 기분이었다. 남서울에서 강호빌딩으로 올 때까지 화창하던 날씨는 눈이라도 내릴 듯이 우중충하게 흐려져 있었다. 이번에는 다행히 강진호가 속아 넘어갔지만, 두 번 다시 속지는 않을 것이다. 아니, 강진호는 일부러 속아주는 척한 것이다. 강진호의 수하들이 그의 휴대전화와 권총을 빼앗아 간 것이 그것을 증명했다. 그런데 아이를 유괴한다는 생각은 그도 전혀 생각하지 못했다. 더구나 그 일을 자신이 직접 해야 한다니. 그때서야 김희철은 강진호가 쳐놓은 덫에 걸렸다고 생각했다. 이 세 놈은 내가 강진호의 명령을 거부하고 도망가거나 아이를 유괴하는 일에 나서지 않는다면 여지없이 나를 처단할 것이다.

그런데 내가 배신한 것을 알면서도 강진호가 굳이 위험을 무릅쓰면서까지 이런 일을 내게 시키는 이유는 무엇일까? 김희철은 냉정하게 생각해 보았다. 그래, 죽이기 전에 마지막으로 나를 써 먹으려는 것이겠지. 나를 이용하여 오히려 한맥그룹에 역습을 하려는 것이다. 내가 아이를 유괴하도록 하고, 한맥그룹을 유괴범인 나의 배후 세력으로 몰아 자기에게 드리워진 법망에서 벗어나려는 것이다. 당장 이 일을 알려 아이와 유 변호사를 보호해야 한다. 그러나 섣불리 도망을 시도하다가는 내 목숨은 보장할 수 없다. 찰거머리 같은 이 세 놈이 바짝 옆에 붙어있고, 휴대전화와 권총까지 빼앗겨 버린 마당에 알릴 방법도 여의치 않다. 이제 어떻게 해야 하나?

김희철은 다른 각도에서 생각해 보았다. 강진호는 만약 내가 이 일을 하지 않거나 하더라도 실패할 경우를 대비하여 분명 다른 후속 대책을 세워두었을 것이다. 강진호의 머리는 아니더라도 용의주도한 홍정호 실장이 아무 대책도 없이 일을 처리하지는 않을 것이다. 내가 하지 않든, 실패하든 그 어떤 경우이든가를 불문하고, 그 이후에는 틀림없이 잔인무도한 박홍길이 다른 방법으로 나서게 될 것이다. 방금 강진호의 방에서도 박홍길은 곧바로 유 변호사를 없애버리자고 하지 않았던가. 그렇게 되면 유 변호사와 아이는 더 위험하다. 나를 이용하기 위해 미뤄진 이 시간을 역으로 이용해야 한다. 그렇다면 일단은 강진호의 명령대로 내가 아이를 유괴하는 수밖에 없다. 오히려 내가 적극적으로 나서 아이를 유괴하여 강진호와 박홍길을 방심하게 한 뒤 아이와 유 변호사의 안전을 확보하면서 함께 탈출할 방법을 찾아야 한다. 이 기회를 이용하여 강진호와 박홍길은 물론이고 수하들까지 한꺼번에 끌어내어 일망타진할 방법을 찾아야한다. 이것만이 내가 살 수 있는 유일한 방법이다.

그러나 이 게임은 내 목숨뿐만 아니라 이제 갓 태어난 갓난아이와 유 변호사의 생명까지 담보된 너무 위험한 승부다. 어떡해야 하나? 이길 수 있는 게임일까? 그러나 내가 하지 않거나 실패하여, 이후에 박홍길이 나선다면? 아이와 유 변호사는 분명 지금보다 더 큰 위험에 직면하게 될 것이다. 내 목숨도 지키고, 살인마 박홍길로부터 아이와 유 변호사를 지키기 위해서라도 내가 나설 수밖에 없다. 어쩔 수 없다. 위험하더라도 모험을 할 수밖에 없다. 이것이 최선의 방법이다. 김희철은 결심했다.

오후 5시, 김희철은 강진호의 수하 셋과 함께 병원의 정문이 빤히 보이는 이면도로 골목에 차를 주차시켜놓고 기다리고 있었다. 이미 유휘진 변호사가 병원에 입원했을 때부터 홍정호가 병원에 심어둔 정보원이 있는 것 같았다. 강진호의 방에서 그의 팔을 꺾어 반항을 억제했던 보디가드 두 녀석이 각 운전석과 조수석에 앉았고, 목을 졸랐던 거구가 조수석 뒤 뒷좌석에, 김희철은 운전석 뒤 뒷좌석에 앉아 있었다. 거구의 휴대전화가 울렸다. 사내가 전화를 받더니 김희철에게 전화기를 건넸다.

—방금 원장이 아이를 데리고 병원 주차장을 빠져나갔습니다.

홍정호가 심어둔 정보원과는 별개로, 강진호가 병원을 감시하도록 배치해 두었던 두 명의 수하 중 하나의 전화였다.

—어떤 차야?

—연회색 11인승 봉고 승합차입니다. 차에 '성모 마리아의 집'이라고 크게 표시되어 있어 쉽게 찾을 수가 있을 것입니다.

—차에 탄 사람은?

—원장과 수녀 한 사람, 아기뿐이었습니다.

—잘 됐군. 알았어.

김희철은 운전석에 앉은 보디가드에게 지시하여 골목에서 나와 병원 정문 쪽으로 나아가게 했다. 녹색으로 '성모 마리아의 집'이라고 가로로 쓰이고 그 아래 전화번호가 표시된 연회색 승합차 한 대가 막 병원 정문을 빠져나오고 있는 것이 보였다. 어두워져가는 날씨에다 우중충하게 찌푸려 있던 하늘에서 희끗희끗 눈발이 날리기 시작했다.

—저 차야. 성모 마리아의 집, 저 봉고. 따라가. 눈치 채지 못하도록 조심해야 해.

김희철이 탄 차가 병원 정문 앞에서 승합차의 뒤에 따라붙었다. 김희철이 속도를 내도록 지시하여 1차선으로 차선을 변경한 후 2차선을 주행하고 있는 승합차 안을 바라보니 수녀 모자를 쓴 젊은 여자가 운전을 하고 있고, 뒷좌석 오른쪽에 중년의 여자가 아이를 안고 앉아 있었다. 강 원장이었다. 추월할 것처럼 잠시 앞서가다가 다시 속도를 늦추자, 승합차는 다시 앞서가기 시작했다. 김희철은 미행을 눈치 채지 못하도록 멀찌감치 떨어져 2차선으로 차선을 변경한 후 승합차의 뒤를 따라가도록 지시했다. 차가 서울을 벗어나 수원 시내로 들어갔을 때, 날은 완전히 어두워지고 굵은 눈발이 휘날리기 시작했다. 승합차가 화성 행궁의 장안문이 있는 도로를 지나고 얼마가지 않아 어느 슈퍼마켓 매장 입구 앞 도로변에서 비상등을 깜박이며 정차했다. 이어 운전석에서 수녀가 내려 슈퍼마켓으로 바쁘게 걸어 들어갔다. 눈까지 내리는 추운 날씨에 아이를 위해 난방을 고려했음인지 시동을 꺼지 않고 비상등을 켜 둔 채였다. 사나운 날씨 탓인지 매장 앞 인도에는 지나가는 행인들도 보이지 않았다. 김희철은 이때라고 생각했다.

—저 차 뒤에 세워.

김희철이 운전석 앞으로 고개를 내밀고 지시했다. 김희철이 탄 차가 승합차 뒤에 조용히 멈췄다.

—지금 개시한다. 내가 운전석으로 갈 테니까, 너는 뒤의 여자를 맡아.

김희철이 옆에 앉은 거구에게 지시했다.

—그리고 너희 둘은 내가 저 차를 끌고 떠나면 우리 뒤를 따라 와.

김희철이 다시 운전석과 조수석에 앉은 두 보디가드에게 지시했다. 김희철과 사내가 내려 승합차로 다가갔다. 김희철이 운전석의 문을 열고 사내가 뒷좌석의 여닫이문을 열었다.

—누구세…?

강 원장이 깜짝 놀라 소리쳤지만, 말은 더 이상 이어지지 않았다. 거구가 손을 뻗어 입을 막았기 때문이었다. 김희철이 마치 제 차처럼 자연스럽게 운전석에 앉아 승합차를 출발시켰다. 순식간에 벌어진 일이라 아무도 그들을 눈여겨보는 사람은 없었다.

–강 원장님이시죠?

김희철이 운전석에 앉아 차의 속도를 올리며 말했다.

–그렇다. 네놈들은 누구냐?

놀란 강 원장이 이내 위엄을 갖추고 물었다.

–반항하지 마십시오. 그러면 해치지는 않겠습니다.

김희철이 빠르게 차를 몰아가며 강 원장에게 말했다.

–네놈들이 누구냐고 묻지 않느냐? 뭣 때문에 이런 짓을 해?

강 원장이 앙칼진 목소리로 다그쳤다.

–잘못하면 죽을 수도 있어. 당신뿐만 아니라 이 아이도 말이야.

어느 새 강 원장을 안쪽으로 밀어 넣고 그녀가 앉았던 오른쪽 좌석에 앉은 거구가 큰 갈퀴 같은 오른손을 뻗어 강 원장의 가냘픈 목을 거머쥐고 험악한 표정으로 말했다. 강 원장의 얼굴이 노래졌다. 그때서야 강 원장은 사태의 심각성을 파악한 것 같았다.

–나는 어찌해도 좋다만, 이 아이만은 안 된다. 아이만은 해치지 말아다오.

강 원장이 절대로 뺏기지 않겠다는 듯이 아이를 품에 다잡아 고쳐안으며 애원조로 말했다. 아이는 잠들어 있었다.

–시키는 대로만 하면 해치지는 않겠습니다. 안심하십시오,

김희철이 잠깐 고개를 돌려 말했다. 그때 비어있는 조수석 의자 뒷부분에 운전을 하던 수녀의 것으로 보이는 휴대전화가 눈에 띄었다.

–그래, 시키는 대로 하마. 무엇을 원하는지는 모르지만, 아이만은 해치지…….

—조용히 해, ×팔.

거구가 눈을 부라리고 주먹으로 내려칠 듯이 강 원장을 윽박질렀다. 거구가 강 원장과 잠깐 실랑이를 하는 틈을 타 김희철은 슬며시 손을 뻗어 조수석의 휴대전화를 집어 전원을 끄고 허리 뒤로 숨겼다.

약 5분 정도를 달리자 도로 우측에 공영주차장이라고 표시된 입간판이 보였다. 김희철은 그 간판의 화살표 안내 표시를 따라 차를 우측 이면도로로 꺾었다. 약 50미터쯤 앞 도로 우측 전봇대 곁에 주차장 간판이 서 있었다. 주차장 입구는 그대로 개방되어 있었다. 김희철이 그곳으로 차를 몰고 들어갔다. 스무 대 정도가 주차할 수 있는 별로 넓지 않는 주차장이었다. 무료로 운영되는 탓인지 주차장 관리 부스도 없었다. 몇 대의 차가 주차되어 있었지만, 사람은 보이지 않았다. 김희철이 그 중 비어있는 주차공간에 주차를 하자, 뒤따라온 보디가드의 차가 들어와 정차했다.

—자, 내려서 저 차로 옮겨 타십시오. 다시 말씀드리지만 반항하지 마십시오.

김희철이 뒤로 고개를 돌리고 보디가드의 차를 가리키며 말했다. 그러면서 자연스럽게 손을 움직여 거구 몰래 허리 뒤의 휴대전화를 바지 호주머니에 넣었다. 그때 강 원장의 왼쪽 시트 위에 있던 손가방 안에서 휴대전화의 수신음이 울렸다. 강 원장의 옆에 앉은 거구의 사내가 눈빛으로 김희철의 의사를 물어 왔다.

—이리 줘.

김희철이 말했다. 사내가 손을 뻗쳐 강 원장의 손가방을 김희철에게 건넸다. 김희철이 손가방의 지퍼를 열고 전화기를 꺼내 전화를 받았다.

—원장님, 어디 계세요. 안나 수녀입니다.

안나 수녀라고 하는 여자는 그때까지도 전혀 사태를 파악하지 못하고 있는 것 같았다.

—원장과 아이는 우리가 데리고 있다. 경찰에 신고하면 원장과 아기는 죽는다.

—예에? 뭐라고요?

전화기에서 들리는 안나 수녀의 화들짝 놀라는 목소리가 강 원장의 귀에까지 들렸다.

—지금부터 내 말 잘 들어. 원장과 아기를 살리고 싶으면 내가 시키는 대로 해야 해.

—예? 아, 예, 예!

혼비백산한 안나 수녀의 비명 같은 대답이 들렸다.

—지금 즉시 유 변호사가 있는 병원으로 가서 이 사실을 알리고, 만약 시키는 대로 하지 않는다면 아기와 원장은 죽게 된다고 전해. 경찰이 알게 되는 경우도 마찬가지야. 경찰은 물론이고 다른 사람의 그림자만 얼씬해도 아기와 원장은 죽는다. 알겠어? 우리의 요구 사항은 지금부터 두 시간 후에 유 변호사에게 직접 전달될 거야. 무슨 말인지 알아들었어?

—아, 예, 예.

이제 안나 수녀의 목소리는 완전히 얼이 나가버린 듯 겁에 질려있었다.

—자, 시키는 대로 해야 한다고 한마디 해 주세요.

김희철이 말하면서 전화기와 손가방을 함께 강 원장에게 건넸다. 목소리는 떨리고 있었지만, 그러나 강 원장은 침착했다.

—안나 수녀님, 나에요. 강 원장이에요.

—예, 원장님, 괜찮으세요?

—아직은 괜찮아요. 안나 수녀님, 이놈들이 시키는 대로 하세요. 그러면 애 엄마가 알아서 할 겁니다. 안나 수녀님, 당황하지 말고, 침착하게 대처해야 합니다.

—자, 그만하고 이리 주세요.

김희철이 다시 전화기를 뺏듯이 돌려받았다.

—들었지? 경찰의 그림자만 얼씬해도 아이와 원장은 죽는다. 두 사람의 목숨이 달려 있다는 것을 명심해.

—예, 예, 알았습니다.

김희철이 전화를 끊었다.

—자, 이제 내려서 저 차로 옮겨 타세요.

김희철이 운전석에서 먼저 내려 차 앞을 돌아가 강 원장이 타고 있는 뒷좌석의 여닫이문을 열었다. 강 원장의 오른쪽에 앉아있던 거구가 머뭇거리는 강 원장의 어깨를 잡았다. 저항하면 강제로 끌어낼 태세였다. 강 원장은 저항하지 않았다. 거구가 먼저 내리고 강 원장이 왼쪽 좌석 시트 위에 올려놓고 있던 손가방과 아기용품이 든 큰 숄더백 끈을 오른쪽 어깨에 걸고 아기를 안고 내렸다. 갑작스런 찬 기운에 아기가 깨어나 앵앵거리기 시작했다. 강 원장이 아기를 어르며 찬바람에 노출되지 않도록 아기를 감싼 강보를 다시 한 번 여미며 품에 꼭 안았다.

—가방 안을 수색해 봐.

김희철이 눈을 빛내며 말했다. 차에서 내려 옆에 서 있던 보디가드 하나가 강 원장의 가방을 낚아채듯 뺏어 뒤지기 시작했다.

—아기 우유와 보온물병, 기저귀들이다. 아기는 먹여야 하지 않느냐.

강 원장이 질책하듯 날카로운 음성으로 김희철을 쏘아보며 말했다.

—다른 것은 없습니다.

보디가드가 말했다.

—됐어. 이리 줘.

김희철이 가방을 받아들면서 손에 들고 있던 강 원장의 휴대전화를 다른 사내들이 보란 듯이 바닥에 팽개치더니 구둣발로 거칠게 밟아 부셨다.

—이 전화기가 있으면 경찰이 위치 추적을 하게 돼. 이제 됐어. 너희 둘은 택시를 잡아타고 지금 바로 레미콘 공장으로 가서 회장님의 지시를 기다려. 우리는 이 차로 현장으로 바로 간다.

김희철이 보디가드가 몰고 온 차의 운전석에 앉고, 거구가 먼저 강 원장을 차에 밀어 넣은 후 조수석 뒷좌석에 앉았다. 눈발은 한층 더 굵어져 있었다. 주차장을 빠져나온 김희철의 차는 방향을 바꿔 서울을 향해 달리기 시작했다.

—김 사장님, 딴 생각하시면 안 됩니다. 회장님이 지시한 곳으로 바로 가지 않으면 먼저 이 아이의 목을 졸라 버릴 겁니다. 여기 김 사장님의 권총도 있습니다.

운전을 하는 김희철에게 거구가 뒤에서 말했다.

—야, 이 새끼야. 아직도 나를 의심해?

김희철이 가속 페달을 힘껏 밟으면서 화난 목소리로 쏘아붙였다.

—저는 다만 회장님의 명령을 따를 뿐입니다.

거구가 무표정하게 말하고서 휴대전화를 꺼내어 번호를 누르기 시작했다.

—회장님, 성공했습니다. 지금 지시한 곳으로 가고 있는 중입니다.

—김 사장 바꿔.

강진호의 목소리가 흘러 나왔다. 거구가 뒷좌석에서 손을 뻗어 전화기를 김희철의 귀에 갖다 대었다.

—예, 회장님.

김희철이 운전대를 잡은 채로 말했다.

—김 사장, 수고했어. 그 계집에게는 알렸나?

—정확히 두 시간 후에 우리의 요구조건을 전달하겠다고 했습니다. 이제는 회장님께서 직접 나서야 할 차례입니다. 저희들은 먼저 가서 준비하고 있겠습니다.

—하하하, 그래, 좋아. 이제 나도 슬슬 움직여 봐야겠군.

갑자기 한파가 몰아친 2월 중순의 날씨에다 아침부터 흐려있던 하늘은 오후 들어 눈이라도 내릴 것처럼 우중충했다. 오후 5시경, 안나 수녀와 강 원장은 아기의 퇴원 수속을 마치고 병원을 나와 수원으로 향했다. 병원을 나올 때 이따금씩 눈발이 날리더니 수원 시내로 접어들었을 때는 이미 어둠이 내려앉은 거리에 눈발은 더욱 굵어지고 바람까지 불기 시작했다. 그러나 그때까지도 안나 수녀도 강 원장도 그들의 차를 미행하고 있는 차가 있는 줄은 생각조차 하지 못했다.

—여분의 아기 젖병이 두어 개 더 필요할 같아.

강 원장이 운전을 하고 있는 안나 수녀에게 말했다.

—마침 저기 슈퍼마켓이 보이네요. 제가 금방 가서 사 올게요.

그래서 잠시 도로가에 정차한 것이었다. 안나 수녀가 젖병 두 개와 우산 두 개를 사서 다시 도로로 나왔을 때, 당연히 그곳에 정차해 있어야 할 차가 보이지 않았다. 눈이 날리는 도로가를 이리저리 멀리 살펴보았으나, 차는 어디에도 보이지 않았다. 강 원장에게 전화를 하기 위해 휴대전화를 찾았으나 차에 두고 내린 것을 알았다. 다시 슈퍼마켓으로 들어가 계산대에서 전화를 좀 쓰겠다고 양해를 구하고 강 원장의 휴대전화로 전화를 걸었다. 그리고 알게 된 충격적인 사실, 새파랗게 질린 그녀의 얼굴을 보고 매장 직원이 의아한 눈빛으로 물어왔지만, 그녀는 부리나케 다시 도로로 뛰쳐나와 택시를 탔다. 전화기의 목소리가 지시한 대로 이 엄청난 사태를 먼저 유 변호사에게 알려야 했다.

아들을 위하여

창조주의 의지, 그것은 사랑이고 자비인 동시에 은총이다.
우리는 시련과 아픔을 통하여 비로소 이런 절대의지와 합일될 수 있다.

휘진은 창가에 서서 밖을 내다보고 있었다. 이제 눈은 바닥에 쌓여 세상을 온통 하얗게 덮어가고 있었다. 그때 그 겨울 숲에도 이렇게 하얀 눈이 덮여 있었지. 아버지와 함께 파리로 떠나기 직전에 성묘를 마치고 돌아오던 길에 들렀던 영주 부석사, 조사당에서 내려오는 오솔길 옆 숲에는 하얀 눈이 쌓여 있었고, 그 숲 속 키 큰 낙엽송 나뭇가지 끝, 텅 빈 새둥지 하나가 너무 시려 파란 얼음 같은 하늘을 머리에 이고 차가운 겨울바람을 맞고 있었다. 이별의 아픔 때문이었을까, 아니면 다시 혼자된다는 슬픔 때문이었을까? 그때 진욱 오빠의 눈에도 시리고 파란 하늘이 머물고 있었다. 그 하늘에, 그때까지도 용케 가지 끝에 매달려 있던 연갈색 나뭇잎 하나가 뒤늦게 가지 끝 손을 놓고 바람에 날리면서 숲을 방황하고 있었다. 문득 그 방황하는 나뭇잎이 애처롭게 느껴져 살며시 잡았던 진욱 오빠의 손, 그때 내 감정은 어떤 것이었을까? 분명 단순한 감정은 아니었다. 어쩌면 처음으로 느낀 이성에 대한 연민이었던 것 같기도 하고, 여성으로서의 본능적인 모성

애 같기도 하다. 조사당을 내려와 산사 초입에 있는 낡은 초가지붕 찻집에 들렀던 일, 그때 한지를 바른 나무 창문 창가에 앉아 하얀 눈에 덮인 사과나무 밭을 바라보는 진욱 오빠의 눈은 짙은 우수에 젖어 있었다. 비록 소설의 형식을 빌리긴 했지만, 나를 위해, 나를 지키기 위해 생명까지 줄 수 있다고 맹세한 사람, 그런 진욱 오빠가 이제 법정에 출석하겠다고 했다. 정말 나타날까? 어떻게 변해 있을까? 나는 그때의 순수하고 여린 감정으로 진욱 오빠를 다시 바라볼 수 있을까? 문득 혜주 언니의 모습이 떠올랐다. 상혁을 통해 그녀를 알게 된 것은 우연히 아니었다는 생각이 들었다. 그래, 모든 것이 코리아타워를 지키기 위한 진욱 오빠와 혜주 언니의 계획이었어. 상혁 씨, 잠깐 생각만 스쳐도 가슴이 아파오는 사람, 그러나 보내야 하는 사람, 아니 이미 떠난 사람, 결국 이 소송이 끝나면 진욱 오빠와 혜주 언니도 그들의 길을 따라 떠날 것이다. 갑자기 서러움이 울컥 치솟으며 눈물이 흘렀다. 혼자만이 거센 비바람이 몰아치는 광야에 서 있는 느낌이 들었다. 그때 갑자기 노크도 없이 문이 열리는 소리에 휘진은 창가에서 몸을 돌렸다. 안나 수녀였다. 당황한 표정이 심상치 않았다. 겁을 먹어 새파랗게 질린 모습이었다.

–안나 수녀님, 무슨 일이 있어요?

–원장님과 아이가……, 원장님과 아이가…….

안나 수녀는 손을 마주잡고 어깨를 떨면서 더 이상 말을 이어가지 못했다. 숨을 헐떡이고 있었다. 불길한 예감이 커다란 바위덩어리처럼 휘진의 가슴에 쿵 소리를 내며 떨어졌다.

–원장님과 아이가 어떻게 됐다는 말이에요? 진정하고 말을 해 보세요.

휘진이 다가가 안나 수녀의 손을 잡고 말했다.

—원장님과 아이가 ……, 나…… 나…… 납치됐어요.

안나 수녀가 곧 끊어질 듯 더듬거리며 겨우 말했다.

—뭐라고요? 납치요? 납치라고요?

놀란 휘진이 안나 수녀의 어깨를 잡고 흔들며 소리쳤다. 안나 수녀가 대답 대신 눈물을 흘리면서 고개를 끄덕였다.

곧이어 안나 수녀로부터 사건의 전말을 들은 휘진은 머릿속이 하얗게 타들어가는 듯 했다. 다리가 후들거리면서 전신에서 모든 힘이 빠져나가 버리는 것 같았다. 영준이 와서 경찰이 그녀의 신변을 지키고 있다고 했지만, 아이에게 마수의 손길이 뻗칠 줄은 꿈에도 상상하지 못했다. 아마 이것은 영준도 마찬가지였을 것이다. 누굴까? 물을 필요도 없었다. 아버지를 해친 것도 모자라 이제는 내 아이까지 해치려 한다. 하얗게 타고 있는 머리에서 잉걸불이 자라나 가슴으로 번지면서 맹렬한 적개심으로 활활 타오르기 시작했다. 어떻게 해야 하나? 영준 씨에게 알릴까? 상혁 씨에게 도와달라고 할까? 그러다가 그들의 경고처럼 아이와 원장님이 정말 다치게 된다면? 아, 아, 이 일을 어떻게 해야 하나? 휘진은 두 손으로 머리를 감싸 쥐었다. 특히 무슨 일이 있더라도 아이만은 구해야 한다. 그 어떤 것을 희생하더라도, 코리아타워를 포기하는 일이 있더라도, 설사 내 생명을 주는 일이 있더라도. 이럴수록 침착해야 한다. 휘진은 감싸 쥔 머리에서 손을 풀고 크게 심호흡을 했다. 두 시간 후에 요구 사항을 전달하겠다고 했다니까, 안나 수녀가 수원에서 택시를 타고 병원에 온 시간을 감안하면 이제 얼마 남지 않았다. 일단은 기다려보자. 그들의 요구 조건을 들어보면 무슨 대책이 생길 것이다. 휘진은 계속해서 깊은 심호흡을 하며 팽팽하게 긴장된 흥분을 의식적으로 가라앉혔다.

휘진은 생각해 보았다. 그들이 원하는 것은 무엇일까? 아이를 납치한 것은 분명 이번에 발표된 박진욱의 소설 「언어 살인」과 관계가 있을 것이다. 그렇다면 그들이 원하는 것은 깊이 생각해 보지 않아도 박진욱이 가지고 있다는 그 증거들일 것이다. 만약 그들이 박진욱의 증거를 원한다면? 아직은 진욱 오빠와 혜주 언니가 어디에 있는지 모른다. 그것은 주고 싶어도 줄 수가 없다. 주지 않는다면, 아이와 원장님의 생명이 위태롭다. 어떻게 해야 할까? 결국 한 가지뿐이다. 코리아타워를 포기하는 일, 이것을 가지고 흥정을 하는 수밖에 없다. 이 방법밖에 없다. 일단은 아이와 원장님을 구하고 난 이후에 그 다음 일은 그때 생각하자. 휘진은 결심했다. 그렇게 마음을 정하고 나자 이제 차분해졌다.

그녀와 얘기를 하는 동안 안나 수녀도 어느 정도 진정되어 있었다. 커피 한 잔을 타서 마시고 있던 안나 수녀가 그녀의 표정을 살피면서 조심스럽게 물었다.

–경찰에 알려야 하지 않을까요?

–아니에요. 그들의 요구 조건을 먼저 들어보고요. 자칫 잘못하다가 원장님과 아이가 다치면 안 돼요. 아버지를 살해한 사람들이에요. 아버지뿐만 아니라 많은 사람들이 이들의 손에 죽었어요. 사람 죽이는 것을 대수롭지 않게 생각하는 무지막지한 사람들이에요. 단순한 엄포가 아니에요. 그들의 경고를 무시하거나 요구를 들어주지 않는다면 눈 하나 깜짝 않고 일을 저지르고 말거예요.

그녀의 말에 안나 수녀가 들고 있던 커피 잔이 파르르 떨렸다. 커피 잔을 내려놓은 안나 수녀가 사시나무 떨듯 몸을 떨었다.

오후 9시, 휘진의 휴대전화가 울렸다. 구속을 예견하고 아파트에 두고 왔던 휴대전화를 입원 후에 강 원장이 가져온 것이었다. 휘진은 급히 전화를 받았다.

―여보세요.

―유 변호사죠? 이거 참 오랜만입니다.

목소리의 톤과 어투로 누구인지 금방 알 것 같았다. 그러나 휘진은 일부러 물었다.

―누구시죠?

―나, 강호건설의 강진호 회장이오.

―당신 짓이죠? 내 아이를 납치한 사람이.

―납치라니요? 그 무슨 험악한 말씀을. 나, 강진호, 독립유공자의 후손입니다. 명색이 독립유공자의 후손이 아이를 납치하는 그런 파렴치한 일을 하겠습니까?

―긴 얘기하지 말고 요구조건이나 말씀하세요.

―요구조건이라니? 어허, 정말 무슨 오해를 하고 있나 본데, 나, 강진호, 아이를 납치하는 그런 파렴치한 짓을 할 사람이 아니라니까요?

―그럼 무슨 일로 전화를 하신 건가요?

―그거야 잘 아시리라 생각되는데요. 지난번에 무산된 합의 건으로 전화를 했습니다. 내 마지막 기회를 드리겠소. 아마, 박진욱이라는 아이가 나타난 모양인데, 그 아이와 함께 우리 한 번 만납시다. 그 아이가 가지고 있다는 물건들을 가지고 말입니다. 그 아이가 가진 물건들을 우리에게 모두 넘겨주고, 지난번에 우리가 제시한 합의 조건을 수락한다면 나도 좋고, 유 변호사도 좋은 일이 되겠지요. 지금 아이가 납치되었다고 하셨소? 정말 아이가 납치되었다면, 내가 나서서 도와

드리리다. 어때요? 박진욱과 함께 나를 만나 합의하시는 게? 그러면 내 약속하겠소. 아이를 찾아 드리겠다고.

—박진욱은 나도 지금 어디에 있는지 모릅니다.

—어허, 참, 그 말을 내가 믿을 것 같아요?

—정말입니다. 아이를 위해 내가 할 수 있는 일이라면 모두 하겠지만, 박진욱은 어디에 있는지 정말 모릅니다. 연락할 방법도 없고요.

—연락이 되는가 안 되는가 하는 문제는 그쪽 사정이고, 이쪽 사정은 박진욱이 가진 물건들이 꼭 필요하다는 거요. 정 그렇게 고집을 부린다면 합의가 어려울 것 같군. 내 성심성의껏 아이 찾는 일을 도와드리고 싶었는데, 아쉽게 됐어. 그럼 나는 이만…….

—잠깐만요. 끊지 마세요.

—박진욱의 물건이 없다면 내 제안도 없소. 그러면 아이의 얼굴은 다시 보지 못할 거요.

—박진욱이 가진 물건 대신 코리아타워를 포기하겠어요. 회장님이 원하는 것은 궁극적으로 그것이 아니던가요?

—코리아타워를 포기한다? 어떻게?

—회장님이 원하는 조건으로 합의를 하겠어요. 그때 소취하의 조건으로 200억 원을 제시하셨죠? 그 합의에 응하겠습니다. 그리고 덧붙여 코리아타워에 대하여 제가 가진 지분의 처분권한 일체를 회장님께 위임하겠습니다. 물론 소송도 취하하겠습니다.

—그래요? 내 잠시 생각해 보고 다시 연락하겠소. 아, 참, 미리 말해두겠는데, 이 전화, 녹음을 하든, 경찰에 신고를 하든, 아니면 최상혁 검사에게 알려도 좋겠지요. 그것은 유 변호사의 자유입니다. 아무도 말리지 않습니다. 아이가 어찌되던 상관하지 않는다면 말이요. 하하하.

전화를 끊은 강진호는 곧바로 홍정호에게 전화를 걸었다.

–박진욱 그놈과는 연락이 안 된다고 합니다.

–그 말을 곧이곧대로 믿어?

최 장관을 만난 이후로 홍정호는 한층 더 날카로워져 있었다. 이제까지는 그래도 강진호의 체면을 고려하여 말을 높이는 경우가 많았으나 이제는 완전히 명령조였다.

–나도 떠봤지만 사실인 것 같습니다. 대신에 다른 제안을 해왔습니다. 합의를 하고, 코리아타워를 포기하겠다고 합니다. 소송도 취하하고, 자기가 가진 지분의 처분권한도 모두 위임하겠다고 합니다.

–그래? 그게 정말이야?

잠시 말을 끊고 생각에 잠겨 있던 홍정호가 이윽고 다시 말했다.

–그렇게 하지. 그럼 합의서와 포기각서, 소송취하서, 지분처분에 대한 위임장을 모두 작성해서 나오라고 해. 아무런 대가 없이 합의가 되면 법원에서 이상하게 여길지도 모르니까 반드시 우리 쪽에서 200억을 준다는 조건을 명시하도록 해. 물론 나중에야 그 돈을 줄 필요조차 없겠지만.

–그 서류가 있다고 하더라도 박진욱이 정말 나타나면 문제가 되지 않을까요?

–먼저 서류를 확보한 후에 계획대로 일을 진행하면 그뿐이야. 설사 박진욱이 나타나더라도 그놈의 말을 증명해 줄 물증이 없는데, 제 놈이 뭘 어떻게 하겠어.

–알겠습니다. 오늘 밤, 그놈과 함께 물증이 될 만한 것들은 모조리 레미콘으로 묻어버리겠습니다. 그년과 아이, 김희철과 박홍길……, 모두 다 말입니다.

전화를 마친 강진호가 전화를 끊었다가 다시 어디론가 전화를 했다.
—계획대로 시행한다. 레미콘을 가지고 현장으로 와.

휘진의 휴대전화가 다시 울렸다. 다급한 마음에 발신자 번호도 확인하지 않은 채 휘진은 급히 전화를 받았다.
—예, 유휘진입니다.
—하하, 늦은 시간에 죄송합니다. 수컷입니다. 장선웅입니다.
—예?
—아니, 왜 그리 놀라십니까? 장선웅이라는 고명한 이름을 벌써 잊어버리신 것은 아니겠죠?
—아, 예, 장 기자님. 너무 뜻밖이라서.
—거두절미하고, 박진욱이란 친구가 나타나기 전에 특집 기사를 낼 참입니다. 제발 이 수컷 좀 만나주십시오. 내일 시간 좀 내어 주십시오.
—안 돼. 안 돼요. 장 기자님, 죄송합니다. 지금 중요한 전화를 기다리고 있습니다. 죄송하지만, 끊겠습니다.
그때까지도 긴장 속에서 강진호의 전화를 기다리고 있던 휘진의 음성은 자기도 모르게 떨리고 있었다. 전화를 끊자마자 다시 전화가 울었다.
—예, 유휘진입니다.
—강 회장이요. 그 조건을 수락하겠소. 합의서와 포기각서, 소송취하서, 지분처분에 대한 위임장을 작성하여 나오시오. 합의의 조건은 그때와 마찬가지로 200이요. 나, 강진호, 그래도 한 번 한 약속은 반드시 지키는 사람이라오.
한껏 위세를 가장한 능글능글한 강진호의 목소리는 오히려 조롱처럼 들렸다.

—언제, 어디로 가야 합니까?

—오늘 밤 자정, 공사현장 사무실로 오시오.

—공사현장이라면?

—코리아타워 시공현장 말이요. 입구에 도착하면 우리 아이들이 안내를 할 거요. 그리고 미리 말해두는데, 휴대전화나 혹시 경찰이 냄새를 맡을 만한 물건 같은 것은 갖고 오지 않는 것이 좋을 거요. 이 말이 무슨 뜻인지는 잘 알겠지요? 아이와 유 변호사를 위해서 노파심에서 하는 말이요.

—시간이 너무 촉박해요. 서류를 작성하는 데만도 한 시간은 넘게 걸려요. 그리고 서류를 작성하기 위해서는 집에 들러야 합니다. 서류에 날인할 인감도장도 집에 있고요.

—서류야 직접 손으로 써서 만들면 되지 않소? 난 긴 얘기를 싫어해. 오늘 밤 열두시요.

강진호의 목소리는 쥐를 가지고 노는 고양이처럼 능글능글했다.

—여기에는 컴퓨터는 물론이고 프린트할 종이도 없어요. 그리고 인감도장이 날인되어야 법적으로 더 확실합니다. 밖에서 지키고 있는 경찰도 따돌려야 하고요. 정확한 시간에 맞출지는 장담할 수 없습니다.

—좋아, 그럼 한 시간을 더 주지. 오늘 밤, 새벽 1시까지, 코리아타워 공사현장. 단 일초라도 늦으면 아이와 원장은 다시 볼 수 없게 된다는 것을 명심해.

강진호가 이제까지의 느릿하고 조롱 섞인 어투와는 다른 단호한 반말로 내질렀다.

—서류를 주고 난 후 원장님과 아이의 안전을 어떻게 보장해요?

—그걸 믿지 못한다면 나오지 않으면 돼.

신경질적으로 버럭 짜증을 내는 소리가 들리고, 그 목소리를 끝으로 전화는 일방적으로 끊어지고 말았다.

휘진은 시계를 보았다. 이미 밤 10시가 가까운 시간, 세 시간 정도의 시간이 남아있다. 오피스텔에 가서 서류를 작성하여 코리아타워 공사현장까지 가려면 바삐 서둘러야 할 것 같았다. 그러나 밖에서 지키고 있는 경찰을 어떻게 따돌릴 것인가? 영준에게 전화를 할 수도 없다. 강진호의 말은 허언이 아닐 것이다. 공언한 것처럼 경찰의 그림자만 얼씬해도 실제로 원장님과 아이를 해칠 것이다. 아버지와 차형일, 김형태와 고광준을 살해한 것을 보면 그러고도 충분히 남을 사람들이다. 설사 내 생명이 위험하더라도 아이를 살리기 위해서는 가야 한다. 아이만 살릴 수 있다면, 어떤 일이라도 해야 한다. 어떻게 따돌려야 하나?

—그들이 서류만 빼앗고 아가씨까지 해칠지도 몰라요. 안돼요. 경찰에 알려야 해요.

안절부절못하며, 수화기 속의 강진호의 말은 듣지 못한 채 휘진이 얘기하는 말만 듣고 있던 안나 수녀가 발을 동동 구르며 말했다.

—경찰에 알리면 원장님과 아이가 무사하지 못해요. 위험하더라도 제가 갈 수밖에 없어요. 그런데 저 밖에 있는 경찰 때문에.

순간 휘진의 머리에 한 생각이 떠올랐다.

—안나 수녀님, 저와 옷을 바꿔 입어요. 시간이 없어요. 빨리요.

그렇게 말한 휘진이 입고 있던 병원 환자복을 벗기 시작했다.

—어떻게 하려고요?

—묻지 말고요. 빨리요. 시간이 없어요.

이내 환자복 상의를 벗고 바지까지 벗은 휘진이 속옷 바람으로 재촉했다. 안나 수녀가 마지못해 입고 있던 수녀복을 벗었다. 수녀복을 입고 하얀 수녀 모자까지 쓴 휘진이 병원 슬리퍼를 벗고 옷장 아래 신발장의 운동화를 꺼내 신었다. 휘진보다 한 뼘 정도나 키가 작은 안나 수녀의 수녀복은 팔목과 종아리가 드러나 짧고 어색했다. 옷장에 있던 외투를 꺼내 들고 침대 머리맡 탁자 서랍에 넣어두고 있던 지갑을 꺼내어 외투 속 호주머니에 넣었다. 외투와 지갑, 운동화는 입원을 한 후 오피스텔에서 강 원장이 가져온 것이었다.

—걱정하지 마세요. 다 생각이 있어 그래요. 내가 나간 후에도 경찰에 알리면 안 돼요. 수녀님은 제가 돌아올 때까지 여기에서 기다리고 있으면 돼요.

그 사이 휘진이 벗어놓은 환자복을 입은 안나 수녀에게 휘진이 말했다.

—수녀님 안경도 좀 주세요.

휘진은 안나 수녀가 끼고 있던 검은 뿔테 안경까지 썼다. 도수가 맞지 않았지만, 그리 심하게 불편하지는 않았다. 일부러 수녀복이 보이게끔 외투를 입지 않고 오른팔에 걸고 병실의 문을 열고 나간 휘진은 엘리베이터가 있는 중앙 복도로 나갔다. 엘리베이터 문이 보이는 소파에 구 경장과 낯선 사복 경찰 한 명이 앉아 얘기하고 있었다. 구 경장은 영준과 함께 그녀의 병실에 와서 잠깐 인사를 한 적이 있었다. 구 경장이 그녀를 알아볼까 봐 가슴이 두근거렸다. 휘진은 엘리베이터 문 앞에 서서 내려가는 버튼을 눌렀다.

—이제 돌아가세요?

휘진은 흠칫 놀랐다. 엘리베이터를 기다리고 있는 그녀를 보고 안나 수녀로 착각을 한 구 경장이 인사를 했다.

—예.

길게 대화를 하면 변장이 탄로 날 것 같아 반쯤 고개를 돌리고 짧게 대답했다. 그때 마침 위층에서 내려온 엘리베이터 문이 열렸다.

—수고하세요.

엘리베이터에 오른 휘진은 재빨리 닫힘 버튼을 눌렀다. 1층에서 내려 병원을 나오자 마침 정문 앞 택시 승강장에 빈 택시가 줄지어 승객을 기다리고 있었다. 제일 앞에 정차해 있는 택시로 뛰어가 택시에 탄 휘진은 그때서야 가슴을 쓸어내렸다. 오피스텔 열쇠와 차키는 외투 호주머니에 있었다.

이 시간, 김희철은 코리아타워 지하 터파기 공사현장에 와 있었다. 대충 눈짐작만으로도 지하 5층 깊이는 될 것 같았다. 주위는 불빛 하나 없이 어둠에 잠겨 있었다. 소설「언어 살인」이 발표된 다음 날부터 코리아타워 현장의 모든 공사는 중단되고 말았다. 공사현장에는 가동을 멈추고 선 포클레인과 트럭, 고공크레인 등 각종 장비들이 휘날리는 눈발 속에 을씨년스럽게 서 있었다. 야간의 현장경비원도 강진호의 수하로 교체됐다. 이 모든 것이 오늘의 일을 대비한 강진호의 지시일 것이다. 강진호의 명령을 받고 그를 감시하고 있는 거구는 강 원장 옆 뒷좌석에 바위처럼 앉아 있었다. 비록 강진호가 붙인 보디가드 둘은 수원에서 떨어져 나갔지만, 이 거구는 단 한시도 강 원장과 그의 곁을 떠나지 않았다. 김희철은 운전석에 앉아 백미러에 비친 강 원장을 바라보았다. 조금 전에 깨어나 우는 아이에게 보온 물병을 꺼내 우유를 타서 먹인 강 원장은 아이를 안은 채 눈을 감고 있었다. 자고 있는지, 그냥 눈을 감고 있는지 알 수 없었다. 김희철은 생각했다. 강진호와 일당을 일망타진하기 위해서는 강진호가 도착한 후 경찰이 그들을 덮치게 해야 한다. 이때 강 원장과 아기, 유 변호사를 구해야 한다. 이제 얼마 있지 않으면 강진호가 도착할 것이다. 기회를 포착해야 한다. 기회를 잡지 못하면 유 변호사와 아기는 물론이고, 내 목숨조차 보장하지 못한다. 그러나 이 바위 같은 거구를 어떻게 처리해야 할까? 이제까지 머리만을 굴리며 살아왔을 뿐 대거리 싸움이라고는 제대로 한 번 해 보지 않은 김희철이 운동과 격투기로 단련된 이 거구를 완력으로 제압한다는 것은 도저히 불가능한 일이다. 더구나 권총도 빼앗겨버렸다. 어떻게 따돌릴 방법이 없을까?

김희철이 생각에 빠져있을 때, 멀리 어둠 속에 잠겨있는 위쪽 공사현장 진출입구 쪽에서 네 개의 자동차 헤드라이트 불빛이 나타났다. 불빛은 김희철이 있는 아래쪽 바닥 현장으로 지그재그로 완만한 곡선을 그리면서 내려오고 있었다. 불빛이 점점 가까이 다가오면서 어둠 속에서 차량의 형체가 서서히 드러났다. 두 대의 레미콘차량이었다. 헤드라이트 불빛에 하얀 눈송이들이 은빛 광채로 휘날리고 있었다. 레미콘차량은 김희철이 타고 있는 차를 그대로 지나쳐 지하 옹벽공사가 진행 중인 현장 앞 공터에서 멈추었다. 김희철이 있는 곳에서 대략 30m 정도 떨어진 거리였다. 레미콘차량의 헤드라이트 불빛에 이미 타설되어 굳어있는 회색 시멘트 지하 옹벽의 모습이 비쳤다. 레미콘으로 그 두 연놈을 감쪽같이 묻어버리는 거야. 강진호의 잔혹한 목소리가 옹벽을 타고 울리는 것 같았다. 저 두꺼운 시멘트 옹벽 속에 사람을 넣고 그대로 레미콘을 타설해 버린다면……. 생각만 해도 숨이

컥 막히며 등골에서 식은땀이 저절로 흘러내렸다. 척추가 뻣뻣하게 얼어붙는 것 같았다. 내가 너무 쉽게 생각한 것일까? 제 발로 호랑이 굴로 걸어 들어온 꼴이 된 것은 아닐까? 김희철은 몸을 부르르 떨었다. 그때 레미콘차량을 가지고 온 두 녀석이 김희철이 타고 있는 차로 다가왔다. 수원에서 헤어졌던 두 녀석이었다. 김희철이 여전히 시동을 켜고 있던 차의 차창을 내렸다.

–회장님은 아직 오시지 않았습니까?

한 녀석이 시린 손을 비비면서 김희철에게 물었다. 머리카락과 어깨의 눈을 털어내는 녀석의 입에서 하얀 입김이 뿜어져 나왔다.

–그래, 날씨가 추운데 너희들도 차에 가서 준비하고 있어.

김희철이 말했다. 두 녀석이 다시 레미콘차량으로 돌아갔다. 살아날 길은 이 전화기 밖에 없어. 김희철은 호주머니에 손을 넣어 수녀가 두고 내린 휴대전화를 가만히 움켜쥐었다.

서둘지 않으면 늦어버릴지도 모른다. 택시에서 내린 휘진은 거의 뛰다시피 오피스텔의 엘리베이터로 달려갔다. 엘리베이터는 다행히 1층에 멈춰 있었다. 오피스텔로 들어서자마자, 휘진은 곧바로 수녀복을 벗고 옷장에서 두터운 겨울 스웨터와 바지로 갈아입었다. 그리고는 구속되던 날 빼두고 갔던 컴퓨터의 전기플러그를 꽂고 컴퓨터를 켰다. 강진호에게 주기로 한 4개의 서류, 합의서와 포기각서, 소취하서, 지분처분에 관한 위임장을 작성하는 데는 그리 많은 시간이 걸리지 않았다. 그러나 프린터기가 문제였다. 구속된 이후 거의 두 달이나 넘도록 한 번도 사용하지 않았던 프린터기의 잉크가 말라버렸는지 인쇄가 제대로 되지 않았다. 여분의 새 잉크도 없었다. 새 잉크를 사러

갈 시간도 없고, 늦은 시간이라 근처의 컴퓨터 대리점은 이미 문을 닫았을 것이다. 이걸 어쩌나. 휘진은 낭패감을 느꼈다. 프린터기에서 잉크병을 꺼내어 가스레인지 불에 따뜻하게 쬔 다음 잉크가 배출되는 동판을 물티슈로 몇 번 닦아보았다. 그러자 처음에는 중간에서 끊어지고 흐릿하게 인쇄되던 서류가 제대로 인쇄되어 출력되었다. 서류를 자필 수기로 작성하면 안 될 이유가 있었다. 휘진은 서랍에서 인감도장과 인주를 꺼내어 출력된 서류가 아닌 백지에 먼저 찍어 보았다. 그리고는 연필깎이용 커트 칼을 꺼내어 인감도장의 해서체로 된 글자체의 넓은 부분과 끝부분 일부를 정교하게 칼로 오려내고는 백지에 찍어 놓은 인영 옆에 새로 찍어 보았다. 두 개의 인영은 얼핏 보어서는 같은 것 같았으나 오려낸 넓은 부분과 끝부분에서 서로 달랐다. 휘진은 오려내어 변조한 인감을 출력된 4개의 서류 끝에 적힌 '유휘진'이라는 이름 뒤에 찍었다. 강진호의 말대로 서류는 자필로 작성하여 서명할 수도 있었지만, 이렇게 인감을 변조하기 위하여 일부러 오피스텔까지 온 것이었다. 그들이 원본 계약서라고 검찰에 제출한 것은 오히려 아버지의 서명과 위조한 인감을 날인한 것이었다. 그들은 아버지와 체결한 건축도급계약서에 일부러 변경하기 전의 법인인감을 날인하여 아버지의 계약서가 위조된 것처럼 만들었다. 같은 방법으로 그들에게 건네질 이 서류는 변조된 그녀의 인감이 날인된 위조서류가 될 것이었다. 이 서류가 강진호에게 건네진 후, 그녀나 아이의 신상에 무슨 변이 생기거나 설사 이 서류와 아이의 교환이 무사히 이루어진다고 하여도 이 위조서류가 향후 소송의 승패를 좌우할 것이다. 휘진은 이렇게 변조한 인감을 날인한 서류를 주어 이 서류의 법률적 효력을 무력화시킬 참이었다.

휘진은 시계를 보았다. 서둘러야 할 것 같았다. 눈이 내려 도로가 정체될 수도 있었다. 약속한 시간을 반드시 지켜야 한다는 강진호의 말은 단순한 허풍이 아닐 것이었다. 서류를 완성한 휘진은 인터넷의 메일을 열었다. 그리고는 메일로 보낼 글을 작성했다.

> 만약 저의 신상에 무슨 일이 생긴다면, 이 메일에 첨부하는 별도의 첨부파일을 공개해 주시기 바랍니다. 그리고 강호건설이 소송에서 제출하는 합의서와 포기각서, 소취하서, 지분처분에 관한 위임장에 날인된 도장과 저의 인감증명서를 대조해 주시기 바랍니다. 단, 반드시 저의 신상에 무슨 일이 생겨 연락이 불가능할 경우에 공개해야 합니다. 이 약속은 반드시 지켜 주시기 바랍니다. 부탁드립니다.
>
> –유휘진 드림–

휘진은 장선웅 기자의 메일 주소를 열고 첨부파일을 붙인 후 보내기 버튼을 눌렀다. 만약 오늘 그녀의 신상에 무슨 일이 생긴다고 하여도 코리아타워만은 결코 그들에게 빼앗길 수 없었다. 별도의 첨부파일은 코리아타워 소송을 제기하게 된 배경과 그녀의 개인적인 심경, 최상혁 검사와의 관계, 소송의 전개과정과 증거 등을 일목요연하게 정리한 일기 형식의 글이었다. 컴퓨터를 끄고 전기플러그까지 다시 뽑은 휘진은 고양이 시체를 발견한 후 호신용으로 사두었던 가스총과 휴대폰 모양의 액체스프레이 최루액분사기를 손가방 속에 넣었다. 휘진은 작성한 서류를 외투 안주머니에 넣고 털모자와 목도리를 두르고 지하주차장으로 내려갔다. 구속되던 날, 택시를 타고 사무실로 갔기에 차는 주차장에 그대로 있었다. 주차장을 막 벗어난 도로 모퉁이에

24시 편의점이 있었다. 휘진은 편의점 앞에 차를 멈추고 그곳으로 들어갔다. 그곳에서 일반소형 라이터보다 훨씬 큰 대형라이터 하나를 샀다. 그녀가 생각한 오늘의 마지막 준비물이었다. 시험 삼아 가스배출구를 최대로 조작하여 불을 켜자 가스불은 거의 한 뼘 정도나 치솟았다. 어지간한 바람에도 잘 꺼지지 않을 것 같았다. 편의점을 나와 오피스텔에서 가지고 나왔던 인감도장의 글자 부분을 라이터불로 녹인 후 하수도에 버렸다. 차에 오른 휘진은 라이터를 눌러쓴 털모자 속에 감추었다. 그리고는 코리아타워 공사 현장으로 차를 몰아가기 시작했다.

장선웅 기자는 여전히 사무실에서 코리아타워 소송에 대한 자료들을 정리하고 있었다. 열흘 후, 박진욱이 법정에 나와 증언을 하기 전에 이제까지 취재한 자료들을 정리하여 다시 한 번 특집기사를 낼 참이었다. 이 특집기사가 강호건설에게는 결정타가 될 것이다. 코리아타워 소송과 관련하여 그동안 최상혁 검사가 독일에서부터 은밀하게 내사하고 있었던 사실, 최 검사와의 약속 때문에 아직 보도를 미루고 있었지만, 이제 진실을 밝혀야 할 시간이 다가오고 있었다. 그 전에 모든 취재 자료들을 완벽하게 정리하고 준비해 놓아야 했다. 시계를 보니 어느 듯 자정이 임박해 있었다. 피곤했다. 그는 만세를 부르듯이 두 팔을 번쩍 치켜들고 크게 기지개를 켜고는 퇴근하기 위하여 책상 위에 펼쳐 놓았던 자료들을 가방에 챙겨 넣었다. 그리고는 컴퓨터 전원을 끄려고 하다가 마지막으로 메일을 열어보았다. 생각지도 못한 유휘진 변호사가 보낸 메일이 있었다. 메일을 읽는 순간, 그는 아까 전화통화에서 유 변호사가 중요한 전화를 기다리고 있다고 하면서 당황한 목소리로 일방적으로 전화를 끊던 일을 떠올렸다. 그때는 미처 생각하지 못했는데, '만약 저의 신상에 무슨 일이 생긴다면……'이라는 메일의 첫 문구를 보자, 혹시 유 변호사의 신상에 무슨 일이 생겼는지도 모른다는 생각이 번개처럼 스쳐갔다. 그는 곧바로 최상혁 검사에게 전화를 걸었다.

이때 상혁은 P모텔 507호실에서 남형우, 강철균 반장과 함께 그날의 상황점검을 마치고 막 방을 나서려던 참이었다. 상혁이 귀국한 후부터, 강 반장과 남 반장뿐만 아니라 구 경장도 서울에 출장을 와 상혁이 사비를 들여 월세로 얻어준 오피스텔을 임시숙소로 사용하고 있었다. 휘진의 경호를 하는 한편으로 박홍길과 강진호의 행동을 감시하기 위해서였다. 그 임시숙소를 휘진의 경호에 편리하도록 병원 근처의 P모텔로 옮긴 것이었다. 그동안 세 사람은 역할을 분담하여 휘진의 경호는 구 경장이 맡고, 강 반장과 남 반장은 소설 「언어 살인」이 발표된 후부터 종적을 감추어버린 박홍길의 소재 파악에 수사력을 모으고 있었다.

–예, 최상혁 검삽니다.

–장선웅 기잡니다. 혹시 유 변호사님 신상에 무슨 일이 생긴 것이 아닙니까? 방금 유 변호사로부터 이상한 메일을 받았습니다. 병원을 한 번 확인해 보시죠.

–조금 전까지 아무 일도 없다고 했는데요? 알겠습니다. 다시 한 번 확인해 보겠습니다.

전화를 끊은 상혁이 구 경장의 휴대전화 번호를 눌렀다.

–병원은 이상 없습니까? 병실을 직접 한 번 확인해 보십시오.

잠시 후, 구 경장의 다급한 목소리가 상혁의 귓전을 때렸다.

—비상사태입니다. 강 원장님과 아이가 유괴되었다고 합니다. 유 변호사님이 아이를 구하기 위해 혼자 병원을 빠져나갔다고 합니다.

한걸음에 병원으로 달려온 상혁과 강 반장, 남 반장이 병실에 혼자 남아있던 안나 수녀를 통하여 상황을 파악하는 데는 그리 오랜 시간이 걸리지 않았다. 그러나 휴대전화조차 병원에 두고 가버린 휘진의 소재도, 수원의 한 슈퍼마켓 앞에서 사라졌다는 강 원장과 아기의 소재도 파악할 수 없었다.

—비상이야. 기동타격대를 대기시켜 놓고 기다려.

소재가 파악되는 즉시 출동할 수 있도록 영준에게 전화를 하긴 했지만, 상혁은 캄캄한 어둠 속 낭떠러지 앞에 서 있는 기분이 들었다. 오직 휘진이나 강 원장이 연락을 해오기를 기다릴 수밖에 없는 참담한 현실, 진짜 낭패란 이런 것을 두고 하는 말일 것이었다.

—더 이상 못 참겠구나. 볼일이 급하다. 잠시 내려야겠다.

이제까지 아이를 안고 잠자코 있던 강 원장이 바위처럼 앉아 그녀를 지키고 있는 거구를 바라보며 말했다.

—무슨 볼일요?

거구가 퉁명스럽게 받았다.

—무슨 볼일이겠냐? 이 차 안에서 네놈들 앞에 궁둥이를 까고 일을 보아야 하겠느냐?

강 원장이 거구를 흘겨보며 말했다. 기회는 지금이다. 김희철은 생각했다.

—아이를 지키고 있어. 내가 내려 감시하겠어.

김희철이 운전석에서 내려 강 원장이 앉은 뒷좌석 문을 열었다. 강 원장이 조심스럽게 아이를 시트에 눕히고 차에서 내렸다. 차에서 뒤쪽으로 약 20미터 정도 떨어진 어둠 속에 포클레인 두 대가 내리는 눈을 맞으며 서 있었다.

–저 포클레인 뒤에서 일을 봐요. 딴생각 하면 안 됩니다.

김희철은 일부러 거구가 들으라는 듯 큰소리로 말했다. 김희철은 혹시라도 있을 강 원장의 반항이나 도주를 미리 억제하려는 동작처럼 강 원장의 어깨를 왼팔로 안다시피 하고 그녀를 포클레인 쪽으로 데려갔다. 포클레인 근처에 다다른 김희철이 슬며시 호주머니의 휴대전화를 꺼내어 강 원장의 오른손에 쥐어주며 귓가에 대고 속삭였다.

–듣기만 하세요. 전원을 켜고 구조 요청 문자를 보내세요. 코리아타워 공사현장, 저놈에게 들키면 안 됩니다. 전화기는 진동으로 하여 보이지 않는 곳에 두고 나오세요. 그래야 위치 추적을 할 수 있습니다. 나중에 기회를 봐서 도망갈 겁니다.

휴대전화를 받아 든 강 원장이 포클레인 뒤쪽으로 돌아갔다.

–됐어요. 거기에서 보세요. 더 이상 가지 마세요.

김희철은 차 안의 거구가 듣도록 일부러 큰소리로 말했다. 그때 레미콘차량이 내려왔던 위쪽 공사현장 진출입구 쪽에서 다시 두 대의 자동차 헤드라이트 불빛이 나타났다. 차는 레미콘차량이 내려왔던 지그재그 길을 따라 아래로 내려오고 있었다. 강진호, 드디어 나타났구나. 지금부터가 진짜 승부다. 김희철은 팽팽한 긴장감에 심장이 두근거리고 호흡이 빨라져 왔다.

–뭐해요? 빨리 나오세요.

김희철이 어둠 속 포클레인을 바라보며 외쳤다. 그때서야 볼일을 마쳤다는 듯 강 원장이 옷매무새를 만지며 천천히 나왔다. 김희철이 다시 강 원장의 어깨를 잡으면서 귓가에다 나지막하게 말했다.

—보냈습니까?

강 원장이 말없이 고개를 살짝 끄떡였다. 김희철이 강 원장의 한 팔을 우악스럽게 잡고 다시 차로 돌아와 강 원장을 차 안으로 밀어 넣었다.

—회장님이 오시는 것 같으니, 잘 지키고 있어.

거구에게 말한 김희철은 차에서 20미터 정도 앞으로 벌어진 지점으로 걸어 나갔다. 강진호와 일당들이 탄 차와 강 원장이 타고 있는 차 사이에 공간을 만들어 만약을 대비한 도주로를 확보해야 했다. 이윽고 두 대의 차가 김희철의 앞에 나타났다. 한 대는 BMW 승용차였고, 다른 한 대는 바퀴에 체인을 감은 코란도 무쏘였다.

—여깁니다.

김희철이 헤드라이트 불빛 속에서 손을 흔들어 차를 멈추게 했다. 두 대의 차가 멈추고, 코란도에서 세 명의 사내가 먼저 내렸다. 사내들의 손에는 모두 일본도가 들려 있었다. 녀석들이 재빨리 뛰어가 승용차의 조수석 뒷문 앞에 도열했다. 어느새 달려왔는지 그동안 레미콘차량에 있던 두 녀석도 합세하여 나란히 도열해 있었다. 운전석과 그 뒤 왼쪽의 문이 먼저 열리면서 남자 둘이 내렸다. 뒤에서 내린 사람은 박홍길이었다. 방한용 다운 재킷 위에 모자가 달린 군청색 파카를 입은 박홍길의 손에는 개머리판의 나무를 빼내버린 장총 한 자루가 들려 있었다. 총구 끝에 달린 길고 뭉텅한 쇠뭉치, 그것은 스파이 영화에서나 본 적이 있는 원형의 소음기였다. 맨 앞에 도열해 선 사내 하나가 승용차의 조수석 뒷문을 열었다. 차에서 외투와 목도리로 얼굴을 감싸다시피 한 강진호가 손에 일본도 하나를 들고 내렸다. 김형태와의 술자리에서 빼들었던 탈혼비취도였다.

—오셨습니까?

김희철이 사내들의 옆에 서 있다가 깍듯하게 허리를 숙이며 말했다.

—김 사장 수고했어. 그래, 아이는?

—차 안에서 지키고 있습니다.

—그래, 내 지시가 있을 때까지 잠시 그대로 있어. 자, 그럼 준비를 해 볼까.

강진호가 말했다. 박홍길이 말없이 어둠에 잠겨있는 공사현장을 두리번거렸다.

—어디가 좋겠나?

강진호가 박홍길에게 물었다.

—저기 저 포클레인 쪽으로 가보겠습니다.

박홍길이 어둠 속에 서 있는 두 대의 포클레인을 가리켰다. 순간, 김희철은 섬뜩했다. 방금 전에 강 원장이 볼일을 보러갔던 포클레인이었다. 박홍길이 뚜벅뚜벅 포클레인 쪽으로 걸어가기 시작했다. 만약 강 원장이 두고 온 휴대전화를 박홍길이 발견한다면? 큰일이다. 김희철은 심장이 얼어붙는 것 같았다. 포클레인의 철제바퀴 뒤를 돌아 걸어간 박홍길이 다시 돌아 나왔다. 박홍길이 총을 들어 레미콘차량이 서 있는 곳과 강 원장이 타고 있는 차 그리고 강진호가 타고 온 그들의 차가 있는 여러 방향으로 자를 재듯이 총을 들어 겨누어 보았다. 포클레인 앞에서 서성거리던 박홍길이 다시 강진호 쪽으로 걸어왔다.

—너무 가깝습니다. 세 곳이 다 보이지도 않고요. 자칫 잘못하다가는 우리 편이 맞을지도 모르겠습니다. 오히려 저 크레인 위쪽이 좋겠

습니다.

박홍길이 레미콘차량 옆 어둠 속에 괴물처럼 서 있는 고공크레인을 장갑 낀 손으로 가리키며 말했다.

—그렇겠어. 높은 곳에서 내려다보고 한 놈 한 놈 정확히 저격하는 게 좋겠지.

강진호가 말했다. 포클레인에서 다시 걸어 나오는 박홍길을 보고 김희철은 일단 안도했다. 그러나 이내 심장이 쿵쿵 소리를 내고 다시 식은땀이 흐르기 시작했다. 박홍길은 경찰이 덮칠 만약의 경우를 대비하여 저격할 준비를 하고 있다. 강진호의 말대로 저 높은 크레인 위에서 저격한다면 아래에 있는 사람은 속수무책일 것이다.

—자, 시간이 다 되었어. 모두 자기 위치로 가서 준비하고 있어.

강진호가 소리쳤다. 사내들이 다시 코란도에 타고 박홍길이 총을 메고 어둠 속을 걸어가 크레인의 사다리를 타고 오르기 시작했다.

—김 사장은 여기 나하고 함께 있지.

강진호가 강 원장이 타고 있는 차로 걸어가는 김희철을 불러 세웠다.

1시 10분 전, 휘진은 차단기가 설치되어 있는 코리아타워 공사현장 진출입구 앞에 차를 세웠다. 붉은 경광봉을 든 사내 둘이 기다리고 있다가 휘진의 차를 세웠다.

—유휘진 변호삽니다. 강 회장님과 약속을 했어요.

휘진이 차창을 내리고 말했다. 사내 중 하나가 휴대전화를 꺼내어 번호를 누른 뒤 말했다.

—회장님, 여자가 도착했습니다. 몸을 수색할까요?

—괜찮아. 그대로 들여보내. 계집애 하나일 뿐이야.

전화기에서 큰소리로 외치는 강진호의 목소리가 휘진의 귀에까지 들렸다.

—들어가십시오. 저쪽 가드레일이 설치된 길을 따라 쭉 내려가면 됩니다. 내리막길이므로 조심해야 합니다.

사내가 경광봉으로 앞을 가리키면서 말했다. 차단기가 올라갔다. 눈발은 더욱 굵어져 있었다. 휘진은 천천히 안으로 차를 몰았다. 어둡고 미끄러운 길이었다.

잠시 후, 그 출입구에서 얼마 떨어지지 않은 인도의 모퉁이에서 남자 두 사람이 나타났다. 둘은 서로 어깨동무를 하고 술에 취한 듯이 비틀거리면서 공사현장의 진출입구 쪽으로 걸어오고 있었다. 경비 사내 중 하나가 그들을 발견하고 경광봉을 흔들며 소리쳤다.

—이쪽에는 길이 없어요. 돌아가세요.

—뭐야? 니놈이 뭔데 이래라저래라 까불고 있어.

오른쪽의, 키가 크고 기골이 장대한 남자가 혀 꼬부라진 소리로 경광봉을 든 남자에게 삿대질을 했다. 그러면서 두 남자는 어깨동무를 한 채로 비틀거리면서 점점 더 경비 사내에게로 가까이 다가왔다.

—길이 없다고 하잖아. 돌아가라니까.

—시끄러워, 자식아. 저기서 오줌 좀 누고 갈란다.

왼쪽의, 역시 기골이 장대하고 수염이 무성한 남자가 진출입구 옆에 세워진 철제 펜스를 가리키며 말했다. 두 남자는 어깨동무를 풀고 마치 소변을 볼 것처럼 바지춤을 끄르는 동작을 취하며 진출입구 앞으로 비틀거리며 걸어왔다.

—술을 먹으면 곱게 처먹어. 길이 없다니까 그러네, ×팔.

경비 사내 중의 하나가 욕을 내뱉으며 앞장 선 수염이 많은 남자의 앞을 가로막고, 또 한 사내가 그 옆에서 걸어오는 다른 남자의 앞을 가로막았다. 순간 퍽, 퍽 하는 소리가 둔탁하게 울리며 두 경비 사내가 비명 한 번 지르지 못하고 동시에 앞으로 폭삭 꼬꾸라졌다. 오른쪽의 키 큰 남자는 구 경장이었고, 왼쪽의 수염이 많은 남자는 장선웅 기자였다.

—귀신 잡는 해병 솜씨가 어떻습니까?

장선웅 기자가 무방비 상태에서 명치를 얻어맞고 그의 발치에 그대로 뻗어버린 사내의 두 팔을 뒤로 돌려 꺾어 잡으며 구 경장을 보고 말했다.

—해병 출신이 아니라도 덩치 값은 하시겠는데요.

이미 한 녀석의 손목에 수갑을 채운 구 경장이 재빨리 다가와 장선웅 기자가 제압하고 있는 녀석의 손목에 수갑을 채우면서 말했다.

—그런데 이 자식 이거, 아예 숨통이 끊어진 것 아닙니까? 야, 임마, 정신 차려.

수갑을 채운 구 경장이 장선웅 기자에게 맞아 그때까지도 축 늘어져 있는 녀석의 뺨을 토닥이며 말했다.

—그런 새끼는 이렇게 해야 정신을 차립니다.

장선웅 기자가 구 경장을 대신하여 녀석의 멱살을 잡고 일으키더니 대뜸 녀석의 뺨을 힘차게 후려쳤다. 짝, 하는 소리와 악, 하는 비명이 거의 동시에 울리면서 녀석이 고개를 번쩍 들었다.

—유 변호사가 왔어? 빨리 말해. 이 새끼야.

장선웅 기자가 왼손으로는 녀석의 멱살을 잡고 오른손으로는 금방이라도 큰 해머 같은 주먹을 내리칠 것처럼 위협하며 소리쳤다.

—조금 전……, 조금 전에……, 안으로……, 안으로, 들어갔습니다.

녀석이 숨을 헐떡이며 띄엄띄엄 말했다.

—이런 죽일 놈의 새끼들, 우리가 한 발 늦었어.

장선웅 기자가 화풀이라도 하듯이 멱살을 잡은 녀석을 팽개치고는 그 옆에 꿇어앉아 있는 다른 사내의 옆구리를 오른발로 걷어차며 말했다. 이때 헤드라이트도 켜지 않은 채 승용차 한 대가 도착하고, 그 뒤에 경찰 미니밴 한 대가 멈췄다. 승용차에서 상혁과 강 반장, 남 반장이 거의 동시에 내리고, 미니밴의 조수석에서 영준이 내리고 동시에 밴의 여닫이문이 열리며 헬멧에다 고글을 쓴 무장한 아홉 명의 기동타격대원들이 일사불란하게 내렸다.

—우리가 한 발 늦었습니다. 유 변호사님이 방금 안으로 들어갔답니다.

구 경장이 수갑을 채운 두 녀석을 미니밴에 쑤셔 넣고는 상혁에게 말했다.

—이미 각오했던 일입니다. 현장은 저 아래쪽 같군요.

상혁이 멀리 지하 아래쪽에서 보이는 세 대의 자동차 헤드라이트 불빛을 가리키며 말했다. 또 한 대의 헤드라이트 불빛이 지그재그 길을 선회하면서 미끄러지듯 아래로 내려가고 있었다. 상혁이 얼굴을 일그러뜨리고 한숨을 쉬었다.

—이제 어쩔 수 없어. 시간이 없어. 바로 작전에 돌입해야 해.

영준이 비장한 표정으로 상혁을 바라보며 말했다.

—그래, 시작하자.

상혁이 말했다.

—작전에 돌입합니다. 범인들은 분명히 무장을 하고 있을 겁니다. 무

엇보다도 인질들과 유 변호사가 절대 다치지 않아야 합니다. 지금부터는 범인들에게 발각되지 않도록 도보로 현장에 접근하여 기습합니다.

영준이 기동타격대원들에게 소리를 낮춰 말했다. 영준의 말이 채 끝나기도 전에 상혁이 먼저 아래쪽의 불빛을 향하여 어둠 속을 내달리기 시작했다.

—아니…….

구 경장이 화들짝 놀랐으나 소리를 지르지는 못하고 상혁의 뒤를 따라 달려가고, 그 뒤를 이어 남 반상과 상 반상, 그리고 그 사이에 승용차에서 카메라를 꺼내 울러 맨 장선웅 기자가 달려갔다.

—자, 시간이 급합니다. 갑시다.

영준의 지시에 따라 기동타격대원들이 멀리 보이는 지하의 불빛을 목표로 어둠 속으로 그림자처럼 흩어졌다.

악마의 축제

야훼께서 손수 하늘에서 유황불을 소돔과 고모라에 퍼부으시어
거기에 있는 도시들과 사람과 땅에 돋아난 푸성귀까지 모조리 태워버리셨다.

–창세기 19:24~26–

고공크레인의 사다리를 타고 올라간 박홍길은 첫 번째 중간 난간에 섰다. 발판 아래에 구멍이 숭숭 뚫린 철망으로 된 난간 받침 지지대가 있었다. 그곳의 높이는 터파기 공사를 하는 지하 공사현장에서는 아파트 건물 5층 정도의 높이였지만, 원래의 지표면의 높이와는 엇비슷했다. 바람과 눈보라도 지상과 별반 다르지 않았다. 박홍길은 철망 위 난간에 서서 사방을 둘러보았다. 원래 있던 재래시장 건물을 철거해버린 어둠 속 공사현장은 마천루로 불야성을 이룬 서울 시내의 휘황찬란한 도시의 정글 중간에 뻥 둘린 검은 동굴 같았다. 아래에 보이는 그들이 타고 온 세 대의 자동차 헤드라이트와 아래쪽의 레미콘차량의 헤드라이트 불빛이 유일하게 지표면을 밝혀주고 있었다. 겨울 낚시용 두터운 방한 파카를 입었기 때문에 별로 춥지는 않았다. 그러나 휘날리는 눈이 노출된 얼굴 피부에 닿을 때마다 볼이 따끔거렸다. 그는 파카 호주머니에서 작은 양주병을 꺼내어 선 채로 주둥이를 입에 물고 그대로 몇 모금 마시고는 선글라스와 마스크를 꺼내 착용했다. 그리고는 철망 난간에 앉아 호주머니에서 망원렌즈를 꺼내 조준경에 부착시키고는 총구를 철제빔 지지대에 얹고 헤드라이트 불빛을 과녁삼아 시험 조준하여 보았다. 그 총은 멧돼지 사냥총을 불법 개조한 것이었다. 명중률을 높이기 위해 조준경을 새로 부착하였고, 개머리판을 없애고 총신에 소음기를 새로 부착했다. 장애물은 아무것도 없었다. 아래에 보이는 모든 것이 한눈에 들어왔다. 마음만 먹으면 시선이 가는 그 어떤 물체도 그의 총구를 피해 갈수는 없을 것 같았다. 그는 호주머니에서 총알을 꺼내어 탄장에 여섯 발의 총탄을 채워 넣었다. 그는 총을 눕혀 무릎 위에 얹은 채로 다시 호주머니에서 양주병을 꺼내어 목젖을 세우고 꿀떡꿀떡 몇 모금을 더 마셨다. 낮에 김희철이 강진호의 방에 들어오기 직전, 화장실에 가서 필로폰 주사 한 대를 맞았지만, 이제 그 약효는 사라지고 없었다. 그는 파카 가슴주머니에서 주사기를 꺼내어 뚜껑을 연 다음 바늘을 팔뚝에 꽂고 주사액을 천천히 밀어 넣었다. 위장이 짜르르 저려오고, 뒤이어 전신이 나른해지며 머릿속이 출렁거리기 시작했다.

그 노란 꽃이 이 모든 것의 시발점이었어. 그때 그 절벽에 피어있던 한 송이 노란 꽃, 그 노란 꽃이 나를 질식시켰던 거야. 그 노란 꽃의 교태에 나는 그만 숨이 멎어버렸던 거야. 이제는 이 모든 것을 끝낼 때가 되었어. 그 노란 꽃의 악몽에서 벗어나기 위해 여자의 육체를 탐할 필요도, 술을 마실 필요도, 필로폰 주사를 팔뚝에 꽂을 일도 이젠 없어. 강진호, 그의 수하들, 김희철, 그리고 여자, 심지어 아기까지도……! 경찰이 나타나면, 그 경찰도 모두, 그러고 그 다음은? 김희철의 말대로 내 차례겠지. 강진호, 미안하지만 당신 말대로는 하지 않을 거야. 모조리 쓸어버릴 거야. 오늘은 나만을 위한 축제의 날이야. 어쩌면 나는 태생적으로 악마였는지도 몰라. 오늘 마지막 악마의 축제를 벌이는 거야.

박홍길은 속으로 중얼거리며 아련하게 밀려오는 필로폰의 약효와 취기에 몸을 맡기고 잠시 눈을 감았다.

—자네의 축제에 초대해 줘서 고맙네.

어디선가 목소리가 들렸다. 박홍길은 눈을 끔뻑거렸다. 눈앞에 펭귄처럼 꼬리가 튀어나오고, 옷깃을 귀에까지 빳빳하게 세워 올린 검은 연미복 위에 붉은 안감을 댄 검은 망토를 걸친 남자가 눈앞에 서 있었다. 크고 짙붉은 입술에다 툭 튀어나온 매부리코, 귀에까지 길게 찢겨져나간 눈꼴과 짙은 눈썹이 기묘한 환상적 분위기를 자아냈다.

—거 참, 묘하게 생긴 녀석이군. 넌 누구야?

박홍길이 입술을 삐죽이며 턱을 치켜들고 물었다.

—영혼의 수거자, '메피스토텔레스'라는 긴 이름이지만, 그냥 줄여서 '메피스토'라고 부르지.

—메피스토? 난 그런 놈 몰라.

—그렇겠지, 자네는 문학책과는 담을 쌓은 사람이었으니까.

—문학책과 네놈의 이름이 무슨 상관이야?

—나는 괴테의 희곡 『파우스트』에서 맹활약을 펼치지. 파우스트 박사와 내기를 하는 악마로 말이야. 인간의 영혼을 수거하는 것이 내 취미인 동시에 의무이지. 뭐, 내 이름이 어렵다거나 마음에 들지 않는다면 그냥 편하게 저승사자쯤으로 이해하게. 자네의 별명처럼 말이야. 자네가 듣도 보도 못한 괴테란 인간이 쓴 책 속의 내 이름보다는 그것이 아무래도 자네에겐 더 이해하기 쉬울 것 같네. 그렇지 않나? 그나저나 자네도 나 못지않게 악마적 근성을 가지고 있으니까 우리에게는

서로 동지애가 흐르고 있다고 봐야 하지 않겠나. 그래서 자네가 오늘 밤 나를 초대한 줄로 아는데?

—나는 네놈도 그 누구도 초대한 적이 없어. 오늘은 오직 나만을 위한 축제의 밤이야. 냉큼 내 앞에서 사라져.

—무슨 그런 섭섭한 말을 하나. 자네가 공식적으로 나를 초대하지 않았다고 하더라도 오늘 자네의 그 총에 의해 육체를 떠날 영혼들을 수거하기 위해서는 나는 여기에 올 수밖에 없어. 이것은 악마의 의무야. 자네에게 친숙한 저승사자의 책무지. 특히 자네의 영혼을 수거하기 위해서는 반드시 나 같은 대악마가 와야 해. 자네의 영혼은 우리 악마들 사이에서는 몇 백 년 만에 하나 나올까 말까 하는 값나가는 영혼이거든. 자네의 영혼은 우리들 악마가 사는 다른 차원의 세계, 미안하네, '차원'이라는 어려운 말보다는 그냥 저승이라고 하면 더 쉽게 이해할 것 같군. 어쨌든 자네의 영혼은 우리들 악마의 세계에서도 괄목할 만한 연구 대상으로 알려져 있어. 하찮은 병아리 악마가 와서 이렇게 귀중한 연구 자료를 놓쳐버리면 우리 악마 영혼도서관의 크나큰 손실이지. 부디 우리 악마 영혼도서관을 위해서라도, 그리고 내 유일한 취미를 즐길 수 있도록 오늘 밤 자비를 베풀어 주게나.

—내 영혼을 수거하겠다고? 미친 소리 작작해. 영혼이 어디 있어. 나는 영혼을 믿지 않아. 있지도 않는 영혼을 수거하겠다고? 쳇, 그런 헛된 희망은 아예 처음부터 단념하는 게 좋아.

—나 같은 악마 중의 악마, 그 중에서도 으뜸가는 고수 악마는 미리 알 수 있다네. 지금 자네가 무슨 생각을 하고 있는지, 지금부터 자네가 어떤 행동을 할지, 그렇지 않고서야 내가 어떻게 이 자리에 왔겠나?

—내 생각과 행동을 미리 알 수 있다고? 헛소리는 그만하고 냉큼 꺼져. 그렇지 않으면 이 총으로 네놈의 머리를 박살내 버릴 거야.

—자네는 영화 같은 것도 보지 않는 모양이군. 영화에서 총알에 맞아 죽는 악마를 보았나? 가끔 뭐 존재하지도 않는 신의 십자가나 희한한 광선검 같은 것에 죽는 장면은 종종 있지만, 그것도 순전히 가짜야. 인간이 지어낸 상상력의 산물일 뿐이지. 악마는 존재하고 불멸이지만, 신은 존재하지 않아. 만약 신이 존재했다면 우리 같은 악마는 벌써 씨가 말랐겠지. 그 총은 우리 같은 악마에게는 아무 소용이 없어. 지금 당장 시험해 봐도 좋아. 자, 그 총으로 나의 심장을 쏘아보게. 자네 말대로 머리를 박살내던가. 악마는 어떤 것으로도 소멸시킬 수 없어. 불멸이야. 인간이 존재하는 한 말이야. 영혼도 마찬가지야. 역시 불멸이지. 자네의 영혼도 마찬가지고.

—헛소리 그만하고 꺼지라고 하지 않나?

—내 말을 믿지 못하는 모양인데, 그럼 내가 지금 자네의 생각과 행동을 미리 말해 볼까? 그럼 믿을 수 있겠나?

—내 생각과 행동? 어디 한 번 말해 봐. 네놈의 그 말이 거짓임을 입증하기 위해 나는 일부러 네놈의 말과는 다르게 행동할 테니까.

—그건 자네의 자유야. 그건 자네의 의지의 문제지. 그러나 자네는 내 말대로, 아니 자네의 생각대로, 자네의 행동을 배반할 의지가 없어. 이걸 두고 나와 내기를 해도 좋아. 파우스트 박사와 내가 내기를 한 것처럼 말이야.

—그 참 재미있군. 내기라? 무엇을 걸까?

—이걸 걸지. 파우스트 박사처럼, 자네가 이기면 이 세상의 모든 쾌락을 즐기게 해 주지.

—그런 것은 이제 필요 없어. 나는 이미 이 세상의 쾌락이란 쾌락은 모두 즐겨봤으니까.

—그렇겠군. 내가 잊고 있었어. 방금 그 주사기에 든 액체가 항상 자네를 쾌락의 세계로 인도해 주고 있었다는 걸. 그럼 이건 어떤가? 구원과 안식을 주지. 이건 물론 존재하지도 않는 신의 영역이라고 알려져 있지. 자네 같은 인간들은 구원과 안식을 신에게서 구하지만, 내가 방금 전에 말했지. 신은 존재하지 않는다고. 그것은 단지 인간의 상상력의 산물일 뿐이라고. 구원과 안식도 물론 악마인 우리들의 영역이고, 악마인 우리가 줄 수 있는 것이야. 어떤가?

—구원과 안식이라? 이제까지 그것은 한 번도 생각해 보지 않았는데. 그것이 어떤 것인지 감도 안 잡혀. 쳇, 그것을 받아 내가 뭘 할 수 있겠어.

—그것은 무엇을 할 수 있는가의 문제가 아니야. 자네가 생각지도 못한 미지의 영역으로 한 번 가보는 것도 좋지 않겠나?

—좋아, 쾌락이야 즐길 만큼 즐겨봤으니까. 그럼 네가 이기면? 나는 무엇을 주어야 하지?

—나의 유일한 취미가 영혼을 수거하는 것이라고 하지 않았나. 내가 이기면, 나는 단지 자네의 영혼만을 수거하여 가겠네. 아니, 왜 웃나? 아주 자신만만한 표정이군.

—자신이고 뭐고 할 여지도 없군. 악마 중의 악마라고 하는 놈이 이렇게 멍청할 줄이야. 네놈 말을 듣고, 네놈 말대로 하지만 않으면 되는데, 그게 무엇이 어려워. 빨리 네놈이 알고 있는 내 생각과 행동을 말하기나 해 봐.

—좋아. 그럼 나와 계약을 하세. 먼저 자네의 생각부터 말하지. 자네

는 지금 이 순간까지도 이렇게 생각하고 있었어. 내가 이렇게 된 건 모두 그 여자 때문이라고. 자네 곁에 두지 못한다면 차라리 없애버리는 것이 더 낫다고 생각했던 그 여자, 그리고 실제로 자네가 바닷가 절벽에서 던져버린 그 여자, 그 일은 자네의 잘못이 아니라고 생각했던 거지? 그렇지 않나?

—그래, 그것은 내 잘못이 아냐. 나는 그녀를 사랑했어. 태어나 처음이자 마지막으로 진심으로 사랑이란 것을 해 보았어. 미치도록 사랑했어. 그녀가 내 곁에 있겠다고 했다면 나는 그 무엇이라도 했을 거야. 그 사랑의 대가로 내게 무엇을 요구한다고 해도 다 들어주었을 거야. 그녀의 육체를 강제로 범했던 것도 너무 사랑했기 때문이었어. 가지지 않으면 다른 놈이 채어가 버릴까 두려워서 그랬던 거야. 그런데 그녀는 내 사랑을 모독했어. 내 진심을 모독했어. 그래서 던져버린 거야. 너는 버림받음에 대한 상처와 분노가 얼마나 큰지 잘 알지 못하지?

—악마인 내게 그런 것을 물어보면 되나. 인간의 감정과 그 감정의 변화에 대해서는 악마인 내가 더 잘 알지. 자네를 이해하네. 그리고 자네가 쇠사슬에 매달아 바다에 수장시킨 그 어린 여자, 그 여자의 일도 자네 탓이 아니라고 할 거지? 그렇지 않나?

—그거야 당연하지. 그 일도 내 잘못이 아니야. 그것은 그 여자를 닮은 그애의 잘못이었어. 왜 하필이면 내가 던져버린 그 여자를 닮았는가 말이야. 그 여자가 나를 거부하지만 않았더라면, 그애를 죽이는 일 따윈 애초부터 일어날 여지도 없었어.

—그렇지. 옳고 또 옳은 말이야. 그리고 지금 자네 무릎 위에 있는 그 총으로 머리를 뚫어버린 그 보험사 직원 말이야. 그 일도 자네의 잘못이 아니었던 거지?

—말하면 잔소리지. 왜 거추장스럽게 내 앞에서 거치적거려. 내 앞에서 거치적거리는 것은 다 쓰레기일 뿐이야. 쓰레기 하나 치워버린 일이 뭐 대수라고.

—역시 악마인 나와 통하는 게 있군. 이때는 자네가 너무 가상해서 박수를 쳐주고 싶단 말이야. 그럼 그 다리 위에서 목을 비틀어버린 그 건축가의 일은 어때? 그것도 물론 자네의 잘못이 아니지?

—그 일을 생각하면 신경질이 나. 그 일은 내 뜻이 아니라 저 아래에 있는 원조 악당의 지시를 받고 한 일이니까. 나는 누구로부터 지시받는 것을 죽기보다 싫어해. 그래서 생각할수록 화가 나. 그래서 화를 달래기 위해서 이렇게 생각을 바꿨지. 지시를 받고 한 것이 아니라 부탁을 받고 자선을 베풀어 준 것이라고. 그렇게 생각하니까 좀 편안해지더군.

—그리고 또 있지 않나, 자네가 그 바닷가에서 혓바닥과 심장을 꺼내 난도질을 해버린 두 사람 말이야. 자네와는 찰떡궁합이 되어 서로 잘 지내던 사이였던 같은데, 그 두 사람은 왜 그렇게 죽였나? 물론 그 일도 자네 잘못이 아니겠지?

—그놈들은 나를 죽이려고 했어. 죽이지 않으면 내가 그놈들에게 죽게 되는데, 그냥 당하고 있을 수야 없지 않나. 그리고 그놈들은 그렇게 죽어도 싼 놈들이야. 나도 악당이지만, 그놈들도 악당 중의 악당이었어.

—그래도 이 모든 살인에 대한 일말의 가책은 느꼈을 법도 한데, 굳이 양심의 가책이라고 단정 지을 수는 없지만 말이야. 어떤가?

—하하, 네놈은 정말 살살 꼬드기는 재주가 많군. 그것이 악마의 속성인가? 선악과를 따 먹으라고 하와를 꼬드긴 뱀처럼 말이야. 가책이

라고? 내가 왜 가책을 느껴야 해? 나도 심심풀이 땅콩 먹는 기분으로 교회라는 곳을 몇 번 가봤지. 그곳에서 목사라는 작자가 하와를 꼬드긴 뱀 얘기를 해 주더군. 카인과 아벨의 얘기도 해 주었어. 인류의 최초의 조상이라 할 수 있는 아담과 하와는 신이 만든 신인神人이라 할 수 있지. 사람인 여자의 자궁에서 태어나지 않았다는 말이야. 그러나 카인과 아벨은 어떤가? 형 카인과 그 동생 아벨은 여자인 하와의 몸에서 태어난 진정한 사람의 아들이야. 문자로 기록되고 이름 붙여진 인간들 중에서 여자의 자궁을 통하여 태어난 최초의 인간이라 할 수 있지. 그 첫 번째 사람의 아들인 카인이 두 번째 사람의 아들인 제 동생 아벨을 죽였어. 그러니까, 음…… 무슨 말인가 하면 말이야. 인류의 역사라는 것은 곧 살인의 역사라는 거야. 살인으로 시작되는 인류의 역사에서 이제까지 내가 저지른 몇 번의 살인이 역사책에 실리기라도 하겠어? 역사는 내 살인을 기록하지도 않을 것이고, 후세의 어느 누구도 내 살인을 기억하지도 못할 거야. 그런데 내가 왜 가책을 느껴야 하나? 그리고 살인이라는 행위가 반드시 가책을 느껴야 하는 그런 행위인가? 인류 역사에 이름을 올린 위인들을 봐. 나폴레옹, 진시황, 히틀러 등등 셀 수도 없이 많아. 이들은 배고프면 밥 먹듯이 살인을 저질렀어. 그들이 가책을 느꼈다는 얘기는 한 번도 들어보지 못했어. 오히려 그들은 인류 역사에서 위인으로 추앙받고 있어. 그런데 내가 왜 가책을 느껴야 하나? 그렇지 않아?

—그래서 자네는 지금 그런 살인자들처럼 역사에 기록될 만한 살인을 해 보겠다고 이 높은 곳에서 추위에 떨고 있나? 악마의 속성을 가진 자네다운 발상이군. 그래서 내가 여기에 왔다니까. 그건 그렇고, 지금부터의 내 얘기가 중요해. 우리 내기의 승패를 결정하게 될 것이

지. 자네는 지금부터 자네의 시야에 들어오는 저 아래에 있는 인간이란 인간은 모조리 그 총으로 없애버리겠다고 작정하고 왔지? 그렇지 않나?

—그래, 지금부터 모두 쓸어버릴 거야. 오늘은 나만을 위한 축제의 날이고, 나만을 위한 피의 향연이 펼쳐질 거야.

—왜 그런 생각을 하게 되었지? 저 아래에는 자네의 편도 있는데, 그들도 함께 쓸어버릴 건가?

—내 편이라고? 웃기는 소리 좀 작작해. 지금 저 아래에 있는, 그 선축가를 죽이라고 내게 지시, 아니 부탁했던 저 작자도 내 편이 아니야. 오히려 나보다 더한 악마야. 오늘 이곳에서 그때처럼 저 작자의 부탁을 들어주고 나면 말이야. 그 다음엔 저 작자는 틀림없이 나를 죽이려고 할 거야. 내가 모를 줄 알고? 나는 바보가 아니야. 그래서 저 작자도 여자와 함께 쓸어버리기로 작정한 거야.

—그래야 자네의 살인행위가 역사에 기록될 거란 그런 말이군.

—아니, 나는 역사에 이름이 남기를 바라지 않아. 그냥 저들이 내 눈앞에서 얼쩡거리는 것이 좀 거추장스럽고, 내가 살아있다는 것 자체가 좀 피곤할 뿐이야.

—알겠군. 악마적인 발상이야. 자네 지금 총알을 얼마나 가졌나?

—왜? 그건 알아서 뭐하게? 어디 보자, 여기 호주머니에 들어있는 것만으로도 저들을 모두 죽일 만큼은 돼.

—그 총알 중 마지막 한 발은 자네의 입으로 들어가겠군. 자네는 그렇게 결심하지 않았나?

—그래, 그렇게 작정하고 나왔지. 한바탕 피의 축제를 벌인 다음에 미련 없이 가자고. 탕, 하는 순간에 내 두개골이 날아간다. 그 순간,

나는 아무 생각도 못한다. 생각할 겨를도 없이 나라는 존재는 사라진다. 재미있지 않나? 깔끔하지 않나?

—그러나 사실 자네가 그렇게 결심한 것은 이제 더 도망갈 곳도 숨을 곳도 없어졌기 때문이 아닌가? 신문에 대문짝만 하게 살인마라고 보도된 마당에 그 어디로도 도망할 곳이 없다고 판단한 거지. 얼마 전까지만 해도 한 늙은 형사가 자네를 계속 미행하고 있었지 않았나. 그렇지 않은가?

—무슨 소리? 나는 도망갈 수도 있고, 쥐도 새도 모르는 곳에 숨을 수도 있어. 그러나 나는 도망가고 싶지 않아. 더구나 쥐새끼처럼 어디에 숨고 싶은 생각은 추호도 없어.

—그래서 아예 죽기로 작정한 것인가? 그건 자네답지 않은 발상인데. 악마라면 말이야, 추악하게 보이더라도 악착같이 살아남아야 하지 않나? 그것이 악마의 기본적인 속성이야.

—그렇지. 그것이 악마의 본성이지. 그러나 이제 악마 짓 하는 것도 시들해졌어. 이제는 산다는 것 자체가 피곤할 뿐이야. 모든 것이 그냥 귀찮아. 숨 쉬는 것도 귀찮아. 그래서 마지막으로 한바탕 신나게 놀아보기로 작정한 거야. 이 총알에 맞아 튀길 피를 생각하면 그래도 조금 흥분이 돼. 살아있다는 의미를 느껴.

—브라보, 브라보! 그러나 악마적인 발상이긴 하지만, 자네는 그렇게 못할 걸. 나는 자네가 저들을 죽이지 못하는데 걸겠네. 자네의 그 가책 때문에 말이야. 어때, 내기를 하겠나? 자네가 저 아래의 사람들 중 어느 한 사람이라도 그 가책 때문에 죽이지 못한다면 나는 자네에게 구원과 안식을 주지.

—또 그 가책 얘긴가? 내게 필요도 없는 그 구원과 안식 얘긴가?

—우리 악마 외엔 그 누구도 미래의 일을 알 수는 없어. 구원과 안식이 자네에게 도움이 될지 안 될지 어떻게 알아. 물론 나는 알고 있지만 말이야.

—이 봐, 네놈은 지금까지 내가 한 일을 모르는 모양이군.

—악마는 모르는 것이 없다네. 특히 자네 같은 연구대상의 영혼을 가진 인간이 한 일을 우리 악마가 모를 리가 없지.

—알고 있으면서 내기를 하자고? 가책? 구원과 안식? 별 칠칠치 못한 악마 녀석이군. 이봐. 눈 하나 깜빡하지 않고 죽도록 사랑하는 여자를 절벽에 던져버린 나야. 강간에다 시간屍姦까지 한 나야. 그리고 무엇보다도 나는 특등사수야. 망원렌즈가 달린 이런 총만 있다면 100미터 앞에서도 고양이의 눈을 정확히 맞출 수 있단 말이야. 물론 인간도 동물이란 것은 네놈도 잘 알 테지. 그런데 눈앞에 빤히 보이는 저 아래 있는 인간의 가슴팍 하나를 맞추지 못할 것 같아. 네놈 뜻대로는 되지 않을 거야. 이 내기는 벌써 내가 이겼어. 네놈은 유감스럽게도 내 영혼을 가져가지 못하겠군. 물론 내게 영혼이라는 것도 없지만, 쳇, 그나저나 이런 내기는 하나마나한 것이군. 네놈이 내기에서 이기든 지든 너는 내 영혼을 가지고 가지 못해. 내게 있지도 영혼을 어떻게 가지고 가.

—그건 자네가 걱정할 일이 아니야. 어때, 내기를 하겠나?

—하나마나한 내기라니까? 네놈이 주겠다는 구원과 안식이라는 것은 내겐 필요도 없고, 네놈이 원하는 영혼이라는 것도 내게는 아예 없는데, 무슨 내기를 해?

—자네의 영혼이 있고 없고는 자네가 걱정할 일이 아니라니까? 자네의 영혼은 내가 알아서 찾아가겠어. 자네는 내가 자네의 영혼을 수거

하지 못하도록 최선을 다하면 되는 거야. 시합에는 이겨야 하지 않겠나? 그것은 자네가 누구보다 더 잘 알 것 같은데?

—별 떨거지 같은 악마도 다 있군 그래. 알았어. 알았어, 어차피 그런 내기쯤이야 내가 이길 테니까. 저 아래에 있는 거야 한 손으로 쏴도 다 맞출 수 있어.

—그럼, 계약을 체결했네. 약속한 거야, 틀림없이. 자, 이제 첫 번째 먹잇감이 나타난 것 같군. 어서 준비를 하게. 미리 그 총을 겨누어야 하지 않나?

지그재그 길을 세 번째로 돌자 내리막길은 없어지고 평지였다. 휘진은 앞에 보이는 자동차의 헤드라이트 불빛을 향하여 천천히 나아갔다. 두 대의 자동차가 헤드라이트를 켠 채로 4, 5미터 정도 간격을 두고 서 있고, 그곳에서 약 20미터 정도 떨어진 좌측에 또 한 대의 자동차가 서 있었다. 세 대의 자동차는 모두 다가가는 휘진의 차를 초점삼아 마주보고 헤드라이트를 뿜어내고 있었다. 휘진은 나중에 도주할 상황에 대비하여 후진을 하지 않고도 곧바로 핸들을 좌측으로 꺾어 직진할 수 있도록 두 대의 자동차로부터 약 30미터 정도의 거리를 두고 좌측방향 60도 정도로 비스듬하게 차를 정차했다. 그러자 차는 좌측 20미터 거리에 있는 차와 거의 마주보고 있는 형국이 되었다. 휘진의 차가 멈추자 그 사이의 공간은 4대의 자동차의 헤드라이트의 불빛에 조명등이 환히 밝혀진 야간 경기장 같았다. 왼쪽 끝 승용차에서 세 명, 옆에 있는 코란도에서 다섯 명, 모두 여덟 명의 남자가 내렸다. 왼쪽 끝에 서 있는 한 사람을 빼고는 모두 손에 1미터 정도 길이의 무슨 막대기 같은 것을 들고 있었는데, 자세히 살펴보니 그것은 칼집에 든 칼이었다. 영화에서나 본 일본도였다. 그것을 보자 휘진은 저절로 어깨가 오싹하니 소름이 돋았다. 그러나 이제 와서 그만둘 수는 없었다. 휘진은 크게 심호흡을 한 번 한 후, 손가방 속에 있던 가스총을 외투의 바깥 오른쪽 호주머니에, 액체스프레이 최루액분사기를 왼쪽 호주머니에 넣고, 안주머니에 있던 서류를 왼손에, 털모자 속에 감추었던 대형라이트를 오른손에 들고 차에서 내렸다.

–유 변호사, 궂은 날씨에 오시느라 수고했소. 자, 이쪽으로 오시오.

왼쪽 끝 두 번째의 남자가 앞으로 서너 걸음 걸어 나와 목에 힘을 주고 말하며 손짓을 했다. 거리가 떨어져 얼굴을 똑똑히 볼 수는 없었지만, 그래도 낯이 익었다. 그때, 최형윤 장관과 함께 인사동의 식당 '회향'에서 보았던 그 사람, 강호건설의 강진호 회장이었다.

–가까이 오지 마세요. 아이와 원장님은 어디 있죠?

휘진이 차 앞에 서서 날카롭게 외쳤다.

메피스토: (조롱 섞인 목소리로) 자, 어서 쏘아야지. 뭘 망설여? 자네의 첫 번째 먹잇감이야.

박홍길: (눈살을 찌푸리고, 고개를 흔들며) 가만있어. 헤드라이트에 눈이 부셔. 조금만 더 지켜보자고.

–그건 걱정 마시오. 서류는 가지고 왔겠지? 아, 손에 들고 있는 그것인가? 서류를 주면 아이와 원장을 보내주겠어.

강진호가 다시 몇 걸음 앞으로 걸으나오며 말했다. 왼쪽 끝에 유일하게 칼을 들지 않고 있는 사내와 오른쪽에 있던 다른 사내들이 호위를 하듯 강진호의 뒤를 따랐다.

-가까이 오지 말라고 했잖아요.

휘진이 다시 한 번 날카롭게 외쳤다. 강진호가 우뚝 걸음을 멈추었다.

-아이와 원장님은 어디 있어요? 아이와 원장님을 먼저 이쪽으로 보내세요. 그렇지 않으면 이 서류를 태워버리겠어요.

휘진이 오른손에 들고 있던 라이터로 찰칵 불을 켜고는 왼손에 든 서류에 불을 붙일 태세를 취하면서 절박한 목소리로 다시 말했다.

-하하하. 기껏 생각하고 가져온 무기가 바로 그것인가 보군. 그래, 그래, 이 강진호는 약속을 지킨다네. 자, 김 사장, 가서 아이와 원장을 여기로 데려오게.

강진호가 너털웃음을 뱉어내며 조롱 섞인 목소리로 말했다.

-알겠습니다.

왼편에 서 있던 칼을 들지 않은 사내가 20미터 정도 떨어진 차로 걸어가기 시작했다.

메피스토: 아니, 뭘 망설이고 있나? 축제를 시작해야지. 지금이 기회야. 헤드라이트 불빛에 먹잇감이 훤히 드러나 있지 않나? 모두 아홉이군.

박홍길: 누구부터 먼저 보낼까, 잠시 생각해 보고 있는 중이야.

메피스토: 내기에서 이기려면 어차피 모두 죽여야 하지 않은가. 순서가 왜 필요해. 눈에 띄는 대로 차례차례 쏘아나가면 그뿐이지. 그래야 자네가 이길 가능성이 더욱 커지고.

박홍길: 세 명이 아직 안 나왔어.

메피스토: 누구 말인가? 아, 그 원장이라는 여자와 아이, 또 이들을 지키고 있는 사내가 하나 더 있군. 이런, 이런, 아이까지 포함하여 모

두 열두 명이나 되는데?

박홍길: 그래, 열두 명이 모두 나와야 해. 하하하, 내 방식대로 즐길 거야. 모두 한 자리에서 피를 튀기고 비명을 지르며 죽어가는 아비규환, 지옥의 모습을 연출할 거야. 그래야 저승사자라고 할 수 있지. 그래야 악마의 축제라고 할 수 있지 않겠어?

김희철은 강 원장이 타고 있는 차로 걸어가며 생각했다. 기회는 지금뿐이다. 차에서 거구를 떨어뜨리고 유 변호사를 태우고 노방쳐야 한다. 차에 다다른 김희철은 거구가 앉아있는 차의 왼편 운전석 뒷문을 열고는 말했다.

—회장님께서 여자와 아이를 데리고 오라고 해. 넌 여자를 데리고 내려. 아이는 내가 안고 갈게.

조수석 뒷좌석에 앉아있던 거구가 먼저 내려 강 원장을 차에서 끌어내기 위해 허리를 숙였다. 그 순간, 김희철이 재빨리 몸을 움직여 운전석으로 올라타며 말했다.

—아이를 꼭 안아요.

김희철이 시동이 걸려있는 자동차의 가속 페달을 밟았다. 차가 굉음과 함께 쌓인 눈과 흙을 튕기며 당겼다 놓은 고무줄처럼 앞으로 튕겨나가고 거구가 뒤로 벌렁 나자빠졌다. 김희철은 그 여세를 몰아 강진호와 사내들이 서 있는 쪽으로 맹렬한 기세로 차를 돌진했다. 혼비백산한 강진호와 사내들이 덮쳐오는 차를 피해 흩어지고 그 와중에 미처 피하지 못한 사내 둘이 차에 받혀 공중으로 튀어 올라 떨어졌다. 휘진이 서 있는 쪽으로 급격하게 핸들을 꺾어 차를 전진시킨 김희철이 급정거를 하면서 문을 열고 소리쳤다.

—빨리 타세요.

그때서야 상황을 알아차린 강 원장도 아이를 안은 채 문을 열고 한 손으로 손짓을 하며 소리쳤다.

—이리 와. 빨리 타.

휘진이 오른손에 들고 있던 라이터와 왼손의 서류를 던지고는 강 원장이 열어준 문으로 몸을 날렸다. 김희철이 맹렬한 기세로 차를 몰아가기 시작했다.

—잡아!

강진호가 비취도를 빼어들 겨를도 없이 칼집 채로 달아나는 김희철의 차를 가리키며 악을 썼다. 사내들이 코란도에 올라타고 김희철의 차를 추격하기 시작했다.

메피스토: 저런, 저런, 자네의 먹잇감이 도망치고 있잖아.

박홍길: 이런 상황은 의외로군. 그러나 부처님 손바닥 위의 손오공이야. 차가 총알보다 더 빠를 순 없잖아.

여기에서 잡히면 죽음뿐이다. 김희철은 있는 힘껏 가속 페달을 밟았다. 곧 평지가 끝나고 오르막길이었다. 김희철의 차는 체인을 감지 않고 있었다. 눈 쌓인 오르막길에 이르자 차가 굉음을 내면서 헛바퀴만 돌고 나아가지 않았다. 그 순간 퍽, 하는 소리가 들리며 우측 백미러가 날아가고, 연이어 조수석의 옆면 유리창에서 펑, 하는 소리가 들리고 마찬가지로 전면 유리창에서도 펑, 하는 소리와 함께 구멍이 났다. 김희철은 순간적으로 크레인에 올라간 박홍길이 총을 발사했다고 직감했다. 조수석 옆 유리창을 비스듬하게 관통한 총탄이 앞면 유리창까지 깨뜨리며 관통한 것이었다.

—엎드리세요. 총탄입니다. 박홍길이 저격하고 있어요.

김희철이 운전대 아래로 고개를 숙이며 소리쳤다. 강 원장과 휘진이 비명을 지르며 좌석 아래로 몸을 새우처럼 구부리고 엎드렸다. 김희철은 바짝 엎드린 채로 후진기어를 넣고 차를 뒤로 잠시 물렸다가 다시 전진기어로 바꾸어 맹렬하게 가속페달을 밟았다. 그러나 차는 오르막길에 이르자 또다시 헛바퀴를 돌면서 굉음만을 울리며 나아가지 않았다. 그 순간 또다시 퍽, 하는 소리가 들리며 차의 뒤쪽 우측편이 덜컹 내려앉았다. 박홍길이 쏜 탄환이 오른쪽 뒷바퀴 타이어를 명중시킨 것 같았다. 아, 여기에서 죽는구나. 김희철은 안타까운 마음에 가슴을 쥐어뜯고 싶은 심정이 되었다. 그때 차의 앞, 뒤 유리창이 동시에 와장창 부서져 내렸다. 코란도를 타고 추격해 온 사내들이 차에 올라타고 손에 든 일본도의 칼집으로 차의 앞, 뒤 유리창을 내리찍으며 차를 박살내었다.

—내려. 이 개새끼야.

유리파편에 맞아 얼굴에서 피가 흐르는 김희철이 먼저 끌려나오고, 뒤이어 휘진과 아이를 안은 강 원장도 끌려나왔다. 끌려나오기 전에 이미 두 팔을 제압당한 휘진이 외투주머니에 든 가스총과 최루액분사기를 꺼내 들 틈도 없었다. 아이가 맹렬하게 울어대기 시작했다. 사내들이 먼저 김희철의 배를 힘껏 후려 차고, 이내 축 늘어져버린 그를 코란도 뒷좌석에 쑤셔 넣었다. 이어 휘진과 아기를 안은 강 원장도 같은 뒷좌석에 밀어 넣었다.

—아기야, 얼아, 괜찮아. 엄마야.

휘진이 사색이 된 얼굴을 하고서도 강 원장이 안고 있던 아기를 건네받아 어르며 가슴에 안았다.

메피스토: 다행이군. 자네의 먹잇감이 도망치지 못했어.

박홍길: 뛰어봤자 벼룩이지. 부처님 손바닥 위의 손오공이라고 하지 않았나.

메피스토: 아니, 왜 지금 죽이지 않나? 그냥 쏘아버리지.

박홍길: 아니, 잠시만 기다려봐. 이제 저놈들이 내 먹잇감을 어떻게 요리하나 느긋하게 좀 지켜봐야겠어.

메피스토: 역시 자네에겐 악마의 피가 흐르고 있어. 브라보! 브라보!

사내들이 다시 코란도를 돌려 강진호가 서 있는 곳으로 왔다. 그 사이에 깨어난 김희철이 먼저 사내 중의 두 녀석에게 어깨를 제압당한 채 강진호 앞으로 끌려나오고, 휘진과 강 원장이 나머지 두 녀석에게 각각 제압당한 채 끌려나왔다. 사내 중의 하나가 김희철의 옆구리를 걷어차 패대기를 치듯 강진호 앞에 무릎을 꿇렸다.

–아이고, 이거 김 사장님 아니신가?

강진호가 조롱 섞인 목소리로 말했다.

–오래 끌 것 없소. 빨리 죽이시오.

김희철이 체념 섞인 목소리로 말했다.

–그래, 네놈이 배신할 줄은 정말 몰랐어. 이 강진호를 감쪽같이 속이다니. 오늘 이 비취도가 얼마나 예리한지 드디어 시험을 해 볼 수 있게 되었군. 네놈만은 반드시 이 비취도로 죽여야 내 성이 좀 풀리겠어.

강진호가 칼집에서 천천히 비취도를 빼어들었다. 그때 이미 저항을 단념하고 잠자코 꿇어앉아 있던 김희철이 죽기를 각오한 듯 맹수처럼 강진호에게로 달려들었다. 그러나 김희철은 강진호의 발치 아래에서 갑자기 휘청거렸다. 김희철의 가슴에서 피가 뿜어져 나왔다. 가슴을 움켜잡고 쓰러지는 김희철의 복부에 얼떨결에 앞으로 내지른 강진호의 비취도가 깊이 파고들었다. 예리한 칼날이 김희철의 복부를 관통하여 등을 뚫고 튀어나와 칼날의 끝에서 선홍색의 핏물이 뚝뚝 떨어져 내렸다.

메피스토: 오! 특등사수라는 자네의 말이 허언이 아니었군. 가슴에서 뿜어져 나오는 폭포 같은 저 피를 봐, 오오! 칼끝에서 떨어지는 저 핏방울, 찬란해. 예리한 칼날 꽃잎에 맺힌 붉은 이슬, 영롱한 빛이야. 아름다워. 정말 아름다워.

박홍길: 그런가? 악마의 축제를 장식하기 위하여 피어난 붉은 꽃이 아니고?

휘진과 강 원장이 외마디 비명을 지르며 털썩 무릎을 꿇고 주저앉았다. 강 원장이 무릎걸음으로 앞으로 엉금엉금 기어 나와 울면서 절박하게 소리치기 시작했다.

–살려주세요. 제발, 살려주세요. 나는 죽여도 좋아요. 이 아이들만은……, 아이들만은 제발, 제발, 아아아! 살려주세요. 제발…….

–서류를 줬잖아요. 서류를 주면 해치지 않는다고 약속했잖아요.

그러나 강 원장과는 달리 그 사이 냉정을 찾은 휘진이 아이를 안은 채로 일어나 형형한 눈으로 강진호를 쏘아보며 말했다. 강진호가 말없이 김희철의 복부에서 칼날을 빼냈다. 김희철이 베어내는 나무둥치처럼 쿵 하고 쓰러졌다.

—제 아비보다 더 어리석은 년이군. 널 살려주면 내가 어떻게 되겠어? 난 너처럼 어리석지 않아. 이제 저승으로 갈 준비나 해.

강진호가 눈을 번득이며 호주머니에서 손수건을 꺼내 칼날에 묻은 피를 닦으면서 천천히 말했다.

—하하하, 독립유공자의 후손이 드디어 악질 친일파의 딸을 처단한다.

강진호가 목소리를 깔고 힘주어 말하고는 칼끝으로 휘진을 가리키며 천천히 다가갔다. 휘진과 강 원장이 뒷걸음질을 쳤지만 이내 뒤에선 사내들에게 어깨를 잡히고 말았다.

—놓아라, 이놈들아! 천벌을 받을 놈들!

강 원장이 몸부림을 치면서 있는 힘을 다해 악을 썼다.

—거기 꿇어앉혀.

강진호가 명령했다. 사내 둘이 휘진과 강 원장의 무릎을 뒤에서 걷어차 꿇어앉혔다.

—내가 합의를 하자고 했을 때, 진작 내 말을 들었더라면 목숨만은 부지할 수 있었잖아. 왜 그렇게 고집을 부렸어. 목숨 아까운 줄은 알아야지.

강진호가 말하면서 칼을 들고 천천히 휘진의 앞으로 걸어가기 시작했다. 이제 휘진과 강진호 사이의 거리는 불과 채 몇 걸음도 되지 않았다. 강진호가 잠깐 걸음을 멈추고 우뚝 서더니 장갑 낀 두 손으로 칼을 수직으로 세워 단단하게 움켜쥐었다. 강진호가 곧바로 달려들어 휘진의 목을 향해 칼을 내려칠 태세였다.

—멈춰.

그때 어둠 속에서 외침소리가 들렸다. 그 소리에 강진호가 다시 우뚝 걸음을 멈추었다. 강진호와 사내들이 모두 소리가 나는 쪽으로 고개를 돌렸다.

–서울중앙지검의 최상혁 검사다. 강진호 회장, 당신들은 모두 포위되었다. 저항하지 말고 투항하시오.

어둠 속에서 상혁의 모습이 나타나고, 그 뒤를 이어 두 손을 앞으로 쭉 뻗어 권총을 겨눈 남 반장과 강 반장, 구 경장이 나타났다. 장선웅 기자는 약간 뒤에 서서 연신 카메라 셔터를 눌러대고 있었다.

메피스토: 이런, 뭔가 잘못된 것 같지 않아? 불청객이 나타난 것 같은데?

박홍길: 상관없어. 어차피 저놈들도 모두 내 먹잇감이 될 테니까. 총알은 충분해.

메피스토: 그래도 저 많은 사람들을 한꺼번에 다 쏠 수 있을까? 이제 겨우 한 사람 쏘았는데?

박홍길: 까짓 거, 죽이는 데까지 죽이고, 그 다음은 내가 상관할 바 아니야.

메피스토: 그럼 나와의 내기는? 저 아래에서 눈에 띄는 것들은 모두 죽이기로 하지 않았나?

박홍길: 그랬지. 여기 올라온 목적도 혹시 저놈들이 나타날 경우를 대비한 것이었어. 자. 이제 슬슬 시작해 봐야겠군.

강진호가 상황을 판단하는 데는 오래 걸리지 않았다. 그러나 강진호는 당황하지 않았다.

–뭐라고? 최상혁 검사? 누구더라? 아아, 알겠어. 법무부장관의 아들이라고 했지. 참 잘 오셨소. 오늘 약혼녀의 황천길에 길동무가 되어

주려고 여기까지 오시다니, 장합니다. 정말 장하오. 그 지극한 순애보가 정말 감동적이오.

강진호가 조롱을 섞어 이죽거리며 말했다.

―강진호 회장, 다시 한 번 경고합니다. 투항하시오. 당신들은 포위되었습니다.

상혁이 다시 몇 걸음 앞으로 내디디며 외쳤다. 여섯 명의 사내가 모두 칼을 빼어들고 강진호를 보호하기 위하여 에워싸는 형태로 상혁을 막아서며 서로 대치했다. 그 중 두 사내는 아까 김희철의 차에 받혀 다리를 절뚝거리고 있었다. 김희철과 함께 아이를 유괴했던 거구도 합세하여 강진호의 총알받이라도 될 것처럼 곁에 바짝 붙어 서 있었다. 강진호와 휘진 사이의 거리가 네댓 걸음, 상혁과는 열 걸음 정도의 거리였다.

―투항하라고? 이 강진호에게 투항하라는 말씀을 하셨소? 하하하, 별 떨거지 같은 검사 새끼 다 보겠네. 애들아, 대한민국 경찰은 말이야, 겁도 많고, 왜 신문에서 보지 않았니? 신문사며 방송국 새끼들의 눈치를 보느라 총을 갖고도 쏠 줄은 몰라. 기껏 한다는 짓이 공포탄 몇 발 쏘고 정작 범인은 놓쳐 버린다고, 겁낼 것 없어. 오늘 저것들까지 모조리 죽이고 깨끗하게 묻어버린다. 여자는 내가 맡는다. 저것들부터 처치해!

강진호가 소리쳤다. 그 중 몸이 성한 네 명의 사내가 칼을 휘두르며 상혁과 그 뒤의 남 반장 일행들을 향해 달려들었다.

―탕탕! 탕탕! 탕탕!

남 반장과 강 반장, 구 경장이 모두 총을 발사했다. 달려들던 사내들이 총소리에 움찔 놀라 일순 걸음을 멈추었다. 그러나 아무도 총을 맞지는 않았다. 세 사람 모두 위협사격만을 했기 때문이었다.

—다시 한 번 경고한다. 투항해. 계속 저항하면 정말 사살한다.

구 경장이 뛰어나와 상혁의 옆에 서서 권총을 겨눈 채로 소리쳤다.

—애들아. 내 말이 맞지? 겁낼 것 없어. 공포탄일 뿐이야. 처치해.

강진호가 고함을 질렀다. 네 녀석 중 항상 지근거리에서 강진호를 경호하던 덩치 큰 사내 둘이 손잡이에 침을 퉤, 하고 뱉으며 칼을 꼬나 잡고 앞으로 걸음을 내디뎠다.

—멈춰! 쏜다!

구 경장이 기차 화통 같이 큰소리로 고함을 질렀다. 그 순간, 앞으로 내딛던 두 녀석이 차례로 악, 악, 하는 비명을 지르며 모두 가슴에서 피를 뿜으며 쓰러졌다. 그러나 총소리는 들리지 않았다. 강 반장과 남 반장이 영문을 몰라 서로 쳐다보고, 상혁과 구 경장이 서로를 쳐다보았다. 남은 다섯 사내들도 서로를 쳐다보았다. 다만 강진호만이 뭔가 감을 잡은 듯 형형한 눈빛으로 고개를 돌려 크레인이 서 있는 쪽을 바라보았다.

메피스토: 솜씨가 탁월하군. 정확하게 심장을 맞혔어. 그것도 연속으로 말이야.

박홍길: 100미터 앞에서 고양이의 눈을 맞출 수 있다고 하지 않았어? 내 총구를 피해 갈 놈은 하나도 없어.

메피스토: 브라보! 브라보!

그때 뒤에 남아있던 두 녀석이 서로를 쳐다보더니 갑자기 칼을 던지고 후다닥 도망가기 시작했다. 그러나 그 두 녀석도 채 몇 걸음도 가지 못하고 악, 하는 비명과 함께 풀썩 쓰러졌다. 등에 총알을 맞아 앞으로 쓰러진 녀석들의 몸 아래에서 흘러내린 피가 헤드라이트 불빛을 받아 하얀 눈 위에 붉은 눈꽃을 그리고 있었다.

메피스토: 아하! 도망가는 녀석부터 먼저 맞췄군. 시야에서 벗어나는 자부터 차례차례로 맞출 심산이군.

박홍길: 그래, 어둠 속에 숨어버리면 조준을 할 수 없게 돼.

메피스토: 그렇게 하면……? 어쩜 오늘 내기는 자네가 이길 것 같기도 하군.

박홍길: 내기 같은 건 안중에도 없다고 했잖아. 나는 다만 나만의 축제를 즐길 뿐이야.

—어떻게 된 겁니까? 김 경위가 발포하라고 명령했습니까?

멀찌감치 뒤쪽 어둠 속에 서서 연신 카메라 셔터를 누르고 있던 장선웅 기자가 무전기를 꺼내들고 영준에게 낮은 소리로 말했다. 이때 영준과 기동타격대원도 도착하여 헤드라이트 불빛에 노출되지 않도록 낮은 포복 자세로 엎드려 현장을 포위하고 있었다.

—아닙니다. 아마 다른 곳에서 저격하는 자가 있는 것 같습니다.

영준이 배를 깔고 엎드려 있다가 돌아누워 하늘을 보고 말했다. 까만 하늘에서 내리는 눈이 쓰러진 자를 축복하는 성수처럼 뿌려지고 있었다.

—누가 말입니까? 저쪽의 저격수라면 제 편을 쏠 리가 없잖습니까?

—글쎄 말입니다. 지금 나도 상황을 파악하고 있는 중입니다.

그때 김희철의 차에 받혀 다리를 절던 나머지 두 사내가 칼을 던지고 두 손을 번쩍 들고 꿇어앉았다. 도망가던 두 사내가 쓰러지는 것을 보고 얼이 빠져버린 것 같았다.

—항복하겠습니다. 살려주십시오.

한 사내가 거의 울음에 잠긴 목소리로 다급하게 외쳤다. 그러나 이 사내의 운명도 도망가던 사내의 운명을 따라갔다. 두 손을 한껏 치켜 들었던 그 사내가 갑자기 가슴을 움켜쥐며 앞으로 폭삭 꼬꾸라졌다. 사내의 가슴에서 흘러나온 붉은 선혈이 하얀 눈을 녹이고 있었다.

메피스토: 아니, 항복하는 자는 왜 쏘는가?

박홍길: 지금부터 저곳에서 조금이라도 움직이는 자는 무조건 쏠 거야.

메피스토: 함께 꿇어 앉은 또 한 녀석은 왜 쏘지 않았지? 아하, 알겠군. 탄창이 비었군. 벌써 여섯 명이나 쓰러드렸어. 어서 빨리 탄창을 채우게. 그 사이에 도망가면 어쩌려고.

박홍길: 그렇지 않아도 채우고 있어. 자. 이제 되었어. 이제부터 슬슬 재미가 있어지는데, 다음엔 누가 움직일까? 궁금하지 않나?

메피스토: 그런데 자네 말이야. 갑자기 한 가지가 궁금해지는군. 우리들 악마의 세계에서는 선과 악을 구분하지 않지만, 그래도 인간의 세계에서는 선과 악을 구분하고 있지 않은가? 지금까지 자네가 쓰러뜨린 자는 모두 악의 편에 서 있던 자들인 것 같은데, 그렇지 않은가? 왜 그러나? 혹시 자네의 양심에 가책이란 것이 자라났기 때문이 아닌가? 그렇다면 이 내기는 내가 이긴 것 같아서 하는 말일세.

박홍길: 양심의 가책이라고? 또 그 가책 얘기인가? 나는 인간이 아니야. 네놈과 같은 악마라고 하지 않았나. 저 아래에 있는 인간들이

나를 악마로 만들어 버렸지. 악마에게 무슨 양심이 있어. 양심이 있다면 악마의 자격이 없는 거야.

메피스토: 그래도 자네는 아직 우리 악마처럼 완전한 악마가 된 것은 아니야. 아직까지는 그나마 인간의 속성이 남아있다고. 인간이 인간을 죽이는 데는 이유가 있어야 하는 거야.

박홍길: 이유는 무슨 얼어 죽을 이유, 인간도 하나의 동물일 뿐이야. 인간들은 오늘도 수천, 수백만 마리의 동물들을 죽이고 있어. 단지 먹잇감으로 하기 위해서. 하하, 이렇게 한 번 생각해 봐. 인간을 먹이로 하는 아주 높은 지능을 가진 외계인이나 다른 종족이 있다고 말이야. 그들이 먹잇감으로 하기 위해 인간을 사육하여 살인을 하는 것이 양심에 어긋나는 것일까? 오늘 나는 그런 외계인이나 신이 된 거야. 노아의 식솔들만 남겨두고 홍수로 세상을 쓸어버린 야훼처럼 말이야. 오늘 나는 신이 될 거야. 신이란 말이야.

메피스토: 알겠네. 자네가 그렇게 우긴다면 그렇다고 해두지. 자, 그럼 다시 시작해 봐. 축제를 다시 시작하자고. 총알은 다시 채워 넣었나?

박홍길: 그래, 이제 다시 시작해야지. 그런데 갑자기 왜 이렇게 몸이 떨리지. 잠깐 있어봐. 음, 여기 있군, 몸이 떨릴 때는 알코올이라는 액체가 도움이 된단 말이야. 그리고 이것도. 이 주사기에 든 액체 몇 방울이 인간의 나약한 감성을 제거해 주지. 용기를 주고, 때로는 지혜를 주기도 해.

메피스토: 너무 마시지는 말게. 그 주사액도 너무 과한 것이 아닌가? 알코올과 그 주사액이 자네의 솜씨를 방해할 수 있어.

박홍길: 그런 걱정일랑 붙들어 매셔. 이제 좀 낫군. 자, 다시 시작해

볼까? 아, 저놈이 아직 그대로 손을 들고 있잖아. 저놈부터 다시 시작하지.

총소리가 들리지도 않았는데도 꿇어앉아있던 나머지 사내가 또다시 가슴을 움켜쥐고 비명을 지르며 쓰러졌다.

—최 검사님, 피하세요. 저격수가 있는 것 같습니다.

그때서야 상황을 판단한 구 경장이 재빨리 상혁의 앞을 가로막아서며 외쳤다. 순간 구 경장이 뒤로 튕겨나며 상혁에게 부딪혔다. 상혁과 구 경장이 함께 뒤로 넘어지며 뒤엉켜 쓰러졌다.

—하하, 저 자식이 이제야 정신을 차린 모양이군.

어둠 속에 서 있는 공룡 같은 크레인을 올려다보며 혼잣말처럼 말한 강진호가 다시 외쳤다.

—친일파의 딸은 내가 처단한다.

강진호가 비취도를 치켜들고 그때까지 공포에 질려 비명 반 울음 반으로 땅바닥에 주저앉아 고개를 박고 있는 휘진과 강 원장에게로 결연한 자세로 걸어가기 시작했다. 곁에 서 있던 거구도 강진호를 따랐다. 아이의 울음소리와 휘진의 비명소리가 함께 섞여 눈바람을 타고 날았다. 구 경장과 부딪쳐 잠시 쓰러졌던 상혁이 강진호의 모습을 보고 벌떡 일어나 쏜살같이 몸을 날렸다. 휘진의 앞에까지 와 칼을 치켜든 강진호의 몸이 갑자기 휘청거렸다. 강진호의 가슴에서 피가 뿜어져 나왔다. 이어 강진호를 따르던 거구도 가슴에서 피를 쏟으며 털썩 쓰러졌다. 상혁도 휘청거렸다. 상혁의 어깨에서 피가 튀었다. 상혁이 휘청거리면서 엎드려 있는 휘진의 몸을 막아섰다. 구 경장이 다시 일어나 권총을 발사하며 강진호를 향해 몸을 날렸다. 그러나 강진호의 칼날이 더 빨랐다. 강진호가 앞으로 쓰러지면서 지팡이처럼 앞으로 내민 비취도의 칼끝이 상혁의 복부에 깊숙이 꽂혔다. 구 경장이 쏜 두 발의 총탄을 배에 맞은 강진호가 털썩 무릎을 꿇었다. 이 모든 상황이 그야말로 눈 깜짝할 사이에 일어났다. 그러나 강진호는 상혁의 배에 꽂혀있던 칼을 빼어들고 다시 일어섰다. 남 반장과 강 반장이 용수철처럼 동시에 뛰어나와 상혁과 구 경장의 몸을 막아서며 권총을 발사했다. 강진호의 오른쪽 어깨와 팔에서 다시 피가 튀었다. 그러나 강 반장은 구 경장과 마찬가지로 뒤로 털썩 주저앉으며 넘어졌다. 다만 남 반장만이 멀쩡했다. 강진호가 안간힘을 다해 일어나 무릎을 꿇고 앉아 칼을 지팡이처럼 두 손으로 짚고서 크레인을 바라보며 말했다.

—박홍길, 저 새끼도 배신했군. 저 새끼가 완전히 미쳤어.

강진호의 눈에서 안광이 뿜어져 나왔다. 강진호가 입에서 피를 토하며 안간힘을 다해 소리쳤다.

—나는 강진호야. 독립유공자의 후손이란 말이야.

무릎을 꿇고 두 손으로 칼을 지팡이처럼 의지하고 앉은 강진호의 팔이 파르르 떨렸다. 안간힘을 다하는 강진호의 뺨이 실룩거렸다. 그러나 이내 몸이 옆으로 기우뚱하며 풀썩 쓰러졌다.

—어디야? 어디에서 저격하고 있는 거야? 빨리 찾아.

기동타격대원과 함께 어둠 속에 엎드려 있던 영준이 다급한 마음에 벌떡 일어나 소리를 질렀다.

메피스토: 자네의 솜씨는 정말 기가 막혀. 연속되는 여섯 발의 총탄을 모두 명중시키다니 말이야. 가히 신기라 할 만하네. 이제 여자 둘

과 아이, 늙은 경찰 하나만 남았군. 빨리 탄창에 총알을 채워 넣게.

박홍길: 네 놈이 말하지 않아도 지금 넣고 있는 중이야.

—저격하는 놈이 있어. 빨리 저 차 뒤로 피해.

강 반장이 다시 몸을 일으키며 외쳤다. 구 경장이 쓰러진 상혁을 일으켜 업고, 남 반장과 강 반장이 각각 휘진과 강 원장을 안다시피 부축하여 강진호의 수하들이 타고 왔던 코란도 차체 뒤로 뛰어가기 시작했다.

메피스토: 아니, 이제 보니 두 사람은 명중시키지 못한 모양인데?

박홍길: 아니야. 명중시켰어. 저놈들이 방탄조끼을 입고 있을 거란 생각을 미처 못 했어. 처음부터 아예 머리통을 날려주어야 했는데, 잠시 과녁을 착각했어.

메피스토: 여보게, 빨리 서둘러. 자네의 먹잇감이 차 뒤에 숨어 버리겠어.

박홍길: 알았어. 이런 제길, 손가락이 얼어서 탄창에 총알이 잘 들어가지 않는군.

메피스토: 빨리 서두르라니까?

마지막으로 코란도 차체 뒤로 몸을 숨긴 강 반장은 오른쪽 허벅지에서 불기둥이 솟아오르는 것 같은 격렬한 통증을 느꼈다. 총알 하나가 허벅지를 관통한 모양이었다. 그러나 입술을 깨물고 저절로 터져 나오는 비명을 삼켰다.

—아아, 상혁 씨, 안 돼요. 어떻게 좀 해 봐요. 아, 상혁 씨, 죽으면 안

돼요, 안 돼요.

휘진이 구 경장이 등에서 내린 상혁의 가슴을 부둥켜안고 외마디 비명을 지르며 절박한 목소리로 외쳤다. 상혁의 어깨와 배는 이미 피범벅이 되어 있었다.

―빨리 지혈부터 시켜. 응급 헬기도 부르고.

강 반장이 아픔도 잊은 채 다급하게 소리쳤다.

―이런 ×팔, 도대체 어데서 총알이 날라 오노?

남 반장이 소리쳤다. 그때 코란도 옆에 죽은 듯이 쓰러져 있던 김희철이 입에 피를 물고 상체를 일으켜 크레인을 향해 손짓을 하며 소리쳤다.

―저깁니다, 저기. 크레인, 박홍길, 크레인 위에요.

순간 퍽, 하는 소리와 함께 김희철의 턱이 떨어져 날아갔다. 한마디 비명조차 없었다. 베어내는 나무둥치처럼 기우뚱 옆으로 쓰러진 김희철은 다시 일어나지 못했다.

메피스토: 이런, 이제 어쩌나? 자네의 먹잇감이 모두 차 뒤에 숨어버렸는걸. 그래도 저자의 턱을 날리는 자네의 솜씨는 정말 대단해.

박홍길: 이런, 제길! 손가락만 얼지 않았어도 탄창을 채울 수 있었는데. 저것들 모두 날려버릴 수 있었는데.

메피스토: 아무래도 이 내기에는 내가 이길 것 같은데.

박홍길: 아직 일러. 아직 축제는 끝나지 않았어.

―저 개새끼, 박홍길이 그놈이야. 그놈이 저 크레인 위에 있어.

남 반장이 소리쳤다.

–김 경위님, 저격수는 크레인 위에 있습니다.

구 경장이 손으로 나팔을 만들어 어둠 속을 향해 소리 질렀다. 기동타격대원이 겨눈 아홉 개의 총 끝에서 나온 붉은 레이저 광선이 크레인을 아래에서부터 훑어가기 시작했다. 크레인의 첫 번째 난간에 희끄무레한 그림자가 보였다.

–저기야. 첫 번째 난간. 엄호해. 내가 간다. 저 악마새끼는 내 손으로 잡는다.

남 반장이 소리치며 코란도 차체 뒤에서 뛰쳐나갔다.

–남 반장님, 위험합니다.

구 경장이 소리쳤다.

–×팔, 죽어도 나이든 내가 죽어야지, 새파란 니가 죽을래?

남 반장이 소리치며 크레인 아래로 달려가기 시작했다. 탕탕탕탕탕탕, 크레인을 향하여 발사하는 연속되는 요란한 총소리가 밤의 정적을 흔들어대기 시작했다.

메피스토: 아니? 이런! 이런! 자네 배와 다리에서 흐르는 그 붉은 액체는 무엇인가? 아니, 그 오른쪽 어깨에서도 흐르고 있는걸?

박홍길: 제길, 세 방이나 먹었군. 언제 저놈들이 몰려왔지? 나도 한 방 먹여볼까? 저 붉은 불빛들을 향해 먹이면 몇 놈은 더 날릴 수 있을 것 같은데.

메피스토: 그 몸으로? 벌써 어깨가 너덜거리는데, 제대로 겨눌 수 있겠나?

박홍길: 그렇군. 오른팔에 아무런 감각이 없어. 그래도 해 봐야지. 왼손 하나로도 맞출 수 있을 것 같은데.

탕탕탕탕탕탕! 여전히 울려 퍼지는 요란한 총소리 속에서 크레인 밑에 까지 달려간 남 반장이 크레인의 사다리를 오르기 시작했다.

메피스토: 이런, 이번에는 가슴에서 붉은 샘이 터졌군. 더 늦기 전에 이제 자네의 영혼을 수거해야겠어.

박홍길: 기다려 봐. 그런데 네놈에게 갑자기 한 가지 물어보고 싶어지는군. 정말 내게도 영혼이라는 것이 있기는 한 거야?

메피스토: 그럼, 모든 인간에게는 영혼이 있어. 물론 자네 같은 인간들 눈에는 보이지 않겠지만, 우리 같은 악마의 눈에는 생생하게 보이지.

박홍길: 내 영혼이 지금 보이나? 어떻게 생겼나?

남 반장은 크레인의 사다리를 오르다 잠시 숨을 고르며 고개를 젖히고 위를 올려다보았다. 철제빔에 등을 기대고 앉아 고개를 숙인 형체가 보였다. 여전히 총소리는 요란하게 울리고 있었다. 위쪽의 과녁을 벗어난 총알 하나가 쌩 하고 귓전을 스치고 지나갔다. 자칫 우리편의 총에 맞을 것 같았다. 남 반장은 뒷주머니에 꽂고 있던 손전등을 꺼내어 아래를 향해 ×자 표시를 하며 신호를 보냈다. 총성이 멈췄다. 남 반장은 다시 사다리를 오르기 시작했다.

메피스토: 연구소로 가져가서 정밀검사를 해 봐야겠지만, 지금 보이는 모습은 다른 사람들의 영혼과 똑같아. 투명한 파란색이야. 순수해. 너무 순수해서 자칫 잘못만지면 깨져버릴 것 같아 겁이 나는 걸. 아름다워. 황홀해.

박홍길: 하하, 아름답다고? 황홀하다고? 이 박홍길의 영혼이 아름답다고? 하하하, 물론 공치사겠지만, 듣기는 좋군 그래.

메피스토: 공치사가 아닐세, 자네의 영혼은 내가 말한 그대로야. 그러나 이제 그만 수거해야겠네. 영혼은 모두 순수해서 자칫 늦어지면 그대로 증발해 버린다네. 그러면 원래의 모습으로 수거하기가 쉽지 않다네.

박홍길: 잠시만 기다려. 밑에서 누가 사다리를 타고 올라오고 있는 것 같은데. 저놈이 여기 올라올 때까지만 기다려 줘.

메피스토: 알겠네. 마지막 부탁인데 들어줘야지.

박홍길은 감각이 남아있는 왼팔을 들어 총신을 들어 올려 무릎 아래로 끌어내렸다. 구멍이 뚫린 철제 난간 사이로 사다리를 오르고 있는 형체가 보였다. 형체만 봐도 눈에 익었다. 벌써 두 달 전부터 그를 미행하고 있었던 그 늙은 경찰이었다. 미행을 알고서도 일부러 모른 척하고 있었을 뿐이었다. 없애 버릴 수도 있었지만, 그 앳된 여변호사를 처리하기 전에 벌집을 건드리고 싶지가 않았을 뿐이었다. 숨을 쉴 때마다 뚫린 파카의 구멍에서 피가 뭉클뭉클 솟구쳤다. 마지막 남은 힘을 다한다면 철제 난간 사이로 총구를 밀어 넣어 늙은 경찰을 쏠 수도 있을 것 같았다. 박홍길은 총구를 입언저리에 갖다 대고 왼팔을 내밀어 방아쇠로 가져갔다. 그러나 소음기가 부착된 총신의 길이가 너무 길어 손가락이 방아쇠에 닿지 않았다. 박홍길은 감각이 없는 오른팔을 왼손으로 들어 올려 마지막 힘을 다해 오른손으로 총신을 거머쥐었다. 그리고는 왼손으로 총구에 부착된 소음기를 풀어냈다. 박홍길은 총구를 입언저리에 갖다 대고 왼손 엄지손가락을 거꾸로 방아쇠에 걸고 늙은 경찰이 올라오기를 기다렸다. 눈이 자꾸만 감겨 왔다. 내 영혼이 아름답다고? 투명한 파란색이라고? 너무 순수해서 깨질 것 같다고? 황홀하다고? 그는 입술을 비틀어 싱긋 미소를 지었다. 감기는 눈꺼풀 사이로 노란 꽃잎이 아지랑이처럼 아른거리며 날고 있었다. 저기 노란 꽃을 꺾어 와. 그때, 그 바위 절벽에서 탄성처럼 내뱉었던 그 한마디에 그의 영혼은 죽어버렸다. 그때 죽어버린 영혼이 다시 살아나고 있었다. 꽃처럼 피어나고 있었다.

메피스토: 거 봐. 지금 자네 눈에 영혼의 모습이 보이지 않나?

박홍길: 그래, 그렇군. 자네 말대로 아름다워. 피어나는 꽃처럼 아름다워. 황홀해.

남 반장은 드디어 마지막 사다리 계단을 올라 난간 위에 올라섰다. 오른손으로 여차하면 권총을 발사할 자세를 취하고 왼손에 든 손전등으로 철제빔 난간에 등을 기대고 앉은 형체를 비추었다.

—박홍길, 이 독종 새끼, 이 악마 같은 새끼!

남 반장이 악에 받쳐 소리쳤다. 박홍길이 고개를 약간 들어 풀린 눈으로 남 반장을 올려다보았다. 박홍길은 생각했다. 악마 같은 새끼라고? 아니야. 나는 악마 같은 새끼가 아니라 악마 그 자체야. 그래, 나는 악마야. 아니야. 나는 신이야. 악마와 신의 차이가 어떤 것일까? 신도 가끔 살인을 꿈꿀 때가 있지. 박홍길은 다시 한 번 입술을 비틀어 희미하게 웃었다. 그의 눈에 다시 노란 꽃잎 아지랑이가 날기 시작했다. 박홍길은 입언저리에 놓인 총구를 입에 물었다.

—야 임마! 니 뭐하노! 안 돼. 고마 해라.

남 반장이 놀라 소리쳤다.

메피스토: 자, 준비가 된 것 같군.

박홍길: 그래, 이제 내 영혼을 가지고 가, 메피스토라 그랬지? 네놈은 악마의 두목인가? 그러나 나는 말이야. 어쩌면 야훼의 경고를 잊고 뒤를 돌아보고 소금기둥이 되어버린 롯의 아내였다는 생각이 드는군.

메피스토: 그래, 그럴지도 모르지. 역시 자넨 우리 같은 악마는 아니야. 이젠 때가 된 것 같군. 자네는 내기에 질 줄 알면서도 지금 사내 앞에 서 있는 늙은 경찰을 쏘지는 않았어. 그 이유가 가책 때문인지 아닌지는 더 이상 묻지 않겠네. 자네가 어떤 말을 하더라도 인간의 영혼 속 진실은 진짜 악마인 내가 더 잘 알고 있으니까. 자, 이제 쉬게나. 자네에게 자비를 베풀지. 내가 베푸는 구원과 안식을 있는 그대로 받아들이게. 자, 그럼 나는 가겠네.

박홍길은 왼손 엄지손가락에 힘을 주어 방아쇠를 당겼다. 탕, 하는 소리와 함께 총알이 입천장을 뚫고 정수리를 관통하는 순간, 그의 눈에는 무수한 노란 꽃잎이 눈보라처럼 휘날리고 있었다.

이때, 휘진은 상혁의 얼굴을 무릎 위에 받치고 절규하고 있었다.

—상혁 씨, 제 목소리 들리세요? 저 좀 봐요. 제발, 눈 좀 떠 봐요! 제발, 제발, 상혁 씨!

상혁이 가쁜 숨을 몰아쉴 때마다 어깨와 배에서 뭉클뭉클 피가 솟았다.

—지혈이 되지 않아요. 헬기가 왜 이리 늦어요. 빨리 오라고 해요.

총성이 울리는 와중에도 연신 카메라 셔터를 누르고 있던 장선웅 기자가 달려와 팔을 걷어붙이고 상혁의 배와 어깨에 손을 누르고 지혈을 하면서 소리쳤다.

—이미 이륙했다고 합니다. 최 검, 괜찮을 거야. 조금만 참아. 지금 헬기가 오고 있어.

기동타격대원과 함께 남 반장을 엄호 사격하고 있던 영준도 달려와 상혁의 머리맡에 무릎을 꿇고 앉아 소리쳤다.

이윽고 어두운 하늘에서 타타타타, 하는 헬기 소리가 들려왔다. 요란한 소리와 함께 헬기의 불빛이 점점 가까이 다가왔다. 구 경장이 자동차의 헤드라이트 불빛 속에 서서 윗도리를 벗어 흔들며 수신호를 했다. 이윽고 헬기가 바람을 일으키며 천천히 착륙했다.

—최 검사님, 헬기로 이송합니다. 조금만 참으세요. 괜찮을 겁니다.

강 반장이 자신의 허벅지에서 흐르는 피는 아랑곳하지 않고 소리쳤다. 중상을 입은 상혁이 들것에 실린 채 헬기에 오르고, 아이를 안고 있던 강 원장과 휘진, 허벅지에 관통상을 입은 강 반장이 영준과 구 경장의 부축을 받으면서 헬기에 올랐다. 사라진 총성처럼 바람은 한결 수그러져 있었다. 헬기가 검은 하늘로 솟아올랐다. 헬기가 떠난 처참한 살육의 현장에는 언제 그랬냐는 듯 무심한 하얀 눈이 축복처럼 내리고 있었다.

최후의 증인

지금 당신이 느끼는 고통과 절망의 실체는 무엇인가.
그것은 당신을 보다 영적인 존재로 이끌어가고자 하는
위대한 창조주의 따뜻한 배려임을 명심하라.

이날 새벽, '코리아타워 공사현장, 광란의 살인극'이란 광장신문의 호외가 발행되었다. 장선웅 기자가 생생한 현장 사진과 함께 보도한 호외 기사 중 인명 피해에 대한 기사를 요약하면 다음과 같다.

이 야간의 참극에서 총 열두 명의 사상자가 발생했는데, 먼저 범인들 중 김희철은 박홍길이 쏜 총에 가슴과 턱을 맞아 현장에서 즉사하고, 강진호 회장을 추종하는 수하 일곱 명 중 네 명이 박홍길이 조준사격을 한 총에 맞아 현장에서 즉사했다. 그리고 나머지 세 명은 중상을 입었으나 생명에는 지장이 없다. 사건의 주모자인 강진호 회장도 박홍길과 경찰이 쏜 여러 발의 총탄을 가슴과 복부 등에 맞고 병원으로 이송되는 과정에 구급차 안에서 사망했다. 경찰의 피해로는 강철균 반장, 구경찬 경장이 박홍길이 쏜 총에 왼쪽 가슴을 맞았으나 다행히 방탄조끼 때문에 무사했다. 다만, 강철균 반장은 오른쪽 허벅지에 관통상도 당하여 현재 병원에서 가료 중이다. 인질을 구하기 위해 직접 나섰던 최상혁 검사는 박홍길이 쏜 총에 왼쪽 어깨를 맞고, 강진호 회장이 찌른 일본도에 의해 복부에 중상을 입고 병원으로 긴급 이송되어 치료를 받고 있으나, 현재 중태이다. 사건의 핵심인 박홍길은 남형우 반장이 지켜보는 가운데 총구를 입에 물고 스스로 목숨을 끊었다. 사망한 박홍길의 몸에서 마시다 남은 양주병과 필로폰을 투여한 주사 바늘이 발견되었는데, 이 사건은 술과 필로폰에 의해 환각상태에 빠진 박홍길이 벌인 '광란의 살인극'이라고 할 수밖에 없다.

이날, 밤 9시경, 일본 나리타국제공항에서 동경으로 가는 고속도로에서 특별한 교통사고 한 건이 발생했다. 그것은 현재 전국 회원 수가 30만 명에 이르는 '국가미래 전략연대'의 창립자로 5선 의원이었던 홍정걸 초대회장이 이 사고로 현장에서 사망한 일이었다. 홍 회장은 지난 대선에서 국가미래 전략연대를 조직하여 현직 대통령의 당선에 절대적 공헌을 하였고, 정부 수립 후에는 비록 공식적인 정부의 직책을 갖지는 않았으나 막후에서 수렴청정을 한다고 할 정도로 막강한 정치적 영향력을 행사하는 정권의 실세 중의 실세로 꼽히는 인물이었다. 홍 회장은 이날 갑자기 예정에 없이 일본을 방문했다고 했다. 사고 경위는, 나리타국제공항에서 동경으로 가는 고속도로에서 앞선 25톤 화물차 뒤를 주행하던 홍 회장이 탄 승용차를 뒤따르던 대형트레일러차량이 뒤에서 추돌하여 화물차와 트레일러 사이에 낀 홍 회장의 승용차는 형체를 알아볼 수 없을 정도로 납작하게 압착되었고, 그 안에 타고 있던 홍 회장과 홍 회장의 사촌동생 홍정호 씨 및 일본인 운전자도 얼굴을 알아볼 수 없을 정도로 참혹하게 훼손된 모습으로 현장에서 즉사한 것이었다. 이 사고를 수사한 일본 경시청은 뒤따르던 홍 회장의 뒤에서 주행하던 대형트레일러가 시속 130킬로미터의 과속상태에서 브레이크가 파열되어 어떤 제동조치도 취하지 못한 채 그대로 앞차를 추돌한 운전자 과실이 사고의 직접적인 원인이라고 발표했다.

그러나 이 사고는 홍 회장의 막강한 정치적 영향력에도 불구하고 코리아타워 공사현장에서의 광란의 살인극 뉴스에 묻혀 일본과 국내 언론의 별다른 주목을 받지 못했고, 이내 대중들의 관심에서 멀어지고 말았다. 그리고 그 이후 어느 언론도 이 사건과 코리아타워 공사현장 살인사건이 연루되었을 가능성에 대하여 어떤 추측성 보도조차 하지 않았다. 이것은 코리아타워 사건을 집요하게 추적하고 있던 장선웅 기자도 마찬가지였다.

다음 날부터, 코리아타워의 소송이 제기된 배경과 이후의 소송 전개 과정, 그리고 박홍길에 의한 광란의 살인극이 벌어지기까지의 과정을 심도 있게 추적한 장선웅 기자의 릴레이 특집기사가 이틀 간격으로 총 10회에 걸쳐 연재되었다.

이 연재기사에서 장선웅 기자는 강진호 회장과 김형태 회장이 공모하여 코리아타워를 빼앗기 위해 고 유경준 박사를 교통사고를 가장하여 살해한 사실, 이 교통사고에서 구사일생으로 살아남은 유경준 박사의 조교 박진욱이 유경준 박사의 외동딸 유휘진 변호사를 통하여 코리아타워 소송을 제기한 사실, 한편 이와는 별도로 서울중앙지검의 최상혁 검사가 별도의 특별수사팀을 구성하여 유경준 박사의 교통사고를 은밀하게 재수사하였고, 이 과정에서 강진호 회장과 박홍길 및 김형태 회장에 의해 자행된 연쇄살인사건(보험사 직원 차형일 총기 피살 사건, 갈매기 살인사건으로 보도된 윤경호 피살 사건, 태성건설 김형태 회장과 애림재활학원의 행정실장 고광준 피살 사건)의 전모를 파악하여 강진호 회장과 박홍길을 곧 체포할 단계에 있었다는 사실이 새롭게 공개되었다. 특히 장선웅 기자는 이제까지 발표된 송규원의 인터넷 소설과 코리아타워 소송의 전개과정 및 연쇄살인사건의 연관성을 기간별로 대비하여 심층분석 보도하였는데, 가장 최근에 발표된 송규원의 소설 「언어 살인」에 의해 범행이 드러날 것을 예상한 강진호 회장은 소설에서 박진욱이 가지고 있다고 언급한 증거(계약서원본 및 박홍길의 탈구된 치아 등)를 탈취, 인멸하기 위하여 유휘진 변호사의 생후 1개월 된 영아를 유괴하였고, 이날의 광란의 살인극은 이 유괴 사건을 인지한 최상혁 검사와 경찰이 유괴된 영아를 구출하기 위하여 단신으로 코리아타워 공사현장에 간 유휘진 변호사와 그 영아를 구출하는 과정에서 발생한 참극이라고 보도하였다. 다만 사건 현장에서 박홍길이 왜 강진호 회장과 그 수하들까지도 무차별 저격하였는지는 수수께끼라고 하면서, 이것은 범행 당시 술과 필로폰에 의해 환각상태에 빠져있던 박홍길이 정신착란 상태에 빠져 피아를 구분하지 못하고 무차별 총기를 난사한 것일 가능성이 높다고 권위 있는 정신의학자의 견해를 인용하고 있었다.

사건 직후 헬기로 긴급 후송된 상혁은 일주일 동안 병원에서 생명을 건 사투를 벌였으나 결국 회복하지 못했다. 어깨에 맞은 총탄은 생명에는 지장이 없었으나 강진호의 칼에 복부를 찔려 췌장이 파열되어 버린 것이 치명상이었다. 파열된 췌장에서 흘러나온 췌장액이 위장과 다른 장기를 녹여버렸고, 그것이 결국 다발성 장기부전을 초래하고 말았다.

—네년이야. 네년이 내 아들을 이렇게 만들었어. 이 악마! 악마 같은 년!

그날 새벽, 긴급연락을 받고 혼비백산하여 병원으로 달려온 상혁의 어머니 홍희숙 여사의 악에 받친 절규는 아직도 비수가 되어 휘진의 가슴에 박혀 있었다. 말없이 병원 복도 벽에 손을 짚고 기대어 굵은 눈물을 흘리던 최형윤 장관의 침통한 모습은 휘진의 심장에 각인되어 있었다. 그나마 위안을 얻을 수 있었던 것은 사흘 후에 잠깐 의식을 회복한 상혁이 중환자실에서 그녀와 아이를 면회한 것이었다.

—내 아이지?

상혁이 들릴 듯 말 듯 희미한 웃음기를 띠고 말했다.

—그래요. 맞아요. 상혁 씨 아이예요. 이 아이를 봐요. 아들이에요. 상혁 씨, 힘을 내요. 일어나요. 우리 아이를, 우리 아이를, 아버지 없이 키울 순 없잖아요. 아이를 봐서라도 꼭…… , 아아, 상혁 씨!

휘진이 흐느껴 울면서 말했다. 상혁이 가까스로 손을 내밀어 아이의 볼을 쓰다듬었다.

—'얼'이라고? 자식, 잘 생겼군.

상혁의 입가에 만족과 체념이 교차된 미묘한 웃음기가 번졌다.

—예. 상혁 씨를 닮았어요.

—미안해. 창녀라고 했던 말, 진심이 아니었어. 내 맘 잘 알지?

상혁의 물기 밴 눈동자가 여린 파문을 일으키고 있었다.

—그럼요. 알고말고요. 상혁 씨, 꼭 나아야 해요, 일어나야 해요. 약속하세요.

휘진의 눈에서 흐른 안타까운 눈물이 상혁의 볼에 떨어졌다.

—사랑했어. 유휘진이라는 여자를. 내 생명보다 더.

—알아요. 상혁 씨 마음, 저도 사랑해요. 상혁 씨가 있어야 해요. 그래야 아이도, 저도 살아갈 수 있어요.

휘진의 눈에서 걷잡을 수 없는 눈물이 홍수처럼 흘렀다.

–한 가지만 부탁할게. 약속해 줘.

–예, 상혁 씨만 일어난다면, 무슨 일이든 약속할 수 있어요. 무슨 일이든 할 수 있어요.

휘진이 힘을 주어 상혁의 손을 꼭 잡고 말했다.

–아버지를……, 아버지를 용서해 줘.

가쁜 호흡으로 한 이 말이 마지막 말이었다. 다시 혼수상태에 빠진 상혁의 산소호흡기는 나흘 후에 제거되었다.

–네년 때문이야. 네년이 내 아들을 죽였어. 악마 같은 년, 모진 년, 이년아, 내 아들을 살려 내!

그날, 체통과 위신도 아랑곳하지 않고 병원 복도에 퍼질러 앉아 하이힐로 바닥을 내려치며 울부짖던 홍희숙 여사의 절규는 무거운 맷돌이 되어 휘진의 깊은 마음 바다에 가라앉았다. 그 맷돌은 가슴속 심연의 바다에서 끝없는 슬픔과 절망의 소금을 갈아내고 있었다. 얼굴을 일그러뜨리고 침통한 표정으로 말없이 그 모습을 바라보다 고개를 들어 병원 복도의 천장을 바라보는 최형윤 장관의 눈에서 흐르는 굵은 눈물, 그것은 회한인지, 분노인지, 체념인지, 아니면 또 다른 어떤 감정인지 형언할 수가 없었다.

상혁의 장례식이 열리고 있던 다음 날 새벽, 휘진은 휘청거리는 몸을 가까스로 추스르고 병원 장례식장으로 갔다. 상혁이 남기고 간 유일한 생명, 그의 아들과 함께 마지막 분향이라도 해야 한다는 생각 때문이었다. 그러나 휘진은 분향소에 들어가지도 못했다. 마치 실성한 사람처럼 분향소에 앉아있던 홍희숙 여사가 그녀를 발견하자마자 눈을 희번덕거리며 맨발로 뛰쳐나와 그녀에게 달려들었던 것이다.

—이년아. 여기는 왜 왔어. 내 아들을 죽인 년이 여기는 왜 왔어.

어느 누가 제지할 틈도 없이 갑자기 맹렬하게 돌진한 홍희숙 여사에게 머리채와 옷을 뜯기는 동안에 휘진의 의식은 점점 까만 점 속으로 미끄러져 들어가고 있었다. 일순간에 모든 뇌세포가 송두리째 분산되어 제각기 독립되어 흩어지면서 깊은 어둠 속으로 소용돌이치며 빠져들고 있었다. 휘진은 다만 본능적으로 새우처럼 등을 구부리고 아이를 품에 안고 있었다.

장선웅 기자의 특집기사와 전국의 모든 신문과 방송, 인터넷, SNS 등 온오프 라인상의 모든 시선과 관심이 유휘진 변호사를 축으로 하여 빠르게 돌아가고 있었다. 그러나 휘진은 그러한 소용돌이를 의식조차 할 수 없었다. 상혁이 그녀도 모르게 특별수사팀을 꾸려 사건을 재수사하고 있었고, 그 수사가 마무리될 시점에 그녀로 말미암아 이 모든 참극이 일어났다는 죄의식, 특히 상혁의 죽음이 몰고 온 절망감에 그녀는 속절없이 무너지고 말았다. 할 수만 있다면, 그녀는 의식이 작동하는 모든 뇌세포를 송두리째 마비시키고 싶었다. 그것은 세상과 절연하는 것이었다. 상혁의 죽음과 더불어 휘진은 검은 잉크병 속으로 스스로 들어가 굳게 뚜껑을 닫고 세상과 절연하고 말았다. 그동안 그녀의 뇌세포는 속절없이 검은 잉크에 물들어 있었다. 떠오르는 모든 생각과 상념은 깊은 어둠 속 절망의 바다에 무거운 닻을 드리우고 있었다. 생각의 심연에 있는 영혼조차 검게 물들어 버린 것 같았다. 생각도, 의식도, 자신의 존재조차도 자각하지 못한 채 뚜껑을 단단하게 못질해 놓은 어두운 관 속에 누워있었다. 숨은 쉬고 있으나 그 숨 속의 생명은 소멸되었고, 몸은 움직이고 있으나 그 동작을 자각하지 못했다. 바라보는 눈은 있으나 그 시선에 맺힌 사물의 윤곽은 파악하지 못했다. 볼 수도, 맡을 수도, 느낄 수도 없었다. 빛은 어디에도 보이지 않았다.

5월이 되었다. 어두운 땅속에 숨어있던 뭇 생명들이 계절의 변화와 더불어 하나씩 기지개를 켜는 것처럼, 신록의 5월로 접어들자 휘진이 누워있는 어두운 관 속에도 가느다란 생명의 빛이 비쳐들기 시작했다. 딱딱하게 언 땅속에 갇혀버렸던 의식이 힘겹게 새싹을 밀어내며 실눈을 뜨기 시작했다. 두 달이 지나서야 겨우 병원 침대에서 일어난 휘진은 그동안 쇠약해진 몸과 정신을 다시 가다듬었다. 이제 변화를 받아들이고, 현실을 수긍해야 했다. 생명이 존재하는 한 존재의 의미를 탐구해야 하는 삶의 노고를 멈출 수는 없었다. 원하지 않아도 이제는 어쩔 수 없이 상혁의 죽음을 현실로 받아들여야 했다. 그녀와 아이를 위해 희생한 상혁의 죽음을 헛되게 할 수는 없다는 자각이 들었다.

휘진이 입원해 있는 두 달 동안 그녀의 의지와는 상관없이 코리아타워 소송과 관련한 법적인 문제와 사회적 여건에도 많은 변화가 일어났다.

먼저 민사소송의 변론기일은 무기한 연기되었다. 법원의 정기인사가 있었고, 코리아타워 소송은 새로운 재판부에 배정되었다. 강진호 회장이 사망한 한 달 후, 구심점을 잃어버린 강호건설은 최종부도를 내었다. 이에 따라 채권은행단의 채권정리위원회가 구성되고, 강호건설의 소송상 지위는 채권은행단의 채권정리위원회가 수계하였다. 터파기 공사가 진행 중이던 코리아타워의 공사도 중단되었다. 언론과 여론은 코리아타워를 둘러싼 이권에 개입한 혐의가 있는 최형윤 장관이 반드시 코리아타워 소송의 증인으로 출석하여 증언해야 하고, 재판의 공정성을 담보하기 위해서는 법무부장관직도 사퇴해야 한다고 연일 질타하고 있었다. 현직 법무부장관을 증인으로 채택할 것인가에 대하여 주저하고 있던 전 재판부와는 달리 새로운 재판부는 최형윤 장관을 증인으로 채택하고, 만일 출석하지 않으면 구인장을 발부하겠다는 법원의 공식 입장을 공보관을 통해 발표했다. 휘진의 형사사건의 선고기일도 무기한 연기되었다.

문서위조 혐의로 구속된 이후 비난 일색이던 언론과 여론도 그녀에게 우호적으로 바뀌었다. 장선웅 기자의 특집기사로 인하여 언론과 여론은 광란의 살인극의 희생자가 될 뻔했던 그녀를 동정하는 분위기로 바뀌었고, 심지어 이제 코리아타워 소송은 당연히 그녀가 승소할 것이라고 섣불리 예견하는 언론도 있었다.

그러나 소송에서의 법률적 판단은 여론이나 언론에 의하는 것이 아니라 실체적 진실에 대한 엄격한 증명에 의존하는 것이고, 이런 호의적인 변화에도 불구하고 이제까지 진행된 소송에서 원고의 주장은 여전히 입증되지 않은 상태로 남아있었다. 윤경호와 고광준, 박홍길의 법정 증언도 원고에게 불리한 것이었고, 이들의 증언이 거짓임을 탄핵하고 입증해야 했지만, 이제 이들이 모두 사망했기 때문에 그것을 입증할 수단조차 없어지고 말았다. 비록 이들의 증언을 준비서면을 통하여 논리적으로 반박한다고 할지라도 그것은 입증이 없는 단순한 주장에 불과했다. 소송상의 주장은 그것의 존재 사실이 입증되거나 논리적 근거가 명확할 때 비로소 판단의 증거가 될 수 있다. 이제 실체적 진실을 밝혀줄 사람은 증인 최형윤과 박진욱뿐이었다.

휘진은 법원의 허가를 받아 성모 마리아의 집으로 거처를 옮겼다.

보석허가서의 거주지는 병원과 오피스텔로 제한하고 있었기 때문에 거처를 옮기기 위해서는 법원의 허가가 필요했다. 아이와 그녀의 건강을 위하여 강 원장이 반강제로 데려온 것이나 다름없었다. 이제 몸과 마음을 추스르고 다시 현실을 마주해야 했다. 휘진은 소송기록을 다시 검토하기 시작했다. 김형태와 강진호의 사망에 따른 몇 가지 소송상의 절차적인 문제를 먼저 해결해야 했다. 휘진은 먼저 피고 김형태와 강진호의 상속관계와 지분을 특정한 '청구취지 및 청구원인 변경신청서'와 피고가 변경됨에 다른 '당사자 변경신청서'를 작성하여 법원에 접수했다. 그리고 연기되어 있는 소송의 변론기일을 지정해 달라는 '변론기일 지정신청서'를 법원에 제출했다.

법원의 변론기일이 정해지고, 이제 그 기일이 사흘 앞으로 다가왔다. 변론기일 지정 신청을 한 이후부터 방송과 언론은 연일 최형윤 장관과 소설의 주인공인 박진욱이 과연 법원에 출석할 것인가, 만일 출석한다면 이들은 과연 어떤 증언을 할 것인가에 대하여 갖가지 추측 기사를 내보내고 있었다.

이제까지의 장관의 태도로 추측하건데, 장관은 법정에 출석하지 않던가, 출석하더라도 증언을 거부할 가능성이 더 많다. 만일 증언을 한다고 하더라도 원고에게 유리한 증언을 할 가능성은 거의 없다. 장관이 법정에서 스스로 진실을 밝히던가, 아니면 증인 박진욱에 의해 그 진실이 밝혀지는 어느 경우에라도, 장관이 이제까지 쌓아온 사회적 지위와 명예는 치명적 손상을 입게 될 것은 분명하다. 만일 장관이 코리아타워 건축도급계약을 체결하는 장소에 직접 참석했고, 나아가 교통사고를 가장한 고 유경준 박사의 살해에 공모한 사실이라도 밝혀지는 경우에는 장관은 형사처분까지도 감수해야 할 것이다. 현직 법무부장관으로서 법조계의 수장인 그가 법정 증언대에 서야 한다는 사실 자체가 견딜 수 없는 오욕이다. 연일 보도되는 언론의 공통된 논조였다.

휘진은 강 원장의 방 옆에 별도로 칸막이를 하여 마련한 방실에서 창밖을 내다보고 있었다. 신록이 짙어져가는 오월 오후의 햇살은 이미 초여름의 뜨거운 숨결을 뿜어내고 있었다. 어디선가 이름 모를 작은 새 한 마리가 날아와 창턱 아래 화단에 심겨져 있는 어린 매실이 달린 매화나무 가지에 앉았다. 회색빛 털을 한 그 작은 새가 고개를 내밀고 방 안을 흘깃 엿보듯이 바라보다가 창문 안 그녀의 움직임에 화들짝 놀라 다시 숲으로 날아갔다.

휘진은 새가 날아가 버린 하늘을 바라보며 생각에 잠겼다. 아버지의 죽음의 진실을 밝혀야하고 소송에서도 이겨야 하지만, 언론의 논조처럼 궁지에 몰려있는 최형윤 장관을 증언대에 세우는 것은 너무 가혹하지 않은가? 더구나 최형윤 장관은 지금 단 하나뿐인 아들을 잃은 슬픔과 절망의 늪에 빠져있는 상태이다. 어쩌면? 최형윤 장관은 장례식장에서의 홍희숙 여사처럼 상혁의 죽음을 모두 그녀의 탓이라고 여길지도 모른다. 그녀에 대한 원망과 분노에 사로잡혀 있을지도 모른다. 이런 최 장관에게서 유리한 증언을 기대할 수 없을 것은 당연하다. 오히려 경우에 따라서는 최 장관의 증언이 소송의 결정적 패인이 될 수도 있을 것이다. 이런 상황에서 굳이 최 장관의 출석을 강제할 필요가 있는가? 소설 「언어 살인」에서 박진욱이 출석한다고 했으니, 박진욱의 증언만으로 족하지 않을까? 그런데도 최 장관과 박진욱을 법정에서 대질시켜 끝내 최 장관을 궁지에 몰아넣겠다는 것이 과연 옳은 일일까? 최 장관을 증인으로 신청한 이유, 그것은 진실을 반드시 밝혀야겠다는 명분도 있었지만, 사실 아버지의 죽음을 몰고 온 불행의 시발점이 최 장관에게서 비롯되었다는 적개심도 함께 자리 잡고 있었음을 부인할 수 없었다. 그 적개심에서 비롯된 복수심, 그녀의 마음은 지금 진실을 향한 의지보다는 이러한 어두운 복수심에 사로잡혀 있지는 않은가? 이것이 그녀와 아이를 위해 목숨까지 희생한 상혁의 뜻에 맞는 일일까? 아버지를 용서해 달라고 했던 상혁의 마지막 말이 목에 걸린 가시처럼 가슴을 답답하게 만들고 있었다.

휘진은 혼란스러웠다. 이성은 여전히 감정에 지배당한 채 표류하고 있었다. 감정이 상상을 불러오고, 상상이 진실을 왜곡한다. 가정은 올바른 판단의 가장 큰 장애물이다. 휘진은 잠시 머리를 식히고자 밖으로 나왔다. 여름으로 접어드는 늦은 오후, 그러나 내리쬐는 빛은 투명하지 못했다. 그녀의 헝클어진 내면처럼 탁했다. 닦지 않은 안경 렌즈처럼 흐리멍덩했다. 휘진은 천천히 걸어 집 뒤 숲 속 오솔길로 들어섰다. 수원 시내에서 한참 떨어져 있고, 물이 흐르는 작은 계곡 하나도 없는, 풍광도 그리 볼만한 것이 없는 밋밋한 작은 산길이었다. 자생한 소나무와 잡목 덤불 사이에 난 그 좁은 등산로를 이용하는 사람들도 별로 없었다. 그러나 산허리를 돌아 솔숲 사이를 거쳐 온 바람은 서늘했다. 그녀는 가슴 가득 공기를 빨아들였다가 길게, 가늘게, 천천히 내뿜었다. 힘들지 않게 짧은 보폭으로 느리게 천천히 걸으면서 주위의 사물은 의식하지 않고 내쉬는 호흡에만 집중했다. 가슴의 감정과 머리의 상상과 논리적 가정을 버리고 한 가지 의식에만 집중했다.

용서, 상혁의 마지막 말, 용서! 용서란 무엇인가? 이보다 더 선결적인 문제, 과연 그녀의 마음에 최 장관을 용서하고자 하는 마음이 있는가? 있다면, 어떻게 용서할 것인가? 어떤 것이 진정한 용서인가? 용서에 조건이 부가되어서는 안 된다. 조건이 부가된 용서는 용서의 얼굴을 한 또 다른 감정이나 이기심일 뿐이다. 용서는 그 자체로 투명해야 하고 순수해야 한다. 이것이 진정한 용서다. 진정한 용서는 참회와 진실이라는 토양에서 발아해야 한다. 현실적인 이해관계나 연민, 감정의 토양 위에서 자라난 용서는 진정한 용서가 아니다. 그것은 용서의 모습을 한 또 다른 형태의 타협이나 복수일 뿐이다. 용서라는 핑계로 진실을 덮을 수는 없다. 진정한 용서를 위해서라도 먼저 진실을 밝혀야 한다. 최형윤 장관의 난처한 상황을 고려할 필요는 없다. 그가 그녀에 대해 어떤 생각을 하고 있는가도 고려할 필요가 없다. 그가 어떤 증언을 할 것인가, 그 증언이 소송에 어떤 영향을 미칠 것인가에 대하여도 미리 예단하지 말자. 다만 진실에 내재된 본연의 에너지를 믿자. 진실에는 무한한 힘이 있다. 이 에너지를 믿자. 이것은 진실을 밝히기 위하여 반드시 필요한 절차이다. 최형윤 장관과 박진욱의 증언, 이것은 진실을 밝히기 위한 마지막 절차이다. 진정한 용서를 위해서라도 반드시 필요한 절차이다.

마음의 정리를 끝내고 나자 콸콸 소리를 내며 흐르던 감정의 여울이 잦아들기 시작했다. 상혁의 마지막 말을 생각하고 헝클어져 있던 판단의 고리가 서로 맞물리며 제자리를 찾아가는 것 같았다. 답답하던 가슴도 한결 시원하게 뚫렸다. 휘진은 어느 새 오솔길이 끝나고 툭 트인 산의 정상에 서 있었다. 발아래에 펼쳐진 수원 시가지가 기울어가는 노을빛에 서서히 잠겨들고 있었다. 휘진의 야윈 뺨에도 붉게 번지는 노을빛이 스며들었다.

산에서 내려왔을 때, 날은 이미 어둑어둑해지고 있었다. 주차장에 보지 못하던 고급 승용차 한 대가 서 있는 것이 보였다. 그녀가 오기만을 기다리고 있었다는 듯이 강 원장이 빠른 걸음으로 현관에서 나왔다.

—손님이 와 계신다.

—그래요?

—그래, 귀한 손님이시다.

강 원장의 방에 들어서자 소파에 한 남자가 앉아 있고, 책상 앞에 한 젊은 남자가 서 있었다. 소파의 탁자 위에는 강 원장이 사용하는 다기 세트가 놓여있고, 찻잔은 비어 있었다. 그것은 제법 긴 시간 동안 차를 마시면서 그녀가 오기를 기다리고 있었다는 것을 말해 주고 있었다. 소파에 앉아있는 사람은 60대 중반의 나이에 백발이 성성한 머리카락을 단정하게 올백으로 빗어 넘기고 있었다. 그 때문에 더욱 넓게 보이는 이마와 직선의 오뚝한 콧날, 상대방을 압도할 것 같은 형형한 눈빛이 예사롭지 않은 위엄을 갖추고 있었다. 체구는 보통이었지만, 건강한 붉은 혈색에 적당하게 살이 붙은 볼, 단호하고 엄격한 것 같으면서도 여유와 자애로움을 잃지 않는 표정, 외모에서 풍기는 인상이 범상치 않았다. 처음 보는 얼굴이었지만, 그러나 왠지 낯설지가 않았다. 분명 어디선가 본 듯한 느낌이 들었지만, 금방 생각나지 않았다. 책상 앞에 공손한 자세로 서 있는 붉은 넥타이에 감색 양복 차림의 30대 중반의 젊은이도 절제되고 세련된 품위가 있어 보였다. 젊은이가 휘진을 보고 먼저 허리를 숙여 인사를 하며 말했다.

—한맥그룹의 한정일 회장님이십니다.

—예?

휘진은 깜짝 놀랐다. 직접 만나본 적은 없지만 신문지상이나 방송의 화면으로 몇 번 얼굴을 본적이 있었다. 그래서 어쩐지 낯설지가 않았던 것이었다. 코리아타워의 소송을 위한 인지대를 보내주면서 전화로 격려를 해 주었던 기억이 되살아났다.

–죄송합니다. 많은 도움과 격려를 주셨는데 한 번 찾아뵙지도 못했습니다.

휘진은 정중하게 머리를 숙이면서 말했다.

–미리 연락도 하지 않고 이렇게 불쑥 찾아와서 오히려 내가 더 미안하오.

한 회장이 소파에서 일어나 손을 내밀면서 말했다.

* * *

사흘 후, 오후 2시경, 서울중앙지법 민사합의법정 제○○○호

전국을 뒤흔들어 놓은 코리아타워 공사현장에서의 살인극에 대한 마무리 수사가 여전히 진행 중에 있었고, 이 사건과 관련이 있는 민사소송에 현직 법무부장관이 증인으로 출석할 것인가, 출석한다면 장관은 어떤 증언을 할 것인가, 또한 소설 「언어 살인」의 주인공 박진욱이 소설에서 언급한 증거를 가지고 실제로 법정에 출석할 것인가는 언론과 독자들의 초미의 관심사가 되어있었다. 휘진이 법원 주차장에 차를 세우고 내렸을 때, 성모 마리아의 집에서부터 따라온 취재기자들과 법원에서 기다리고 있던 기자들이 다시 한 번 벌떼처럼 달려들었다.

–박진욱은 출석합니까?

-최형윤 장관은 출석합니까?

-박진욱은 소설에서 언급한 증거를 가지고 있는가요?

-오늘 그 증거를 제출합니까?

취재기자들의 무수한 질문 세례와 카메라, 마이크가 그녀의 앞을 가로막았다. 그러나 '성모 마리아의 집'에서 했던 것처럼 휘진은 한마디도 하지 않았다. 취재기자들에 의해 길이 막히자 청원경찰이 달려나와 길을 터주었다. 청원경찰의 호위 속에 법원 로비를 가로질러 엘리베이터에 오른 휘진은 드디어 법정에 들어섰다. 법정은 입추의 여지없이 꽉 차 있었다. 방청석의 3분의 1은 전국에서 모여든 취재기자들이 차지하고 있는 것 같았다. 휘진은 원고대기석에 앉기 전에 선 채로 방청석을 찬찬히 둘러보았다. 다른 사람보다 한 뼘 정도는 키가 더 큰 장선웅 기자가 텁석부리 수염을 깎지도 않은 채 방청석 앞자리에 앉아 있다가 오른쪽 눈을 찡긋하고 인사를 했다. 그러나 증인 박진욱의 모습은 보이지 않았다. 혹시 혜주 언니가 왔을지도 모른다. 다시 한 번 살펴보았으나 그녀의 모습도 보이지 않았다. 분명 올 것이다. 진욱 오빠는 반드시 소설에서 한 약속을 지킬 것이다. 휘진은 기도하는 심정으로 방청석 제일 앞줄에 마련된 원고석으로 가서 앉았다. 2시 5분 전, 변론기일은 오후 2시였다. 잠시 후면 재판부가 입정할 것이다. 휘진은 의자 등받이에 기대지 않고 허리를 반듯하게 펴고 고개를 약간 숙인 자세로 깊게 심호흡을 하고 눈을 감았다. 사흘 전, 강 원장의 방에서 그윽한 눈으로 그녀를 바라보던 한정일 회장의 얼굴이 나타났다. 깊고, 자애롭고, 진정을 담은 확신에 찬 어조의 부드러운 목소리, 한 회장의 음성이 아직도 묵직한 여운이 되어 그녀의 귀에 울리고 있었다. 휘진은 두 손을 책상 아래로 내려 무릎 위에서 깍지를 끼고 기도문을 암송하는 것처럼 속으로 다짐했다.

아버지, 상혁 씨, 이제 마음을 정했습니다. 여기까지 오기까지 너무 힘이 들었습니다. 그러나 아버지와 상혁 씨는 분명 오늘 저의 판단과 선택을 응원해 주실 겁니다. 저를 지켜봐 주세요. 만약 누군가가 오늘 저의 이 결정에 대하여 비겁자라고, 기회주의자라고 비난하거나 조롱하더라도 기꺼이 감수하겠습니다. 또 누군가가 잘했다고 칭찬을 하더라도 우쭐하지 않겠습니다. 오늘 제 행동에 대한 결과는 하늘의 뜻과 의지에 맡기겠습니다.

–모두 일어서 주십시오.

재판부의 입정을 알리는 정리의 목소리에 휘진은 생각에서 깨어나 눈을 떴다. 재판부가 법관출입문을 통하여 들어와 착석했다. 중간에 앉은 재판장 강성규 부장판사는 회사법과 계약의 법리에 정통하다는 평가를 받고 있었다. 법관으로서의 소신과 인격뿐만 아니라 재판의 진행도 어느 한 곳에 치우침이 없이 깔끔하다는 평을 듣는 사람이었다. 그녀가 법원에 재직할 당시 같은 재판부는 아니었지만, 강 판사는 존경하는 법관 중의 한 사람이었고, 다른 판사에 비하여 비교적 많은 안면이 있었다. 그러나 나머지 배석판사들은 처음 보는 사람들이었다. 언제 왔는지 피고대리인 대기석에 법무법인 정의 이수호 변호사가 앉아있었다.

–2○○○가합16○○○ 손해배상(자) 원고 유휘진, 피고 강호건설 외 3

재판장인 강 판사가 사건번호와 당사자를 호명했다. 휘진은 대기석에서 일어나 원고석으로 가서 의자에 앉았다. 이수호 변호사가 피고대리인석에 와서 앉았다.

강성규 부장판사: 증인신문을 하기 전에 잠시 정리를 하겠습니다. 먼저 원고가 제출한 청구취지 변경신청서와 당사자 변경신청서를 채택합니다. 그런데 원고는 증인 최형윤과 박진욱의 신문사항에 언급된 갑 제17호증 녹취록과 갑 제18호증 탈구된 치아사진을 아직 제출하지 않았는데, 어떻게 된 일인가요?

유휘진: 그 서증은 증인 박진욱이 소지하고 있습니다. 저는 아직 입수하지 못했습니다.

강성규 부장판사: 오늘 증인 박진욱이 출석합니까? (이때 강 부장판사가 휘진의 대답을 기다리지 않고 방청석을 향하여) 증인 박진욱 씨 출석했습니까? 출석하셨다면 손을 들어 주십시오.

재판부와 휘진, 이수호 변호사가 방청석으로 시선을 돌리고, 방청객들도 고개를 좌우앞뒤로 돌려 손을 드는 사람이 있는가를 바라보았다. 그러나 방청객 중에서 손을 드는 사람은 아무도 없었다.

강성규 부장판사: 원고가 갑 제17, 18호증을 제출하지 않는다면 이 부분과 관련한 증인신문은 허락하지 않겠습니다. 그리고 피고 측에 묻겠습니다. 피고 측은 지난번 제출한 준비서면에서 원고가 제출한 갑 제11호증 코리아타워 도급계약서의 위조항변을 했습니다. 그런데 위조여부를 판단할 수 있는 진본을 제출하지 않고 있는데, 이는 어떻게 된 일입니까?

이수호 변호사: 예, 오늘 증인신문 후에 준비서면과 함께 제출하겠습니다.

강성규 부장판사: 원, 피고 모두 지금 말씀드린 증거자료를 가능한 한 빨리 제출해 주십시오. 그럼 증인신문을 하도록 하겠습니다. 원고는 어느 증인부터 신문하시겠습니까?

유휘진: 증인 박진욱은 아직 법정에 도착하지 않은 것 같습니다. 증인 최형윤부터 신문하겠습니다.

강 판사가 손짓으로 출입문 앞에서 대기하고 있던 정리에게 지시를 했다. 정리가 나가고, 방청석이 잠시 웅성거렸다. 이윽고 정리의 안내를 받아 법정으로 들어선 최형윤 장관이 증인석으로 가서 앉았다. 휘진은 고개를 돌려 최 장관을 바라보았다. 그동안 상혁의 죽음으로 인한 노심초사 때문이었는지 초췌하고 지쳐 보였다. 그러나 굳게 다문 입술과 단호한 표정에는 예리한 결기가 비치고, 눈빛에도 초조감이나 긴장감은 비치지 않았다. 위축되거나 움츠러드는 기색은 전혀 없었다. 현직 법무부장관으로서 증언대에 서야 한다는 곤혹감도 비치지 않았다. 오히려 내면에서 저절로 우러나는 당당한 풍모가 비쳤다.

–증인은 진실만을 말하고 거짓말을 해서는 안 됩니다. 만약 거짓을 말하는 경우 위증의 벌을 받게 됩니다. 증인은 선서해 주십시오.

강 판사가 말했다. 입회서기가 증인 선서절차를 취하기 위해 일어났다. 그때 휘진이 일어나 말했다.

–재판장님, 선서를 하기 전에 증인에게 사적으로 꼭 드리고 싶은 말씀이 있습니다.

–피고 측이 양해한다면 허락하겠습니다. 피고들 대리인 어떻습니까?

강 판사가 이수호 변호사를 보고 말했다.

–예. 증인신문 사항과 관계없는 것이라면 양해하겠습니다.

이수호 변호사가 말했다. 강 판사가 휘진을 바라보며 고개를 끄덕였다. 휘진이 일어나 정중하게 허리를 숙여 최 장관에게 절을 하고 말했다.

—먼저 아드님이신 최상혁 검사께서 불의의 사고로 유명을 달리한 점에 대하여 진심으로 유감의 말씀을 드립니다. 최상혁 검사님은 증인에게는 그 무엇과도 바꿀 수 없는 소중한 아드님이셨지만, 저에게도 그에 못지않게 소중한 분이었습니다. 최상혁 검사님은 돌아가시기 직전 병원에서 저에게 마지막 부탁 하나를 하셨습니다. 그리고 저는 그 부탁을 들어주겠다고 약속했습니다. 그때 최상혁 검사님께서 제게 하신 말은…….

휘진은 잠시 말을 멈추었다. 상혁의 얼굴이 눈앞에 어른거리는 것만 같았다. 갑자기 눈물이 핑 돌면서 목이 메여오고, 입안이 바짝 타들어왔다. 깊게 심호흡을 하고 잠시 입안에서 혀를 굴려 메마른 입안을 적셨다. 그리고 다시 말을 이었다.

—……아버지를 용서해 달라고 했습니다. 오늘 이 자리는 증인을 추궁하여 자백을 이끌어내기 위한 자리가 아니라, 최상혁 검사님과의 약속에 따른 용서를 위한 자리라는 것을 말씀드리고 싶습니다. 저는 먼저 이 말씀을 증인에게 드리고 싶습니다. 부디 증인께서는 제가 최상혁 검사님과의 약속을 지킬 수 있도록 진실을 말씀해 주십시오. 간곡하게 부탁드립니다.

최형윤 장관이 고개를 들고 천장을 바라보며 깊은 신음소리를 토해냈다. 그리고는 안경을 벗어 눈가를 문지르고는 천천히 입을 열었다.

—그렇지 않아도 이곳으로 오기 직전 청와대에 장관직의 사직서를 내고 왔네. 결자해지를 해야 한다는 생각이 들어서였네. 걱정하지 말

게나. 내 아들과 그리고 내 아들의 피를 이어받은 또 하나의 생명에게 부끄럽지 않게 진실만을 말하겠네.

안경을 벗은 최형윤 장관의 눈가가 붉게 물들어 있었다. '내 아들과, 그리고 내 아들의 피를 이어받은 또 하나의 생명'이라고! 아, 한 회장님의 말씀이 사실이었구나! 이분은 진심으로 뉘우치고 있구나. 울컥 가슴이 복받쳐 오르면서 눈시울이 뜨거워졌다. 휘진이 목이 메어 울먹이는 소리로 말했다.

—고맙습니다. 비명에 돌아가신 저의 아버님께서는 제게 이런 글을 남기셨습니다. '명예는 자신을 비추는 거울이다. 명예는 그 사람에 대한 타인의 평가이다. 나의 명예와 마찬가지로 타인의 명예도 똑같이 존중하여라. 모든 사물을 너그럽게 바라보고 용서할 줄 알아야 한다. 용서와 관용, 이것이 인성을 부드럽게 하는 본질이다. 용서할 수 없는 죄악이 있다는 생각, 이것이 더 큰 죄악이다.' 지난 며칠 동안 최상혁 검사님의 마지막 부탁과 아버지께서 남기신 이 글을 생각하며 많은 고민을 했습니다. 그리고 지금 이 순간 증인의 말씀을 듣고 제 마음에 진정으로 용서하는 마음이 자리 잡았습니다. 용서하겠습니다. 이제는 진심으로, 제 마음속의 가장 순수한 감정과 맑은 이성으로, 용서할 수 있게 되었습니다. 제 가슴에 용서할 수 있는 마음이 자리 잡도록 해주신 증인께 진심으로 감사드립니다.

말을 마친 휘진은 최 장관을 향하여 다시 한 번 공손하게 허리를 숙여 절했다. 고개를 숙인 휘진의 눈에서 걷잡을 수 없는 눈물이 흘렀다. 그녀의 갑작스런 눈물에 재판부도 방청석도 숙연해졌다. 잠시 후, 손수건으로 눈물을 닦고 흐트러진 감정을 다스린 휘진이 다시 말했다.

—재판장님, 증인 최형윤을 통하여 제가 알고자 했던 사실은 모두 확인했습니다. 원고는 증인 최형윤에 대한 증인신청을 철회하겠습니다.

재판부도 방청석도 그녀의 말을 잘 알아듣지 못한 것 같았다. 강 판사가 물었다.

—원고, 다시 한 번 말씀해 주시겠습니까? 지금 증인신청을 철회한다고 하였습니까?

법정 안의 모든 눈이 그녀를 향하고, 법정안의 모든 귀가 그녀의 대답을 기다리고 있었다. 휘진이 차분하게 목소리를 가다듬고 다시 한 번 또박또박 말했다.

—예, 증인 최형윤에 대한 원고의 증인신청을 철회하겠습니다.

순간 현직 법무부장관이 어떤 증언을 할 것인가 하고 잔뜩 기대를 하고 있던 방청석이 물결처럼 요동치기 시작했다. 방청석의 뒤쪽에서 누군가가 탄식하는 소리가 들렸다. 방청석의 앞자리에 진을 치고 있던 취재기자들은 원고의 돌변한 태도를 이해하지 못하겠다는 표정으로 서로를 바라보며 수군거렸다. 배석판사들도 의아한 눈길로 강 판사와 휘진의 얼굴을 번갈아 바라보았다. 피고대리인석에 앉자 있던 이수호 변호사도 전혀 예상하지 못했다는 표정으로 최형윤 장관과 휘진의 얼굴을 번갈아 바라보았다. 잠시 동안의 술렁임이 가라앉자 강 판사가 말했다.

—방금 원고는 증인 최형윤에 대한 증인신청을 철회하였습니다. 피고들 대리인은 이에 동의하십니까?

이수호 변호사가 일어났다. 그러나 즉시 대답을 못하고 최형윤 장관을 바라보았다. 눈자위가 붉게 물든 최형윤 장관이 가만히 고개를 끄떡였다. 이수호 변호사가 말했다.

—예, 동의하겠습니다.

강 판사가 말했다.

—방금 원고는 증인 최형윤에 대한 증인신청을 철회하였고, 피고들 대리인도 이에 동의하였습니다. 증인은 돌아가셔도 좋습니다. 수고하셨습니다.

증인석을 내려온 최형윤 장관이 원고석에 앉은 휘진의 앞을 지나면서 나지막하게 말했다.

—그 마음 고맙게 받고 가겠네.

출입문 앞에 있던 정리가 뛰어나와 최형윤 장관을 인도하여 법정을 나가자 강 판사가 방청석을 향하여 말했다.

—증인 박진욱 출석하셨습니까?

그러나 방청석에서 대답하는 사람은 아무도 없었다.

—증인 박진욱 출석하셨으면 앞으로 나오십시오.

강 판사가 다시 한 번 큰소리로 말했다. 방청석의 눈들이 앞뒤좌우로 움직였다. 그러나 일어서는 사람은 아무도 없었다.

—증인 박진욱이 아직 출석하지 않은 것 같으니 20분간 휴정하겠습니다. 그때까지 출석하지 않으면 증인 박진욱에 대한 신문은 다음 기일에 하도록 하겠습니다.

말을 마친 강 판사가 일어나 배석판사들과 함께 퇴정했다. 일부 방청객들도 우르르 법정을 빠져나갔다. 휘진은 원고석에 그대로 앉아 있었다. 법정을 빠져나간 사람들의 웅성거림 속에서 남자 방청객 두 사람이 복도에서 유난히 큰소리로 얘기하는 소리가 안에 있는 휘진의 귀에까지 들렸다.

—이거 뭐 장난하는 것도 아니고, 신문도 하지 않을 증인을 뭐하려

고 불러내. 장관이 쩔쩔매는 꼴을 보러왔더니만 이거 완전 사기당한 기분이네.

—그러게 말이야. 정작 장관을 신문하려고 하자 애송이 여변호사가 완전히 얼어버린 모양이야. 입도 벙긋 못하니 말이야. 나 참, 이래되면 소송은 어떻게 되는 거야?

—아직 마지막 증인이 남았잖아. 박진욱의 증언을 들어봐야지.

—박진욱이 나올 것 같지도 않은데?

과연 그럴까? 이 사람의 말처럼 진욱 오빠는 출석하지 않을 것인가?

"그것은 자네가 직접 법정에서 확인하시게." 사흘 전, 강 원장의 방에서 진욱의 소식을 물었을 때, 한 회장이 한 말이었다. 온화하고 자애로운 말투였지만, 거기에는 이유를 묻지 말라는 강한 암시가 내포되어 있었다. 그 말을 듣는 순간, 그녀는 갑자기 가슴이 철렁했다. 알 수 없는 불안과 두려움이었다. 한 회장은 분명 진욱 오빠와 혜주 언니의 행방을 알고 있었다. 아니, 오히려 두 사람은 한 회장의 보호를 받고 있는 것 같았다. 그런데 왜 그런 말을 했을까? 직접 말하지 못할 이유가 어디 있는가? 혹시, 두 사람의 신상에 무슨 일이 생긴 것은 아닐까? 지난 사흘 동안 그녀는 내내 이런 생각에서 벗어나지 못하고 불안과 두려움에 사로잡혀 있었다. 아니야, 소설에서는 반드시 출석하겠다고 했어, 진욱 오빠는 소설에서 한 약속을 반드시 지킬 거야. 스스로 최면을 걸듯이 암시하며 어두운 생각을 떨쳐버리려 했지만, 지금도 이유를 알 수 없는 한 회장의 그 말은 가슴을 억누르고 있었다. 20분간의 휴정시간이 거의 다 지나가고 있었다. 복도의 웅성거림도 잠잠해지고 다시 법정으로 들어온 사람들이 방청석에 착석하는 움직임이 등 뒤에서 느껴졌다. 그러나 휘진은 뒤를 돌아보지 않았다. 휘진은 방청석을 등에 지고 원고석에 그대로 앉은 채 책상 위에 팔꿈치를 세우고 양손을 깍지 껴 부여잡고 눈을 감았다. 진욱과 보냈던 어릴 때의 나날들이 영화를 보는 것처럼 생생하게 떠올랐다. 가슴이 뭉클해지며 눈시울이 절로 뜨거워졌다. 휘진은 깍지 낀 손을 책상 위에 세우고 묵상에 잠겨 속으로 기도하기 시작했다.

은혜로운 성모 마리아의 이름을 경배하오며 기도드립니다. 주님의 깊고 거룩한 뜻에 감사드립니다. 아버지를 데려가신 것은 주님의 뜻임을 압니다. 상혁 씨를 데려가신 것도 주님의 거룩한 뜻임을 압니다. 그러나 진욱 오빠마저 주님의 품으로 데려가신 것은 아니겠지요. 부디 진욱 오빠만은 저에게 보내주세요. 간절히 기도드립니다.

이윽고 재판부가 다시 입정했다. 휘진은 묵상에서 깨어났다. 이상하게도 법정 안의 모습이 낯설게 느껴졌다. 기도에도 불구하고 불안과 두려움은 여전했고, 몸까지 떨렸다.

—원고, 증인에게서 연락이 왔습니까?

강 판사가 휘진에게 물었다.

—죄송합니다. 저도 기다리고 있습니다.

그녀가 말했다. 강 판사가 다시 방청석을 향해 큰소리로 말했다.

—증인 박진욱 출석하셨나요? 증인 박진욱은 앞으로 나와 주시기 바랍니다.

휘진은 원고석에서 고개를 돌려 방청석을 바라보았다. 앞뒤좌우로 고개와 시선을 돌리는 취재기자들과 방청객들의 눈이 법정 안을 샅샅이 훑고 있었다. 그러나 여전히 방청석에서 일어나는 사람은 아무도 없었다.

—증인 박진욱은 앞으로 나와 주시기 바랍니다.

강 판사가 다시 말했다. 그때 법정 뒤쪽의 출입문이 열리며 한 사람이 들어왔다. 재판부뿐만 아니라 법정 안에 있는 모든 사람들의 시선이 그쪽으로 쏠렸다. 휘진도 그 사람을 바라보았다. 승복처럼 보이는 회색 바지저고리 개량한복을 입고 있었다. 머리도 삭발을 한 것처럼 아주 짧게 깎고 있었다. 검정색의 커다란 둥근 뿔테 안경 유리에서 자주색이 반사되고 있었다. 그 때문에 그 사람이 남자인지 여자인지 쉽게 구별하기 힘들고, 삭발한 스님이 어울리지 않는 검은 선글라스를 낀 것처럼 다소 우스꽝스럽게 보이기도 했다. 그 사람은 하얀 보자기로 감싼 액자 같은 사각형의 물건을 가슴에 안고 있었다. 입구 통로에서 잠시 차렷 자세로 멈춰 선 그 사람은 안경을 벗어 상의 옆구리 오른쪽 호주머니에 넣고는 재판부를 향하여 정중하게 허리를 굽혀 절을 했다. 그리고는 앞쪽으로 천천히 걸어 나왔다. 모든 사람들의 시선이 유별난 자신의 모습에 쏠리고 있는데도 그 사람은 의식하지 않고 단정하고 절도 있는 걸음걸이로 출입문을 따라 이어진 방청석의 왼쪽 벽 통로로 걸어 나왔다. 휘진은 그 사람을 바라보았다. 분명 진욱의 모습은 아니었다. 얼굴 윤곽이나 걸음걸이도 달랐고, 키도 작다는 생각이 들었다. 통로의 중간쯤까지 다가왔을 때, 휘진은 그 사람의 얼굴 윤곽을 비로소 찬찬히 살펴볼 수 있었다. 아, 휘진은 속으로 비명을 질렀다. 성혜주, 혜주 언니였다. 1년 전쯤, 그녀의 변호사 사무실에서 마지막으로 보았던 혜주 언니, 그때 그녀는 어깨 아래까지 내려오는 숱이 많은 치렁치렁한 생머리를 하고 있었다. 그런데 삭발에 가깝게 짧게 잘라버린 민머리와 어울리지 않는 커다란 뿔테 안경 때문에 그녀를 쉽게 알아채지 못했다. 그녀가 원고석이 있는 재판부 앞에 와서 다시 한 번 재판부를 향하여 허리를 굽혀 절을 했다. 강 판사가 성혜주를 보고 말했다.

—증인 박진욱인가요?

—아닙니다. 저는 성혜주라고 합니다. 소설가입니다. 증인 박진욱의 약속을 지키기 위해서 제가 대신 나왔습니다.

성혜주가 말했다. 낮지만 또렷한 음성이었다.

—증인 박진욱의 약속? 박진욱은 출석하지 않습니까?

강 판사가 물었다.

—예, 재판장님께서도 읽어보셨는지는 모르지만, 얼마 전 발표된 소설 「언어 살인」에서 한 약속을 지키기 위해서 제가 박진욱을 대신하여 나왔습니다. 저를 재정증인으로 채택해 주시면 감사하겠습니다.

방청석이 잠시 술렁거렸다. 휘진은 원고석에 앉아 뚫어져라 성혜주를 바라보았다. 성혜주도 휘진을 바라보았다. 두 사람의 눈이 마주쳤다.

왜 이제 나타났어? 왜 그동안 아무 연락도 없었어?

휘진의 눈이 말했다.

미안해. 그러나 그렇게 할 수밖에 없었어. 이제 소송을 끝낼 때가 되었어.

성혜주의 눈이 말하고 있었다. 그때 방청석 중간에서 누군가가 손을 들고 일어났다. 장선웅 기자였다. 큰 키에 텁수룩한 수염은 전봇대 꼭대기에 까치집을 지어놓은 것 같은 형상이었다. 장선웅 기자가 법정이 쩡쩡 울릴 만치 큰소리로 말했다. 소리 없는 두 사람의 눈의 대화는 중단되고 말았다.

—재판장님, 증인의 말이 잘 들리지 않습니다. 방청객들이 알아들을 수 있도록 증인에게 마이크를 사용하게 해 주십시오.

방청객들이 박수를 쳤다. 강 판사가 말했다.

—성혜주 씨, 증인석의 마이크를 사용해 주십시오.

성혜주가 원, 피고석의 앞을 지나 증인석에 가서 앉았다. 강 판사가 방청석과 성혜주를 번갈아 쳐다보며 말했다.

—여기 나오신 분은 소설가 성혜주라는 분으로 증인 박진욱을 대신하여 재정증인으로 나왔다고 합니다. 그러나 재정증인이 되기 위해서는 증언할 내용이 이 사건과 관계있는 구체적 사실에 관한 것이어야 합니다. 재정증인으로 채택하기 전에 성혜주 씨에게 몇 가지 물어보고 증인 채택 여부를 결정하겠습니다. 먼저 성혜주 씨는 방금 소설 얘기를 하였는데, 그 소설은 누가 쓴 겁니까? 송규원이라는 작가가 있습니까?

—송규원은 필명입니다. 송규원이라는 필명으로 발표된 이제까지의 소설은 박진욱의 구상과 진술을 토대로 제가 쓴 것입니다. 그 소설은 순수문학이 아니라 코리아타워와 관련한 진실을 밝히기 위한 목적으로 쓴 소설 형식의 글입니다. 그리고 그 소설에서 묘사된 장면은 소설에서 특별히 픽션이라고 밝힌 부분을 제외하고는 모두 사실입니다.

—성혜주 씨와 박진욱과의 관계는 어떻게 됩니까?

증인석에 앉은 성혜주는 여전히 보자기로 감싼 사각형의 물건을 소중한 보물처럼 안고 있었다. 성혜주가 말했다.

—어떠한 친인척 관계는 없습니다. 박진욱과 저는 약 7년 전에 프랑스의 같은 대학에서 유학을 하면서 만나 사귀었습니다. 그 이후로 저는 박진욱에게 일어났던 거의 모든 일을 알고 있습니다. 소설 「몽파르나스의 연인」에 나오는 여주인공 '그녀'는 바로 저를 모델로 한 것입니다.

—구체적으로 증언할 내용은 어떤 것인지 간단하게 요점만을 말씀

해 주시겠습니까?

—예, 이제까지 발표한 소설에서 밝히지 못한 부분이 있습니다. 그것은 박진욱의 신상에 관한 것입니다. 소설 「마라톤맨」에서 묘사한 것처럼, 박진욱은 살인 현장인 신거제대교에서 다리 아래로 추락했습니다. 그러나 소설 「언어 살인」에서 밝힌 것처럼 마라톤맨으로 가장하여 통영을 탈출했다는 것은 픽션입니다. 유 박사님의 사체가 인양된 이틀 후, 저는 박진욱이 경남의 어느 바닷가에 있는 작은 병원에 입원해 있다는 연락을 받았습니다. 살인사건이 있었던 그날 새벽, 조류에 휩쓸려 떠내려 온 박진욱이 의식을 잃고 바닷가에 쓰러져 있는 것을 발견하여 그 병원으로 데려왔고, 그곳에서 겨우 의식을 차린 박진욱이 제 전화번호를 가르쳐주었다고 했습니다. 그 병원에서 즉시 서울에 있는 병원으로 후송했지만, 박진욱은 위중한 상태였습니다. 차가운 바닷물에 노출되어 의식을 잃고 있는 동안에 손과 발은 심한 동상을 입었고, 어디엔가 부딪혀 목뼈가 부러져 목 아래 전신이 마비될지도 모른다는 진단이었습니다. 그러나 다행히 박진욱의 의식만은 분명했습니다. 박진욱으로부터 유 박사님의 살해 사건의 전말을 알게 된 저는 지인에게 부탁하여 박진욱과 함께 외국으로 출국하기로 했습니다. 박진욱의 보다 나은 치료를 위해서이기도 했지만, 국내에 있으면 유 박사님을 살해한 살인자들이 그를 그냥 두지 않을 것이라고 판단했기 때문입니다. 이후 저희들은 외국에서 살인자들에 대한 조사를 하고 코리아타워를 되찾기 위한 준비를 했습니다. 제가 증언할 내용은 이제까지 소설로서 발표한 살인자들에 대한 조사 결과와 그 증거에 관한 것입니다.

성혜주는 차분하게 말을 맺었다. 강 판사가 말했다.

—한 가지만 더 묻겠습니다. 소설에서는 박진욱이 직접 출석하겠다고 했는데, 왜 박진욱이 출석하지 않는가요?

휘진은 증인석에 앉은 성혜주를 바라보며 마른 침을 꿀꺽 삼켰다. 성혜주가 어떤 대답을 할까? 진욱의 안부는 법정에서 직접 확인하라고 했던 한 회장, 그 이유가 이제 성혜주의 입을 통하여 밝혀질 찰나였다. 휘진은 긴장감에 다시 한 번 마른 침을 삼켰다. 드디어 성혜주가 입을 열었다.

—소설 「나의 첫 번째 살인」과 「나팔 부는 아이」에서 나타낸 것처럼, 바닷가에 버려진 어린 박진욱을 구해 준 사람은 유 박사님이었고, 그때 박진욱은 원고를 통하여 잃어버린 여동생과 새 생명을 얻었습니다. 그래서 원고를 자신의 생명을 다하여 지키겠다고 약속했습니다. 그것은 박진욱이 창조주 앞에서 맹세한 영혼의 약속이었습니다. 말씀드렸다시피 박진욱은 살인 현장에서 추락하여 조류에 휩쓸리는 동안에 목을 크게 다치고 심한 동상을 입었습니다. 그 바닷가에서 살아난 것만도 기적에 가깝다고 했습니다. 외국 병원으로 옮겼지만 박진욱은 결국 전신마비가 되었고, 동상으로 얼어버린 양손가락도 절단해야만 했습니다. 그러한 투병생활 속에서도 박진욱은 원고를 지키고 코리아타워를 되찾기 위한 생각을 단 한 번도 멈추지 않았습니다. 소설을 통하여 살인자들끼리 서로 반목하게 하여 자중지란을 일으키게 하자는 것이 박진욱의 기본적인 구상이었습니다. 박진욱은 전신마비가 된 상태에서 오직 생각과 의지만으로 코리아타워를 찾기 위한 그 구상을 치밀하게 계획하고, 저를 통하여 원고에게 보낼 메일과 소설을 쓰게 하는 등 모든 준비를 마쳤습니다. 물론 앞으로 발생할 상황에 대한 대비책도 마련해놓았습니다. 그런 후 원고에게 메일을 보내어 코리아타

워 소송을 제기하게 하였습니다. 원고가 소장을 법원에 접수하였다는 메일을 받은 날, 박진욱은 제게 마지막 부탁을 했습니다.

성혜주가 눈시울을 붉히며 잠시 말을 멈추었다. 성혜주의 눈에 눈물이 어리고 있었다. 휘진은 갑자기 가슴이 찢겨나가는 듯한 통증을 느꼈다. 전신마비에다 손가락까지 절단했다니, 아아, 그런 순간 휘진은 덜컥 가슴이 내려앉았다. 마지막 부탁이라니? 제발, 제발, 하느님, 제 기도를 들어주세요. 진욱 오빠마저 데려가신 것은 아니죠? 휘진은 소리치고 싶었다.

성혜주가 눈물 어린 애틋한 눈빛으로 휘진을 바라보며 말했다.

—자기 대신 원고를 돌봐달라고, 끝까지 지켜달라고, 자기의 구상과 계획을 끝까지 실행하여 창조주 앞에 약속한 영혼의 약속을 지켜달라고. 코리아타워를 찾아 유 박사님의 뜻을 이루어 달라고. 그 말을 하고서…… 박진욱은 창조주의 부르심을 받았습니다. 그리고 이것은……

성혜주가 잠시 말을 멈추고 무릎 위에 세워 안고 있던 보자기를 풀어 사각형의 액자를 꺼내 탁자 위에 세우며 말했다.

—……창조주의 품에 안긴 박진욱의 영정입니다. 법정에 출석하겠다는 소설 「언어 살인」에서의 약속을 지키기 위하여 이렇게 박진욱의 영정 사진을 들고 나왔습니다.

휘진은 액자 속에 든 진욱의 얼굴을 보았다. 파리의 세느강을 배경으로 환하게 웃고 있는 상반신 사진이었다. 고개를 숙인 성혜주의 눈에서 떨어진 눈물이 비스듬하게 세워진 영정 사진의 눈동자에 떨어져 흘러내렸다. 그 눈물방울은 마치 사진 속의 진욱이 흘리는 눈물처럼 보였다. 그 눈물이 회오리치는 격류가 되어 휘진의 가슴에 흘렀다. 순간 휘진은 머릿속에서 팽팽하게 당겨져 있던 이성의 동아줄이 탁 끊어지는 소리를 들었다. 주위의 모든 것들이 세탁기의 탈수기처럼 윙윙 소리를 내며 빠르게 돌아가기 시작했다. 휘진은 자신도 모르게 벌떡 일어나 증인석의 성혜주에게로 돌진하듯 걸어갔다. 그리고는 책상 위의 영정을 빼앗듯이 낚아채 가슴에 안고 털썩 무릎을 꿇고 앉아 성혜주를 올려다보며 발악하듯 소리쳤다.

–아니야, 거짓말이야! 언니, 거짓말이지? 제발, 거짓말이라고 말해 줘. 진욱 오빠는 죽지 않았다고 말해 줘!

강 판사도 법정정리도 돌발적인 그녀의 행동을 제지하지 않았다. 방청객들도 말을 잃은 채 멍하니 있었다. 성혜주도 눈물을 흘리며 그런 휘진을 가만히 바라보고만 있었다. 잠시 동안 숨이 막힐 것 같은 정적이 법정 안을 꽉 메웠다. 휘진은 마치 넋이 나가버린 사람 같았다. 멍하니 성혜주를 바라보면서 폭포수 같은 눈물을 흘리며 애원하는 목소리로 다시 말했다.

–언니, 거짓말이지? 내게 거짓말하는 거지? 맞지?

성혜주가 증인석에서 걸어 나와 휘진의 앞에 무릎을 꿇고 앉아 한 팔로는 그녀의 등과 어깨를, 또 한 팔로는 머리를 꽉 껴안았다. 성혜주의 눈에도 걷잡을 수 없는 눈물이 흘러내렸다. 성혜주가 울음 섞인 목소리로 말했다.

–미안해. 정말 미안해. 내가 진욱 씨를 지키지 못했어.

–거짓말, 거짓말이잖아?

–미안해, 정말 미안해.

두 사람의 슬픔과 절망에 동화되어 버린 듯 방청객들도 무거운 침묵을 지키고 있었다. 강 판사를 위시한 배석판사들 사이에도 무거운

정적이 감돌았다. 흐느끼며, 격렬하게 들썩거리던 휘진의 어깨가 차츰 잦아들었다. 강 판사가 조용한 어조로 말했다.

—원고, 이제 진정하세요. 이곳은 엄숙한 법정입니다. 원고의 심정을 이해하지만 이제 감정을 자제하고 재판을 진행하셔야죠.

성혜주가 먼저 일어나 다시 증인석에 앉았다. 휘진이 일어나 손수건을 꺼내어 눈물을 닦고 재판부를 향하여 고개를 숙이면서 말했다.

—죄송합니다.

이어 돌아서서 방청석을 향해서도 절을 하고 말했다.

—방청객 여러분께도 죄송한 말씀을 드립니다.

강 판사가 말했다.

—재판을 진행하겠습니다. 재판부는 성혜주 씨를 재정증인으로 채택하겠습니다. 원고, 증인 성혜주에 대한 신문이 가능하겠습니까?

그때 이수호 변호사가 나섰다.

—재판장님, 증인 성혜주에 대한 신문은 다음 기일로 연기해 주십시오. 원고는 갑 제17, 18호증을 제출하지 않았고, 피고는 이 서증과 증인 성혜주의 오늘 이 법정 진술에 대하여 검토할 시간이 필요합니다.

휘진은 생각했다. 오늘 법정에 나온 가장 큰 이유, 최형윤 장관의 진심과 진욱의 소식을 알게 되었다. 휘진은 사흘 전, 한 회장의 말을 다시 한 번 음미했다.

—이 소송 때문에 많은 생명이 희생되었네. 그리고 진실이라고 하여 반드시 증명되어야 할 당위성이 있는 것은 아닐세. 증명하지 못한다고 하여 진실 그 자체가 소멸하는 것도 아닐세. 진실은 그 자체로 실존하는 것이지 증명의 대상이 아니라는 말일세. 또 진실이라고 하여 반드시 공개되어야 하는 것도 아닐세. 진실은 언젠가는 그 자체의 에

너지와 힘에 의하여 스스로 그 모습을 드러내는 법일세. 진주는 흙속에 파묻혀 있다고 하더라도 여전히 진주일세. 진실은 공개되지 않는다고 하더라도 여전히 진실로 남아있는 법일세. 그리고 자네가 밝히고자 하는 그 진실은 최 검사의 죽음으로 이미 공개된 것이나 다름없지 않은가. 내가 약속하겠네. 유 박사의 숭고한 뜻은 반드시 이뤄질 걸세. 이 소송의 궁극적인 목적은 유 박사의 유지를 받들고자 하는 것이 아닌가. 이제 더 이상의 희생이 있어서는 안 되네. 그런데도 굳이 이 소송을 끝까지 하겠다는 것은 자네 내면의 어두운 복수심에서 비롯된 것은 아닌지, 가슴에 손을 얹고 한 번 자문해 보게. 자네 안의 또 다른 나, 껍질 속의 참된 나, 진정한 내면의 소리에 귀를 기울여보게.

이 말을 듣고 그동안 고민하고 또 고민하고, 자문하고, 또 자문한 끝에 드디어 작심을 하고 나온 그녀였다. 이제 그 마음의 결정을 이 법정에서 만인에게 공개하여 어깨를 누르고 있는 짐을 풀어놓아야 한다. 진욱이 그녀를 지키기 위해 생명을 바쳐 창조주 앞에 한 약속을 지킨 것처럼, 똑같이 그녀를 지키기 위해 생명을 바친 상혁과의 약속, '아버지를 용서해 줘.'라는 상혁과의 마지막 약속도 지켜야 하는 것이다. 그녀가 원했던, 원치 않았던 간에 그녀 때문에 발생한 이 모든 사태와 결과는 그녀 스스로 수습해야 하는 것이다. 휘진은 원고석에서 일어나 강 판사를 똑바로 응시하며 또박또박 말했다.

–재판장님, 원고는 성혜주 씨를 증인으로 신청하지 않겠습니다.

순간 방청석이 술렁거렸다. 취재기자들이 일제히 고개를 들고 그녀를 바라보았다. 강 판사도 이해할 수 없다는 표정으로 휘진을 바라보았다. 이수호 변호사도 전혀 의외라는 표정으로 멍하니 그녀를 바라보았다. 다만 증인석에 앉은 성혜주만이 입가에 엷은 미소를 띠고 은

은한 시선으로 그녀를 바라보고 있었다. 강 판사가 물었다.

—증인 성혜주는 원고의 주장을 입증할 수 있는 핵심 증인입니다. 다른 이유가 있습니까?

휘진이 고개를 돌려 방청석을 한 번 바라보고는 다시 말했다.

—존경하는 재판장님, 그리고 방청석에 계신 여러분, 그 어떤 생명이던지 생명은 그 자체로 고귀한 것입니다. 생명의 가치는 그 무엇보다 더 존중되어야 합니다. 그런데 이 소송으로 인해 그동안 많은 고귀한 생명이 희생되었습니다. 저는 먼저 저를 구하기 위해 희생하신 최상혁 검사님과 방금 성혜주 씨가 말씀하신 박진욱 씨, SH화재해상보험의 차형일 팀장님, 김희철 사장님의 안타까운 희생에 대하여 제 영혼에서 우러나는 진심 어린 유감의 말씀을 드립니다. 그리고 비록 저와 적대적인 관계에 있었지만, 윤경호 씨, 고광준 씨, 김형태 회장님, 강진호 회장님과 직원들, 그리고 박홍길 씨의 참변에 대해서도 깊은 유감의 말씀을 드립니다. 이 자리를 빌려 삼가 고인들의 명복을 빕니다. 며칠 전, 귀한 손님 한 분이 저를 찾아오셨습니다. 그리고 제게 말씀 하셨습니다. 진실은 그 자체로 실존하는 것이지 증명의 대상이 아니라고, 진실은 언젠가는 그 자체의 에너지와 힘에 의하여 스스로 그 모습을 드러내는 법이라고, 그리고 이제까지 제가 밝히고자 했던 진실은 최상혁 검사님의 고귀한 희생으로 이미 밝혀진 것이 아니냐고. 그 말씀을 듣고 저는 많은 고민 끝에 깨달았습니다. 진실은 표면에 있는 사실관계의 규명이 아니라 보다 더 근원적인 생명과 등가성을 가진 것이고, 이러한 진실이 생명의 존엄성과 인간정신의 고양에 이바지할 때 더 큰 가치가 있다는 것을. 제가 이 소송을 제기한 것은 아버님 유경준 박사님의 죽음의 진실을 밝히고, 당신의 마지막 소망이었

던 코리아타워를 완성하기 위해서였습니다. 그러나 이 소송이 과연 아버님과 저의 이 소망을 이루어줄까요? 이 소송이 이제까지 희생된 고귀한 생명의 가치에 우선하는 것일까요? 이 소송이 과연 진실을 밝히기 위한 올바른 길일까요? 이 소송에서 비록 제가 승소한다고 하더라도 이 법정에 계신 여러분이나 다른 분들의 도움이 없이 과연 코리아타워를 완성할 수 있을까요? 저는 아니라고 판단했습니다. 그리고 깨달았습니다. 이 나라 민중의 정신텃밭의 상징으로서 코리아타워를 건설하겠다는 아버지의 소망은 이 소송을 통해서가 아니라 진실에 대한 순수한 갈망과 고양된 정신에너지, 그리고 이 갈망과 에너지가 결합된 이 나라 모든 민중의 힘에 의하여 비로소 완성될 수 있다는 것을. 그래서 저는 코리아타워의 꿈을 바로 여기 계신 여러분들이 주인공인 이 나라 민중의 선택에 맡기기로 했습니다. 오직 이기기 위해 수단과 방법을 가리지 않고 비난하고, 질시하고, 속이고, 감추고, 조작하고, 심지어 상대방의 생명까지도 노리는 소송의 방법이 아닌 이 나라 민중의 순수한 염원과 이 염원의 원류인 무한한 정신에너지에 맡기기로 하였습니다. 그래서 저는 지금 이 사건 코리아타워의 소를 취하합니다.

일주일 후, 서울 강남구 소재 한맥빌딩 40층 한맥그룹 종합상황실

출근하자마자 한맥그룹 종합상황실장 배성렬이 코리아타워와 관련한 특별기자회견이 있다는 보도 자료를 국내 각 방송사 및 언론사에 배포하였다. 오후 1시, 국내 각 방송사 및 언론사 기자들이 운집한 가운데 한정일 회장과 강호건설의 채권정리위원회 위원장인 K은행 허만욱 은행장이 기자회견장에 나타났다. 한정일 회장이 직접 마이크 앞에 섰다.

–반갑습니다. 한맥그룹 회장 한정일입니다. 오늘 특별히 여러분들을 이 자리에 모신 것은 한맥그룹은 강호건설 채권정리위원회와 코리아타워와 관련한 채권채무인수계약에 합의를 했고, 아울러 코리아타워의 설계자이신 고 유경준 박사님의 유일한 상속자인 유휘진 씨와 코리아타워 건축도급계약을 새로 체결하였다는 사실을 알려드리기 위해서입니다. 지금 제가 들고 있는 이것이 바로 지금 말씀드린 합의서와 계약서입니다.

이와 관련하여 한맥그룹과 저 한정일은 국민 여러분 앞에 엄숙하게 약속합니다. 먼저 한맥그룹은 세계적 건축공학자인 고 유경준 박사님이 생명을 바쳐 설계한 코리아타워의 설계 중 그 어느 한 부분도 변경하지 않고 설계 원본 그대로 시공할 것을 국민 여러분 앞에 엄숙히 약속합니다. 다음으로 선대의 친일재산을 사회에 환원하는 방법으로서 공익재단의 설립 등 고인의 유지도 반드시 이행할 것을 엄숙하게 약속합니다. 이를 위하여 사회 각계각층의 원로와 전문가로 구성된 가칭 '코리아타워 건축 및 운영위원회'가 구성될 것입니다. 특히 이 운영위원회는 일제의 강점 시기에 국권을 회복하기 위하여 희생한 독립유공 선열과 그 유가족들의 복지 향상을 위한 사회적 공감대 형성과 경제적 지원 등에 대한 다양한 방안을 마련하여 이를 실행할 것입니다.

국민 여러분, 한맥그룹과 저 한정일은 우리 한민족의 자존과 명예를 걸고 코리아타워를 세울 것을 다시 한 번 약속드립니다. 그리하여 장차 이 타워는 대한민국의 웅비하는 국운을 반석 위에 올려놓을 호국의 탑이 될 것입니다. 이 타워는 친일과 반일의 역사적인 반목과 대립을 해소하는 화합의 탑이 될 것입니다. 이 타워는 우리 한민족의 우수한 전통과 정신문화를 세계만방에 알리는 문화의 탑이 될 것입니다. 이 타워는 일본에 대한 무조건적인 배척이 아니라 한일 두 나라의 새로운 동반자 관계를 구축하는 평화의 탑이 될 것입니다. 그리하여 이 타워는 명실공히 세계에 우뚝 선 대한민국의 상징이 될 것입니다. 고 유경준 박사님에 대하여 다시 한 번 깊은 애도를 표하면서 이상 기자회견을 마치겠습니다. 감사합니다.

휘진은 이 기자회견에 참석하지 않았다.

4개월 후, 10월 3일, 개천절, 코리아타워 공사 현장

개천절 기념식이 끝난 후, 코리아타워 공사현장에서 국무총리를 비롯한 정관계, 경제계, 종교계, 문화계 요인 등 각계각층의 인사들이 운집한 가운데 코리아타워 기공식이 국립 국악관현악단의 장엄한 연주 속에 성대하게 열렸다. 이 기공식을 마친 후 공사현장에서 특별한 행사 하나가 진행되었다.

그것은 그동안 금속 탐지기 등 각종 과학 장비를 총동원하여 코리아타워 공사현장 터에서 찾아낸 108개의 단지맥봉을 제거하는 행사였다. 굵은 철심으로 박아놓은 단지맥봉이 기중기 등 각종 중장비에 의하여 하나하나 뽑혀져 나올 때마다 기공식 현장에 참석한 인사들과 TV를 지켜보고 있던 국민들은 환호성과 더불어 탄식과 분노를 연달아 토해냈다.

휘진은 이 기공식에도 참석하지 않았다.

* * *

휘진이 소송을 취하한 그 다음날, 혜주는 전화 한 통 없이 다시 떠났다. 행선지도 말하지 않았다. 다만, 떠나기 직전 진욱의 유해를 창조주와 가장 가까운 히말라야의 은빛 설산에 뿌렸다는 짧은 메일 한 통만을 보내왔을 뿐이었다.

코리아타워 소송을 취하한 휘진의 돌발적인 행동에 대하여 언론과 인터넷 등 여론은 또 한 차례 소용돌이쳤다. 소송을 취하한 이유를 두고 갖은 추측과 억측이 난무하였다. 그러나 휘진은 이 모든 것들로부터 비켜나 있었다. 그날, 한정일 회장과 약속한 대로 소취하 후의 모든 일은 한맥그룹에 백지위임을 한 상태였다.

물론 휘진이 생각을 바꿔 소송을 취하한 것은 한정일 회장의 설득 때문이었다. 그날, 성모 마리아의 집으로 직접 찾아온 한정일 회장은 코리아타워를 둘러싸고 일어났던 사건의 전말에 대하여 상세히 말해주었다. 아버지가 살해된 현장에서 구사일생으로 살아남은 박진욱으로부터 사건의 전말을 들은 성혜주가 한 회장에게 도움을 요청하였고, 이후 한 회장이 자신의 인맥과 그룹의 모든 정보력을 동원하여 강호건설의 음모와 범죄를 추적한 것이었다. 이 모든 일의 배후에 한 회장이 있었고, 코리아타워 소송을 위하여 거액의 인지대를 후원한 이유도 알게 되었다.

그러나 휘진이 마음을 움직이게 된 계기는 그동안 최형윤 장관과 최상혁 검사가 한 역할이었다. 최형윤 장관이 한때의 권력욕과 과오로 '코리아타워 건축도급 계약서'의 위조행위에 관여한 것은 사실이었다. 그러나 아버지를 살해하는 강진호의 음모에까지 가담한 것은 아니었다. 최형윤 장관은 본의 아니게 강진호가 저지른 범행의 공모자가 되어버렸고, 이것은 최형윤 장관을 그들의 꼭두각시로 삼기 위한 강진호의 치밀한 계획이었다. 그래서 최형윤 장관은 그들에게 협조하는 척하면서 강진호의 폭력으로부터 그녀를 지키기 위해 은연 중 그들의 행동을 통제하고 있었고, 이 소송의 배후에 한 회장이 있다는 사실을 알고 난 이후부터는 자신의 과오를 속죄하기 위하여 코리아타워를 되찾기 위한 방안을 함께 강구하고 있었다. 그 방법이 강진호를 조종하고 있는 일본 우익단체를 압박하여 강호건설의 지배하에 있는 코리아타워 지분을 내놓게 하는 것이었는데, 이 작업이 결실을 맺기 직전에 그 누구도 예상하지 못한 강진호의 유괴사건이 발생했다고 했다. 특히 휘진이 소를 취하하게 된 결정적인 동기는 상혁에 대한 연민과 그의 마지막 부탁 때문이었다. 독일에서 한지혜를 만나고 성혜주를 통하여 사건의 전말을 알게 된 상혁은 한지혜와 긴밀하게 연락을 주고받으면서 한맥그룹의 정보력이 미치지 못하는 강진호의 범죄행위를 은밀하게 수사하였고, 이 수사에서 얻는 증거가 그동안 양심과 현실 사이에서 갈등하고 있던 아버지 최형윤 장관의 마음을 돌리는 데 결정적인 역할을 했다. 그동안 연인과 아버지 사이에서 상혁이 겪어야만 했을 고뇌와 갈등, 나아가 그녀를 지키기 위해 생명까지 희생한 상혁을 생각하면 휘진의 가슴은 다시 한 번 찢겨나가고 있었다.

—인간이라면 누구나 한 번쯤은 과오를 범한다네. 문제는 그 과오를 참회하고 시정하고자 하는 의지가 있느냐는 것이지. 최 장관의 과오를 용서하시게. 최 검사를 생각해서라도 그 아버지의 마지막 남은 명

예만은 지켜주어야 하지 않겠나. 부모를 잃은 자식의 고통도 크겠지만, 자식을 잃은 부모의 고통은 감내할 수 없을 정도로 더 크다네. 최장관은 이제 정계를 떠날 걸세. 자네만 허락한다면 가끔 손자의 얼굴이라도 보면서 시골에서 마지막 여생을 보내고 싶다더군.

대화를 하는 도중에 자신도 모르게 눈물을 흘리고 있는 휘진에게 한 회장이 한 말이었다. 한 회장이 말을 이어갔다.

—강진호를 조종하고 있었던 일본 우익단체의 실체를 왜 공개하지 않느냐고 자네는 항변할지도 모르겠네. 그러나 한 번 생각해 보게. 한일 두 나라 사이에는 지금도 자네가 상상할 수도 없는 보이지 않는 전쟁이 계속되고 있네. 인간의 존엄성에 바탕을 둔 보편적 인류애가 배제된 왜곡된 민족감정과 국익을 내세운 편향된 사상과 이념, 경제 전쟁이지. 그러나 이런 전쟁을 조종하고 선동하는 배후 세력은 분명 존재하지만 그 실체는 모두 위장되어 있어. 그래서 자칫 섣불리 달려들었다가는 역공을 당할 수 있고, 설사 하나의 세력을 제거해봤자 또 다른 세력이 나타날 것은 자명한 일일세. 제거할 수 없는 독버섯과 같은 고래로부터 시작된 한일 두 나라 사이의 역사적인 악연이지. 한국과 일본이라는 두 나라가 존재하는 한 이런 보이지 않는 전쟁은 앞으로도 계속될 것이고, 자네가 주인공인 이번 코리아타워 전쟁도 그중 하나일 뿐일세. 그리고 지난 날 우리 선조들이 그랬던 것처럼 앞으로도 이런 전쟁의 와중에 나라를 파는 친일파 매국노도 나타날 것이고, 그 반대로 나라를 지키기 위해 목숨까지 바치는 애국지사도 나타날 것일세. 또한 자네와 강진호 회장의 예에서 볼 수 있는 것처럼, 과거 매국노의 자손이 현세나 후세의 애국지사가 될 수도, 반대로 과거 애국지사의 자손이 현세나 후세의 매국노가 될 수도 있을 것일세. 인간의 본

성과 시간과 역사의 진리일세. 그러나 이것 하나만은 분명히 명심해 두어야 하네. 앞으로도 이런 전쟁은 계속될 것이고, 이 전쟁에서 우리가 이길 수도 질수도 있겠지만, 그러나 결코 물러서거나 포기할 수 없다는 것을. 다행히 이번 전쟁은 우리가 승리했네. 코리아타워를 세우겠다는 유 박사님의 유지는 반드시 이루어질 것일세. 내가 약속하겠네. 그러니 나를 믿고 이 소송을 취하하게. 그만 일어나겠네.

한 회장이 말을 마치자 휘진이 비로소 물었다.

—왜 그동안 이 모든 일을 저한테는 감추었나요? 왜 저만 모르고 있었나요?

—이 전쟁에서 반드시 이기고, 또한 자네를 보호하기 위한 고육지책이었다고 이해하시게. 자네를 구속시켜야만 했던 것도 자네의 생명을 보호하기 위한 최 장관의 고육지책이었네. 믿어주시게.

말을 마친 한 회장이 소파에서 일어나 밖으로 나갔다. 휘진이 배웅을 하기 위해 한 회장의 뒤를 따랐다. 한 회장이 차에 오르기 직전 휘진이 문득 생각나 물었다.

—진욱 오빠의 증거가 있었는데도 왜 이렇게 어려운 전쟁을 해야 했나요? 더 쉬운 전쟁을 할 수도 있었을 것 같은데요.

—자네가 아는 법적인 관점에서는 물론 그렇겠지. 더 쉬운 전쟁을 할 수도 있었을 거야. 그러나 그렇게 했다면 우리는 인간의 이기심이라는 숙명적인 상대와 대적해야 했을 걸세. 그 상대는 쉬운 상대가 아닐세. 통제하기도 힘들고 보이지도 않지. 이런 어려운 전쟁의 과정이 있었기 때문에 자네 마음속에 있는 이기심이라는 내부의 적이 통제될 수 있었다고 생각되지 않나? 이런 어려운 과정이 있었기 때문에 자네 아버지 유 박사의 소망의 이음줄이 온전하게 자네에게 연결될 수 있

었다고 생각되지 않나? 그리고 그 증거라는 것이 반드시 존재한다고 누가 장담할 수 있겠나? 이것이 자네가 이 소송을 취하해야 하는 이유 중의 하나이기도 하고. 자네가 현명한 판단을 하리라 믿고 이만 가겠네.

한 회장이 입가에 웃음을 머금고 한 말이었다. 알 것 같으면서도, 그러나 그 말에 숨겨진 의미나 상징을 명확하게 도드라지게 표현할 수는 없는 다소 선문답 같은 말이었다

휘진은 한 회장과의 이 만남을 어느 누구에게도 말하지 않았다. 광장신문의 장선웅 기자에게도 마찬가지였다. 어쩌면 장선웅 기자와 성혜주와의 관계, 장선웅 기자가 살인이 일어난 코리아타워 공사현장에 최상혁 검사와 함께 있었던 점 등, 그동안의 장선웅 기자의 행적을 살펴볼 때, 아마 그는 코리아타워 소송의 배후와 실체를 누구보다 더 잘 알고 있으면서 일부러 침묵한 것인지도 모른다. 그러나 휘진은 물어보지 않았고, 장선웅 기자도 소취하 후 휘진의 신상이나 근황에 대하여 어떤 인터뷰 요청을 한 일도 없었다.

코리아타워 주식을 한맥그룹이 인수하고, 코리아타워를 설계원본 그대로 건축하겠다는 한정일 회장의 대국민 약속이 있은 한 달 후, 문서위조로 기소된 휘진의 형사재판 선고 공판이 열렸다. 이 공판에서 재판부는 그녀에게 선고유예 판결을 내렸다.

에/필/로/그

침묵의 은빛 설산

당신은 배에 탔습니다. 당신은 항해를 했습니다.

당신은 해변에 도착했습니다. 이제 내리십시오.

–마르쿠스 아우렐리우스 『명상록』 중에서–

히말라야는 눈의 근원, 눈의 집이라는 뜻이다. 히말라야, 은빛으로 빛나는 만년설을 머리에 이고 있는 거대한 산봉우리는 위대한 침묵이다. 은빛 설산의 이 위대한 침묵 속에는 생명을 이루는 빛과 소리와 시간이라는 세 가지 구성요소가 용해되어 있다. 생명은 이 침묵 속에서 탄생한다. 켜켜이 쌓여 빙하가 된 만년설, 이 눈이 녹은 물이 계곡을 타고 아래로 흐르고, 이 물이 흙과 그 위의 풀과 나무와 바람을 깨운다. 바람이 자유를 향해 비상하는 새들의 날개를 펄럭이고, 풀과 꽃과 나무를 잉태한 씨앗을 퍼트린다. 신에게 가장 가까이 다가갈 수 있는 곳, 히말라야, 이곳에서 인간은 자신의 욕망을 내려놓고 가장 낮게 비운 마음으로 신의 의지에 자신을 맡긴다.

강고뜨리, 히말라야의 4대 성지 중의 하나, 해발 3,140미터의 갠지스의 자궁, 근원, 히말라야의 협곡을 타고내린 급류가 이곳 바기라타 강에서 아우성을 치며 흘러내리고, 돌로 쌓은 축대 위에 세워진 황금

빛 힌두 사원의 지붕에 세워진 첨탑들이 신을 향한 구애의 손길을 뻗치고 있다. 이 사원 뒤쪽으로 숙명처럼 은빛 만년설을 머리에 인 거대한 침묵의 봉우리들이 단 한 줌 인간의 욕망도 허용하지 않겠다는 듯 날카로운 은빛 비늘능선을 허리에 차고 엄숙하고 육중한 자세로 서서 아래를 굽어보고 있다.

휘진은 어제와 마찬가지로 요란한 새소리에 눈을 떴다. 강고뜨리 계곡 강가에 자리 잡은 돌과 나무로 외벽을 단장한 방 열 개의 아담한 숙소는 끝이 보이지 않을 정도로 무성하게 자란 빽빽한 삼나무와 침엽수의 숲에 둘러싸여 있었다. 그 숲에서 햇살보다 먼저 새벽을 알리는 새소리가 요란했다. 여름인데도 아직 해가 뜨지 않은 계곡 날씨는 싸늘하다 못해 한기가 들었다. 휘진은 배낭에서 여벌로 가져온 두터운 스웨터와 바지를 꺼내 입고 밖으로 나왔다. 강고뜨리, 바드리나트, 야무트리, 케다리나트는 히말라야의 4대 성지로 불렸다. 리시케슈는 이곳으로 성지여행을 떠나는 순례자들의 출발지라고 했다. 다른 순례자들처럼, 그녀도 이곳에서 배기통에 구멍이 났는지 부르릉부르릉 요란한 소리를 내며 덜컹거리는 버스 바닥에 배낭을 깔고 앉아 물길과 계곡을 구불구불 돌고 또 돌고, 오르고 또 올라 갠지스 강의 근원이라는 이곳 강고뜨리에 도착한 것이 일주일 전이었다.

지난 일주일 동안 그녀는 이곳 강고뜨리에 펼쳐진 히말라야의 언덕을 걸으면서 산이 되고, 바람이 되었다. 산과 물과 계곡과 바람과 햇볕과 하나가 되어 갠지스를 흐르는 강물이 시작된다는 해발 4,225미터의 히말라야의 빙하 고무크에 올라 은빛 설산의 큰 침묵 속에 빠져들었다. 시간도, 소리도, 빛도 멈춘 우주의 거대한 침묵 속에서 그녀는 자신의 존재를 잊고, 그 존재 속의 자아도 잊었다. 그녀가 이곳에

온 이유는 히말라야의 은빛 설산에 진욱의 유해를 뿌렸다는 성혜주의 메일 때문이었다. 그 메일에서 말한 창조주와 가장 가까운 이곳 히말라야의 은빛 설산에서 진욱이 남긴 자취, 흔적이라도 느껴보고 싶었다. 진욱은 분명 이곳 히말라야의 은빛 설산에서 차가운 그 겨울밤 성모 마리아의 집 뒷동산에 내리던 별빛처럼 자애로운 창조주의 은총을 따라갔을 것이다. 그러나 이곳 강고뜨리 계곡, 고무크의 은빛 설산에 그때에 내리던 창조주의 은총은 없었다. 거대한 은빛 설산은 그 은총마저도 침묵으로 간직하고 있는 것 같았다. 설산의 침묵은 마치 블랙홀처럼 빛과 소리와 의식과 시간마저 빨아들였고, 이 블랙홀에 빠진 휘진은 아버지도, 코리아타워도, 진욱의 존재도, 심지어 그녀 자신의 존재마저도 잊어버렸다. 바기라타 강 계곡과 언덕, 고무크의 은빛 빙하 위를 걸으면서 내뿜고 들이쉬는 호흡은 히말라야의 언덕과 봉우리를 유영하는 바람이 되었고, 바람은 그녀의 존재조차 지워버렸다.

계곡 아래 강에서는 어제와 마찬가지로 순례자들이 차가운 강물에 몸을 담그고 목욕을 하고 있었다. 갠지스의 강물은 순례자들에게는 신성한 강물, 성수라고 했다. 그 강물로 목욕을 하는 것은 나를 버리고 우주와 합일되는 의식의 하나라고 했다. 휘진은 계곡 아래로 내려가 차가운 계곡물에 손을 담갔다. 그 감촉만으로도 몸과 마음이 정화되는 느낌이 들었다. 손바닥으로 소리를 내며 흐르는 계곡물을 떠서 세수를 했다. 정화된 투명한 감촉이 얼굴 피부를 뚫고 두개골 속으로 들어가 뇌세포가 일제히 웃음을 터트리는 것 같았다.

다시 숙소로 돌아온 휘진은 우유 한 컵과 빵 한 조각으로 가볍게 아침을 먹고 배낭을 꾸렸다. 오늘은 히말라야에서 보낸 일주일을 마감하고 떠나야 하는 날이었다. 강고뜨리를 떠나는 오후 버스를 탈 참이었다. 시간은 충분했다. 이제까지는 히말라야의 계곡과 은빛 설산에 동화되어 있었기에 오후 버스가 출발하기까지 미리 숙소를 나와 배낭을 맨 채로 강고뜨리의 마을을 한 번 둘러보기로 했다. 언덕의 경사진 면에 돌로 축대를 쌓고 그 위에 지은 하얀 지붕의 힌두 사원이며 빨갛게 녹슨 낡은 양철지붕 민가가 올망졸망 늘어서 있고, 직사각형 사원의 중앙 첨탑 꼭대기에 매달린 노란색 삼각 깃발이 바람에 펄럭이고 있었다. 오직 진리를 찾는 일에 매진하는 힌두 사두들에게 안온한 잠자리와 맛있고 영양가 있는 음식은 오히려 수행에 방해만 될 뿐일까. 사원으로 가는 길 양편으로는 비닐과 낡은 넝마조각 같은 천으로 차양을 치고 지붕을 얼기설기 엮어 이은 난민촌의 천막 같은 사두들의 거처가 늘어서 있었다. 경사진 투박한 길이 이어지고, 때로는 돌계단이 나오는 마을 중앙 골목길을 걸어올라 마을의 제일 위쪽에 있는 끝집까지 갔을 때, 갑자기 아래가 훤히 굽어보이는 확 트인 평지가 나타나고, 그곳에서 마치 열병하는 병정들처럼 좌우에 빽빽하게 늘어선 굵은 삼나무 숲길이 나타났다. 그 길은 급경사를 피해 마을 오른쪽을 빙 둘러 우회하도록 만들어진 비포장 차도로 이어지고 있었다. 휘진은 위로 완만하게 경사진 삼나무 숲길을 따라 걸어갔다. 20분 정도 숲길을 따라가자 길은 산모퉁이 하나를 굽어 돌아 이어지고, 그 길의 끝에 작은 사원 하나가 나타났다. 지어진 지 그리 오래 되어 보이지 않는 한국에서 흔히 볼 수 있는 작은 암자 같이 깨끗하게 단장된 사원이었다. 사원의 본당 앞마당에 크라이슬러 승합차 한 대와 한국의 코란도 한 대가 주차되어 있었다. 세계의 지붕, 히말라야의 작은 사원에서 코란도 승용차를 본다는 것이 새삼스러웠다. 한국 사찰의 대웅전 같이 지어진 본당 오른쪽에 스님의 거처로 보이는 작은 건물이 부속되어 있고, 본당 왼쪽 뒤 30미터 정도 떨어진 숲속에 두 칸짜리 작은 건물이 한 채 더 서 있었다. 그 집의 왼쪽 지붕모서리에 난방용 배기가스 연통이 삐쭉 솟아올라 있는 것으로 보아 그 집은 한국 사찰의 대웅전 뒤에 지어진 삼성각이나 칠성각 같은 기도처나 수행 장소가 아니라 일반 주거 목적으로 지어진 건물 같았다. 그러나 본당 건물의 형태나 구조는 한국의 여느 절과는 다소 다르다는 느낌이 들었다. 강고뜨리 마을에 있는 힌두 사원과도 달랐다. 그 사원 본당 앞마당에 서서 아래를 내려다보니 가까이는 강고뜨리 마을과 계곡이 그림처럼 펼쳐지고, 멀리 비늘처럼 늘어선 거대한 은빛 설산 능선 아래로 펼쳐진 구름 아래 갠지스로 향하는 물길이 꿈결처럼 꾸불꾸불 이어지고 있었다. 그곳에 서 있기만 해도 저절로 막힌 가슴이 탁 트이고, 그 가슴속 영혼이 스스로 정화될 것 같은 경이로운 전망이었다. 그때 휘진은 뒤에서 인기척을 느끼고 뒤돌아섰다. 황색 티베트 승려 복장의 두 승려가 서 있었다. 한 사람은 눈가에 깊은 주름이 진 50대 중반의 중년 여승이었고, 한 사람은 아직 어린 티가 채 가시지 않은 젊은 여승이었다. 그때서야 휘진은 그 사원이 티베트 불교 사원이라는 것을 알았다.

—안녕하세요.

휘진이 가슴 앞에 합장을 하며 영어로 말했다.

—어디서 오셨나요?

오른쪽에 있는 젊은 여승이 역시 영어로 말했다.

—한국에서 왔습니다. 유휘진이라고 합니다.

순간, 두 여승이 서로 바라보며 낯빛이 살짝 변했다. 그러나 휘진은 그 미세한 변화를 알아채지 못했다. 젊은 여승이 변한 낯빛을 감추기라도 하려는 듯 다소 과장되게 반색을 하며 말했다.

—어머, 그래요! 저도 얼마 전에 한국에 다녀왔는데, 정말 반갑습니다.

—그래요? 이것도 인연인가 봅니다. 정말 너무 좋은 곳이네요.

휘진이 한결 친숙한 어감으로 말했다.

—예, 수행하기에 더 없이 좋은 장소랍니다.

—이곳은 티베트 불교 사원인가요?

—예, 이분이 주지 스님이십니다. 영어는 못하십니다.

젊은 여승이 나이든 여승을 바라보며 웃으면서 말했다. 주지 여승이 휘진이 알아듣지 못하는 말로 뭔가 말했다. 티베트 언어인 것 같았다. 젊은 여승이 말했다.

—주지 스님의 방에 가서 차라도 한 잔 하고 가시라고 하십니다.

—고맙습니다.

세 사람은 본당 옆채 주지 스님의 방으로 들어갔다. 벽에 달라이라마의 초상액자가 걸려 있었다. 젊은 여승이 다기를 꺼내고 주전자에 물을 끓였다. 젊은 여승이 꺼낸 차는 하동 녹차였다. 휘진이 말했다.

—이곳에서 한국의 녹차를 마시게 될 줄은 정말 상상하지도 못했습니다.

—지난 번 제가 한국에 갔을 때 사온 것입니다.

젊은 여성이 말했다. 주지 여승은 티베트의 독립운동과 달라이라마의 사상에 대해 말했지만, 대화는 중간 중간에 끊어졌다. 티베트어로 하는 주지승의 말을 젊은 여승이 온전하게 통역을 하는 데도 한계가 있었다. 휘진의 영어도 유창하지 못했고, 그것은 젊은 여승도 마찬가지였다. 이미 시간은 정오를 지나고 있었다. 떠나야 할 시간이 다가오고 있었다.

—버스시간에 맞추려면 지금 가봐야 할 것 같습니다. 법당에서 잠시

예를 올리고 가겠습니다.

−법당이 제대로 갖추어지지 않았습니다. 아직 공사 중에 있습니다.

젊은 여성이 미안한 표정으로 말했다.

−괜찮습니다. 부처님은 어디에나 계시다고 들었습니다.

휘진은 주지 여승의 방을 나와 법당에 들어섰다. 젊은 여승의 말대로 법당은 아직 내부공사 중이었다. 부처상이 놓여야 할 자리도 비어 있었다. 티베트 불교에는 원래 부처상을 모시지 않는가하는 생각이 얼핏 들었지만, 알 수 없었고, 물어보지도 않았다. 휘진은 선 채로 부처상이 놓여야 할 장소를 향하여 잠시 고개를 숙여 묵념을 하고 나왔다.

−이런 곳이 있는 줄 알았다면 숙소를 이곳으로 정할 것 그랬습니다. 저 뒤쪽에 있는 건물은 혹시 외부손님을 위한 숙소가 아닌가요?

법당을 나온 휘진이 본당 왼쪽 숲 속에 있는 작은 건물을 가리키며 젊은 여승에게 물었다.

−죄송하지만, 이곳에서는 외부손님에게 숙소를 제공하지는 않습니다. 주지 스님은 이곳을 오직 승려들의 수행을 위한 장소로 가꿀 생각이십니다. 저곳에도 지금 두 분 스님이 치열한 수행을 하고 계십니다.

젊은 여승이 말했다. 그렇게 말하는 젊은 여승의 눈에 일순 안타까운 물기가 번졌다. 그러나 휘진은 그 눈물을 보지도 의식하지도 못했다.

휘진이 바쁜 걸음으로 강고뜨리 계곡으로 다시 돌아왔을 때, 버스는 떠나는 순례자들로 거의 만원이 되어 있었다. 휘진은 올 때와 마찬가지로 버스 바닥에 배낭을 깔고 앉았다. 이제 히말라야의 거대한 침묵 속에서 빠져나와 시끄러운 소음 속으로 다시 돌아가야 했다. 버스가 출발했다. 버스는 덜컹거리면서 강고뜨리 계곡의 물길을 따라 내려갔다. 휘진은 버스에 흔들리면서 지난 시간을 뒤돌아보았다. 문득 코리아타워 소송을 하면서 메일로 받았던 아버지의 편지글이 생각났다. 그 글은 아마 생전에 아버지가 써두었던 글이거나 아니면 진욱 오빠나 혜주 언니가 아버지의 감정에 이입되어 쓴 글이겠지만, 그것은 아무래도 상관없었다. 딸에게로 향하는 아버지의 무한한 사랑이 담긴, '사랑하는 딸아'라고 나직하게 속삭이는 아버지의 음성, 그 글은 지난 일주일 동안 푹 빠져있었던 은빛 설산의 위대한 침묵이 스스로 만들어낸 생명의 울림소리였을 것이라는 생각이 들었다. 진욱 오빠의 숨결을 느껴보고자 창조주와 가장 가까운 이곳 히말라야의 은빛 설산으로 왔는데, 문득 그 편지글을 생각하자, 아버지에 대한 그리움이 고무크의 차가운 빙하에서 맞았던 시린 바람처럼 저리도록 밀려들었다.

버스가 좁은 계곡을 벗어나고 계곡을 흘러내린 물길이 갠지스 강의 본류와 합류하는 지점에 왔을 때, 갠지스 강에는 붉은 노을이 드리우고 있었다. 저 노을은 히말라야의 거대한 은빛 설산과 그 설산의 위대한 침묵에도 드리우고 있을 것이다. 그 침묵에는 아버지와 진욱 오빠의 숨결이 녹아있을 것이다.

휘진이 이런 생각을 하자, 갑자기 은빛 설산이 뒤에서 손을 내밀어 그녀를 잡아당기는 느낌이 들었다. 순간 버스가 구비를 돌아 반대방향으로 향하면서 두 개의 거대한 은빛 설산의 봉우리가 손에 잡힐 듯 눈앞에 다가왔다. 아아, 이것은 환영일까? 그 설산의 봉우리에서 솟아난 두 개의 찬란한 은빛 광선이 하늘을 받치는 기둥처럼 우뚝 서 있고, 그 은빛 기둥에서 붉은 노을이 갠지스 강의 강물처럼 흘러내리고 있었다. 찬란한 은빛 기둥에서 울려나오는 위대한 침묵의 소리가 휘진의 머리와 가슴에 뇌성처럼 울렸다. 휘진은 자기도 모르게 속으로 부르짖었다.

아아, 아버지, 진욱 오빠, 아버지와 오빠는 여전히 살아계셔. 저 거대한 은빛 설산이 되어 나를 지켜보고 있어. 위대한 침묵의 소리로 나를 깨우고 있어.

이 시간, 휘진이 들렀던 티베트 불교사원도 노을에 흠뻑 젖어 있었다. 사원의 본당 왼쪽 뒤 건물 안에서 누군가가 한국어로 통화를 하는 소리가 들렸다.

—예, 여전히 수고가 많으시죠. 강 원장입니다.

—오늘 낮에 진이가 이곳에 들렀습니다.

—그래서요? 설마 애 엄마가 그 아이를 만난 것은 아니겠지요?

—물론이에요. 주지 스님 방에서 잠시 차를 한 잔 마시고 갔다고 합니다. 강 원장님의 말씀을 듣고 혹시 진이가 이곳에 오더라도 저희들의 얘기를 해서는 안 된다고 미리 조치를 해두었습니다.

—그래요. 그 아이의 뜻이 그렇게 완고하니 그 뜻에 따라야겠지요. 그 아이의 모습을 보면 애 엄마의 마음이 얼마나 아프겠어요. 그 아이는 좀 어때요?

—여전히 말도 못하고 움직이지도 못하지만, 걱정하지 마세요. 제가 끝까지 지키고 돌볼 겁니다.

—고맙습니다. 힘들면 언제든지 말씀하세요.

—걱정하지 마세요. 얼이도 잘 크고 있죠?

—예, 벌써 걷기 시작했어요. 아버지와 엄마를 닮아 여간 똑똑하지가 않아요.

—이제 산책할 시간이에요. 그만 끊겠습니다. 안녕히 계세요.

—예, 예.

잠시 후, 건물 안에서 성혜주가 휠체어 하나를 밀고 밖으로 나왔다. 휠체어에 앉은 사람의 손가락이 뭉텅하게 잘려나가고, 팔걸이에 얹힌 두 팔이 힘없이 덜렁거리고 있었다. 성혜주가 휠체어를 멈추고 두 팔을 집어 올려 상체를 덮은 담요 아래 집어넣었다. 성혜주가 천천히 휠체어를 밀고 본당의 앞마당으로 나왔다. 멀리 만년설을 머리에 인 은빛 설산이 짙어가는 노을에 검게 물들어 가고 있었다. 성혜주가 휠체어를 멈추고 허리를 숙여 휠체어에 앉은 사람의 귀 가까이 입을 대고 말했다.

—봐요. 진욱 씨, 오늘도 은빛 설산에 노을이 걸려 있어요. 너무나 아름다워요.

노을을 바라보는 말없는 진욱의 눈에 흐릿한 물기가 배어들고, 노을은 그 눈에서도 빨갛게 타오르고 있었다. 은빛 설산은 진욱의 닫힌 입처럼 찬란한 침묵으로 빛나고 있었다.

* * *

2개월 후, 8 · 15. 광복절, 일본 동경 소재 공영빌딩 25층, 뉴재팬클럽 회관

일곱 개의 책상을 좌우에 각 세 개씩 배열하고 나머지 하나를 그 사이에 끼워 디귿자로 조합한 회의실의 중간 책상에 앉은 자그마한 체구의 백발 노인이 좌중을 압도하는 형형한 눈빛으로 말했다.

—오늘은 대일본제국이 연합군에 항복을 한 국치일입니다. 여기 모인 여러분들은 한 순간도 오늘의 국치를 잊어서는 안 될 것입니다. 지

금까지 우리의 사업을 중간 점검해 보면 러시아와의 북방영토 문제, 중국과의 센카쿠 열도의 실효적 지배 문제에 대하여는 상당한 성과를 거두었고, 한국과의 다케시마 영유권 문제, 검정 교과서와 위안부 문제도 우리의 영향력이 의도대로 행사되고 있습니다. 특히 한국정부의 거센 항의에도 불구하고 다케시마가 우리의 고유 영토라는 한층 강화된 취지의 방위백서를 출간한 일은 국제적 성과입니다. 그러나 지난해 서울의 대공영타워 프로젝트가 실패로 끝난 것은 두고두고 후회가 됩니다. 이 실패를 교훈삼아 앞으로 각 지부장들은 한층 더 치밀하고 완벽하게 주어진 과제를 수행해야 할 것입니다. 이에 그동안 한국지부장의 경질에 따라 잠정적으로 해체했던 한국 지부를 새로 재건하기로 하였습니다. 대동아공영이라는 우리의 궁극적인 목표가 성취되는 그날까지 우리의 노력은 결코 중단되지 않을 것이며, 다시 조직될 한국 지부는 명실 공히 대동아공영의 전초기지가 될 것입니다. 이번에 새로 취임한 한국지부장을 소개하겠습니다.

–끝–